Jérôme Camut & Nathalie Hug

W3
Le Mal par le Mal

Éditions SW Télémaque

Dessins : Olivier Tongio

Éditions Télémaque 7, rue Pérignon, 75015 Paris
www.editionstelemaque.com
ISBN : 978-2-7533-0245-7

À Stéphane Watelet,
Tant qu'il y aura des hommes.

Ce texte reprend les principaux évènements du précédent volume de W3, *Le Sourire des pendus*. Il contient certains *spoilers*.

Dix ans plus tôt, *Éric Moreau*, célèbre avocat, est éventré et pendu à la façade de son immeuble parisien. Certains racontent qu'il aurait été exécuté par un mafieux russe se faisant appeler **Ilya Kalinine**…

Alors qu'elle enquête sur cette sulfureuse affaire jamais résolue, la journaliste **Lara Mendès** est enlevée et séquestrée dans un bunker où un homme abuse d'elle. Quelques jours plus tard, son violeur est incarcéré, condamnant Lara à une mort atroce. De leur côté, les proches de la jeune femme – son frère **Valentin**, son producteur **Arnault de Battz** et son compagnon, **Bruno Dessay** – se heurtent à l'inertie des autorités, et doivent se battre avec leurs propres moyens pour éviter que la disparition de Lara tombe dans l'oubli.

Dans le même temps, **Sookie Castel**, officier de police hors pair (physionomiste et hypermnésique), enquête sur la mort de la famille *Raspail*, un homme, son épouse et leur fils retrouvés pendus. Très vite, Sookie réfute l'hypothèse du suicide malgré l'opposition de sa hiérarchie. Lors d'une fouille illégale, elle recueille des indices qui la mettent sur la piste d'un tueur en série. Elle est même convaincue que ce tueur séquestre des fillettes quelque part avant de les tuer, et que l'une d'elles, Petra, est encore vivante. En désespoir de cause, Sookie demande de l'aide à un juge en fin de carrière, **Rodolphe Craven**. Grâce à lui, elle obtient enfin une perquisition, mais les preuves ont disparu, et Sookie est mise à pied.

Elle décide alors de retourner sur les lieux de son enfance auprès de son père adoptif, **Léon Castel**, qu'elle n'a pas revu depuis la mort de sa mère. Mais Léon est un citoyen rebelle qui se bat contre les aberrations du système judiciaire, et préfère ses combats aux retrouvailles avec sa fille. Désœuvrée dans la maison familiale, Sookie découvre alors des lettres qui lui font comprendre que sa mère n'est pas morte accidentellement, mais qu'elle a été tuée par un villageois, **JP Dardelin**. Cette découverte déstabilise le fragile équilibre mental de Sookie qui bascule dans la folie et manque tuer Dardelin. Elle est aussitôt internée à l'HP. Traitée aux électrochocs, Sookie reste murée en elle-même, mais dessine partout trois pendus et une fillette derrière des barreaux.

Bien décidé à aider sa fille, Léon Castel se rapproche du juge Craven qui avait soutenu Sookie. À partir des éléments recueillis par cette dernière, l'enquête est reprise par deux policiers expérimentés, les commandants **Jo Lieras** et **Demian Obolanski**. Ils découvrent enfin le bunker désaffecté utilisé par le tueur en série, qui n'est autre que le fils Raspail, un des pendus. Dans cet endroit, ils trouvent des dizaines de cadavres d'enfants dont celui de Petra, que cherchait désespérément Sookie. Ils arrivent néanmoins à temps pour sauver Lara Mendès, disparue depuis des semaines, et une fillette de dix ans, Milena.

Révoltée par la façon dont les médias ont traité son retour et divulgué des images intimes mettant en doute sa crédibilité, Lara Mendès décide de créer avec ses proches un site indépendant d'information, W3. Grâce à un mystérieux informateur (qui n'est autre qu'Ilya Kalinine), ils ont leur première grosse affaire : l'avocat Moreau sur lequel enquêtait Lara avant d'être enlevée était le chef d'un réseau de pédopornographie impliquant des personnalités médiatiques, politiques ou du show business. Le scandale secoue le pays entier.

Peu après, Ilya Kalinine confronte Lara au commanditaire de son enlèvement et lui laisse le choix de vie ou de mort sur le coupable…

« Monsieur le Président de la République,

Je m'appelle Lara Mendès.

J'ai été enlevée le 16 juin dernier et séquestrée par un homme plusieurs fois condamné pour contrainte sur des prostituées et trafic de vidéos pédopornographiques, mais laissé libre par un magistrat trop débordé pour faire son boulot. Si votre justice avait été efficace, monsieur le Président, non seulement il serait en train de purger sa peine, mais il ne pourrirait pas entre quatre planches, abattu par le père d'une de ses victimes. Il rendrait des comptes. Et je ne serais pas ici, à en exiger de vous.

Je n'étais pas seule dans ce bunker : il y avait Milena, douze ans, fillette d'Europe de l'Est, arrachée à sa famille, transportée par container puis martyrisée des semaines durant, vivante et assassinée plusieurs fois, Milena pour laquelle votre seule réponse a été le silence, mais aussi Anita Bergson, Antonietta Fernandez, Marlène Benvenuto, Charlène Bonnet, Petra Seipel, Ursula Brückner et dix-sept autres jeunes filles encore anonymes, dont les corps profanés ont été abandonnés là.

Chacune détruite, anéantie par la volonté d'une poignée de pervers. Mon agresseur était l'un d'eux. Mais il n'était pas le seul.

Cette justice dont je vous parle aujourd'hui, votre justice, qu'a-t-elle fait pour retrouver ses complices ? Ceux qui commandent les enfants, ceux qui les choisissent, les enlèvent, les transportent jusque dans notre beau pays, ceux qui les louent ou les achètent, monnayant indifféremment le viol, la garantie de la virginité, une demi-heure de torture ou bien encore la mise à mort, ceux qui se masturbent et jouissent devant le film de ces horreurs. Pubère ou non pubère, blonde ou brune, petite ou grande ? Et les options : avec ou sans DVD souvenir, avec ou sans accessoires, avec ou sans chien, avec ou sans arme ? Quel décor pour votre orgie, monsieur le Président ? L'infirmerie, la grotte ou le bordel ?

Combien d'autres prédateurs ? Où sont-ils, qui sont-ils ?

Une chose est certaine : ils sont parmi nous.

Je veux comprendre, monsieur le Président. Je veux qu'on m'explique pourquoi certains délinquants sexuels condamnés ne purgent pas leur peine, je veux comprendre pourquoi les lois ne sont pas adaptées à ce type de crime, je veux savoir pourquoi le législateur agit dans l'intérêt des prévenus et non dans celui des familles !

J'ai été humiliée, violée, battue. Mais je suis vivante. Et je peux combattre. Je vais combattre. Pour honorer ces vingt-trois âmes et tenter d'apaiser la souffrance de celles qui ont survécu. Et vous, monsieur le Président, qu'allez-vous faire en mémoire de Milena, de Petra, de Charlène et de toutes les autres ? Qu'allez-vous décider pour protéger nos enfants ?

Sachez, pour finir, que je ne sers aucun parti politique, aucune idéologie. Mais posez-vous la question suivante, car il faudra aussi affronter cette réalité :

Qu'allez-vous faire de moi ? »

« W3 ?
Normalement, ça veut dire World Wide Web mais moi, je préfère World Wide Wings. On pourrait traduire par les ailes du monde. Des ailes pour toi, ma Lara. Des ailes pour t'aider à t'envoler. »

Valentin Mendès
Extrait du Sourire des pendus, W3, *T.1*

Asnières-sur-Seine, vendredi 27 juillet

Assis à même le revêtement goudronné de la terrasse d'un immeuble des quais, **Ilya Kalinine** appuya successivement sur les touches « rewind » et « play » de l'enregistreur numérique et le leva au niveau de son oreille.

Une voix de femme couvrit un instant le grondement de la ville en contrebas.

« Faites ce que vous avez à faire, et assurez-vous que ce soit définitif. »

Le ton était cassant et les mots, soigneusement pesés.

Les genoux repliés sous le menton, Ilya Kalinine laissa son regard errer sur l'immense agglomération parisienne, quinze étages en contrebas. Au premier plan coulaient paisiblement les eaux de la Seine. Huit péniches s'y succédaient, depuis les tours de la Défense jusqu'au pont de Gennevilliers. Au-delà, la vision se perdait dans un brouillard de polluants. Plus loin vers le sud, les immeubles de Clichy formaient une masse compacte jusqu'au boulevard périphérique, où un serpent ininterrompu de véhicules avançait par à-coups. Plus loin encore, la basilique du Sacré Cœur se détachait sur un fond de nuages en forme d'enclume. À une dizaine de kilomètres de là, la tour Eiffel semblait minuscule.

Son regard acheva son parcours en direction du nord est. Derrière l'horizon se trouvait l'oblast de Kaliningrad – ses mines d'ambre et le port militaire de Salinitiovosk – l'enclave russe où il avait bâti un empire au cours des dix dernières années. Il songea que pour la première fois depuis longtemps, il lui tardait de rentrer.

Un talkie-walkie grésilla sur le sol bétonné, à côté de lui.

– *Sud'ya gotov*[1], dit une voix dans l'appareil.

– *Ya pribyvayu*[2], répondit le Russe en se levant d'un bond.

Il quitta la terrasse par un escalier métallique en colimaçon.

Une entreprise de conditionnement frigorifique occupait la totalité du rez-de-chaussée et du sous-sol. Pour l'heure, la société était fermée, mais un container de viande à destination de l'Afrique était prêt à partir. Il ne restait plus qu'à le charger.

Ilya Kalinine gagna le secteur des chambres froides où un homme répondant au nom de Vladimir Pavelevitch l'attendait vêtu d'un ensemble combinaison bottes blanches semblables à celles que portent certains bouchers. Ils se saluèrent d'un bref signe de tête et masquèrent leurs visages derrière une cagoule avant d'entrer dans le plus grand des frigos.

Au milieu de tonnes de carcasses de bœuf en provenance de Pologne se trouvaient deux hommes. Le plus âgé, bedonnant, était assis sur un tabouret. On l'avait équipé d'une parka doublée de fourrure synthétique. Un bâillon l'empêchait de parler et un bandeau fermait ses paupières. L'autre, suspendu par ses poignets entravés à un crochet, était nu. Son corps bleui et maigre tremblait, et ses pieds recroquevillés traînaient au sol. Sous le sac en plastique qui recouvrait sa tête, on pouvait entendre ses dents s'entrechoquer.

1. Le juge est prêt.
2. J'arrive.

D'un coup de botte, Ilya Kalinine poussa une caisse de viande conditionnée près de l'homme assis et s'y installa à califourchon.

– Bonjour, monsieur le juge.

L'homme sursauta et gémit de peur.

– Quand vous sortirez d'ici, poursuivit-il en lui retirant le bâillon et le bandeau avec délicatesse, vous m'appartiendrez.

Le malheureux hocha la tête en gardant les paupières fermées, à la manière d'un enfant terrorisé. Ilya Kalinine croisa les bras avec un sourire narquois.

– Ne soyez pas ridicule. Vous avez rendu la justice tout au long de votre vie. Aujourd'hui, je vous permets de la contempler en face.

Comme le juge ne bougeait pas, il saisit ses mâchoires entre ses doigts et le força à tourner la tête vers lui.

– Regardez-moi quand je vous parle.

Le magistrat ouvrit timidement les paupières. En un coup d'œil, il put découvrir le regard incroyablement dur de son interlocuteur, les quartiers de viande, la silhouette de Vladimir Pavelevitch, et surtout l'homme suspendu juste devant lui.

La respiration du juge s'accéléra.

– Je ne vous présente pas, asséna Ilya Kalinine en se levant pour retirer le sac de la tête de l'homme nu. Vous et Bruno Dessay partagez certains secrets.

Les yeux du juge se plissèrent et des sons inarticulés s'échappèrent de sa gorge.

– Les carnets censurés, balbutia-t-il, c'était vous.

– Debout !

Comme le juge se tassait sur son séant, Vladimir Pavelevitch le saisit par les épaules et l'obligea à se lever. Puis il repoussa le tabouret et posa le canon d'un automatique sur sa nuque.

– Tu ne bouges pas ! ordonna-t-il. Et tu regardes.

Le juge s'agrippa instinctivement à lui, les yeux rivés sur Ilya Kalinine qui se préparait avec un calme effrayant. Il commença par revêtir une combinaison semblable à celle que portait son complice, puis il enfila des gants et passa un tablier en cuir. À cet instant, un flot d'urine se répandit autour des pieds du juge, arrachant un juron à Vladimir Pavelevitch.

Ilya Kalinine ignora l'incident. Il attrapa son couteau de chasse, puis se glissa derrière Bruno Dessay et enroula un bras autour de lui, la main fermement plaquée sur son torse, le regard planté dans celui du juge debout face à lui.

– *Ne zabyvay nikogda Lara*[1], souffla-t-il à l'oreille de sa victime avant d'enfoncer brutalement la lame sous le plexus.

D'un geste précis, il découpa les chairs jusqu'au pubis.

Bruno Dessay brailla, et se débattit alors qu'un flot de sang giclait sur le juge qui tentait de protéger son visage derrière ses bras, et dont les cris d'horreur se mêlèrent aux hurlements de l'homme qu'on éventrait sous ses yeux.

Ilya Kalinine ne lâcha le corps que lorsqu'il cessa de tressauter, puis il l'enjamba pour s'approcher du magistrat. Ce dernier se détacha en gémissant de l'étreinte de Vladimir Pavelevitch et se laissa glisser à terre, les yeux rivés sur ses paumes couvertes de sang.

– Maintenant, juge Craven… murmura-t-il en jetant son couteau aux pieds du malheureux. Essayez donc de vous en laver les mains.

1. N'oublie jamais Lara.

1

Carthage, dix ans plus tôt

D'un geste autoritaire, le jeune homme chassa la nuée d'enfants qui importunaient les touristes au pied des ruines. Les gosses en haillons firent aussitôt volte-face et se précipitèrent sur le bus qui s'engageait sur le parking.

Il les suivit des yeux un court instant puis quitta l'ombre d'un olivier, où il s'était abrité, pour couper à travers les vestiges d'une villa, jusqu'à une mosaïque recouverte de débris végétaux.

À l'abri de la foule qui s'agglutinait plus bas, le jeune homme songea à Vera Obolanski, cette femme qui lui avait offert un toit et un nom.

La vérité est la quête des gens qui ont du temps à perdre. Travaille, apprends, c'est l'unique façon de perdre tes œillères.

Là encore, il tenta de chasser le souvenir de la voix gaie de Vera. Évoquer sa mère faisait resurgir ce qu'il y avait eu de bon dans sa vie avec elle, cette grande maison familiale, *La Milusin,* emplie des rires de Sacha et de Lyuba[1], les filles du jardinier.

1. Diminutifs d'Aleksandra et de Lyubov.

Lyuba.

Cela faisait cent jours et cent nuits qu'il la cherchait, depuis les bas-fonds des capitales européennes jusqu'aux rives orientales de la Méditerranée, autant de villes dont il avait arpenté les trottoirs crasseux et les bordels illégaux. Son ami d'enfance cherchait lui aussi, plus au nord.

Partout, ils avaient croisé le même tableau : des filles de tous âges, convoyées par bateaux et enrôlées dans les réseaux esclavagistes. Des filles à qui l'on infligeait de se prostituer sans répit de Paris à Stockholm, et de Berlin à Londres, en passant par Tunis ou Alger, avec la menace de s'en prendre à leur mère ou à leurs sœurs si elles n'obéissaient pas.

Chacun de ces cent jours, ils avaient côtoyé les putes, les macs et les clients, mais ni l'un ni l'autre n'était intervenu pour faire cesser l'horreur, pas plus qu'ils ne s'étaient acharnés sur les hommes. Ils avaient vécu cette période sans état d'âme, l'esprit entièrement tourné vers un seul but : ramener Lyuba à son père comme ils le lui avaient juré.

Le jeune homme demeura longtemps debout à contempler les rougeurs du couchant sur la mer. Bientôt, les cris de joie des petits Tunisiens se confondirent avec ceux des filles de la maison ; la voix d'un touriste lui rappela celle du jardinier ; le rire lointain d'une fillette, celui de Lyuba. Découpé sur l'horizon inondé de lumière, un mur écroulé devint l'espace d'un instant la statue de Diane dans l'ombre de laquelle ils aimaient s'allonger et parler de s'installer en France.

La France ! L'idée les séduisait tellement... Quitter Salinitiovosk et ses ports militaires à l'abandon pour la propriété au bord de l'océan. Biarritz ! *Birricha !* Lyubov peinait à prononcer ces deux syllabes, et tous se moquaient gentiment. C'était l'été passé. Quand les rumeurs étaient les seules ombres dont elle et sa sœur devaient se méfier.

Les yeux perdus sur la surface de la mer, le jeune homme serra les poings. Rien ne serait plus comme avant. Après des jours et des nuits passés dans les bas-fonds, l'espoir avait disparu. Ses ongles s'enfoncèrent dans ses paumes quand il remarqua que la mosaïque qu'il foulait représentait une bacchanale. Des femmes dénudées, des hommes dans le même appareil, des satyres et des nymphes subissant leurs assauts.

Ainsi allait le monde depuis la nuit des temps.

Ses pensées furent interrompues par la sonnerie de son portable. Cet appel venu de France, il ne l'attendait plus. « Je vous donnerai des nouvelles à la seconde où j'en aurai. » Un policier s'était engagé, et il avait pensé que celui-ci, comme tous les autres, finirait par oublier sa promesse.

Le jeune homme décrocha.

– Jo, vous rappelez…

– Oui, dit une voix lointaine. Je l'ai retrouvée.

En cet instant précis, il pria un dieu auquel il ne croyait plus pour que le policier lui annonce que Lyubov avait cessé de souffrir.

– Comment va-t-elle ?

– Elle est vivante.

Ses jambes se dérobèrent et il se laissa aller contre un muret de briquettes roses.

– Quand serez-vous là ?

– Ce soir.

– Faites vite.

En raccrochant, il s'aperçut qu'il pleurait.

Jour 1 – jeudi 22 août

2

« *[...] posez-vous la question suivante, car il faudra aussi affronter cette réalité. Qu'allez-vous faire de moi ?* »

Le commandant de police **Joseph Lieras** laissa échapper un léger sourire.

La retranscription de la lettre de Lara Mendès était suivie d'un article qui expliquait comment la toute nouvelle équipe de W3 avait démantelé un réseau de pédophiles impliquant plusieurs personnalités du tout-Paris.

« L'ex-animatrice du câble, réputée pour ses chroniques sulfureuses et sa liaison avec Bruno Dessay, a lancé le 20 juillet dernier la chaîne d'info libre W3, avec l'ambition de concurrencer WikiLeaks. Les cofondateurs sont le producteur Arnault de Battz et le non moins célèbre Léon Castel, dont les coups d'éclats d'un goût douteux ne se comptent plus. Ses détracteurs le surnomment d'ailleurs « le José Bové de la justice ». Première révélation du site d'information : l'avocat d'affaires Éric Moreau, dont l'exécution spectaculaire avait choqué la France en 2002, dirigeait un réseau pédopornographique. La publication du nom de certaines des personnalités impliquées – des rumeurs disent que W3 n'aurait pas publié la liste complète – a entraîné un scandale sans précédent : la démission d'un animateur télé pour enfants, la fuite en Amérique du Sud d'un des plus grands patrons du CAC 40, l'incarcération de l'ancien chef de l'opposition, et le suicide du secrétaire d'État aux transports. Depuis, les fondateurs de W3 sont sous le coup de nombreuses poursuites judiciaires pour diffamation, divulgation de pièces à conviction, etc., ce qui n'empêche pas Lara Mendès de s'adresser directement au président de la République. Sa démarche, même si elle se prétend apolitique, a des accents plutôt sécuritaires. La journaliste ne serait-elle pas tentée de faire des amalgames ? À voir... Quoi qu'il en soit, le premier scoop du jeune site d'information W3 est un modèle du genre. Reste une question cruciale qui demeure entière : qui a éventré et pendu l'avocat pédophile il y a dix ans ? »

Vaguement agacé par ce qu'il venait de lire, Jo Lieras replia le journal, se leva et fit quelques pas sur la terrasse.

L'air embaumait d'un parfum agréable. Juste à côté de lui, un plan de géraniums tendait ses tiges translucides dans le vent tiède. Il se pencha, les huma en fronçant les sourcils. Ces fleurs n'entraient pas dans la composition de cette odeur, pourtant, il avait déjà croisé ce parfum. Où était-ce, quand ? Il laissa son regard vagabonder sur les plantes, la fierté de Mathilde, sa femme, qui y consacrait son temps libre. Les hortensias peut-être ?

Il quitta la terrasse en direction du jardin. La pelouse parsemée de mousses formait un tapis élastique, et ce contact produisait une sensation agréable sous ses pieds nus. Sur sa droite, un figuier exhalait une fragrance sucrée. Derrière l'arbre, un mur en pierres disjointes abritait un essaim d'abeilles sauvages. Combien de fois avait-il conseillé à Mathilde de s'en débarrasser ?

– Quand Bérénice aura des gamins, elle fera venir les pompiers pour virer ce merdier ! Et ils piétineront tes parterres !

Mathilde avait souri. C'était sa façon de laisser les gens parler pour ne rien dire. Une si charmante façon. Puis son sourire s'était figé.

– Je ne peux pas les enlever, Charlène aimait tellement les abeilles...

La réaction de Mathilde avait empli Jo d'amertume. La douleur de cette mère ne s'éteindrait jamais. Il n'y pourrait rien, même en faisant d'elle la plus heureuse des femmes. La fille aînée de Mathilde, Charlène, était morte, odieusement massacrée à l'endroit même où Lara Mendès avait été séquestrée.

Le policier chassa la vision des corps brûlés à la chaux et abandonnés dans la citerne du bunker, et il s'accrocha au visage rieur de Charlène dont le portrait était accroché dans l'entrée.

Le figuier associé au miel, la réponse était là, sans doute. Jo Lieras avança jusqu'aux fleurs des champs qui longeaient le mur et découvrit un arbre à papillons, blotti derrière un laurier. La pointe musquée s'expliquait. Figuier, miel et arbre à papillons, il venait d'achever le cocktail. Un instant, Jo douta que cet arbuste porte vraiment ce nom. C'est sa mère qui le nommait ainsi.

Ma madeleine vaut bien celle des autres.

Le nez levé vers le ciel, Jo Lieras suivit le passage d'une nuée d'étourneaux.

– Alors, on bat de la goule ? rit une voix dans son dos.

Mathilde l'observait depuis la terrasse, hilare.

– C'est ce que ma grand-mère aurait dit à un couillon planté dans le jardin à regarder les piafs au lieu de boucler ses valises !

Jo sourit. Que c'était bon de la voir ainsi ! Si le rire pouvait enlaidir certains visages, il illuminait celui de Mathilde, atténuant le masque laissé par le deuil et les nuits d'insomnie. Elle devenait radieuse. En la regardant, Jo Lieras se fit la réflexion qu'il l'avait rencontrée trop tard. S'ils s'étaient apprivoisés à vingt ans, ils auraient eu des enfants ensemble, Jo ne serait jamais devenu flic, ils se seraient aimés sans se gâcher, et auraient connu le plaisir d'être à deux.

– Chez W3, ils vont faire la gueule si t'es pas là pour sabler le champagne !

– Viens avec moi, ils vont t'adorer.

– Pas question de laisser Béré.

– Mathilde, elle a 15 ans…

En marchant vers sa femme, Jo la dévora du regard. Elle portait bien ses 47 ans. Évidemment, sa taille s'était épaissie avec l'âge. Pourtant, même si elle râlait quand il la complimentait, le traitait de flatteur, d'obsédé parfois, Jo la voyait toujours aussi belle.

Mathilde se jeta dans ses bras, et il la fit tourner autour de lui, en riant.

Il s'arrêta net quand il sentit son corps s'affaisser, en même temps qu'un impact en étoile jaillissait sur la baie vitrée.

– Mathilde !

Une fleur de géranium rebondit sur le sol carrelé et un éclat de faïence gicla l'instant d'après.

La surprise passée, Jo retrouva ses réflexes de flic. Instinctivement, il porta sa main droite à la place du holster. Il rencontra le vide. Le vide et le sang.

Il entraîna Mathilde, inconsciente, dans le salon. La douleur lui arracha un juron. Un vase en porcelaine explosa à côté de sa tête, puis le mur derrière lui fut criblé d'impacts.

Le policier prit rapidement le pouls de sa femme aux carotides puis la retourna sur le côté. Une tache de sang grandissait dans son dos, à hauteur du cœur. En gémissant, Jo se pencha vers ses lèvres, y déposa un baiser, songea qu'il serait facile d'attendre les assassins pour qu'ils achèvent le travail. Mais la présence de Bérénice dans sa chambre du premier étage interdisait cette perspective.

Jo Lieras jaillit de sa cachette, manqué de peu par une volée de projectiles, se plaqua derrière le bar de la cuisine, et gagna l'abri d'un mur porteur. Il récupéra son pistolet au-dessus du placard, et le chargeur, rangé dans un tiroir, coinça un torchon entre la plaie de son flanc et sa ceinture, puis se rua dans l'escalier en hurlant.

– Bérénice ! Béré !

Dans la seconde, il gagna l'étage et s'engouffra dans la chambre de l'adolescente, hors d'haleine, ignorant le panneau « interdiction d'entrer » punaisé en évidence sur le vantail.

Bérénice était affalée sur son lit, les oreilles couvertes par un casque audio, les pouces agités frénétiquement dans la composition d'un message sur son smartphone.

– Oh ! cria l'adolescente. Tu sais pas lire ?

La fenêtre qui donnait sur le jardin vola en éclats. Jo s'accroupit au chevet de Bérénice et la plaqua d'une main sur son lit. De l'autre, il arracha le casque audio.

– Tu ne te relèves pas, ordonna-t-il. Tu me suis à quatre pattes.

Incapable d'établir la relation entre ce qui avait explosé les vitres et l'irruption de Jo dans sa chambre, Bérénice demeura interdite. En revanche, l'arme dans la main du policier lui arracha un cri strident.

– Bouge !

Jo força l'adolescente à descendre de son lit et à le suivre jusque dans la cage d'escalier, au rez-de-chaussée, et enfin dans la cave où il barricada la porte derrière eux. Là, elle se jeta sur lui.

– Qu'est-ce qui te prend ? glapit-elle d'un ton aigu. T'es malade ou quoi !

Le policier attrapa sa belle-fille par les poignets et la repoussa doucement.

– Béré, ce n'est pas un jeu. Tu obéis sans discuter, c'est clair ?

L'adolescente hocha lentement la tête, les yeux fixés sur le flanc de Jo qui suintait, maculant sa chemise.

– Tu saignes… et tes pieds…

Blessé par des éclats de verre, Jo avait laissé des empreintes sanglantes.

– Merde !

Il regarda autour de lui, fit signe à Bérénice de récupérer ses bottes de jardinage, puis se dirigea vers un des soupiraux, qu'il ouvrit. Là, il enfila les bottes en caoutchouc, et revint vers elle pour brouiller les pistes.

– Donne ton téléphone.

– Pourquoi ?

– Ne discute pas.

Avec un soupir forcé, Bérénice tendit son smartphone à Jo, qui le déconnecta aussitôt et le glissa dans la poche de son jean.

– Maman, elle est où ? s'agaça l'adolescente.

– Pas encore rentrée.

– Qu'est-ce qui se passe ?

– J'en sais rien. Pour l'instant, tu te tais et tu obéis.

Dans une vieille cantine de l'armée, Jo récupéra un sac à dos contenant un masque à gaz, qu'il ajusta sur le visage de Bérénice.

– Respire lentement. Si tu paniques, tu vas suffoquer. Ça va ?

La tête prolongée du masque hocha à plusieurs reprises.

– C'est bien, Béré.

Il tendit une lampe torche à l'adolescente, et souleva une plaque d'égout en fonte estampillée Pont-à-Mousson SA.

L'ouverture débouchait dans le vide sanitaire, sous la maison.

Soudain, de violents coups ébranlèrent la porte de la cave, arrachant un geste affolé à Bérénice, dont les yeux s'arrondirent derrière le hublot du masque à gaz.

Jo posa son index sur ses lèvres et lui fit signe de se glisser dans le regard. Sa torche à la main, l'adolescente obéit, les jambes tremblantes, aussitôt suivie par Jo qui repositionna la plaque au-dessus d'eux, dissimulant les traces de leur fuite.

Main dans la main, ils avancèrent courbés sous les fondations et rejoignirent le bord de la maison jusqu'à une paroi que Jo démolit à l'aide d'une masse laissée sur place, dévoilant un passage dans lequel il s'engagea. Après quelques mètres, ils aboutirent dans un égout étroit et bas de plafond. Le radier était presque à sec.

Le policier et l'adolescente longèrent la canalisation sur près de sept cents mètres. À cet endroit, elle rejoignait un bassin de récupération. Une échelle perçait le plafond jusqu'à une nouvelle plaque en fonte. Jo s'arrêta, les oreilles aux aguets. Il n'y avait aucun signe de leurs poursuivants.

– On sort par là, dit-il en indiquant l'échelle. Tu retires le masque seulement quand tu es là-haut. C'est clair ?

Bérénice fit signe qu'elle avait compris.

Il la devança sur l'échelle, souleva la plaque et risqua un œil à l'extérieur. Le regard s'ouvrait sur un parking souterrain désert. Il s'appuya sur les rebords et fut sur ses pieds en un bond. Puis il aida Bérénice à sortir et replaça la plaque dans son logement.

Un étage au-dessus et deux allées plus loin, Jo déverrouilla un cadenas à code et entra dans un box, Bérénice sur les talons. Une Citroën C4 attendait dans l'ombre.

– C'est à qui cette caisse ?

– Béré, tu te couches à l'arrière. Et tu ne relèves pas la tête, compris ?

– Qu'est-ce qui se passe ? Où est maman ?

– Reste tranquille.

La respiration de l'adolescente était rapide. Jo la força à s'allonger sur la banquette, puis il s'installa au volant, ajusta une paire de lunettes et une casquette, mit le contact et démarra.

3

Le dos appuyé contre la porte de la salle réservée aux familles, les bras croisés sur sa poitrine, **Lara Mendès** observait la forme allongée sur un chariot poussé à la hâte. Un des pieds du cadavre dépassait du drap, et à la forme du gros orteil, elle le reconnut aussitôt.

Un instant, elle fut tentée de quitter cet endroit lugubre sans même s'approcher du corps. Mais elle se ravisa. Elle n'avait pas traversé Paris pour fuir ce moment qu'elle attendait depuis des semaines, autant qu'elle le redoutait.

Lara fit un premier pas, puis un autre, jusqu'à se trouver à hauteur de la tête. Les doigts sur le drap, elle hésita.

– Vous aurez du mal à le reconnaître, avait confié l'envoyé du ministère chargé de l'accueillir. Il a souffert de nombreuses privations.

Lara avait laissé s'échapper un sourire qui s'était achevé en rire nerveux.

– Je suis désolé. Je voulais vous éviter le choc. C'est compliqué, surtout quand on a été si proches.

Proches… Le mot avait été lâché, et il lui avait donné la nausée.

Vas-y crevette, faut que tu sois sûre.

Lara Mendès inspira un grand coup et découvrit le visage du mort.

Les arcades hautes, les sourcils bruns épais, ce nez à la Tom Cruise, ces lèvres charnues, ce grain de beauté sur la pommette, et les traces de varicelle sur le front et la joue… Pas de doute, il s'agissait bien de Bruno.

À présent qu'elle se tenait devant son cadavre, Lara était incapable d'appréhender ses sentiments.

T'es comme une loose, crevette.

Durant deux ans, elle avait partagé le travail, le quotidien et le lit de ce quadra baroudeur à l'esprit vif, brillant sur les plateaux et charmeur en société. Véritable icône du petit écran, Bruno Dessay avait de nombreux admirateurs, et sa disparition soudaine au Mali avait bouleversé nombre de Français, habitués à le regarder chaque jeudi soir.

Mais pas elle.

Cinq semaines sans nouvelles. Cinq semaines où toutes les hypothèses avaient été envisagées. Accident, enlèvement, attaque de rebelles.

Puis il y avait eu le coup de téléphone, la nuit dernière. Un type du ministère. Il n'avait rien dit de spécial, sauf que Bruno était mort, que le corps avait été rapatrié et qu'il serait visible à l'Institut médico-légal de Paris le lendemain. Une enquête des services spécialisés était en cours. Si elle le désirait, Lara serait reçue par le ministre au même titre que la famille.

Sans répondre, Lara avait raccroché. Puis elle était restée immobile, les fesses au bord du matelas, les yeux rivés sur le radio-réveil.

3 : 09

Encore cinq longues heures à attendre.

Elle avait regardé le jour se lever, puis avait commandé un taxi. Devant l'IML, Lara avait réglé sa course, puis elle s'était assise près de l'entrée jusqu'à ce qu'on vienne la chercher.

« Toutes mes condoléances, madame », lui avait-on dit.

Lara n'avait pas desserré les dents. Après tout, elle se fichait de ces apitoiements. Elle ne venait pas pleurer Bruno, mais s'assurer qu'il était bien mort.

Du bout de l'index, Lara découvrit lentement le cadavre, dévoilant le cou d'abord, puis le torse, pourvu d'une pilosité fournie, et enfin l'abdomen. Une plaie, grossièrement refermée, allait du pubis jusqu'au plexus. Ce détail, l'envoyé du ministère avait omis de le préciser.

Lara Mendès appuya son doigt juste au-dessus du téton du cadavre. Le contact avec la chair dure et froide fut désagréable.

– Pour Maya et Milena, murmura-t-elle. Pour toutes celles que tu ne feras pas souffrir. Et pour moi.

Elle acheva sa phrase en se penchant vers Bruno, comme pour lui chuchoter quelques mots à l'oreille.

– Reste plus qu'à révéler au monde quelle merde tu étais. Manquerait plus que t'aies des funérailles de héros.

4

Le bouchon en liège échappa à la poigne de **Léon Castel.**

– Vaut mieux être borgne qu'avoir un deuxième trou de balle ! s'exclama-t-il en observant sa brève ascension dans le ciel parisien, puis sa dégringolade sur la verrière de la cour, six étages plus bas.

Quand je pense qu'il y a des millions de trous du cul autour de moi !

Ses pensées lui arrachèrent un sourire de satisfaction. Depuis qu'il avait délaissé son village vosgien pour s'installer à Paris, il se faisait cette réflexion au moins une fois par jour.

– Alors, ce champagne, ça vient ?

Une petite assemblée patientait sur la terrasse, verre à la main, pour inaugurer les nouveaux locaux de W3, situés rue des Bluets dans le 11ᵉ. Se tenaient face à lui le producteur Arnault de Battz, Corentin Ruedler, un journaliste fraîchement débarqué de *L'Obs*, chargé des investigations, et Marcus Maratier, nouvelle recrue, responsable de la mise en ligne et des recherches. Quant à Léon, il serait le porte-parole de W3, mais aussi éditorialiste et enquêteur à ses heures.

Ce dernier acheva de remplir les verres et leva sa coupe.

– Alors, comme nous avons l'autorisation de Lara de commencer sans elle ! déclara-t-il. À W3, mes amis ! À Lara Mendès, évidemment, parce que c'est une grande dame du journalisme, combattante du droit des victimes et des femmes, la seule nana assez « couillue » pour dire au président qu'il en manque, justement. La seule nana assez dingue pour se lancer dans une aventure telle que la nôtre, parce qu'avec toutes les saloperies qu'on va mettre sur la table, on aura bientôt plus d'ennemis que d'amis. À Lara donc, notre survivante, notre teigne préférée !

Visiblement ému, Léon avala sa salive, puis il se tourna vers Corentin Ruedler et Arnault de Battz.

– Je trinque à Corentin, ex-journaleux bolchevik qui a pigé que pour faire du bon boulot, vaut mieux être apolitique !

– Ah ! Ah ! s'esclaffa Arnault de Battz. Voilà que notre réac en chef prône l'abstinence ! On rêve !

– Réac, réac, mais tout le monde n'a que ce mot à la bouche ! Et puis, abstinent signifie libre ! De toute façon, relança Léon en gloussant d'aise, la presse française n'a pas l'envergure des Anglo-Saxons.

– D'où l'engouement pour les sites d'info comme W3 !

– Merci Corentin ! s'exclama Arnault. C'est précisément ce que monsieur Castel ne veut pas entendre !

– Môssieur Castel pense que W3 doit traiter du petit comme du grand, s'agaça Léon, et il pense que ce n'est pas antinomique.

– Eh ben, si on part là-dessus, s'interposa Corentin Ruedler, on n'est pas près de boire un coup !

– C'est ça, grinça Léon. (Il désigna les bureaux d'un geste de la main puis Arnault de Battz.) Alors, je vous propose de trinquer à notre producteur et grand argentier sans lequel nous n'aurions ni ces magnifiques locaux ni cette splendide vue sur… sur quoi d'ailleurs ?

– La tour Eiffel à l'ouest, et là, les arbres du Père-Lachaise, lui souffla Marcus Maratier. Chopin, Morrison, Balzac…

– Ouais, Morrison… et bientôt Johnny !

– Bon, vous finissez votre blabla ? s'impatienta Corentin.

Léon Castel fronça les sourcils et leva son verre en direction de Marcus Maratier qui attendait son tour. Il songea qu'avec sa barbe et ses cheveux longs, celui-ci ressemblait à Charlton Heston, le Moïse de son enfance, à un détail vestimentaire près. Il portait un pantalon de toile et un tee-shirt délavé, frappé du logo de la Nasa. « *Failure is not an option* ».

– Avant de souhaiter la bienvenue à Marcus, je voudrais avoir une pensée pour les absents : au frère de Lara, Valentin, sacré gamin celui-là, à Hervé Marin, le fou du dingue, et à Guernica son chien, les deux doivent gambader dans les champs ! À ce bon juge Craven qui m'a accompagné sur les routes et qui prend une retraite bien méritée ! J'ajoute aussi, au commandant Joseph Lieras, même s'il est en retard ! En général, c'est quand on parle du loup qu'il pointe le bout de son nez, ajouta-t-il en jetant un coup d'œil vers les bureaux plongés dans la pénombre. Mais pas cette fois, faut croire !

– Qui c'est ? demanda Marcus.

– Un grand flic, et un ami !

Les yeux de Corentin Ruedler s'arrêtèrent sur le visage de Léon Castel.

– Vous le connaissez depuis combien de temps ? Deux mois ?

– La question n'est pas là, contra Arnault de Battz en repoussant de la main les doutes du journaliste.

– Mais admettez qu'on ne sait pas grand-chose sur lui.

– On sait l'essentiel. Il nous a aidés à retrouver Lara.

– Certains silences de Lieras me semblent suspects.

– C'est un type sur qui on peut compter, s'interposa Léon. Il nous l'a montré.

Il choqua son verre contre celui de Marcus Maratier, soucieux de dissiper le malaise créé par les insinuations de Corentin Ruedler.

– En parlant des gens fiables, poursuivit Léon en lui jetant un coup d'œil en coin. Voilà, j'y viens ! À notre héros, rescapé d'un stage longue durée chez les Colombiens, pourfendeur des libertés !

Arnault de Battz l'avait présenté au reste de l'équipe quinze jours plus tôt, en leur précisant que oui, il s'agissait du même Marcus Maratier qui avait passé cinq ans entre les mains d'une faction terroriste colombienne, et avait fini retranché dans l'appartement de sa mère morte. Le producteur, qui partageait le même psychiatre, l'avait sorti de l'isolement dans lequel il se consumait à petit feu, en proposant de lui consacrer un reportage. Le film avait été un succès, récompensé par le prix du documentaire de la SCAM.

– Que W3 t'offre à toi aussi la possibilité de t'envoler ! ajouta Léon. D'ailleurs, à ce propos… Mister de Battz, s'il vous plaît !

Arnault s'empressa de récupérer un gros paquet dissimulé sous un des bureaux et le tendit à Marcus.

– De la part de toute l'équipe de W3, en cadeau de bienvenue !

Après un merci embarrassé, Marcus Maratier s'empressa d'ouvrir l'emballage. Au fur et à mesure que ses doigts arrachaient le papier, ses yeux s'écarquillaient comme ceux d'un gamin.

– Merde, c'est pas vrai !

Le carton recelait deux boîtes contenant chacune un AR. Drone.

Marcus se laissa tomber sur sa chaise et vida son verre d'un trait. Des larmes perlaient à ses paupières.

– Ben v'là que le grand dadais va nous faire une syncope ! s'esclaffa Léon. Tâche de pas nous attirer d'ennuis avec ces machins, hein ! Et puis, laisse pas traîner tes sacs de couchage au milieu de la carrée, OK !

Tous trinquèrent, puis Arnault de Battz demanda à prendre la parole.

– Je veux avoir une pensée pour Sookie Castel. Je sais qu'elle vous manque, je suppose aussi qu'elle aurait détesté être ici, mais sans elle, nous ne serions pas réunis…

Et tandis qu'Arnault parlait, Léon repensa aux événements des dernières semaines. Il revit comment, à partir des doutes de sa fille sur le suicide collectif des membres d'une même famille, les Raspail, le juge Craven, Jo Lieras et lui-même avaient remonté la piste d'un tueur en série et abouti jusqu'à un blockhaus où Lara était emmurée vivante parmi des dizaines de cadavres. La presse avait beaucoup parlé de « l'affaire du bunker », surtout quand le coupable désigné avait été abattu par le père d'une des victimes.

– … Léon ? Léon ? Mais il ne m'écoute même pas quand je parle de sa fille, le péquenot ! s'empourpra Arnault de Battz. Môssieur Castel ?

Léon envoya un franc sourire au producteur et porta sa coupe de champagne à ses lèvres.

– À Sookie, et à W3 !

Corentin Ruedler et Marcus Maratier ajoutèrent chacun un toast personnel.

– Et mort aux cons ! acheva Léon.

Il vida son verre, réprima d'un coup de langue l'expansion des bulles contre son palais, et en fut pour une montée de larmes.

– Il est vert ! éructa-t-il en se resservant. Pas dégueu, mais vert.

Arnault de Battz manqua s'étrangler.

– Un Billecart-Salmon n'est jamais vert ! Mais puis-je vraiment espérer mieux de la part d'un ignare plus rompu au schnaps qu'aux champagnes haut de gamme ?

– Mort aux cons, répéta Léon en s'esclaffant. Et à tous ceux qui veulent la peau de W3 !

Le site d'information s'était assuré un lancement tonitruant avec la résolution de l'affaire Moreau. Mais avait également vu s'allonger la liste de ceux qui rêvaient de provoquer sa chute. Si W3 possédait son lot d'ennemis, il avait aussi l'appui d'un large public. Les pages de soutien s'étaient multipliées sur les réseaux sociaux, et des lettres révélant des affaires affluaient avec des chèques ou des billets de banque.

Léon Castel en avait encore les larmes aux yeux. Lui qui s'était battu pendant des années contre les déraillements de la machine judiciaire avait fini par penser que ça n'intéressait les gens que lorsqu'ils se retrouvaient eux-mêmes broyés par le système. La pétition lancée sur le site de W3 avait récolté 300 000 signatures en moins de deux semaines. Même des gamins hauts comme trois pommes avaient cassé leurs tirelires et envoyé leur cagnotte pour que d'autres petits en danger soient sauvés par W3.

Léon s'imagina en costume de Superman et sourit bêtement.

– Un peu plus de cet excellent champagne vert ? proposa Arnault de Battz avec un rictus moqueur.

– Évidemment !

5

La campagne défilait sous ses yeux, et à chaque croisement, **Jo Lieras** songea qu'il augmentait ses chances de succès. Il avait été attaqué par une équipe restreinte, trois hommes au plus, et à présent, ils ne pourraient plus remonter sa piste.

Au cours des cinq heures qu'avait duré le voyage, une lourde tension avait régné dans l'habitacle, alimentée par Bérénice qui se plaignait de sa position inconfortable et sanglotait.

– Où est maman ? Maman !

Jo, qui s'était contenté de lui demander de se taire jusque-là, passa une main rassurante sur ses cheveux. Elle la rejeta avec violence.

– Laisse-moi ! Je veux téléphoner à maman !

– Pas question de téléphoner, je te l'ai déjà dit.

– Pauv' débile !

– OK, murmura Jo avec un soupir. On va faire une pause.

La route traversait un bois. Le policier en profita pour s'engager sur un chemin forestier qu'il longea jusqu'à une zone dégagée où il gara la voiture.

Bérénice se redressa comme un diable sur ressort et quitta précipitamment l'habitacle. De son côté, Jo resta quelques instants derrière le volant pour l'observer. L'adolescente s'éloignait en hurlant des injures, et en frappant rageusement du pied dans des monticules de terre.

Le policier ajusta le linge qui comprimait sa blessure, puis il ouvrit la boîte à gants. À l'intérieur se trouvaient une trousse de secours contenant le nécessaire d'urgence, et un flacon de Rivotril dont il versa une vingtaine de gouttes dans une bouteille d'Évian de 25 centilitres, avant de la glisser dans la poche de sa veste, un œil toujours rivé sur Bérénice. Il avala deux comprimés de Doliprane, s'extirpa de la voiture en grimaçant de douleur et déverrouilla le coffre. Celui-ci contenait une cantine cadenassée qu'il ouvrit à l'aide d'une clé suspendue à une chaîne passée autour de son cou.

La malle renfermait des armes de plusieurs calibres, des munitions, des téléphones mobiles, de l'argent, des passeports de différents pays, deux trousseaux de clés, des aliments lyophilisés, de la teinture pour cheveux, des chaussures et des vêtements pour les deux sexes.

Jo Lieras ôta ses bottes en caoutchouc et posa des pansements sur les coupures de ses pieds avant de passer des baskets. Puis il chargea un Browning qu'il glissa à l'arrière de son jean, empocha un des téléphones, et alla à la rencontre de Bérénice qui l'observait, les bras ballants.

– Qu'est-ce qui se passe ! hurla-t-elle en reculant. C'est quoi, ce matos de warrior ?

Jo Lieras tenta un sourire, mais ses traits las trahissaient son inquiétude.

– C'est ça ! Je dois me planquer, fermer ma gueule et je sais même pas pourquoi ! Rends mon téléphone, je veux appeler maman !

– Calme-toi.

– J'ai pas envie de me calmer ! cria l'adolescente d'une voix rendue suraiguë par la peur. Donne mon portable ! Je veux pas rester avec toi ! Maman va venir me chercher !

– Je ne te laisserai pas téléphoner, Béré !

L'adolescente fixa son beau-père avec insolence.

– Lâche-moi ! T'as aucun droit sur moi !

– Ça suffit ! Tu remontes dans la voiture, ordonna Jo. On s'en va.

– Va te faire foutre ! contra Bérénice avec hargne. Je bougerai pas tant que j'aurai pas eu maman au téléphone.

– Obéis, Bérénice.

– Non !

Au moment où Jo faisait un pas vers elle, l'adolescente fit brutalement volte-face et s'élança en direction de la route.

– Au secours, au secours !

En quelques enjambées, Jo fut sur elle. Il la saisit violemment par le bras, ce qui lui arracha un cri de douleur, et l'entraîna vers la voiture.

– Calme-toi, merde !

Bérénice lui lança un regard incrédule. Jamais elle ne lui avait vu cet air autoritaire, presque menaçant. Jamais elle n'avait entendu sa voix vibrer de cette manière. Elle se détacha de son étreinte et le fixa haineusement.

– Tu m'as fait mal.

– On a une longue route devant nous. Pas question d'attirer l'attention.

– Pourquoi tu ne me dis pas où est maman ?

– Je vais le faire, mais d'abord, assieds-toi.

– Pourquoi je dois m'asseoir ? geignit l'adolescente. Dis-moi où est maman.

Devant le silence de son beau-père, Bérénice insista, d'une voix cassée par l'angoisse.

– Dis qu'elle va bien, s'il te plaît. S'il te plaît !

– Bérénice, articula-t-il d'une voix blanche. Je suis désolé.

Un sourire incrédule naquit sur le visage de l'adolescente.

– Quoi ? Quoi ?

– Je n'ai rien pu faire.

Bérénice s'accrocha subitement aux épaules de Jo, les yeux rivés sur les larmes qui roulaient sur les joues du policier. Jamais elle ne l'avait vu pleurer.

– Mais quoi, putain, parle !

– Chérie, souffla Jo avec difficulté, ta maman a été tuée.

Bérénice se mit à hurler, et Jo Lieras l'enlaça de toutes ses forces. Lui qui n'avait jamais eu d'enfant l'étreignit comme si elle était sa propre chair, et tandis qu'elle hoquetait, et le frappait de ses poings serrés, il se jura qu'il ne laisserait jamais rien lui arriver.

Le policier soutint l'adolescente dont les jambes flageolaient, et la guida jusqu'à la banquette arrière. Elle tremblait de tous ses membres.

Jo lui tendit la bouteille d'eau.

– Bois.

– C'est quoi ?

– Bois, ça te fera du bien.

Bérénice but une gorgée et fit la grimace.

– Tu veux m'empoisonner, c'est ça ?

– Béré… J'ai juste besoin que tu gardes ton sang-froid.

Bérénice essuya une larme et vida la moitié du contenu de la bouteille.

– T'as dit n'importe quoi tout à l'heure, hein ? Maman, elle va nous rejoindre ?

– Non, Bérénice, elle ne va pas nous rejoindre.

– Mais… et mes affaires ? Le collier qu'elle m'a offert, et mon livre… j'ai oublié mon livre.

– Je t'achèterai tout ce dont tu auras besoin. Mais on ne peut pas retourner là-bas, tu comprends ?

– Dis que c'est pas vrai, Jo, geignit l'adolescente. S'il te plaît. Dis que maman sera bientôt là.

Bérénice vacilla sur ses jambes et fit de rapides gestes devant ses yeux, comme pour chasser des mouches imaginaires. Jo la soutint, le temps que la puissante benzodiazépine l'entraîne dans le sommeil, et il caressa ses joues mouillées de larmes. Dans les traits de Bérénice, il retrouva ceux de la femme qu'il aimait. La pensée que Mathilde survivrait en elle lui donna du courage.

Lorsqu'elle fut endormie, il l'allongea, puis il ferma doucement la portière, et ôta sa chemise.

Assis sur le rebord du coffre, il désinfecta sa plaie. Un des éclats de la balle qui avait fauché Mathilde s'était fiché dans sa chair. Le policier empila plusieurs compresses sur la blessure et acheva le bandage. Puis il logea le contenu de la malle dans un grand sac de voyage.

Enfin il s'éloigna de la voiture, connecta le téléphone et composa un numéro.

Son interlocuteur décrocha à la première sonnerie.

– Je suis compromis, lâcha Jo Lieras, la gorge nouée.

– Des dommages ?

Devant le silence du policier, son interlocuteur ajouta :

– Vous êtes combien ?

– Deux, murmura-t-il. On n'est plus que deux.

– Rendez-vous planque 7. Je préviens les autres.

6

Le vibreur d'un téléphone portable résonna plusieurs fois dans le silence de la chambre, mais **Lila Berki** ne bougea pas, les yeux rivés sur les toits en terrasse qui dévalaient la colline jusqu'aux berges du Rhône. Ils s'imbriquaient en un désordre harmonieux où le regard, sans cesse attiré par un détail, ne se fixait pas longtemps.

Par la fenêtre ouverte, la jeune femme percevait quelques notes de jazz, atténuées par l'épaisseur du verre cathédrale. Fleur était là, sous la verrière industrielle qui hébergeait son cours de danse. Fleur, sa fille, son trésor.

Mariée à 27 ans, divorcée deux ans plus tard, Lila avait raté une marche dans sa vie de femme. Il restait de cette erreur de parcours cette fillette adorable de bientôt 6 ans, que son père voyait quand ça l'arrangeait.

Fleur adorait la danse et son professeur, Ophélie. Peu à peu, Lila et Ophélie étaient devenues amies. Ce lien s'était renforcé après que Lila lui avait prêté main-forte lors des multiples violences d'un divorce douloureux. Depuis, les deux femmes étaient comme les doigts d'une main. Lila protégeait Ophélie des assauts de son ex-mari, et Ophélie abritait dans sa chambre de bonne les amours clandestines de Lila.

Au son étouffé d'un bip annonçant un message, Lila se redressa brusquement et jeta un coup d'œil vers la table bistrot où étaient posés deux armes, rangées dans leur holster, et deux téléphones portables éteints.

Elle frissonna et couvrit ses épaules avec le drap.

– Tu sais où y a du shampoing ? demanda une voix masculine depuis la salle d'eau.

– Dans le meuble sous l'évier.

Son amant et coéquipier, Milan Delaunay, maugréa sous la douche, mais Lila ne s'en soucia pas. Elle demeura quelques instants immobile, puis elle se précipita vers son blouson, et en extirpa un deuxième téléphone.

Les doigts crispés, elle le déverrouilla.

L'écran afficha aussitôt le message en provenance d'un numéro étranger :

« GR compromis »

– Merde, grommela-t-elle.

– Lila ? Tu viens ?

La jeune femme éteignit précipitamment le téléphone, le rangea dans son blouson et traversa le studio vers la minuscule salle d'eau embuée de vapeur.

– Dépêche, je dois filer.

La main de Milan Delaunay se glissa entre les portes entrouvertes de la cabine de douche et saisit le poignet de Lila pour l'attirer vers lui.

– Encore un câlin sous l'eau, minauda-t-il. Je te gratterai le dos.

Lila émit un petit rire et retira sa main.

– Dépêche, je t'ai dit. Vraiment, je dois y aller.

Pendant que Milan se séchait, Lila fila sous la douche, se rinça les aisselles et le sexe puis elle s'habilla en vitesse, et agrafa son holster.

À chaque fois qu'ils se retrouvaient ici pour faire l'amour, le mardi et le jeudi en fin d'après-midi, le rituel était le même. Ils déposaient leurs pistolets et leur téléphone côte à côte avant de se jeter l'un sur l'autre. Et leurs moments volés s'achevaient toujours ainsi. Il prenait sa douche et partait le premier, pas question de sortir de l'immeuble ensemble. Lila était chargée de fermer la chambre et de restituer les clés à sa propriétaire.

– Des ennuis ?

– Rien de grave.

Lila regarda avec impatience son coéquipier s'asseoir sur le lit pour enfiler ses chaussettes, attraper ses chaussures, y glisser les pieds et se relever pour récupérer son arme et son téléphone. Il s'approcha pour l'enlacer et Lila sentit aussitôt son agacement disparaître entre les bras de son amant.

– Je t'aime, murmura-t-elle.

Milan n'avait jamais répondu à ces mots. Lila espérait qu'aujourd'hui, peut-être…

– On se voit demain ?

L'agacement revint aussitôt. La déception aussi.

– Ouais, murmura-t-elle en se détachant de lui. À demain.

Embrasse ta femme et tes gosses pour moi.

La porte se referma sur Milan, les pas s'éloignèrent dans le couloir.

Lila le guetta par la fenêtre jusqu'à ce qu'il tourne au coin de la rue. Alors, elle se précipita dans l'escalier.

L'accès au studio de danse se faisait par la cour, mais aussi par le bistrot du rez-de-chaussée. Lila passait toujours par là avant de récupérer Fleur pour avaler un *ristretto* chez Annette. Quitter Milan la rendait triste, savoir qu'il allait retrouver femme et enfants lui crevait le cœur, et cette sympathique quinquagénaire faisait un café délicieux.

Lila Berki salua Annette avec un baiser du bout des doigts, traversa rapidement la salle, principalement occupée par des joueurs de Rapido, et s'engouffra dans un étroit corridor par la porte du fond.

La musique se fit plus forte. Au bout du couloir, une baie vitrée s'ouvrait sur le studio de danse baigné de lumière. Lila eut un pincement au cœur comme à chaque fois qu'elle voyait Fleur en tutu.

Elle frappa, se glissa par l'entrebâillement de la porte pour laisser les clés de la chambre de bonne sur un guéridon et fit signe à Fleur. Celle-ci quitta la barre murale où elle s'exerçait avec d'autres fillettes de son âge pour courir vers sa mère.

– Pourquoi t'es déjà là ?

– Rhabille-toi, mon cœur, on doit y aller.

– Maman… y'a répète pour le spectacle !

– Tout va bien ?

Ophélie, qui s'était approchée elle aussi, lança un regard interrogateur à Lila.

– T'inquiète, un problème au boulot.

– Tu veux que je la garde ?

– Merci, mais je me débrouillerai. Fleur, habille-toi, je t'attends chez Annette.

La porte se referma sur Fleur et sa prof de danse. Lila soupira. Elle détestait contrarier sa fille. Elle ne manquait pas d'autorité, pourtant, elle fondait toujours devant sa jolie frimousse et lui cédait la plupart de ses caprices. Mais aujourd'hui, pas question de plier.

Lila Berki se dirigea vers le bar où elle s'installa, juchée sur un tabouret. Annette déposa un *ristretto* devant elle.

– Un chocolat chaud pour la puce ?

– Pas le temps, on doit filer.

– OK !

La patronne retourna à ses occupations, tandis que Lila avalait son café, les yeux rivés sur l'écran de son deuxième téléphone.

« GR compromis »

Un nouveau message arriva à cet instant précis.

« RDV Pl. 12 »

Des éclats de voix en provenance de l'entrée et du fond du bar la sortirent de ses réflexions. Lila bondit de son tabouret, et se colla contre le comptoir.

Son regard croisa celui d'un homme cagoulé et armé d'un pistolet mitrailleur qui se tenait à la sortie du corridor conduisant à l'école de danse. Un autre, à peine à quelques mètres d'elle, braquait Annette, tétanisée derrière son présentoir à cigarettes.

Instinctivement, Lila nota qu'il avait les gestes d'un type habitué au maniement des armes, et que ses yeux clairs étaient bordés de longs cils.

– On ne bouge pas ! hurla le premier tandis que l'autre réclamait la caisse.

Lila examina rapidement les environs.

Réfléchis, réfléchis, merde !

– Tout le monde met les mains sur la tête !

Les clients s'exécutèrent, tremblants et blafards.

Lila leva lentement les bras, l'esprit tourné vers le fond du corridor d'où Fleur risquait de débouler d'une seconde à l'autre.

Reste avec Ophélie ma puce, je t'en supplie, ne viens pas !

Le cœur de la jeune femme battait à tout rompre. Jamais elle n'avait manqué de sang-froid lors des opérations dangereuses. Jamais.

Mais là, Fleur faisait partie de l'équation.

– Toi ! lui hurla le type aux longs cils. Avec les autres !

Lila glissa le long du bar en prenant soin d'empêcher sa veste de se soulever sur son holster.

Soudain, elle vit avec horreur la silhouette menue de Fleur jaillir du corridor, sa frimousse déformée par la peur, puis les doigts du type armer son fusil mitrailleur et le pointer dans sa direction. La voix vibrante de l'enfant résonna dans la grande salle.

– Maman !

Sans hésiter, Lila Berki se jeta sur le canon de l'arme, faisant rempart de son corps. Quatre balles la projetèrent aux pieds de sa fille.

Les assaillants vidèrent leur chargeur sur les murs, explosant les bouteilles d'alcool et les paquets de cigarettes, déchiquetant les journaux, les cadres et les banquettes, et quittèrent tranquillement le bar sous les yeux terrorisés des clients. Des débris de feuilles et de mousse voletèrent un instant, puis retombèrent au sol dans un silence de plomb.

7

Un bras passé autour des épaules de Milena, **Lara Mendès** observait les réactions de la fillette pendant que celle-ci regardait la télévision, allongée sur son lit d'hôpital. Des sourires naissaient, fugaces et disparaissaient aussitôt pour laisser place à une moue inquiète. Même les dessins animés criards, diffusés en boucle sur Gulli, peinaient à retenir la fillette dans un monde enfantin.

Depuis qu'elle avait retrouvé cette enfant affamée et traumatisée dans une gaine d'aération du bunker, Lara s'était prise d'affection pour elle. Après l'attachement s'était imposé un fort sentiment de responsabilité qui la poussait à lui rendre visite matin et soir.

Jour après jour, Milena demeurait seule, clouée sur ce lit d'hôpital où des médecins tentaient de réparer l'indicible. Bien sûr, ses reins en attente d'une transplantation résistaient aux séances de dialyse, ses chairs arrachées et violentées avaient été recousues et son corps se remettait lentement des outrages subis, mais Milena restait l'étrangère dans un pays dont elle ne maîtrisait pas la langue, entourée de gens en blouse blanche, reliée à une machine par des tuyaux, et prisonnière de quatre murs que la peinture jaune agrémentée de frises colorées ne parvenait pas à égayer.

Malgré les avis de recherche diffusés à une échelle européenne, Milena restait Milena X, enfant abandonnée, destinée aux foyers de la DDASS.

« C'est à croire qu'elle vient de la rue, comme des dizaines de milliers de gamins des pays de l'Est, avait dit l'éducatrice spécialisée à Lara. Qui sait quel genre de bombe à retardement elle va devenir à l'adolescence ! Aucune famille d'accueil n'est disponible, et dans une structure d'urgence, elle va se faire dévorer toute crue. Cette petite est perdue, j'en ai bien peur. Vous confier la garde ? Ça m'étonnerait qu'un juge l'accepte, vu ce que vous avez vous-même vécu dans le bunker. »

Pauvre conne, qu'est-ce que tu sais de moi ?

Lara Mendès et son jeune frère Valentin avaient été élevés par leur grand-mère Carmela. Ils avaient eu une enfance paisible à défaut d'être heureuse.

Comment bien grandir quand on guette chaque jour le retour de ses parents, dont on ne sait pas s'ils sont morts ou s'ils ont décidé de disparaître, et ce pendant plus de quinze ans ?

De ce traumatisme, Lara avait gardé une terrible peur de l'abandon, et un sens aigu du devoir. Âgée de sept ans de plus que son cadet, elle avait veillé sur lui comme une louve, et avait aujourd'hui encore tendance à le couver, ce qu'il ne se privait pas de lui reprocher. Mais à présent que Valentin poursuivait ses études à l'autre bout de la France, Lara s'était donné une nouvelle mission, celle de veiller sur Milena.

« Soignez-vous d'abord, fournissez-moi les attestations du psychiatre ensuite, puis vous pourrez vous mettre en quête d'un appartement avec une chambre suffisamment spacieuse pour Milena, le vôtre est ridiculement petit, et remplir les formulaires administratifs. Alors seulement, je déciderai ou non, si je peux envisager de proposer au juge de vous la confier pendant les vacances. »

Lara en avait pleuré de rage, s'était bourrée d'anxiolytiques pour éviter de laisser une flopée d'insultes sur le répondeur de cette dame, et avait achevé la journée aux côtés de Milena, devant des dessins animés en se disant que, finalement, le bonheur était aussi simple que de tenir cette enfant dans ses bras.

C'est tout naturellement qu'en sortant de la morgue vers 8 h 30, elle s'était rendue à Necker. Elle arrivait généralement à l'hôpital après les soins, vers 10 heures, et passait la matinée avec la petite. Regarder Milena, traquer quelques-uns de ses sourires volés, voir ses joues se remplir peu à peu lui faisait du bien. Malgré la barrière de la langue, elles parvenaient à faire de belles parties de dames, s'affrontaient à la bataille et parfois même au Monopoly, dont elles détournaient les billets pour jouer à la marchande.

Lara quittait Necker après le repas, pour revenir à l'heure du coucher et bercer Milena jusqu'à ce qu'elle s'endorme. La fillette luttait tellement contre le sommeil qu'elle s'épuisait chaque jour davantage. Et Lara pouvait aisément imaginer ce qui l'effrayait. Les mêmes images l'empêchaient de fermer les yeux, et chaque nuit se peuplait des pires cauchemars. Sauf qu'elle pouvait avaler des somnifères et s'offrir le luxe d'un sommeil sans rêve.

– Bonjour Lara. Je peux vous parler ?

La voix du professeur Catherine Nicoud, la responsable du service de néphrologie pédiatrique, la sortit de ses pensées.

Lara Mendès retira délicatement son bras des épaules de l'enfant.

– Je reviens, mon cœur, dit-elle d'une voie douce.

Elle rejoignit le médecin dans le couloir, et referma la porte derrière elle.

– Je sais, pardon, s'excusa Lara. Je n'avais pas prévu de venir si tôt.

– Vous savez bien que vous avez accès au service quand vous voulez. Accompagnez-moi dans mon bureau, j'ai les résultats du cross-match.

Dès qu'elle avait su que Milena devait être greffée, Lara avait demandé à être donneur et passé les tests nécessaires.

– Il est positif, c'est ça ? murmura-t-elle d'une voix blanche.

– Oui, je suis désolée, vous n'êtes pas compatible. Mais j'ai bon espoir de trouver un donneur rapidement.

Lara soupira et détacha son regard des yeux clairs et francs du professeur Nicoud.

– Il va y avoir du battage médiatique autour de moi, alors je vais m'éloigner quelques jours pour épargner la petite… Je pourrai l'appeler ?

– Évidemment ! Et dès que j'ai du neuf, je vous tiens informée.

– Mon téléphone est toujours connecté, quelle que soit l'heure. Je remonterai à Paris si besoin.

Les deux femmes échangèrent encore quelques mots, puis Lara retourna dans la chambre de Milena. Au passage, elle décrocha le calendrier illustré qu'elle lui avait acheté deux semaines plus tôt, et resta plantée au pied du lit.

Milena n'avait pas bougé d'un pouce. Son petit visage immobile encadré de mèches blondes lui faisait penser à celui de Newt, la fillette sauvée par Sigourney Weaver dans le film *Alien, le retour*, et sa poitrine se serra quand elle se rappela que Newt mourait au début du troisième volet de la série.

– Pas toi, mon cœur, murmura-t-elle en attrapant la télécommande pour couper la télévision. Tu n'as pas traversé tout ça pour ne pas t'en sortir.

La gamine poussa un gémissement de contrariété.

– Écoute, Milena, lui expliqua Lara Mendès en accompagnant ses paroles de gestes, je vais partir un peu plus longtemps cette fois.

La jeune femme s'approcha du lit, tendit le calendrier à la fillette et pointa la date.

– Ça, c'est aujourd'hui.

Puis, avec deux doigts, qu'elle déplaça sur le matelas, elle mima un bonhomme qui marche.

– Ça c'est moi, ajouta-t-elle en se désignant. Je dois m'en aller. Lara s'en va. Partir.

La petite toucha l'épaule de la jeune femme, puis mima le bonhomme qui s'en va.

– Lara.

– Oui, c'est bien ! s'exclama Lara, qui recommença son manège en sens inverse, puis souligna un deuxième jour espacé du premier d'une semaine.

– Là, c'est quand je reviendrai.

Milena mima le bonhomme qui revient et hocha la tête. Ses sourcils se froncèrent.

– Tu veux savoir où je vais ?

Cette fois, Lara mima une vieille femme, marchant avec une canne. Puis elle tapota sa poitrine.

– Je vais passer quelques jours chez mémé Carmela, ma grand-mère. J'ai besoin de me reposer.

Et de fuir le bordel que les révélations sur Bruno vont foutre dans tout Paris.

Milena fit une légère grimace.

– Un jour, je t'emmènerai, promit-elle, en poursuivant ses gestes. Elle fait les meilleurs gâteaux du monde ! ajouta-t-elle en passant sa langue sur les lèvres, sa main posée sur le ventre. Miam !

Lara retrouva sa place aux côtés de la fillette. Celle-ci se mit à compter les jours, puis indiqua la date du retour de Lara.

– Oui, c'est ça, l'encouragea Lara. Dans sept jours !

Elle compta sur ses doigts.

Milena sourit, puis désigna le 9e jour du mois de septembre.

– Le 9 septembre ? interrogea malicieusement Lara. Qu'est-ce qu'il y a le 9 ?

L'index de Milena se retourna contre sa propre poitrine, puis elle écarta ses doigts pour mimer le chiffre 12.

– Tu auras 12 ans ! Quelle grande fille !

Lara Mendès lutta contre une montée de larmes. C'était la première fois que Milena donnait une information sur son compte.

– Je demanderai à mémé Carmela de te confectionner un de ses cakes aux fruits, tu veux ?

Quand Lara lui ouvrit les bras, la fillette se blottit contre elle, et nicha son visage dans son cou. À cet instant, les images de leur rencontre dans le bunker déferlèrent devant ses yeux. Elle revit la sauvageonne crasseuse, maigre et assoiffée, qu'elle avait dû apprivoiser comme un petit animal, le corps pétrifié de glace de Petra Seipel, à peine plus âgée que Milena, et celui de toutes ces femmes que les monstres avaient assassinées.

Le contact des petites lèvres sèches sur sa joue la ramena à la réalité. Milena couvrait son visage de baisers, et la regardait avec cet amour exclusif dont seuls les enfants sont capables.

8

Sur la terrasse des bureaux de la rue des Bluets, **Léon Castel,** Corentin Ruedler, Arnault de Battz et Marcus Maratier passaient d'un sujet à un autre, confortablement installés dans des fauteuils d'extérieur.

– Léon ! s'indigna Corentin. T'es pas en train d'insinuer que la presse est muselée ?

– Quand Mitterrand a quitté le pouvoir en 95, t'as pas eu le sentiment qu'on lâchait les chiens ? Juste un peu ? Ce type était secrétaire d'État sous Vichy, il a organisé son propre attentat dans les années 60 pour se faire mousser, et il a élevé une fille morganatique aux frais de la République ! Ça ne te dit toujours rien ?

– Ça remonte à un bail !

– Suffisait de lire *Minute*, glissa Marcus Maratier, ils en parlaient, eux.

Les têtes de Léon Castel et de Corentin Ruedler se tournèrent dans un même mouvement. Une expression de doute glacé passa sur leurs visages.

– Bah quoi ? Il n'y a pas de lecture salissante ! Et puis, connais ton ennemi comme toi-même. Il n'a pas dit ça l'autre, je sais même pas qui en fait ?

– L'autre, c'est Sun Tzu, précisa Arnault de Battz que la conversation amusait, et je suis d'accord avec Marcus.

– De là à lire *Minute* ! enchaîna Corentin Ruedler.

– Quoi ? opposa Léon. Y'a pas de raison d'accepter un extrême et de bouder l'autre ! C'est de la logique de bobo !

– Pas faux, apprécia Marcus Maratier.

– N'empêche que je ne dénigre absolument pas la guilde des emmerdeurs, argumenta Arnault de Battz, mais W3 ne joue pas dans la même cour.

La question soulevée par le producteur méritait qu'on s'y attarde. Léon Castel était-il capable de représenter W3 sans s'embarquer dans les situations tragi-comiques pour lesquelles il était renommé ?

– Tout est affaire de point de vue, comme toujours, argua Léon. Que je poursuive ou pas, les gens savent que Léon Castel fait tourner en bourrique les juges, les procureurs, les flics et les assassins. Alors, pourquoi changer la donne ?

Certes, il n'était pas question de transformer W3 en une « guilde des emmerdeurs géante », mais il n'était pas non plus obligé de renoncer à ce qui lui tenait à cœur.

– Jamais je ne risquerai de discréditer W3. Ce qui m'importe, c'est de ne choquer personne. Les autorités, le pouvoir, les juges, même les lois, je m'en contrefous. Mais pas les gens. Les gens de la rue, les gens comme vous et moi…

Léon Castel hésita, les yeux rivés sur Arnault de Battz. Il se reprit.

– Peut-être pas comme vous, Arnault, vous n'avez jamais dû ressembler à quelqu'un d'ordinaire, mais moi si. J'appartiens à la plèbe. Je suis parfaitement républicain ! C'est ça qui m'anime, et je suis certain que W3 est animé par le même objectif. Par contre, nos outils divergent. W3 a besoin de respecter les lois, pas moi. Et je peux vous garantir qu'un passage dans un commissariat ou le bureau d'un juge, ça garantit une lisibilité médiatique aux petits oignons.

– Personne ne capitule, marmonna Arnault de Battz, visiblement contrarié. Personne ne fait de compromis, pas plus le producteur pédé parisien que l'emmerdeur vosgien. Et tout le monde s'en sort la tête haute.

– Exactement, apprécia Léon Castel. Mais pourquoi ramenez-vous toujours tout à votre derrière ?

– Quand vous appartiendrez à une minorité bafouée, vous comprendrez qu'il est nécessaire de surjouer.

– Apprenez que c'est mon cas : je suis un Vosgien d'adoption jamais adopté par les crétins des Vosges !

– Vous ne devez pas être nombreux, s'esclaffa Corentin Ruedler.

– J'ai l'honneur d'être le seul de mon village. Ça ne favorise pas les liens, mais ça me permet de gagner au Ki-sus-ki !

– Au quoi ?

– Sacrés Vosgiens ! s'amusa Marcus Maratier.

Léon allait répliquer quand il aperçut la silhouette de Lara Mendès dans l'*open space*. Il planta le producteur avec une grimace et la rejoignit en quelques enjambées. La jeune femme s'était assise à l'écart, sur le coin d'un des bureaux, et regardait ses mains posées sur ses cuisses.

– Lara ! Quelle tristesse de trinquer sans vous !

– Je fais ce que je peux, répondit-elle d'un air accablé.

– Vous avez vu Milena ? demanda-t-il. Arnault m'a dit qu'elle allait mieux.

– Pas vraiment, lâcha-t-elle en se dirigeant vers la terrasse.

Perplexe, Léon Castel la suivit des yeux, puis son regard partit au loin par-dessus les toits.

La tour Eiffel se perdait dans une brume de chaleur mêlée de pollution et il songea qu'elle lui rappelait Lara. Si proche et pourtant inaccessible à celui qui lui tendait la main.

– Comment va la petite ? demanda Arnault de Battz quand Lara le rejoignit sur la terrasse.

– Comme une fillette massacrée par des porcs, grimaça-t-elle en se laissant tomber dans un des fauteuils à côté de son producteur. J'ai appris que je n'étais pas compatible. Pour la greffe de rein.

– Oh... Je suis désolé. Si tu...

– Jo n'est pas là ? l'interrompit Lara en se servant une coupe de champagne.

– Non et nous n'avons pas eu de ses nouvelles.

– Ça ne lui ressemble pas de nous planter sans prévenir.

– Il a certainement été appelé sur une affaire urgente, Honey !

Lara haussa les épaules.

– Ouais, lâcha-t-elle en trempant ses lèvres dans le Billecart-Salmon. Tchin...

Arnault de Battz se tourna vers Léon Castel qui fixait Lara, visiblement ébranlé par son comportement.

– Tchin, Honey !

– À vous, Lara.

– Au rétablissement de Milena.

– Vous étiez en train de parler de W3, recentra Lara Mendès, ne vous interrompez pas pour moi.

– Précisément, en profita Arnault de Battz, W3, c'est de l'information avec un grand I.

En entendant les paroles du producteur, Léon s'anima.

– Chaque cas mérite qu'on s'y attarde !

– Ah oui ?

– Laissez-moi vous raconter l'histoire d'Eva X. Cette femme est un membre actif de la guilde des emmerdeurs depuis des années, et un beau jour, il y a deux ans, elle est brutalement passée de l'autre côté. Du côté des victimes, je veux dire !

Ainsi Léon Castel expliqua-t-il qu'Eva X avait été violée par un de ses voisins. Condamné à dix-huit mois, celui-ci en avait purgé douze, puis était rentré dans son studio, deux étages au-dessus de celui de la jeune femme.

– Légitimement persuadée que son violeur ne pouvait avoir le droit d'habiter aussi près, poursuivit Léon, la malheureuse est allée chez les poulets. Et vous savez ce que ces empafés lui ont répondu ? « Si vous ne voulez pas le croiser, c'est à vous de déménager ! »

Des mois de calvaire, de peur et de ressentiment avaient

commencé pour Eva, que son violeur prenait un malin plaisir à terroriser tous les jours.

– Vous ne croyez quand même pas que je vais abandonner cette femme !

– W3 n'a pas vocation à traiter la rubrique des faits divers, rétorqua Arnault de Battz. Même si ce cas est fâcheux, j'en conviens.

– Fâcheux ! s'étrangla Léon. Fâcheux ?

– Si je peux me permettre, l'interrompit Marcus Maratier.

Il alluma un cigarillo, observa les volutes de fumée s'élever dans l'air comme s'il y cherchait la suite de sa phrase.

– Quoi ?

– Le compromis est la ruine des grandes idées, lâcha-t-il d'un ton docte qui fit pouffer Corentin Ruedler, visiblement éméché.

Ce dernier était en train de se rouler maladroitement un joint de cannabis.

– Et la bonne santé bancaire, l'objectif de chaque instant, proféra Arnault de Battz. Posséder l'argent est nécessaire pour conserver la liberté de publier ! Pas de grandes affaires, pas de lecteurs, pas d'argent ! C'est la dure loi du marché !

– Justement, on a les moyens ! s'insurgea Léon. Et tout le monde a le droit à une tribune ! Tenez, lisez ça et dites-moi que vous allez dormir sur vos deux oreilles !

Léon Castel tendit son iPhone à Arnault de Battz, qui parcourut l'échange de messages de mauvaise grâce.

Eva :

« Léon, je sais que tu es très occupé depuis que tu es la vedette de W3, mais ne me laisse pas tomber. »

Léon :

« Moi, un lâcheur ? Tu as vu jouer ça où ? Comment ça se passe pour toi ? »

Eva :

« Pas terrible. Il mime des gestes obscènes à chaque fois que je le croise, gratte à la porte de mon appart en me traitant de salope. Les flics devaient envoyer une patrouille. J'attends toujours. »

Léon :

« Est-ce que tu m'autorises à pousser un coup de gueule ? »

Eva :

« Qu'est-ce que tu veux dire ? »

Léon :

« Fais-moi confiance. Quand je serai passé, l'autre, il n'aura qu'une envie, déménager. Je te tiens au courant. »

Eva :

« Merci Léon. T'es un amour. ☺ À bientôt. »

– C'est malheureux mais ça ne change rien ! s'exclama Arnault de Battz, les joues rougies de colère contenue. Pas question que vous alliez faire le con ! Ici, on est à Paris, pas dans votre cambrousse ! Et puis, on a assez d'emmerdes avec la justice sans que vous en rajoutiez.

– Là, c'est le pompon ! éructa Léon Castel.

– Et je peux savoir pourquoi ?

– Oui, elle le peut, la vieille chouette ! Parce que primo, W3 appartient à ceux qui y travaillent, deuxio, parce que sans le gros chèque d'Egon Zeller, votre ex-petit copain, il n'y aurait pas de W3 du tout ! Et tertio, y'a pas de tertio, mais cessez de prendre vos grands airs, c'est insupportable !

Furieux, Arnault de Battz se tourna vers Lara Mendès qui poussa un profond soupir en se relevant.

– Lara ? Tu n'as pas dit un mot ?

– Pitié, ne me demandez pas de vous départager.

– Pourquoi ? Tu es partie prenante de l'aventure ! Tu as le droit de décider !

– C'est vrai ça, argumenta Léon. Votons ! Et réglons cette histoire une bonne fois pour toutes ! Doit-on aider Eva ou pas ?

– Vous n'avez pas compris, dit-elle en ramassant ses affaires. Votre débat ne me concerne pas. Je ne travaillerai pas pour W3, j'ai besoin de me mettre au vert quelque temps.

– Lara ? s'exclama Arnault de Battz en se précipitant vers la jeune femme. Qu'est-ce qui se passe ?

– C'est Bruno. Mon fiancé, précisa-t-elle froidement à l'adresse de Marcus Maratier avant de tourner les talons.

– Tu as des nouvelles ?

– Oui, murmura Lara avec un sourire cruel. Ce salaud de pédophile est mort.

9

La dernière fois qu'**Arnault de Battz** avait couru remontait à des années.

Le souvenir lui revint alors que la silhouette de Lara Mendès disparaissait dans une ruelle adjacente. Egon et lui s'étaient querellés, probablement pour une broutille. Ils se mangeaient le bec invariablement pour des détails, jusqu'à ce jour récent où Egon avait juré de ne jamais revenir. Arnault de Battz repoussa cette image. Leur séparation était trop douloureuse, il gardait en lui une impression de gâchis, d'irréparable, d'autant plus forte que la faute lui incombait.

– Lara ! héla-t-il en tournant à son tour dans la ruelle. Tu vas me faire crever à ce rythme !

Il se maudit aussitôt pour le choix malheureux de ses mots.

– Lara, merde, à quoi tu joues !

La jeune femme s'arrêta brusquement, les points serrés, les bras raides le long du corps.

– Honey, tu ne peux pas balancer des horreurs pareilles et te barrer comme la dernière des voleuses ! Honey ?

– Je ne suis pas une voleuse.

Le regard de Lara glissa du visage de son interlocuteur vers la chaussée, humide après le passage d'un camion de nettoyage.

– Réagis, merde ! C'est quoi cette histoire de Bruno pédophile qui est mort ? C'est une mauvaise blague ?

– C'est pourtant clair.

– Je ne comprends pas.

– Tu liras les journaux. J'ai balancé de quoi faire frémir l'AFP.

– Ta colère va te tuer, Lara.

– Bruno m'a tuée.

– Pourquoi traiter ceux qui t'aiment de la sorte ?

– Je dois partir loin d'ici.

– Qu'est-ce que tu racontes ?

– Je te l'ai dit. Des informations le concernant vont sortir dans la presse. Elles saliront sa mémoire, rejailliront sur moi et, par ricochet, sur W3.

– Tu ne veux pas en parler ?

– Non. Mais c'est pour cette raison que je pars à La Réole. Pour éviter de me coltiner la meute, tu vois ? Chez mémé, ils n'oseront pas, pas après ce qui s'est passé le mois dernier.

Arnault de Battz enlaça tendrement Lara, qui se laissa aller à une courte étreinte avant de se détacher de son producteur.

– Essaie de t'entendre avec Léon pendant mon absence, sinon vous allez tout foutre en l'air, ajouta-t-elle d'un ton sinistre. C'est vous, les piliers de W3. Faites pas les cons.

Lara Mendès déposa un baiser sur la joue d'Arnault de Battz et s'éloigna.

Quand elle eut disparu, celui-ci remonta la ruelle, les mains dans les poches et le regard rivé devant lui. Il frappa du bout de sa chaussure dans une boîte de soda vide sous les yeux d'un couple de jeunes gens goguenards.

– Vous ne connaissez pas votre bonheur, les tourtereaux, leur adressa-t-il, profitez-en parce que tout passe, tout lasse.

D'un haussement d'épaules, Arnault de Battz repoussa le compliment de « vieille pédale » adressé en retour, songea que ce « petit con » n'avait pas totalement tort – mais qu'enfin ce n'était pas une raison pour le dire – et rejoignit Corentin Ruedler qui l'attendait au pied de l'immeuble. Léon Castel, lui, avait préféré s'éclipser.

Mais il avait laissé un message pour Arnault.

« J'ai voté. Eva X mérite qu'on s'intéresse à son sort. Que ça vous plaise ou non. W3 appartient au peuple, et je me chargerai de le faire savoir. »

10

Jo Lieras atteignit les environs d'Angoulême à 21 heures passées. Il contourna la ville par la rocade ouest, puis se dirigea vers le centre. Au pied des remparts, son itinéraire fut perturbé par une modification du sens de circulation, aussi emprunta-t-il l'avenue du président Wilson jusqu'à la cathédrale Saint-Pierre.

Il ne croisa que peu de véhicules. À cette époque de l'année, les Angoumoisins profitaient encore de l'océan. Devant l'église d'Obézine, il tourna deux fois, entama la descente vers la place Saint-Gelais et se gara dans la rue du même nom.

Pendant une dizaine de minutes, Jo Lieras resta derrière le volant et observa attentivement les environs. De l'endroit où il se trouvait, son regard embrassait quatre rues, la place et l'entrée d'un square. La plupart des volets étaient clos, le quartier sommeillait dans la chaleur de l'été.

Jo redémarra et sillonna les rues alentour. Après un quart d'heure de ce manège, il s'arrêta et entreprit de réveiller Bérénice. Celle-ci ouvrit de grands yeux perdus, et s'accrocha à son cou.

Chargé de son précieux fardeau, Jo monta jusqu'au quatrième étage sans rencontrer quiconque. Il n'y avait qu'un appartement sur le palier, et au bas de la porte, la fine bande d'adhésif transparent était intacte.

Le vantail s'ouvrit sur un intérieur où flottait une odeur de renfermé. Avec d'infinies précautions, le policier referma la porte sans faire de bruit. Ses yeux s'habituèrent rapidement à la semi-pénombre.

L'entrée desservait un salon chichement meublé, avec une kitchenette à l'américaine, une salle d'eau sur la gauche et une petite chambre à l'opposé. Jo traversa le salon en deux enjambées et déposa Bérénice sur le lit, puis il se posta derrière la fenêtre qui donnait sur la rue pour observer les rares allées et venues. Il vérifia ensuite l'arrière et les jardins avant de redescendre pour récupérer son sac.

Une fois la porte verrouillée, et le canapé poussé devant, Jo retourna dans la chambre. Bérénice s'était rendormie. Il déposa la bouteille d'eau sur le chevet, tamponna le front de l'adolescente à l'aide d'un linge humide. Puis il resta un instant au pied du lit, les bras croisés sur la poitrine, le cœur serré par l'angoisse.

Qu'allait-elle devenir ?

On n'élève pas une gosse un flingue à la main !

C'est ce que Mathilde avait crié, un soir de colère, alors que la disparition de Charlène la rendait folle. Et puis, Léon Castel s'était pointé chez eux, il avait parlé de Charlène, de son médaillon perdu, et Jo avait compris que grâce à cet inconnu, il pouvait reprendre espoir. Ensemble, ils avaient remonté la piste d'un criminel et localisé le bunker où Lara et Milena avaient été enterrées vivantes. Et il avait pu rendre le corps de Charlène à Mathilde.

Jo abandonna ses sombres pensées et gagna le salon pour changer son pansement. Son flanc le faisait souffrir, et il constata que les berges de la plaie avaient rougi. Il récupéra la trousse de secours, et avala deux gélules d'amoxicilline et un comprimé d'Ibuprofène.

Dans les placards de la cuisine, il trouva de nombreuses boîtes de conserve périmées, et jeta son dévolu sur des maquereaux à la tomate qu'il mangea debout au milieu de la pièce, luttant contre l'écœurement.

Un gémissement le précipita dans la chambre.

Il trouva Bérénice assise sur le bord du lit, le buste posé sur les cuisses, le visage enfoui entre ses mains. Elle tenait la petite bouteille d'eau au Rivotril qu'il avait déposée sur son chevet.

– J'ai tout bu, mâchonna-t-elle.

– C'est bien, dit-il en s'asseyant près d'elle. Comme ça, tu vas vite te rendormir.

– Comment je vais faire sans mes affaires ? J'ai besoin de mon sac, y' a toutes mes choses, mes chansons, et mon… mon journal. Mes photos de maman… le médaillon de Charlène, je… je… j'en ai besoin.

Le débit de Bérénice était lent, et elle embrouillait les mots.

– Pleure, chérie, pleure autant que tu peux. Ça te fera du bien.

Jo Lieras se jugea gauche, chercha les mots qui apaisent, ne les trouva pas, alors il prit Bérénice par les épaules et l'attira vers lui. La tête de l'adolescente se posa sur la poitrine de son beau-père, ses cheveux s'accrochèrent dans sa barbe naissante.

Les sanglots s'espacèrent, et après de longues minutes, Bérénice se rendormit. Jo Lieras se détacha doucement de son étreinte et retourna dans le salon, les jambes flageolantes.

Il avala un grand verre d'eau, s'affala sur le canapé, et alluma la télévision sur BFMTV. Devant les écrans de publicité, il se souvint avec tendresse des commentaires amusés de sa femme sur certains spots, en particulier celui d'une entreprise de bricolage. « Être heureux, c'est fastoche ! » disait Mathilde en singeant les accents veloutés de la voix du film promotionnel. Puis leurs disputes sur l'idée ou non d'avoir une télévision dans la maison, avec d'un côté Bérénice, fan des émissions de télé-crochet, de l'autre lui, qui rêvait d'une soirée à papoter en famille, sans le présentateur des infos comme invité dans le salon, et Mathilde, prise entre eux deux, paralysée à l'idée d'en décevoir un.

« On fera un jour avec, un jour sans ! »

Mathilde Bonnet, ou la reine des compromis.

Jo Lieras lâcha un sourire à cette idée. À l'énoncé des titres des informations, il se figea.

Il n'y avait rien. Pas un mot sur la fusillade, la mort de Mathilde, sa fuite avec Bérénice. Rien. Il changea de chaîne d'info, patienta jusqu'à 22 heures.

Toujours rien. C'était mauvais signe.

11

Au volant de son combi VW, **Léon Castel** cherchait à se garer dans un quartier populaire du XIIe arrondissement, mais à cette heure tardive, les gens étaient rentrés chez eux, et les bars étaient bondés. Léon devrait s'armer de patience en attendant qu'un fêtard se décide à lever le camp.

– Des gougnafiers, des estoquefiches et des lampistes ! pesta-t-il. Regarde moi ça, ils ne respectent même pas les places « handicapé ». Y'a pas à dire, ça a du bon de vivre dans les Vosges. T'as déjà vu un Lorrain prendre la place d'un vieux en fauteuil ? Sagouins !

Au moment où il s'apprêtait à refaire un tour du pâté d'immeubles, une place se libéra, quasiment devant le numéro qu'il visait.

– Si c'est pas du bol, grogna Léon Castel.

Il réalisa un créneau impeccable, sortit du véhicule et en effectua un tour complet en bombant le torse.

Le combi VW de Léon Castel était célèbre dans les Vosges. Mais pas à Paris où rien ne semblait étonner les gens et encore moins les amuser.

Pourtant, la carrosserie portait une décoration originale

reproduisant sur un flanc la copie d'un album des Beatles où Léon figurait entre John Lennon et Paul McCartney.

Le flanc opposé proposait des portraits des présidents de la Ve République. Récemment, Léon Castel y avait ajouté un cochon en pied, jouant de la flûte, avec cette courte proposition : « Cherchez l'intrus » !

Sur le capot, sérigraphiée sur la housse de protection de la roue de secours, une face riante d'Ange Lebœuf, le maire de Saint-Junien, affrontait les mouches et les intempéries.

Son tour accompli, Léon ne constata pas une éraflure et s'en félicita. Il renâclait à utiliser son combi à Paris, justement en raison de l'incivisme des locaux, ce même incivisme qui en amenait certains à stationner sur des places réservées aux handicapés. Depuis qu'il habitait dans le 18e, le combi stationnait à Neuilly, près du domicile d'Arnault de Battz, quartier où la circulation ressemblait à celle d'une ville de province.

Mais cette fois, non. Léon Castel allait utiliser son cher véhicule pour prendre un peu de hauteur. Il décapsula une bière, prise dans une des glacières rangées dans les roofs, à l'arrière du combi, et se cala confortablement derrière le volant.

La rue où il venait de se garer jouxtait la place du marché. Dès l'aube, il y aurait des allées et venues entre cette rue et les étals, avec cabas à roulettes en guise de caddie.

L'endroit parfait pour régler son compte à un salopard de violeur.

12

Rarement **Arnault de Battz** avait connu la maison de Neuilly-sur-Seine aussi vide. Le paillasson du couloir était de travers, signe que la femme de ménage était passée. Il le remit en place du bout du pied et avança dans le salon. Un rapide coup d'œil en direction de la maison d'amis lui apprit que Lara Mendès avait récupéré ses affaires et quitté les lieux.

– Va là où le vent te porte, ma grande, dit-il en refermant la porte. Et prends bien soin de toi.

Arnault se servit un Brandy et se vautra sur le canapé avec son iPad. Le *Figaro* faisait sa une du soir sur W3, par l'intermédiaire d'un groupe de députés qui s'interrogeaient sur la raison d'être de tels sites, et se demandaient s'il ne fallait pas commander un rapport sur leurs activités, voire légiférer pour cadrer tout ça.

– Parole, parole, parole, marmonna amèrement Arnault de Battz.

Vaguement irrité, il fit défiler les principaux titres, repéra la dépêche annonçant la mort de Bruno Dessay et le rapatriement de son corps. Déjà, les premières réactions politiques tombaient. Puis il passa aux revues people en ligne et son agacement se mua en tristesse. Son ex-compagnon, Egon Zeller, figurait en pleine page aux côtés de Kevin Bacon et Kiefer Sutherland, lors d'un cocktail donné par la Fox à Los Angeles.

Arnault de Battz claqua rageusement le couvercle de la tablette et se leva. Pas question de gamberger. Si Egon paradait à l'autre bout du monde, c'était juste pour le rendre malade de jalousie – le comédien n'avait jamais apprécié les mondanités, il le savait mieux que quiconque.

Il se mit à regretter d'avoir renoncé à accompagner Valentin aux Maldives où Egon Zeller l'avait invité pour quelques jours. La surprise de voir Arnault débarquer aurait fait oublier à Egon tous ses griefs, ils se seraient réconciliés dans le jacuzzi avec une coupe de champagne et aujourd'hui, le comédien promènerait sa silhouette racée dans le salon d'Arnault, au lieu de se pavaner avec des stars hollywoodiennes.

Planté entre le canapé et la table de réception, Arnault de Battz poussa un long soupir. La fraîcheur de la maison, si agréable d'ordinaire, lui parut aussi nocive que celle d'un tombeau. Il ne pouvait pas rester là. Il ne supportait pas la solitude. Il ne supportait pas l'idée que la rupture l'abîme à vie.

Arnault saisit la photo d'Egon qui trônait sur la table basse et l'effleura du bout des doigts. Elle avait été prise devant les chutes du Niagara. Egon était méconnaissable avec ses lunettes de soleil et cette protection en plastique jaune distribuée à l'entrée de la visite. À vrai dire, son compagnon était même d'une banalité confondante, lui le tombeur de ces dames depuis trente ans. Mais Arnault de Battz avait choisi ce cliché parmi des centaines, parce que la photo évoquait un souvenir cher à son cœur. Cet été-là, ils avaient sillonné le nord de l'Amérique comme des gens normaux, sans avoir à se cacher des fans du comédien.

– Comme un couple à qui on fout la paix, murmura-t-il en reposant le cadre.

Serait-il seul jusqu'à la fin de ses jours ?

Soudain, il se vit condamné à hanter les soirées mondaines comme un ringard solitaire, en grignotant des canapés, la pointe d'une fesse sur une chaise et les yeux rivés sur ses chaussures pour ne pas croiser les regards moqueurs de ceux-là mêmes qui le courtisaient les années passées.

Il avait le sentiment qu'en dehors de W3, rien ne le portait plus. Il était un producteur sans émission à produire, un chef d'entreprise auquel les directeurs de chaîne ne répondaient plus, un amant sans personne à aimer, un homme privé de la plupart de ses ressources.

Après le départ de Lara Mendès et le message de Léon Castel lui annonçant qu'il allait reprendre ses frasques, sa maison vide acheva de lui ruiner le moral.

– Tu n'es qu'une affreuse gamine dans le noir ! se fustigea-t-il. Allez, Battz, un effort !

En quatre enjambées, Arnault regagna le perron. Il ferma soigneusement à clé, tira la grille. Puis il reprit la route de W3.

Jour 2 – vendredi 23 août

13

Le sifflement d'une bouilloire réveilla **Jo Lieras** un peu avant 6 heures du matin. En une fraction de seconde, l'impression cotonneuse d'un mauvais sommeil fut chassée par le retour de la réalité, et il bondit sur ses pieds.

– Béré ?

– Dans la cuisine.

Les murs tournoyèrent autour de lui, le sol se déroba et Jo retomba sur le canapé. Il attendit que le malaise passe, et récupéra son Browning posé sur la table basse du salon, chargeur engagé, avant de rejoindre Bérénice.

Crétin !

– J'allais pas me mettre une balle, t'inquiète.

Celle-ci remplit deux tasses d'eau bouillante, y versa dans chacune une cuillerée de café lyophilisé, et s'attabla devant un paquet de gâteaux périmés.

– C'est tout mou, ajouta-t-elle en désignant les sablés, et le Nes, c'est dégueu.

– T'as de quoi manger, c'est déjà ça, déclara Jo d'une voix éteinte en se servant un verre d'eau pour avaler deux comprimés d'antibiotiques.

Ses mains tremblaient. Une légère fièvre mouillait son front et ses aisselles.

– Surtout, ne me remercie pas pour le café.

– Je croyais qu'il était dégueulasse.

– C'est pas une raison.

Les coudes posés sur la table de la cuisine, le menton logé entre ses paumes, Bérénice fixait Jo avec insolence. Elle exhiba une boîte de Belle Color qu'elle dissimulait sur ses genoux.

– T'as l'intention de devenir blonde ou quoi ? demanda-t-elle en agitant ironiquement la teinture pour cheveux.

– Si tu pouvais éviter de fouiller dans mes affaires, s'agaça Jo.

– J'avais pas de culotte de rechange, et j'ai mes règles, si tu veux savoir ! Et puis merde, explosa-t-elle soudain. J'ai rien ! Pas de fringue, pas de brosse à dents, je sais même pas où on va ! Si tu veux pas que je fouille, arrête de me prendre pour une débile, et dis-moi ce qui se passe ! Ou achète-moi des tampons !

Le policier ouvrit un des tiroirs de la cuisine et en sortit une longue paire de ciseaux qu'il déposa devant Bérénice.

– Le seul droit que tu as, déclara-t-il froidement en désignant la boîte de teinture, c'est de couper ta jolie natte et de te badigeonner ça sur le crâne. On décolle dans deux heures.

– T'es ouf ou quoi ?

– Tu préfères que je te passe un coup de tondeuse ?

Une demi-heure plus tard, Bérénice Bonnet sortait de la salle de bains, la mine sombre. Ses magnifiques mèches brunes gisaient sur le sol de la cuisine, remplacées par un carré imparfait d'une blondeur irréelle.

– Ça me fait un gros nez, critiqua-t-elle en s'asseyant face à son beau-père. Et avec la frange, j'ai l'air débile.

L'adolescente le fixa un instant, les yeux remplis de reproches. Jo s'était rasé le crâne, et force était de constater que ça lui allait bien.

Elle haussa les épaules et reporta son attention sur ses doigts, dont elle arrachait scrupuleusement les cuticules.

– C'est pas parce que t'es flic que tu dois tout te permettre.

– J'ai des responsabilités vis-à-vis de toi, que tu le veuilles ou non. Ça n'a rien à voir avec mon métier.

– Des responsabilités de quoi ? T'étais jamais là ! Pourquoi ça changerait ?

D'un geste, Jo Lieras balaya le reproche.

– Mathilde m'a fait jurer de toujours prendre soin de toi, quoi qu'il arrive.

– Eh ben, elle est plus là ! s'écria Bérénice avec un sanglot. Et c'est à cause de toi qu'elle est morte !

Jo Lieras attrapa une chaise pliante logée sur le côté du réfrigérateur, et s'installa face à l'adolescente.

– Mathilde n'était pas seulement ta mère, mais ma femme, commença-t-il doucement. Et sa disparition m'est aussi intolérable qu'à toi.

– Qu'est-ce que t'en sais ?

– Arrête de faire la gamine, répliqua Jo en tentant de contenir la colère qui l'envahissait en même temps qu'un terrible mal de tête. La situation est grave, tu comprends ?

– Non, je comprends pas !

Bérénice enfouit son visage entre ses bras posés sur la table.

– Les gens qui ont tué ta maman sont à nos trousses. Ils ne reculeront devant rien.

– Mais pourquoi ? Qu'est-ce que t'as fait ? Qu'est-ce que *vous* avez fait, maman et toi ?

Pendant quelques secondes, Jo Lieras considéra ses mains, qu'il frottait lentement l'une contre l'autre.

C'est vrai Mathilde, qu'est-ce qu'on a foutu ? Dans quelle merde je nous ai fourrés ?

– On va devoir bouger vite fait, soupira Jo après un silence, je dois te mettre en sécurité.

– Tu vas m'abandonner chez des inconnus ? lâcha l'adolescente en relevant la tête. C'est ça que maman voulait ?

– Tu verras, ce sont des gens bien. En attendant d'arriver là-bas, on doit se faire discrets, ajouta Jo Lieras, c'est important.

– À qui tu veux que j'en parle ?

Le regard de Bérénice évita celui de Jo qui se raidit aussitôt sur sa chaise.

– Béré… T'as quelque chose à me dire ?

– J'ai rien fait de mal ! geignit-elle en se levant brusquement.

Jo Lieras se leva à son tour, s'approcha de sa belle-fille qu'il dominait de deux têtes et tendit sa main, paume en l'air.

– Donne.

– Quoi ?

– Ton téléphone, murmura Jo d'une voix blanche. Celui que tu as fauché dans mes affaires. Donne-le-moi, tout de suite ! Tout de suite !

L'adolescente vit à nouveau le visage de son beau-père se tendre, et ce regard dur, glacial. Elle obéit, tremblante, et tendit son smartphone. Jo ôta la batterie et la carte Sim qu'il détruisit aussitôt.

– T'as appelé qui ?

– J'ai fait qu'un SMS, pleurnicha-t-elle. À Jérémie, il s'inquiétait. On devait aller au ciné cet aprèm.

– Tu l'as envoyé quand ?

– Ben là, dans la salle de bains.

En moins d'une minute, tout ce qu'il avait déballé fut rangé, le sac rempli de cheveux compris. Et dans la minute suivante, Jo Lieras entraînait Bérénice dans l'escalier, puis dans la voiture. L'adolescente restait muette, et de grosses larmes roulaient sur ses joues.

Le policier démarra, remonta la rue Angel-Albert, longea l'église d'Obézine et se gara dans la rue du Sauvage.

– Si tu as besoin de preuves pour comprendre que tu dois arrêter tes conneries, lâcha Jo entre ses dents, alors tu vas en avoir. Ceux qui nous traquent seront là dans dix minutes, tout au plus.

Bérénice se figea dans une attitude prostrée.

Moins d'un quart d'heure plus tard, une dizaine de voitures dévalaient la rue de Montmoreau en trombe, et passaient devant la rue du Sauvage pour disparaître en direction du quartier Saint-Gelais.

– Mais, mais… bafouilla Bérénice. C'est les flics !

– Oui ma chérie, rétorqua sèchement Jo Lieras en redémarrant, c'est les flics.

14

À 7 h 30 pétantes, **Léon Castel** posa son sac à dos sur le toit du combi VW, s'assura ensuite que les serrures manuelles étaient fermées, glissa une carte de paiement dans l'horodateur le plus proche et entra la somme maximale.

– Deux heures ! grinça-t-il. Il faudrait que je sois de retour dans deux heures. Mais ils sont fous ces Parisiens. Dans deux heures, je serai au gnouf !

Il glissa le papier authentifiant le paiement derrière un essuie-glace. Puis il regarda avec satisfaction la camionnette Canal Plus qui manœuvrait un peu plus loin.

– Pile à l'heure, le pépère ! Et merde à BFMTV !

La veille, il avait tenté de joindre les chaînes d'infos. I-Télé n'avait pas souhaité répondre à sa sollicitation, et le gars de BFM lui avait rappelé que la dernière fois, Léon lui avait montré son cul, et qu'il n'était pas prêt de lui refaire de la pub.

– Qu'à cela ne tienne ! s'était exclamé ce dernier. Y'en a un autre qui va se faire un plaisir de parler de moi !

Léon Castel avait vu juste. Après son coup de fil, la responsable de programmation du *Petit Journal* avait envoyé une équipe sur place.

Les deux types de Canal Plus farfouillèrent un instant dans la caisse de leur camionnette, et en ressortirent, l'un avec une caméra, l'autre avec un micro et une mixette.

Sans plus attendre, Léon Castel approcha une poubelle de l'arrière de son combi, grimpa dessus et se hissa sur le toit. D'abord à quatre pattes, il récupéra le sac, en sortit un mégaphone, puis se redressa lentement.

Léon avait le vide en horreur, et il avait beau se trouver juché à moins de deux mètres au-dessus du sol, il se voyait brisé en mille morceaux, promis à une vie en fauteuil ou à l'air glacé d'une morgue.

– Allez, Castel, dis-toi que c'est pour la bonne cause.

Il s'encouragea une poignée de secondes, puis mit son mégaphone sous tension. Un bref regard vers les reporters du *Petit Journal* lui assura qu'il pouvait y aller.

– Mesdames et messieurs, chers Parisiens, approchez, approchez ! Je suis Léon Castel du site W3, et j'ai un message de la plus haute importance à vous transmettre !

Léon s'interrompit. Son manège suscitait déjà la curiosité de certains passants. Son nom devait évoquer quelque chose dans beaucoup d'esprits. Il n'avait rien d'une star, mais il n'était pas un anonyme.

– Allez, approchez, approchez ! Voyez, les messieurs de la télé sont là, on va pouvoir commencer !

Bientôt, une vingtaine de personnes s'étaient arrêtées. La plupart se trouvaient sur le trottoir opposé, certains passants avaient préféré traverser la chaussée pour observer Léon à distance.

– Bien ! clama-t-il. Tout d'abord, merci au *Petit Journal* de couvrir l'évènement ! Car il est de taille, l'évènement !

Des rires parcoururent l'assistance.

– Aujourd'hui, mesdames et messieurs, on va briser un tabou ! On va malmener la loi ! Cette même loi qui protège les criminels et trahit les victimes ! Approchez, mesdames et messieurs, ce que j'ai à vous dire relève de la sécurité de vos sœurs, de vos filles, de vos amies et de vos mères !

Des têtes se tournèrent, les curieux s'observèrent, un murmure s'éleva, puis retomba.

– Car dans cette rue, mesdames et messieurs, il y a un homme que vous croisez tous les jours, qui vous tient la porte d'entrée en souriant, un homme avec lequel vous échangez à la boulangerie ou au café ! Et vous savez quoi ? Cet homme est un violeur ! Oui, vous avez bien entendu, un violeur !

Léon observa avec délectation les réactions surprises, outrées et agacées dans la foule, puis il poursuivit :

– S'il se contentait de faire profil bas, alors qu'il sort de taule, je vous dirais, il a fait son temps, laissons-lui une chance ! Mais non ! Non seulement ce violeur a jugé très amusant de retourner vivre dans l'immeuble où habite sa victime, mais en plus, il l'insulte chaque jour, la harcèle, la menace, et la police ne bouge pas ! Vous savez ce qu'on a répondu à cette pauvre femme quand elle a voulu porter plainte ? Vous le savez ? (Léon marqua un temps d'arrêt.) Qu'elle n'avait qu'à déménager si ça lui plaisait pas ! Déménager ! Elle !

Un brouhaha agita la foule qui s'était peu à peu approchée du combi de Léon, bloquant la rue et provoquant un concert de klaxons.

Des commentaires de tous poils fusèrent, échauffant certains, en amusant d'autres.

– Alors ! beugla Léon. Je vous le demande ! Que fait la police ?

– Ouais ! Mort aux keufs !

– Et si la police s'en lave les mains, n'y a-t-il personne pour l'aider ? C'est quoi le programme ! Vous faites comme les autorités, vous attendez qu'il recommence ? Ou qu'il s'attaque à une autre femme du quartier ? C'est ça ? Ou est-ce que vous prenez votre destin en main ? Parce que c'est ça, la réalité ! On n'est jamais mieux servi que par soi-même, dans ce beau pays écrasé par les impôts ! Au secours, monsieur le policier, il menace de me violer ! Pas de problème, madame, revenez porter plainte quand ce sera fait !

Une vague d'applaudissements secoua la foule des curieux. Quelques vivats furent lancés, quelques insultes aussi où se mêlaient des mots comme facho, terroriste ou cinglé.

– Personne ne veut savoir qui est ce violeur ? Vous n'avez pas d'épouse, pas de fille, pas de sœur à protéger ! Personne ?

– Vas-y, balance ! lança une voix féminine. Moi, j'habite au 19 !

– Ouais, moi aussi !

– On va lui ôter l'envie de crécher là !

– Non mais ça va pas ! s'indigna un homme. Vous avez tous perdu la tête !

– Allez vas-y, Léon ! Vive W3 !

Un mouvement agita les badauds. Certains nouveaux venus s'agglutinèrent au groupe, d'autres s'éloignèrent d'un pas rapide, l'air catastrophé. Une forêt d'écrans filmait la scène, et les reporters de Canal Plus avaient de plus en plus de mal à contenir la foule.

Léon Castel bomba le torse et se tourna vers la caméra.

– Laissez les gens de la télé faire leur boulot, demanda-t-il. S'il vous plaît, s'il vous plaît, écartez-vous !

– *Fuck* le *Petit Journal*, cria un adolescent surexcité. *Fuck* la télé !

La voix de Léon dans le mégaphone couvrit les insultes qui suivirent.

– Ce joli monsieur vit ici, dans cet immeuble, derrière moi. Et vous savez pourquoi ? Parce que la loi ne l'empêche pas d'habiter au-dessus de chez sa victime ! Parce que tout ça est légal, messieurs dames ! Oui, vous pouvez tout vous permettre tant que vous avez payé votre dette à la société. Car la société, elle s'en fout ! Elle n'est pas « violable », la société. Nos femmes, si. Nos filles, si. Nos sœurs, nos mères, nos amies aussi !

À présent, une centaine de personnes écoutaient Léon Castel débiter son laïus. Un petit groupe s'était formé en marge du rassemblement, et ses membres discutaient avec animation.

– Nos femmes sont en danger et les connards ricanent ! Alors que ce que je fais est illégal ! Je n'ai pas le droit de dire que ce monsieur est un violeur qui terrorise sa victime ! Je n'ai pas le droit !

– Vas-y ! Balance !

– Donnez-nous son nom !

– Le nom ! Le nom ! Le nom ! scandèrent certaines personnes dans la foule.

Léon Castel récupéra une liasse de feuilles A4 dans son sac, où la photo d'un homme figurait en dessous de la mention : « Violeur ».

– Tout comme je n'ai pas le droit de vous distribuer ces tracts ! Donc, je ne vous les donne pas ! s'écria Léon Castel en agitant les feuilles vers l'attroupement. Vous n'avez pas le droit de savoir qu'un violeur habite dans votre rue, qu'il terrorise une femme, qu'il croise vos filles tous les jours ! Non, vous n'avez pas le droit !

Une clameur monta de la foule. Des gens observaient la scène depuis leur fenêtre. Certains étaient montés sur le toit de voitures en stationnement pour ne pas perdre une miette du spectacle.

– Pourtant, vous méritez de savoir ! Vous le méritez ! Hein, vous le méritez !

– Ouais !

– Espèce de taré, casse-toi !

– Mais je ne peux pas vous le dire, sinon, je finirai au gnouf, et ce sera moi le mauvais citoyen !

Galvanisé par l'arrivée d'une patrouille de police, Léon Castel vociféra de plus belle dans le mégaphone, en agitant toujours ses tracts au-dessus de sa tête.

– Montrez-lui que vous n'êtes pas d'accord ! Montrez-lui que vous ne voulez pas de lui à côté de vos femmes et de vos filles ! Vous avez le droit de réclamer la sécurité pour vos enfants ! Vous en avez le droit !

D'un geste, Léon Castel envoya le plus loin possible les tracts dans la foule. L'effort, violent, le courba en avant. Il était à bout de souffle et en nage.

– Vous ne pourrez plus dire que vous ne saviez pas ! hurla-t-il pour finir. Non, vous ne pourrez plus le dire !

– Léon ! Léon ! Léon !

Quand les policiers le forcèrent à descendre du toit de son combi, Léon Castel croisa le regard d'un homme mince et grand, avec des yeux clairs et des cils longs comme ceux d'une femme. Il eut la fugace impression de le connaître.

Puis, en entendant le groupe de ses admirateurs scander son nom et l'applaudir en agitant ses tracts, il l'oublia. Ses pensées se tournèrent vers Lara Mendès, puis vers Arnault de Battz qui ferait probablement un infarctus devant les infos.

Pas une seconde, il ne douta du bien-fondé de son action.

Et quand il regarda la caméra de Canal Plus avant d'être poussé dans le fourgon, il fit un signe en double V et trois avec ses doigts, et brailla « *¡ No pasarán !* », un sourire triomphal sur les lèvres.

15

Dissimulé derrière les lamelles en plastique doré de ses stores, **François Puvenelle** regarda la rue se vider lentement après que le fourgon de police qui emportait Léon Castel eut pris la route du commissariat, toutes sirènes hurlantes.

Cinq minutes plus tard, il ne subsistait de la foule qu'un petit groupe d'hommes plantés devant l'immeuble.

Soudain, l'un d'eux leva la tête vers les étages et François Puvenelle recula précipitamment. Ce n'est pas qu'il avait peur. Au contraire. Le manège de Castel l'avait plutôt excité. Il se sentait comme une vedette de la télé-réalité, celui sur lequel on se tournerait avec crainte et admiration, car après tout – et Léon Castel l'avait souligné – il avait payé sa dette à la société.

Mais il ne voulait pas qu'on l'imagine effrayé ou menacé. Il ne laisserait jamais les agitations du type de W3 l'atteindre. Le droit était de son côté, et il le savait. Il lui suffirait d'appeler son avocat pour porter plainte et demander des dommages et intérêts. Après, on verrait bien qui sortirait vainqueur de l'histoire.

Fils unique, issu d'une famille de Français ordinaires, François Puvenelle savait comment utiliser le système. Il bossait six mois par an, juste assez pour toucher le chômage, après quoi, il claquait son blé aux jeux de grattage, dans les bars ou avec les putes, exactement comme son père.

Sauf que lui avait été plus avisé en refusant de se marier comme ses parents. Ceux-ci se tapaient sur la gueule chaque soir, après une beuverie en bonne et due forme. Après quoi, ils baisaient, toujours en gueulant. François Puvenelle avait compris l'avantage des relations tarifées. Le soir, quand il rentrait chez lui, personne n'était là pour l'emmerder.

Avant les putes, il y avait eu des petites amies. La première et la plus importante s'appelait Annie. Elle avait de gros seins pour son âge, et la réputation d'être une fille facile, dans la résidence de logements sociaux où elle habitait. On disait qu'elle était incapable de dire non. Alors, les gars en profitaient.

Dès le premier rencard, François Puvenelle avait glissé sa main dans la culotte d'Annie et il avait détesté cette odeur de vieux fromage qui était restée sur ses doigts. Il préférait qu'elle lui fasse des choses. Oui, c'est ça qu'il voulait.

À 14 ans, François Puvenelle exigea sa première fellation.

Il éjacula dix secondes plus tard sur les joues d'Annie, mais son vrai plaisir, il le vécut juste après, quand elle se mit à chialer. Ses larmes le rendirent fou de rage, et il la cogna en la traitant de salope.

Annie avait crié et pleuré tandis que les poings s'abattaient sur elle, et plus elle implorait, plus François Puvenelle jouissait.

À ce souvenir, il eut une érection.

Il enfila une veste légère et dévala les deux étages qui le séparaient de l'appartement d'Eva Trevethan, niché dans un recoin du premier. Puis il se dissimula dans l'ombre du mur, guetta les bruits de l'immeuble.

Quand il fut certain d'être seul dans les parages, il posa son oreille sur la porte et gratta le vantail du bout des ongles.

Le son de la radio lui parvenait en sourdine.

– Eva, ma salope, murmura-t-il. Tu ne te débarrasseras pas de moi comme ça. Ton Castel, il est en taule à cette heure-ci !

L'homme retint son souffle, l'oreille tendue vers le moindre bruit. Il entendit des pas et des frottements, devina qu'Eva le regardait à travers l'œilleton, terrorisée.

– C'est moi, ton gros chat. Viens me lécher la queue, chérie, viens me branler avec tes bons gros nichons.

Satisfait, il s'adossa au mur, déboutonna sa braguette et se masturba, les yeux rivés sur la porte.

Eva et ses rondeurs, Eva et ses seins lourds qu'il avait forcée à se déshabiller entièrement, sous la menace d'un couteau, puis à prendre des positions obscènes, et enfin, à le sucer plusieurs fois.

Eva la salope.

Quand il fut prêt, François Puvenelle s'approcha et éjacula sur la poignée. Les sanglots qu'il percevait de l'autre côté du vantail achevèrent de le combler.

16

Une heure après avoir quitté Angoulême en direction de Périgueux, **Jo Lieras** gara sa voiture derrière une butte arborée, sur le parking d'une route départementale peu fréquentée. Ni lui ni Bérénice n'avaient desserré les dents du voyage.

Le policier avala un comprimé de Doliprane et changea de tee-shirt. La fièvre ne tombait pas, et ses tempes étaient prises dans un douloureux étau.

Il récupéra des sachets de café lyophilisé dans la malle du coffre, un réchaud, des gobelets et posa le tout sur une table à l'ombre d'un bouquet de frênes avant de se laisser tomber sur le banc.

– Béré, tu viens ?

L'adolescente étira ses membres engourdis et s'extirpa lentement de l'habitacle.

– J'suis désolée, tenta-t-elle en s'approchant. Je pouvais pas savoir.

– C'est moi qui ai fait une erreur. Je n'aurais pas dû te demander de respecter des règles que tu ignores.

Bérénice s'assit sur le banc solidarisé à la table et posa son menton sur ses mains. Ses yeux étaient rougis d'avoir trop pleuré et ses paupières gonflées par les larmes.

– T'as pas l'air en forme.

– J'ai dû choper un truc, lâcha Jo en passant instinctivement la main sur sa blessure.

La plaie s'infectait.

– J'arrive pas à me dire que je ne verrai plus maman, dit Bérénice après un moment, qu'on va pas rentrer à la maison. Je veux ma vie d'avant, souffla-t-elle. Pas celle-là.

– Moi non plus, j'en veux pas. Mais on n'a pas le choix.

– Mais qu'est-ce que vous avez fait ? Maman, elle savait, hein ?

Jo lança un douloureux regard à sa belle-fille.

– Je ne lui cachais rien, murmura-t-il. Même ce qu'elle n'aurait jamais dû savoir. Je ne commettrai pas deux fois la même erreur.

Bérénice retint un sanglot.

– Alors, c'est quoi tes méthodes d'espion ? demanda-t-elle, sur un ton qu'elle voulait enjoué, mais qui résonnait tristement.

– Ça veut dire, d'abord, que tu ne dois communiquer avec personne. Tu l'as vu, ton téléphone, le téléphone de Jérémie, le mien, tous sont sur écoute. Si tu ne respectes pas cette règle de base, on sera aussitôt repérés. Et crois-moi, tout ce qui porte un uniforme de flic n'est pas forcément sûr en ce moment.

– Toi, tu téléphones bien, rétorqua Bérénice.

– Personne ne connaît ce numéro. C'est une carte prépayée, jamais utilisée.

– Et je ne peux pas m'en servir pour appeler Jérém' puisque son téléphone est surveillé. C'est complètement ouf. Comme avoir un tunnel sous sa maison.

– Logique.

– C'est grave. Et les autres règles ?

– Règle numéro 1 : abandonner les moyens de communication habituels. Règle 2 : s'écarter des humains. Règle 3 : ne pas s'isoler.

– Tu fais comment pour t'écarter des humains sans t'isoler ?

Jo Lieras laissa échapper un bref sourire.

– Règle numéro 4, poursuivit-il : fuir les caméras de surveillance. Ce qui implique de ne pas retirer d'argent, ne pas fréquenter un centre commercial, les grandes villes, les péages, etc.

– Ou d'y aller, mais déguisé en pouf' blonde, comme moi.

– Éventuellement, grimaça Jo. Si tu respectes ces consignes, tu as une chance de t'en sortir. Mais tu devras aussi avoir de l'argent en pagaille. Fuir, ça coûte cher. C'est en général ce qui manque aux voyous. Ils se font pincer parce qu'ils n'ont pas assez de pognon.

– Et nous, on est riches peut-être ?

– D'autres le sont pour moi. Ça te dit un cappuccino ? ajouta Jo en examinant les sachets de café. J'ai aussi du *macchiato*, ou du léger.

– Beurk. Quand est-ce qu'on part ?

– On ne part pas, on attend.

17

Arnault de Battz se réveilla sur le canapé de la terrasse de W3, allongé contre une bouteille de Billecart-Salmon vide. Il la rejeta par réflexe – elle rebondit sur le faux gazon – et il se redressa. Sa vision encore floutée par le sommeil s'éclaircit peu à peu.

Autour de lui régnait un désordre de fin de soirée. Cendriers débordants, ce qui lui fit plisser le nez, cadavres de bouteilles de champagne, verres collants, paquets de gâteaux de Reims vides, papier à cigarette et sachet d'herbe, oubliés là par Corentin Ruedler, à moins que ce ne soient les réserves secrètes de Marcus Maratier.

Le producteur tapota ses joues, et passa la main dans ses cheveux aux mèches argentées.

– Mon pauvre Battz, tu dois ressembler à une bonne femme toute chiffonnée.

Il mit un moment à se souvenir qu'en retournant dans les bureaux de W3 la veille, pour tromper sa solitude, il avait trouvé Marcus en train de jouer avec son drone, et qu'ils avaient décidé de finir le champagne ensemble.

J'ai engagé une équipe de dingues et de bras cassés.

Marcus Maratier ne sortait qu'en cas de force majeure, ne supportait pas certains bruits – particulièrement les claquements – ni certaines odeurs, dormait assis, et prenait un minimum de quatre douches par jour. Il n'écoutait jamais de musique, mais des « ambiances du monde » qu'il avait ramenées de ses reportages, ambiances de guerre, de nature, de villes, etc.

En revanche, il jouissait d'une impressionnante culture en matière de géopolitique, d'intelligence économique et stratégique, ce qui en faisait un interlocuteur passionnant, surtout quand il avait un petit coup dans le nez.

Le premier réflexe d'Arnault fut de traverser l'*open space* pour se précipiter à la salle de bains, mais il se ravisa en découvrant Marcus Maratier, casque audio rivé sur les oreilles, en train de se balancer d'un pied sur l'autre, debout devant un monceau de courrier.

En s'approchant, Arnault n'en crut pas ses yeux. Il oublia que sa chemise était toute froissée, que ses joues étaient encore ridées par le sommeil, lui qui ne sortait jamais sans être impeccable.

L'ex-grand reporter avait déposé les ordinateurs dans un coin de la salle, et réuni les bureaux. Sur cet espace, il triait scrupuleusement le contenu des sacs postaux adressés à W3 : des chèques bancaires, des liasses d'euros, des peluches de toutes tailles, des lettres en pagaille, des revues pornos, des dessous en dentelle, une boîte de pâtée pour chien, diverses bouteilles d'alcool, des fleurs, un cendrier aux armes d'Hagondange, une assiette provençale, des photos de femmes en petite tenue, des menottes, un cercueil miniature en plastique, etc.

Absorbé par son travail, Marcus Maratier ne s'aperçut de la présence d'Arnault que lorsqu'il fut à ses côtés.

– On devrait remettre la francisque au goût du jour, lâcha-t-il en retirant son casque audio et ses gants en latex.

– Tu vois des fascistes partout ! maugréa Arnault de Battz.

– Putain, ce n'est pas toi qui te fades toutes les lettres de dénonciation !

– J'ai vu qu'il y avait aussi des petites culottes ! C'est pour ça que tu portes des gants ?

Marcus Maratier secoua la tête, l'air étonné.

– Non, c'est pour éviter de ruiner le boulot des flics, on ne sait jamais, s'il y avait un colis piégé !

Arnault de Battz regarda Marcus comme s'il était fou.

– Je n'arrivais pas à dormir, poursuivit ce dernier, imperturbable. Alors j'ai commencé le tri. Les gens sont complètement à la ramasse. Certains ont envoyé des enveloppes pleines de farine ou de sucre ! Un autre, un colis avec une grosse merde ! T'imagines même pas, et il en reste, ajouta-t-il en désignant deux autres sacs postaux. Je vais avoir besoin de Corentin et de Léon pour finir le boulot.

– Ne me parle surtout pas de ce péquenot hystérique !

Le producteur longea les tables.

– Il n'est pas méchant, tu le sais, c'est un doux dingue…

– … Qui va ruiner la réputation du site ! s'agaça Arnault de Battz. Des nouvelles du commandant Lieras ? Il n'a pas essayé d'appeler ?

– Non, pas de news de ton super-flic !

– C'est franchement bizarre.

– Je tâcherai d'avoir des infos. Mais t'inquiète, s'il y avait un problème, on le saurait. En attendant, tiens, lui proposa Marcus. Enfile ça. On ne sait jamais. Vraiment !

Avec une grimace de dégoût, le producteur glissa ses mains dans les gants en latex.

– Qu'est-ce que c'est désagréable, ces machins ! Quand même, ce silence… C'est pas Jo Lieras, ça ! Alors, qu'est-ce qu'on a ? poursuivit-il en étalant plusieurs lettres devant lui avant de lire quelques extraits au hasard : « Tous pourris, vive Le Pen » « Léon Castel, j'ai 39 ans, un gros cul et je suis célibataire », eh bien, c'est du propre ! (Arnault de Battz éclata de rire.) « Monsieur X mon collègue fraude à la Sécu », bien sûr et pas toi ! « Si vous ne cessez pas immédiatement vos activités de délateurs, vous allez avoir de graves ennuis » Ou encore : « Trucmuche possède un exemplaire dédicacé de *Mein Kampf* », ah ! Et celle-là, j'adore : « Pouvez-vous m'expliquer comment mon voisin fait pour se payer une BM, alors qu'il ne travaille plus depuis dix ans ? » « OK, mon patron est un pédophile homosexuel », nous y voilà ! Et ça, comme c'est chou ! « Monsieur de W3, ma maîtresse a puni Chloé et c'est pas juste, je vous demande de lui demander d'arrêter, s'il vous plaît monsieur W3, je vous ai envoyé un bonbon pour mes dettes ! » Tu lui as répondu, à la petite ?

Marcus Maratier regarda le producteur en haussant les yeux au plafond.

– Tu crois que j'ai que ça à foutre ! Franchement ?

– Tu as raison, il va te falloir de l'aide !

– Tiens, jette un œil là-dessus, proposa l'autre en lui tendant une dépêche de l'AFP. Je comprends mieux la mauvaise humeur de Lara.

Arnault de Battz se saisit de la feuille de papier, et se décomposa au fur et à mesure de sa lecture, si bien qu'il finit affalé sur un des fauteuils du bureau.

« Bruno Dessay, le reporter préféré des Français, impliqué dans le réseau Moreau. »

« Entre les années 1999 et 2002, date à laquelle l'avocat a été retrouvé assassiné, Bruno Dessay aurait bénéficié des services sexuels tarifés de mineures et aurait tué l'une d'elles lors d'une orgie. Les preuves livrées anonymement à la presse sont accablantes. Il serait également responsable de l'enlèvement et de la séquestration de Mlle Lara Mendès, qui enquêtait alors sur l'affaire Moreau. Il se serait approché d'elle sous prétexte de l'aider dans ses investigations, l'aurait séduite, puis aurait commandité son assassinat alors qu'elle était sur le point de le démasquer. Lara Mendès, qui refuse de répondre aux interviews, a transmis un communiqué où elle affirme quitter le métier de journaliste et la rédaction du site W3 pour prendre du repos et se consacrer à des œuvres humanitaires. »

18

Quand **Lara Mendès** poussa la grille du jardin, elle sut qu'elle avait eu raison de se réfugier quelques jours à La Réole. Depuis que sa grand-mère avait fait une attaque après avoir été importunée par des journalistes, ceux-ci n'osaient plus s'approcher de la maison.

Elle avait été reçue par un petit comité d'accueil à la gare, avait pris le temps de répondre à quelques questions, sachant d'expérience qu'ils seraient moins agressifs si elle leur donnait de quoi s'alimenter.

« Oui, je suis effondrée par la nouvelle ; oui, j'ignorais tout des penchants de Bruno ; oui, j'ai décidé de quitter W3 et la profession ; non, je ne ferai pas d'interview exclusive ; oui, je vais m'engager dans une ONG ; non, je ne sais pas encore laquelle ; j'ai plusieurs propositions ; en relation avec le trafic d'enfants, oui ; non, pas de photo, merci de respecter ma douleur. »

– Mémé, c'est moi ! appela-t-elle en posant son sac dans l'entrée. Mémé, t'as encore laissé la porte ouverte ! T'as quand même pas envie d'avoir les gens de la télé dans le salon, si ?

– Té, voilà ma *petite-grande* qui distribue les conseils comme une chatte à ses chatons, répondit Carmela.

Lara trouva son aïeule attablée devant ses mots croisés dans la cuisine où flottait une agréable odeur de mijoté.

– Hum, ça sent bon ! dit-elle en enlaçant tendrement sa grand-mère.

– Va te laver les mains d'abord, conseilla Carmela en fronçant les sourcils. Tu as pris le train, et il y a des gens sales partout.

– Dis donc, mémé, plaisanta Lara Mendès en frottant ses mains sous l'eau. Tu n'as pas vu que j'avais grandi ?

– Des fois, on dirait pas !

La jeune femme attrapa une assiette et des couverts dans le placard au-dessus de l'évier, un verre à moutarde dans un autre, puis elle posa la cocotte sur un dessous-de-plat en émail qu'elle avait fabriqué au collège. Elle servit sa grand-mère.

– Ça va me changer des bières-chips en bas de chez moi, apprécia-t-elle en déposant une minuscule portion de pommes de terre du jardin à l'ail et aux gésiers confits dans son assiette.

– C'est pas comme ça que tu vas te remplumer ! critiqua mémé Carmela en y ajourant deux cuillerées. Mange, vas-y. Bourre-toi, mon petit.

– J'ai parlé de tes desserts à Milena. Tu lui feras un cake, c'est son anniversaire dans dix jours.

– Je ferai bien mieux, déclara la grand-mère. Je t'accompagnerai à Paris pour le lui porter moi-même.

– Vraiment ? Mais…

– Ne discute pas et mange ; avec le TGV, ça ira tout seul.

– Si tu le dis…

Lara grignota du bout des lèvres et repoussa son assiette.

Mémé Carmela la regarda d'un air réprobateur avant de s'attaquer à la terrine de lapin qui, ajoutée au poulet du dimanche, représentait le meilleur de sa cuisine depuis des décennies.

– J'ai toujours été frappée par ton appétit, mais là !

– Vaut mieux faire envie que pitié ! répondit l'aïeule en avalant un verre de vin du Sud-Ouest. Tu devrais prendre exemple, ma Lara, sinon tu vas devenir toute rabougrie.

Elles achevèrent le repas dans une ambiance chaleureuse, puis

Lara exprima le désir de se reposer pendant que mémé regardait *Les Feux de l'amour*.

La jeune femme débarrassa, enclencha un cycle rapide sur le lave-vaisselle, attrapa son sac et grimpa les escaliers quatre à quatre jusqu'à sa chambre.

Là, elle s'assit sur son lit et vérifia ses messages. Toujours pas de nouvelles de Jo. Le silence du policier lui sembla d'abord inquiétant, puis elle se fustigea de se laisser aller à l'angoisse et s'allongea, le regard posé sur les objets de son enfance.

Les posters de ses pop stars préférées, les peluches qu'elle ne s'était jamais résolue à jeter, la boîte à musique, dernier cadeau de sa mère, son matériel de GRS, les romans de Juliette Benzoni, lus et relus, empruntés par Valentin qui voulait connaître les goûts des filles, les disques vinyles, et de nombreuses babioles sans importance, toutes attachées à un souvenir.

Ses pensées allèrent vers le cadavre de Bruno Dessay, qui reposait toujours dans un caisson réfrigéré de la morgue de l'IML. Elle sonda son cœur, constata qu'elle ne ressentait pas une once de regrets, pas de peur, pas de honte non plus, pas grand-chose ; sauf peut-être la satisfaction morbide d'avoir décidé elle-même de son sort, surtout depuis que les radios, les télévisions et les sites internet publiaient la vérité sur la nature de ce monstre.

Soudain, plus personne ne déclarait avoir été son ami, plus personne ne savait que dire d'agréable sur l'homme qu'il avait été, les bavards étaient devenus muets. Lara songea un instant qu'il aurait été bien plus jouissif de voir Bruno traîné dans la boue et jugé, puis elle se ravisa. Mort, il ne ferait plus jamais de mal à personne.

Il ne restait plus qu'à passer le cap des services secrets. Après sa lettre au président, la dépêche AFP nourrie par ses informations et les circonstances de la mort de Bruno, il faudrait peu de temps aux Renseignements pour décider de l'interroger.

À côté du lit, sur la table de nuit, son vieux radio-réveil prenait la poussière, avec une photo de ses parents et d'elle, âgée de

8 ans. Lara avait collé sur le cadre en bois nu des coquillages ramassés sur le littoral atlantique.

Elle fouilla ses souvenirs, mais fut incapable de se remémorer de quelle plage il s'agissait. Privée de témoins majeurs, son enfance s'étiolait dans sa mémoire. Les rares images qu'elle en gardait, elle les tirait de photos conservées par mémé Carmela.

Sur une étagère au-dessus du bureau, il y avait une poupée Barbie en robe de mariage rose, avec un diadème brillant, des escarpins nacrés. Elle bondit sur ses pieds et la saisit entre ses mains avant de la fourrer dans son sac. C'était le cadeau d'anniversaire rêvé. Sa gorge se serra.

Rien dans son existence ne lui apportait plus de bonheur que Milena.

Soudain, elle regretta d'avoir fui Paris.

Elle attrapa son téléphone et composa le numéro du service de néphrologie pédiatrique. Après cinq longues minutes d'attente, la communication avec la chambre fut enfin établie.

– Lara ?

– Bonjour, mon cœur.

Les yeux fermés, Lara se figura son visage de porcelaine encadré par ses cheveux blonds.

– C'est bon d'entendre ta voix. J'ai trouvé ton cadeau d'anniversaire, dit-elle en regardant la poupée. Ce sera une belle surprise. Milena ?

– Mm…

– Et mémé Carmela va t'apporter des gâteaux. Des gâteaux, tu comprends ?

Il y eut un silence, puis un soupir.

– Lara ? dit la petite voix hésitante. Lara… Milena.

– Oui, mon cœur, je rentre bientôt, tu comprends ? Tu me manques aussi, chérie. Tu me manques tant. Allo ? Allo ?

– Mademoiselle Mendès ?

– Oui ?

– C'est Nadège, l'infirmière de jour.

– Comment va-t-elle ?

– Elle ne mange pas beaucoup, vous lui manquez.

– Pourquoi n'est-elle pas restée en ligne ?

– Elle pleure, mademoiselle Mendès. Elle ne veut plus vous parler. Je crois qu'elle préfère vous avoir auprès d'elle.

19

« La réponse du berger à la bergère ».

Cette phrase obsédait **Léon Castel** quand sa balade en estafette de la police nationale s'acheva au commissariat principal du 17e arrondissement de Paris. Elle lui tournait encore en tête le temps qu'il poireaute dans la salle d'attente, à côté d'un fonctionnaire qui pétait sans vergogne, et s'évanouit enfin quand, deux heures plus tard, il s'assit dans le bureau de l'officier chargé de recueillir son identité.

– Nom, prénom, date de naissance ?

– Che Guevara, le 14 juillet 1889 !

L'officier de police, un grand type maigre à moustache, regarda Léon en plissant les yeux, les doigts suspendus au-dessus de son clavier.

– Veuillez décliner votre identité, monsieur.

Léon soupira. La dernière fois qu'il s'était retrouvé en garde à vue remontait à trois mois, dans les Vosges. Ici, il ne connaissait pas les fonctionnaires, ne prendrait pas l'apéro avec eux, et il n'avait de toute façon ni saucisson ni pastis dans son sac.

– Monsieur ?

– Vous rigolez jamais vous, hein !

– Je ne suis pas là pour ça.

– Je m'appelle Jim Morrison, j'ai toujours rêvé d'avoir des fans hystériques qui se désapent devant ma loge et me hurlent leur amour !

– Monsieur, vous risquez le refus d'obtempérer !

Léon s'agaça.

– Mais vous savez bien qui je suis, merde ! Léon Castel, né le 24 novembre 1955. Vous voulez peut-être le nom de mon proctologue, aussi ?

Le fonctionnaire de police ignora la raillerie, et tapa scrupuleusement les informations que Léon lui donnait.

Sa lenteur exaspérait ce dernier, qui serrait les dents pour ne pas lui envoyer de nouvelles vannes, d'autant qu'il retenait une furieuse envie d'uriner.

Quand l'officier eut enfin achevé son rapport, il se leva pour imprimer le formulaire. Il alluma l'imprimante, lança l'impression, puis seulement s'aperçut que la cartouche d'encre était vide.

– Fais chier, râla-t-il en sortant du bureau.

– Eh, monsieur le policier ! lança Léon en gigotant sur sa chaise. J'ai besoin d'aller aux toilettes, s'il vous plaît.

– Un instant, vous irez en bas.

Le fonctionnaire récupéra une cartouche dans une armoire métallique, tenta d'ouvrir le couvercle de l'imprimante, sans succès, dut appeler un collègue à la rescousse, avec lequel il échangea quelques banalités.

Au bout d'un quart d'heure de ce manège, Léon était sur des charbons ardents.

– Bon, ça y est ? grinça-t-il. On peut y aller ? Parce que vos problèmes d'intendance, moi, je m'en tape !

– Vous irez pisser en bas. D'abord, on va faire la photo et prendre vos empreintes.

– Je vais me faire dessus, je vous préviens !

– Ferme-la maintenant, et suis-moi, lui intima le policier.

– Vous pourriez me parler sur un autre ton ! Outrage à interpelé, ça n'existe pas ? Eh bien, ça devrait !

Léon Castel se laissa docilement prendre en photo, priant pour que rien ne tombe en panne, il protesta juste quand on lui tartina les doigts d'encre, tenta une plaisanterie qui tomba à plat, et suivit l'officier jusqu'aux cellules de dégrisement, sans décrocher un mot.

Là, il passa devant des toilettes sur lesquelles était placardée une affichette « en cours de nettoyage ».

Léon eut l'impression que sa vessie allait exploser.

– Je dois pisser ! clama-t-il. Faut vous le dire en quelle langue !

– La ferme, Castel ! répliqua le fonctionnaire en le poussant dans une des cellules. Pisse-toi dessus si tu veux, mais ferme ta grande gueule ! ajouta-t-il en verrouillant la porte.

Léon colla son visage derrière le grillage.

– Je ne peux pas attendre dans un bureau ? Je suis pas un poivrot, merde ! Je suis une vedette d'Internet !

À ce moment, deux jeunes gens en route pour leur transfert chez le juge passèrent devant lui. La veille, ils avaient participé à un rassemblement contre la guerre au Moyen-Orient. La troupe avait chargé, les manifestants s'étaient défendus, et on les avait embarqués. Ils reconnurent aussitôt Léon et l'apostrophèrent.

– Les bâtards, y vous ont eu ! Nous, ça fait douze heures qu'on moisit ici !

– Je suis désolé, les gars, se marra Léon. C'est la nouvelle mode, on coffre les gens qui expriment leurs idées ! Quand vous serez dehors, twittez un coup pour moi. Dites que Léon Castel est injustement privé de ses libertés !

– Tu peux compter sur nous !

Les deux jeunes disparurent derrière une porte, encadrés par les fonctionnaires.

Le bruit des serrures claqua et le silence s'abattit dans le couloir.

– Eh ! cria Léon. Y'a quelqu'un ?

– Ta gueule, le vieux !

– Enculé ! cria un autre.

Vexé, Léon recula dans la cellule. Celle-ci mesurait moins de deux mètres carrés, n'avait pas été correctement nettoyée depuis un bail, et les toilettes étaient bouchées.

– T'es plus dans les Vosges, mon con ! s'apostropha-t-il, en ouvrant sa braguette pour pisser avec bonheur sur la porte de sa cellule. T'es à Paris, et au pays des pignoufs, les violeurs sont rois !

20

Assise sur la balançoire de l'aire de jeux du parking, **Bérénice Bonnet** creusait des sillons dans les gravillons avec ses sandales, en ressassant les évènements des dernières heures.

Maman est morte. Maman est morte.

Elle avait beau se répéter cette phrase, c'était comme si les mots refusaient de pénétrer sa conscience.

C'est impossible.

Pendant le voyage, aux infos à la radio, Bérénice n'avait rien entendu. En fait, elle n'avait rien entendu, rien vu. Tout ce qu'elle savait, c'est que son beau-père avait déboulé dans sa chambre pieds nus, qu'il l'avait entraînée dans la cave, puis dans les égouts, qu'il l'avait conduite à Angoulême dans une voiture inconnue, avec du matériel de guerre dans le coffre, et l'avait forcée à se débarrasser de son téléphone et à se teindre en blonde. Mais elle n'avait pas vu le corps de sa mère, alors comment être certaine de sa mort ?

C'est ça, Jo s'amuse, c'est une espèce de jeu, genre Breaking Bad. Ouais, c'est ça, Jo, c'est Walther White, et moi et moi… j'suis Jesse !

– *Yo Bitch !* s'exclama l'adolescente en éclatant de rire.

Aussitôt après, un sanglot se coinça dans sa gorge.

La veille à la même heure, Bérénice avait une maman qui lui

cuisinait des pancakes au petit déj, et avait planifié de les retrouver, elle et Jérem', pour leur payer un hamburger après le ciné.

« Puisque Jo va à Paris, on va jouer aux souris-dansent ! »

Les longues absences de son mari attristaient Mathilde, et c'est Bérénice qui avait inventé cette expression, signifiant que mère et fille pouvaient aussi profiter de ces occasions pour s'amuser en ville, ce que Jo détestait.

Deux ans plus tôt, Bérénice avait aussi une sœur aînée.

Deux ans plus tôt, elles vivaient toutes les trois, heureuses de leur complicité, soudées comme les doigts de la main.

Mathilde Bonnet avait tant désiré ses enfants qu'à 20 ans elle avait traversé les frontières pour avoir le droit d'être mère. « Au moins, avec le don, on peut être sûres d'une chose, disait-elle pour noyer sa culpabilité d'avoir conçu ses filles égoïstement, vos donneurs voulaient rendre une femme heureuse et vous désiraient, en quelque sorte. »

Ouais, en quelque sorte, râlait Charlène que cette situation perturbait depuis l'adolescence. Bérénice, elle, s'en était accommodée. Elle aimait sa vie entre une mère rayonnante et dévouée, qui les gâtait trop, et une sœur aînée avec laquelle elle partageait tout.

Et puis un jour, Charlène n'était pas rentrée, laissant Mathilde et Bérénice dans le désespoir absolu, et dans une colère destructrice qui leur faisait se reprocher l'horreur. Bérénice en voulait à Mathilde d'avoir autorisé Charlène à participer à cette rave party fatale, et Mathilde en voulait à Bérénice d'avoir refusé d'accompagner sa sœur aînée.

« Vous auriez été toutes les deux, il ne serait rien arrivé. »

– T'as raison, maman, marmonna Bérénice pour elle-même, j'avais 12 ans…

C'est à cette époque que Jo Lieras était entré dans leur vie, avec sa haute silhouette maigre, ses yeux légèrement bridés, ses mains noueuses et ses silences. Il avait permis à la mère et sa cadette de se retrouver. Bérénice ignorait comment il avait procédé, mais il y était parvenu.

– Il prend sur lui, avait un jour expliqué Mathilde.

Le sens de l'expression avait échappé à l'adolescente.

À présent, son sort reposait entre les mains de cet homme qu'elle connaissait peu, même s'il partageait sa vie depuis deux ans.

« Je n'ai jamais rencontré quelqu'un d'aussi droit dans ses bottes », avait un jour commenté Mathilde, alors qu'il s'agissait de convaincre Bérénice que son compagnon était un homme bien. « Il en est même parfois psychorigide. »

Bérénice rêvait d'entendre la voix de sa maman lui parler de Jo, même si, à l'époque, elle détestait ces conversations. Au lieu de ça, elle attendait sur la balançoire d'un parking, et le vent léger couvrait ses orteils d'une fine poussière.

Un peu avant 11 heures, une Audi noire aux vitres fumées s'engagea sur la bretelle d'accès au parking. La berline se gara près de la Citroën et, cette fois, Bérénice espéra qu'il s'agissait des gens qui devaient venir les chercher.

Plusieurs véhicules s'étaient arrêtés sur l'aire, quelques-uns conduits par des hommes seuls, en costume, la plupart par des pères de famille bronzés, accompagnés de gamins hurlants qui voulaient tous lui piquer sa balançoire. Mais Bérénice n'avait pas lâché sa place, malgré les regards réprobateurs, ou les demandes polies.

Casse-toi, morveux, c'est la mienne. Toi, t'as encore ta mère. Pas moi.

Intriguée, Bérénice détailla l'homme qui jaillit de l'Audi.

Un long corps souple, des cheveux mi-longs, d'un noir de jais. Il lui fit immédiatement penser au personnage d'Aragorn dans *Le Seigneur des anneaux*, le film de Peter Jackson.

Puis elle se souvint qu'elle était blonde, avec une frange ridicule, et qu'elle n'était pas une Elfe. Alors, elle maudit son beau-père, et demeura sur la balançoire tandis que l'homme s'approchait de la Citroën où Jo se reposait.

Celui-ci était pâle et couvert de sueur. Toujours immobile, Bérénice regarda Aragorn le soutenir jusqu'à l'Audi où il l'aida à s'installer, puis transbahuter les affaires d'une voiture à l'autre. Parfois, il jetait un coup d'œil vers elle.

Quand il eut terminé, Aragorn fit un geste dans sa direction, lui intimant l'ordre de le rejoindre. Intimidée, Bérénice s'approcha à petits pas.

– Bonjour, mademoiselle Bérénice, articula-t-il avec un fort accent où roulaient les R. Mon nom est Volodia. Je suis l'ami de votre papa.

– Bonjour, lâcha Bérénice du bout des lèvres, sans oser le regarder dans les yeux.

– Jo parle de vous comme d'une enfant, indiqua le nouveau venu en fourrant sa main dans le grand sac qu'il tenait. Je ne m'attendais pas à ce que vous soyez si grande. Sans quoi j'aurais apporté autre chose, expliqua-t-il en lui tendant un ours en peluche.

– Non, c'est gentil, s'empressa-t-elle de dire en attrapant la grosse boule de poils soyeux.

Elle y fourra son visage et fondit en larmes. La peluche sentait bon, une odeur à mi-chemin entre le sucre et le chocolat sans cacao des cigarettes en chocolat.

Volodia l'accompagna jusqu'à l'Audi, puis retourna à la Citroën qu'il déplaça à l'autre bout du parking. Recroquevillée sur la banquette arrière, à côté de Jo qui tremblait de fièvre, Bérénice ne le quitta pas des yeux tandis qu'il aspergeait la voiture d'essence et l'incendiait.

Elle sentit les bras de son beau-père l'enserrer. Elle souhaita disparaître, remonter le temps, retrouver la chaleur de sa mère. Mais elle demeura là, bien réelle, face à un continent de souffrance dont elle devinait à peine les contours, et qu'il lui faudrait traverser.

21

Les yeux mi-clos, la tête posée sur le dossier d'un vieux fauteuil en cuir, **Sookie Castel** prenait le pouls de cette fin de matinée à l'hôpital de Ravenel, au cœur du massif des Vosges, où elle était internée pour avoir violemment agressé JP Dardelin, l'enfant chéri du village, deux mois plus tôt.

L'air un peu dans les vapes, elle observait attentivement son environnement. Sookie avait toujours observé. Le monde, les gens, les détails, tous les détails.

Devant elle, il y avait un antique poste de télévision à tube cathodique branché sur la Cinq, derrière, un mur épais et frais, infranchissable – Sookie Castel ne s'asseyait jamais dos à une porte – et sur les côtés, des patients plus timbrés les uns que les autres, assis, gesticulant, prostrés, glapissant, nerveux, dégoulinant.

Seconde après seconde, Sookie archivait, classait les visages, par association de traits avec d'autres, rencontrés trois jours, trois mois, trois ans ou deux décennies plus tôt, et rangeait ces visages dans des boîtes, en attendant de les ressortir à l'envi.

Ici, Sookie avait ouvert de nouvelles sous-catégories dans sa classification des êtres humains : boîte Ravenel, ou cheveux gras, qu'elle appelait aussi boîte pue-la-rage. Ici, les patients appartenaient à tous les âges, il y avait une majorité de bruns, deux chauves, quatre femmes portaient des cheveux décolorés, la plupart étaient en surpoids à cause des antidépresseurs, le plus grand flirtait avec les deux mètres, 70 % n'atteignaient pas la moyenne nationale en taille. Ils étaient donc tous physiquement très différents. Sauf en ce qui concernait leurs cheveux et la qualité de leur hygiène.

Pour le moment, la chaîne sélectionnée par le personnel diffusait un documentaire sur les Everglades. Personne n'y prêtait vraiment attention, mais sortir de sa chambre était une question de vie ou de mort. Quoi que l'on diffuse, il y avait du monde dans la salle de détente.

Depuis le début du mois, Sookie Castel avait obtenu la permission de circuler à peu près librement dans les parties communes du bâtiment. « À peu près » signifiait qu'elle quittait sa chambre quand le personnel l'y autorisait, et y retournait quand on le lui demandait.

Le documentaire s'achevait. Par-dessous ses paupières mi-closes, Sookie observait le générique. Ses compagnons forcés agissaient de même, l'œil torve braqué sur les noms aux consonances anglo-saxonnes des techniciens.

Ils regarderaient la mire toute la nuit si ça existait encore !

Soudain, à gauche de Sookie, la porte s'ouvrit sur le docteur Mariani, le chef de service. Son odeur de tabac le précéda.

– C'est à nous, mademoiselle Castel, dit-il en s'immobilisant à trois mètres de sa patiente.

Le visage de Sookie demeura impassible. Seuls ses yeux s'ouvrirent tout à fait. La boîte Jean Dujardin émergea à sa conscience. L'image du comédien se superposa à celle du thérapeute, lissant les rides, apportant de la noirceur aux cheveux partiellement blanchis par les ans. Un instant, Sookie se figura un mélange des deux hommes dans une scène d'*OSS 117* où l'espion calamiteux chante en arabe en s'accompagnant d'un oud.

Un sourire béat illumina les traits de la jeune femme.

Le médecin soupira et fit demi-tour sans attendre. Sookie sauta sur ses pieds et lui emboîta le pas, les yeux braqués sur ses fesses, qu'elle trouvait joliment rebondies.

Faut que tu baises, Sook, sinon tu vas tourner chèvre !

Sookie sourit à l'évocation de cette phrase, signée de son père. Léon Castel devait être un des rares à parler de sexualité à sa fille sans l'ombre d'une gêne. Évidemment, il le faisait avec ses mots à lui, sans civilité.

J'espère au moins que toi, là où t'es, tu te fais du bien !

Cette idée fit s'esclaffer Sookie sous les yeux d'une infirmière qui avait noté son intérêt pour les fesses du chef de service et la regardait d'un air pincé. Puis la porte de la salle de détente se referma sur elle et ses pensées égrillardes.

22

– Pour moi, cet entretien est terminé, asséna la femme assise face à **Léon Castel**, de l'autre côté d'un bureau chargé d'épais dossiers. Je vais donc vous notifier les chefs d'accusation.

La procureure chargée de l'affaire était âgée d'une cinquantaine d'années et arborait un visage grêlé au sourire carnassier.

– Quoi, c'est tout ?

– Ça suffit pour aujourd'hui. Et vous ne voudrez pas aggraver votre cas, si ?

Léon jeta un coup d'œil sur ses chaussures et s'aperçut qu'elles étaient constellées d'éclaboussures d'urine.

– Non, lâcha-t-il.

Pauvre vieille bique…

Moins d'un quart d'heure qu'il était dans cet exigu bureau du Palais de Justice, et il avait l'impression que ça faisait des heures. Des heures à entendre des remontrances sortant de la bouche de la magistrate qui semblait oublier qu'elle était face à un adulte, et non à un garnement.

La procureure chaussa ses lunettes, et relut ses notes.

– Monsieur Léon Castel, vous êtes accusé de récidive de

tapage sur la voie publique, de récidive de distribution de tracts calomnieux, d'incitation à la haine, de récidive de refus d'obtempérer, de fourniture d'identité imaginaire, de refus de prélèvement des empreintes digitales, et enfin de dégradation de bien public.

Léon bondit de sa chaise, les joues rougies de colère.

– Mais c'est faux ! Je proteste !

– J'ajoute outrage à magistrat ? Ce ne sera pas la première fois, si j'en crois votre casier judiciaire.

– Ajoutez ce que vous voulez, je n'ai pas fourni d'identité imaginaire, je n'ai pas refusé de donner mes empreintes et non, je n'ai rien dégradé !

– Ce n'est pas ce que rapporte le fonctionnaire qui vous a pris en charge. Alors, asseyez-vous tout de suite et cessez votre cirque, ou je vous colle vraiment un outrage !

Léon se laissa tomber sur sa chaise en soupirant.

– Vous devriez apprendre qu'on ne plaisante pas avec la justice, monsieur Castel.

Léon écouta la magistrate lui détailler la procédure de comparution immédiate qu'elle estimait nécessaire, précisa-t-elle, pour l'empêcher de nuire à nouveau : en sortant de son bureau, Léon serait reçu par un avocat commis d'office, puisqu'il en avait décidé ainsi, puis conduit au tribunal correctionnel pour y être entendu.

– Sachez que pour ces différents chefs d'accusation, je vais requérir 5 000 euros d'amende, 5 000 euros de dommages et intérêts à monsieur François Puvenelle, et…

– Quoi ! s'écria Léon. Vous voulez qu'en plus, je paie cet enfoiré pour ce qu'il a fait !

– … Et six mois de prison ferme, poursuivit la magistrate, implacable.

Léon se décomposa. À chaque mot prononcé, il avait l'impression de s'enfoncer sous terre.

– Jamais ils ne vous suivront, murmura-t-il, assommé. C'est impossible. Je suis tout sauf un délinquant.

– Compte tenu de votre capacité de nuisance, monsieur Castel, et de votre tendance à récidiver, je suis sûre du contraire, et je compte même sur le JLD[1] pour assortir cette peine d'un mandat de dépôt à effet immédiat.

1. Juge des libertés et de la détention (NDA).

23

Du bout du pied, **Sookie Castel** poussa ses chaussures sous le bureau du docteur Mariani. Puis elle se leva. Pourtant, ce n'était pas le moment, la séance venait tout juste de commencer.

– Je peux vous aider ? demanda-t-il.

Sookie posa son index sur ses lèvres et souffla un « chut » langoureux avant de libérer l'une après l'autre les bretelles de sa robe légère, qui glissa jusqu'au sol.

En deux enjambées, la jeune femme contourna le bureau. Elle saisit la main du docteur Mariani et la posa sur son pubis.

À ce contact, une vague de frisson déferla en elle.

Sookie fit glisser sa culotte le long de ses jambes avant de grimper à califourchon sur le fauteuil. Puis, sans que le médecin fasse un geste pour la retenir, elle déboutonna sa braguette et extirpa son sexe. Elle le serra, le tordit légèrement pour éprouver sa vigueur. Enfin, elle le fit lentement glisser en elle.

La sensation fulgurante lui arracha un cri.

– Sookie ?

La jeune femme vit que le docteur Mariani, assis de l'autre côté du bureau, l'observait d'un air inquiet.

– Ce n'est rien, juste un orgasme.

– Pardon ?

– Doc, grimaça-t-elle en se recroquevillant sur son fauteuil. Je rigole.

Et si je te disais que dans cet endroit maléfique, j'ai autant besoin de jouir que de manger et de boire ?

– Vous voulez un verre d'eau ?

D'un signe de tête, Sookie Castel déclina l'offre. Les articulations de ses doigts enserrés autour des accoudoirs blanchissaient à vue d'œil.

– Je comprends que l'annonce de cette nouvelle vous perturbe.

– Quelle nouvelle ?

Sookie se redressa.

– Votre père, la comparution immédiate.

– Léon ? Mais qu'est-ce qu'il a encore fichu ?

Puis elle se ravisa.

– Non, je ne veux pas le savoir. J'ai assez d'angoisses comme ça.

En quelques semaines, Sookie était passée d'un état de prostration à une totale rémission, ce que le docteur Mariani n'avait pas manqué de noter.

« Vous ne le devez qu'à vous-même, lui avait-il dit. Votre force de caractère est peu commune. »

« Si vous saviez d'où je reviens », avait-elle alors murmuré avant de se retrancher dans un silence qui avait duré deux jours.

Le docteur Mariani était le psychiatre idéal. Il s'était contenté de la soutenir dans les moments les plus difficiles, lui prodiguant la chimie nécessaire pour qu'elle ne se blesse pas. Sookie savait qu'elle avait connu un épisode psychotique d'une grande violence au cours duquel elle avait manqué tuer un homme.

Aujourd'hui, elle était sortie d'affaire et ce médecin-là, face à elle, allait bientôt devoir établir un rapport sur lequel s'appuierait un juge pour décider si, oui ou non, Sookie était consciente de ses actes au moment des faits, et par conséquent pénalement responsable.

– Sookie ? Vous souhaitez m'en parler ?

Le regard sombre de la jeune femme s'accrocha au visage du docteur Mariani, puis erra sur son bureau où s'accumulaient dossiers, crayons de papier, boîtes de mouchoirs et un plat creux servant de vide-poche.

Il s'arrêta une fraction de seconde sur un double de clés de voiture abandonné là, avec des trombones, des pièces de monnaie, des piles usagées, des blisters de comprimés d'aspirine, un clou et une pince à linge en bois transformée en porte-photo où une main malhabile avait gravé « pour Romane », puis revint sur le visage de Mariani et s'ancra dans ses yeux bleus.

Le désir de Sookie s'était volatilisé. À la place, une autre envie, encore plus attrayante, venait de s'enraciner.

– Romane, c'est votre prénom ?

– M'en parlez pas, maugréa le psychiatre.

– On vous a collé le nom d'une grand-mère, c'est ça ?

Le docteur Mariani laissa échapper un soupir.

– Pire, celui de ma mère morte en couche...

– C'est une raison valable pour faire carrière en psychiatrie ! Je sais que ça peut sembler incongru, dit comme ça, ajouta-t-elle avec un sourire enjôleur. Mais j'ai envie de baiser. Je ne pense plus qu'à ça.

Sookie Castel nota que les joues du médecin s'empourpraient, et peina à retenir un sourire, de satisfaction cette fois.

– Je suppose que c'est en effet un problème.

– Je pourrais peut-être avoir une permission ?

– Tant que vous n'êtes pas passée devant le juge, c'est impossible.

Romane Mariani se mit à tripoter un crayon de papier.

– Mais alors, comment font les autres ?

– Certains traitements inhibent la libido.

– Vous n'allez pas me gaver de médocs !

– On pourrait envisager l'hypnose. Je vais vous adresser à une de mes collègues, ajouta-t-il en hésitant.

Par la fenêtre entrouverte, le chant d'amour d'un couple d'oiseaux racontait la fin de l'été.

– Si vous voulez, doc, mais ça ne me gêne pas d'en parler avec vous.

– Je ne préfère pas.

Ouh ! Dujardin a le béguin, Sook ! Tu t'y attendais pas, avoue…

– Je vais voir si madame Schweitzer peut vous caser un rendez-vous, proposa Romane Mariani en se levant. J'en ai pour une minute.

Il contourna son bureau et disparut dans le couloir, en direction de son secrétariat.

Sookie se raidit, prête à tendre la main vers les clés tant convoitées.

À l'instant précis où elle allait les saisir, une infirmière entra dans la pièce et se planta à côté d'elle, en la fixant d'un air soupçonneux.

– Qu'est-ce que vous cherchez ?

Sans répondre, Sookie Castel arracha un mouchoir en papier de sa boîte, et s'enfonça dans son fauteuil, les yeux rivés sur les arbres du parc, songeant que, tout comme ce couple d'oiseaux qui s'égosillaient encore, elle détestait qu'on la tienne enfermée.

24

Bérénice Bonnet dormit longtemps à l'arrière de la voiture, le visage posé sur la peluche offerte par Volodia, si longtemps qu'elle se félicita en se réveillant d'avoir subtilisé le flacon de Rivotril dans le sac de Jo, en même temps qu'elle avait récupéré son smartphone.

Elle aimait l'effet de ce produit. Quelques gouttes dans une petite bouteille d'eau et hop, dix minutes plus tard, elle était débranchée. Pas de rêve, pas de douleur, pas de souvenir, ni regrets ni tristesse, rien qu'un trou noir où elle se sentait bien.

Elle songea que si Jo la chopait, elle se ferait massacrer. Mais elle pourrait toujours lui dire qu'il était seul responsable. Après tout, c'est lui qui avait commencé à la droguer pour avoir la paix.

La puissante Audi avalait sans mal cette route étroite qui sillonnait entre les blés et les tournesols grillés, dans une campagne inconnue. Le soleil s'écrasait dans le pare-brise, pile en face de Bérénice, éclaboussant de rouge et d'orange un horizon vallonné. La lumière pénétrait ses pupilles, irradiant une douleur sourde.

L'adolescente ne baissa pas les paupières, au contraire, elle écarquilla les yeux. Avec un peu de chance, tout allait se diluer, la voiture, les sièges, Aragorn, Bérénice elle-même, la douleur, le souvenir de sa mère. Peut-être même ce jeu de dupes allait-il prendre fin, juste parce qu'elle le décidait. Elle s'aveugla jusqu'à ce que des larmes inondent ses joues. Qu'allait-elle devenir si Jo se faisait appréhender par la police ? Elle n'avait plus que lui au monde.

Elle tâtonna dans sa direction, et c'est alors qu'elle s'aperçut qu'il n'était plus dans la voiture.

– Où est mon beau-père ? s'écria-t-elle, secouée par la panique. Pourquoi il est plus là ?

Imperturbable, Volodia chercha son regard dans le rétroviseur.

– Chez le médecin, il nous rejoindra plus tard. D'ailleurs, on arrive.

La voiture tourna sur un chemin de terre. Une pancarte indiquait la direction de *La Valbonne*, sans plus de précision.

Le soleil disparut sur la gauche de Bérénice, qui détailla les environs, le nez collé à la vitre. Ils remontaient un vallon où poussait une herbe éparse piquée d'arbres rabougris. Des lichens pendaient des branches basses.

L'adolescente eut une brève vision de silhouettes fantomatiques, qui disparurent aussitôt. Moins de mille mètres après le croisement, ils franchirent un portail et pénétrèrent dans une cour recouverte de gravillons blancs. Trois corps de bâtiments encadraient la cour, un principal élevé sur trois niveaux et deux anciennes granges reconverties en habitation.

Volodia s'empressa d'ouvrir la portière à Bérénice pour lui offrir son bras.

– Venez, lui glissa-t-il en souriant. Je ne vais pas vous manger.

Une porte coulissa au rez-de-chaussée du bâtiment principal. Des notes de piano se répandirent dans l'air tiède, accompagnées de rires.

Un homme d'une soixantaine d'années, trapu, avec un visage harmonieux et ridé que ses yeux illuminaient, vint à leur rencontre.

– Bienvenue, petite mademoiselle, dit-il d'une voix où les R roulaient encore plus que dans la bouche de Volodia. Je m'appelle Innokenty.

Un court instant, celui-ci fixa Bérénice.

– Tu es aussi belle que ta maman, dit-il avec un sourire. Je l'aimais beaucoup.

Bérénice déglutit avec difficulté.

– Ne t'inquiète pas, précisa-t-il, nous allons prendre soin de toi.

Puis il se tourna vers Volodia.

– Jo sera là demain. Viens, jeune fille, tu es ici chez toi.

Innokenty précéda Bérénice dans un grand salon où une magnifique jeune femme jouait une partition de Bach sur un piano droit adossé contre un mur en pierres apparentes.

– Ta chambre est au premier étage, dit-il. Tu y trouveras tout ce dont tu auras besoin pour ton séjour, mais s'il te manque quelque chose, n'hésite pas à le réclamer. Habituellement, nous dînons à 19 heures. Sacha[1] ?

La jeune femme cessa de jouer et s'avança vers eux d'une démarche si aérienne que Bérénice se sentit aussitôt pataude, et rougit.

D'un geste gracieux, Aleksandra invita l'adolescente à la suivre. Cette dernière lança un coup d'œil interrogateur à Volodia, qui l'encouragea d'un bref sourire.

Sa peluche serrée contre elle, Bérénice suivit docilement Aleksandra, qui traversa une des granges, dont le rez-de-chaussée, aménagé en salon, abritait une demi-douzaine d'adolescentes qui regardaient un film sous-titré en russe, dans un silence religieux.

Une volée de marches couvertes d'une moquette épaisse aux motifs fleuris les déposa au premier étage, sur un palier desservant deux couloirs. Bérénice compta une dizaine de portes sur le niveau.

– Vous faites quoi ici ? demanda-t-elle. C'était qui les filles en bas ?

Aleksandra la regarda un bref instant, un sourire éclairait son

1. Diminutif d'Aleksandra.

visage. Mais elle ne décocha pas un mot en accompagnant Bérénice jusqu'à sa chambre, la n° 7.

– Elle est complètement ouf, celle-là ! grinça l'adolescente en refermant la porte derrière elle. Waouh ! ajouta-t-elle en découvrant son nouveau domaine.

La pièce d'une vingtaine de mètres carrés comportait un lit à baldaquin, un coin salon, chaleureux, des W.-C. individuels, et une salle de bains avec douche et bidet, ce qui la fit sourire. Elle n'en avait jamais vu auparavant.

Bérénice trouva un nécessaire de toilette, des serviettes propres sur les étagères, des garnitures dans un petit meuble, et des habits à sa taille dans une armoire.

– C'est ouf ! répéta-t-elle, en tournant sur elle-même.

Elle se doucha avec bonheur, puis fouilla dans les vêtements et jeta son dévolu sur un jean un peu large et un tee-shirt estampillé « VitalyzdTv ».

Elle se jeta sur le lit, en apprécia le confort, et fouilla dans les tables de nuit. Dans un des tiroirs, elle trouva un livre de Barbara Cartland, et dans l'autre, un paquet de cigarettes entamé et des allumettes. Elle joua un instant avec, hésitant à succomber à la tentation, puis en alluma une.

Après tout, Volodia avait raison, elle n'avait plus l'âge d'avoir une peluche.

La fumée la fit tousser, elle songea qu'avec le Rivotril, ça donnerait à Jo une deuxième bonne raison de lui tomber dessus, mais que pour l'instant, il était quelque part ailleurs, et qu'elle était bien libre de faire ce qui lui plaisait.

Tout en sautillant et en agitant les mains pour chasser la fumée, Bérénice tenta d'ouvrir la fenêtre, sans succès. Elle ne pouvait que la basculer, laissant une maigre ouverture vers le haut.

En contrebas, dans la cour, deux voitures se garaient. Leurs occupants donnaient le sentiment d'être heureux de se retrouver. Sans pouvoir se l'expliquer, Bérénice en éprouva du soulagement, même lorsqu'elle les vit sortir des fusils d'assaut et des caisses de munitions du coffre d'un des véhicules.

Jo était policier. Ces hommes n'en avaient pas l'air. Volodia et Innokenty parlaient avec un accent russe quand ils n'échangeaient pas directement dans cette langue. Alors quoi ?

T'en sais rien, p'tite tête, et tu ferais mieux de lâcher l'affaire et trouver de quoi t'occuper.

Descendre dans la salle de télévision était une option, qu'elle écarta d'emblée. Il y avait trop d'inconnues, et Bérénice ne se sentait pas le courage d'affronter leur regard. Surtout avec sa nouvelle coupe débile. Et puis, il y avait autre chose, une ambiance pesante qu'elle avait ressentie en passant à côté d'elles.

Qu'est-ce qu'elles fabriquent toutes là ?

L'adolescente descendit tout de même. Rester seule était pénible, se mêler aux autres aussi, alors il restait l'option balade.

Quelques instants plus tard, elle gagnait la cour gravillonnée, à présent déserte, à l'exception d'un type qui se dirigeait vers le portail. Elle lui emboîta le pas. L'homme ferma l'un des battants et s'apprêtait à faire de même avec l'autre.

– Attendez, monsieur, l'interpella prudemment Bérénice.

Elle tenta de se glisser au-dehors, mais l'homme la retint par l'épaule.

– Pas maintenant, mademoiselle, dit-il sur un ton impérieux. Allez vous coucher. C'est l'heure du couvre-feu.

Il verrouilla le portail et disparut par une porte basse située sur le côté. Bérénice entendit une serrure claquer. Elle détailla alors les murs, hauts de quatre à cinq mètres, remarqua les caméras de surveillance braquées vers l'extérieur et l'intérieur de la demeure et eut la certitude qu'une porte de prison venait de se refermer sur elle.

Jour 3 – samedi 24 août

25

Léon Castel enleva ses chaussettes, constatant avec déplaisir que le sol en béton peint était froid. Son caleçon rejoignit le reste de ses vêtements sur un banc, et ses mains se croisèrent instinctivement au niveau de son entrejambe. Il resta ainsi plusieurs minutes pendant que le surveillant vérifiait le contenu de grandes enveloppes en kraft.

– Les pieds sur les marques, et tourne sur toi-même ! grogna celui-ci en relevant les yeux. Allez ! Les bras à hauteur des épaules !

Léon eut un vertige fugace, l'impression que la peau de son visage durcissait. Il obtempéra, gorge serrée, et des larmes au bord des paupières.

– Encore un tour, aboya le surveillant. Stop ! Regarde le mur et penche-toi en avant. Les genoux. Tu les plies. Une fois, deux fois, trois fois ! Tousse ! Allez ! Encore !

Léon Castel essaya de faire le vide dans son esprit, sans succès. Un mélange de haine, d'humiliation et de peur réduisait sa capacité de raisonnement à néant.

– OK, c'est bon.

Le surveillant lui rendit ses affaires, coutures décousues et doublures déchirées. Léon Castel se rhabilla en vitesse. Il avait froid, malgré une impression de suffocation.

– Retiens bien ce numéro, c'est ton matricule, 404 920.

Léon tenta de le mémoriser, et l'oublia aussitôt.

– Prends les draps et les couvertures, ils appartiennent à l'administration pénitentiaire. Si tu les abîmes, tu payes. Pour le linge de corps, c'est cadeau.

Comme un automate, Léon Castel suivit un autre surveillant jusqu'au bâtiment D4, puis dans le quartier d'isolement.

Une porte épaisse s'ouvrit devant lui, dévoilant sa cellule.

« On dirait une niche pour un gros clébard » songea Léon Castel en la découvrant. Immobilisé, incapable d'avancer, il se mit à trembler de la tête aux pieds.

Dans son dos, le surveillant se racla la gorge.

– Ici, t'es dans le quartier des isolés. On te met pas au mitard, pourtant, c'est là que tu devrais purger ta peine, d'après ton dossier. Mais on n'est pas aux ordres des juges. Ici, c'est nous autres qui faisons la loi. Tu comprends ? T'es sage, on te fichera la paix. Tu nous fais chier, on te bichonne. C'est simple, clair et parfaitement compris par les plus abrutis de nos détenus.

Les mots du surveillant ne s'imprimaient pas dans le cerveau de Léon Castel.

– Si tu t'habitues à la solitude, ça se passera bien. Dans le reste du bâtiment D4, ils sont deux pour la même superficie. Tu vois, on t'a à la bonne, finalement. Sur ton lit, tu trouveras le colis des indigents, du PQ, du savon pour la douche et du dentifrice. En revanche, pas de brosse à dents. Me demande pas pourquoi, c'est pas moi qui fais le règlement. Et pendant que j'y pense, t'as pas le droit à la promenade. Si t'as besoin de quelque chose, tu fais comme les autres, tu gueules.

La porte se referma en claquant sèchement.

Léon Castel sursauta, puis recommença à trembler.

Son regard balayait le sol en béton gris.

Depuis une fenêtre située à hauteur de tête, des bruits de la prison entraient jusqu'à lui, mais là non plus, les mots criés, hurlés par d'autres, ne se fixaient pas dans son esprit.

Jusqu'à ce jour, les conséquences de ses excentricités l'avaient conduit en garde à vue ou en cellule de dégrisement au commissariat d'Épinal. Une fois, à titre éducatif, un juge l'avait expédié 24 heures en maison d'arrêt.

Là, perché dans les étages du bâtiment D4, enfermé dans une cellule standard de neuf mètres carrés disposant d'un lavabo, d'un WC et d'une banquette faite d'un matelas posé sur un plan de béton, Léon Castel comprit, au moment où la porte claqua derrière lui, qu'à presque 60 ans, il venait de quitter l'adolescence pour le pire du monde des adultes.

26

Les premiers sons qu'entendit **Bérénice Bonnet** furent des gazouillis d'oiseaux mêlés à des roucoulements. L'adolescente s'étonna d'abord qu'il y en ait autant, puis l'idée qu'elle avait oublié de programmer son réveil l'effleura en même temps que les conséquences : s'habiller en vitesse, arriver au lycée en nage, passer dans le bureau du proviseur et…

8 h 20 s'affichaient à la pendule rococo lovée dans un coin de la chambre.

La tragédie des derniers jours écrasa la poitrine de Bérénice comme une chape de plomb, étouffante, horrible. Son regard s'arrêta sur le Rivotril posé sur la table de nuit, le paquet de cigarettes qui traînait à côté, et l'adolescente fut tentée d'avaler le contenu de ce maudit flacon. Oublier était libérateur, même si cela ne durait pas. Elle faillit tendre la main, mais l'éducation dispensée par sa mère prit le relais.

Une femme a toujours moins de chance qu'un homme, et c'est pour cette raison que nous devons être plus fortes qu'eux.

Des années durant, Mathilde avait donné toutes sortes de conseils à ses filles en espérant que des bribes s'accrocheraient dans leur esprit.

– Tu serais fière de moi, maman, dit Bérénice en tournant la tête vers la fenêtre qu'elle n'avait pas pris soin de refermer la veille au soir.

Sa bouche était pâteuse et un mauvais goût de tabac froid y traînait. C'était désagréable, écœurant. Bérénice fila dans la salle de bains et se brossa les dents tout en contemplant son reflet dans le miroir. Elle se trouva une tête affreuse, les traits tirés, des petits yeux bouffis d'un cochon. L'exact reflet de sa psyché meurtrie.

Puis elle retourna dans la chambre et chercha un endroit sûr pour cacher le Rivotril. Le tiroir de la table de nuit, sûrement pas. Elle fouilla la pièce du regard et jugea que le dessus de l'armoire serait parfait. Alors, elle se hissa sur une chaise pour y déposer le flacon.

En tâtonnant, ses doigts rencontrèrent un câble sur la surface poussiéreuse. Elle tira dessus et découvrit qu'il était relié à une minuscule caméra incrustée dans la cornière de l'armoire.

Bérénice demeura interdite, paralysée par une sensation de révolte mêlée de dégoût.

Sa vie était fichue, et elle était hébergée par des sadiques !

Après avoir badigeonné l'objectif de la caméra avec du dentifrice, Bérénice s'habilla en vitesse et quitta la chambre n° 7.

La grande salle au piano était déserte. Mais une odeur alléchante attira Bérénice vers une porte entrouverte au rez-de-chaussée. Derrière se trouvait une cuisine digne d'un restaurant. Une femme y découpait des oignons qu'elle mettait à frire dans un grand faitout en aluminium.

Bérénice la voyait de profil. Elle portait des cheveux longs attachés à la va-vite. On aurait dit une actrice américaine. Comme la veille avec Aleksandra, Bérénice se sentit laide.

– Hello ? lança l'adolescente.

Quand la cuisinière arrêta de couper les oignons et se tourna vers Bérénice pour la saluer, celle-ci lâcha un cri de surprise. Le visage de la jeune femme était barré d'une horrible cicatrice, de la tempe à la commissure des lèvres, englobant l'œil, qui n'existait plus et une paupière rafistolée sur un creux, et son sourire timide dévoilait une bouche partiellement édentée.

– Putain, mais c'est *Freaks*, ici ! hurla Bérénice en claquant la porte au nez de la cuisinière.

Elle battit en retraite vers le piano, entendit la porte de la cuisine s'ouvrir derrière elle, ce qui attisa sa panique. Affolée, Bérénice courut le long d'un couloir et trouva refuge dans un bureau inoccupé. Elle s'y enferma et se cala dos à la porte, essoufflée comme après une longue course.

Deux détails se heurtèrent dans son esprit : un téléphone posé sur le bureau, et une fenêtre, grande ouverte sur un champ labouré. L'adolescente n'eut pas une seconde d'hésitation. Elle enjamba le rebord de la fenêtre, sauta sur le sol meuble, deux mètres en contrebas, puis elle piqua un sprint en direction du mur d'enceinte qu'elle escalada en grimpant sur le capot d'une voiture.

De l'autre côté, elle tomba sur le chemin de la propriété, qu'elle quitta aussitôt, pour s'enfoncer dans un champ de tournesols.

Bérénice courut aussi longtemps que ses poumons le lui permirent. Mais elle n'avait jamais été douée en endurance. Quand elle déboucha sur la route, ses jambes tremblaient et un point de côté tiraillait son flanc.

Elle marcha le long de la chaussée sur une centaine de mètres avant d'entendre un bruit de moteur derrière elle. En se retournant, elle reconnut la silhouette de Volodia et ses longs cheveux. Il chevauchait une moto trial.

– Pas la peine de courir ma vieille, ragea-t-elle. T'es cuite !

Elle attendit que le Russe arrive à sa hauteur les bras croisés sur sa poitrine. Puis elle se jeta sur lui et le frappa de ses poings serrés.

– Vous êtes qui ? Et c'est qui, ce monstre dans la cuisine ? Qu'est-ce que vous lui avez fait ?

Volodia laissa Bérénice hurler sa détresse, se contentant de maîtriser ses coups, avant de la serrer contre lui.

– La jeune personne que tu as croisée dans la cuisine s'appelle Manya, répondit-il quand l'adolescente s'abandonna. Elle a beaucoup souffert, et ne mérite pas cette cruelle appellation de monstre, poursuivit-il avec douceur. Quant à moi, je m'appelle Vladimir Pavelevitch. On me surnomme Volodia depuis toujours, et je suis un vieil ami de Jo. Et Jo et ses amis, c'est tout ce qui te reste. Il faudra bien t'y faire.

27

Assis sur un sac de croquettes diététiques pour chien, le commandant de police **Demian Obolanski** ne bougeait pas plus qu'une pierre.

Les sens aux aguets, la main crispée autour de son arme, il fixait la boîte de Pétri contenant les fragments retirés de la blessure de Jo Lieras. Ces éclats de balle provenaient d'un projectile conçu pour tuer aussi sûrement qu'un tir en pleine tête. Avec ça, impossible de rater sa cible.

Ses yeux quittèrent un instant le film rougeâtre qui flottait à la surface du liquide, le sang de Jo mêlé à celui de Mathilde, pour se poser sur le visage de son équipier.

Allongé sur un matelas jeté à même le sol, celui-ci transpirait et ses paupières étaient secouées de mouvements brefs qui attestaient d'un sommeil agité. Son bras était relié à une perfusion accrochée à une potence, et sa blessure soigneusement bandée, mais il était loin d'être sorti d'affaire.

Le regard de Demian Obolanski retourna se fixer sur la boîte de Pétri. L'offensive avait été brutale et sévère. Plusieurs hommes touchés sur le territoire, quasi simultanément. Impossible de prévoir ce qui allait arriver, d'autant que le système, parfaitement cloisonné, était destiné à éviter ce genre d'attaque.

Leurs assaillants étaient déterminés à tuer, indifférents aux dommages collatéraux, et parfaitement renseignés.

Des éclats de voix et des aboiements provenant d'une pièce située à l'autre bout du couloir lui firent brièvement relever la tête.

Le cabinet était ouvert, mais la secrétaire avait été congédiée pour la journée. Une liasse de billets de banque avait scellé l'accord. Ce n'était pas la première fois que le vétérinaire rendait service aux gens de *La Valbonne*. Demian Obolanski était lui-même passé entre ses mains après avoir été blessé lors d'une opération délicate, des années plus tôt.

Le commandant Lieras l'avait accompagné, cette fois-là, et l'avait veillé des jours, à l'endroit où lui-même luttait contre la mort aujourd'hui.

Les yeux de Jo s'entrouvrirent plusieurs fois, ses mains battirent l'air comme celles d'un aveugle, puis il perdit à nouveau connaissance.

Quand il finit par reprendre conscience, la nuit était tombée et le silence avait envahi le cabinet.

Demian Obolanski n'avait toujours pas bougé.

– Donne-moi de l'eau, mâchonna Jo en tentant de se lever, de l'eau.

Le Russe attrapa une bouteille et s'agenouilla au pied du matelas. Il passa une main sous la nuque du policier et l'aida à se redresser.

– Juste un peu, le prévint-il. Sinon, tu vas vomir.

Jo but trois gorgées, puis reposa la bouteille.

– Béré ? demanda-t-il.

– À l'abri.

– Merci.

– Tu as vu qui c'était ?

Jo Lieras secoua la tête en grimaçant de douleur. Sa main

droite se leva. Demian Obolanski l'attrapa au vol et la serra entre les siennes.

Le policier lui lança alors un long regard, où brillaient des larmes.

– Ils ont eu Mathilde.

– On va les retrouver.

28

Paris, dix ans plus tôt

Engourdi par sa nuit de patrouille, le commandant de police Joseph Lieras sortit de son véhicule et prit le temps de s'étirer avant d'allumer une cigarette. Puis, les épaules couvertes d'un gilet orange fluo attrapé sur la banquette arrière, il acheva de fumer sa Lucky Strike adossé au capot de sa voiture, ses yeux légèrement bridés rivés sur une silhouette en haillons qui braillait, affalée sur des cartons. À sa hauteur, une camionnette du SAMU social était stationnée, warnings allumés.

Jo Lieras écrasa sa cigarette, puis s'approcha du chef d'équipe et du médecin de la Croix-Rouge qui l'avaient appelé sur les lieux.

– Ça fait longtemps qu'il est là ?

– Y'avait encore personne à 20 heures.

– Il a dit quelque chose ?

– Que dalle. Et il est agressif.

Jo Lieras était aussi avare en mots qu'en sourire. Pourtant, malgré son apparente froideur, il dégageait un tel calme qu'on se sentait en sécurité avec lui.

– Merci.

Le policier dépassa la camionnette du SAMU et s'accroupit aux côtés du sans-abri, un gamin d'une vingtaine d'années qui baragouinait sans paraître remarquer sa présence.

– Bonsoir, je suis le commandant Lieras de la BRP, dit-il à l'inconnu, visiblement ivre. Monsieur ?

Le policier patienta quelques secondes, puis avança sa main vers le sans-abri qui cessa de marmonner et esquiva le contact. Leurs regards se croisèrent fugitivement. Aussitôt, Jo Lieras se redressa et recula de quelques pas sans le quitter des yeux.

– OK, dit-il sèchement. Cessez votre cirque et présentez-moi vos papiers.

L'inconnu se redressa lentement sur son séant.

Les deux hommes se jaugèrent. Le policier, dont la maigre silhouette paraissait immense, garda la tête baissée vers celui qui s'était accroupi, les mains derrière le dos, comme un fauve prêt à bondir. Aucun d'entre eux ne semblait décidé à sortir du silence.

Jo en profita pour détailler l'inconnu. Une bonne taille, un corps musculeux sous ses hardes, des paupières enflées, des joues creuses dissimulées sous une barbe fournie, des cheveux longs et crasseux, des lèvres craquelées par la soif. Et un regard d'une incroyable dureté qui faisait penser à celui d'un squale.

Le policier effleura instinctivement la crosse de son arme, ce qui fit se raidir son vis-à-vis. Depuis deux ans, Jo Lieras travaillait à la surveillance des réseaux de prostitution sur l'est et le nord parisien. Il savait reconnaître chacun des acteurs de ce monde. Et pourtant, cet homme demeurait une énigme.

– Qui êtes-vous ? Qu'est-ce que vous foutez là ?

L'inconnu plissa ses yeux clairs, puis il abaissa les paupières et fixa un point dans le vague, derrière le policier.

– Bien, lâcha Jo avec un soupir.

Il attrapa sa radio et appela des renforts. Quelques minutes plus tard, l'inconnu était assis dans le fourgon du SAMU, encadré par deux collègues en tenue.

Pendant que le policier retournait les cartons et soulevait des montagnes de journaux, il eut l'impression de sentir un regard sur sa nuque. Pourtant, quand il se retourna, l'homme avait les yeux rivés sur ses chaussures. Il semblait fatigué. Sa peau, illuminée par le clignotement des gyrophares, était bleue comme celle d'un mort.

Jo braqua sa lampe sur une liasse de papiers couverts de noms de villes européennes rayés, de graffitis, de chiffres comme des horaires de train ou de bus, des noms d'hôtels minables. Il examina l'ensemble attentivement, puis il retourna vers le fourgon à pas lents.

– Qu'est-ce qu'on fait, on l'embarque ? demanda un des policiers en tenue, en exhibant un long couteau emballé dans un sac en plastique. On a de quoi.

– C'est bon, les gars, je m'en occupe.

Jo récupéra l'arme qu'il glissa dans sa poche, salua ses collègues, et les regarda partir.

– Venez, proposa-t-il à l'inconnu, toujours assis dans la camionnette du SAMU. Je vous paie un café. Y'a un rade pas loin.

D'un coup de tête discret, Jo Lieras prévint les gars de la Croix-Rouge qu'ils pouvaient y aller, et rejoignit le jeune homme qui l'attendait sur le trottoir.

– Je n'ai pas besoin de vous, les flics, cracha-t-il avec un léger accent d'Europe de l'Est. Renvoyez-moi, je reviendrai.

– J'avais compris, rétorqua Jo Lieras.

– Si vous le dites.

– Je vous le dis. Vous le prenez quand même, ce café ?

D'un même mouvement, les deux hommes s'engagèrent dans la rue du Poteau puis bifurquèrent sur la rue Belliard, et longèrent des grilles à une quinzaine de mètres au-dessus des voies ferrées.

– Je me demande ce qu'ils attendent pour réhabiliter le coin, expliqua le policier. C'est pourri de toxicos et de putes. Et ça sert de décharge à tous les délinquants du quartier.

– C'est quoi, cette conversation ?

– Et votre petit jeu ?

Le mystérieux jeune homme était arrivé sur les extérieurs

quelques semaines auparavant, changeant de squat tous les deux ou trois jours, ne choisissant que des lieux de prostitution. Il restait sur place, se contentant d'observer les filles et leurs clients, et disparaissait dès l'arrivée de la police. Son manège avait rapidement alerté Jo et ses hommes. Jamais ils n'avaient noté un tel comportement chez un type qui n'était ni un collègue en planque ni un SDF, encore moins un dealer ou un pervers.

– Je sais reconnaître un intrus dans le milieu, insista Jo Lieras. Et vous êtes un intrus.

– Et alors ?

– Et alors, quoi ?

Les deux hommes marchèrent en silence jusqu'à un bistrot et s'installèrent au fond de la salle déserte. Deux minutes plus tard, le garçon de café posa deux express devant eux. Jo avala le sien d'un trait tandis que l'inconnu laissait son regard errer à la surface de la mousse brune.

– Comment s'appelle-t-elle ?

L'homme releva brusquement la tête.

– La fille que vous cherchez, poursuivit le policier. Quel est son nom ?

Pour la première fois, Jo Lieras vit le regard de son interlocuteur s'adoucir.

Ce dernier versa le sucre dans son café, tourna lentement la cuiller, puis le but à petites gorgées.

– Elle s'appelle Lyubov Denejkina, lâcha-t-il en reposant la tasse. Elle a 17 ans.

– Où et quand a-t-elle été enlevée ? demanda le policier après un silence.

– Pourquoi ?

– Répondez !

– Il y a trois mois, en Russie.

– Où précisément ?

– Salinitiovosk.

L'homme extirpa un cliché froissé de la doublure de sa veste et le poussa devant Jo qui alluma une cigarette. Aucune émotion ne transparaissait sur les traits du policier, mais ses mains tremblaient.

– Vous l'avez vue, c'est ça ?

Jo Lieras secoua lentement la tête.

– Non.

– Mais vous avez des informations sur ce réseau.

– On le surveille.

– Alors, vous avez une idée de l'identité du responsable.

– Nous n'en sommes pas certains.

– Donnez-moi au moins un début de piste.

– Laissez la police faire son travail.

L'homme braqua son regard dans celui de Jo Lieras. Sa voix se fit murmure.

– Vous-même ne croyez pas un mot de ce que vous dites.

– Qu'est-ce que vous en savez ?

– J'ai une idée de l'homme que vous êtes.

– Vous en avez de la chance, railla Jo Lieras.

L'inconnu chercha le regard du policier jusqu'à ce qu'il le trouve.

– Votre colère, eh bien moi, je n'en veux pas. Je veux rester libre, vous comprenez ?

Impassible, le policer écrasa sa cigarette consciencieusement.

– Laissez-moi vous raconter une histoire.

– Celle où vous arrêtez un criminel et deux autres prennent sa place ?

Jo laissa échapper un sourire.

– Alors, vous savez que c'est plus compliqué que ça en a l'air.

Il déposa devant son interlocuteur le couteau qui lui avait été confisqué, et lui tendit une main franche.

– Je m'appelle Joseph, mais on m'appelle Jo.

Le jeune homme accepta la poignée de main après une courte hésitation.

– Demian Obolanski.

29

D'un geste agacé, **Arnault de Battz** appuya à plusieurs reprises sur le bouton d'appel de l'ascenseur. Il venait de perdre une heure dans les embouteillages à écouter les élucubrations de Léon passer en boucle à la radio, et les messages préoccupants des avocats de W3.

La cabine, une antiquité en métal ouvragé datant du lendemain de la Seconde Guerre mondiale, descendit lentement. Arnault ouvrit la porte, poussa les battants en bois ajouré et se glissa dans l'étroite cabine, accomplit les mêmes gestes à l'envers et appuya sur le bouton du sixième étage.

Léon avait été séduit par les bureaux dès qu'il avait aperçu l'ascenseur. Une histoire sentimentale remontant, à ses dires, à l'époque de sa grand-mère qui habitait un immeuble doté d'un ascenseur identique près de la gare de Rueil-Malmaison.

– La belle affaire ! grinça Arnault de Battz en regardant les paliers défiler avec lenteur.

La terrasse, elle, avait plu à Lara. Malgré le loyer exorbitant, le producteur n'avait su résister à sa protégée. Et puis, les locaux possédaient assez de superficie pour loger une dizaine de collaborateurs, disposaient de deux bureaux individuels et surtout, d'une cuisine, de toilettes homme et femme, et d'une salle d'eau, exigence de Marcus – sans quoi ce n'était pas la peine de compter sur lui.

En introduisant la clé dans la serrure, Arnault de Battz regretta que personne ne se soit enquis de ses préférences. Et pourtant, c'est lui qui payait la note.

La porte s'ouvrait sur un couloir qui partait à angle droit sur une courte distance. Il y avait un miroir face à l'entrée, souvenir du précédent occupant que personne n'avait songé à retirer.

– Eh, oh ! *Is there anybody here ?*

Il n'attendit pas de réponse et entra dans l'*open space*.

Son casque audio rivé sur les oreilles, Marcus Maratier poursuivait le tri du courrier et des colis en souffrance, en frottant ses pieds sur un tapis en fibres de coco. L'un après l'autre, du talon vers le gros orteil, abandonnant tout autour une fine poudre de peaux mortes.

– C'est dégueulasse ! grimaça le producteur en battant en retraite dans son bureau.

Arnaut de Battz s'enferma et se laissa tomber dans son large fauteuil en cuir roux. Son regard se promena sur la décoration inachevée, les photos accrochées aux murs, les prix obtenus lors de festivals, puis s'attarda sur un exemplaire du *Monde* daté du lendemain de la libération de Lara, qui traînait sur une table basse. Cette journée était fixée à jamais dans l'esprit d'Arnault de Battz comme le moment de soulagement le plus intense qu'il ait jamais connu. Ce souvenir le ramena à Léon, et à ses dernières frasques.

– Je t'en ficherai moi, du « *¡ No pasarán !* » maugréa-t-il, en regrettant aussitôt ses mots.

Au même moment, Léon Castel connaissait les affres de Fleury-Mérogis. Il n'y avait pas de quoi se féliciter. Son comparse avait bien des travers, mais il ne méritait pas son sort.

Arnault composa un numéro et glissa le combiné de son téléphone entre l'épaule et l'oreille, tandis qu'il faisait défiler des photos d'Egon sur son iPad. Quand son interlocuteur décrocha, il posa sa tablette et se raidit.

– Maître Sorbier, Arnault de Battz. J'ai besoin de vous pour une affaire urgente, Léon Castel. Oui, à Fleury, c'est ça. Non, ni plus ni moins que ce que vous avez dû lire dans la presse. Surtout, ne vous en laissez pas conter. Vous le défendez, avec ou sans son accord, c'est un âne bâté, mais il a bon cœur. OK, je vous en remercie, maître. À très bientôt.

Le producteur raccrocha avec un sourire satisfait.

Allons nous rendre plus utile à la communauté.

Dans quelques minutes, le juge Rodolphe Craven, de passage à Paris, se proposait de visiter les nouveaux locaux de la rue des Bluets. Arnault de Battz ne voulait pas que le magistrat voie le manège de Marcus Maratier sur son tapis de coco. C'était puéril, il en avait parfaitement conscience, mais il ne put se retenir de glisser les sacs de courrier devant le bureau.

– Qu'est-ce que tu fais ? protesta l'ex-grand reporter. J'en ai besoin !

– Je cache tes mauvaises manières. Nous avons de la visite.

Un coup de sonnette empêcha Marcus d'en savoir plus. Arnault de Battz se dirigea vers l'interphone.

– Sixième étage, indiqua-t-il.

Puis il ouvrit la porte et s'appuya au garde-fou pour regarder l'ascenseur s'élever lentement. La cabine s'immobilisa sur le palier. La silhouette rondouillarde de Rodolphe Craven emplissait l'espace.

Le producteur se fit la réflexion que même si ce dernier semblait avoir maigri depuis leur dernière rencontre, il devrait descendre à pied s'il venait à sortir en même temps que le juge. Puis il ouvrit la porte en fer forgé tandis que Rodolphe Craven manœuvrait celle à double battant de bois qui sécurisait l'intérieur.

– Ma foi, confia le magistrat, je n'en avais plus vu de pareille depuis au moins…

Il passa sa main par-dessus sa tête à plusieurs reprises et la tendit au producteur qui la serra chaleureusement.

– Peu importe, ajouta-t-il, de toute façon, je n'en verrai plus d'autre…

Arnault de Battz s'étonna du pessimisme des propos du juge, habituellement si jovial.

– Le cholestérol me tue, expliqua Rodolphe Craven en désignant ses carotides. La droite bouchée à 80 % et presque autant pour la gauche. Je suis foutu, et je refuse d'aller me faire charcuter. Et vous, comment allez-vous ?

D'un geste, Arnault de Battz éluda la question.

– J'ai connu des jours meilleurs.

Il s'effaça pour laisser entrer le magistrat. Corentin Ruedler déboucha de l'escalier à cet instant, les bras chargés d'un support en carton contenant quatre gobelets de café.

– Fichue machine ! Jamais là quand on en a besoin !

Il se faufila devant Arnault qui referma la porte derrière eux.

Lorsque les quatre hommes furent installés autour de la table de réunion, Arnault de Battz exposa la raison de la présence du juge Craven dans les locaux de W3.

– En ces temps difficiles, il me semble que nous ne pouvons nous permettre de nous priver d'une caution morale.

– Encore faudrait-il que les juges inspirent confiance, soupira Corentin Ruedler.

Le magistrat se crispa légèrement sous l'œil inquisiteur de Marcus Maratier qui détestait voir un étranger empiéter sur son territoire.

– Tut, tut ! s'exclama Arnault de Battz. Je pense qu'un juge vaut mieux qu'un journaliste !

– Sympa…

– Il s'agit de rencontrer les sources et de les évaluer avant de prendre une affaire, se justifia Rodolphe Craven. Pas d'enquêter à votre place.

– J'en suis capable.

– T'auras beau mettre un costume, grinça Marcus Maratier en se levant, t'auras jamais l'air aussi digne de confiance que monsieur le juge ! Bon, la caution morale, c'est fait ! Alors, c'est tout ? Parce que j'ai du taf, moi. Vu qu'il n'y a pas grand monde qui s'y colle, ajouta-t-il en lançant un regard en coin à Corentin Ruedler.

L'ex-grand reporter tourna les talons, posa son casque sur sa tête, ne couvrant qu'une oreille, et reprit le tri du courrier. Il semblait excité, et sautillait d'un sac à l'autre, vidant leur contenu sur la table pour farfouiller dans les centaines de lettres.

– Oubliez ses manières de Néandertalien, l'excusa Arnault de Battz. C'est un type intelligent et redoutable dans bien des domaines. Sauf dans celui des relations humaines.

– Je sais par quoi il est passé, lâcha Rodolphe Craven. Et puis, c'est moi qui vous ai soumis l'idée de la caution morale. Normal que chacun donne son avis. À ce propos, des nouvelles de Léon ?

– Je lui envoie maître Sorbier. Pas question qu'il moisisse à Fleury.

– Quelqu'un de haut placé lui en veut certainement… glissa le magistrat.

– Ouais, on a probablement décidé de faire un exemple ! renchérit Corentin Ruedler.

– Mais ses actes sont graves ! s'agaça le producteur. Et c'est pas comme s'il n'avait pas été prévenu !

– Il n'a rien fait de mal ! brailla Marcus Maratier, sans se donner la peine de se retourner. Il a juste dit à des gens qu'un violeur était un violeur ! Faut vraiment être tordu pour voir le mal là-dedans !

– Je suis navré messieurs, mais tout homme ayant purgé sa peine regagne le droit au respect de sa personne et de sa vie privée.

– Société de merde !

– Peut-être, acheva le juge Craven. Mais c'est ainsi.

– Du coup, déclara Corentin Ruedler, la presse profite de l'affaire pour s'acharner sur W3. Et nous passons pour une bande d'amateurs déjantés.

– C'était probablement le but, ricana Marcus. Ou vous êtes naïfs, ou vous êtes… naïfs. Le suicide du secrétaire d'État fait grincer des dents !

– Quoi qu'il en soit, la crédibilité du site est vitale. Je ne voudrais pas mettre les pieds dans le plat, mais…

– Que fait-on avec Léon, c'est ça ? acheva Arnault de Battz.

– On peut se poser la question, mais c'est pure rhétorique. Léon ne peut plus être notre image de marque.

– Putain, c'est expéditif ! s'insurgea Marcus Maratier, toujours sans se retourner. Vous condamnez les absents ! Et vous tombez dans le piège qu'on nous tend !

– Qui ça, on ? interrogea Corentin Ruedler. T'y vas pas un peu fort ?

– Si tu m'aidais à éplucher ce merdier, tu comprendrais ce que je veux dire ! grimaça l'ex-grand reporter en se retournant.

Il désigna les tables recouvertes des lettres et colis reçus.

– Des gens nous en veulent. Et ne sont pas près de lâcher le morceau.

– On en recevait des tonnes chaque jour aussi, à *L'Obs*. BFM a été ciblée par un tireur fou et les locaux de *Charlie Hebdo*, plastiqués. Des cinglés qui attaquent tous azimuts, il y en a partout ! Ça résout pas *le problème Léon* ! Qu'est-ce qu'on fait ?

– On lui plante un couteau dans le dos ? ricana Marcus Maratier. C'est chouette.

– Mais c'est lui qui nous oblige à trancher comme des nazis ! s'exclama Arnault de Battz.

– Et c'est l'unique solution si vous ne voulez pas tuer W3 à peine né, s'interposa Craven, qui avait gardé le silence jusque-là. J'aimerais avoir une meilleure idée à vous proposer, malheureusement, je n'en vois pas. Le journalisme de vérité, c'est comme la politique, mieux vaut éviter les casseroles. Sinon, un jour ou l'autre, elles vous explosent en pleine figure et ruinent des mois, voire des années de travail.

– Vous êtes en train de virer Léon Castel ?

– Non, il ne s'agit pas de le virer, mais de le remplacer comme porte-parole de W3.

– Le remplacer par qui ?

– Le temps qu'on sorte une nouvelle affaire, on aura trouvé.

– OK, je m'occupe de faire l'annonce sur le site, déclara Marcus Maratier, même si je trouve ça dégueulasse !

Son intervention priva les trois autres de réaction pendant un court instant. Ce fut Rodolphe Craven le plus prompt à revenir dans la conversation.

– Pour ce qui est des affaires courantes, vous avez progressé ?

– Rien d'intéressant, se navra Arnault de Battz. Beaucoup de lettres de fans, de plaisantins, du courrier pour la guilde à ne savoir qu'en faire, mais rien qui soit dans nos cordes pour le moment.

– Et l'affaire Bruno Dessay ? demanda Corentin Ruedler. On va laisser ça à d'autres ?

– Oui.

– Même si c'est la continuité de l'affaire Moreau ?

– Il s'agit de préserver Lara, c'est tout, argua Arnault de Battz. Elle a quitté W3 pour ne pas nous mêler au scandale qu'entraînent ces révélations, on lui doit au moins ça.

– Je « plussoie » ! s'exclama Marcus Maratier. D'autant que j'ai dégotté une série de lettres intéressantes !

– Depuis quand ?

Le visage de l'ex-grand reporter se renfrogna.

– Ça a commencé la semaine dernière. Désolé, mais je ne suis pas Shiva.

– Qu'est-ce que c'est ? demanda Corentin Ruedler à brûle-pourpoint.

– Deux secondes ! imposa Marcus en se dirigeant vers la photocopieuse. Ce qui est dingue c'est que là, pendant que vous étiez en train de clouer Léon au pilori, j'en ai trouvé cinq, toutes identiques, quasiment une par jour !

– Visiblement, lâcha le juge Craven, cette personne a envie de vous convaincre !

– Ou de nous rendre chèvres ! se plaignit Arnault de Battz. Il est arrivé à Egon de recevoir la même lettre d'amour chaque jour pendant deux ans ! Et ce n'était pas de ma part !

– Moi, je vous dis que c'est du lourd !

Quelques minutes plus tard, le producteur, le juge et le journaliste prenaient connaissance de la fameuse lettre adressée aux membres fondateurs de W3.

« Madame Mendès, Messieurs Castel et de Battz. Je vous prie de

prendre mon courrier au sérieux, j'ignore vers qui me tourner, et crains de courir un grand danger en vous informant. Mais je ne peux me résoudre à garder le silence. Sachez qu'on assassine des policiers dans l'indifférence générale. Je sais qu'il reste de nombreuses cibles à atteindre. Votre ami, Joseph Lieras, est l'une d'entre elles. Peut-être aurez-vous assez de liberté et de pouvoir pour les sauver avant qu'il soit trop tard. Merci de votre attention. Votre dévoué Informateur Anonyme, et qui tient à le rester. »

30

Ce n'était pas son show devant chez Eva, mais son appartenance à W3 qui lui valait cette hostilité, **Léon Castel** en était convaincu. Seuls les détenus les plus dangereux étaient placés en isolement dès leur arrivée. Les révélations sur l'affaire Moreau avaient dû ulcérer des personnalités capables de lui infliger ce traitement dégueulasse.

Pourtant, ses vagues connaissances de l'univers carcéral lui soufflaient que les choses auraient pu être pires. Le surveillant avait affirmé qu'il aurait dû être collé direct au mitard.

– On n'est pas aux ordres du JLD ! avait-il ajouté.

Mais aux ordres de qui, alors ?

La veille, en sortant du bureau de la procureure, Léon avait présagé que cette fois, il risquait gros. Le coup de la comparution immédiate, on ne le lui avait jamais fait. Ce qui le blessait le plus, c'était de verser une partie de ses économies au violeur d'Eva, lui offrant avec sa condamnation une double récompense : la liberté de harceler la pauvre femme, et le sentiment qu'il était encouragé pour ça.

C'est quand Léon s'était trouvé dans le box des prévenus, face aux trois magistrats du tribunal correctionnel, qu'il avait commencé à avoir peur. Il avait même songé avec regret au juge d'Épinal. Pourtant, celui-ci faisait partie des rares personnes que Léon détestait profondément. Et puis, il regrettait aussi cet orgueil mal placé qui l'avait empêché d'accepter l'aide d'Arnault de Battz. À la place d'un ténor du barreau parisien, il avait été défendu par un avocat commis d'office qui ressemblait à un gosse.

L'audience avait eu un arrière-goût d'affaire vite expédiée, et en voyant le nombre croissant des prévenus qui attendaient leur tour, Léon avait songé à la chanson de Brel, *Au suivant !*, et avait compris que, cette fois, il était mal barré.

5 000 euros d'amende, 5 000 euros de dommages et intérêts à monsieur François Puvenelle, et six mois de prison dont trois avec sursis.

Les magistrats avaient presque intégralement suivi les réquisitions de madame la procureure. Et ainsi qu'elle l'avait prédit, le juge des libertés et de la détention avait prononcé une mise sous écrou immédiate.

C'est pas possible, les peines inférieures à deux ans, personne ne les fait !

Léon Castel s'était souvenu avoir protesté contre cette réalité qu'il jugeait irrespectueuse des victimes. Puis s'en était félicité. Tout ça ne pouvait être qu'une grossière erreur. Et le long du couloir jusqu'au parking, et dans le fourgon pénitentiaire, il s'était accroché à cette idée.

Il avait réalisé que personne ne le sortirait de là à son arrivée à Fleury-Mérogis, durant la détestable expérience de la fouille à nu.

Sa cellule disposait d'une fenêtre, certes étroite et pourvue de barreaux, mais une fenêtre tout de même, ouverte sur le ciel de l'Ile-de-France dont il apercevait une frange bleutée en se contorsionnant. Léon avait vue sur l'arrière d'un bloc de cellules, une barre en béton où on aurait pu loger une centaine de familles. Au sol, un parterre de pelouse soigneusement tondu servait de terrain de jeu à des pigeons et des chats de gouttière.

Il fut brutalement sorti de sa contemplation par des coups frappés sur la porte. Le lourd panneau s'ouvrit sur un taulard au front bas et au rictus buté qui fit glisser un plateau-repas sur le sol sans dire un mot. En revanche, il lui jeta un tel regard que Léon en eut la chair de poule.

Putain, t'as une sacrée gueule d'ange, toi, j'aimerais pas avoir à te tourner le dos !

À quelle saloperie ce type devait-il d'être enfermé entre ces murs ? Et à quelle autre saloperie devait-il de lui distribuer son plateau ?

Le déjeuner dégageait une odeur désagréable. Léon Castel supposa que Gueule d'Ange avait pissé dans sa soupe. De toute façon, il n'avait pas faim, même s'il avait le ventre vide depuis des heures, juste envie de trouver refuge dans le sommeil.

Il repoussa le plateau près de la porte et chercha une position confortable sur la tablette à peine rembourrée qui lui servait de lit. À peine fut-il installé que le loquet de la trappe de surveillance s'ouvrit.

Bien qu'il eut fermé les yeux, Léon sentit qu'on l'observait. Il resta immobile, et se força à respirer régulièrement alors que son cœur battait à tout rompre.

Cela dura quelques secondes, puis la trappe se referma.

C'est alors que Léon Castel comprit qu'ici, le silence n'existait pas. Des plaintes aux cliquetis des clés, des invectives aux hurlements, Fleury-Mérogis ne connaissait pas le repos.

La porte s'ouvrit à nouveau, Léon bondit sur sa couche. Gueule d'Ange récupéra le plateau, en prenant soin de renverser le bol de soupe à la pisse, puis referma brutalement sur ordre du surveillant qui l'accompagnait.

Léon se réinstalla et se mit à compter les cons.

Mieux que les moutons pour s'endormir.

Il commença avec le plus vieux con de son entourage, le maire de Saint-Junien, Ange Lebœuf, puis il poursuivit sa revue, revisitant les lieux et les moments de son passé.

Il manqua sombrer dans le sommeil avant le vingtième con. Mais il fut sorti de sa torpeur par des coups portés contre la porte de sa cellule. Le réveil fut brutal et le laissa tremblant. Il se passa un quart d'heure, seulement marqué par des hurlements de détenus qui s'insultaient de bloc en bloc.

Fatigué par sa journée, Léon Castel sombra de nouveau dans le sommeil. Presque aussitôt, de nouveaux coups retentirent contre la porte en métal. Des pas s'éloignèrent.

Léon se ramassa sur la banquette, le cœur battant d'avoir été réveillé, avec la certitude qu'on ne le laisserait pas tranquille.

31

En regardant approcher la jeune femme vêtue de Chanel et perchée sur des hauts talons, **Sookie Castel** crut qu'elle avait la berlue. Puis la boîte Jodie Foster, tête de Piaf, s'ouvrit, et elle éclata de rire.

Un rire moqueur d'abord, car elle n'avait jamais vu Yanna Jezequel montée sur échasses et moulée dans un tailleur chic, mais plutôt dans des shorts ou des minijupes avec tee-shirt ras le nombril et pieds glissés dans des rangers – or cet ensemble gris perle avait dû coûter une fortune, à moins que celle qui le portait ne l'ait volé à une riche propriétaire –, un rire libérateur ensuite : cette visite, Sookie l'espérait depuis des semaines.

– On ne peut pas dire que tu sois pressée de secourir les potes dans la merde ! grogna Sookie, les yeux rivés sur un infirmier qui déambulait à une quinzaine de mètres des deux jeunes femmes.

Ce dernier mata Yanna quelques secondes, puis s'en désintéressa pour surveiller les patients éparpillés dans le parc.

Assise, Sookie était presque aussi grande que sa visiteuse, perchée sur ses talons, aussi n'eut-elle qu'à lever légèrement les paupières pour la regarder.

– Les sirènes et les gyrophares, murmura cette dernière, c'est plutôt ton genre que le mien !

– Et depuis quand tu t'habilles en pouf ?

– Depuis que je me suis fait ta garde-robe, chérie !

– Rêve…

Sookie ressentait une véritable sympathie pour Yanna Jezequel, qu'elle avait arrêtée en flagrant délit de cambriolage quelques mois plus tôt. Persuadée que la jeune fille n'était que l'instrument de ses frères, Sookie lui avait évité le procès, et permis de prendre un nouveau départ chez Bettie Henriot, une veuve adorable, qui avait besoin d'une dame de compagnie. Mais la jeune délinquante avait fini par échouer chez Léon à Saint-Junien (Dieu seul savait comment), et avait ensorcelé le pauvre homme avec lequel elle avait entretenu une brève liaison qui avait pris fin à Paris, au moment du lancement de W3.

Sookie Castel tapota le banc pour que Yanna s'installe à ses côtés. Celle-ci s'exécuta, puis ouvrit sa pochette – déclenchant une nouvelle crise d'hilarité chez Sookie – et en sortit un porte-cigarettes en argent qu'elle lui présenta. Il contenait une dizaine de roulées qui dégageaient une délicieuse odeur d'herbe.

– Fous-toi encore de ma gueule, et je te prive de ça !

Sookie se saisit d'un joint, qu'elle tassa sur le banc et l'alluma aussitôt. La première bouffée lui fit agréablement tourner la tête.

– Alors ? C'est pas du bonheur ?

Elle le passa à Yanna Jezequel et se pencha vers elle.

– T'es la meilleure, tête de Piaf.

– Je sais.

Les deux jeunes femmes fumèrent en silence. Puis Yanna Jezequel se tourna vers Sookie Castel et la fixa.

– Qu'est-ce que tu me veux ? demanda-t-elle après un moment.

Sookie jeta un coup d'œil aux alentours.

– Que tu m'aides à me tirer d'ici.

– Je suis pas ton alliée la plus sûre. J'ai des casseroles au cul dont il faut que je me débarrasse. Et en plus…

– Ferme-la ! Je t'ai vue à l'œuvre, je te le rappelle.

– Bettie est morte, lâcha Yanna Jezequel en repassant le joint à Sookie. Y'a des types que ça n'arrange pas de me savoir dehors.

– Merde. Tes frères ?

– J'en sais rien.

– C'est pour ça que t'as débarqué chez Léon ? T'avais besoin d'une planque ?

– J'imaginais pas qu'on t'avait collée chez les dingues ! Attention, ajouta Yanna Jezequel en gloussant. On va se faire pécho !

Sookie écrasa le joint sous sa semelle, et grimaça en direction de l'infirmier qui les observait d'un air réprobateur.

– Écoute, Blanche-Neige. Je te jure, j'ai arrêté les conneries.

– Mon cul sur la commode. Tu m'aides ? Ou tu te tires ?

– Explique-moi pourquoi tu veux te faire la belle, alors que tu passes bientôt devant le juge ?

– J'ai besoin de quelques heures pour régler un vieux compte. Tu peux m'arranger ça ?

– Tu ne veux pas m'en dire plus ?

– Ça ne te regarde pas.

Sookie Castel sentit Yanna Jezequel se tendre.

– OK, je reviens dans quelques jours. Et je te dirai mon prix.

– Ton prix ? s'étrangla Sookie. Tu te fous de ma gueule ?

– C'est ça ou tu te démerdes avec quelqu'un d'autre. Un Castel à Fleury, ça suffit pas ?

32

– Non Valentin, t'arrêtes pas la prépa, s'écria **Lara Mendès.** Il n'en est pas question !

– Tu me soûles ! Et arrête de beugler, tu vas réveiller mémé !

Assise sur son lit, Lara ramassa ses jambes sous elle et posa son menton sur ses genoux. Sa main qui tenait le téléphone tremblait.

Pourtant, la journée avait été aussi tranquille que toutes les journées chez mémé Carmela. Petit-déjeuner vers 8 heures, balade au marché au bras de sa grand-mère – fière de se promener avec sa petite-fille – confection du repas, une entrée, une viande et un légume, plus un dessert maison, le tout devant les émissions de jeux de France Télévision, repas puis sieste devant *Les Feux de l'amour*, café-gâteaux, deux heures de jardinage et enfin, préparation du dîner, en compagnie de Julien Lepers et de son émission, un petit verre de pineau à l'apéro, dîner et au lit avec un bon bouquin. Pour finir, les nouvelles de Necker avaient été rassurantes, même si Milena boudait à cause de l'absence de Lara et refusait de lui parler.

Le coup de fil de Valentin allait finir par gâcher cette belle journée.

– Tu vas faire ta deuxième année, articula Lara en tentant de maîtriser la panique qui l'envahissait à l'idée que son jeune frère rate ses débuts dans la vie. Et tu feras l'école que tu voudras après, ajouta-t-elle un ton plus bas.

– Tu noteras que j'ai pas demandé ton avis, crevette, contra Valentin.

– Eh bien, je le donne quand même.

– Écoute, tu m'as assez bassiné avec tes papa faisait ci, papa disait ça. Je m'en tape de ce qu'il faisait ! C'est si compliqué à piger ?

Lara se leva brusquement et entreprit de tourner dans sa chambre comme un lion en cage.

– T'en as plus que pour un an, mioche, insista-t-elle. C'est débile de tout lâcher maintenant. Et pour quoi faire ? Caissier chez Aldi !

– T'es conne.

– Je te remercie.

– Tu parles à ma place, tu décides à ma place, et tu te fous de ce que je pense !

– Mais non...

– Si, j'ai jamais mon mot à dire. Eh bien, c'est terminé. J'arrête ma prépa et je vais m'installer chez Arnault à Paris ! Pas de quoi t'inquiéter, donc.

– Il n'est pas vraiment du genre à faire du babysitting...

– T'es mauvaise, en plus. T'as qu'à jouer à la maman avec Milena, mais en ce qui me concerne, va te faire foutre !

La colère déforma le visage de Lara.

– Tu n'as pas répondu, dit-elle en se contenant. Qu'est-ce que tu feras, une fois à Paris ?

– Ton taf chez W3, lâcheuse !

Lara se planta devant la fenêtre. Les rares lumières de La Réole scintillaient ça et là dans la nuit.

– Pourquoi tu ne viendrais pas chez mémé ? proposa-t-elle en s'adoucissant. Ça nous ferait du bien, à tous les deux.

Des disputes comme celle-ci, elle en avait eu des dizaines avec Valentin, il suffisait qu'elle laisse courir, il reviendrait à la raison. Valentin revenait toujours à la raison.

– Je peux pas, lâcha le jeune homme à l'autre bout du fil. J'ai du boulot. Un nouveau projet. Et puis, j'attends des nouvelles de ma copine, et le réseau passe pas bien chez mémé. Je voudrais pas rater son appel.

Lara sentit l'agacement l'envahir à nouveau.

– Ne me dis pas que « copine » veut dire Serena !

– C'est pas Serena, c'est Solange.

– T'es pas sérieux !

– C'est pas ton problème !

– Que mon petit frère se fasse baiser par une pouf' du X qui a dix ans de plus que lui ! hurla Lara, incapable de se contenir, cette fois. Si c'est mon problème !

Elle acheva sa phrase dans le vide.

Une vague d'angoisse la submergea. Lara tenta de rappeler Valentin plusieurs fois, puis elle descendit à la cuisine où elle trouva sa grand-mère attablée devant une grille de mots croisés. Sa chevelure ébouriffée était plaquée sur l'arrière, vestige de sa nuit interrompue.

– Ben mémé, tu ne dors toujours pas ?

– C'est la pleine lune, décréta la grand-mère. Toi, tu ne dors pas non plus, n'est-ce pas ?

– Tu vois bien, répondit Lara en posant son téléphone pour se servir un verre d'eau. Je peux aider ?

– Tu devrais laisser le petit faire ses expériences.

– J'ai crié… Je suis désolée, regretta Lara en posant sa joue sur l'épaule de Carmela. Je ne voulais pas te réveiller.

– Tu sais, quand on est vieux, on a peur que la mort arrive en douce.

La vieille dame lâcha son crayon et attrapa la main de Lara.

– Viens un peu là, mon petit.

Jamais mémé Carmela n'avait parlé à Lara de sa séquestration dans le bunker, et la jeune femme supposait qu'il en serait toujours ainsi. Pourtant, son aïeule avait connu la guerre, l'occupation, des amis de sa famille vivaient à Oradour-sur-Glane, son frère aîné avait été résistant, arrêté et assassiné par les nazis. Elle avait perdu son mari, son fils unique, toute sa famille en dehors de ses petits-enfants, et avait vu mourir presque tous ceux de sa génération. La mort, Carmela connaissait. Jusqu'à l'enlèvement de Lara, elle devait même envisager la sienne avec sérénité.

– En six lettres : animal qui se complaît dans sa crasse, proposa mémé Carmela avec un sourire dans la voix, ça pourrait être « hommes », oui, ça correspondrait parfaitement à la définition, mais c'est au singulier. Alors, c'est « cochon ».

Lara allait rétorquer quand son portable vibra sur le vaisselier.

– Ah ! Tu vois, il craque toujours !

La jeune femme sentit son cœur manquer un battement quand elle vit le numéro du docteur Nicoud affiché sur l'écran.

– Oh mon Dieu, balbutia-t-elle. C'est l'hôpital.

– Ben réponds, mon petit ! À cette heure, c'est qu'ils ont dû lui trouver un rein, à la petite !

Lara décrocha la voix tremblante.

– Oui, docteur ? Qu'est-ce qui se passe ? Elle va bien ?

– Lara ?

– Oui, oui. Vous avez quelqu'un, c'est ça ?

Lara Mendès songea fugacement qu'un enfant avait dû mourir pour offrir son rein à Milena, et qu'elle s'en fichait éperdument.

– Oh non, je suis désolée. Milena a fait un œdème cérébral. Elle est décédée il y a une heure.

Le sol se déroba sous ses pieds. Le sang se retira de son visage. L'espace d'un instant, maintenue dans le réel à travers le regard de Carmela, Lara crut que la mort allait l'emporter.

Hier encore elle tenait la fillette dans ses bras. Un coup de fil et puis hop, un être aimé devenait un cadavre.

Des pensées discontinues traversèrent l'esprit de la jeune femme. Milena n'avait pas de nom. Il resterait d'elle une pierre tombale avec un X, un souvenir dans le cœur d'une femme meurtrie.

Quelques personnes s'attristeraient, il devait bien y avoir des gens de cœur dans ce foutu pays. Et puis le monde poursuivrait sa course.

La douleur fut semblable à celle d'un infarctus et plia Lara en deux. Elle entendit son pouls cogner contre ses tempes, sentit sa poitrine exploser entre ses côtes. Le mobilier de la cuisine tournoya et la jeune femme dut prendre appui sur la table en Formica.

Mémé Carmela se leva pour la soutenir.

– Je vais faire un tour, souffla Lara en respirant avec peine. J'ai besoin d'air.

– À cette heure ! Mais les oiseaux dorment la nuit.

Lara Mendès eut envie de rétorquer que la nuit faisait courir bien des risques aux oisillons sans défense. Mais elle se tut. Mémé Carmela n'y était pour rien.

Alors, elle déposa un baiser sur la joue de sa grand-mère, attrapa sa veste et son sac, et quitta la maison de son enfance. Naturellement, elle tourna le dos au centre-ville de La Réole et s'éloigna vers la campagne.

La mort de Milena provoquait un cataclysme. L'univers entier ne valait rien en regard de la vie de cette fillette.

Tout était fini.

Quand elle se retrouva au beau milieu de la campagne, isolée sur une route entre champs et bois, Lara se mit à hurler. Il fallait extraire le mal, empêcher la réouverture du gouffre, s'époumoner, au risque de se briser la voix. Alors, elle s'abandonna à ses propres cris, agenouillée sur le bas-côté. Ses larmes enfin libérées se mélangèrent à sa salive.

Les phares d'une voiture la surprirent dans cette position. Lara fut submergée par un sentiment de gêne et s'enfuit à toutes jambes. Elle voulait disparaître, se fondre dans la nature, s'évanouir dans un lieu qui n'existait pas, où elle pourrait retrouver Milena.

La jeune femme courut jusqu'à l'épuisement, jusqu'à ce que ses jambes l'abandonnent au détour d'un chemin de terre, quelque part au milieu des champs.

Là, à la faveur d'un rayon de lune, elle découvrit qu'elle s'était arrêtée au pied d'un abri de chasseur où elle et Valentin aimaient se cacher quand ils étaient petits.

Elle usa ses dernières forces pour se hisser en haut de l'échelle, et s'y recroquevilla, la poupée Barbie qu'elle destinait à Milena serrée contre son cœur.

Jour 4 – dimanche 25 août

33

Depuis l'enfance, la corpulence de **Yanna Jezequel** était un sujet de raillerie. De la part des enfants, qu'elle n'aimait pas, des adultes, qu'elle appréciait encore moins, des autres en général. Les sobriquets s'étaient multipliés, cruels, assassins, pour finir par être dégradants. Sex-toy, voilà comment on la surnommait au lycée.

Si l'on ne s'y attardait pas, Yanna ressemblait à une adolescente, sauf quand elle en décidait autrement. Mais en général, elle portait des vêtements sombres et confortables, pratiques pour ses activités favorites. Précisément ce qu'elle s'apprêtait à faire.

Pour le moment, cachée à la lisière d'un bois, Yanna observait un hameau éloigné de deux cents mètres, de l'autre côté d'un champ de maïs. L'une des trois bâtisses appartenait au psychiatre de Sookie, et Yanna entendait bien en apprendre un peu plus sur le bonhomme.

Depuis 6 heures du matin, elle avait successivement vu le docteur Mariani quitter son domicile en voiture, puis un voisin dans une camionnette portant le logo d'une société de plomberie, une mère de famille, vers 7 h 30, en compagnie de trois enfants.

Enfin, à 8 h 15, le mari était parti en direction d'Épinal au volant d'un monospace.

Apparemment, sauf si ces gens faisaient ménage à trois ou si le plombier cachait une femme dans sa bicoque trop déglinguée pour en héberger une, le hameau était désert.

Il ne restait plus qu'à s'assurer qu'il n'y avait pas de chien.

Yanna quitta l'ombre du bois, franchit d'un bond un fossé d'irrigation et gagna l'abri du champ de maïs qu'elle traversa sans faire bouger un plant.

La motte de terre qu'elle expédia dans le jardin du docteur Mariani ne déclencha aucun aboiement. Après quelques minutes d'observation, la jeune femme résolut de pousser son exploration plus loin. Elle se glissa sous le grillage branlant du jardin très mal entretenu, et se faufila jusqu'à la façade arrière.

De loin, elle avait étudié son plan d'accès, aussi se hissa-t-elle agilement jusqu'au toit en s'agrippant au tuyau d'évacuation des eaux de pluie. Cet exercice périlleux, Yanna l'avait répété des dizaines de fois, pendant que ses frères attendaient qu'elle redescende dans la maison pour leur ouvrir la porte d'entrée. « Si ces messieurs veulent bien se donner la peine. »

Cette fois, elle ne prononcerait pas la phrase rituelle. Les frangins croupissaient en cellule, Yanna en avait terminé avec cette vie-là. À présent, elle entendait s'occuper d'elle-même, voire de rares personnes de son choix. Sookie Castel serait de celles-là.

Le moment le plus délicat consistait à se rétablir sur le toit en franchissant en général une corniche. Mais Yanna possédait le corps tonique d'une acrobate qui lui permettait de réaliser des prouesses. Un grand coup de rein plus tard et l'affaire était faite.

La jeune femme jeta un coup d'œil vers les environs, constata que, conformément à ses attentes, l'endroit était désert, puis elle remonta la pente du toit sur un tiers, déplaça une demi-douzaine de tuiles et s'introduisit dans le grenier.

Dans la pénombre poussiéreuse, elle alluma sa lampe de poche. Sur un côté du grenier, derrière de vieilles malles en bois et tissus passablement vermoulus, Yanna Jezequel repéra un escalier qui la déposa au rez-de-chaussée.

Au bout d'une heure, la jeune femme avait appris que le docteur Mariani était divorcé depuis une décennie, qu'il aimait les objets anciens – la maison contenait pour un peu plus de 100 000 euros en bibelots, petits meubles, tableaux, miroirs et collections de montres gousset, bijoux du XIXe siècle –, appréciait les bons vins, en particulier le bordeaux, mangeait des produits bio et amassait des boîtes de conserves périmées dans les placards de sa cuisine.

Dans le bureau, elle tomba sur un cabinet de curiosités en cours d'élaboration, et qui représentait une belle somme, regretta un instant d'avoir raccroché ses gants de cambrioleuse, et se fit violence pour ne pas glisser un souvenir dans sa poche.

L'inspection du bureau fut fructueuse. Yanna Jezequel y apprit que le docteur Mariani exerçait en qualité de psychiatre conseil auprès des tribunaux, et tomba sur un placard d'archives où se trouvaient des dossiers par dizaines. Un temps, elle espéra y voir celui de Sookie Castel, mais il s'agissait de dossiers de cas remontant à des décennies. Le docteur Mariani travaillait apparemment sur un livre consacré à la psychiatrie au début du XXe siècle.

Dans les tiroirs de son bureau, la jeune femme mit la main sur les carnets de notes de travail du médecin. Là se trouvaient ce qu'elle n'espérait même plus : les réflexions du thérapeute sur la patiente Sookie Castel.

Il fallut à Yanna Jezequel un moment pour déchiffrer les abréviations de Mariani et son écriture biscornue, mais elle finit par s'y accoutumer, et apprit que le psychiatre n'était pas dupe du comportement de Sookie. En outre, Mariani était persuadé que sa patiente avait perdu le contrôle lorsqu'elle avait agressé Dardelin à son domicile et manqué le tuer. Et c'est bien ce que Yanna espérait.

34

Léon Castel s'éveilla en sursaut lorsque la serrure claqua et que la porte de sa cellule s'ouvrit sur le type au regard de pervers. Gueule d'Ange déposa un plateau au pied de la porte, et fixa Léon d'un œil morne.

– Tu cantines ? demanda-t-il d'une voix rocailleuse.

L'esprit embrumé par sa nuit hachée, Léon s'assit sur sa couchette et lui renvoya un regard misérable.

– Oh, alors, tu cantines ? Oh ! cracha-t-il après quelques secondes. Tu parles pas, c'est ça ? T'as qu'à faire un signe de la tête. Alors, tu cantines ?

– Quoi ? bafouilla Léon. Je quoi ?

Le type sortit un tube en plastique souple de sa poche et l'exhiba devant lui.

– J'ai d'autres parfums, si tu préfères.

Léon reconnut le produit en question, il s'agissait de yaourt pour les enfants.

– Des Petits Filous, c'est bon pour le trou du cul.

– Non merci, s'agaça Léon. Mon trou du cul va bien.

– T'es sûr ? Tu manges pas assez, t'es tout faiblard.

– Si tu pissais pas dans ma soupe, connard, je mangerais !

– Toi, j'vais bientôt t'enculer, ricana Gueule d'Ange en reculant vers le couloir, t'as l'air d'un mort. Si ça se trouve, la prochaine fois, c'est ton cadavre que je baiserai.

La porte claqua. Un éclat de rire retentit dans le couloir, diminua peu à peu et fut remplacé par un bourdonnement désagréable.

Léon Castel mit plusieurs secondes à s'apercevoir que ce son émanait de ses propres perceptions. Il se leva, récupéra le plateau. Aucune odeur nauséabonde n'en émanait. Le café était froid, sans puer la pisse, les deux tranches de pain étaient rassies et la plaquette de beurre portait une date de péremption dépassée depuis deux jours. En revanche, le sachet de confiture à la fraise paraissait hermétiquement fermé, et la pomme luisait de promesses.

– C'est un beau jour pour mourir, dit Léon Castel.

D'ordinaire, il le pensait réellement. Sa vie avait été remplie de satisfactions. Il avait beaucoup ri, beaucoup aimé et pleuré. D'après son échelle de valeurs, il avait été un être humain digne de son espèce, et cela lui permettait d'accepter la mort si elle se présentait. Sans regret ni tristesse. Mais pas maintenant. L'idée de mourir entre ces murs odieux lui fut tout à coup insupportable. Léon Castel voulait revoir le soleil, un horizon. Il se promit qu'après, quand cette mésaventure ne serait qu'un mauvais souvenir, il ne laisserait aucune porte se refermer sur lui sans qu'il l'ait choisi.

– Tu déconnes, gros, se fustigea-t-il en reniflant le beurre, personne ne va mourir. Tu bouffes et tu espères.

Léon Castel gardait de sa nuit l'impression d'une longue veille entrecoupée de courtes périodes de sommeil. On l'avait réveillé tous les quarts d'heure, à peu de choses près. Ce temps, il l'avait estimé en égrenant les secondes entre deux bordées de coups contre la porte. La nuit s'était étirée, ennuyeuse, effrayante aussi.

Léon Castel mangea tout sans laisser une miette, but le café insipide et lécha la confiture jusqu'à la dernière goutte, lui trouva un goût vaguement amer et supposa qu'il devait s'agir d'une marque bon marché, produite dans des pays où le sort des gens était pire que le sien.

Dans la demi-heure qui suivit, l'estomac de Léon Castel se souleva. Il vomit son petit-déjeuner au milieu de la cellule, avant d'avoir atteint l'immonde bloc WC. Il demeura à quatre pattes plusieurs minutes, régurgitant une matière qu'il ne se souvenait pas avoir avalée.

Les spasmes diminuèrent peu à peu, puis cessèrent. Mais ils furent remplacés par de violentes douleurs abdominales, qui clouèrent Léon Castel sur les toilettes une bonne partie de la journée.

– Salopards de Français ! Tous prêts à collaborer avec le régime. Pétain, tu peux revenir, y'a du monde dans les rangs !

Plié en deux sur les WC, privé de papier toilette dans une cellule empuantie par ses propres déjections, Léon Castel se mit à pleurer.

Le bruit de la serrure le paralysa.

Un surveillant passa la tête dans l'entrebâillement, et lança un regard ironique à Léon.

– Amène-toi !

– J'peux pas, chef. J'ai trop mal au bide. J'peux avoir du PQ ?

– Mieux encore ! grinça le maton en lui lançant un exemplaire du *Parisien* que Léon attrapa au vol.

– Je ne vais pas me torcher avec ça !

– Lis-le, et t'auras peut-être envie de te torcher avec !

Puis la porte claqua sur le surveillant et son rire tonitruant.

Léon déplia fébrilement le journal. Sur la première page, sa photo était surmontée de ces quelques lignes : « **W3 se sépare de Léon Castel.** »

35

Alors qu'il attendait l'ascenseur pour descendre à la salle des petits-déjeuners de l'hôtel Lutetia, **Rodolphe Craven** songea qu'un caillot dans les carotides était aussi efficace qu'une balle de sniper, et qu'il espérait partir ainsi, puisqu'il n'avait pas le courage d'appuyer sur la gâchette lui-même. Il avait encore passé une nuit épouvantable, ponctuée de longues phases d'insomnie et d'angoisses, et ne s'était endormi qu'au lever du jour.

Les portes de l'ascenseur s'ouvrirent sur une femme à la peau veloutée d'un noir de jais qui le salua d'un signe de tête. Habituellement, les yeux du juge se seraient attardés sur cette beauté qui lui rappelait Sookie Castel. Mais ils l'effleurèrent à peine, et sa bouche se contenta d'un vague bonjour.

Quand il arriva dans le hall, Rodolphe Craven gagna la réception où un message l'attendait. Il jeta un rapide coup d'œil aux étals de journaux qui affichaient la trogne de Léon Castel en gros plan avec divers titres, en fonction de leur appartenance politique, de **« Viré ! »** à **« Un héros sacrifié sur l'hôtel de la bien-pensance »**, puis s'éloigna vers la salle des petits-déjeuners où il fut aussitôt écœuré par l'odeur des œufs brouillés.

Le juge commanda un double express, et choisit un yaourt et

une tranche de baguette fraîche. S'il n'avait pas d'appétit, il ne voulait pas rejoindre les bureaux de W3 le ventre vide. Il prit place dans un coin reculé de la salle, à côté d'une fenêtre, et avala une gorgée de café en observant l'épaisse enveloppe qu'on avait déposée à son attention.

Ce qui l'inquiétait, c'est que personne ne savait qu'il était descendu là. Pire, il n'avait pas mis les pieds à l'hôtel Lutetia depuis des années du fait des travaux de rénovation.

Est-il possible que…

Les mains tremblantes, le juge Craven tourna l'enveloppe, la retourna, espéra qu'il s'agissait d'un exemplaire du courrier loufoque ou injurieux qui arrivait chaque jour dans les locaux de W3, pria pour qu'elle ne soit pas annonciatrice d'une terrible nouvelle, puis finit par la déchirer en se maudissant. Il n'allait pas avoir peur de tout, toute sa vie.

Si on avait voulu le tuer, ce ne serait pas à l'aide d'une enveloppe, mais plutôt d'un coup de lame dans le ventre. Du pubis jusqu'au plexus de préférence.

Le juge Craven s'aperçut que ses mains tremblaient de plus en plus, comme celles d'un parkinsonien ou d'un alcoolique en manque.

Calme-toi, vieux.

Après tout, il avait été annoncé comme la caution morale du site W3, il pouvait s'agir d'une information importante. Peut-être même en relation avec l'étrange courrier dénonçant des crimes de flics.

Rodolphe Craven fit glisser le contenu de l'enveloppe sur la table. Celle-ci contenait un exemplaire du journal *Le Monde* daté de l'avant-veille.

– Qu'est-ce que c'est que cette blague ? murmura-t-il en regardant autour de lui.

Il reposa le journal avec un soupir – il verrait ça plus tard – et commença à tartiner son pain. Après la peur, le soulagement lui ouvrait l'appétit. Il avait beau savoir que c'était contre-indiqué dans son cas, il ne pouvait se passer du goût d'une tartine de baguette beurrée, agrémentée d'une de ces délicieuses confitures qu'on sert dans les palaces.

En étalant le beurre, le juge Craven songea qu'il s'était encore inquiété pour rien. Il fallait qu'il oublie l'assassinat de Bruno Dessay et ce simulacre de justice auquel il avait assisté. L'affaire Moreau était loin derrière à présent. Et puis, les Russes lui avaient certes donné une bonne leçon, mais ils avaient choisi de le laisser vivre.

C'était forcément le signe qu'il leur serait utile un jour ou l'autre.

Pense à ton vieux pote Castel qui moisit en taule et cesse de te lamenter.

Mais quand un peu de confiture de fraises gicla sur la main de Rodolphe Craven, une vision d'horreur le traversa, le laissant au bord de la nausée, et il sut qu'avec la meilleure volonté du monde, il n'aurait même plus droit à ce plaisir.

36

Pendant quelques secondes, le docteur **Romane Mariani** tenta de se persuader qu'il avait très envie de fumer. Mais ce grossier mensonge s'évanouit dès qu'il posa un pied sur la terrasse qui donnait sur l'arrière du bâtiment. Il brûlait simplement d'envie d'espionner Sookie Castel.

Comme il faisait beau, malgré un vent frais qui poussait l'automne sur les pentes des Vosges, il s'accouda à une balustrade et sortit une cigarette de la poche de sa blouse.

Sookie n'était pas une patiente ordinaire, et se payait la trogne de son psychiatre comme rarement. Pourtant, il devait avouer un certain penchant pour cette femme de 35 ans dotée d'une intelligence atypique et probablement redoutable. À plusieurs reprises, le médecin avait été sur le point de s'en ouvrir à l'un de ses confrères, mais ce dernier lui aurait inévitablement conseillé de confier Sookie à un autre service, ce qu'il refusait catégoriquement.

So what ?

Romane Mariani alluma sa cigarette avec son vieux Zippo, recracha sans l'inhaler la première bouffée, parce que trop chargée en vapeur d'essence, puis s'abandonna au plaisir de la tabagie.

Durant les trois derniers mois, Sookie avait été visitée par son père, à présent sous les verrous, une fois par son compagnon, « Erwan quelque chose », et par Hervé Marin, un simple d'esprit qui s'était entiché d'elle. Depuis peu, il y avait cette « mademoiselle Henriot » avec laquelle, justement, Sookie Castel était en grande confidence. Les deux femmes discutaient âprement, leurs visages se collaient presque, si bien qu'aucun son ne parvenait jusqu'à lui.

Quand le psychiatre eut achevé sa cigarette, il éparpilla les cendres par terre, rangea le mégot dans la poche de sa blouse, puis se dirigea vers son bureau. À mi-chemin, il lança un dernier coup d'œil en direction des deux femmes. Celles-ci s'étaient éloignées dans le parc et se livraient à un curieux manège.

La demoiselle de Rennes tenait son sac devant elle, debout face à Sookie qui regardait aux alentours les mains dans ce même sac.

Il ne fallut pas plus de quelques secondes à Mariani pour comprendre que « Bettie Henriot » passait un objet à sa patiente. Il tâtonna dans ses poches, se ralluma une cigarette, et observa les deux jeunes femmes jusqu'à ce qu'elles se séparent.

Il sourit en voyant Sookie aller vers sa chambre en tentant de cacher sous son chemisier ce qui ressemblait à un cake, puis il jeta son mégot, cette fois, et se hâta vers la sortie où il rattrapa « mademoiselle Henriot » alors qu'elle remontait l'allée vers le parking.

– S'il vous plaît ! la héla-t-il.

La jeune femme se retourna, l'air interrogateur.

– Vous savez qu'il est interdit de laisser de la nourriture aux patients ? Ce peut être dangereux.

– Un quatre-quarts maison, dangereux ? Vous avez raison, mes gâteaux sont dangereux ! En attendant, vous feriez mieux de faire votre boulot.

– Pardon ?

– Ouais, votre patiente me tanne pour que je l'aide à se tirer d'ici !

Le docteur Mariani hocha la tête d'un air entendu et invita « mademoiselle Henriot » à le suivre dans son bureau.

– Pas la peine, poursuivit-elle. Je vous ai dit ce qu'il y avait à savoir. Et puis, je ne fricote pas avec les psys.

Le médecin retint la jeune femme par le bras, alors qu'elle s'apprêtait à faire demi-tour.

– Que lui avez-vous dit ?

– Ben j'ai refusé, évidemment, dit-elle en se dégageant. Mais je peux vous garantir qu'elle n'aura pas besoin de moi pour arriver à ses fins !

– Pourquoi chercherait-elle à s'enfuir ?

– Parce qu'elle ne supportera pas la taule. Elle en crèverait. Sookie, c'est une… une Amazone, vous voyez de quoi je parle ?

– Malheureusement, dit-il après un temps de réflexion, difficile de venir en aide à quelqu'un qui n'a confiance en personne…

– Vous avez qu'à vous bouger le cul pour que ça change !

Sur ce, Yanna Jezequel pivota élégamment sur ses talons, laissant le docteur Mariani stupéfait.

37

Debout devant un tableau en liège sur lequel il avait épinglé des photos, Marcus Maratier attendait avec l'air grave d'un instituteur contrarié qu'Arnault de Battz et Corentin Ruedler cessent de bavarder.

Il avait passé la nuit entière à collecter des informations sur Jo Lieras suite à l'étrange courrier reçu en plusieurs exemplaires. La matinée, quant à elle, avait été bouleversée par un pli urgent du juge Craven adressé par coursier à W3. Marcus l'avait étudié en détail, et se réjouissait déjà de partager ses conclusions avec ses confrères.

Malheureusement, le producteur et le journaliste semblaient indifférents à son impatience.

– C'était la foire d'empoigne entre la famille et la presse ! s'exclama Corentin Ruedler. Un carnage ! J'ai même été agressé par plusieurs télés qui voulaient des nouvelles de Lara. J'ai jamais vu ça !

Le journaliste expliquait que l'enterrement de Bruno Dessay avait été le théâtre d'un attroupement de curieux après que l'un des invités avait « twitté » le lieu de la cérémonie.

– L'absence de Lara a été remarquée, ajouta-t-il. Et applaudie par certains.

– Tant mieux, lâcha Arnault de Battz. Je crois qu'elle a bien fait de se retirer de W3. Ç'aurait été l'épreuve de trop.

– Et pour Léon ? Qu'est-ce que ça donne ?

Devant la relance de Corentin Ruedler, Marcus qui voyait la conversation s'éterniser, s'agita, et tenta un « s'il vous plaît, on peut commencer ? » qui passa inaperçu alors qu'Arnault détaillait les tracasseries administratives auxquelles son avocat faisait face pour obtenir une entrevue avec Léon.

– Ils veulent sa peau, c'est clair !

– C'est incroyable ! Il n'a même pas le droit à un coup de fil ! En plus, les médias s'acharnent ! On rêve…

N'y tenant plus, Marcus Maratier se planta devant les deux hommes et lâcha un pet tonitruant qui fit crier Arnault de surprise, et bondir Corentin de sa chaise.

– Mais t'es dégueulasse ! s'exclama le producteur, sincèrement outré.

– Putain, qu'est-ce qui te prend ?

– Je peux avoir votre attention maintenant ? minauda Marcus avec un gloussement satisfait. Sinon, ajouta-t-il un ton au dessus, vous allez vous faire foutre avec votre W3 et votre enquête de merde ! J'ai pas passé cinq ans dans les geôles des Colombiens pour me faire snober par une vieille pédale et un scribouillard !

Arnault et Corentin fixèrent Marcus Maratier bouche bée.

Ce dernier toussota et se tourna vers le panneau de liège, dont il désigna le premier cliché avec un pointeur laser. Puis il balaya la rangée de photos et s'arrêta sur celle de Jo Lieras.

– C'est un grand flic avec une drôle d'histoire, observa Marcus. Il a commencé sa carrière à Lille, puis s'est installé à Paris après la mort de son coéquipier massacré par un tueur en série dans les sous-sols de l'hôpital de Ville-Évrard. Une boucherie. Là, il a travaillé à la crim' d'abord, à la mondaine ensuite. Toujours bien noté, discret et efficace. Il y a dix ans, il a été nommé commandant, toujours à la

BRP, puis il a intégré l'OCRTEH[1]. Et là, c'est l'omerta. Il a disparu des tablettes. Personne ne cause. J'ai rarement vu un truc pareil.

– Tu l'as googelisé ? demanda Corentin.

– Carrément ! Et il n'y a rien ! Même les articles sur sa femme en lien avec l'affaire du bunker, et le Facebook de sa belle-fille ont disparu. J'ai juste eu le capitaine des pompiers du coin, un vieux pote de ma vie d'avant, qui a accepté de me lâcher qu'un incendie a détruit la maison de Mathilde Bonnet il y a deux jours, et qu'une enquête est en cours.

– C'est déjà ça.

– On ne peut rien en faire ! J'ai juré de fermer ma gueule.

Arnault de Battz poussa un profond soupir.

– J'espère qu'il a pu se mettre à l'abri.

– À l'abri de qui ? demanda Marcus Maratier. De quoi ?

– Quand je disais que c'est un drôle de flic... marmonna Corentin. BRP, OCRTEH et plus de traces de ses activités. C'est sûrement la clé du mystère.

– Pas sûr, avança Marcus en déplaçant son pointeur laser sur un groupe de photographies. L'affaire semble plus vaste qu'elle en a l'air. Regardez : nous sommes le 25 août, et près d'une trentaine de fonctionnaires se sont suicidés depuis le début de l'année.

– Une trentaine ? s'exclama Arnault de Battz.

– Trente-sept exactement. Et je ne compte pas les gendarmes...

– Rien d'inhabituel, ajouta Corentin, malheureusement.

– Comme la lettre ne précise pas comment les types sont éliminés, j'ai étudié toutes les pistes. Et c'est vrai que certains suicides sont bizarres, genre le gars super heureux qui avait aucune raison de se flinguer.

– Ça ne prouve rien.

– Laisse-moi creuser, et on en reparlera.

Marcus Maratier passa à la seconde rangée.

1. NDA : Office central de répression de la traite des êtres humains.

– Là, ce sont les policiers décédés autrement que par suicide, toujours depuis le début de l'année. J'ai recensé les morts naturelles et accidentelles, que le flic ait été en service ou pas. Il y en a une bonne dizaine, et encore, je ne suis pas certain de l'exhaustivité de la liste. Par contre, des détails sont suspects.

– Comme quoi ? lança Corentin Ruedler.

– Comme ça ! s'agaça Marcus en lui tendant l'exemplaire du *Monde* reçu le matin même.

– Qu'est-ce que c'est ?

– Un cadeau de notre caution morale. D'après ce que je sais, quelqu'un l'a déposé pour lui à son hôtel.

Arnault de Battz et Corentin Ruedler se penchèrent ensemble sur un article entouré d'un trait de feutre rouge et intitulé « **Braquage sanglant à Lyon** ».

Il relatait comment deux voyous cagoulés avaient abattu une jeune femme alors qu'ils dévalisaient la caisse d'un bar-tabac. Lieutenant de police, elle n'était pas en service quand les individus lourdement armés avaient fait irruption.

– Merde, siffla Corentin. Elle est morte sous les yeux de sa gamine. C'est moche.

– Craven ignore d'où ça vient, je suppose ? demanda Arnault de Battz en repliant le journal.

– Oui, regretta Marcus.

– Qu'est-ce qu'on sait sur cette policière ? demanda le journaliste.

Marcus Maratier eut un petit sourire satisfait.

– Y'en a qui bossent ici !

Puis il pointa la photo d'une jolie jeune femme brune dont le portrait était épinglé au niveau de la troisième rangée.

– Lila Berki, BAC de Lyon, états de service impeccables, mère d'une fillette, divorcée, l'aînée d'une famille de Kabyles arrivés en France en 1961. Un officier brillant. D'après les flics, elle est intervenue au cours du braquage du bistrot où elle avait l'habitude de prendre un café.

– Des pistes sur les agresseurs ?

– Rien du tout. Ils se sont volatilisés après le coup.

– Et sur les lettres ? demanda Arnault de Battz. L'identité de la source peut nous donner une indication sur la véracité de l'histoire.

– Toujours rien. La recherche d'ADN, ça prend du temps et c'est cher, ajouta Marcus amèrement. Arnault, il me faudrait de l'aide et des moyens pour cette enquête.

– OK. Corentin, vous vous chargez de la piste Lila Berki. Toi, tu poursuis les recherches ici. Je ne peux pas embaucher pour l'instant. Les avocats me coûtent un bras, et franchement, je préfère que ça reste entre nous, tant qu'on n'a pas la certitude que cette histoire vaut le coup. Je refuse de risquer la rumeur. W3 est suffisamment dans le collimateur comme ça.

– Putain, maugréa Corentin Ruedler. Va prouver avec trois francs six sous qu'on tue des flics !

38

La télévision ronronnait en sourdine sur une chaîne d'info nationale. À deux mètres, près du radiateur d'appoint, **Valentin Mendès** achevait la mise en ligne de sa marotte, un jeu destiné à être exploité sur smartphone. Le principe consistait en un parcours d'obstacles pour de petits personnages. Le plus, c'est que l'on pourrait choisir leur visage parmi un fond constitué des personnalités les plus laides du monde. Les utilisateurs pourraient y adjoindre celui d'un proche ou d'un ami. La cerise sur le gâteau était que le vainqueur massacrait tous les autres.

C'est tellement con qu'ils vont adorer !

– C'est un petit pas pour l'homme, mais un bond de géant dans l'histoire de la connerie humaine, s'esclaffa-t-il tout haut.

Et une rente de ouf !

Le jeune homme acheva d'établir la liste des sites vers lesquels il comptait envoyer le lien de son jeu de massacre. Au début, il avait songé à l'intituler « Peau de vache », puis KTG, pour « Kiffe ta gueule », mais comme Internet n'avait pas de frontières, aussi il avait opté pour un nom anglo-saxon : « Ugly Strike ».

Le doigt levé au-dessus de la touche « Enter », Valentin suspendit son geste. Son programme de la journée allait être chargé.

Un, lancer le jeu qui allait faire sa fortune ; deux, téléphoner à mémé Carmela pour lui expliquer qu'il renonçait à ses études ; et trois, picoler avec ses potes avant de prendre le train pour Paris.

C'est parti !

Son index enfonça la touche. La fenêtre virtuelle disparut.

« Ugly Strike » était en ligne. Dans l'heure, ses contacts sur les réseaux sociaux, les associations d'étudiants, les sites de jeux, allaient relayer le lien. Pour sa part, il surveillerait le nombre de connexions et ce que la pub lui rapportait sur son téléphone.

Valentin rabattit l'écran de son portable et vérifia ses messages.

Une semaine plus tôt, il avait envoyé un mail à Solange Durieux et il attendait impatiemment la réponse.

Mais la belle tardait.

Aux dernières nouvelles, l'ex-star du porno voyageait pour ses affaires. Elle était passée de l'autre côté de la caméra, et se rêvait en productrice. À présent, Solange bossait sur un concept qui allait insuffler de la nouveauté dans l'univers très redondant de la vidéo porno.

À l'annonce du nom de Léon Castel à la télévision, Valentin redécouvrit les images de son coup d'éclat dans le 17e arrondissement.

– Ah ! Le con ! Il en rate vraiment pas une !

Le jeune homme écouta le commentateur critiquer l'action de Léon Castel, énumérer les différents chefs d'accusation qui l'avaient conduit derrière les barreaux et pour finir, annoncer sa mise à l'écart de W3.

– Mon pauv' Léon ! Qu'est-ce qui leur a pris aux autres ?

Valentin regarda l'émission jusqu'à son terme, sincèrement affligé pour son complice, et coupa l'appareil quand les images de l'enterrement de Bruno Dessay apparurent à l'écran.

– Toi, pauvre merde, t'es bien là où t'es.

Le jeune homme observa sa chambre avec une certaine nostalgie. Le lit, la table recouverte de son matériel informatique poussiéreux, un désordre de garçon de 18 ans, des vêtements roulés en boule, des chaussettes sales par terre, une trottinette remisée depuis le mois de juin à côté des WC.

Depuis qu'il avait réintégré son studio de Bordeaux en vue de préparer la rentrée, Valentin savait qu'il ne tiendrait pas le coup. D'abord parce qu'il avait cru sa sœur morte et qu'on ne se remet jamais complètement d'une telle épreuve, ensuite parce que la rencontre avec Solange l'avait déboussolé, et pour finir, parce que tous ces gens formidables qu'il avait côtoyés à Paris lui manquaient.

Alors que Valentin se préparait à rejoindre ses potes dans un bar du centre de Bordeaux, il reçut un coup de fil de mémé Carmela qui s'inquiétait.

Après avoir appris la mort de Milena la nuit dernière, Lara était sortie en pleine nuit, et pas encore rentrée. « Ça fait long mon petit, je voudrais pas qu'il lui soit arrivé quelque chose, tu comprends ? »

Aussitôt après avoir raccroché, Valentin composa le numéro de Jo Lieras. L'appel bascula en messagerie. Alors, il écrivit un SMS.

« Bonjour monsieur Lieras c'est Valentin Mendès. Je crois que Lara a besoin d'aide. Vous m'aviez dit de vous contacter s'il y avait un problème. Je serai chez ma grand-mère à La Réole. Merci. Valentin. »

La réponse arriva quelques secondes plus tard.

« Suis à l'étranger. Vous envoie quelqu'un de confiance. Ne vous inquiétez pas. Amitiés. JL »

39

En arrivant à La Réole vers 17 heures, **Valentin Mendès** tenta maladroitement de rassurer sa grand-mère ; Lara n'était pas rentrée, certes, mais elle n'était plus une gamine, ce à quoi mémé Carmela opposa que ce n'était pas dans ses habitudes, et qu'il lui était peut-être arrivé quelque chose de fâcheux.

– Ouais, grommela Valentin en enfourchant W3, la moto de son père. Elle peut plus jouer à la maman.

Le jeune homme en voulait terriblement à Lara de critiquer son attachement à Solange, juste parce qu'elle était star du X.

– Ça t'a pas gêné qu'on demande son aide pour te sortir de la merde !

Valentin démarra sur les chapeaux de roues, et fonça vers l'artère principale de La Réole pour faire le tour des endroits où Lara était susceptible de s'être rendue. Mais personne ne l'avait aperçue, ni dans les bistrots du centre ni dans les environs, et son téléphone sonnait dans le vide.

Quand il rentra bredouille vers 20 heures, mémé Carmela lui tendit un économe.

– Va te laver les mains, il faut éplucher les navets.

Valentin Mendès s'exécuta, à peine étonné par la réaction de sa grand-mère. Préparer à manger pour ses petits faisait partie de ses attributions, pas question d'y déroger, et Lara aurait certainement de l'appétit en rentrant.

– Tu te rends compte, après tout ce temps dehors !

– Oui, mémé, marmonna Valentin.

– Épluche fin, lui ordonna la vieille dame, dont l'œil inquisiteur était rivé sur les gestes de son petit-fils. On n'épluche pas pour les cochons.

De toute façon, mémé Carmela n'avait jamais eu de cochon.

– Je sais éplucher des légumes, répondit Valentin. J'ai passé des week-ends à faire tes conserves.

Le jeune homme s'interrompit pour regarder sa grand-mère.

– J'ai contacté son ami policier, il ne devrait pas tarder.

– Moi, ce que j'aimerais, dit mémé Carmela, toujours occupée à couper les navets, c'est que tu te rabiboches avec Lara quand elle sera rentrée.

– C'est rien de grave.

Les doigts de la vieille dame cessèrent leurs mouvements.

– Avec toi, se navra-t-elle. Il n'y a jamais rien de grave.

– Mais, c'est toi qui dis toujours qu'il ne faut pas s'en faire tant qu'il y a de la vie !

– Raisonneur.

– Non, mémé, je suis sérieux, là.

– Ça, j'ai bien compris.

Avec Carmela Mendès, il n'y avait jamais de complication. Elle décidait rarement à la place des autres.

– Tu sais, ajouta-t-elle. Moi, je l'aimais bien, Solange. Et Lara aussi. Ça lui passera, tu verras.

Valentin tenta de refouler le rouge qui réchauffait ses joues.

– Faudrait qu'elle arrête de me considérer comme un gosse, c'est soûlant.

– Elle veut te protéger. La pornographie, c'est un drôle de milieu, mon petit. Ton grand-père pensait que…

– Mémé, tu crois quand même pas que je vais parler de ça avec toi !

La sonnerie de son portable interrompit la conversation au grand soulagement de Valentin. Il lâcha légumes et couteau, s'essuya les mains sur son jean et décrocha. Le numéro entrant était masqué.

– Allo ?

– Bonjour, Valentin, dit une voix d'homme. Commandant Obolanski, je travaille avec le commandant Lieras.

Le jeune homme s'avança dans le vestibule, et referma la porte dans son dos, ignorant les « c'est qui ? » de mémé Carmela qui lui parvenaient depuis la cuisine.

– Merci de rappeler, nous sommes très inquiets.

– Expliquez-moi.

– Lara a quitté la maison la nuit dernière, après avoir appris le décès de Milena. Depuis, on n'a plus de nouvelles.

– Elle a son téléphone ?

– Oui, mais elle ne répond pas.

– Très bien, je vous préviens dès que je l'ai retrouvée.

– Où êtes-vous ? s'exclama Valentin. J'aimerais vous accompagner.

– Je ne préfère pas.

– S'il vous plaît, insista le jeune homme. Ce sera plus facile pour elle, plutôt que de se retrouver nez à nez avec un inconnu.

– Je ne suis pas un inconnu.

Le bip de fin de communication résonna.

40

Le bruit d'un moteur attira **Bérénice Bonnet** à la fenêtre de sa chambre. Une berline sombre remontait l'allée, et deux hommes s'apprêtaient à accueillir ses passagers.

L'adolescente reconnut la silhouette de Volodia accompagnée de celle, bien plus épaisse, d'Innokenty, deux prénoms venus de l'Est qu'elle avait mémorisés sans mal.

Bérénice était douée en langues. Plus tard, elle aurait aimé devenir coach de sportif, une activité qui lui aurait permis de voyager, d'aller voir, comme elle le disait souvent, si tous les beaux garçons du monde voulaient bien lui tenir la porte. Cette phrase ne faisait pas du tout rire Jérém'. C'est justement pour ça qu'elle en rajoutait. La jalousie, c'est une preuve d'amour, non ?

L'évocation de Jérémie rappela à Bérénice qu'en cet instant, elle vendrait son âme au diable pour un câlin. À 15 ans, elle était passée sans étape du doudou au petit copain, avec le même désir ardent de tendresse et de réconfort.

Elle ne disposait plus ni de l'un ni de l'autre.

Ici, les heures s'étiraient interminablement, et la solitude lui pesait tant qu'elle finissait par se jeter sur son lit en pleurant. À chaque bruit de voiture, elle se précipitait à la fenêtre dans l'espoir de revoir le visage de son beau-père, dont elle n'avait toujours pas de nouvelles. Mais elle n'assistait qu'à d'interminables déchargements de caisses d'armes et de munitions, et à de nombreuses allées et venues.

Aussi, quand Volodia Pavelevitch ouvrit la portière côté passager pour aider Jo à s'extirper de la voiture, le cœur de Bérénice accéléra sous le coup de l'émotion.

La joie de retrouver son beau-père, d'avoir enfin des précisions sur leur avenir, mais aussi la peur de sa colère quand il s'apercevrait qu'elle avait fumé et abusé du Rivotril, poussèrent l'adolescente à se glisser sous les draps et à simuler le sommeil.

Quelques minutes plus tard, il y eut trois coups frappés contre la porte, puis trois autres.

Le visage enfoui dans l'oreiller, Bérénice entendit la porte tourner sur ses gonds, sentit quelqu'un approcher, puis s'asseoir contre elle.

Une main se posa sur son épaule.

– Béré ? dit la voix de Jo Lieras. Tu dors ?

L'adolescente tenta d'imposer un rythme régulier à sa respiration.

– Chérie, ça fait longtemps que ce genre de stratagème ne marche plus avec moi. Tu devrais le savoir.

– Mmmh…

– Je sais quand tu dors, et quand tu ne dors pas.

– Mmmh.

– Comme tu veux, murmura Jo de cette voix lasse qui ne le quittait plus. Sache seulement que ce n'est pas la peine de chercher à t'enfuir. Cet endroit est tout sauf une prison. C'est même l'inverse.

C'est quoi l'inverse d'une prison ? La liberté ? Tu appelles ça la liberté ?

– Les hommes qui sont ici se feraient tuer pour te défendre, chérie.

Cette fois, Bérénice se redressa vivement, et s'adossa à la tête de lit, les genoux repliés sous elle.

– Arrête de m'appeler chérie, ça me soûle !

Elle fixa son beau-père dans les yeux. La colère remontait en elle.

– C'est pour ça qu'ils ont des flingues ? ajouta-t-elle. Mais pour me défendre de quoi ? De toi ?

– Qu'est-ce que tu as pris, Bérénice ? l'interrogea-t-il en posant sa paume sur le front de l'adolescente.

D'un mouvement de tête, elle dégagea la main de Jo Lieras.

– De quoi tu parles ?

– Béré…

– Mais j'ai rien pris, je dors pas, c'est tout. J'ai perdu ma mère, j'te rappelle.

Jo Lieras poussa un profond soupir.

– C'est qui ces filles ? poursuivit Bérénice. Il n'y en a pas une qui parle français !

– Elles ont été recueillies par Innokenty.

– Et ça, c'est quoi ? insista l'adolescente un ton plus haut, en pointant la caméra incrustée dans l'armoire.

Quelqu'un était passé et avait nettoyé l'objectif.

– C'est un outil de sécurité, ne va pas chercher de perversité là-dedans.

– Je veux pas rester ici, je veux reprendre ma vie d'avant.

Le regard triste que Jo Lieras lança à Bérénice lui cloua le bec. Des larmes roulèrent sur ses joues.

– Ils l'ont enterrée ?

– Je ne pense pas, pas encore.

– Mais, quand ils le feront, on pourra pas y aller, hein ?

Le visage de Bérénice se rapprocha de son visage d'enfant quand elle avait un gros chagrin. Jo Lieras la prit dans ses bras, au mépris de la douleur dans son flanc.

– Je suis tellement désolé, Béré, dit-il tout bas. Tu ne peux ni rentrer chez ta mère, ni rester avec moi.

Il sentit le corps de Bérénice tressaillir à l'énoncé de la nouvelle.

– Il n'y a pas d'autre solution, crois-moi.

41

La route goudronnée s'arrêtait au pied des arbres.

Demian Obolanski coupa le moteur et observa l'écran de sa tablette. Le signal du portable de Lara Mendès apparaissait sous la forme d'un triangle rouge, à trois cents mètres de là, au sommet d'une très forte déclivité.

Il récupéra son arme de poing dans la boîte à gants, sa plaque de policier, verrouilla les portières, puis s'éloigna par un sentier pédestre à travers un sous-bois de chênes nains et de fougères fanées. En une poignée de minutes, il repéra la silhouette de Lara, juchée sur un vieil aqueduc qui enjambait un étroit vallon.

L'accès en était interdit par un panneau ainsi qu'une chaîne en métal rouillé. Assise sur la dalle en moellons, les jambes dans le vide, la jeune femme lui tournait le dos, de telle sorte qu'il s'approcha sans qu'elle s'en aperçoive.

Quand il fut à quelques mètres seulement, il fit rouler un caillou sous sa semelle. Le bruit surprit Lara Mendès qui tourna vivement la tête. Ses yeux étaient rouges et son visage accusait des cernes marqués.

– Bonjour, Lara, dit-il doucement. Je suis le coéquipier de Jo.

La jeune femme reporta son attention sur le vallon, à une vingtaine de mètres en contrebas. De lourds cumulus approchaient par l'ouest.

– Je m'appelle Demian, poursuivit-il en s'asseyant à ses côtés. Vous m'avez tiré dessus lors de notre première rencontre.

– Alors, c'est vous ? murmura-t-elle en lui jetant un rapide coup d'œil. Je n'ai jamais eu l'occasion de vous remercier. Voilà, c'est fait.

– Je n'aimerais pas vous avoir sortie de là pour vous regarder mourir.

Un long silence s'installa. Ce fut elle qui le rompit.

– Cette Lara, je dois la tuer. Sinon, c'est elle qui va me tuer.

– Vous êtes en train de me dire que vous voulez mourir pour ne pas mourir ?

– En quelque sorte.

Des gouttes d'eau s'écrasèrent sur le tapis de feuilles séchées. Les nuages au-dessus d'eux donnaient l'illusion que la nuit tombait.

Demian Obolanski tendit la main à Lara en se relevant.

– Venez, je vous offre un verre.

La jeune femme le regarda avec des yeux étonnés.

– Vous n'allez pas vous jeter dans le vide aujourd'hui, ajouta-t-il avec un léger sourire. Vous avez mieux à faire.

– Vous avez raison. J'ai mieux à faire. Vous êtes policier, n'est-ce pas ?

– Oui.

– Alors, arrêtez-moi, dit Lara en bondissant sur ses pieds. J'ai commandité un meurtre.

Le regard de Demian Obolanski s'assombrit brutalement.

– Vous avez entendu ce que j'ai dit ?

– J'ai entendu, répondit-il en la prenant fermement par le bras. Allons-y.

Une violente averse se déclencha subitement, les forçant à se presser vers la voiture.

Lorsqu'ils furent à l'abri, confortablement installés dans la berline, Lara se mit à sangloter en regardant la pluie dégouliner sur le pare-brise.

– Je le vois tout le temps. À chaque fois que je ferme les yeux. Je ne veux plus vivre comme ça.

– De qui parlez-vous ?

– De Bruno Dessay.

Les doigts de Demian Obolanski s'agacèrent imperceptiblement sur le cuir du volant.

– Racontez-moi.

– Il n'y a pas grand-chose à dire.

– Essayez.

Entre deux sanglots, Lara lui expliqua que Bruno avait été enlevé avant même d'avoir décollé pour le Mali.

– Ils savaient tout sur lui.

– Une idée de leur identité ou de l'endroit où ça s'est passé ?

– Ils ont été prudents. Et tant mieux pour moi, je suppose. Tout ce que je peux vous dire, c'est qu'ils m'ont ouvert les yeux sur la vraie nature de Bruno. Vous m'aviez promis un verre, ajouta-t-elle en essuyant ses joues couvertes de larmes.

Demian Obolanski se pencha vers la jeune femme pour ouvrir la boîte à gants. Il en sortit une petite bouteille de vodka dont l'étiquette était recouverte de caractères cyrilliques, et la déboucha. Lara Mendès avala une gorgée, déglutit avec peine. De nouvelles larmes montèrent à ses yeux. Elle tendit la bouteille au policier qui la refusa.

– Merci.

– Ne me laissez pas boire seule, insista Lara. C'est moche.

Demian Obolanski fronça légèrement les sourcils.

– Je vous ai dit non, merci, lâcha-t-il d'une voix douce, mais ferme.

La jeune femme haussa les épaules et avala une nouvelle gorgée avant de refermer la bouteille.

– Qu'est-ce que vous feriez, vous, si on vous proposait de disposer de celui qui a commandité votre viol et votre assassinat ?

– Je ne me suis jamais trouvé dans cette situation.

Lara secoua la tête.

– Vous êtes comme les autres, vous refusez de prendre parti.

Le père de Petra Seipel a pris parti quand il a tué le meurtrier de sa fille. J'ai choisi, aussi. Je peux même dire que j'ai mûrement réfléchi cette décision, ajouta Lara avant d'avaler une nouvelle gorgée de vodka en reniflant. J'ai eu ces discussions que tout le monde a un jour, sur la peine de mort, sur ce qu'on ferait au violeur de nos gosses si on les attrapait. J'appartenais au camp des gentils, celui qui veut donner une chance au coupable. Après tout, on peut devenir meilleur, se racheter. Et puis, condamner à mort, cela signifie s'abaisser au rang des assassins. Quand je suis sortie du bunker, j'étais terrifiée. Abattue. Puis il y a eu Milena, sa maladie, son combat et c'est la colère qui a pris le dessus. Comment la justice peut-elle laisser de tels monstres en liberté ?

Lara Mendès parlait en fixant les longs doigts du policier qui effleuraient toujours le volant.

– Ces hommes m'ont donné l'opportunité de trancher. La vie ou la mort. J'ai choisi la mort.

– Et maintenant ?

– Quand Milena était encore là, condamner Bruno me semblait évident. Aujourd'hui qu'elle est morte, il n'y a plus aucune justification à ce que j'ai fait.

– Qu'est-ce qui a changé ?

– La colère m'aidait à tenir debout. Je n'en veux plus.

– En êtes-vous certaine ?

Lara renifla et se tourna vers son interlocuteur.

– Oui. Je dois me rendre, c'est la seule solution.

Les mains de Demian Obolanski lâchèrent brusquement le volant. Son regard resta rivé devant lui.

– Vous avez des preuves de ce que vous avancez ?

La pluie frappait la carrosserie avec la puissance d'une averse de grêle, les obligeant à hausser le ton.

– Un enregistrement de ma dernière confrontation avec Bruno.

– Où ?

– Je l'ai toujours sur moi, avoua-t-elle, les mains serrées autour de son sac à main.

– Très bien.

– Comment ça, très bien ?

Un bras posé sur le dossier du siège passager, Demian Obolanski scruta le visage de la jeune femme.

– Vous avez deux options : soit je vous dépose devant le premier commissariat et je passe quelques coups de fil pour m'assurer que vous soyez bien traitée, soit vous m'accompagnez sans poser de questions. Dans tous les cas, je vous suggère de saluer votre grand-mère. Vous ne la reverrez pas avant longtemps.

Lara Mendès essuya ses larmes et boucla sa ceinture en souriant amèrement.

– Qui êtes-vous réellement ? Un flic ne parle pas comme ça.

– Je ne suis pas un flic comme les autres, convint Demian Obolanski en tournant la clé dans le démarreur.

Il fixa Lara qui soutint son regard, puis il enclencha la marche arrière pour effectuer un demi-tour.

– Je vous dépose à La Réole ?

– Je ne préfère pas, murmura-t-elle en fermant les yeux. Commissariat ou ailleurs, qui que vous soyez, de toute façon, je m'en fous.

42

GSM de Lara Mendès
Appel sortant < Carmela Mendès
25 août.
Début de communication. 19.24.15

« Allô ? Allo, qui est là ?

– … Mémé ?

– C'est toi ma Lara ?

– …

– Tu ne vas pas rentrer, c'est ça ?

– Écoute…

– Tu n'as pas besoin de me raconter des carabistouilles, tu sais ?

– Je sais. Val est arrivé ?

– Il a appelé le policier. Tu es avec lui ? Tu vas bien ?

– Je vais bien, mémé. Je suis fatiguée.

– Tes affaires, j'en fais quoi ?

– J'en ai pas besoin où je vais.

– Tu vas où, chérie ?

– Je sais pas trop. Me reposer.

– Tu pouvais me parler…
– …
– Lara ?
– Tu prendras soin de Val ?
– Il prendra soin de lui tout seul.
– Il reste pas ?
– Je ne veux pas.
– Mémé…
– Non.
– Il doit poursuivre ses études.
– Fiche-lui la paix ou rentre pour lui dire.
– Je peux pas.
(Silence)
– Lara ?
– T'es fâchée, mémé ?
– Pourquoi je serais ?
– Je sais pas.
– Moi non plus, alors.
– Je t'aime.
– Je sais. »

Fin de communication. 25 août. 19.25.35

Jour 5 – lundi 26 août

43

« 3 600 chargements, pas mal pour un début ! »

Valentin Mendès se félicitait. « Ugly Strike » débutait honorablement sa vie sur Internet. Sur les réseaux sociaux, les retours étaient encourageants.

Plus c'est débile, mieux ça marche !

Ce matin, il s'était réveillé à l'aube, et en forme. À 8 heures, le jeune homme avait avalé un petit-déjeuner gargantuesque, réservé son billet de train pour Paris et bouclé ses bagages tout en jetant de réguliers coups d'œil vers son espace d'administration.

– Quand ton père a voulu s'engager dans l'armée, dit la voix de Carmela Mendès dans son dos, il avait ton âge.

La grand-mère de Valentin se tenait sur le pas de la porte. Elle avait les traits froissés, et serrait entre ses doigts un petit objet.

– Je sais, répondit-il. Mais toi et pépé l'en avez empêché.

– Ça c'est du baratin, souffla la vieille dame en s'asseyant sur un coin du lit, c'est ce qu'on raconte aux enfants pour qu'ils se tiennent tranquilles.

Valentin referma son ordinateur, jeta un regard vers son téléphone. Toujours aucune nouvelle de Solange. Ce devait être la nuit, là où elle se trouvait. Il essaya d'imaginer avec qui elle était, puis se recentra sur l'instant présent. L'idée que Solange puisse être en compagnie d'un homme le mettait au supplice. Il avait encore du temps devant lui et mémé Carmela avait manifestement envie de parler. Alors, il s'installa à côté de sa grand-mère.

– Laisse-moi te raconter, poursuivit cette dernière en s'emparant de la main de son petit-fils. Vous vous ressemblez beaucoup, Paul et toi. Lui aussi, il jouait au rugby et il faisait les quatre cents coups. Quand il a eu son bac en poche, il s'est entiché de voir du pays. Il nous a parlé de la Légion. Je peux te dire qu'on a eu très peur. Tu te rends compte, Paul dans la Légion ! Tu veux voir du pays, lui a dit ton grand-père, eh bien, tu n'as qu'à aller aider ces pauvres gens dans les pays chauds. Tu seras utile.

– Ah ? observa Valentin. Tu ne me l'avais jamais dit.

– Parce que tu aurais voulu faire la même chose. Ton pépé est allé voir notre curé, et Paul est parti avec le Secours catholique. En Afrique, là où il a rencontré ta mère, et à son retour, Paul a repris ses études et il est devenu ingénieur.

– Tu es une coquine, mémé !

– Toi et ta sœur, vous partez. C'est difficile pour moi.

Valentin fronça les sourcils.

– Lara s'est barrée comme une voleuse, pas moi.

– Elle n'a pas voulu prendre le risque qu'on l'empêche. Toi, tu sais que je te laisserai t'envoler si tu le veux. J'ai bien moins peur pour toi que pour elle.

– Quand même, je la trouve gonflée, la crevette.

– Pense à ce qu'elle a vécu ces derniers mois.

Le jeune homme se sentit désemparé en voyant les yeux de sa grand-mère se remplir de larmes.

– Elle a drôlement changé.

– Elle a souffert.

– Mais quand même, te laisser, comme ça !

– C'est bien ce que tu t'apprêtes à faire aussi, mon petit.

– Pas sans dire au revoir !

– Lara m'a téléphoné, c'est ce qui compte. Tiens, ajouta-t-elle. Prends.

– C'est quoi ?

– Oh, une babiole.

Valentin ouvrit sa main, et sa grand-mère y déposa un vieux porte-clés frappé du sigle W3.

– C'était un projet qu'il avait avec ta maman, quelque chose qu'ils faisaient en cachette. Je n'ai jamais su quoi.

Valentin Mendès songea qu'ils avaient aussi laissé deux enfants derrière eux, en plus de ce porte-clés que Carmela semblait considérer comme un fétiche. Lui n'en gardait aucun souvenir. Il avait grandi avec l'image de fantômes, entouré par les soins attentifs d'une grand-mère et d'une sœur trop maternelle.

– Va là où tu dois, mon petit, ajouta Carmela en posant un baiser sur son front. Embrasse Arnault et Egon, et quand tu seras devenu grand, reviens-moi.

44

Machinalement, le docteur Mariani jouait avec son briquet Zippo glissé dans la poche de sa blouse, les yeux rivés sur sa patiente. Face à lui, Sookie Castel observait le parc du pavillon par la fenêtre avec une moue d'enfant contrariée.

Elle se tenait droite dans le fauteuil, les mains posées sur ses genoux, ses longs doigts entrelacés. La lumière matinale pénétrait à flots dans le bureau exposé à l'est. La jeune femme resplendissait. Un fin duvet couvrait la peau de son visage.

La vision de sa patiente lui rappela un bronze aperçu alors qu'il était enfant. Le buste d'une femme au visage admirable, au port fier. Dans ses fantasmes, le jeune Romane s'était figuré que cette femme, dont le modèle était mort depuis des décennies, avait connu de terribles épreuves et qu'elle était restée fidèle à ses croyances jusqu'au bout.

Assis dans son fauteuil de psychiatre, le docteur Mariani se souvint de son désarroi d'alors. Il était resté stupéfait dans la contemplation de la statue, désespéré par la fatalité qui avait fait naître cette splendeur un siècle trop tôt. Ou lui, un siècle trop tard.

Du passé de Sookie Castel, il savait peu de choses : elle avait été adoptée en Haïti au début des années 1980, alors qu'elle était âgée de 6 ans, et son père disait qu'elle avait « oublié » les premières années de sa vie. Il savait aussi que la mère de Sookie était morte deux ans plus tôt. Les articles parus dans *Vosges Matin* à l'époque relataient l'accident. L'aspect le plus terrible de cette histoire, c'est que Valie Castel avait chuté dans un gouffre – le pays en comptait d'innombrables, et notamment des fondrières dont la plupart n'apparaissaient sur aucune carte – et qu'elle y avait survécu près de trois jours sans pouvoir appeler à l'aide. Dans sa chute, elle s'était écrasé le larynx.

Ce que nombre de gens ignoraient – le docteur Mariani également, avant que « mademoiselle Henriot » lui conseille de se bouger le cul, ce qu'il avait fait une partie de la nuit avec l'aide d'un ami de la préfecture – c'est que le compartiment de terrain où agonisait Valie avait été quadrillé par deux hommes : le brigadier gendarme Rémy Lagrange, épaulé d'un civil, Jean-Paul Dardelin.

Les zones de recherche avaient été échangées au matin du troisième jour de battue, et c'est dans l'après-midi, près de 72 heures après le début de l'alerte, que la malheureuse avait enfin été localisée.

Lagrange et Dardelin avaient-ils sciemment laissé Valie Castel mourir au fond du gouffre ? Et si oui, pourquoi ?

Quoi qu'il en soit, le docteur Mariani avait un nouvel élément en sa possession. Sookie s'était probablement rendue chez Dardelin pour lui demander des comptes. Et l'idée que derrière ces beaux yeux noirs, qui fixaient innocemment le parc de Ravenel, se cachaient des envies d'évasion ne rassurait pas le psychiatre.

Sookie Castel avait-elle l'intention de s'enfuir pour achever le travail ?

Au fil de ses réflexions, le docteur Mariani se trouvait devant un choix compliqué. Soit il révélait ses projets d'évasion à la justice – et livrait Sookie à une procédure à l'issue incertaine – soit il se taisait et risquait de perdre le contrôle de la situation.

Le simple fait de se poser la question ébranlait profondément le psychiatre.

Il lâcha son Zippo et retira la main de sa poche. Le silence entre patient et thérapeute faisait partie du travail, mais celui-ci durait depuis plusieurs minutes déjà.

– Comme vous le savez, commença-t-il, j'ai été chargé d'établir votre profil psychologique et d'estimer si vous devez être jugée responsable de vos actes.

Sookie Castel hocha lentement la tête et poursuivit son observation du parc.

– Il serait temps de vous confier à moi, insista le psychiatre. Le monde n'est pas peuplé que de gens hostiles.

– Pas de familiarités, doc, ironisa la jeune femme en tournant les yeux vers son interlocuteur. Ou alors il faudra que vous me parliez de vous.

– Vous êtes dans la provocation.

– Je n'ai jamais été adolescente. Ça en a déstabilisé plus d'un.

– Je l'imagine sans mal.

Ne t'implique pas. Trouve le bon angle d'attaque.

– Mademoiselle Henriot est retournée en Bretagne, je suppose.

– Mademoiselle Henriot ? s'étonna Sookie. Ah oui, Bettie, répéta-t-elle, un vague sourire sur les lèvres. Elle m'a laissé un quatre-quarts, l'autre fois. J'ai tout mangé.

– Elle vous apprécie.

– Elle est rentrée à Rennes.

– Vous ne pensez pas en valoir la peine ?

Le docteur Mariani regretta aussitôt sa remarque. Et le regard que lui lança Sookie Castel ne le démentit pas.

– Je ne me suis jamais confiée, rétorqua-t-elle, pourquoi je commencerais ?

– Peut-être parce que cette fois, vous avez intérêt à le faire.

– Je suis flic, j'ai salement amoché un type. Les juges ne seront pas tendres.

– Sauf si vous fournissez des explications. Si vous exprimez des regrets.

– Vos déductions de psy vous appartiennent ! Vous n'êtes pas les juges !

Romane Mariani soupira.

– Je vous aime bien quand même, glissa Sookie.

– Ce n'est pas la question.

– Si, justement. Vous voyez le truc ?

– Je ne suis pas certain.

– Arrêtez avec vos gants en latex et vos pinces à épiler ! On est dans le même bain, vous et moi ! La grande machine de la connerie humaine, et on essaie de surnager.

– Les rapports entre les gens ne sont pas simples, c'est vrai.

– Non, vous ne comprenez pas. Je vous ai autant observé que vous l'avez fait avec moi. Vous êtes un solitaire, monsieur le psy. Et pourquoi certaines personnes sont-elles aussi seules ?

– J'attends que vous me le disiez.

– On continue de jouer son rôle !

– En ce qui vous concerne, c'est certain.

– Vous n'êtes pas drôle.

– Je ne cherchais pas à l'être.

– Eh bien, vous devriez ! Ça fait du bien de rire un peu. Vous crevez de peur qu'on vous blesse.

Le docteur Mariani observa ses mains. Sa patiente le déstabilisait. Il ne devait rien en montrer. Surtout pas.

– Si vous me parliez de vous plutôt ? reprit-il. Nous sommes là pour ça.

– Vous voulez savoir quoi ?

– Ce qui s'est passé pour que vous tabassiez Dardelin.

– Toujours votre fichu rapport pour le juge.

– Il changera le cours de votre vie, quoi que j'y écrive. Vous ne pensez pas que ça vaut la peine, pour une fois, d'avoir confiance en quelqu'un ?

– De qui parlez-vous ?

– Laissez tomber, s'agaça le docteur Mariani devant la causticité de Sookie.

– Ouais, eh bien je suis fatiguée, déclara la jeune femme en se levant. Je retourne dans ma chambre, ajouta-t-elle avec un sourire cynique, ça va être l'heure des médicaments.

– Vous n'allez pas faire de conneries avant votre jugement, mademoiselle Castel ?

– Des conneries, moi ?

Sookie posa ses grandes mains sur le bureau et se pencha vers son psychiatre. Avant qu'il ait pu réagir, elle avait posé ses lèvres sur son front. Et discrètement subtilisé le double des clés de voiture.

45

Le claquement des serrures. Des grilles qui s'ouvrent, se referment. Des couloirs interminables. La tête baissée, les épaules lourdes de fatigue et le corps cotonneux, **Léon Castel** regardait deux mètres devant lui tandis qu'il suivait un surveillant dans le dédale de Fleury-Mérogis.

Une dernière porte s'ouvrit sur un sas.

Derrière une vitre, des surveillants prenaient une pause, un autre enclencha l'ouverture d'une grille. Ligne rouge au sol, « reste ici, Castel », caméra braquée sur lui, cliquètement de clés, et puis changement de décor, « par ici, Castel, magne-toi, on n'a pas la journée ! ».

Léon Castel fut poussé dans une salle aveugle meublée d'une table et de deux chaises. La présence d'une quinquagénaire plutôt chic et sexy, qui l'attendait assise, ses longues jambes élégamment croisées devant elle, lui arracha un sourire.

Absorbée dans la lecture d'un dossier, l'inconnue ne redressa la tête qu'après quelques secondes. Elle se leva pour se présenter.

– Maître Cécile Sorbier. Je vous en prie, asseyez-vous, ajouta-t-elle en reprenant sa place. Nous nous rencontrons dans des circonstances détestables, mais sachez que nous allons mettre un terme à votre incarcération dans les plus brefs délais.

– C'est qui nous ? demanda Léon en se laissant choir sur la chaise.

– Messieurs de Battz et Craven ont fait appel à mon cabinet pour prendre en charge tous les dossiers en lien avec W3. Rassurez-vous, nous sommes rompus aux affaires difficiles.

– Vous vous occupez aussi de mon licenciement ? siffla Léon d'un ton sarcastique.

– Rien dans notre affaire ne s'est déroulé de manière convenable, au regard du droit, bien entendu.

– Bien entendu ! Pendant que vous vous consultiez, j'ai été humilié, isolé, brimé et empoisonné ! Qu'est-ce que vous attendez pour me faire sortir d'ici ! Que je me fasse enculer pardessus le marché ?

– Les irrégularités sont évidentes, poursuivit imperturbablement l'avocate. Nous allons opposer plusieurs vices de procédures. D'abord, en ce qui concerne votre arrestation : le dossier du juge tient sur le témoignage d'un officier de police. Or, il aurait dû y en avoir deux.

Léon Castel se serait volontiers payé ce flic qui avait menti, et cette punaise d'avocate dans la foulée, mais il n'allait pas scier la branche sur laquelle il était assis.

– Combien de temps ?

– Quelques jours tout au plus. La procureure fait traîner intentionnellement les choses. Il faut dire que vous êtes dans le collimateur des autorités, ce qui n'arrange rien. Mais croyez-moi, d'ici la fin de la semaine, vous serez libre.

Léon baissa la tête.

Libre d'ici la fin de la semaine.

L'objectif lui semblait tellement lointain.

– Est-ce que je vais avoir droit à des visites ? À des coups de fil ? Je voudrais au moins parler à ma fille.

– Pas tant que vous serez en isolement. Mais croyez-le ou non, c'est un mal pour un bien. Je préfère vous savoir loin des autres détenus, franchement. Votre réputation, vos coups d'éclats et votre appartenance à W3 font de vous une cible idéale. Nombreux sont ceux qui pourraient être tentés de se servir de votre notoriété pour qu'on parle d'eux. Soyez prudent, monsieur Castel. N'ayez confiance en personne.

– Ça ne risque pas.

– Sachez que votre arrestation a fait le tour des médias, et que beaucoup de gens sont de votre côté.

Cette nouvelle donna du baume au cœur à Léon. Si la population le soutenait, si son coup de gueule provoquait une prise de conscience, alors son calvaire trouvait un sens.

– J'ai apporté ceci, reprit l'avocate en sortant un paquet de sa mallette. C'est une attention de Rodolphe Craven.

Le sandwich dégageait une odeur magnifique de pain de mie et de foie gras. Léon en eut des larmes aux yeux, d'autant qu'il avait si mal à l'estomac qu'il ne pouvait rien avaler. Il le repoussa vers l'avocate.

– Dites-lui merci. Mais je préfère qu'il me paie un bon resto à ma sortie.

– Vous avez besoin de quelque chose en particulier ?

– Oui, m'dame, répondit Léon Castel après avoir passé en revue les centaines de choses qui lui manquaient. J'ai besoin que les matons me foutent la paix, de fric pour cantiner et d'une bonne promenade. Ah, une dernière chose, ajouta-t-il alors qu'un surveillant le raccompagnait à la porte. Chargez donc monsieur Arnault de Battz d'envoyer une gerbe de fleurs à Eva X de ma part. Il saura de quoi je parle.

46

Eva Trevethan s'emmitoufla dans son plaid préféré, celui qu'elle avait acheté lors d'un voyage au Mexique, le plus doux et le plus coloré, et s'affala dans son canapé, les yeux rivés sur l'écran de la télévision.

Tout comme Léon Castel, elle détestait ces chaînes où l'information devenait obligation, 24 heures sur 24. Tout était sujet à « priorité au direct », même quand les palais de justice étaient fermés, ou que les grêlons avaient fondu. Il fallait tout dire, le plus souvent n'importe quoi, le plus souvent possible, ne jamais lâcher le téléspectateur, même au prix de la désinformation.

Eva boycottait BMFTV depuis le jour où elle avait vu, ébahie, une journaliste demander à l'avocate d'un terroriste de l'appeler pour qu'il passe en direct sur la chaîne, alors que la police et les forces d'intervention étaient en plein pourparlers avec lui.

Aujourd'hui, elle s'était rabattue sur LCI parce qu'elle souhaitait recueillir chaque nouvelle de Léon Castel, dont les chaînes publiques rechignaient à parler, et auquel TF1 n'avait consacré que dix secondes.

Bien entendu, Eva avait tenté sa chance à Fleury-Mérogis où on l'avait envoyée sur les roses, puis elle avait passé plusieurs coups de fil aux locaux de W3, où cette fois, on lui avait poliment répondu que Léon Castel n'était plus sur le coup.

Après que ce dernier avait mis le quartier sens dessus dessous, Eva avait goûté à une relative tranquillité, si l'on excepte les « ah, c'est toi qu'on a violée ? », et les quelques visites nocturnes de François Puvenelle, visites durant lesquelles il se masturbait et éjaculait sur la poignée de sa porte. Elle s'était fait avoir la première fois, et elle n'y touchait plus sans l'essuyer.

Depuis, Eva jetait les mouchoirs dans des sacs en plastique qu'elle étiquetait à la date et conservait dans son congélateur, au cas où.

L'intervention de Léon Castel avait été vaine, mais ça, elle aurait pu s'en douter. Simplement, il avait donné un sens à sa douleur, les gens savaient, certains la comprenaient, et elle ne se heurtait plus à cette terrible indifférence qui l'avait tant fait souffrir.

Eva Trevethan regarda attentivement le court reportage concernant l'incarcération de Léon et sa mise à l'écart de W3, le même que celui de l'édition du matin, puis se dirigea vers la cuisine où elle versa de l'eau dans sa bouilloire.

Soudain, elle entendit un frottement contre sa porte d'entrée. La poignée tourna plusieurs fois.

– Chérie, je te baise, murmura une voix derrière la porte. Eva, ma belle, viens sucer ma queue !

Le cœur d'Eva Trevethan fit un bond dans sa poitrine, et ses jambes flageolèrent. Elle avança à pas feutrés jusqu'à l'œilleton, où elle découvrit sans grande surprise la silhouette de François Puvenelle.

– Il est en taule, ton gros con. T'as plus que moi !

L'image déformée de l'homme révulsa Eva, d'autant plus quand elle le vit exhiber son sexe raide, et entamer de rapides mouvements de va-et-vient.

Le souffle court, et sans le quitter des yeux, Eva Trevethan attrapa son téléphone portable et composa le 112.

La bouilloire sifflait sur le gaz.

– Eva, reprit-il en grattant à nouveau le vantail. Je sais que t'es là, j'entends du bruit. Montre-moi tes seins, chérie, fais-moi entrer que je te baise.

Alors que le service d'urgence la mettait en attente, Eva vit deux silhouettes cagoulées faire irruption sur le palier.

Elle poussa un cri et lâcha son téléphone. Des bruits de lutte résonnèrent dans le couloir. Après quelques secondes, Eva colla à nouveau son œil à la porte, son cœur battait si fort que ses oreilles bourdonnaient. Elle eut tout juste le temps de voir les deux hommes entraîner Puvenelle, visiblement inconscient.

Elle ramassa son téléphone, raccrocha, puis se précipita à la fenêtre, imaginant voir un véhicule de police. Mais la rue était déserte à cette heure.

Abasourdie, Eva Trevethan coupa le gaz sous la bouilloire et versa de l'eau bouillante sur un sachet de Darjeeling. Puis, elle saisit sa tasse, un paquet de gâteaux et se dirigea vers le salon.

La sonnette de la porte la fit tressaillir de peur. Elle demeura immobile, et attendit. Des coups furent frappés, et une voix s'éleva.

« Bonjour, c'est Interflora. Pour une livraison. »

Sans bruit, Eva Trevethan posa le plateau chargé de la tasse et des gâteaux sur un guéridon, et s'approcha de l'œilleton. Une silhouette juvénile disparaissait sous un énorme bouquet de marguerites.

Elle ouvrit la porte et signa le reçu. Quand elle eut disposé les fleurs dans un vase, elle récupéra le plateau qu'elle mit sur ses genoux, et se lova sur le canapé.

À la télévision, Philippe Van Ecker, le ministre de l'Intérieur, rendait hommage à une jeune policière morte au cours d'un braquage. Eva Trevethan monta le son du moniteur quand elle aperçut le visage d'Arnault de Battz, un des fondateurs de W3.

« Le brigadier-chef Lila Berki était une fonctionnaire exemplaire, disait le ministre. Elle représentait à la perfection cette France de l'intégration où toutes les cultures se mêlent dans le creuset républicain. »

La voix de Van Ecker vibrait dans l'air frais, amplifiée par une série de haut-parleurs. Une foule de trois cents à quatre cents personnes se massait dans les allées de ce cimetière lyonnais.

Eva Trevethan suivit l'émission distraitement en buvant son thé puis, quand elle eut grignoté le dernier gâteau, elle se débarrassa du plateau, s'enroula dans le plaid, et s'endormit, un léger sourire aux lèvres.

47

On dirait Malraux dans son hommage à Jean Moulin, songea **Arnault de Battz** qui se tenait dans les premiers rangs. Derrière Philippe Van Ecker, un préfet, un sous-préfet, toutes les huiles de la police lyonnaise, en tenue d'apparat, attendaient au garde-à-vous, raides comme la justice française dont le ministre se gargarisait.

– Nous attraperons les coupables, et nous les châtierons, poursuivit Van Ecker, un doigt levé vers le ciel nuageux. J'en fais le serment. La mort de Lila Berki ne restera pas impunie.

Aux pieds du ministre et de son escouade, une petite fille donnait la main à sa grand-mère. Il s'agissait de Fleur et de la mère de Lila. La fillette avait les yeux rouges, mais elle ne pleurait pas. Des jeunes gens les accompagnaient, la famille sans doute. Légèrement en retrait, les collègues policiers de Lila Berki affichaient des visages sombres.

Une batterie de photographes et de cameramen mitraillaient la scène. Parmi eux se trouvait Corentin Ruedler, dont la mission consistait à obtenir un maximum de gros plans des visages. Car en effet, la carrière de Lila Berki ne recelait pas de zone d'ombre particulière. Rien qui puisse la relier au courrier que W3 avait reçu. Il fallait donc revenir aux fondamentaux, fouiller la vie de la victime à partir de son entourage. Or tous ceux qui avaient aimé ou approché Lila Berki étaient réunis dans ce cimetière.

Le discours prit fin dans un silence de mort. Le ministre recula et tous observèrent une minute de recueillement. Après quoi, la foule défila. Des condoléances, une poignée de terre jetée sur le cercueil. Pas de cérémonie religieuse. Lila Berki était athée.

Les allées se vidèrent. Il ne resta plus que la famille et quelques collègues de la jeune femme. Arnault de Battz et Corentin Ruedler se dirigèrent vers l'un des policiers demeurés au pied de la fosse.

– Milan Delaunay, l'équipier de Lila, précisa Corentin. Ce devrait être lui qui la connaissait le mieux.

Arnault de Battz s'immobilisa devant le policier. L'homme semblait très éprouvé par la perte de sa collègue.

– Monsieur Delaunay, dit le producteur sur un ton de regrets. Acceptez nos sincères condoléances et…

– Je ne parle pas aux journalistes.

– Arnault de Battz, et Corentin Ruedler. Nous travaillons pour le site d'information W3.

Le journaliste observa son acolyte pendant que celui-ci parlait. Toute attitude efféminée l'avait quitté. Il se fit la réflexion que d'ordinaire, il jouait un rôle qu'il s'était lui-même donné.

– Qu'est-ce que vous me voulez ? cracha Milan Delaunay. Je n'ai ni pédophiles ni politiciens véreux en stock. Juste une collègue qui était au mauvais endroit, au mauvais moment.

Arnault de Battz parla doucement, pour que la famille n'entende pas.

– Pardonnez-moi d'insister, mais une de nos sources a mentionné le nom de mademoiselle Berki dans le cadre d'une enquête.

Le policier lança un regard soupçonneux au producteur.

– Quelle source ?

– Croyez-moi, ce que nous avons à dire devrait vous intéresser.

– Vraiment, appuya Corentin. C'est important.

– OK, répondit Milan Delaunay après un court temps de réflexion. Attendez-moi à la sortie nord. Il y a un café au coin de la rue. Je vous y rejoins dans une heure.

48

Une fois installé à la terrasse du bistrot indiqué par l'équipier de Lila Berki, Arnault avait retrouvé ses manières, ce qui amusa **Corentin Ruedler.** Le producteur expliqua qu'il préférait rentrer à Paris par le premier train, histoire de ne pas abandonner les clés de W3 à Marcus Maratier. Et puis, il ne se sentait pas l'âme d'un enquêteur. Lui, son truc, c'était les relations humaines, et l'argent, incontournable versant de la grande comédie.

– Vous ne m'en voudrez pas de vous abandonner ?

La question était rhétorique, mais Corentin répondit tout de même.

– Il faut que je mette un nom sur tous ces visages, dit-il en tapotant le boîtier de son appareil photo. Vous ne me seriez pas d'un grand secours.

– Vous croyez que ce policier va vraiment venir ?

– Il m'avait tout l'air d'un grand garçon bourru parce que malheureux.

– C'est vrai…

– Je pense qu'il va d'abord se renseigner sur nous. C'est ce que je ferais à sa place. Juste vérifier que nous sommes bien ceux que nous prétendons être. Ensuite, il viendra. Si W3 s'intéresse à la mort de sa collègue, il en déduira que ce drame cache peut-être plus que ce que les autorités prétendent.

– C'est exactement ça.

La silhouette de Milan Delaunay se dressa devant Corentin Ruedler et Arnault de Battz qui plaça ses mains au-dessus de ses yeux pour le regarder, aveuglé par un soleil rasant.

– W3 est une machine à révéler des scandales. Quel rapport avec Lila ?

L'entrée en matière était abrupte, et Arnault de Battz estima que Milan Delaunay ne lui ferait pas perdre de temps. Ce policier aux traits tirés avait tout d'un homme en colère. Il parlait froidement, ne souriait pas, ses mains étaient agitées de tics nerveux. Si W3 voulait obtenir des informations, Corentin et lui devraient jouer cartes sur table.

– Asseyez-vous, l'invita Corentin. Je vous prends un café ? Arnault ?

Le journaliste commanda une nouvelle tournée pendant que Milan Delaunay prenait une chaise et s'installait face à eux.

– Au sein de W3, expliqua Arnault, nous avons ce que nous appelons une « caution morale », c'est-à-dire quelqu'un d'intègre, rompue à la machine judiciaire, et qui nous sert de contact avec les sources désireuses de garder l'anonymat. Seule cette personne peut les rencontrer, transmettre des documents provenant de ces sources, sans que jamais les témoins soient identifiées ou mises en relation avec qui que ce soit du site.

– Allez au but.

– Cette caution morale a reçu une coupure de presse relatant la fusillade au cours de laquelle mademoiselle Berki a trouvé la mort. Cet article résonnait avec un courrier que nous avons reçu à plus de vingt exemplaires.

Milan Delaunay saisit la feuille A4 que lui tendait Arnault de Battz.

– Aucune idée de sa provenance ? dit-il quand il en eut pris connaissance.

– Aucune. Mais cette lettre et l'article nous ont poussés à poursuivre les investigations.

– Qui est ce Joseph Lieras ?

– Un commandant de la BRP. Il nous a aidés à retrouver Lara Mendès.

Le poing de Milan Delaunay se serra. Les jointures des phalanges blanchirent.

– Ce type fréquentait Lila ?

– Impossible à dire. Vous-même, vous ne le connaissez pas ?

Arnault de Battz exhiba une photo de Jo et la tendit à Milan Delaunay qui secoua la tête.

– Jamais vu. Je peux la garder ? Je voudrais la montrer à des collègues et des amis de Lila, au cas où.

Une expression de douleur passa sur les traits du policier.

Corentin Ruedler en profita pour parler. Il voulait connaître la personnalité de Lila Berki, ses qualités professionnelles, son passé dans la police, tout élément susceptible d'expliquer pourquoi le nom de la jeune femme s'était retrouvé sur cette liste.

Milan Delaunay se ressaisit.

– Lila était une femme merveilleuse, commença-t-il. Nous étions en binôme, et je peux vous garantir que j'aurais mis ma vie entre ses mains sans aucune peur. Elle a travaillé aux stups avant de me rejoindre. Lila était kabyle, ça lui donnait un certain avantage dans le milieu.

– Je connais la version officielle de l'enquête diligentée sur sa mort, relança Corentin Ruedler, mais vous, vous avez une autre idée ?

– Jusqu'à ce que vous veniez me trouver au cimetière, j'aurais dit que non. La faute à pas de chance, ça arrive malheureusement.

– Elle avait un petit ami ? demanda abruptement le journaliste en observant attentivement la réaction de son interlocuteur. Un compagnon ?

Les yeux de Milan Delaunay ne soutinrent pas son regard et ses mains se glissèrent d'un coup dans les poches de son blouson.

– Pas que je sache.

49

Quand Lara Mendès ouvrit les yeux, ses vêtements humides de rosée collaient à sa peau et elle grelottait. Elle avait dormi sur une bâche en tissu huilé qui sentait le moisi. À quelques centimètres de son visage, une épeire rafistolait sa toile. De fines gouttelettes d'eau luisaient dans la lumière naissante.

Une angoisse insurmontable la tétanisa quand elle aperçut le petit corps de Milena. Recroquevillée sous un carré de lumière d'où tombaient des gouttes de pluie, la gamine hurla, la poupée Barbie serrée contre elle.

Lara se redressa brutalement dans son lit, désorientée. Elle alluma la lampe de chevet, et découvrit une chambre vieillotte, mais confortable, qu'elle n'avait jamais vue. Sur un tableau défraîchi figurait une magnifique propriété dont le nom s'affichait au-dessus du portail : *La Valbonne*, et de lourdes tentures masquaient la fenêtre.

La jeune femme s'assit sur le bord du lit, tentant de rassembler ses souvenirs malgré la migraine qui frappait sa tempe.

Demian, l'ami de Jo. La vodka. Ses aveux. Et le trou noir.

Lara se rappelait seulement que les cahotements de la route, le ronron du moteur, à moins que ce ne soit le mélange alcool et anxiolytiques, avaient eu raison d'elle.

Un nouveau cri déchira le silence.

La jeune femme se glissa hors de son lit, enfila le peignoir rose en éponge que quelqu'un avait laissé sur une chaise, et chercha son téléphone dans son sac. L'écran affichait 04h36, et « pas de réseau ». Lara l'abandonna sur son lit et s'aventura dans le couloir, éclairé çà et là par des veilleuses.

Elle remontait lentement en direction des cris quand la porte de la chambre n° 7 s'ouvrit sur une adolescente au visage ensommeillé, dont la chevelure était d'une blondeur artificielle.

Les deux jeunes femmes se regardèrent un court instant, cherchant l'une et l'autre où elles avaient bien pu se croiser.

– Lara Mendès ? souffla finalement l'adolescente. Ben qu'est-ce que vous foutez là ?

– Bérénice ! Et toi, qu'est-ce que tu fiches ici ?

Elles s'étaient rencontrées aux obsèques de Charlène Bonnet, dont le corps avait été retrouvé parmi les autres victimes du bunker.

– J'en sais rien, répondit Bérénice. Franchement.

– Comment ça, tu n'en sais rien ?

– C'est mon beau-père qui m'a forcée à...

– Je l'ai conduite ici pour la mettre à l'abri, l'interrompit une voix un peu traînante, que Lara reconnut aussitôt.

– Jo !

Lara rejoignit Jo Lieras qui avançait dans sa direction. Le policier lui parut pâle et amaigri. Ils échangèrent une brève et chaleureuse étreinte.

– Je suis heureux de vous revoir.

– Que vous est-il arrivé ? Pourquoi parlez-vous de mettre Bérénice à l'abri ?

Les longues mains osseuses du policier frottèrent amicalement les bras de Lara.

– Mathilde a été assassinée.

La jeune femme fixa Jo et Bérénice d'un regard douloureux.

– Que s'est-il passé ?

– On a été braqués, s'interposa Bérénice. Ils ont tué maman parce qu'elle et Jo ont…

– Béré ! Ferme-la, tu veux ? lâcha Jo d'un ton glacial. Je t'interdis de parler de ce que tu ignores.

L'adolescente haussa farouchement les épaules et s'adossa contre le mur, les bras croisés sur sa poitrine.

Un nouveau cri résonna dans le couloir.

– Jo ? murmura Lara. Qui est-ce ? Où sommes-nous ? Pourquoi votre ami m'a-t-il conduite ici ?

À cet instant, la silhouette de Demian Obolanski s'encadra en ombre chinoise du côté des escaliers de service. Lara lui adressa un léger signe de la main auquel il ne répondit pas. La jeune femme lança alors un regard interrogateur à Jo.

– Je vous expliquerai tout ça plus tard, on m'attend.

Le policier posa un rapide baiser sur le front de l'adolescente qui boudait toujours, puis se tourna vers Lara.

– Vous me faites confiance ?

– Évidemment, Jo.

– Alors, tâchez de vous reposer.

Le policier esquissa un triste sourire, puis il disparut dans les escaliers derrière Obolanski.

– Il me fout la chair de poule l'autre là, murmura Bérénice en quittant son mur. Je préfère Aragorn.

– Qui ?

– *Le Seigneur des anneaux*, tu connais pas ?

– Si, pourquoi ?

– Eh ben, des mecs comme lui y'en a plein ici, avec des kalachnikovs, et tout et tout.

– Qu'est-ce que des types armés fabriquent ici ?

– Je sais pas. Mais ils sont toujours fourrés ensemble, parlent en russe, et vont s'enfermer dans les sous-sols derrière la porte mystère…

– La porte mystère ?

– Ouais, tu verras, elle est dans le mur d'enceinte, et il y a toujours un beau gosse armé devant.

Un long gémissement les interrompit.

– Viens, ajouta Bérénice. C'est sûrement Freaks qui cauchemarde encore.

Intriguée par les propos de l'adolescente, Lara Mendès la suivit jusqu'à une chambre isolée des autres, au bout de l'aile du bâtiment, dont Bérénice ouvrit précautionneusement la porte.

Des sanglots provenaient d'un coin de la pièce plongée dans le noir.

Deux lampes de chevet, posées de chaque côté d'un lit à baldaquin, jetèrent dans la chambre une lueur rosée. La jeune femme découvrit alors une silhouette recroquevillée dont le visage et le corps étaient dissimulés sous un drap.

Lara Mendès s'approcha lentement.

– Hello ? dit-elle d'une voix qu'elle voulait apaisante.

L'adolescente passa devant elle, se pencha vers la forme dissimulée et l'aida à se relever. Lara découvrit alors une jeune fille dont le visage avait subi de nombreux outrages. Elle eut un mouvement de recul involontaire.

– Viens te coucher, Freaks ! murmura Bérénice. Lara et moi, on va te faire un câlin.

50

Jo Lieras et Demian Obolanski gagnèrent le rez-de-chaussée plongé dans l'obscurité, traversèrent la cour gardée par deux hommes armés et s'engouffrèrent dans une ouverture taillée dans l'épaisseur du mur d'enceinte.

Arrivé en haut des marches qui s'enfonçaient dans l'obscurité, Demian Obolanski se tourna vers son équipier.

– Mendès a enregistré la confrontation, l'informa-t-il froidement. Les preuves sont dans son sac.

– Ne la touche pas, Demian.

Ce dernier plissa les yeux et lâcha un petit rire.

– Tu n'es pas sérieux.

– Je le suis.

– Alors, elle part avec le prochain convoi.

– Tu lui as dit que tu comptais l'expatrier ? soupira cyniquement Jo Lieras. Parce que dans le cas contraire, bon courage…

– Tu t'en chargeras, rétorqua son interlocuteur. Il n'est pas question que je m'expose plus. De toute façon, quelqu'un doit s'occuper de la coordination. Je connais ta peine, ajouta-t-il avec un peu plus de chaleur. Tu dois te reposer.

– Tu ne vas pas me laisser en arrière ?

– Ta belle-fille sait qu'elle doit quitter le territoire ? lui demanda abruptement Demian Obolanski.

– Ça passe mal.

– Ce sera plus facile quand elle saura que Mendès l'accompagne.

D'un mouvement de tête, Jo Lieras acquiesça. Après la mort de la petite Milena, Lara aurait besoin de se sentir utile, et il y avait fort à parier qu'elle tenterait de protéger Bérénice.

– Va pour la coordination, grinça-t-il en se tenant le flanc. Et pour la discussion avec Lara, tu m'en devras une.

Un vague sourire aux lèvres, Demian Obolanski actionna un interrupteur.

Une ampoule à filament entourée de toiles d'araignées jeta une lumière chiche sur les marches usées. Il s'engagea dans l'escalier, aussitôt suivi par Jo Lieras, qui referma la porte derrière eux. En bas, un couloir les mena à une immense salle voûtée. Une demi-douzaine d'hommes y était occupée à diverses tâches.

L'un d'eux scrutait les images des caméras de vidéosurveillance de *La Valbonne,* jusqu'au croisement du chemin privé avec la route départementale. Deux autres, installés devant des écrans d'ordinateurs où s'affichaient des numéros de téléphone, prenaient des notes, casque audio rivé sur les oreilles. Les trois derniers élaboraient un plan d'assaut sur un tableau mural. Ils échangeaient en russe. Le plan ne comportait aucun nom de rue, juste une ligne bleue signifiant le passage d'un cours d'eau. Sur un côté de la salle, il y avait une longue table recouverte d'explosifs et d'armes de tous calibres.

– La récupération, demanda Jo en désignant le tableau d'un coup de tête. C'est pour quand ?

– Bientôt, répondit Demian Obolanski en faisant glisser une chaise jusqu'à lui. On doit encore trouver le moyen de le faire sortir. En attendant, tu dois te reposer, répéta-t-il. Les assassins mourront plus tard.

Jo Lieras lui lança un regard brillant de larmes et se laissa tomber sur la chaise, la tête entre les mains.

L'irruption de Volodia Pavelevitch interrompit ce moment douloureux. Celui que Bérénice apparentait à Aragorn portait un burin électropneumatique à la manière d'une mitrailleuse, et un sac d'où dépassaient des chaînes.

– Il est prêt, dit ce dernier.

Demian Obolanski emboîta aussitôt le pas à son lieutenant et disparut dans les profondeurs de la cave.

Le regard de Jo Lieras resta fixé sur l'endroit où son équipier se tenait encore quelques instants plus tôt.

Dans son esprit, embrumé par les antalgiques, la proximité de Lara Mendès et Bérénice, deux étages plus haut, avec ce qui se tramait de l'autre côté de ce mur, formait une incompatibilité absolue.

51

Des liens entravaient les membres de **François Puvenelle** qui s'était pissé dessus, du sparadrap l'empêchait d'ouvrir la bouche et on lui avait glissé un sac en tissu sur le visage.

Le noir lui faisait peur, mais ce qui était pire encore, c'était ce silence dont il était entouré depuis qu'on l'avait abandonné dans cette pièce.

Tout ce qu'il savait, c'est que depuis son enlèvement devant chez Eva, il avait été déplacé et conduit quelque part. Mais combien de temps avait duré le voyage, il l'ignorait. Une injection l'avait envoyé dans les bras de Morphée.

C'est la soif qui l'avait réveillé, une soif abominable qui asséchait sa bouche et durcissait sa gorge. Il avait la sensation qu'un rouleau de carton remplaçait son larynx, et son corps ankylosé pesait des tonnes.

L'idée qu'on l'avait livré à la mort par déshydratation était si atroce qu'il la repoussait en se berçant. Et puis, il n'avait tué personne, il s'était juste un peu amusé. Il s'aperçut que pour la première fois de sa vie, il pouvait penser à Eva ou à une autre fille sans bander. Malgré la gravité de sa situation, cela le rendit triste. Que lui resterait-il s'il ne pouvait plus éprouver sa force ? S'il ne pouvait plus se comporter comme un homme ?

Il laissa échapper un sanglot, et se tortilla sur la chaise où il était ligoté.

Si on l'avait abandonné ici, alors il devait tenter quelque chose. Ne pas se laisser mourir. Sortir de cet endroit infâme et retrouver les salauds qui avaient osé lui faire ça.

– Mmmh, mmh ! gémit-il en essayant de se dégager de ses liens.

D'un coup de rein, il bascula sur le côté et tomba avec une plainte.

Voilà, avec un peu de force, il parviendrait à se libérer.

Il s'agita un long moment, sans succès, quand soudain, il entendit des pas lointains.

Il rua pour se redresser, surtout, se remettre dans la position de celui qui n'a rien tenté, faire le mort. La panique fit battre son cœur à tout rompre et il se sentit étouffer sous le sac qui couvrait sa tête.

La serrure se déclencha avec un bruit sinistre, et la porte s'ouvrit en grinçant légèrement. Des talons claquèrent, il y eut un bruit de chaînes qu'on jette à terre, et le silence.

Bientôt, François Puvenelle sentit une forte poigne le soulever et il se retrouva à nouveau assis sur sa chaise. Quand des mains retirèrent le linge de son visage, il comprit qu'il allait mourir.

Ses yeux s'acclimatèrent, et il put voir qu'il y avait deux hommes dans la pièce. Le premier était adossé au chambranle, les bras croisés sur sa poitrine. Il était très grand. Ses yeux clairs et ses traits harmonieux trahissaient ses origines slaves. Le second, à peine plus petit, se tenait debout à côté d'un sac contenant des chaînes et des anneaux de métal, et il portait un burin électro-pneumatique en bandoulière.

– Bonjour, monsieur Puvenelle, dit le plus grand des deux hommes. Je vous souhaite la bienvenue entre ces murs.

– Mmmh, mmh !

– Vous allez passer quelques jours en notre compagnie.

D'un signe de tête, il ordonna au second d'arracher le bâillon de Puvenelle.

– Qui êtes-vous ? s'écria ce dernier, complètement affolé. Qu'est-ce que je vous ai fait ?

Devant le silence amusé de ses interlocuteurs, François Puvenelle s'affola un peu plus.

– C'est Eva qui vous envoie ? Dites-lui que je déménage demain s'il le faut ! Je le jure ! Vous comprenez ? Laissez-moi partir et je ne toucherai plus jamais une femme de ma vie ! Laissez-moi partir ! Je vous en supplie !

Quand l'homme aux cheveux longs démarra le burin, François Puvenelle vit des éclairs rouges passer devant ses yeux. Ses tempes se mirent à bourdonner, et son cœur à s'affoler dans sa poitrine. Il frappa brusquement ses pieds au sol pour reculer, mais il chuta lourdement en arrière, toujours ligoté à sa chaise.

L'horreur fut à son comble quand il vit celui qui donnait des ordres sortir de la pièce après avoir prononcé quelques mots dans une langue étrangère, et la porte se refermer lentement sur lui.

52

Quand **Arnault de Battz** posa son plateau-dîner sur la table basse de son salon, Rico était nu, de dos.

Dieu qu'il a de belles fesses !

Face à lui, une superbe comédienne était allongée sur le ventre, nue elle aussi, le visage tourné vers lui. Ses lèvres ourlées s'entrouvraient. On devinait qu'elle parlait. Rico s'assit à côté de la femme offerte. Sa main caressa sa cuisse, remonta sur l'arrondi de ses fesses, puis dans le creux de ses reins.

Je suis sûr qu'il ne bandait même pas quand il a tourné cette scène.

La femme gémit, se retourna en se redressant et passa ses bras autour du cou de Rico. La suite, Arnault la connaissait par cœur. La scène avait été filmée de façon très suggestive, ce qui avait fait couler beaucoup d'encre à l'époque.

Dans ce film de série B, Egon Zeller interprétait le personnage de Rico Montana, un type honnête devenu criminel malgré lui à la suite du massacre de sa famille. Arnault ne le regardait que pour voir son ex-compagnon se trémousser au-dessus de cette fille, admirer son corps se cabrer et ses fessiers aller et venir dans un rythme sensuel.

La sonnette du portail retentit. Arnault de Battz mit le film sur pause. La suite manquait de toute façon d'intérêt. Après leurs ébats, la fille se faisait tuer. Et Rico Montana, alias Egon Zeller, repartait en croisade vengeresse, mais intégralement habillé.

Il gagna l'entrée, décrocha l'interphone.

– Oui ?

– Apollon pour votre plus grand plaisir ! répondit une voix juvénile.

Arnault de Battz appuya sur le bouton d'ouverture et sortit sur le perron. L'air était presque froid.

– Mais qu'est-ce que tu fiches ici, grand dadais ? lança-t-il au jeune homme qui refermait le portail. Tu n'étais pas prévu avant la Toussaint, si je me souviens bien !

Chargé d'un sac de voyage imposant, Valentin Mendès remonta l'allée d'un pas rapide.

– Eh bah, faut croire que rien n'est gravé dans le marbre.

– Rien n'est gravé dans le marbre, singea Arnault de Battz en ouvrant ses bras. Viens un peu par là, faire un câlin à tata de Battz !

Valentin Mendès ne se fit pas prier. Il lâcha son sac et souleva Arnault dans ses bras.

– Eh là, espèce de brute ! Repose-moi tout de suite, j'ai le vertige !

– Je suis content de te voir, s'écria le jeune homme plein de fougue. Fais gaffe à ta prothèse de hanche, ajouta-t-il en reposant le producteur.

– Petit con !

– T'as raison, ça caille, éluda Valentin en devançant son hôte jusque dans l'entrée. Tu mates un film de boules ? se moqua-t-il gentiment en découvrant l'image des fesses d'Egon figée sur le téléviseur.

– Ne provoque pas un vieil amant au désespoir.

– Quand j'étais gosse, mémé Carmela m'interdisait de regarder les aventures de Rico. Elle disait : ça va te donner des cauchemars. Mais je suis sûr qu'elle matait Egon à oualp ! Ouais, sûr ! Sacrée mémé ! Je l'ai quand même regardé un jour, pendant qu'elle faisait la sieste devant *Les Feux de l'amour*, je devais avoir 13 ou 14 ans. Ça m'a donné des idées, c'est sûr !

– Elle va bien, ta grand-mère ?

– Bah, disons que comme ça dépend beaucoup de Lara et de moi, et qu'on s'est tirés de chez elle tous les deux !

– Lara n'est pas restée ?

– Non. Elle a pété les plombs à l'annonce de la mort de Milena. D'après ce que j'ai compris, elle est partie se mettre au vert. Je sais pas, elle a aussi parlé de faire de l'humanitaire...

– Ah ? Mais je suis au courant de rien, moi ! se plaignit Arnault de Battz. Il faut que j'appelle Lara pour lui botter les fesses.

– Laisse tomber, elle répond plus au téléphone. T'inquiète, c'est une grande fille !

– La pauvre chérie... Ce doit être le contrecoup de la secousse.

– Le quoi ?

Arnault de Battz secoua la tête avec un geste désinvolte.

– Ta grand-mère sait au moins que tu es ici ?

– Bah oui ! s'exclama Valentin en exhibant son porte-clés. Elle m'a même donné le talisman contre les dangers de la capitale !

– Tu te lances dans le merchandising ? Je te signale que j'ai déposé la marque !

– Ah ! T'es trop drôle ! Non, c'était à mon père. Je sais pas trop ce que ça signifie, mais je le trouve cool.

– Tu as mangé ?

– Non, je comptais un peu sur tes réserves.

– Viens, et raconte-moi ce que tu fiches par ici avec des bagages au lieu d'être sur ton campus.

Valentin Mendès suivit Arnault de Battz dans la cuisine. Pendant que le producteur s'affairait dans les placards et le frigo, il commença par détailler ce qu'il appelait « sa petite vie ennuyeuse ».

– Toi, tu as décidé d'arrêter tes études.

– Ben, c'est en partie de ta faute, se défaussa Valentin. Si je vous avais pas rencontrés, Egon et toi, et puis les autres, j'aurais continué à penser que ma vie était sympa. Les études, le rugby, se bourrer la gueule au Sphinx une fois par semaine, tout ça quoi.

– Tu as les hormones en folie, mon Apollon. Voilà ce qui t'arrive !

– T'as un scanner à la place du cerveau ou quoi ?

– Non, mais j'ai aussi eu 18 ans. Viens, c'est prêt.

Arnault de Battz emporta un plateau chargé de charcuteries, de tomates cerises, d'un pot de moutarde à l'ancienne et d'un paquet de pain de mie. Il regarda Valentin s'empiffrer avec une certaine admiration, tout en réfléchissant à la situation.

– Je ne vais pas essayer de te persuader que tu as tort, déclara-t-il en profitant du fait que Valentin avait la bouche pleine. Je te demande juste de retourner à Bordeaux. Tu continues jusqu'aux vacances de la Toussaint et là, on fait un point. Si tu décides d'arrêter, alors je m'inclinerai. Si tu te rends compte qu'à notre époque, un diplôme est indispensable pour réussir sa vie, c'est bon aussi.

– Tout est dans la définition de « réussir sa vie », rétorqua Valentin Mendès quand il eut avalé sa bouchée.

– Pas de diplôme, pas de salaire, précisa Arnault de Battz.

– J'ai inventé un jeu débile qui me rapporte des thunes, et je pourrais travailler chez W3 pour remplacer Lara.

– Ah oui ?

– Vous avez besoin d'un cerveau bien fait !

– J'ai engagé un ancien reporter qui cadre précisément avec ce portrait.

– Tu parles pas de Corentin Ruedler, ce toquard qui fume des joints et enquête comme la bonne sœur de la télé ! Tu sais ?

– Non, je ne sais pas.

– Celle qui a un ex-mari flic, je crois. C'est une des séries préférées de mémé ! Bref…

Valentin Mendès frotta ses mains pour faire tomber les miettes de pain qui y étaient collées.

– Si tu me laisses habiter chez toi, glissa-t-il alors en fixant Arnault de Battz dans les yeux, je pourrais peut-être, je dis bien peut-être, t'aider à faire revenir Egon.

– Petit salaud !

– Comme tu veux.

Un grand sourire apparut sur le visage de Valentin Mendès, qui s'attaqua à un saucisson sec. Comme quelques instants plus tôt, Arnault l'observa, finalement assez content que la vie revienne dans sa grande maison vide. Et puis, l'idée du retour d'Egon Zeller à Paris le séduisait.

Son téléphone vibra dans sa poche de pantalon.

– C'est le toquard aux joints ! s'excusa-t-il. Une seconde.

Tout en dînant, Valentin Mendès écouta la conversation. Manifestement, Corentin Ruedler butait sur un problème de photos. Il y en avait des centaines, et il manquait de temps.

– Alors, la tong se noie dans un verre d'eau ? ironisa Valentin quand Arnault eut raccroché. Elle a quel âge, votre victime ?

– La trentaine.

– Comment elle s'appelait ?

– Lila Berki. BERKI.

Valentin sortit aussitôt son ordinateur, se connecta et entra des requêtes. Ses doigts tapotaient le clavier à toute allure.

– C'est elle ? demanda le jeune homme en tournant l'écran de son ordinateur vers Arnault, quelques minutes à peine après avoir commencé les recherches.

Ce dernier acquiesça.

– Mate ça un peu. Elle avait un compte Facebook. Et de là, on peut accéder à ses contacts. Bon, ça va prendre un peu de temps, elle a verrouillé son profil, mais il suffit qu'on lui trouve un ami qui n'a pas protégé le sien, et le tour est joué ! Y'en a toujours qui adorent s'exhiber !

– Apollon descendu des cieux ! s'extasia Arnault de Battz. Je t'embauche ! Logé, nourri, blanchi, ça te va ?

53

Tout au long de la journée, **Marcus Maratier** avait disposé des locaux de W3. Il en avait profité pour travailler sans discontinuer, tout en vérifiant régulièrement que les prévisions météo ne changeaient pas.

Ce soir, le vent annoncé était nul. Aussi avala-t-il en toute hâte à la fin du jour une boîte de haricots blancs à la tomate accompagnés d'une demi-baguette réchauffée au four.

Ce soir était le grand soir !

Voilà trois jours qu'il s'entraînait au maniement de ses drones, d'abord à l'intérieur des bureaux, puis sur la terrasse. Une fois, il s'était risqué au-dessus de la cour. La vision sur l'écran de sa tablette tactile lui avait donné le vertige.

Là, l'expérience allait être grandiose.

Un pas sur la terrasse le conforta. Il n'y avait pas un souffle d'air. Loin à l'ouest, le ciel rougissait dans un brouillard de particules.

Marcus Maratier gronda de plaisir. Ces centaines de milliers d'habitations agglutinées à perte de vue les unes aux autres dans un soleil quasi liquide lui évoquait les romans de SF dont il raffolait. C'était beau comme une image d'apocalypse.

L'ex-grand reporter eut une brève pensée pour René Barjavel, tenta d'imaginer ce que l'auteur aurait fait avec un AR.Drone, puis s'empara de son iPad et démarra l'application. Un rapide réglage, et l'image de la terrasse enregistrée par la caméra du drone s'afficha sur l'écran.

– Envoyez la sono, bordel ! Et en avant les walkyries !

L'AR.Drone s'éleva au-dessus de la table en émettant un ronronnement discret. Marcus Maratier vit sa propre image sur la tablette, puis il fit pivoter l'appareil pour le diriger au-dehors. Il était aux anges. Avec cette technologie, il retrouvait la liberté sans bouger de son siège.

Sur l'écran, les toits du quartier défilaient dans un mouvement parfait.

Tuiles, revêtement en zinc, ardoises, Marcus Maratier appréciait les formes, les couleurs. Quand la masse sombre du cimetière du Père Lachaise se profila, il ressentit une vive excitation à l'idée de se balader dans ses allées.

Il passa un long moment à louvoyer entre les toits pointus des caveaux et les arbres, tenta de repérer quelques sépultures célèbres, s'attarda sur celles de Maria Callas et de Balzac, évita celle de Jim Morrison pour ne pas être repéré puis, lorsque la lumière baissa, il ordonna un demi-tour, retraversa les rues, et s'attarda à espionner par les fenêtres des étages supérieurs.

Un couple s'engueulait, d'autres étaient vautrés devant la télévision ou chacun dans une pièce, occupés à des tâches différentes, des gamins cavalaient dans les couloirs, deux mecs tapaient le carton dans un appartement vide, un autre se masturbait devant un film. Marcus Maratier remarqua que dans beaucoup de foyers, les gens ne se parlaient pas, et ça le ramena à sa solitude. Et à l'ennui.

Il n'y a rien d'intéressant ni chez les vivants ni chez les morts.

Lorsque l'AR.Drone atterrit sur la table de la terrasse, Marcus Maratier décida qu'il passerait son vague à l'âme en prenant une douche. Ce serait la troisième de la journée.

Lors de sa captivité, Marcus s'était juré qu'une fois libre, il s'autoriserait à se laver autant de fois qu'il lui plairait. La captivité avait pris fin, Marcus Maratier n'avait pas pour autant recouvré la liberté, il n'avait pas non plus reconnu le pays. En revanche, il avait honoré sa promesse. Il rangea l'AR.Drone dans sa boîte d'origine, brancha les batteries, et se dirigea vers la salle de bains.

Un bruit ténu sur sa gauche lui évoqua le sifflement d'une soupape de Cocotte-Minute. L'ex-grand reporter songea qu'avec une chaleur pareille, il fallait être cinglé pour cuire à la vapeur.

Cette pensée ne se fixa pas dans son esprit. Un vertige soudain l'obligea à s'appuyer contre le mur. Il y demeura une fraction de seconde, le front posé contre la pierre fraîche.

Puis Marcus Maratier s'écroula sans connaissance.

54

Deux hommes firent irruption dans les bureaux de W3 par la baie vitrée restée entrouverte.

Un masque à gaz couvrait leur visage, et leurs mains étaient gantées de cuir.

Le premier, grand et souple, une silhouette élastique, sortit d'un sac à dos une quantité d'objets hétéroclites. Le second, plus petit, prit le pouls de Marcus Maratier, souleva l'une de ses paupières, puis adressa un signe à son comparse.

Il gagna alors la zone où était entreposé le courrier en souffrance, récupéra un colis percé de minuscules trous d'où provenait le léger sifflement. Il déchira le papier d'emballage d'un geste énergique. Une bombe de mousse à raser roula au sol. Un post-it se décolla de la bombe. Dessus était écrit à la main : *chez W3, on rase gratis !*

L'homme ramassa la bombe et le post-it, et fit tourner la partie haute de la bombe sur sa base. Le sifflement cessa aussitôt. Il la fourra dans son sac, ainsi que l'emballage du paquet, puis rejoignit son acolyte, occupé à répartir ses objets dans l'*open space* et les bureaux.

Un stylo ici, une pile alcaline là, une fausse écorce sur la terre d'une plante en pot ailleurs. Quand ils eurent déposé une trentaine d'objets anodins dans les locaux de W3, le plus grand des deux intrus photographia la lettre de la source, épinglée au mur, et le petit glissa une clé USB dans l'ordinateur de Marcus Maratier. Il ouvrit un fichier et patienta quelques minutes. Après quoi, il récupéra la clé et rejoignit son binôme qui l'attendait sur la terrasse.

– Ne traînons pas, dit-il en retirant le masque de son visage.

Il affichait des traits fins qui faisaient penser à ceux d'une femme. Cette sensation était renforcée par la longueur de ses cils. Mais sa musculature ciselée, ses mains, puissantes sans être épaisses, et son crâne rasé, annihilaient cette impression.

Les masques à gaz disparurent dans les sacs à dos. Puis les deux hommes enjambèrent une balustrade hérissée de piques et quittèrent la terrasse de W3 par les toits de l'immeuble voisin, trois mètres en contrebas.

Jour 6 – mardi 27 août

55

Se lever à 5 heures pour attraper le TGV à destination de Lyon, ce n'est pas ainsi que **Valentin Mendès** envisageait sa vie d'enquêteur pour W3. Pourtant, un taxi et un train plus tard, il descendait sur un quai de la gare de La Part-Dieu, où l'attendait Corentin Ruedler.

– OK, j'ai bien compris que je n'avais pas le choix, attaqua le journaliste, mais je te préviens, tu restes pas dans mes pattes.

– Ouais, chef !

Leur première rencontre, plutôt musclée, remontait à quelques semaines. Parce qu'il avait voulu l'interviewer sur la disparition de Lara, le journaliste de *L'Obs* avait été jeté dans un container à ordures par Valentin, passablement éméché. L'adolescent s'était excusé. Grand seigneur, Corentin Ruedler avait passé l'éponge.

À présent, ils étaient installés dans une voiture de location, chacun son ordinateur ouvert sur les genoux, et le journaliste admirait la vélocité du jeune homme sur les réseaux sociaux.

Lui préférait travailler depuis son bureau en fumant la ganja et pratiquait le journalisme plan-plan. Mais pas question de se dévoiler au gamin. Il avait tout de même bossé pour *L'Obs* pendant des années.

– Dis-moi, demanda Corentin Ruedler à brûle-pourpoint, le commandant Lieras, tu le connais bien ?

Valentin Mendès se tourna vers le journaliste, l'air interrogateur.

– Pourquoi ?

– Marcus l'a épinglé sur son tableau des morts, au bureau.

– C'est quoi ces conneries ? marmonna le jeune homme en reportant son attention sur l'écran de son ordinateur.

– Il répond aux abonnés absents, sa femme a disparu, W3 a reçu plusieurs lettres le concernant, il y a de quoi s'inquiéter, non ?

– Quand Lara nous a fait son pétage de plomb à la mort de Milena, y'a deux jours, je lui ai envoyé un SMS, et il m'a répondu ! Regarde !

Valentin Mendès fit lire à Corentin Ruedler l'échange qu'il avait eu avec Jo Lieras.

– Tu vois, il est en déplacement à l'étranger, c'est tout !

– Qu'est-ce qui prouve que c'est lui ?

– Tiens, mate plutôt ce que j'ai trouvé pendant que tu planes à inventer des délires !

En une demi-heure, Valentin Mendès avait identifié une cinquantaine de visages présents à l'enterrement de Lila Berki.

– La voilà ta blonde éperdue. Elle s'appelle Ophélie Monier, elle est prof de danse.

Corentin Ruedler s'approcha pour regarder l'écran. Il s'intéressait à cette femme précisément parce que la fillette de Lila Berki lui avait pris la main, quand sa grand-mère recevait les condoléances.

– Apparemment, elles étaient de grandes copines. C'est fou ce que les gens partagent sur leurs profils. Qu'est-ce qu'ils sont cons !

– Elle enseigne où ?

– Une minute… Bingo ! indiqua Valentin en faisant apparaître un plan de Lyon. Dans la cour arrière du café où la flic est morte.

Ils arrivèrent sur les pentes de la Croix-Rousse un peu avant 10 heures. En chemin, Valentin Mendès avait englouti un paquet de donuts.

– Bah quoi ? Je suis fan, avait-il expliqué la bouche pleine. Un jour, j'écrirai un guide avec les meilleurs points de vente. Et des recettes, mais faudra que je potasse.

Corentin Ruedler trouva une place de stationnement pendant que Valentin exposait les différents nappages, garnitures, formes et tailles de donuts.

– Il y a aussi l'huile utilisée. Ça doit être important, l'huile. Parce que souvent, il y a un goût de rance qui traîne. Et ça, c'est dégueu. Ça doit venir de l'huile. Ou de la farine aussi, je sais pas. Celui-là, il était pas mal. Je dirais 6 sur 10.

– Tu fermes jamais ta gueule ? s'agaça Corentin Ruedler en claquant sa portière.

Valentin Mendès laissa le journaliste s'éloigner de quelques mètres en haussant les épaules, puis scruta attentivement les environs.

Sur la façade du bâtiment, une longue pancarte colorée, décorée de silhouettes figurant des danseurs et marquée d'un grand « Studio Ophélie », ornait l'entrée.

Cette nana a un goût de chiottes !

Valentin compta trois minutes, puis sortit de la voiture à son tour et se dirigea vers l'entrée. Son téléphone vibra à ce moment précis. Le nom qui s'affichait sur l'écran lui fit lâcher un juron : « Solange Durieux ».

Le jeune homme hésita une poignée de secondes, les yeux rivés sur la porte où Corentin avait disparu quelques minutes plus tôt.

– *Shit !*

Il rempocha son téléphone sans répondre et s'engouffra dans le bâtiment à son tour.

Le hall d'entrée était vide.

Des bruits de conversation lui parvenaient depuis le studio voisin. Valentin Mendès estima aussitôt ses possibilités. L'entrée était équipée d'un comptoir derrière lequel il y avait un ordinateur de bureau. L'écran affichait une page du planning des cours. Il connecta sa clé USB à une prise de l'ordinateur, lança un programme.

Dépêche !

Les yeux rivés sur l'écran, il surveillait fébrilement la barre de chargement de son logiciel espion.

Allez, putain.

Des pas approchaient. Il passa rapidement de l'autre côté du comptoir, attrapa un dépliant, faisant mine de s'intéresser à son contenu.

– Ayez au moins la décence de respecter la douleur des gens ! vociféra une voix féminine qui s'incarna dans la silhouette élancée d'Ophélie Monier.

Corentin Ruedler la devançait d'un mètre, les traits défaits.

– Vous ne cherchez qu'à traîner les autres dans la boue. Et lui ! s'écria-t-elle en direction de Valentin. Qu'est-ce qu'il fiche là ! Vous me prenez pour une conne ?

Ophélie Monier le bouscula sans ménagement, examina son ordinateur et déconnecta la clé USB qu'elle brandit sous le nez de l'adolescent.

– T'as pas l'âge d'aller à l'école, toi, au lieu de jouer aux espions pour W3 ?

Puis elle écrasa la clé sous son talon, d'un geste rageur.

– Vous croyez vraiment que vous êtes les premiers à tenter le coup ? Fichez-moi le camp d'ici avant que j'appelle les flics !

56

C'est dans les grandes cuisines de *La Valbonne* que **Lara Mendès** rencontra Innokenty Denejkina, l'intendant du domaine. Freaks épluchait les pommes de terre en sa compagnie quand Lara leur proposa naturellement son aide. Ils travaillèrent en silence, mais les sourires échangés par les jeunes femmes témoignaient de leur récente complicité.

– Qu'est-ce qu'il lui est arrivé ? demanda Lara au vieil homme quand Freaks s'éloigna pour jeter les épluchures et nettoyer les pommes de terre.

Innokenty Denejkina entraîna Lara Mendès à l'extérieur de la demeure, dans la cour gravillonnée. Au loin, derrière le mur d'enceinte, les champs de tournesol roussis semblaient fumer de poussière sous le soleil.

– Manya sort d'un container, dit-il en remontant le chemin qui conduisait à l'extérieur de la propriété. Comme toutes les filles que vous croisez ici.

– Que voulez-vous dire ?

– Ce que vous avez entendu.

– Vous êtes en train de m'expliquer qu'elles ont voyagé comme les patates qu'on vient d'éplucher ?

Innokenty ne put s'empêcher de sourire.

– À peu de choses près, oui.

– C'est ignoble !

– Lara, chaque mois, des centaines de jeunes filles venant de mon pays sont envoyées de cette manière en Europe pour travailler. Celles-ci ont eu de la chance, en quelque sorte.

– Pourquoi sont-elles ici ?

– Pour se reposer, tenter d'oublier d'où elles viennent. Certaines rentreront, d'autres choisiront une nouvelle vie.

– Quel genre de vie ?

Tout en restant vague sur la façon dont les pensionnaires de *La Valbonne* y avaient été conduites, Innokenty Denejkina expliqua à Lara Mendès que la maison de femmes se chargeait de leur fournir de nouvelles identités. Charge à elles de se débrouiller ensuite.

– Nous avons établi un partenariat avec des réseaux d'immigration en Australie et au Canada.

– C'est légal tout ça ?

– Lara, nous tentons d'aider ces petites comme nous le pouvons. Libre à vous de critiquer ce choix, ajouta-t-il avec cette voix puissante où roulaient les R.

– Excusez-moi, se radoucit Lara. Vous faites tant de mystères !

– Moins vous en saurez, moins certains seront tentés de vous interroger.

La jeune femme lança un regard intrigué au vieil homme qui fit mine de ne pas le remarquer.

– Suivez-moi.

Innokenty Denejkina entraîna Lara en dehors de la propriété et lui indiqua un chemin.

– Jo est là-bas, poursuivit-il. Vous pourrez éclaircir certaines choses avec lui.

Malgré la chaleur du jour, Lara Mendès frissonna en regardant la silhouette râblée d'Innokenty Denejkina retourner vers *La Valbonne*.

Bien sûr, cette histoire de jeunes filles destinées à la prostitution forcée, récupérées on ne savait comment, et cachées ici, en France pour être choyées, aidées et renvoyées ailleurs, paraissait belle. Mais ce que Lara observait depuis qu'elle était arrivée dans ce lieu étonnant lui racontait autre chose. Ces va-et-vient d'hommes armés, ces caisses de munitions livrées nuit et jour, selon Bérénice, Jo et ces hommes dans des sous-sols sécurisés, la fameuse porte mystère, le réseau des portables rendu inactif…

Rien à voir avec une maison de repos conventionnelle.

Lara Mendès retrouva le policier assis sur un banc vermoulu posé au milieu des champs, sur le sommet d'une colline, d'où on apercevait la plaine. Quelque part sur le domaine de *La Valbonne*, à quelques dizaines de mètres, Lara observa la course joyeuse d'une fillette derrière un papillon.

– Qui est cette enfant ? demanda-t-elle en s'asseyant aux côtés de Jo.

– Elle s'appelle Tissia. Demian l'a récupérée lors d'une opération en mer Baltique. Nous avons tenté de remonter jusqu'à sa famille, sans succès. Depuis, il s'en occupe comme de sa propre fille.

– C'est ce que je voulais pour Milena, murmura Lara.

– Aidez-nous. Vous pourriez donner beaucoup. À toutes ces gamines. Vous avez des choses à partager.

La jeune femme ramassa ses jambes sous elle et posa son menton sur ses genoux, les yeux rivés sur l'enfant.

– C'est un bel endroit, apprécia-t-elle.

– Mathilde aimait beaucoup la vue qu'on a d'ici.

– Comment ça, elle est venue ?

– Plusieurs fois. Je ne lui cachais rien.

– Je suis désolée.

– Ne le soyez pas.

– Qu'est-il arrivé ?

– Nous avons été attaqués à la maison. Mathilde a pris une balle qui m'était destinée. Le pire, c'est qu'on va m'accuser de l'avoir tuée. Et ça rend la douleur encore plus insupportable.

– Pourquoi ? Qui a fait ça ?

– J'aimerais beaucoup vous répondre, Lara. Mais je vous assure que sur ce point, j'ignore tout.

Lara Mendès quitta Tissia des yeux pour regarder le policier.

– Qu'est-ce que je fais ici ? Qu'est-ce que *vous* faites ici ?

– Un séjour à *La Valbonne* vous sera bénéfique, après ce qui vous est arrivé.

– Ce n'est pas ce que je vous ai demandé, Jo.

– Une chose après l'autre, Lara. Nous parlons de vous.

Un silence sépara les deux interlocuteurs.

– Franchement, j'ignore ce qui pourrait être bon pour moi.

– Rencontrer ces enfants…

– … et m'apercevoir qu'il y a bien pire que ce que j'ai vécu ?

– Ce n'est pas ce que j'ai dit.

– Je le sais, pardon.

– Vous vouliez mourir.

– Tuer une partie de moi que je déteste, avec laquelle je n'arrive pas à vivre, oui. Mourir, j'en sais rien. Avec Milena, avancer avait un sens. Pour être honnête, j'espérais ne jamais retrouver sa famille, et la garder à mes côtés.

– Il y a beaucoup de fillettes à sauver, Lara. Mais vous devriez commencer par vous.

– Je sais…

– Quoi qu'il en soit, vous pouvez rester le temps qu'il faudra.

– Je n'aime pas cet endroit, pour tout vous dire.

– Pourquoi ?

– Ces armes, ces hommes…

– Rien que le boulot, soupira Jo Lieras. Vraiment.

– Alors pourquoi nous couper du monde ?

– Principe de précaution, Lara. Rien d'autre. Je vous assure que les types à qui appartenaient nos pensionnaires aimeraient beaucoup les retrouver. Imaginez donc que chacune d'entre elles représente un chiffre d'affaires annuel compris entre 100 000 et 200 000 euros. Actuellement, elles sont une vingtaine dans la propriété. C'est un sacré manque à gagner pour ces réseaux.

– Désolée, murmura Lara en se maudissant d'être aussi stupide, je n'avais pas réfléchi comme ça.

– Si vous avez des messages pour votre grand-mère ou votre frère, ou même pour vos amis de W3, je les transmettrai lors de ma prochaine sortie.

– J'apprécie votre amitié, Jo, mais ce ne sera pas nécessaire. *La Valbonne* n'est pas la solution pour moi. Je partirai demain.

– Dans quelques jours, Innokenty accompagne les filles dans une autre de nos propriétés en Europe. L'endroit est magnifique. Et je crois que Béré aimerait beaucoup vous avoir auprès d'elle.

Lara Mendès secoua la tête.

– C'est une gamine adorable. Qui aura besoin d'aide, c'est vrai. Mais croyez-vous que je sois ce qu'il y a de mieux pour elle ? Non, vraiment, je veux tourner la page. Et j'ai des comptes à régler avec la justice, votre équipier vous l'a déjà dit, je suppose.

Jo Lieras se pencha vers la jeune femme. Son visage parut encore plus émacié que d'habitude, et ses yeux sombres étaient bordés de cernes. Il alluma une cigarette, ses doigts tremblaient.

– Vous ne comprenez pas, Lara. C'est justement parce que vous avez commandité le meurtre de Bruno Dessay que vous devez partir avec Innokenty.

La jeune femme accusa le coup.

– Je ne vous ai demandé ni de me planquer ni de me fabriquer une nouvelle vie, finit-elle par dire plus sèchement qu'elle l'aurait voulu. J'étais sous le choc de la mort de Milena en arrivant ici.

– Je ne vous juge pas.

– Eh bien, on ne dirait pas. Je veux assumer ma décision, et personne ne me convaincra du contraire, même pas vous.

– Assumer ne veut pas forcément dire se rendre.

– Vous, un flic, admettre que j'aie pu ordonner l'exécution d'un homme, fût-il un monstre, et me proposer de fuir… Je ne comprends pas.

Jo Lieras ne sourcilla pas. Mais son ton se durcit sensiblement.

– Vous vous trompez. Vous n'avez pas le choix entre la fuite et la prison. Mais entre la vie et la mort.

La jeune femme bondit sur ses pieds. Elle tremblait tellement que ses genoux s'entrechoquaient.

– Qu'est-ce que vous racontez ?

Jo Lieras se leva à son tour, et jeta sa cigarette avant de l'écraser consciencieusement.

– Celui qui a tué Bruno Dessay ne vous laissera pas témoigner.

– Mais, je n'ai aucune preuve, en tout cas rien qui permette de remonter jusqu'à lui ! J'ai juste besoin de libérer ma conscience ! Pourquoi voudriez-vous m'en empêcher ?

– Vous étiez censée vous taire, Lara. Pour l'instant, les autorités pensent que Bruno Dessay a été assassiné par des rebelles au Mali, et c'est parfait comme ça. Si vous parlez, ça change tout.

– Comment pouvez-vous ?

Lara Mendès écarquilla les yeux d'effroi.

– Jo, reprit-elle d'une voix brisée. C'est quand même pas vous…

Le policier laissa échapper un petit rire.

– Non, Lara. Mais croyez-moi, depuis dix ans que je le pratique, je peux vous affirmer une chose. Si vous décidez de parler, il ne vous épargnera pas.

– Vous connaissez celui qui a tué Bruno ?

– Oui, Lara. C'est l'assassin de Moreau. Ilya Kalinine.

57

Paris, dix ans plus tôt

Jo Lieras avait donné rendez-vous à Demian Obolanski dans les allées du parc Monceau. Depuis des jours, il n'avait pas vu la lumière du soleil. Il alluma une cigarette et tenta de profiter de l'instant.

À l'heure précise qu'ils s'étaient fixés, le jeune homme survint sans un bruit et s'assit sur le banc à côté de lui, exactement comme Jo Lieras se l'était figuré.

– Vous êtes une ombre, lança-t-il.

S'il n'avait eu cette fière allure, et cette façon si particulière de se déplacer, Jo Lieras aurait pu le croiser sans le reconnaître. Demian Obolanski semblait sortir de chez le barbier, et portait avec élégance un costume de marque et une paire de chaussures dont le prix devait avoisiner son salaire de flic.

– Une ombre et une énigme, ajouta-t-il plus sombrement.

Trois pigeons s'approchèrent en picorant du banc où se tenaient les deux hommes.

Demian Obolanski les regarda, puis il sortit un gâteau emballé individuellement de sa poche, de ceux qui accompagnent les cafés, et l'émietta en direction des volatiles qui se disputèrent la gourmandise.

– Vous tenez le coup ? demanda Jo Lieras.

Un mince sourire fendit le visage amaigri du jeune homme, sourire qui se figea quelques instants avant de disparaître.

– Je ne sais pas capituler.

Depuis qu'il l'avait rencontré sur les boulevards des Maréchaux, Jo Lieras avait compilé peu d'informations sur le jeune homme, mais assez pour se rendre à l'évidence que son interlocuteur n'était pas une personne ordinaire.

Originaire de Mourmansk, il apparaissait dans les registres de l'état civil français en 1995. Demian Obolanski, né le 17 octobre 1979, n'avait fréquenté aucun lycée, mais parlait un français impeccable, presque académique, ce qui lui donnait un faux air vieille France, et possédait une double maîtrise en droit international et en droit des affaires, diplômes obtenus en candidat libre.

À bientôt 24 ans, il dirigeait plusieurs sociétés de négoce international, principalement centrées sur les échanges entre l'Europe et la Russie. Mais pas uniquement. Le fichier des visas avait craché des demandes pour des séjours en Israël, au Yémen, en Afrique du Sud, en Érythrée, au Liban.

– À moins de concerner des œuvres humanitaires, ce dont je doute, murmura le policier, il y a des chances pour que vos affaires soient liées aux stocks de l'Armée Rouge.

– C'est pour établir ma bio que vous souhaitiez me revoir ?

– Je vous trouve un profil intéressant, et je voudrais vous faire une proposition.

– Je ne suis pas venu pour ça. Donnez-moi son nom.

Le policier écrasa sa cigarette et en ralluma une.

– Vous allez le tuer ?

– Vous me posez sérieusement la question ?

Un instant, Jo songea qu'il devait être jouissif d'être un homme libre tel que Demian Obolanski. Mais l'instant suivant, le policier se souvint pourquoi ils étaient assis côte à côte sur ce banc ; Lyubov Denejkina, la jeune fille que Demian avait promis de ramener à son père, venait de mourir.

Quand Jo Lieras l'avait retrouvée quelques jours plus tôt dans un hôtel sordide d'Aubervilliers, elle présentait des traces de coups, des brûlures de cigarettes et des lacérations sur tout le corps. Une radio avait révélé de multiples fractures aux côtes et un traumatisme crânien, et les analyses sanguines indiquaient une séropositivité au HIV et à l'hépatite B. Et pour compléter ce tableau monstrueux, Lyubov était polytoxicomane.

En trois mois, l'adolescente avait subi les assauts d'un millier d'hommes, sans compter la période « d'essai », où elle avait été droguée à l'héroïne et violée par ses macs plusieurs dizaines de fois par jour selon la méthode habituelle : briser l'esprit pour soumettre le corps. Habituellement, les filles n'étaient pas abîmées à ce point. Les souteneurs n'avaient pas intérêt à gâcher la marchandise, mais Lyubov avait dû résister pendant des semaines pour être autant maltraitée.

À moins qu'il s'agisse d'une vengeance contre sa famille…

– Qui est-ce ? relança Demian Obolanski en soutenant le regard du policier. Nous n'en sommes plus à nous demander si vous allez le balancer. Sinon, je ne serais pas ici.

Jo Lieras hésita un long moment. Puis il se tourna vers l'ouest du parc.

– Les hommes de terrain appartiennent à l'un de vos compatriotes, un certain Mordrevitch.

Le jeune Russe ne sourcilla pas. Pourtant, Jo aurait parié qu'à l'énoncé de ce nom, il avait frémi.

– Vous le connaissez ?

– Vous n'imaginez pas comme le monde est petit.

Devant la froideur de son interlocuteur, le policier poursuivit sans tenter d'en apprendre plus.

– L'homme qui supervise le réseau en France vit dans cet hôtel particulier, à l'angle de l'avenue Van-Dyck et de l'allée de la Comtesse-de-Ségur.

– Qui est-ce ?

– Un célèbre avocat d'affaires, Éric Moreau.

Le nom à peine lâché, le policier eut la sensation qu'il venait d'abandonner un poids immense sur ce banc du parc Monceau.

– Comment peut-il encore être en activité ? demanda Obolanski après un silence.

– Ça fait des années que je le traque. Il est intouchable.

– Il a des amis…

– Politiques, magistrats, journalistes. Flics.

– Une famille ?

– Marié à une héritière qui le seconde sans vergogne dans ses activités parallèles, deux fillettes. Un bon père, à ce qu'il paraît.

Demian Obolanski observa attentivement l'immeuble désigné par le policier.

– Vous vouliez savoir si je vais tuer cet homme… Je vais adresser un avertissement à ses semblables.

– Même si c'est peine perdue ?

– Ce ne sera pas peine perdue, murmura Demian Obolanski sans quitter l'immeuble des yeux. Vous verrez.

Cette fois, Jo Lieras envia le jeune homme. Dans les moments les plus difficiles de sa carrière, comme la perte de son coéquipier quelques années auparavant, il lui était arrivé de songer à éliminer l'assassin d'une balle en pleine tête. Mais sa raison de flic avait toujours été la plus forte. Son rôle n'était pas de rendre la justice mais de lui livrer les suspects, et de lui laisser le soin de trancher.

– Vous avez raison, je verrai.

– On reste en contact ? suggéra Demian Obolanski. Il me semble que vous aviez une proposition à me faire.

Le jeune Russe regarda Jo Lieras avec un sourire chaleureux qui prit ce dernier de court, puis griffonna un numéro à l'étranger sur un ticket de métro usagé.

– Demandez Kalinine, dit-il en le tendant au policier. Et vous pourrez me parler.

58

Il était près d'1 heure du matin quand **Valentin Mendès** emprunta la porte de service de l'hôtel où Corentin et lui avaient installé leurs quartiers. Casque audio sur les oreilles et ordinateur sous le bras, il descendit rapidement la rue qui conduisait au domicile d'Ophélie Monier, situé à trois cents mètres de son studio de danse.

Une légère appréhension gagna son cœur, mais Valentin était certain que cette peur ne l'empêcherait pas de mener à bien sa mission. Au contraire, elle le stimulerait. Travailler pour W3 était une chance. Il tenait à réussir le challenge, devenir utile à l'équipe, autrement qu'en glissant des clés USB dans les ordinateurs – et en se faisant choper comme un imbécile.

Le jeune homme n'avait évidemment pas dévoilé ses projets à Corentin Ruedler. Le journaliste était bien trop trouillard. Surtout après la colère de mademoiselle Monier, et ses menaces d'alerter les flics.

Ils avaient dîné au bouchon lyonnais situé au pied de l'hôtel, puis Valentin avait prétexté une grosse fatigue – il s'était levé à l'aube quand même ! – pour ourdir son plan dans la solitude de sa chambre.

Une capuche sur la tête, il avait quitté l'hôtel discrètement – c'est là qu'il avait repéré l'entrée de service – dans une ruelle adjacente, puis il avait traîné autour du domicile de la prof de danse pour repérer le code d'entrée de l'immeuble. À cette heure, il y avait de nombreuses allées et venues, et en une poignée de minutes, il avait les quatre chiffres et la lettre centrale : 89B03.

Bien entendu, ce code ne lui permettrait pas de franchir le sas, la deuxième porte étant uniquement commandée par interphone ou clé magnétique. Mais il n'en avait pas besoin. Il lui suffisait de s'installer dans le local à poubelles, derrière les containers, et de laisser parler son talent.

Le précieux sésame en poche, Valentin Mendès était retourné à l'hôtel situé à quelques rues, avait failli se trouver nez à nez avec Corentin occupé à se rouler un joint dans la ruelle.

Une fois dans sa chambre, il avait soigneusement préparé son matériel, vérifié qu'il disposait de la suite de logiciels nécessaires à son projet, acheté quelques barres chocolatées au distributeur de la réception, et avait attendu l'heure idéale en écoutant les exo-symphonies de Muse.

Valentin Mendès ignorait pourquoi, mais ces trois morceaux à la fois classiques, nostalgiques et vivants lui rappelaient Solange, son sourire, ses chemisiers chics tendus sur ses seins magnifiques. Ces pensées l'émoustillèrent, il se masturba sur son lit, l'esprit fixé sur sa belle, puis il se coula dans un bain et joua avec la mousse.

Enfin, il avait regardé le dernier épisode en date de *The Big Bang Theory*, enfilé des vêtements sombres, et quitté sa chambre vers 1 heure du matin.

L'adresse cible atteinte, il se déconnecta de Deezer, rangea ses écouteurs, et s'introduisit dans l'immeuble. Arrivé dans le hall, il posa une cagoule sur son visage et enfila un K-Way – pour protéger ses vêtements des odeurs – et se glissa dans le local à poubelles dont il coinça la porte. Puis il poussa les containers de façon à ce qu'ils le masquent à la vue, et s'installa dans le recoin.

Il eut un sourire en songeant à Lara, imagina son air outré si elle apprenait ce qu'il s'apprêtait à faire – tu risques de la prison ferme, t'es malade ou quoi ?

– T'as raison, crevette, murmura-t-il, c'est le prix à payer pour les héros, regarde ce qui arrive à Léon !

Il se cala confortablement contre le mur, et ouvrit son ordinateur sur ses genoux.

D'abord, trouver la box de la demoiselle.

En quelques clics, Valentin quitta Windows et ouvrit un de ses ordinateurs virtuels – créé de toute pièce sur son disque dur et indétectable par quiconque en ignorait l'existence – sur un second système d'exploitation, Kali, puis démarra ses recherches.

Dix secondes plus tard, son écran affichait les réseaux Wi-Fi accessibles dans l'immeuble et la barre de puissance :

ASUS_5GHz **
Freeboxanliz ***
FreeWifi *
Livebox_Dédé ****
Leuch **
Orange **
SFR_5826 ****
Freebox_Mix *
Livebox–1b8c
NUMERICABLE– CD32 *
Bbox–k **
NUMERICABLE– OphL65 ***
SFR_3374 ****

– Te voilà, murmura Valentin Mendès en pointant l'avant-dernier de la liste. Heureusement que t'es pas chez Orange, sinon je serais cuit ! Voyons si tu vas t'ouvrir à moi, ma belle…

Sur certains appareils, les données entrant et sortant via le routeur – en d'autres termes, la box – étaient cryptées avec la même clé. Il suffisait donc d'intercepter des paquets de données échangées entre l'ordinateur et Internet pour en déduire la clé permettant à n'importe quel ordinateur de se connecter à la box de n'importe qui.

La seule obligation étant de se trouver à portée de Wi-Fi.

Une nouvelle fenêtre s'ouvrit sur un fond noir. Valentin cliqua sur la suite Aircrack–NG contenant les outils nécessaires à la reconstitution des clés Wi-Fi. Des lignes de couleur s'affichèrent sous ses yeux, des chiffres défilèrent à toute vitesse.

Dix minutes plus tard, Valentin subtilisait le code de la box d'Ophélie Monier, et devenait le « man in the middle », le pirate capable de faire croire à l'ordinateur qu'il était le routeur, et inversement. Et miracle, toutes les données échangées entre le PC de la prof de danse et Internet passaient sur l'écran de Valentin.

– Tu es une coquine, murmura-t-il dans le silence du local à poubelles, je vais écrire à Hadopi.

Une chance pour lui, Ophélie Monier était une fan de séries télévisées, et son ordinateur était connecté en continu sur un site de « peer to peer » où elle téléchargeait des saisons entières de *Game of Thrones*, de *Sex in the City* et de *Once upon a time*, qu'elle transférait directement sur son Cloud.

Plusieurs autres manipulations plus techniques permirent à Valentin de profiter d'une faille des espaces de données – inconnue du grand public, mais pas des pirates du Web – et il eut accès à tout ce qu'Ophélie Monier conservait sur son disque dur, mais aussi sur son espace de stockage.

De la comptabilité de ses cours à son intimité, ses mails, ses films, ses finances, ses dossiers photos, tous ses codes, les plans du studio de danse – qui avait été refait quatre ans plus tôt – même à ses « sextape ».

Tous ses secrets.

59

Lentement, **Sookie Castel** se glissa hors de son lit, déjà vêtue d'un jean et d'un pull passé par-dessus un tee-shirt. Elle confectionna une forme humaine à l'aide d'un polochon et de vêtements roulés en boule qu'elle dissimula sous le drap et une couverture légère.

Puis elle enfila des baskets, dévissa la tête de lit en tube d'aluminium, et récupéra la pince coupante que Yanna Jezequel avait glissée dans son fameux quatre-quarts.

T'es juste un petit génie, tête de Piaf. Si t'étais un mec, je t'épouserais !

La fenêtre grinça légèrement en s'ouvrant. À travers le grillage, l'air frais sentait bon, un mélange de verdure et de minéral.

Sookie Castel ne perdit pas de temps, et la pince coupante entra en action. Il n'y avait pas de rondes à proprement parler, mais il arrivait que le personnel de nuit effectue plusieurs passages sous les fenêtres et dans les couloirs des services dits sensibles.

La jeune femme avait préparé le terrain, et il ne lui restait plus qu'une demi-douzaine de maillons à sectionner. Lorsque le dernier céda, le grillage s'enroula sur lui-même avec un bruit de vieux sommier.

Le cœur battant, Sookie retint sa respiration, sonda la nuit. Très loin, on entendait la radio du docteur Mariani, de garde ce soir-là.

Elle se faufila par le trou et se laissa tomber du premier étage. Une pelouse épaisse l'accueillit en contrebas.

La jeune femme roula sur le sol et gagna rapidement l'obscurité d'une allée d'arbres. Elle s'arrêta derrière le tronc d'un platane et scruta les environs.

L'allée où elle se trouvait en rejoignait une autre, plus large, qui partait vers une zone éclairée. Dans la direction opposée, quelques lampadaires piquaient çà et là le parc d'une lumière jaunâtre. Il n'y avait pas à hésiter.

Sookie Castel contourna la zone éclairée, où un gardien de nuit s'empiffrait en regardant la télévision – rangea le bonhomme dans la boîte Sergent Garcia, où se trouvaient entre autres le proviseur de son lycée, monsieur Spangero, un obèse qui se déplaçait en deux-roues ; un ami de ses parents aux mains baladeuses et une ribambelle d'Américains croisés lors d'un séjour aux USA – et se glissa parmi les véhicules du personnel de nuit.

Puis elle fouilla ses poches à la recherche du double des clés subtilisé à Mariani et appuya sur le bouton de déverrouillage des portières.

Une Peugeot 308 SW clignota à trois mètres d'elle.

L'habitacle empestait le tabac froid, des revues de psychiatrie traînaient sur la banquette arrière défoncée par les années, mais la voiture démarra avec le doux ronron du diesel.

À cinquante mètres, un panneau indiquait Épinal. Sookie vira dans la direction opposée.

60

Le bruit d'un moteur sur le parking de Ravenel réveilla en sursaut le docteur Mariani. Il se précipita à la fenêtre de son bureau et vit les feux arrière de son break disparaître dans la nuit.

– Merde !

Tout en se maudissant, il enfila ses chaussures et fonça au premier étage. En entrant dans la chambre, éclairée par une veilleuse placée au-dessus de la porte, il sentit le courant d'air libéré par la fenêtre ouverte. Il tendit sa main vers la forme allongée sur le lit. Ses doigts s'enfoncèrent dans la matière molle du traversin, comme il s'y attendait.

– Merde !

Le psychiatre verrouilla la porte derrière lui, puis retourna dans son bureau, fouilla dans ses dossiers, décrocha son téléphone et composa le numéro de « mademoiselle Henriot », devenue référent de Sookie Castel, à l'incarcération de Léon.

– Où est-elle ? s'agaça-t-il quand elle eut décroché.

– Eh le psy, tu me réveilles, là !

– Parlez ou j'appelle les flics. Pas question qu'elle dézingue Dardelin.

– Toi, t'as rien compris.
– Où est-elle, merde !
– Devine, lâcha Yanna d'une voix lasse avant de raccrocher.

61

Une heure du matin s'affichait sur le tableau de bord quand **Sookie Castel** gara la voiture de son psy contre le mur du cimetière de Saint-Junien, sur les hauteurs du village, à cinq cents mètres des premières maisons.

Un silence de mort enveloppait la campagne. La proximité des tombes fit rejaillir des souvenirs détestés. Valie Castel reposait dans l'une d'entre elles. Des boîtes s'ouvrirent dans l'esprit de Sookie, dont le cœur changea de rythme.

Pas ça, pas maintenant. Reste fixée sur l'objectif.

Par un exercice de respiration, la jeune femme retrouva son calme. Les boîtes se refermèrent. L'enterrement de sa mère, le visage des criminels, l'indicible souffrance de Léon, la sienne, le renoncement qui en avait découlé, tout cela retourna vers l'oubli.

Elle cavala jusqu'au village, coupa à travers champs pour éviter les abords de la gendarmerie et gagna la maison de son père par un chemin vicinal. Sous l'un des pots de fleurs qui égayaient le perron, elle trouva la clé de secours. Un chien aboya au moment où elle déverrouillait la porte.

Une grosse voix se mêla aux aboiements.

– T'as eu ta pâtée, Mouchou ! se désespérait Hervé Marin depuis sa maisonnette, située à une vingtaine de mètres. Non mais, c'est pas des manières de princesse ça. On dort et on dîne après !

Les aboiements reprirent de plus belle.

– Tu vas réveiller les voisins et ça va faire vilain !

Une fenêtre claqua dans la nuit. Sookie Castel se faufila dans la maison enténébrée.

Dans le placard de l'entrée, elle récupéra une lampe torche, dont elle concentra le rayon au maximum, puis elle gagna la cave.

Là, Sookie se permit d'allumer le plafonnier. Le soupirail donnait sur l'arrière de la demeure, le jardin, le mur d'enceinte en partie effondré par la chute d'un arbre. Il aurait fallu jouer de malchance pour qu'un habitant passe dans la rue arrière et jette un œil par-dessus les éboulis.

La rampe de néons clignota, puis se stabilisa. Sookie Castel ouvrit l'armoire métallique de Léon, ce qu'il appelait son trésor de guerre et où il entassait le matériel pour ses expéditions « anti-injustice ».

Dans un sac à dos, elle rangea deux rouleaux de cordage, une torche sur batterie, un grappin et deux piolets d'alpinisme.

En remontant l'escalier, elle attrapa deux bouteilles d'eau de source qu'elle fourra dans le sac, puis elle tomba sur un calendrier vieux de deux ans, épinglé sur l'envers de la porte de la cave. La date du 18 septembre était barrée d'un trait noir. Léon avait dessiné une croix juste à côté.

De nouveau, les boîtes s'ouvrirent. Sookie Castel sentit qu'un déferlement risquait de l'emporter à nouveau. Elle s'accrocha à la rampe. Ses muscles se tétanisèrent, sa respiration s'accéléra.

Quelques instants plus tard, elle reprit conscience, agenouillée devant la porte, le visage mouillé de larmes. Se redresser lui demanda un gros effort. Son corps lançait de puissants signaux de douleur.

– *¡ No pasarán !*, émit-elle en singeant son père.

La souffrance disparut quand elle déboucha dans l'entrée où elle se trouva nez à nez avec Yanna Jezequel. Celle-ci alluma son portable, afficha le journal des appels entrants, et tourna l'écran vers Sookie.

« Mariani » 27 août. 00.56.25

Les deux femmes se sourirent, puis Sookie posa délicatement sa paume sur la joue de Yanna et y glissa une caresse.

Après quoi, elle quitta la maison familiale et referma à clé.

62

En dehors des grincements du parquet et de la charpente, la nuit était terriblement calme entre les murs de *La Valbonne.* **Lara Mendès** n'arrivait pas à fermer l'œil. Elle ne supportait plus le silence, il lui était devenu hostile.

Après lui avoir jeté l'identité de l'assassin de Bruno au visage, Jo Lieras s'était contenté de lui annoncer froidement qu'elle partirait avec les autres, de gré ou de force, et il avait tourné les talons, la laissant estomaquée.

C'est alors que la petite Tissia, qui jouait en contrebas, avait quitté son terrain de jeu, et s'était approchée de Lara. La fillette lui avait tendu un mouchoir pour essuyer les larmes qui mouillaient ses joues, puis elle avait attrapé sa main, et elles étaient rentrées ensemble à *La Valbonne*, sans échanger un mot.

À l'arrivée, la jeune femme avait offert sa poupée Barbie à l'enfant, puis l'avait confiée à une pensionnaire, et s'était enfermée dans sa chambre, refusant même les sollicitations de Bérénice qui lui proposait de passer la soirée devant la télévision.

« Pas des documentaires à la con mais un vrai film ! J'ai dégotté le CD du *Seigneur des anneaux* en russe, viens, on va se mater ça avec Freaks, ça va être l'éclate ! »

– Arrête de l'appeler comme ça, avait lâché Lara de l'autre côté de la porte, elle a un prénom, c'est Manya.

– Ben je sais ! Qu'est-ce qui te prend ?

L'adolescente avait insisté quelques minutes, puis elle était descendue à la salle de télévision en maugréant.

Depuis, personne n'était venu frapper à la porte de la chambre de Lara qui était allongée tout habillée dans le noir, à la fois excitée, perplexe et inquiète de ce qu'elle venait d'apprendre.

Que Jo Lieras ait eu affaire à Ilya Kalinine durant ses années à la BRP ne lui semblait pas si étonnant que ça. Le policier travaillait à la traque des chefs des réseaux de prostitution en Europe, et le fameux Kalinine était réputé pour avoir repris les affaires d'Éric Moreau après l'avoir étripé.

D'ailleurs, son nom en terrifiait plus d'un, Lara l'avait découvert au cours de son enquête. Mais personne ne pouvait affirmer s'il s'agissait d'un homme seul ou d'un groupe mafieux.

Que Jo Lieras la croie menacée et tienne à l'éloigner de France pour la protéger était naturel. Le policier avait été un réel soutien depuis sa sortie du bunker.

Mais il restait de nombreuses zones d'ombre à éclaircir.

Que fichait-il dans une propriété gardée comme Fort-Knox par des civils russes armés jusqu'aux dents ? En dehors de Demian Obolanski, ces types n'étaient pas des policiers, Lara en était certaine. Et pourquoi Mathilde avait-elle été assassinée ? Quel genre de menace pouvait mettre en fuite un homme tel que Jo Lieras ? Ilya Kalinine ? Mais alors, pourquoi exigeait-il d'elle de garder le silence sur la mort de Bruno Dessay ? Qui tenait-il tant à protéger ? Lara Mendès ou Kalinine ?

La jeune femme se redressa brusquement sur son oreiller et alluma la liseuse.

T'es le dindon de la farce, crevette !

Cette pensée lui fit l'effet d'une claque. Elle tourna la tête et vit son reflet dans le miroir de la penderie.

Tu t'es tapée un pédophile parce que t'étais tellement obsédée par ton envie d'être une « vraie journaliste » que t'as rien voulu voir. Qu'est-ce que tu ne vois pas aujourd'hui ?

La jeune femme se trouva vieillie et détourna les yeux.

Dis-le !

Elle se força à détailler son visage marqué par la fatigue et le chagrin.

– Pourquoi Kalinine aurait-il exécuté Bruno ? murmura-t-elle. Ça ne tient pas debout.

Cette idée à peine effleurée, Lara Mendès jaillit de son lit, quitta discrètement l'étage des chambres, traversa la salle télé où deux diodes rouges semblables à des yeux tapis dans l'obscurité lui rappelèrent Jodie, le cochon d'*Amityville*, sa terreur d'adolescente, et poursuivit son chemin jusqu'aux cuisines où elle ouvrit la porte d'un réfrigérateur.

Après une courte hésitation, elle jeta son dévolu sur une cuisse de poulet et un reste de purée de pommes de terre et de brocolis qu'elle mangea assise au bout d'une grande table.

Depuis sa séquestration dans le bunker, elle s'obsédait parfois pour une envie de femme enceinte. Sauf que Lara Mendès doutait qu'elle soit jamais ni enceinte ni mère, d'ailleurs.

La mort de Milena l'avait profondément bouleversée. Elle se sentait désemparée, mais aussi coupable d'avoir fui Paris, abandonnant la fillette à son agonie.

Un jour là, le lendemain plus personne, sans au revoir, adieu ou merde.

Pourtant, en rognant l'os de la cuisse de poulet, Lara réfléchissait à toute vitesse. Et malgré la tristesse de ses pensées, la sensation était jubilatoire.

Trouver la raison pour laquelle Kalinine aurait tué Bruno. Comprendre pourquoi il nous a confrontés, pourquoi il m'a donné le choix. Qu'est-ce que ce type en a à foutre, de moi ?

Lara laissa échapper un sourire quand ses yeux se posèrent sur un balai appuyé contre le mur face à elle, semblable à celui qui lui avait tenu lieu d'arrière-grand-père pendant sa séquestration.

Quel bordel ! Une idée peut-être, Pierre ?

Ce n'est pas moi, Lara !

Aide-moi donc à trouver un moyen de joindre les zozos de W3 au lieu de dire des conneries.

Je te vois, tu me vois pas !

Oh ! Putain !

L'os de poulet lui tomba des mains quand elle remarqua un téléphone mural à côté du balai.

Merci, Pierre !

La jeune femme se leva d'un bond, essuya ses doigts sur son jean et décrocha le combiné.

Il n'y avait aucune tonalité.

Fait chier !

Frustrée, Lara raccrocha brutalement. Puis elle songea qu'à cette heure, il n'y avait pas de risque à fouiner dans le bureau d'Innokenty Denejkina.

Elle se débarrassa des restes et rangea la vaisselle, puis elle gagna la partie du bâtiment où se trouvait l'espace administratif. Rien n'était sous clé, ce qui l'étonna. Mais elle comprit rapidement pourquoi. Les téléphones et les ordinateurs n'étaient pas connectés.

Désemparée, Lara Mendès reprit le chemin de sa chambre. En repassant devant les canapés de la salle télé, elle entendit un bruit qui la fit sursauter. Malgré sa blondeur artificielle, Bérénice Bonnet se fondait dans l'obscurité.

– J'ai essayé de téléphoner le premier soir, murmura l'adolescente sur un ton sarcastique. Non, le deuxième. Le premier, j'étais en vrac. Mais oublie, crois-moi. Ou alors, c'est que t'as pas compris qu'ici, c'est encore pire que la taule.

63

Léon Castel tentait une nouvelle fois de s'endormir en utilisant sa technique du comptage de cons. Depuis le début de son incarcération, il avait eu le loisir de pousser loin cet exercice. Maintenant, il remontait aux cons de son enfance, et s'était aperçu qu'en proportion, il y en avait bien autant que chez les adultes.

La porte de sa cellule s'ouvrit brusquement.

– Debout ! C'est l'heure de la fouille ! À poil !

Ce surveillant, Léon Castel ne l'avait jamais vu.

– Mais, vous n'avez pas le droit !

– À poil, j'ai dit ! Et penche-toi, les pattes bien écartées.

Le surveillant enfila un gant en latex sur sa main droite. Son visage souriait jusqu'aux yeux.

– Non ! hurla Léon Castel. Vous n'avez pas le droit !

– On est en taule, ici, gronda le surveillant. Tes droits, tu vas te les prendre dans le cul si t'insistes.

Gueule d'Ange apparut sur le pas de la porte, chargé de plusieurs yaourts aux fruits. Derrière lui surgit Arnault de Battz, accoutré comme un des membres du groupe Village People.

– Arnault ! supplia Léon Castel. Dites-leur qu'ils n'ont pas le droit.

– Mais enfin Honey ! répondit le producteur en exhibant un godemiché qui pendait à sa ceinture comme une matraque. Je vous avais dit qu'un beau jour vous regretteriez vos gamineries. Nous ne voulons pas de votre guilde à W3 !

– Déshabille-toi, tout de suite ! aboya Gueule d'Ange en ricanant.

Léon croisa les bras et affronta les trois hommes.

– Non, dit-il.

Ses jambes flageolaient tant qu'il crut tomber plusieurs fois.

– Comme tu voudras !

Dans un geste désespéré, Léon Castel s'élança vers la porte restée entrebâillée et fut ceinturé. Son poing heurta un visage. L'énorme godemiché s'éleva au-dessus de sa tête.

Léon le vit fondre sur lui, et s'éveilla en hurlant.

Il n'avait pas quitté sa banquette et était en nage. Son pouls battait désagréablement contre ses tempes.

La trappe dans la porte s'ouvrit. Léon vit une paire d'yeux le dévisager, puis le battant se referma.

Cette fois, personne ne cogna contre la porte.

Léon Castel s'assit et prit son visage entre ses mains.

Calme-toi, gros. À ce rythme, tu vas pas tenir longtemps !

Son rythme cardiaque descendit en quelques minutes, mais le poignard qui s'enfonçait dans ses tripes depuis sa garde à vue le blessait chaque jour davantage. L'angoisse était terrible.

– T'as voulu changer le monde, Castel ! s'apostropha-t-il. Vois où ça t'amène.

D'autres ont essayé, ils se sont fait bouffer tout cru. Et toi, avec ton combi de baba cool en retraite et tes idées d'adolescent attardé, tu comptes faire quoi, hein ?

Il se passa de l'eau sur le visage, humecta sa nuque. Puis il se rassit.

Le monde a-t-il envie de changer ? Tu t'es posé la question une fois, abruti ? Non, le monde veut rester tel que, les pieds dans un tas de merde et la tête dans des vapeurs de meth', avec en prime la bite fourrée dans une chatte bien serrée. C'est ça qu'ils veulent les gens. Surtout ne pas souffrir, niquer à tour de bras avec un corps parfait jusqu'à la tombe et une peau bronzée à longueur d'année. Troupeau de branleurs !

Cette pensée réussit à lui arracher un sourire.

Tout de même, il n'allait pas regretter ses actes !

64

Le docteur Mariani stationna la voiture du service courrier de l'hôpital sur le bord d'une route forestière. Il avait roulé largement au-dessus de la vitesse autorisée pour rallier Saint-Junien.

Après s'être assuré que Sookie n'était ni chez Dardelin ni chez son père, il avait décidé de tenter sa chance sur les lieux de l'accident de Valie Castel.

Une fois le moteur éteint, le psychiatre étudia une carte topographique, estima son objectif à deux mille cinq cents mètres dans la forêt. Un chemin le mènerait à un jet de pierre du gouffre, et une borne figurait sur la carte à cent mètres de l'endroit où il devrait couper à travers bois.

Fort de ces informations, il remonta le col de sa vareuse – la température n'excédait pas les dix degrés – et descendit le long de la route à la recherche du chemin pédestre, en se traitant de fou.

Sa Peugeot émergea de la nuit dans le rayon de sa lampe de sécurité. Sookie l'avait abandonnée au milieu du chemin, au plus loin de la route.

Il y avait longtemps que Romane Mariani n'avait fourni un tel effort. Il arriva en sueur à la borne. Là, il souffla en se maudissant de ne pas avoir emporté d'eau. Il orienta sa carte, et déduisit une direction à suivre sur deux cents ou trois cents mètres.

L'entrée du gouffre avait été oblitérée par une simple palette en bois à côté de laquelle un écriteau informant du danger était planté.

La palette gisait à côté du trou. Une corde entourée autour d'un tronc d'arbre disparaissait dans les entrailles de la terre.

Romane Mariani éteignit sa torche. Après quelques secondes d'accoutumance à l'obscurité, il vit qu'une faible lueur émanait du gouffre. Il fourra sa lampe dans la poche de sa vareuse, s'encorda et se laissa glisser le long de la pente.

– Il ne reste rien, dit la voix de Sookie sur sa gauche. Maman a mis deux jours à mourir, et il ne reste rien.

Le docteur Mariani fit volte-face. Appuyée entre deux blocs de roche, les mains serrées autour de ses bras comme si elle avait froid, Sookie Castel avait un regard perdu.

– Je suis sûre qu'il le savait, gémit-elle, et qu'il n'a rien fait.

Romane Mariani s'approcha de la jeune femme.

– La justice vous donnera raison, dit-il doucement. Je vous aiderai.

– La justice ? grimaça Sookie. Mais elle n'existe pas votre justice, je suis bien placée pour le savoir.

– Si, elle existe, affirma le médecin en dégageant affectueusement une mèche de cheveux du front de sa patiente. Vous verrez.

Sookie Castel attrapa la main de son médecin au vol et la serra entre ses doigts glacés.

– Personne ne me croira quand ils découvriront que maman et lui…

– Moi, je vous crois.

– C'est vrai ?

– J'ai découvert qu'avec son ami gendarme, ils s'étaient octroyés cette parcelle pendant les recherches. Si j'ai pu le comprendre, un juge le pourra aussi.

Des larmes brouillèrent les yeux de Sookie.

– Maman riait tout le temps, elle était anglaise, elle aimait mon père, le rock et la bière. Elle adorait danser. Vous imaginez Léon Castel en train de danser ?

Le visage de la jeune femme se décrispa dans un sourire nostalgique, et Mariani trouva son expression magnifique.

– Papa était fou d'elle. Je rêverais qu'on m'aime comme ça aussi, ajouta-t-elle en accrochant le regard de son médecin, qui l'esquiva aussitôt.

– Venez. Il ne faut pas qu'on s'aperçoive de votre escapade.

La jeune femme résista quand il tenta de l'entraîner vers la corde.

– Embrassez-moi, doc, dit-elle hardiment. J'en meurs d'envie.

– Non, Sookie.

– On est six pieds sous terre. Qui le saura ?

– Vous, moi…

– On s'en fout, murmura-t-elle en se collant à lui.

Les lèvres de Sookie Castel effleurèrent celles de Romane Mariani qui répondit spontanément à son baiser, happant ses lèvres à son tour, et glissant sa langue dans sa bouche.

Ils tanguèrent, faillirent perdre l'équilibre, et s'accrochèrent l'un à l'autre. Aussitôt, le médecin sentit son sexe durcir à lui faire mal. Les longs doigts de Sookie le massèrent habilement avant de se glisser sous sa ceinture pour le saisir.

Le contact de la paume de la jeune femme sur sa peau lui fit l'effet d'un électrochoc.

– Non, articula le docteur Mariani en la repoussant. Arrêtez.

Il lui fallut une volonté de fer pour se détacher de Sookie.

– Pourquoi ?

Le psychiatre recula de quelques pas.

– Vous le savez très bien.

– C'est vous qui le dites.

Tout en fixant son médecin, Sookie ouvrit la boîte Jean Dujardin et créa un sous-groupe gentlemen héroïques dans lequel elle le rangea.

– Vous pourrez remonter ? demanda-t-il.
Sa voix tremblait.
– Ni plus ni moins que vous, répondit-elle après un silence.
– Alors, allons-y.

65

Une existence entière, et pourquoi pas une autre ensuite, ne suffiraient pas à apaiser les angoisses de **Marcus Maratier.**

Son malaise de la veille au soir le hantait au point de perturber son travail. Heureusement, il avait eu la paix. Valentin et Corentin fouinaient à Lyon, et Arnault de Battz avait enchaîné les rendez-vous à l'extérieur.

Ils avaient tout de même déjeuné ensemble sur la terrasse sous un ciel aussi plombé que leur conversation. Le producteur refusait d'envisager la fin de sa carrière alors que les portes des directeurs de programmes se fermaient les unes après les autres.

– Faut que tu te fasses une raison, avait argué Marcus. Tu as deux choix possibles : producteur d'émissions de merde ou W3. Mais pas les deux. Sinon, tu finiras comme Perette.

Arnault de Battz l'avait regardé avec des yeux ronds.

– Adieu veaux, vaches, cochons, couvée, avait précisé Marcus.

La conversation remontait à une demi-heure. Arnault de Battz l'avait écourtée, prétextant un rendez-vous à l'autre bout de Paris.

Depuis, Marcus Maratier s'était lancé dans l'établissement

d'une liste, unique activité qui lui permettait de canaliser ses angoisses.

« Faire venir un médecin
Passer un scanner
Réunir les dossiers médicaux de papa et maman
Prendre un rendez-vous avec un oncologue
Prendre rendez-vous avec un psycho-généalogiste
Réceptionner la bouteille d'oxygène
Commander un bip d'alarme pour les vieux
Vérifier les pics de pollution d'hier
Commander un tensiomètre »

Un coup de sonnette interrompit sa réflexion. La cabine de l'ascenseur monta lentement et s'ouvrit sur un livreur aussi pressé d'en finir que Marcus Maratier l'était de refermer la porte. Il prit possession de sa commande, signa le reçu et se retrancha dans les bureaux.

Rayer la ligne « réceptionner la bouteille d'oxygène » lui procura un bien-être incroyable, qu'il tenta de conserver en déballant le masque qui accompagnait la bouteille.

Lorsqu'il eut testé l'ensemble, et réalisé que cela ne sentait rien, puis l'eut rangé sous son bureau, il se réinstalla devant sa liste, retira ses espadrilles et massa ses talons sur son tapis en fibre de coco. Puis il s'empara d'un stylo et nota :

« Vérifier les dates de péremption sur les boîtes
Manger plus de légumes
Arrêter les conserves de viande
Faire du sport »

D'un trait, Marcus Maratier raya cette dernière ligne et sourit.

Du sport ! Tu veux faire quoi ? Des haltères ? Du vélo d'appart pour aller nulle part ?

Ça commençait à aller mieux. La sensation d'étau qui partait de son ventre et remontait jusqu'au fond de sa gorge s'atténuait graduellement.

Il put enfin se remettre au travail.

Le raisonnement de Valentin Mendès, qui avait conduit le jeune homme à identifier les relations de Lila Berki en quelques minutes, éclairait Marcus Maratier : il devait rattraper son retard et s'intéresser de près aux réseaux sociaux. Jusqu'à présent, il ne leur avait trouvé d'intérêt qu'au moment des révolutions arabes.

66

Après que **Valentin Mendès** lui avait avoué son escapade nocturne au petit-déjeuner, Corentin Ruedler avait frôlé la crise d'apoplexie. Puis il avait planté le jeune homme pour fumer un joint au prétexte de marcher un peu, et ne s'était manifesté que des heures plus tard.

De son côté, Valentin avait décidé de poursuivre ses investigations et s'était rendu au café où Lila Berki avait été assassinée. C'est là que le journaliste le rejoignit, alors qu'il s'apprêtait à commander une pâtisserie après avoir dévoré le menu du jour, et deux chocolats chauds.

– Tu fais des notes de frais, j'espère ?

– Pas question que la boîte paie ta goinfrerie, râla Corentin Ruedler, t'as qu'à demander du blé à mère-grand !

– Dis donc, plaisanta Valentin en reniflant en direction du journaliste. C'est pas parce que tout l'argent de la boîte part en beuh qu'on est fauchés ?

– T'as qu'à croire.

– Paie-moi un millefeuille ou je te balance !

– Quoi ? Dans la première benne venue ? rétorqua amèrement Corentin Ruedler. C'est toi le spécialiste des ordures aujourd'hui, pas moi !

Valentin avait passé une partie de la nuit dans le local à poubelles dont il avait été chassé à 5 heures du matin par le concierge qui l'avait pris pour un SDF.

Après une douche et le fameux petit-déjeuner qui avait déclenché la colère de Corentin, il avait avidement parcouru les centaines de fichiers téléchargés, épluché la correspondance d'Ophélie Monier, identifié deux amantes, un ex-mari, compris qu'elle possédait, outre le studio de danse, une chambre de bonne dans le même immeuble, une résidence secondaire dans les environs d'Uzès, avait quitté EDF pour une compagnie privée, utilisait deux numéros de portable, et louait un espace de stockage dans la banlieue de Lyon.

– Alors ? Un millefeuille ou je garde tout pour moi !

Corentin Ruedler hocha la tête avec un soupir, et Valentin alla choisir sa pâtisserie sur les étagères réfrigérées situées près du comptoir.

– Tu vois, dit-il entre deux bouchées de crème pâtissière, elle râle parce qu'elle se fait pirater, mais elle ne change pas sa clé Wi-Fi alors qu'il suffit de remplacer un caractère du code par un truc que t'as dessiné toi-même pour être inattaquable !

– Accouche !

– Ton Ophélie, à première vue, commença Valentin, c'est quelqu'un de normal. Elle a des thunes, une vie bisexuelle, des emmerdes aussi, pas trop, pas trop peu. Mais il y a un truc qui colle pas. Tu as vu la taille de son studio de danse. Eh bien, figure-toi qu'elle loue un garde-meuble depuis deux ans. Ça lui coûte 150 euros par mois, et Lila Berki lui fait un chèque du même montant.

– Pour les cours de sa fille sans doute.

– Moi, je dis qu'elle le loue à sa place. T'as qu'à aller le lui demander, ajouta-t-il, taquin. Vous êtes super-potes, non ?

– Arrête tes conneries.

– Moi, je pense qu'il faut braquer ce box pour voir ce qu'elle cache.

– T'es malade ou quoi ?

– Trouillard !

– Minute, papillon ! s'agaça le journaliste. C'est pas comme ça qu'on bosse. T'as discuté avec la patronne, au moins ?

– Annette ? Non… Elle est adorable et fait des chocolats chauds gratos à tous les BG comme moi, mais elle est neuneu !

– Regarde et apprends, fanfaronna Corentin Ruedler.

Le journaliste héla Annette. Il désirait un sandwich et un demi de bière, celle qu'on lui proposerait, pourvu qu'elle soit légère.

– Va pour une blanche, accepta-t-il.

Puis il parla plus bas, sur le ton de la confidence.

– Le braquage, ça a dû être horrible pour vous.

– M'en parlez pas !

– Et pour le chiffre d'affaires, hein ?

La patronne du bar soupira en hochant la tête.

– Heureusement, j'ai eu des journalistes pendant des jours, ça a compensé les pertes. Ils rôdaient là pour avoir des détails.

– Des détails de quoi ? Une fois qu'on a su ce qui s'était passé…

– Je la connaissais, faut dire.

Valentin Mendès retint un sourire et fit mine de s'intéresser à son ordinateur.

– Vous voulez parler de…

La femme hocha la tête à nouveau.

– La morte.

– La morte, répéta Corentin d'un air entendu.

– Lila, c'était son nom. Elle venait deux fois par semaine avec sa fille. Fleur, une adorable gamine. À force, on finit un peu par connaître les gens.

– Ce doit être sacrément dur pour la petite et son père.

– J'ai jamais vu le père.

– Ah.

Corentin Ruedler fixa la patronne du bar avec un sourire charmeur.

– Je reviens avec votre sandwich et votre bière !

– Pas mal, susurra Valentin.

– Attends, bourrique, rétorqua le journaliste en faisant un signe amical à la patronne qui s'affairait derrière le comptoir.

Celle-ci revint quelques minutes plus tard avec un plateau chargé d'une blanche, d'un sandwich, et « d'un chocolat pour le petit ».

Alors qu'elle disposait les victuailles sur la table, la gorge d'Annette produisit un son étrange.

– Vous saviez que Lila Berki était policier ? leur confia-t-elle.

– J'ai su ça… Vous ne les aimez pas, à ce que je vois !

En guise de réponse, Annette exhiba sa main qui portait des symboles tatoués, caractéristiques de ceux que se font les taulards.

– On m'a dit que les flics voulaient faire passer sa mort pour un truc collatéral…

– Alors sa petite Fleur ne recevra aucune indemnité, poursuivit Corentin Ruedler d'un air entendu. Elle grandira sans sa mère, mais en plus, sans le sou. C'est moche.

– Oui, c'est moche. Sauf que moi, je sais qu'elle venait ici avec son collègue de boulot. Ils allaient baiser au-dessus, chez la prof de danse. Y'a peut-être un lien.

– Peut-être ? Mais vous savez, moi, la vie des gens.

– Oui, vous avez raison. La vie des gens, c'est la vie des autres. Bon, maintenant, faut que j'y retourne.

Annette partie, Valentin Mendès lâcha un sifflement admiratif.

– Et tu gâches ton talent à fumer des joints dans ta caisse !

– Qu'est-ce que tu veux, sourit Corentin Ruedler en avalant une gorgée de bière. Je suis né lâche et fainéant.

67

Sookie Castel détestait ce tableau où trois petits cochons jouaient, l'un de la flûte, le deuxième du violon, le troisième du tambour. Ils gambadaient le long d'un chemin, à la lisière d'un bois où les attendait un loup tapi derrière un muret.

Elle essayait de ne pas le fixer, mais son regard s'y accrochait invariablement. La salle d'attente du docteur Mariani ne lui plaisait pas non plus. Elle sentait la poussière et la sueur, et il y traînait une odeur de tabac froid mêlée à un soupçon de friture de poisson issue des cuisines toutes proches.

Le psychiatre était en retard, et Sookie Castel était obligée d'attendre devant ce tableau détesté. Les trois petits cochons réjouis la renvoyaient à son enfance, boîte découverte de Valie et Léon Castel, l'hiver, le froid, les Blancs, l'école et son contingent de connards. Penser à Léon ouvrait la boîte Dustin Hoffman où l'attendaient une vingtaine d'impétrants, celle de Valie, la boîte Valie, où Sookie n'avait jamais laissé entrer personne d'autre. Mais cette boîte-là était reliée par de multiples passerelles à d'autres boîtes olfactives, émotionnelles, visuelles, qui elles-mêmes faisaient s'ouvrir de nouvelles boîtes, qui s'entrechoquaient dans son esprit. Parmi elles, celle de JP Dardelin, connectée à la boîte Pierce

Brosnan – Jésus de Nazareth, elle-même liée à la boîte noire de la mort de Valie.

À chaque fois qu'elle se trouvait assise face à ce tableau, Sookie Castel devait veiller à préserver la fragile réorganisation mentale qu'elle avait entreprise depuis son arrivée à l'HP. C'était fatigant, mais Sookie estimait qu'il s'agissait là d'un exercice vital.

Comme le docteur Mariani tardait, elle ferma les yeux. Même ainsi, les trois petits cochons guillerets surgirent dans son esprit. Et l'insouciance du danger qui les attendait au coin du bois avec.

Pour le repousser, Sookie Castel visualisa l'image de son psychiatre et la boîte Jean Dujardin s'ouvrit aussitôt. Elle en écarta les autres occupants et ne conserva que Romane Mariani, sa voix apaisante, sa façon de tripoter son briquet dans sa poche, son odeur de tabac, le goût de ses lèvres sur les siennes.

Son retard était-il lié aux évènements de la veille ? Le médecin s'était-il décidé à confier sa patiente aux soins d'un confrère ?

Penser à son psychiatre l'émoustilla. S'il n'avait pas résisté, Sookie se serait offerte à lui. C'était difficile à expliquer, mais faire l'amour à l'endroit où Valie était morte aurait été une façon de revenir pleinement parmi les vivants.

Le souvenir de l'érection de Mariani contre son pubis ouvrit la boîte fornication où Sookie Castel rangeait ses expériences intimes. Elle les fit défiler dans l'ordre chronologique, depuis sa première fois, avec JP Dardelin qui l'avait remerciée de lui avoir permis de goûter à l'odeur d'une Négresse, jusqu'à la dernière en date, avec Erwan – boîte Kevin Costner. Sept partenaires, sept sexes de tailles, formes et goûts différents, sept façons de faire l'amour avec leurs préférences, leurs mots, leurs relations au plaisir de l'autre. Leur perversité, parfois, leur récurrent besoin d'avoir été à la hauteur, toujours.

L'arrivée du docteur Mariani interrompit la revue.

Le psychiatre lui sourit, puis lui ouvrit galamment la porte avant de s'effacer devant elle.

– Venez, dit-il en accompagnant ses mots d'une main affectueuse.

Ce geste refroidit la jeune femme qui sentit son cœur bondir dans sa poitrine.

Putain, Sook, il t'abandonne !

Ils s'installèrent dans les fauteuils, comme d'habitude.

Le docteur Mariani frotta longuement ses paumes en observant le plateau de son bureau. Puis il se redressa pour affronter le regard de Sookie.

– Je ne regrette rien, dit-il en pesant ses mots. Mais vous comprendrez que je ne peux plus être votre thérapeute.

– Qu'est-ce qu'il y a à regretter ? soupira Sookie Castel. Que je vous fais bander ?

– Ne dites pas ça.

– Vous non plus, ne dites pas ça.

– Laissez-moi terminer, s'il vous plaît. Dans quelques jours, j'ai rendez-vous avec le juge en charge de votre affaire. J'ai rédigé mon rapport ce matin.

Instinctivement, Sookie Castel se raidit sur son fauteuil et s'accrocha aux accoudoirs.

– Vous serez jugée irresponsable de vos actes, j'en suis convaincu. Je connais bien ce juge, il m'écoutera. La famille de Dardelin ne demandera pas de contre-expertise. À sa sortie de l'hôpital, il vous a pardonné devant les caméras de télévision, il ne se reniera pas. Dans quelques jours au plus, vous serez libre, avec une obligation de soins.

– C'est quoi, la contrepartie ?

– Vous ne jouez pas aux âmes vengeresses. Vous ne touchez pas un cheveu, ni de Dardelin ni de son comparse.

– C'est tout ?

– C'est tout.

– Et en ce qui nous concerne ? C'est quoi, le deal ?

– Nous ?

– Oui, nous.

– Ça n'existe pas.

– Ah oui ?

Le psychiatre soupira, les doigts crispés autour de son Zippo.

– Vous avez raison, admit-il après un moment.
– Quoi ?
– Vous me faites bander.
– Vous aussi vous me faites bander, doc, murmura Sookie. Qu'est-ce qu'on attend pour s'envoyer en l'air ?
– Votre liberté est à ce prix, lâcha Romane Mariani.
– Pourquoi ?
– Si quelqu'un le découvre, mon expertise sera annulée. Et vous pouvez imaginer les conséquences sans mal.
Sookie Castel baissa la tête comme une fillette honteuse.
– Autre chose, ajouta le médecin. J'ai décidé de vous changer de service.
– Je ne m'enfuirai plus.
– Je ne prends pas le risque. La rumeur de votre escapade circule déjà.
– Vous m'enfermez avec les barges ?
– Oui, dit Romane Mariani avec un sourire. Au dernier étage.
– Il y a des barreaux aux fenêtres ?
– De très gros barreaux. Je sais que vous les détestez. Mais ce n'est que pour quelques jours.
Le médecin se leva et se dirigea jusqu'à la porte qu'il ouvrit devant Sookie. Il la devança dans les escaliers et dans un couloir surveillé par des caméras, et piqué de portes plus épaisses que celles des prisons.
– Voici vos nouveaux quartiers, indiqua le docteur Mariani quand ils furent entrés dans la chambre.
La pièce mansardée était plus étroite que celles du premier étage ou du rez-de-chaussée et la fenêtre, garnie de barreaux. Sur le lit étaient empilés des draps soigneusement pliés et une couverture vert foncé, estampillée CHS de RAVENEL. Il y avait un placard à côté du cabinet de toilette.
Sookie visita la pièce en laissant courir ses doigts le long du mur, puis se planta devant son médecin.
– C'est clair, je suis punie.

– Personne ne pourra vous accuser d'être sortie d'ici. Je m'assure que vous ne fassiez pas de bêtises jusqu'au jugement.

– Je peux abuser ?

– Dites toujours.

– Un baiser ?

Le docteur Mariani laissa échapper un sourire que Sookie trouva craquant.

– Bon, poursuivit-elle. Alors, votre téléphone ? J'aimerais joindre mon amie « Bettie », pour la rassurer.

Sookie Castel saisit la main de Mariani et lui embrassa le bout des doigts quand il lui tendit son portable.

Boîte gentleman héroïque trop sexy.

– Je le récupère dans une heure, ça vous va ?

68

Après une journée ennuyeuse passée à écouter des chants folkloriques russes sur un vieux lecteur CD en épluchant des caisses de courgettes, d'aubergines et de poivrons – **Bérénice Bonnet** et Lara Mendès avaient également appris à plumer les poulets avec Innokenty Denejkina –, elles avaient dîné avec les autres, et décidé de rejoindre Manya dans sa chambre comme elles avaient coutume de le faire.

Cette fois, Bérénice avait eu la brillante idée de dérober une bouteille de rhum alimentaire dans les réserves de *La Valbonne*.

Malgré l'heure tardive, Manya veillait, comme l'avait prédit l'adolescente.

– Quand elle dort, elle crie. Sinon, c'est qu'elle attend dans le noir que ça se passe.

– Moi, pour pas rêver, confia Lara en s'asseyant sur le matelas, ou pour ne pas penser à Milena, j'avale des somnifères.

– C'est naze, cette histoire de petite fille, regretta maladroitement Bérénice en s'installant sur le lit.

Depuis qu'elle et Lara visitaient la jeune Russe dans sa chambre, Bérénice choisissait toujours le côté Manya, laissant le côté Freaks à Lara.

– J'y arrive pas, se justifia-t-elle, ça me dégoûte trop.

– T'inquiète…

Bérénice s'aperçut avec honte que Manya la regardait avec tristesse, et elle poussa un gémissement contrit.

– Oh ! Je suis conne !

– Oui, articula la jeune Russe avec une grimace. Tu es conne !

L'adolescente fixa son interlocutrice avec surprise.

– Tu parles français ?

– J'ai appris à l'école, dit-elle avec un phrasé haché par ses blessures. Et avec maman. Elle rêvait de Paris.

– Je suis désolée.

– Tu peux. Quand tu as peur de moi, j'ai mal au cœur.

– J'ai pas peur, c'est juste que…

– Je ferais peur à maman de moi, sourit Manya les larmes aux yeux.

La jeune Russe raconta l'histoire de cette mère de six filles, dont trois étaient mortes en bas âge, celles qui avaient passé le cap de l'adolescence enrôlées de force dans les réseaux, et qui s'accrochait fièrement à l'idée que son fils, Dimitri, s'épanouissait comme trafiquant d'armes – au moins, il était vivant.

– Elle a peur de tout, maintenant. Et toi Lara, tu as encore maman de toi ?

La jeune femme expliqua brièvement comment la sienne n'était jamais rentrée d'un congrès en Espagne, et Bérénice acheva le tableau en se souvenant de Mathilde, de leur complicité et des épreuves traversées à la mort de Charlène.

Un sanglot dans la gorge, Lara Mendès déboucha la bouteille de rhum.

– À nos mères ! À nos vies de merde ! Et à Manya, à son brillant cerveau, et à ses beaux côtés ! ajouta-t-elle en avalant une goulée d'alcool.

Puis elle passa la bouteille à Manya qui but à son tour après un tonitruant « *Za vashe zdorovie !* » avant de la tendre à Bérénice.

– Vous me faites picoler à mon âge ! glousa-t-elle. Vous avez oublié que mon beau-père est flic !

Les trois jeunes femmes éclatèrent de rire, Bérénice alluma une cigarette qu'elles se passèrent avec l'autorisation de Manya – elles étaient dans sa chambre ! – et Lara toussa et manqua s'étouffer.

Cette dernière orienta habilement la conversation vers les séries télévisées policières, et interrogea les adolescentes sur leurs personnages de flics favoris.

– Moi, c'est Vic Mackey ! s'exclama Bérénice.

– Dexter !

– Que des flics borderline, remarqua Lara. Faut croire que les *bad boys* vous font fantasmer, les filles !

– Volodia est si beau ! s'extasia Bérénice. Les vrais hommes ont des poils sur le torse et les cheveux noirs ! Les blonds sont trop… trop…

Lara l'interrompit.

– Trop quoi ? Sexy ?

– Gnagnagna, se vexa Bérénice. On sait qui tu mates depuis que t'es arrivée !

– Je mate pas, protesta Lara. J'observe.

– Mais oui ! s'esclaffa l'adolescente, c'est ce qu'on dit. Et toi ? demanda-t-elle à Manya qui s'amusait de leurs chamailleries. C'est qui ton préféré ?

– C'est vrai que Vladimir très beau, mais Demian est héros, expliqua-t-elle en soupirant comme une midinette. Toutes filles de mon âge amoureuses de lui.

– Pourquoi, un héros ?

– On parle souvent entre nous.

– Tu le connais bien ? demanda Lara.

Manya secoua la tête.

– Non. J'avais jamais rencontré avant.

– Je ne comprends pas.

– Les filles racontaient choses. Mais j'ai vu la première fois quand il nous sortir du bateau. Volodia là aussi.

Bérénice Bonnet tendit l'oreille.

– Et Jo, demanda-t-elle, il était là ?

– Non. Juste Demian et Volodia.

– Qu'est-ce que ça veut dire, sortir du bateau ?

La jeune Russe remonta ses jambes contre sa poitrine, et Bérénice et Lara l'enlacèrent spontanément.

– T'es pas obligée, ajouta cette dernière.

– Je veux raconter. Pour que tu puisses écrire dans journal.

Lara et Bérénice échangèrent un regard étonné.

– Tu es comme Demian. Une héros… On raconte ton histoire entre nous.

La jeune femme enserra les doigts de Lara qui essuya discrètement une larme.

– Tu pleures, Lara ?

– Non, je ne pleure pas.

– Alors, je raconte à Bérénice et toi. Le 25 juin, on m'a cherchée dans le lit, on m'a battue quand je m'ai défendue, on m'a enroulée dans une couverture, battue encore pour que je crie plus. Puis on m'a jetée dans coffre d'une voiture avec deux autres filles. Une a fait pipi sur moi. On a restées dans le noir pendant des heures. Je sais pas combien. Mais on avait faim, froide, et on n'arrivait pas à respirer. Après, on nous tirées du coffre et poussées au fond d'un container avec des autres de notre âge. La plus vieille avait 16 ans. Je la connaissais de mon village.

– Mais t'as quel âge ? s'exclama Bérénice, estomaquée.

– 14, bientôt 15, comme toi.

Une violente émotion saisit l'adolescente. Bérénice enfouit sa tête entre ses mains. Manya se détacha de Lara pour l'enlacer.

– Qu'est-ce qu'il y a ?

– Ils t'ont fait ça, sanglota Bérénice dans le cou de Manya.

– Nous devions servir les hommes.

– Non, pas ça, gémit l'adolescente. Je me disputais avec ma mère à cause du maquillage. J'avais pas le droit.

– Ah, tu parles du visage de moi ?

Bérénice hocha la tête.

– C'est pas eux, tu sais, mais autres filles. On était serrées, elles criaient… J'ai voulu calmer mais elles m'ont jetée. Et j'ai pris des coups de pied dans la ventre, la figure, la bouche et…

– Arrête, suggéra doucement Lara. Je crois que c'est mieux.

– Non, protesta l'adolescente en se redressant, je veux écouter son histoire jusqu'au bout.

– Nous sommes restées des heures, poursuivit Manya, alors mes blessures ont infecté. Je me souviens pas bien de ce qui se passe après. Je crois, les portes du container s'ouvrent, on nous portées dans des canots jusqu'à bateau de guerre, *Luba-Vera*. Quand on était sur le pont, ajouta-t-elle les yeux brillants et les mains animées, j'ai vu Demian, et j'ai compris c'est lui, le héros dont tout le monde parle. Il était aussi beau que les filles disaient. Il était habillé tout noir, je me souviens, il tenait Tissia par la main, et il montrait le bateau d'où on venait. Et puis, le bateau a explosé, et tous les monstres ont coulé avec lui. C'était comme grand boule de feu. Après, y'a eu des étoiles dans mes yeux, et je me suis réveillée ici.

Bérénice regarda Lara avec gravité.

– Je veux que tu jures à Manya que tu écriras son histoire dans ton journal.

La jeune femme acquiesça.

– Je raconterai ton histoire, Manya, affirma-t-elle en souriant. Mais aussi celle de toutes les autres filles.

– Alors je suis contente, apprécia la jeune Russe avec un sourire ébloui. Parce qu'il faut que le monde sache, pour Demian.

69

Corentin Ruedler ne partageait pas l'enthousiasme de Valentin Mendès, même après avoir fumé deux joints de cannabis.

L'idée d'entrer par effraction dans le box loué par Ophélie Monier le terrifiait. Il nourrissait la peur du gendarme depuis qu'il était gosse, et tremblait rien qu'à l'idée de ne pas payer un PV avant la date limite. Alors, braquer une propriété privée…

– Y'a deux caméras à l'entrée, murmura Valentin. Et un type qui surveille sa télé dans un local. À l'intérieur, je sais pas, mais sur l'arrière, y'a un grillage avec des carcasses de bagnoles sur un terrain moisi. C'est du tout cuit.

– Tu parles…

– J'y vais tout seul si tu le sens pas ! Moi, je suis sûr qu'on va trouver des trucs !

– Quels trucs ?

– Des trucs intéressants, quoi ! s'enthousiasma le jeune homme. Allez, ouvre-moi le coffre, faut que je récupère le matos, on va pas y passer la nuit ! On bosse pour W3, merde ! Et crois-moi, j'ai déjà fait bien pire…

Dans l'après-midi, ils avaient acheté une pince-monseigneur et des lampes torches dans une grande surface de bricolage. Valentin avait voulu ajouter un chalumeau à ses emplettes, mais Corentin l'en avait dissuadé.

À présent, le journaliste regrettait même l'achat des outils. Toute cette idée était complètement folle. Pourtant, il attrapa une lampe et emboîta le pas de Valentin. La nuit était froide, et ce quartier industriel de la banlieue lyonnaise, lugubre.

– Le truc, c'est de rester le moins longtemps possible à l'intérieur, murmura Valentin, tandis qu'ils approchaient du grillage, c'est ça qu'on t'apprend dans les commandos.

– Parce que tu as été dans les commandos, toi !

– Non, mais j'ai lu des bouquins là-dessus.

Le jeune homme attaqua le grillage au ras du sol sans hésiter. Huit coups suffirent à livrer un passage dans l'enceinte de la société de garde-meuble.

Valentin Mendès passa en tête, faisant mine d'ignorer les hésitations du journaliste. Celui-ci se glissa dans la propriété privée, rabattit soigneusement le grillage derrière lui, puis il rejoignit Valentin au pied d'un hangar en tôle, devant une porte en métal fermée par une chaîne.

La pince-monseigneur claqua, et le métal céda.

– Yep !

Le bâtiment baignait dans un silence parfait et une obscurité à peine perturbée par la signalisation lumineuse des issues de secours.

Un couloir partait sur la gauche. Valentin Mendès s'y engagea crânement, Corentin sur les talons. Ils cherchaient le box 27, le trouvèrent après trois minutes d'investigations. Là, ce fut un cadenas qu'il fallut briser. L'arc de métal épais résista plus longtemps, mais finit par céder.

– C'est vraiment des tongs ! se réjouit Valentin Mendès en poussant la porte du box. Allez, on fait vite et on se casse.

Le faisceau de la lampe torche révéla l'intérieur d'une pièce d'à peine cinq mètres carrés qui contenait trois cantines militaires.

La première était remplie d'armes : des pistolets automatiques, deux fusils mitrailleurs, une caisse de grenades offensives et plusieurs pains d'explosifs.

– La vache ! chuchota Valentin Mendès.

Dans la deuxième, ils trouvèrent les munitions correspondant aux armes, des détonateurs pour les grenades et d'autres pour le C4.

Quant à la troisième, elle recelait une grande quantité d'argent liquide et des papiers d'identité. Tandis que Valentin manipulait précautionneusement les armes, le journaliste mit la main sur une demi-douzaine de faux passeports comportant la photo de Lila Berki, sous différentes nationalités, française, suisse, algérienne, belge, luxembourgeoise et allemande.

– La vache ! répéta Valentin. On se croirait chez les tarés d'*Expendables* !

De son côté, le jeune homme dénicha plusieurs paquets remplis d'une poudre blanche dissimulés dans un sac de sport de marque Adidas. Il devait y en avoir trois ou quatre kilos, ce qui représentait une fortune, s'il s'agissait bien comme il le soupçonnait, de cocaïne ou d'héroïne.

– Faut en emporter un max, murmura Corentin Ruedler.

– Tu m'étonnes.

Valentin Mendès avait deviné ce que suggérait le journaliste. C'était la définition même de W3 : ne pas laisser aux autorités la possibilité de maquiller la vérité.

– On arrivera jamais à tout prendre.

– Laisse les armes. On prend le fric, la drogue et les papiers. Pour le reste, on verra. T'as qu'à tout rassembler pendant que je prends des photos.

– OK.

Le Nikon de Corentin Ruedler mitrailla les armes tandis que Valentin Mendès commençait à remplir le sac de drogue avec l'argent et les passeports.

Soudain, un bruit de cavalcade résonna dans le couloir.

Les deux complices suspendirent leurs gestes, en se regardant, le cœur battant et le souffle court.

– Putain, merde ! On est baisés !

– Planque-toi !

Ils plongèrent d'un même mouvement derrière les cantines.

La porte rebondit contre la paroi, et une vive lumière les aveugla.

– Police ! hurla une voix d'homme. Sortez de là, les mains sur la tête !

70

Allongé sur sa couchette, **Léon Castel** se promit qu'une fois sorti de prison, il rentrerait la queue basse à Saint-Junien pour retrouver ses habitudes, ses voisins, les querelles de clocher, les mesquineries du quotidien et les petits cafés sur la terrasse de Chez Dédé.

Il arrêterait ses fanfaronnades, chercherait un remplaçant pour administrer la Guilde des emmerdeurs, il rendrait visite à Sookie dans son hôpital psychiatrique, il cesserait de coucher avec la belle Yanna Jezequel, en âge d'être sa petite-fille, il vendrait sa maison et s'établirait dans un pays lointain.

Il deviendrait raisonnable.

De toute façon, Léon flirtait avec la soixantaine. Un jour, il y aurait un avertissement, comme un AVC ou un infarctus. Il séjournerait une première fois à l'hôpital d'Épinal, puis une autre, de nombreuses autres, jusqu'à la dernière. Il se gèlerait les couilles dans une morgue, Sookie réclamerait son cadavre, et alors là, il aurait tout gagné. Le monde l'aurait oublié avant qu'il ait achevé de pourrir…

C'est ça que tu veux ?

– Honte sur toi, chien de Léon ! grommela-t-il à voix haute. Dans la vie, faut être ce qu'on est. Sois un Castel, bon Dieu !

– C'est ça ! plaisanta une voix juste au-dessus de lui. Sois un dieu ! À la douche !

Léon Castel ouvrit les yeux et se ramassa sur sa couchette. Le mouvement brusque lui arracha un cri de douleur. Son corps privé d'exercices s'ankylosait.

La voix était celle d'un surveillant qu'il n'avait jamais vu, ce qui l'effraya encore plus.

– Debout !

– Mais c'est pas l'heure, chef !

– Justement. C'est le bon moment.

– Non, gémit Léon. Me faites pas de mal !

Quand la matraque s'agita au-dessus de sa tête, Léon Castel se leva à contre cœur.

– Allez obéis, Castel. C'est pour ton bien, tu verras.

Le surveillant lui tendit une serviette de bain avec une savonnette posée dessus.

– Attrape.

Incapable de récupérer les affaires au vol, Léon dut se baisser pour les ramasser.

– Je ne veux pas y aller, tenta-t-il une nouvelle fois. C'est pas la peine.

– Ça va te faire du bien.

En suivant le surveillant, Léon Castel ne put s'empêcher d'envisager que le pire l'attendait. Il trottina pourtant jusqu'à sa destination en songeant qu'en quelques jours à peine, on avait fait de lui une loque, incapable de s'opposer aux décisions que d'autres prenaient à sa place.

Castel, mange ! Castel, marche ! Castel, lave-toi, chie, dégueule !

Le bloc-douche ressemblait à des sanitaires de club sportif des années 1950. De part et d'autre d'une salle carrelée en blanc, deux rampes de pommeaux pendaient du plafond. Le sol était marbré de tartre, et de la moisissure suintait des murs.

– T'as dix minutes, dit le surveillant. Alors profites-en.

C'est à cet instant que Léon Castel rencontra son reflet dans un miroir en métal fixé sous des patères. Il se reconnut à peine : les joues couvertes de barbe, les cheveux hirsutes, des cernes bleus sous les yeux. Et il avait maigri.

– Le temps passe, prévint le surveillant. Je ne pourrai pas prolonger le plaisir, j'ai un planning, alors bouge-toi.

Tu fermes ta gueule et tu fais ce que le monsieur te demande.

– Pourquoi vous faites ça ? ne put-il s'empêcher de demander.

– Quoi ?

– Ça…

– Faut croire que t'as pas que des ennemis, Castel. La nuit, c'est plus tranquille.

Tremblant de la tête aux pieds, Léon quitta ses vêtements, et se dirigea vers les douches.

Les trois boutons-poussoirs qu'il essaya ne fonctionnèrent pas. Un instant, il pensa que cela faisait partie du jeu pour l'humilier davantage, mais le quatrième libéra des trombes d'eau glacée qui se réchauffa progressivement.

Dos contre le mur, les yeux rivés sur la porte, Léon se savonna. Puis il ferma les yeux, et se mit à pleurer.

Jour 7 – mercredi 28 août

71

Conformément aux textes de loi, **Corentin Ruedler** eut droit à passer un appel téléphonique dès la notification de sa garde à vue.

Il contacta Benoît Derennes, un commissaire lyonnais, une relation plus qu'un ami, mais qui en cette épreuve qu'il redoutait, pourrait l'aider. De son côté, Valentin Mendès se calmait peu à peu en cellule de dégrisement. Quatre policiers avaient été nécessaires pour maîtriser le jeune homme, fort comme un Turc et désireux d'en découdre.

Jamais le journaliste ne s'était retrouvé menotté, embarqué par une patrouille, livré aux regards d'autres prévenus. Il eut le temps de réfléchir avant l'arrivée de son contact. Mais quel que soit l'angle sous lequel il abordait leur découverte, Corentin Ruedler ne parvenait pas à deviner ce que ces armes, cet argent liquide, cette drogue et ces faux papiers pouvaient signifier. À tout hasard, il envisagea que Lila Berki ait pu se constituer un trésor de guerre. Cela cadrait pour les armes, la drogue et l'argent mais pas pour les passeports étrangers.

La porte de la cellule s'ouvrit sur un policier en uniforme.

– Ruedler ! dit-il en soupirant. Par ici.

Le fonctionnaire le fit passer dans une salle d'interrogatoire, où l'attendait le commissaire Benoît Derennes. Le teint cireux, les paupières affaissées, le policier avait vieilli depuis leur dernière rencontre. Ses nuits de travail chargeaient son visage. C'est au cours d'une enquête sur les bas-fonds lyonnais que Corentin Ruedler, alors journaliste pour *L'Obs*, l'avait rencontré.

Affable et désabusé, voici en deux mots les traits dont le journaliste se souvenait le mieux. Et prompt à lever le coude à la fin de son service. À cette heure tardive, c'est un café qu'il buvait, à en croire le gobelet qui traînait à côté d'un épais cahier à la couverture cartonnée.

– Dans quel pétrin vous vous êtes fourré ? s'exclama Derennes en guise d'entrée en matière.

– Merci d'être venu, répondit Corentin Ruedler d'une voix éteinte.

– Vous n'étiez pas un délinquant la dernière fois que nous nous sommes vus.

– C'est toujours pas le cas.

– Racontez-moi ça, dit le policier en s'emparant d'une chaise. Il est minuit passé de pas grand-chose, j'ai du temps.

– Je travaille pour W3 maintenant, j'ai quitté la presse conventionnelle.

– J'ai appris ça.

– Et mon enquête est confidentielle, murmura Corentin Ruedler.

Le visage de Benoît Derennes grisa d'un degré supplémentaire.

– Vous vous trimballez avec 20 grammes de cannabis et vous avez fracturé une propriété privée, et vous me dites que c'est confidentiel ? Vous vous foutez de ma gueule ?

– L'affaire est délicate, je vous l'assure, vous avez probablement vu les faux passeports ?

– Quels faux passeports ?

– Comment ça, quels faux passeports ? L'argent, les armes, la drogue ? Vous ne savez rien ?

– Je vais vous dire ce que *vous* devez savoir, prévint Benoît Derennes. Il se trouve que Philippe Van Ecker, notre ministre de l'Intérieur, compte élever Lila Berki au rang de chevalier de la Légion d'honneur à titre posthume. Cette annonce sera faite dans la presse de demain. Il n'est pas question que son nom apparaisse dans une affaire criminelle, vous comprenez ?

– Ben, voyons…

– Notre ministre a décidé de faire de Lila Berki son étendard pour sa réforme de la police. « Les coupables seront poursuivis et châtiés », imita le commissaire en pointant son index vers le plafond. Vous n'avez donc rien vu, rien découvert. Rien pris en photo non plus…

– Ça, vous n'avez pas le droit ! s'emporta le journaliste.

– Désolé, mais c'est à prendre ou à laisser.

– Je rêve…

– Vous pensez obtenir raison de monsieur Mendès ? Il est pire que sa sœur !

Corentin sortit de sa stupéfaction et regarda son interlocuteur. Ses mains tremblaient sous la table.

– Depuis quand la France a des pratiques de république bananière ?

– Depuis un bail, vous le savez. Et si nécessaire, on n'hésite pas à employer les grands moyens.

– J'ai peur de ne pas bien comprendre.

– Eh bien, comprenez donc que je vous transmets une information utile.

Corentin Ruedler sentit un filet de sueur naître à la racine de ses cheveux et couler sur son front.

– Et pour monsieur Mendès ? ajouta le commissaire. Vous me le calmez ?

– Je m'en occupe.

– Vous n'avez jamais mis les pieds au garde-meuble, c'est clair ?

– On ne peut plus clair.

– Je vous conseille aussi de dire à vos amis d'arrêter de fouiner dans les dossiers de certains flics. C'est très mal vécu, là-haut.

Tant bien que mal, le journaliste dissimula son trouble.

– Voyez-vous, monsieur Ruedler, on n'est jamais à l'abri d'une bavure, ajouta le policier en ouvrant le cahier sur la table. Je vois consigné ici l'arrestation de deux individus, je vois des noms, n'est-ce pas. Eh bien… oh, zut, quel maladroit je suis !

Le café gicla du gobelet au cahier, dont le papier gondola.

– Aujourd'hui, c'est une tasse qui s'occupe du nettoyage, ajouta le commissaire Derennes avec un gloussement satisfait. Demain, qui sait ? Tout est possible.

72

La limousine quitta la place Beauvau en direction des Champs-Élysées, bifurqua vers la place de la Concorde, et accéda aux quais de Seine.

Installé sur la banquette arrière, le colonel **Adrien Barbier** se laissa absorber dans la contemplation du reflet des réverbères sur les eaux noires. Il avait besoin de souffler. Un entretien avec le ministre Philippe Van Ecker était toujours une épreuve, particulièrement en ces temps troublés. D'autant plus quand il s'agissait d'un compte rendu d'activités ultraconfidentielles.

D'une main manucurée, Adrien Barbier frotta sa barbe naissante. Il n'aimait pas ce bruit de biscotte écrasée que produisaient ses ongles. Il n'aimait pas non plus la tournure que prenaient les évènements.

Sorti trente ans plus tôt major de sa promotion à Saint-Cyr, Adrien Barbier avait, comme le voulait la tradition, intégré la Légion étrangère, un corps qu'il avait servi dix-huit ans avant de succomber aux sirènes du privé, puis de revenir dans l'administration, cette fois en qualité de conseiller sécurité auprès de Philippe Van Ecker.

Tandis que la limousine grimpait sur le boulevard périphérique en direction du sud, Adrien Barbier se fit la réflexion qu'il n'aurait jamais dû quitter la Légion.

Même si les ordres provenaient des politiques, même s'il arrivait qu'on soit envoyé en mission pour rien, ou pour la gloire d'autrui, même si parfois il fallait faire le sale boulot en sachant pertinemment qu'il serait vain ou, pire, envenimerait la situation, la position du militaire, légionnaire ou autre avait encore du bon.

Les situations de crise qu'avait connues Adrien Barbier dans la grande muette avaient le mérite d'être lisibles, en tout cas suffisamment claires pour identifier l'ennemi, l'allié, l'intermédiaire. Il y avait aussi et surtout les hommes, et dans la Légion, la notion d'entraide et de camaraderie n'était pas une légende.

Par la vitre de la limousine, le colonel Barbier vit disparaître le ciel nuageux. Les lumières orangées du tunnel qui conduisait à l'A6 transformèrent les couleurs. Le cuir vert de la banquette vira au marron, les mains du chauffeur devinrent mordorées. Puis tout reprit sa place dès que la voiture s'élança sur l'autoroute. Et très vite, la nuit happa le béton, la chaussée et les glissières de sécurité.

Après quarante-cinq minutes de voyage, la limousine s'engagea dans une allée privée au beau milieu de la forêt de Fontainebleau. Un portail s'ouvrit sur une allée bordée d'arbres centenaires, puis la silhouette sombre d'une bâtisse monumentale apparut dans la lumière des phares. Deux fenêtres au premier étage indiquaient une présence. Le reste de la demeure était plongé dans l'obscurité.

Adrien Barbier appréciait cet endroit, même s'il ne comprenait pas pourquoi Van Ecker avait demandé la jouissance de cette propriété d'État, en réalité attachée au palais de l'Élysée, ni comment il l'avait obtenue.

Qu'importe, il l'éloignait de Paris, de la place Beauvau et de son ambiance de cour. Tout valait mieux qu'une trop grande promiscuité avec les animaux politiques, quel que soit leur bord.

Le colonel Barbier jaillit de la voiture et donna quartier libre à son chauffeur jusqu'au lendemain matin. Il dormirait sur place.

En sortant son paquet de cigarettes, sa main effleura son automatique. Il y avait bientôt trente ans qu'Adrien Barbier vivait entouré d'armes et d'hommes aptes à les manier.

Il fuma en marchant dans le parc. La forêt toute proche embaumait de senteurs qui lui rappelaient tant de souvenirs, de ses premiers bivouacs à Coëtquidan jusqu'aux trous dans la savane centrafricaine où il avait fallu tenir contre les islamistes.

« On a toujours su dans quelle direction braquer nos fusils », songea-t-il en regrettant les choix auxquels il serait confronté dans les prochains jours.

Sans compter ceux qu'il avait déjà dû faire récemment.

Sa cigarette achevée, le colonel Barbier entra dans l'ancien relais royal. Il connaissait personnellement chaque homme qu'il croisa entre la salle d'accueil et le poste de commandement réalisé par les terrassiers du Génie de la Wehrmacht dans les sous-sols. D'après ce qu'il en savait, le général de Gaulle avait passé quelque temps dans cette demeure, Louis XIV aussi.

Philippe Van Ecker n'a pas cette classe !

Cette équipe qu'il avait mise sur pied quatre mois plus tôt était composée d'anciens de la Légion, des hommes d'origines diverses, unis dans un même désir de servir l'État français, fût-ce au prix de ce qu'ils auraient autrement considéré comme des exactions.

Dans un bureau, le colonel Barbier trouva Patrice Demarescau, son premier lieutenant, absorbé dans la lecture de rapports. Âgé de près de 40 ans, ce Serbe de naissance semblait tout juste sorti de l'adolescence. Il avait un beau visage, et même un visage troublant, à mi-chemin entre celui d'un homme et celui d'une femme, avec ses cils d'une longueur invraisemblable.

Patrice Demarescau ne s'était pas toujours appelé ainsi. Son passage sous l'étendard de la Légion étrangère lui avait permis de s'offrir une nouvelle vie.

– Mon colonel, claqua ce dernier en bondissant de son siège.

– Demarescau !

Les deux hommes échangèrent une poignée de mains. Puis Adrien Barbier indiqua à son lieutenant qu'il était prêt à l'entendre.

– Pour Lyon, le gars de *L'Obs* et le gamin sont en contact avec son coéquipier mais rien à craindre de ce côté, exposa Patrice

Demarescau. La fille cloisonnait parfaitement sa double vie. Le flic ne sait rien.

– La découverte du box est sous contrôle ?

– Une affaire oubliée.

– Le site ?

– J'ai mis trois hommes sur les écoutes.

– Des résultats ?

– Les gars tâtonnent, font des suppositions, mais n'ont rien de sensible. Par contre, on recherche toujours la source. Et pour la journaliste, on fait quoi ?

Le colonel Adrien Barbier réfléchit un instant.

– La priorité, c'est de retrouver leur chef avant que celui-ci ne reconstitue son équipe, ses hommes sont redoutables. Et je suis sûr que votre journaliste est avec lui. Sa disparition soudaine après sa lettre au président et la dépêche AFP ruinant la réputation de son ex nous l'indiquent. Concentrez-vous sur le frangin. Ils finiront par entrer en contact.

– En cas d'interception rapide, on fait quoi ?

Le visage d'Adrien Barbier s'anima, comme si une douleur le traversait. Puis il reprit son expression d'apparente neutralité et lâcha :

– On liquide.

73

Le poing de Lara Mendès resta suspendu à quelques centimètres de la porte du bureau d'Innokenty Denejkina.

L'histoire de Manya avait achevé de la convaincre.

Le parcours de ces adolescentes traitées comme du bétail mêlé à celui de ces flics – des héros pour la population locale – qui n'hésitaient pas à s'associer à des criminels pour arraisonner des bateaux de trafiquants et les couler, l'intéressait particulièrement. La jeune femme avait l'intime conviction que cette enquête apporterait des réponses sur l'organisation des réseaux de prostitution, et peut-être aussi un nouvel éclairage sur l'énigme Kalinine.

Mais pour avancer, elle devait joindre l'équipe de W3, les informer de ses projets et leur demander de l'aide.

Lara Mendès toqua à la porte du bureau, tourna en vain la poignée, et comprit qu'elle n'y trouverait pas le maître des lieux. Comme il était tôt, elle chercha du côté des cuisines, et tenta sa chance dans la cour, sans plus de succès.

À court d'idée, la jeune femme s'affala dans le canapé de la salle de télévision, devant un documentaire animalier où il apparaissait que l'hermine, adorable créature, se nourrissait de lapins, et remontait la trace olfactive des jeunes mères qu'elle venait de saigner pour achever son festin en dévorant les petits dans le terrier.

– Ben dis donc ! s'exclama Bérénice Bonnet sur un ton enjoué qui tranchait avec sa mine sombre. Si on se fait une soirée pyjama, c'est pas toi qui choisis le programme !

Lara Mendès songea à lui dire qu'elle ferait mieux d'arrêter sa comédie, que lorsqu'on vient de perdre sa mère on n'a pas à faire semblant, mais elle garda ses pensées pour elle. L'adolescente ne s'en tirait pas si mal.

– T'as ronflé, Béré, annonça-t-elle avec malice. Ça doit être le rhum.

– Même pas vrai !

– La prochaine fois, je t'enregistre.

– Avec quoi, ton portable ?

– Justement, soupira Lara. Je dois absolument passer un coup de fil pour faire le papier sur Manya. T'as pas vu Innokenty ?

– Ben, viens avec moi, annonça Bérénice, je vais faire « atelier au potager », poursuivit-elle en pliant ses doigts pour mimer les guillemets. Je suis sûre qu'il est là-bas. Freaks y est déjà, et Jo m'a dit que la fille qui s'en occupe était cool. Et ça te fera du bien de te bouger un peu le derrière.

En dehors d'une forme de corvées inhérentes à la vie en communauté, les pensionnaires de *La Valbonne* n'avaient pas d'obligations. Elles disposaient d'une salle de sport équipée d'appareils de musculation, d'un dojo où elles pouvaient être formées aux arts martiaux, d'un espace de relaxation, de divers ateliers de travaux manuels, et enfin, d'un poulailler et d'un potager situés sur l'arrière de la propriété.

– Toi, au potager ? se moqua Lara.

Bérénice haussa les épaules.

– Il est parti tôt ce matin, alors y'a pas de raison que je traîne ici.

Lara devina sans peine à qui l'adolescente faisait allusion.

– Il n'est pas un peu vieux ?

– Nan, pourquoi ?

– Dis-moi, tenta Lara Mendès en abaissant le ton de sa voix. L'autre soir dans le couloir, tu as commencé à dire quelque chose au sujet de ta maman et de Jo. Un truc qu'ils auraient fait et qui…

– Je vois pas de quoi tu parles, ronchonna Bérénice en sautant sur ses pieds. Alors, tu viens ?

Elles quittèrent la salle de télévision, et gagnèrent le jardin par un passage étroit situé entre deux bâtiments. Lara Mendès tomba aussitôt sous le charme de cet endroit clos de murs qui hébergeait un verger, une prairie et un jardin potager. En avançant vers cette dernière partie, elle vit apparaître les silhouettes d'une dizaine de jeunes filles, revêtues de tenues amples et légères, un foulard noué sur leurs cheveux.

Lara Mendès s'apprêtait à les rejoindre quand Innokenty Denejkina surgit sur sa gauche en poussant une brouette vide.

– Bienvenue petites mesdemoiselles ! Jardiner est bon pour l'esprit !

– Parfait ! rétorqua-t-elle. Mais avant, je voudrais téléphoner.

– Je suis désolé, se navra le vieil homme, mais c'est impossible.

– Rien n'est impossible, et certainement pas passer un coup de fil.

– C'est la règle à *La Valbonne,* Lara. Elle est la même pour tous. Pas de contact avec l'extérieur, pour que l'extérieur ne vienne pas à nous.

– Tu vois, je te l'avais dit ! intervint Bérénice Bonnet sur un ton aigu. C'est le goulag, ici !

– Laisse-moi gérer ça.

L'adolescente rougit et ses yeux s'emplirent de larmes.

– Je te l'ai dit, on peut parler à personne, même pas à sa famille ! enchaîna-t-elle. Vous avez pas le droit de nous en empêcher ! Vous attendez quoi, qu'on n'en ait plus ?

– Béré…

– D'ailleurs, poursuivit cette dernière, vous avez pas le droit de nous retenir prisonnières ici !

Les mots butaient dans sa bouche.

– Putain, faites chier ! J'en ai rien à foutre de vos tomates et de vos conneries !

Du talon, Bérénice Bonnet envoya valser une motte de terre en direction d'Innokenty, et s'éloigna d'un pas rapide vers le corps de ferme. Lara la suivit des yeux un instant, puis elle se tourna vers le vieil homme, dont l'expression bonhomme n'avait pas changé.

– Je téléphonerai que vous le vouliez ou non, dit-elle sur un ton cassant.

– Voyez-vous, répondit-il en désignant les pensionnaires de *La Valbonne*, courbées au-dessus des légumes, leur vie est bien plus précieuse que vos caprices.

Lara Mendès ouvrit la bouche pour lui envoyer une réponse cinglante, mais Innokenty s'était détourné d'elle, et poussait sa brouette entre les rangées de haricots.

Vexée, la jeune femme reprit le chemin de la propriété. Lorsqu'elle fut parvenue dans la cour, elle ralentit devant la fameuse porte mystère de Bérénice où Jo Lieras disparaissait régulièrement avec les Russes. Celle-ci, taillée dans le mur d'enceinte, était fabriquée dans un bois épais. Et pour une fois, elle n'était pas gardée par un vigile armé.

Lara Mendès poussa lentement le vantail, presque étonnée de le trouver déverrouillé.

– Jo ? tenta-t-elle.

Elle prit pied sur la première marche d'un escalier aussi vieux que *La Valbonne*, et qui s'enfonçait profondément sous terre. Une odeur de moisissures la saisit à la gorge. Une odeur qui la ramena dans ce bunker où elle avait manqué mourir.

Il aurait suffi qu'elle recule, et tout aurait cessé dans l'instant.

Mais elle en fut incapable. Au contraire, quelque chose de malsain l'attirait au pied de cet escalier, si bien que malgré sa peur, elle descendit la première marche en se maudissant. Puis une deuxième marche, et une troisième.

À mi-chemin, Lara Mendès fut surprise par des bruits de pas et des éclats de voix provenant des profondeurs.

– C’est risqué de le sortir de là, disait Jo Lieras. Impossible, même !

– Pas si le hasard nous aide.

Soudainement prise d’une incompréhensible panique, la jeune femme remonta précipitamment, les doigts crispés sur la main courante.

– Demian, je ne t’ai jamais vu t’en remettre au hasard.

– Figure-toi que cette fois, le hasard s’appelle Léon Castel.

74

Léon Castel se redressa sur sa couchette, le cœur déchaîné. Malgré l'épisode de la douche, où pour la première fois, un surveillant l'avait traité avec humanité, il était aux aguets en permanence, incapable de s'abandonner à un sommeil réparateur.

« Fils de pute ! » entendit-il à travers la porte. « Vous êtes que des enculés et j'vous la mettrai profond ! Me tourne pas le dos, toi, sale bâtard ! »

Se calmer prit du temps. Léon Castel réussit à se décrisper, puis à s'asseoir sur la banquette. Son corps raide le lançait comme s'il avait couru un marathon.

Les cris cessèrent.

Le silence ne dura pas. Léon Castel entendit des coups portés contre la paroi, puis des hurlements.

Il concentra son attention sur les murs, relisant pour la centième fois la prose redondante des détenus contre la police, le système carcéral et la société en général.

Parmi les dizaines de graffitis, un seul lui plaisait. « On finira tous pareils, les vers vous boufferont la gueule et moi je me tirerai une putain de crampe avec mes cent vierges. » Le texte édifiant était signé des initiales F.H.

À force de comparaison entre certains souvenirs, Léon Castel se rendit compte qu'on l'avait préparé à sa situation depuis des lustres. Enfant déjà, il avait connu la honte du « va au coin ! », sentence professée par des générations d'instits pensant bien faire. Au cours de la même période, ses parents l'envoyaient au lit sans manger quand il avait eu la mauvaise idée de désobéir ou de fronder – Léon avait commencé tout jeune sa carrière de forte tête – plus tard, bien plus tard, l'avant-dernier plan de restructuration de la société d'informatique où il travaillait l'avait mis au placard – payé à rien foutre – avant de le recaser en préretraite – de nouveau payé à rien foutre.

Ici, en prison, exception faite de la longueur de la peine, la donne était à peu près la même. L'idée ne variait pas. Pour punir, on isolait.

Ce monde est con !

C'était globalement la conclusion où le dirigeaient ses réflexions. Il n'avait pas progressé d'un pouce.

– Hey ! T'es qui, guignol ?

La voix anonyme qui lui parvint par l'étroite fenêtre crispa Léon Castel.

– Oh ! Le maton m'a dit qu'il y avait quelqu'un ici. T'es qui ?

Voilà des jours qu'on ne lui parlait pas, mais qu'on s'adressait à 404920. Qu'on lui hurlait des ordres. Cette absence de considération lui pesait, et il se sentait tout à coup incapable de parler.

– Putain ! Va te faire foutre.

La tentative de contact s'arrêta là.

Un regret envahit Léon Castel, mais il fit attention à ne provoquer aucun bruit.

Une voix lui disait que le détenu voisin pouvait ne pas en être un, que des matons étaient peut-être tapis dans la cellule et se payaient sa tête, tentaient de lui donner un regain de moral pour mieux l'anéantir.

75

Le croissant manquait de goût. Le café aussi, d'ailleurs. Même les confitures et le Nutella s'étaient affadis depuis la veille. L'œil morne, l'esprit préoccupé, **Corentin Ruedler** observait avec un agacement non dissimulé le comportement de Valentin Mendès face à un petit-déjeuner « à volonté ».

La capacité du jeune homme à engloutir des quantités astronomiques de nourriture l'apparentait davantage à un personnage de dessin animé qu'à un être humain. Valentin attaqua son sixième croissant sans sourciller. Il n'irait pas plus loin, la panière était vide, et la serveuse en charge de réapprovisionner l'observait à la dérobée. Probablement attendait-elle que Gargantua ait déguerpi pour le remplir.

Le sixième croissant disparut en quatre bouchées chargées de Nutella.

– T'as fini ? Je veux rendre la voiture avant de rentrer sur Paname.

– Message reçu, acquiesça Valentin Mendès en se levant.

Corentin Ruedler le vit remplir ses poches de madeleines emballées individuellement, puis revenir le sourire aux lèvres.

– Mes affaires sont prêtes, on peut y aller.

« Dans deux minutes, songea-t-il, éprouvé par une sale nuit. Ce petit con va me dire qu'il m'attend ! »

La garde à vue interrompue par l'arrivée du commissaire Derennes, puis les menaces de ce dernier avaient engendré une évidence que Corentin Ruedler repoussait depuis des semaines.

Jusqu'à ce qu'il intègre les rangs de W3, il avait exercé son métier au service d'enquêtes de société. Il avait joué l'observateur, et ce rôle lui allait comme un gant. Réfléchir, interpréter, déduire, puis rassembler ses notes pour écrire des articles de fond, il avait aimé ce travail. Et il l'appréciait encore. Mais le terrain, a fortiori quand il fallait prendre des risques, ne lui convenait pas. Or c'est précisément ce qu'on lui demandait chez W3.

– Récupère ton sac et rejoins-moi à la réception, exigea Corentin Ruedler, qui s'engouffra aussitôt dans la cage d'escalier.

Perdu dans ses pensées, le journaliste régla la note, récupéra une facture, qu'il fourra dans son portefeuille. Puis il patienta devant une table chargée de dépliants touristiques vantant les merveilles locales, depuis les monts du Lyonnais jusqu'à la bambouseraie d'Anduze.

– J'ai fait le tour de ma piaule ! On peut y aller.

L'ascenseur les déposa au troisième sous-sol.

– Regarde, y'a Jack Bauer, là ! indiqua Valentin Mendès en désignant Milan Delaunay qui les attendait, adossé contre leur voiture de location.

À l'évidence, le policier voudrait savoir ce que Corentin avait découvert sur Lila Berki. Au cours des quelques pas qui le séparaient de lui, le journaliste eut le temps d'analyser la situation. En temps ordinaire, il était de mise de garder le secret sur les enquêtes. Mais on venait de les prier de déguerpir et d'épargner la susceptibilité d'un ministre. Ce qui rendait l'affaire bien plus intéressante.

– Grimpe dans la voiture et ferme-la, ordonna Corentin Ruedler à Valentin, en déverrouillant les portières.

Ce dernier s'exécuta sans discuter tandis que le journaliste contournait la voiture pour rejoindre le policier.

– Nous rentrons à Paris.

– Je sais, mais je voulais vous prévenir qu'en ce moment même, des flics perquisitionnent le box. J'ai pris leurs identités et je n'ai trouvé aucune trace d'eux dans l'organigramme de la boutique. Qui est à la manœuvre ? J'en sais rien. Pourquoi ? J'en sais rien non plus. Quel était vraiment le rôle de Lila ? Aucune idée. Il me reste donc plus que vous.

Le journaliste dévisagea le policier.

– Si vous voulez notre aide, il va falloir être honnête. C'est donnant, donnant. W3 ne joue pas au détective privé pour particuliers. On cherche la vérité, et quand on l'a trouvée, on la met sur la table. Et après seulement, on se prend les conséquences en pleine gueule. C'est comme ça.

Milan Delaunay poussa un profond soupir et ouvrit la portière de la voiture pour se glisser sur la banquette arrière. Corentin Ruedler s'installa à ses côtés. Sur le siège passager, Valentin était absorbé par l'écran de son téléphone portable.

– Lila était une fille formidable, argumenta Milan Delaunay. Elle était un OPJ de premier rang, elle était ma coéquipière… et elle était aussi la femme de ma vie.

La voix du policier s'était fait murmure sur les derniers mots. Il observa quelques instants de silence, que Corentin Ruedler respecta, puis il reprit :

– Je ne lui ai jamais dit. Je ne lui ai jamais permis de rêver à une vie de couple. Je pensais que ma famille était ce qu'il y avait de plus indispensable à mon équilibre. J'ai deux gosses en bas âge, une femme agréable et belle avec laquelle je suis marié depuis quinze ans. Je l'ai quittée le lendemain de la mort de Lila. Je crèche dans le studio où on se retrouvait, elle et moi. Et j'ai été mis à pied.

– Aurait-elle pu travailler pour les services secrets ?

– Non, ça ne fonctionne pas comme ça. Je le saurais forcément. Jamais je n'ai remarqué de comportement suspect chez elle. C'est vrai, elle était tendue le jour de sa mort. Mais elle l'était souvent, quand j'allais retrouver ma femme. Ça la rendait amère.

– Lila bossait pour un autre service ?

– À moins d'enquêter sur moi, et je n'ai pas grand-chose à cacher, elle n'avait aucune raison de me mentir. Cette Lila possédant des faux papiers et un arsenal, c'est pas la femme que je connais. En tout cas, je peux vous garantir une chose, elle ou ses collègues n'ont jamais entendu parler de ce Joseph Lieras dont vous m'avez laissé la photo.

– Merci pour les infos. Surtout, surveillez vos arrières, conseilla le journaliste au policier quand il ouvrit la portière. On ne sait jamais.

– Une balle dans la tête, ça m'irait, répondit sombrement Milan Delaunay en descendant de la voiture. Si je le fais, c'est pour Lila.

La portière claqua sur le policier.

– C'est pour Lila ! singea Valentin. Mais t'avais qu'à lui dire que tu l'aimais quand elle était vivante, pauvre tache. Maintenant, t'as plus que tes yeux pour pleurer.

Il ne releva pas la tête quand Corentin Ruedler reprit sa place derrière le volant.

– Qu'est-ce que tu fiches ? lui demanda le journaliste.

– Je révise.

76

GSM de Valentin Mendès.
28 août.
Début de communication via messagerie. 04.45.56

Solange :
« Valentin ? »
« Valentin, tu boudes ? »
« J'ai été très occupée. »
« Je me lance dans la prod d'un nouveau long. Avec un ami. »
« T'es pas heureux pour moi ? »
« On a tourné un peu aux Maldives. J'ai revu Egon. C'était excitant. »
« Il m'a dit que je t'avais manqué de peu. »
« Valentin, réponds, je sais quand tu lis mes messages. »
Valentin :
« Fucking Apple. »
Solange :
« C'est tout ce que t'as à dire ? »
Valentin :
« :o »

Solange :
« J'aime pas quand tu fais l'enfant. »
« Pourquoi tu réponds pas quand j'appelle ? »
Valentin :
« Je bosse ou je suis en taule. Ça dépend. »
Solange :
« Idiot ! ☺ »
« Sérieusement ? »
Valentin :
« TU ne me prends pas au sérieux. »
Solange :
« Faux »
Valentin :
« Vrai »
Solange :
« Faux »
Valentin :
« Vrai »
Solange :
« Faux »
« Faux »
« Faux »
Valentin :
« Vrai »
Solange :
« C'était ton anniversaire il n'y a pas longtemps ! »
Valentin :
« Sans blague ! »
Solange :
« Tu ne veux pas savoir ce que j'ai prévu comme cadeau ? »
Valentin :
« Tu sais ce que je veux. »
Solange :
« Tu sais que je ne peux pas te l'offrir. »

Valentin :
« ☹ »
Solange :
« Sois pas triste. »
Valentin :
« Je t'm »
Solange :
« Ça te passera. »
Valentin :
« Faux »
Solange :
« Vrai »
Valentin :
« T'es où, là ? »
Solange :
« Back to LA. »
Valentin :
« Alors restes-y. »

Fin de communication via messagerie. 28 août. 05.12.45

77

– Hey ! guignol, t'aurais quand même pu me dire qui t'étais !

Léon Castel se recroquevilla sur sa couchette et ferma les yeux. Il ne supportait plus qu'on le laisse enfermé toute la journée, privé d'occupation, livré aux bruits et aux cris perpétuels, aux appels à la prière d'une religion qui n'était pas la sienne, et qu'on lui envoie Gueule d'Ange à chaque repas.

Quand la porte de la cellule s'ouvrait sur le type au regard de pervers, l'appétit de Léon, qui crevait de faim, était aussitôt coupé.

En cet instant, il aurait vendu son âme au diable en échange d'un magazine. Même un tabloïd aurait fait l'affaire.

– Allez, Castel ! Réponds, mon vieux ! T'es vachement moins bavard qu'à la télé !

Cette fois, Léon s'approcha de la fenêtre, posa le pied sur une saillie du mur et se hissa en attrapant les barreaux. Le manque de nourriture l'affaiblissait.

– Je suis là, dit-il.

– Tu peux parler plus fort, ils en ont rien à foutre, les autres bâtards.

De quoi les détenus pouvaient-ils parler entre eux ? D'évasion peut-être, mais il y avait belle lurette qu'on ne s'évadait plus de Fleury-Mérogis.

– Et toi, t'es qui ?

– Je suis pas ton pote, mais je te veux pas de mal.

– Moi, c'est Léon.

– Je sais, trouduc.

– Ah oui, c'est vrai.

Léon Castel se sentit stupide. Il avait espéré parler à un être humain depuis des jours, et voilà qu'il ne savait plus quoi dire.

– T'as de la bouffe ?

– Non, je n'ai rien. J'attends du fric de mon avocate, mais ça ne vient pas. Et l'autre taré de Gueule d'Ange pisse dans ma soupe.

– Le salopard ! Attends…

La voix s'interrompit une poignée de secondes, puis reprit.

– J'ai entendu parler de toi. T'es un taré, mais t'es pas dans le camp de ces enculés.

– Moins que jamais.

– Donc t'es dans le mien. Tiens, attrape.

Une poche en tissu reliée à une cordelette passa devant les yeux de Léon Castel, puis retomba dans le vide.

– Tends le bras, putain !

Léon Castel passa sa main à travers les barreaux, attrapa la poche et la tira vers lui. En l'ouvrant, il découvrit une plaquette de chocolat.

– Cadeau de la maison, précisa la voix. Je t'enverrai d'autres trucs plus tard. Faut que j'y aille !

Fébrile, Léon dépiauta son bien, une plaquette de 400 grammes Milka aux noisettes – l'un de ses chocolats préférés – et dégusta en suçant religieusement chaque carré.

Jour 8 – jeudi 29 août

78

Pour rouvrir la boîte Pierce Brosnan – Jésus de Nazareth dédiée à Jean-Paul Dardelin sans basculer dans la folie, **Sookie Castel** avait revisité ses souvenirs de la disparition de sa mère, l'attente insupportable, tous ces moments où les pires suppositions avaient été lancées, de la fugue à une mauvaise rencontre, l'accablement de Léon, puis l'énergie qu'il avait dépensée pour organiser les battues quand le véhicule de Valie avait été retrouvé, abandonné sur une route forestière.

Revivre ces instants avait préparé Sookie à pénétrer dans la boîte de l'agression. JP Dardelin qui ouvre sa porte, l'air orgueilleux, ses traits qui se défont quand il la découvre sur le seuil, le poing qu'elle lui envoie au visage, de toutes ses forces, le nez qui se fracture sous l'impact, le bruit des os qui se brisent, la folie meurtrière qui s'empare de sa raison dans la foulée, tandis qu'elle referme la porte puis s'acharne sur l'assassin.

Tout doux, ma belle, ne va pas trop loin.

La suite ne s'était pas imprimée dans sa mémoire. Elle avait repris contact avec le réel quand les mains des gendarmes s'étaient refermées sur ses bras pour la transporter vers un fourgon.

Sookie Castel ferma les yeux et fit le vide dans son esprit.

Les boîtes se refermèrent les unes après les autres. Elle demeura ainsi, étendue sans un mouvement, jusqu'à ce qu'un bruit de frottement l'alerte.

Alors elle se redressa, glissa ses pieds dans ses baskets, enfila un pull et observa le plafond de sa nouvelle chambre. Presque aussitôt, une plaque d'isolant se souleva et le buste de Yanna Jezequel apparut dans le carré de plafond dégagé.

Une corde descendit jusqu'au plancher, que Sookie attrapa pour se hisser vers son amie.

– Pile à l'heure, dit-elle tout bas.

Le visage de Yanna s'illumina d'un sourire, la boîte tête de Piaf connut un regain de joie.

– T'es pas trop rouillée pour une débile.

La plaque d'isolant retrouva son emplacement, livrant les deux femmes à l'obscurité. Le rayon d'une lampe torche éclaira d'abord les lattes de plancher déclouées et une couche de laine de verre, puis un immense grenier.

– Viens, indiqua Yanna Jezequel, suis-moi, on doit marcher sur les poutrelles, sinon c'est le grand saut chez un de tes potes à la masse.

Ses pieds dans les pas de Yanna, Sookie traversa tout le bâtiment jusqu'à un ancien accès à la grange. Au-dessus du vide, une antique poulie rouillait sur son axe.

– Toi, tu vas passer par là. Moi je récupère la corde, et je fais le tour, indiqua Yanna. Y'a des nœuds, à ton âge, c'est mieux !

79

Lara Mendès achevait quelques prises de notes sur l'histoire de Manya et l'attaque du bateau des trafiquants, tout en observant les allées et venues de Bérénice dans la cour de *La Valbonne*. Celle-ci n'avait pas reparu depuis sa crise de nerfs dans le jardin, et malgré les efforts de Lara pour la sortir de son mutisme, elle était restée cloîtrée dans sa chambre.

Mais depuis minuit, l'adolescente était sortie et rentrée une bonne dizaine de fois en titubant, avait changé de tenue, allumé plusieurs cigarettes, et s'était assise sur le capot d'une voiture garée devant la porte mystère, tout en prenant des pauses lascives.

L'idée fit sourire Lara Mendès.

Dans le cœur de Bérénice, la vie reprenait ses droits, malgré le deuil et la souffrance. Une vie d'adolescente, agrémentée de beaux garçons, de cigarettes et de rhum.

– Suis cet exemple, crevette ! marmonna-t-elle. Vivre, ce n'est pas trahir Milena, au contraire. Fais donc fonctionner ta cervelle.

Pourquoi Demian Obolanski parlait-il de Léon Castel à Jo ? Que venait faire le hasard là-dedans ?

Ces questions méritaient une réponse. Seulement, sans aucun

moyen de communication, Lara se sentait dans la position d'un enquêteur du Moyen Âge.

Dans la cour, Bérénice venait d'allumer une nouvelle cigarette quand le portail s'ouvrit pour livrer passage à une berline. Les phares accrochèrent la silhouette encore juvénile de l'adolescente.

La voiture s'immobilisa et Volodia Pavelevitch en jaillit.

Immédiatement, la main gauche de Bérénice farfouilla dans ses cheveux, sa tête partit légèrement en arrière. L'homme s'arrêta une poignée de secondes auprès d'elle, le temps d'un échange aimable, puis la salua et disparut par la porte mystère.

Lara Mendès pressentit que Bérénice allait faire une bêtise.

Cette dernière regarda autour d'elle, jeta sa cigarette dans les gravillons et ouvrit la porte à son tour. Elle demeura un instant immobile, probablement suspendue entre l'envie et l'interdit. Puis elle se décida.

Fait chier !

Lara Mendès se précipita hors de sa chambre, dévala les marches, traversa la cour à toute allure, et s'engouffra par la porte mystère en retenant sa respiration.

– Bérénice ! chuchota-t-elle. Béré ?

Il n'y avait aucune trace de l'adolescente, aussi Lara descendit-elle jusqu'au bas de l'escalier. Là, elle hésita. Déjà, elle manquait d'air.

Incapable de se résoudre à abandonner Bérénice dans ce sinistre endroit, Lara Mendès longea le couloir en pierres de taille. Dix mètres plus loin, elle respira lentement pour calmer les battements de son cœur, puis elle reprit son exploration jusqu'à buter sur deux portes verrouillées. Elle trouva finalement l'adolescente dans une immense salle voûtée équipée comme un QG de l'armée.

Au mur, un panneau figurait un plan où des véhicules étaient symbolisés par des rectangles de couleurs différentes. Plus près d'elle, des postes de travail équipés d'ordinateurs côtoyaient une table où s'alignaient des armes de tous calibres et des explosifs.

– Viens, dit doucement Lara en attrapant Bérénice par la main. Il ne faut pas qu'on nous trouve là.

L'adolescente serrait un pistolet automatique entre ses doigts et paraissait fascinée.

– Repose ça tout de suite.

– C'est lourd.

– Obéis, merde ! insista Lara Mendès. On doit foutre le camp !

Des éclats de voix tirèrent l'adolescente de sa contemplation morbide. Bérénice se débarrassa de l'automatique et se tourna vers Lara Mendès avec des yeux de biche affolée.

– Reste derrière moi, lui ordonna Lara en reculant, et tais-toi.

Des pas claquèrent sur les dalles, les voix enflèrent, puis s'éteignirent brusquement quand les hommes découvrirent les intruses dans la grande salle.

Ils communiquèrent à l'aide d'un talkie-walkie, et quelques secondes plus tard, Volodia Pavelevitch surgit depuis le fond de la cave. Il observa Lara et Bérénice à distance, puis s'avança vers elles.

– Qu'est-ce que vous faites ici ?

– Rien de mal, expliqua Lara. Nous nous sommes perdues.

– Vous avez touché aux armes ?

– Non, bien sûr !

De son côté, Bérénice hocha la tête, les yeux rivés au sol.

– Celle-ci, par exemple ? précisa-t-il en désignant le pistolet automatique que l'adolescente avait tripoté.

– Fichez-lui la paix, cracha Lara. Ce n'est qu'une gamine.

Le Russe ignora la jeune femme.

– Bérénice ? Tu as pris quelque chose. Rends-le.

L'adolescente, qui s'était collée contre le mur, resta immobile, les paupières toujours baissées. Elle tremblait de la tête aux pieds.

– Je vous ai dit de lui foutre la paix. Où est Jo ? Nous allons régler ça avec lui.

– Bérénice, poursuivit Volodia, tu risques de te blesser. S'il te plaît, rends-moi cette arme.

Lara se tourna brusquement vers l'adolescente qui respirait par à-coups, comme un petit animal.

– Béré ? murmura-t-elle. Qu'est-ce que tu as pris ? Chérie... Montre-moi.

En reniflant, Bérénice souleva lentement son pull, dévoilant la crosse d'un pistolet de petite taille qu'elle avait glissé entre son jean et sa peau.

– Je peux ? demanda Lara en tendant la main.

Sans attendre la réponse, elle saisit délicatement l'arme et la rendit à Volodia. Celui-ci retira aussitôt le chargeur et le posa sur la table derrière lui.

– Bien, dit-il. Maintenant, tu vas venir avec moi, Bérénice. Je vais te ramener dans ta chambre.

– Non !

Les yeux toujours rivés au sol, l'adolescente se retrancha derrière Lara en hurlant de terreur.

– Ne me laisse pas avec lui ! Ne me laisse pas !

Lara Mendès, dont le regard suivit instinctivement la direction de celui de Bérénice, découvrit ce qui la terrifiait : les chaussures de Volodia Pavelevitch étaient maculées de sang.

– Qu'est-ce qui se passe ? s'étrangla-t-elle en se plaçant entre le Russe et l'adolescente. À quoi vous jouez ici ?

– Je vous retourne la question, rétorqua-t-il froidement.

– Où est Jo ? Je veux parler à Jo !

Lara Mendès amorça un mouvement en direction de la sortie, mais elle fut aussitôt stoppée par la poigne ferme du Russe.

– Vous partirez quand je vous le dirai.

– Laisse-la tranquille ! s'écria Bérénice en s'interposant. Espèce de monstre !

– Ah non, lâcha Volodia visiblement excédé. Pas ça...

Il fit signe à ses hommes restés immobiles et silencieux jusqu'alors. Deux d'entre eux encadrèrent Bérénice et l'escortèrent hors de la grande salle, malgré ses cris de protestation. Les deux autres maîtrisèrent Lara par les poignets et la tinrent face à Volodia.

– Où est-ce que vous l'emmenez ?
– Je ne veux plus jamais vous voir ici, vous m'entendez ?

Lara Mendès allait répliquer quand la silhouette de Demian Obolanski s'encadra dans l'entrée de la grande salle.

– Bouclez-moi ça à double tour, ordonna-t-il à l'adresse des hommes qui tenaient Lara. On a assez perdu de temps.

80

Affalées le long du talus d'une route forestière, **Sookie Castel** et Yanna Jezequel dégustaient des fraises Tagada et buvaient un café dans des gobelets en carton. Elles s'étaient installées sur une bâche pour s'isoler du froid.

– Deux fois par semaine au moins, expliqua Yanna, monsieur connard tape le carton avec des potes dans une ferme auberge près de la route des crêtes.

– Il remarche ?

– Il baise aussi, figure-toi. Faut dire que dans ton bled, c'est pas vraiment l'éclate.

– Il y passe la nuit ?

– La fille de l'auberge m'a filé des tuyaux, mais c'est pas Nostradamus.

– Tu y es allée ?

– Ouais, j'ai joué la touriste pleine aux as.

– Mais t'es cinglée !

Au cours de ses enquêtes, Sookie Castel avait toujours compté sur l'imprudence des délinquants et des criminels. Mais là, c'était le pompon !

– T'inquiète. Au mieux, ils se souviendront d'une gonzesse

sans intérêt avec un bonnet sur la tête et des fichues lunettes de soleil. Et puis, la greluche est pas près de me donner aux flics. Je l'ai fournie en beuh de première qualité et en Ecsta'. Ici, mis à part des pissenlits, elle doit pas s'envoyer grand-chose !

Sookie Castel éclata de rire.

– T'es con.

– Tu veux du café ?

Dans l'obscurité, la main de Yanna Jezequel farfouilla à côté d'elle et finit par rencontrer la bouteille thermos.

– Fais péter le briquet, je vois rien.

Une flamme bleutée illumina une zone d'un mètre carré. Yanna en profita pour remplir leurs gobelets. Un bruit de moteur enfla en provenance du col.

– Merde, jura Sookie Castel.

– C'est pas lui. Monsieur connard a un SUV à la con. Ça siffle ces moteurs-là. Pas comme celui qui vient.

– T'as aussi été garagiste ? ironisa Sookie, faussement admirative.

– Non, mais j'ai tiré des tas de caisses.

– J'aurai tout entendu.

– T'es plus flic, alors qu'est-ce que ça peut te foutre ?

Sookie Castel se remémora leur première rencontre. Avec des collègues, elle avait planqué une nuit entière sur un îlot du golfe du Morbihan pour attraper ceux que les médias nommaient « le gang des Antiquaires ». Finalement, c'est Yanna Jezequel et ses frères qu'ils avaient arrêtés en flagrant délit. Il s'en était suivi une course dans la nuit. La voleuse s'était jetée dans les eaux tumultueuses du golfe pour s'échapper, Sookie l'avait rattrapée à la nage et frappée pour l'obliger à lâcher son couteau. « Sale Négresse », avait été le premier mot de Yanna à son attention.

– Dis donc, glissa cette dernière. D'un point de vue théorique, je suis ta belle-mère, en quelque sorte.

– T'as dans l'idée de refaire la déco chez Léon, et tu voudrais mon consentement ? s'esclaffa Sookie. Tu manques pas d'air !

Absorbé par la colline, le bruit de moteur diminua, puis il enfla de nouveau. Une paire de phares apparut au détour d'un virage et fila devant les deux femmes embusquées.

– Je l'avais dit, c'est un vieux modèle, se félicita Yanna. T'es vénère ?

– Ça lui fait des souvenirs pour passer le temps à Fleury.

– Ouais. Comment ça se fait qu'ils le gardent au zonzon ? Fleury, c'est surpeuplé et Léon, c'est pas un méchant !

– Ils détestent ce qu'il représente. Tiens, puisqu'on est dans les confidences, à moi de te poser une question.

– Je vois pas où je t'en ai posé une.

– Si, tête de Piaf, tu m'as demandé si ça m'ennuyait que tu te tapes mon père.

Un gloussement s'échappa de la gorge de Yanna Jezequel.

– Tu veux me demander quoi ?

– Tu serais pas un peu mégalo ?

– Pourquoi tu dis ça ?

– Le gang des Antiquaires, c'est toi.

Le sourire de Yanna s'évanouit subitement.

– T'es malade ?

– Vu que chez les délinquants bretons, expliqua Sookie, ça fume plus que ça cogite, et que je n'ai pas réussi à mettre la main sur ce gang, y'a une chance pour qu'avec ta petite tête de Piaf bien remplie, ça soit toi. Toi et des équipes différentes que tu montes à chaque coup. Des types qui t'ont peut-être même jamais vue. Alors ?

– Joker !

– J'en étais sûre, se félicita Sookie Castel. Prends-le comme un compliment, ajouta-t-elle. Ton arnaque fait encore courir une cellule spéciale d'une vingtaine de collègues !

– Ouais, mais t'es marron, fliquette ! Ton scoop, tu vas pouvoir te le carrer où je pense ! Bon, ajouta Yanna en sautant sur ses pieds. On arrive dans le créneau horaire de monsieur connard, je vais me changer.

– C'est ça, murmura Sookie en regardant la jeune femme disparaître dans la nuit. Je vais me le carrer où tu penses.

Elle entendit une portière claquer, des bruits de sacs en plastique froissés.

Yanna Jezequel revint deux minutes plus tard.

– Éclaire un coup, demanda-t-elle.

Sookie leva le briquet au-dessus de sa tête.

– Short moulant de salope sur talons hauts et petit bustier rembourré pour attraper les couillons ! T'en dis quoi ?

La boîte Betty Boop s'ouvrit dans l'esprit de Sookie Castel. Il faut dire que le rembourrage mentionné était très exagéré. La boîte se referma et Yanna demeura dans celle de tête de Piaf.

– T'es trop vulgaire comme ça. Va t'habiller en fille. Grouille !

Yanna Jezequel haussa les épaules et fit volte-face. Quelques minutes plus tard, elle réapparaissait dans ce tailleur Chanel qui lui allait comme un gant.

– Là, t'es sublime, s'exclama Sookie en se levant. Sexy et discrète. J'adore !

– Arrête, tu vas me faire rougir. T'es sérieuse ?

De nouveau, un bruit de moteur se fit entendre depuis le col. Il allait être 1 h 30 du matin.

– SUV... murmura-t-elle en lançant un regard à Sookie. Tu veux toujours y aller ?

Sookie Castel se raidit brusquement.

– Plus que jamais.

81

Romane Mariani songea que le jardin avait besoin d'un bon coup de débroussailleuse, et la maison d'un ravalement global. Le crépi vieux d'un siècle se lézardait, laissant échapper la poussière cristalline du salpêtre.

Le temps aura raison de tout.

Les mains dans les poches, le psychiatre déambulait dans la nuit, remontant l'allée de son jardin qui avait autrefois desservi un potager et, plus loin, un verger constitué de mirabelliers, d'un cerisier et d'une haie de pruniers.

Le temps, c'est ce qui me manque. L'envie aussi, sans doute.

Son père s'était éreinté sur cette terre. Il le revoyait, penché sur les sillons qu'il avait lui-même bêchés à chaque printemps. En Lorraine, l'entretien d'un potager continuait d'occuper les gens, il y avait toujours des concours de citrouilles, des foires aux aulx, et une tradition de l'entraide entre voisins. « Je te refais ton mur en échange de quelques stères de bois de chauffage », « Je retourne ton potager contre un billet ou le prêt de ta camionnette ».

Romane Mariani avait vendu le bois familial pour payer son divorce, et les outils rouillaient sous un appentis. Il ne possédait aucun savoir-faire en dehors de son métier, et la psychiatrie se prêtait mal au troc.

L'ancienne ferme achetée en 1970 par ses parents quitterait un jour le giron familial. Il était fils unique, n'avait pas engendré, et ne comptait pas le faire.

Eh bien, mon vieux ! T'es sinistre aujourd'hui !

Le médecin retourna vers la maison à pas lents. Le sommeil ne viendrait pas, il le savait. Ce petit passage par le jardin surmonté d'un ciel magnifique lui avait permis d'oublier Sookie Castel quelques instants. Oublier n'était pas vraiment le terme, car il était obsédé par la jeune femme qui l'obnubilait nuit et jour.

Jamais il n'avait ressenti un tel désir, et encore moins pour une de ses patientes. En près de vingt ans d'exercice, il n'avait pas dérogé aux règles une seule fois.

Sookie Castel était différente, certes. Sookie était magnifique. Mais pas seulement. Elle avait quelque chose de fragile et de touchant qu'elle cachait à la plupart. C'était comme si la jeune femme était construite sur une faille gigantesque qui pouvait l'engloutir d'un instant à l'autre.

Et c'est ce qui la rendait fascinante.

Arrivé dans le hall, Romane Mariani s'appuya sur le vantail de la porte qu'il venait de refermer. Il était rentré avec l'idée de déboucher une bouteille d'un bon cru millésimé et de sortir un cigare de l'humidificateur, mais ses envies de boire et fumer s'étaient évanouies.

Il ferma les yeux, saisit son sexe douloureux à travers la toile de son pantalon et le tordit pour l'empêcher de durcir encore. Puis il déboutonna sa chemise, et monta jusqu'au premier étage où il prit une douche glaciale.

82

Au volant de sa toute nouvelle voiture, **Jean-Paul Dardelin** se félicitait de sa soirée. Il avait raflé la mise au poker, une bagatelle de 1 800 euros, qu'il entendait claquer le week-end suivant, probablement en Allemagne, ou dans un de ces gros casinos près de Bâle où les filles transpiraient le sexe et la luxure.

En attaquant le troisième virage après le col, il sifflota par-dessus la musique. Décidément, le système audio était excellent. Il monta le son. Madonna entamait *Like a Virgin.*

À la sortie de la courbe, il leva le pied en apercevant des phares allumés et une silhouette qui lançait de grands signes dans sa direction.

– Je peux vous aider ? demanda-t-il en s'immobilisant à hauteur de la voiture en panne.

La jeune femme frottait ses mains contre un chiffon. Elle s'approcha, un air de grande lassitude sur les traits.

– Vous n'avez pas idée comme je suis heureuse de vous voir, dit-elle en posant ses coudes contre la portière. Mon pneu est crevé et je ne suis pas fichue de desserrer ces boulons.

– Vous êtes capable de les nommer, c'est déjà pas si mal.

Yanna Jezequel eut une moue admirable, qui expédia Dardelin dans des pensées lubriques. Il manœuvra pour se ranger sur le bas-côté.

– C'est votre jour de chance, poursuivit-il en sortant de sa voiture. Un autre soir, je ne serais pas passé par là.

Quelques secondes plus tard, il s'accroupit devant la roue en maugréant à cause d'une douleur au genou droit qu'il conservait de sa confrontation avec Sookie Castel. Il ne vit pas la silhouette émergeant de la nuit, une barre à mine en main. Pas plus qu'il ne vit cette arme s'abattre sur lui.

83

La nuit était chaude, et le parc embaumait les herbes aromatiques du potager d'Innokenty. Une fragrance de menthe poivrée dominait. Un instant, Jo Lieras retourna en pensée dans sa maison de Nantes.

Pendant qu'il traversait le verger, il se figura que Mathilde allait arriver, le surprendrait dans le jardin et le traiterait de nigaud.

Le bonheur s'en était allé. Une fraction de seconde avait anéanti ce que Jo Lieras avait espéré toute sa vie. Jusqu'au dernier jour, sans doute, il ressentirait le poids du corps de Mathilde s'affaissant dans ses bras. L'incompréhension d'abord, d'une durée inférieure à un battement de paupière, puis la certitude qu'un mal infini s'était produit.

Le policier retint un sanglot. Il ne fallait pas penser à ça. Le futur chaotique qui se profilait ne lui permettait pas de se laisser happer par le chagrin. Et puis, il y avait Bérénice. L'adolescente comptait sur lui, et il devait tenir au moins jusqu'à son départ de *La Valbonne.*

Cette pensée le ramena au présent. Devant lui, l'obscurité était rompue par une zone où chatoyaient les reflets argentés d'un bassin circulaire remontant au temps où la propriété hébergeait une communauté de religieuses. Les coassements provenant de cet endroit furent interrompus par son arrivée.

– T'en es incapable, affirma Demian Obolanski.

– Ce n'est pas faute d'essayer.

– C'est parce que tu n'as jamais eu à en attraper pour vivre.

– Sans doute.

– Quand tu as faim, tu apprends. Mendès ne doit pas être affamée.

– Je suis certain qu'il n'y avait pas de malice, tenta-t-il en s'asseyant dans l'herbe à proximité de son équipier.

La blessure à son flanc lui arracha un gémissement.

– Toujours douloureux ?

– Ce n'est pas la pire des douleurs, soupira Jo Lieras. Quoi qu'il en soit, je ne t'ai jamais rien demandé jusqu'à aujourd'hui...

– Je ne me sens pas redevable.

– Mais ne touche pas à Lara.

– Le temps où tu me donnais des ordres est révolu.

– Pourquoi tu t'acharnes ?

– Je n'ai rien contre elle, détrompe-toi.

– Je n'en suis pas si sûr.

Un silence sépara les deux hommes.

– N'importe qui de sensé chercherait à comprendre ce qui se joue entre ces murs, poursuivit Jo. Tu le sais.

Les coassements reprirent, timides pour commencer, puis s'amplifièrent. Jo Lieras ramassa un caillou et le jeta au milieu de la pièce d'eau.

– Et puis, Lara n'était pas préparée pour ça.

– Personne n'est préparé pour ça.

– Sa réponse était prévisible.

– Il me semblait que la peine capitale donnait la nausée aux démocrates.

– Demian... C'était son compagnon, elle était paumée.

– Elle a décidé seule.

– Tu t'es déjà demandé pourquoi tu l'avais confrontée à ce choix ?

Un nouveau silence sépara les deux hommes.

– Bon sang, ajouta Jo Lieras, tu oublies aussi que c'est toi qui l'a conduite ici ?

– Et toi, tu n'oublies rien ?

Le ton de Demian Obolanski était devenu cassant.

– Tu es venu me chercher, commandant, lui rappela-t-il froidement. Toi aussi, tu vas devoir assumer tes choix.

Perplexe, Jo Lieras regarda son interlocuteur avec le sentiment qu'il ne saurait jamais à qui il avait réellement à faire. Pourtant, il n'envisagea pas une seconde que Demian Obolanski puisse trahir sa confiance.

– Vous n'aviez pas imaginé les conséquences, poursuivit ce dernier. Vous ne faisiez que servir vos intérêts.

– Il y a beaucoup de choses que je n'avais pas prévues, répondit Jo Lieras sur un ton amer.

– Alors, ne mets pas la vie de Mendès dans la balance. Ce n'est pas la question.

– C'est quoi, la question ?

– Rien d'autre que l'évidence, lâcha Demian Obolanski avec une pointe de sarcasme. Un jour, les golems échappent à leurs créateurs.

84

Lorsqu'il reprit connaissance, **Jean-Paul Dardelin** éprouva d'abord un mal de tête atroce. Puis il se souvint de cette femme abordée sur la route. Malgré la douleur, il se remémora son petit cul cambré sous son tailleur gris perle. Sauf que la situation ne se prêtait pas à la gaudriole. Cette pute lui avait… non, ce n'était pas elle. Il voyait ses chevilles à deux mètres de lui pendant qu'il cherchait l'endroit où placer le cric.

– T'as le bonjour de la Négresse, dit une voix quelque part près de lui.

JP Dardelin tenta de bouger, mais ses mains étaient entravées dans son dos, et la joue collée à la terre. Il avait des feuilles mortes dans la bouche, qu'il cracha avant d'éructer.

– T'es qui, salope ?

Pour réponse, il reçut un coup de pied dans le dos. Une forte poigne le retourna et il découvrit Sookie Castel au-dessus de lui. La fille était en retrait et, d'après ce qu'il distinguait, tous les trois se trouvaient au beau milieu de la forêt.

– Ça veut dire quoi ces conneries ? s'époumona-t-il. Qu'est-ce que tu fous dehors ? T'es censée être chez les dingues !

– Je ne suis pas là.

– Qu'est-ce que tu me veux ?

– Te rendre la monnaie de ta pièce, répondit tranquillement Sookie Castel.

– J'ai rien à voir là-dedans, protesta Jean-Paul Dardelin. C'était un accident !

La main de la jeune femme s'abattit violemment sur la joue de sa victime.

– Ferme ta gueule et écoute-moi bien, JP. Je sais tout. Vos parties de jambes en l'air avec Valie, ton chantage et tout le reste.

– C'est vrai qu'on a baisé, mais le reste, c'est faux, elle a tout inventé !

– Et tu ne l'as pas laissée mourir dans un endroit comme celui-ci ?

– C'est du délire !

– Comme tu voudras ! Chérie, tu m'aides ? ajouta Sookie à l'attention de Yanna.

– Avec plaisir !

Chacune empoigna Jean-Paul Dardelin par un bras, et les deux jeunes femmes le traînèrent sur le sol. Le malheureux se débattit, tenta de ruer. Elles le hissèrent jusqu'à un monticule où un trou d'un mètre de diamètre béait sur un vide insondable.

– On survit rarement à une chute pareille, murmura Sookie.

– Mais vous êtes malades !

– Avoue que t'as tué Valie.

– Je te dis que je l'ai pas tuée !

– Tu mens ! Toi et Lagrange, vous vous êtes arrangés pour qu'elle ne balance pas tes saloperies !

– C'est faux ! Dis-lui, toi, risqua-t-il en interpellant Yanna Jezequel. Dis-lui que ça prouve rien.

Des trémolos pathétiques zébraient la voix de Dardelin.

– Pour moi, t'es mort, rétorqua-t-elle. Tu ferais mieux d'avouer. Il paraît que ça soulage.

– Mais, Sook, enfin… t'es flic… je peux tout te raconter. J'irai en prison, c'est vrai, mais c'est pas moi, c'est Lagrange, c'est Rémy. C'est lui qui m'a obligé parce que ta mère avait des preuves.

– Tu me fais dégueuler, répliqua-t-elle en lui crachant dessus.

Une vague de haine la submergea. Elle empoigna Dardelin et le pencha au-dessus du gouffre.

– Fais pas ça, putain, fais pas ça !

Les jambes arcboutées de part et d'autre du corps de sa victime, Sookie Castel était en mesure de le lâcher. Il suffisait de desserrer les doigts, JP serait mort et on ne retrouverait sans doute pas son cadavre avant des années.

Une dizaine de secondes s'éternisèrent ainsi. Yanna Jezequel observait la scène à l'écart, tandis que Dardelin vagissait des suppliques, et que Sookie semblait s'être tétanisée.

– Je peux pas, soupira soudain cette dernière en relâchant sa victime au bord du gouffre. Je peux pas tuer cette merde.

Sookie Castel répéta ces mots en s'éloignant. Elle passa à côté de Yanna sans la regarder, et poursuivit son chemin en direction de la voiture.

– Mais, tu fais quoi ?

– Laisse tomber, c'est pas mon idée de la justice. Envoie les lettres de Valie à Mariani, et tire-toi de la région vite fait.

Interloquée, Yanna Jezequel regarda la silhouette de Sookie se fondre dans l'obscurité, puis elle se tourna vers la forme allongée de JP.

– Ben voyons !

Elle marcha jusqu'à lui, sortit un cran d'arrêt de sa poche et coupa les liens qui entravaient ses chevilles.

– Je te préviens, si tu ouvres ta gueule, t'auras affaire à moi et à mes potes. Tu sais pas qui je suis, tu sais même pas à quoi je ressemble. Alors tu fais profil bas, ou je viendrai finir le travail. Et crois-moi, j'ai pas les états d'âme de Blanche-Neige !

85

Le soleil pointait derrière les collines quand **Yanna Jezequel** gara sa voiture de location sur un parking dans le bas de Saint-Junien. L'horloge de l'église affichait 5 h 45.

La jeune femme pressa le pas. Elle avait raccompagné Sookie à l'hôpital de Ravenel, et effacé toute trace de sa venue dans les combles du pavillon.

À présent, elle n'avait qu'une envie : retrouver le silence de la maison de Léon pour dormir au moins jusqu'au lendemain.

En traversant les jardins, elle distingua le buste d'Hervé Marin à la fenêtre de la maisonnette qu'il louait au plus près de celle de Léon, « pour que Mouchou s'amuse dehors, un appartement c'est mauvais pour le chien, c'est un doberman, quand même ! ».

Lorsqu'il l'aperçut en train d'escalader le mur d'enceinte écroulé, il fit mine de ne pas la voir.

– Salut, Hervé, lança-t-elle, te fatigue pas, y'a pas d'étoiles à cette heure.

– Tu vas faire le ménage chez Léon ? l'interrogea ce dernier en gloussant.

– C'est ça, t'as tout compris !

– Ah ! Bah, j'aurais pu moi aussi. C'est pas parce que t'es une fille que t'es bonne au ménage !

Yanna Jezequel se demanda un instant s'il s'agissait d'un compliment, et attrapa un mini-paquet de fraises Tagada au fond de sa poche.

– Tiens, dit-elle en lançant les friandises en direction d'Hervé, qui échoua à les rattraper, et dut se pencher pour les ramasser. Écoute, ajouta-t-elle sur un ton sérieux. Tu ne m'as pas vue, c'est clair ?

– Non, je t'ai pas vue. Et toi, tu m'as pas vu, poursuivit-il en fermant les volets puis la fenêtre.

Un sourire sur les lèvres, Yanna Jezequel hâta le pas et se glissa dans la cave via un soupirail qu'elle avait soigneusement laissé ouvert.

86

Sookie Castel se réveilla à 8 heures.

À la demie, une infirmière déverrouilla sa porte, et elle descendit au réfectoire où elle avala un succédané de café au goût révoltant, en réalité, une variété de gland torréfié. Puis elle participa à un atelier d'éveil des sens.

Avec d'autres résidents, des femmes en majorité, Sookie s'allongea sur des tapis de sol, ferma les yeux, et accomplit les gestes qu'un intervenant extérieur leur indiquait, tout ça sur fond de musique planante.

Il n'y avait qu'à laisser son esprit se connecter au monde, et pourquoi pas à l'univers dans sa globalité. Celui de Sookie s'envola au-dessus de Ravenel et fila vers le golfe du Morbihan, puis il dériva au-dessus de l'Atlantique jusqu'en Haïti.

Sookie Castel revint à la séance de relaxation, la voix de la thérapeute, les respirations des résidents. Il ne fallait pas qu'elle se balade dans cette direction, il y avait là-bas des choses enfouies tout au fond de son inconscient.

Au cours de la crise de folie qui l'avait conduite à l'HP de Ravenel, Sookie avait vu la mère des boîtes, celle qu'il ne fallait pas ouvrir, celle de ses six premières années d'existence en

Haïti. Elle devait demeurer intacte, verrouillée. Il en allait de sa survie.

À 11 heures, Sookie Castel prit son repas et remonta pour faire la sieste dans sa chambre. La nuit avait été courte. Yanna l'avait redéposée à l'aube, et elle n'avait pas fermé l'œil, trop occupée à archiver la boîte Pierce Brosnan – Jésus de Nazareth.

De son acte de la veille, la jeune femme n'éprouvait aucun regret.

Bien sûr, il y avait toujours le risque que JP la poursuive en justice et l'accuse d'avoir organisé un guet-apens. Mais depuis qu'elle était enfermée au deuxième étage, Sookie Castel était au-dessus de tout soupçon. L'alibi parfait pour un meurtre même pas commis.

T'es un génie, Sook. Un génie pris à son propre piège...

À l'évocation de son psychiatre, Sookie sentit un frémissement entre ses cuisses, suivi d'une crispation le long de son vagin.

Elle souleva sa chemise d'une main, caressa ses seins jusqu'à ce que la pointe soit douloureuse. Tout en se touchant, elle sortit son médecin de la boîte Jean Dujardin pour en ouvrir une nouvelle : Romane Mariani, assortie d'une mention spéciale : *raide dingue de mon psy.*

Le médecin était le premier étranger à sa famille à recevoir une boîte en nom propre, ce qui la troubla encore plus quand elle glissa ses doigts entre les lèvres de son sexe pour titiller son clitoris. Le désir qui l'envahit était si puissant qu'un premier orgasme, puis un deuxième et enfin un dernier ne parvinrent pas à l'apaiser.

Sookie Castel refréna un hurlement de colère, enfila un pantalon et se précipita dans la salle de télévision où elle se lova dans un fauteuil en cuir caramel pour regarder une ânerie sur NRJ 12 avec Tom – boîte Rutger Hauer en plus brun –, résident de Ravenel depuis dix ans, quinquagénaire maniacodépressif et baveux.

87

Un peu avant midi, **Jean-Paul Dardelin** quitta son domicile, situé à l'écart de Saint-Junien, et prit à pied la direction du bourg. En tout et pour tout, il n'emporta qu'un rouleau de scotch brun et un comprimé de Viagra. Avec ça, le cul de la pute de Léon Castel allait chauffer à blanc. Cette liaison avait fait couler des flots de salive à travers tout le pays de Saint-Junien.

Dix minutes plus tard, et après s'être assuré que la rue était déserte, JP Dardelin souleva le pot de fleur à droite de la porte d'entrée, y récupéra la clé de secours et se glissa dans la fraîcheur de la maison des Castel qu'il connaissait pour y être venu plusieurs fois quand il baisait Valie dans le dos de Léon.

Sauf qu'à l'époque, la façade n'était pas couverte d'inscriptions racistes, que Léon lui-même avait soulignées avec des blagues de son acabit avant de quitter Saint-Junien pour lancer W3.

Un silence paisible assura Dardelin que sa cible dormait. Les douze coups sonnés par la cloche de l'église toute proche couvrirent le bruit de ses pas dans l'escalier. En quelques enjambées, il gagna le milieu du couloir, constata que la chambre de Sookie était vide et poussa doucement la porte de celle de Léon. Une tête ébouriffée dépassait d'une grosse couette.

Il se faufila dans la pièce, et bondit sur le lit où il s'installa à califourchon sur la poitrine de Yanna Jezequel. Les yeux de la jeune femme s'ouvrirent, affolés.

JP Dardelin plaqua brutalement un morceau de scotch sur ses lèvres. L'adhésif se tendit, le cri de Yanna se perdit dans sa gorge. Puis il tira les bras de la jeune femme au-dessus d'elle, et les scotcha à la tête de lit en bois.

– Ils sont où tes potes ? grogna Jean-Paul Dardelin d'un air mauvais. T'es toute seule, maintenant ! Et elle est pas là, la Bamboula !

Les gémissements de Yanna répondirent à ses menaces.

– Je dis toujours oui à une nana qui m'allume, lui annonça-t-il en arrachant la couette qui la couvrait, révélant son corps dénudé. T'as qu'à demander, j'ai dû baiser à peu près toutes les greluches potables, d'ici à Épinal ! Alors, t'inquiète, je vais honorer ma réputation, mais d'abord, je veux savoir comment t'as sorti la Négresse de l'asile. Pour ça, je vais retirer le scotch, mais je te préviens, si tu cries, je te cogne.

Pour illustrer sa proposition, JP Dardelin empoigna fermement la gorge de Yanna Jezequel d'une main tandis que l'autre arrachait d'un coup sec le ruban adhésif.

– Sale fils de pute ! vitupéra Yanna. Tu…

Elle n'eut pas le loisir d'en dire plus. La main serra les chairs. Les yeux de Yanna s'écarquillèrent, et son visage s'empourpra.

– Laisse ma mère en dehors de ça ! s'agaça JP Dardelin, les dents serrées.

Il abattit son poing sur l'arcade sourcilière de sa victime. Les chairs éclatèrent et un flot de sang jaillit.

– Tu vas me parler, connasse ! ragea-t-il en replaçant le scotch sur les lèvres de Yanna. Et dans pas longtemps, tu supplieras que l'envie de te baiser me reprenne.

Étouffée par le poids de son agresseur et l'adhésif qui fermait ses lèvres, Yanna pleurait sous les coups. Elle se tortilla désespérément pour cacher son visage dans le matelas, mais la main puissante de Dardelin l'en empêcha.

Soudain, un son de vibreur retentit.

Toujours à califourchon sur elle, il lâcha Yanna pour extirper son téléphone du fond de sa poche.

– Pas le moment ! gronda-t-il en voyant le nom de Rémy Lagrange s'afficher sur l'écran.

Un instant, il fut tenté d'ignorer l'appel. Mais Lagrange insistait.

Il décrocha, craignant que son ami d'enfance, et gendarme, le traque à travers tout le pays s'il faisait la sourde oreille.

– Ouais ! brailla-t-il.

– Qu'est-ce que tu branles, JP ?

– T'es où ?

– Je suis devant chez toi, lança Rémy Lagrange. Et toi, t'es où ? Y'a ta bagnole.

Merde, fait chier !

– J'ai levé une nana au poker hier soir, prétendit-il en se levant pour se coller contre le mur, au plus près de la fenêtre. J'suis encore chez elle.

Une expression goguenarde éclaira le visage de Jean-Paul Dardelin, qui adressa un franc sourire à Yanna dont les traits disparaissaient peu à peu sous les chairs tuméfiées, avant de reporter son attention à l'extérieur.

– C'est quoi le programme ?

– Rejoins-moi à la mairie. Lebœuf prépare les élections, je te rappelle. Et y'a pas intérêt à ce qu'il perde, tu te souviens ?

– Sûr, concéda Jean-Paul Dardelin en dressant le cou.

« Crevard, tu vas boire un coup en douce ! » railla-t-il intérieurement en voyant Rémy Lagrange sortir de sa voiture garée devant Chez Dédé.

– Bon, je te laisse, je vais être en retard, dit le gendarme en s'engouffrant dans le bistrot. On se voit ce soir ?

– Y'a intérêt, assura Jean-Paul Dardelin en raccrochant.

Quand il se retourna vers la chambre, il constata que Yanna avait disparu. Elle s'était libérée en déboîtant les barreaux de la tête de lit.

– La salope !

JP Dardelin se précipita dans les escaliers en direction du salon. Il eut tout juste le temps d'apercevoir la silhouette dénudée de Yanna Jezequel se glisser entre deux volets.

Quand il déboucha sur la terrasse, elle se trouvait à mi-chemin du mur écroulé. Les herbes hautes du jardin livré à lui-même depuis des semaines lui arrivaient à la poitrine. On aurait dit une enfant trop grande pour son âge.

En apercevant son agresseur, Yanna Jezequel poussa un hurlement de terreur et s'étala de tout son long à quelques mètres des éboulis et d'un engin agricole qui passait dans la rue en faisant un boucan du diable.

– Toi, tu vas manger ! vociféra JP Dardelin en se jetant sur elle.

Yanna Jezequel n'eut pas le temps de se redresser. Le corps musclé de l'ancien champion de natation s'abattit sur elle, la retourna sur le ventre et enfouit son visage enflé dans les herbes sèches.

Assis sur les cuisses de sa victime, Dardelin jaugea la situation. La fille ne pouvait pas crier, et elle était si menue qu'il aurait pu la tuer sur place, juste en forçant la pression sur sa tête. Mais il voyait ses fesses s'agiter sous ses yeux, la fine toison qui assombrissait la raie, il devinait la naissance de sa vulve. Il en éprouvait même l'odeur, qui se mélangeait à celle des herbes écrasées.

« Je baise qui je veux, quand je veux » pensa-t-il en dégrafant la ceinture de son pantalon. Il s'introduisit brutalement dans l'anus de Yanna Jezequel qui s'étrangla de douleur.

– Tu vas même en redemander, chiennasse ! grogna-t-il tout près de son oreille.

Jean-Paul Dardelin s'agita sur sa victime avec des gémissements obscènes, et jouit quelques secondes plus tard.

C'est alors qu'il entendit un hurlement, et vit un moellon de pierre des Vosges fondre sur lui. Il ressentit une douleur atroce au niveau du front et de la mâchoire, puis un rideau noir tomba devant ses paupières.

88

– Arrête, souffla Yanna, tu peux pas le tuer plus.

Hervé Marin cessa de frapper JP et regarda ses mains couvertes de sang, le sang mêlé de cheveux sur le pavé, l'œil fixe, la mâchoire enfoncée, les dents brisées et la langue noire à travers les joues éclatées comme un fruit mûr.

Puis il lâcha le moellon, et saisit la main que la jeune femme lui tendait.

– T'es toute nue, dit-il en fixant Yanna.

– Passe-moi ton pull.

Hervé Marin détourna les yeux brusquement.

– Je prête pas mon pull.

– J'ai froid.

– De toute façon, faut pas que tu restes là, c'est pas beau à voir.

Il essuya ses mains sur l'herbe et souleva Yanna dans ses bras. La jeune femme ne pesait guère plus qu'une plume pour cet homme robuste.

– Où t'es ? demanda-t-il en scrutant le jardin tout en trottinant vers sa maison. Ah, t'es là ! lança-t-il à Guernica qui avançait avec l'air penaud. Viens ici, Mouchou ! Mauvais chien de garde !

Hervé Marin poussa la porte de chez lui d'un coup d'épaule.

La maisonnette se composait d'un salon avec une cuisine ouverte – le tout laissé dans un désordre épouvantable –, d'une chambre et d'une salle de bains.

– Je rangerai, promit-il en déposant délicatement Yanna sur son lit. Plus tard. J'ai des choses à faire.

La jeune femme couvrit ses épaules avec le drap, et tenta de se lever, mais ses jambes s'affaissèrent sous elle. À présent, ses yeux disparaissaient derrière les chairs gonflées et son nez ressemblait à une patate.

– Emmène-moi à la salle de bains, je veux me laver. S'il te plaît.

– D'abord, je le cache sous les tomates de Léon, expliqua Hervé Marin. Après, je t'aide à prendre un bain.

– Tu diras rien à Sookie, d'accord ?

Hervé Marin, qui était sur le point de sortir de la pièce, se retourna.

– Toi non plus, tu diras rien à Sookie ?

La jeune femme secoua lentement la tête. Des larmes roulaient sur ses joues.

– Croix de bois, croix de fer.

– Reste là, Mouchou ! ordonna-t-il avant de sortir. Et sois gentille avec Yanna.

89

Trois coups frappés contre le vantail réveillèrent **Lara Mendès**, qui bondit hors de son lit et se rua sur la porte.

Après une nuit passée à ruminer les évènements de la veille, et tenter de trouver une explication aux taches sur les chaussures de Volodia, au plan d'attaque et à l'arsenal que les policiers dissimulaient au sous-sol, enfin, à la froideur avec laquelle le héros de Manya avait ordonné qu'on la boucle à double tour, elle s'était écroulée au petit matin, épuisée. À présent, elle n'avait qu'une idée en tête, demander des comptes à Jo Lieras.

Au lieu du policier, elle se trouva face à une magnifique jeune femme d'une vingtaine d'années.

– Room service, plaisanta cette dernière. Je suis Aleksandra, la fille d'Innokenty. Je suis chargée de prendre soin de vous.

– De prendre soin de moi ? répéta Lara, même si la présence d'un de ses geôliers dans le couloir, repéré en un coup d'œil, ne lui laissa aucun doute sur le sort que lui avait réservé Obolanski. Combien de temps ?

– Le temps de votre séjour ici.

Lara Mendès comprit qu'elle n'allait pas recouvrer sa liberté avant le départ prévu. Tous ses sens de journaliste avaient été activés depuis son arrivée dans ce lieu si particulier, encore plus depuis son incursion dans les sous-sols de *La Valbonne*. Et malgré l'aspect terrifiant de ce qui semblait se jouer ici, Lara n'avait pas peur. Au contraire. Après avoir écouté l'histoire de Manya et des filles du container, elle l'avait enfin trouvé, son combat.

Vous n'avez qu'à bien vous tenir, monsieur le Président.

– Alors, enchantée, Aleksandra ! Puisque je n'ai pas le choix, dit-elle sur un ton faussement enjoué. Ça tombe bien, je suis affamée, ajouta-t-elle en s'effaçant pour lui laisser le passage.

– Vous mangerez à table ou sur le lit ?

Lara Mendès trouva la situation tragicomique.

– Je déteste être servie, maugréa-t-elle en prenant le plateau des mains d'Aleksandra. Par contre, je ne serais pas contre un peu de compagnie.

– Vous vous ennuyez ici, dit la jeune Russe en s'asseyant sur le bord du lit. C'est normal. À votre âge, poursuivit-elle en souriant malicieusement, on doit détester les punitions.

Lara Mendès s'installa à côté du plateau et commença à étaler du beurre sur une tartine.

– Bérénice ? Comment va-t-elle ?

– Elle dort toute la journée. Elle pleure beaucoup à cause de sa maman. Son père… enfin Jo, passe la voir souvent.

– Et Manya ?

– Elle comprend la situation. Mais elle s'ennuie de vous deux.

– Dites-moi, demanda Lara tout de go. Qu'est-ce qui se passe dans les sous-sols ?

Le front d'Aleksandra Denejkina s'assombrit.

– Ce sont les affaires des hommes, alors pourquoi voulez-vous que je le sache ? Du café ?

– Une tartine ? lui proposa Lara Mendès en retour.

– J'ai déjeuné il y a longtemps, alors je veux bien. Avec de la confiture, elle vient du jardin.

La jeune femme garnit la tranche de pain selon les désirs d'Aleksandra, puis s'en prépara une à son tour.

– Moi, je n'ai jamais été vraiment du matin, sauf quand j'allais au lycée, commença Lara. Mais là, je n'avais pas le choix. Ma grand-mère m'a élevée dans un petit village. Et si je ratais le bus scolaire, je devais y aller en vélo, et je déteste le vélo, grimaça-t-elle avec une mimique. Et vous, vous allez à l'école ?

Aleksandra Denejkina raconta qu'à son arrivée en France, elle avait 11 ans et ne parlait pas la langue, si bien qu'elle avait pris du retard dans ses études.

– Je rentre en terminale la semaine prochaine.

– Ce n'est pas un retard si important, la rassura Lara. Ce sera dans quel lycée ?

– À Bayonne.

– Vous ne partez pas avec nous ?

– Non ! Papa m'a inscrite à l'internat. Je suis tellement heureuse de quitter *La Valbonne*, ajouta-t-elle avec une moue enfantine. Je m'ennuie, ici, je voulais une vraie vie, avec des vrais garçons.

Lara Mendès ne put s'empêcher de sourire.

– Les gardiens de *La Valbonne* sont de vrais garçons, murmura-t-elle. Mais ils ne sont pas pour une jeune fille comme vous.

– Que voulez-vous dire ?

– Vous n'êtes pas amoureuse de Demian, comme toutes les autres ?

Aleksandra se mit à rire, et Lara la trouva belle.

– Demian ? Non ! Il est comme mon frère !

– Depuis longtemps ?

– Je l'ai toujours connu.

– Et Jo ?

– Non…

– Volodia ?

– Ah, ça oui ! Et j'en ai marre des kalachnikovs de Volodia. C'est pour ça que je ne veux pas rentrer. Chez moi, les hommes coupent les nattes des filles.

– Ici, dit Lara, ils leur pincent les fesses. Vous venez d'où ?

– Salinitiovosk.

Devant la mine étonnée de Lara Mendès, Aleksandra précisa :

– C'est dans l'oblast de Kaliningrad.

Le mot fit froncer les sourcils de la jeune femme qui tenta de masquer son trouble en s'attelant au beurrage d'une seconde tartine.

– Avant, on l'appelait détroit de Dantzig. On vient toutes de là-bas.

– Vous voulez dire…

– Oui, Manya, Tissia et les autres. On vient de l'oblast.

– Détroit de Dantzig, répéta Lara pour elle-même… Mine d'ambre, ports militaires. Kaliningrad, ça signifie la ville de Kalinine, non ? Il existe, ce Kalinine ?

– C'est une légende.

Une ombre passa dans les yeux d'Aleksandra. Lara Mendès vit cette ombre, mais elle fut incapable de l'interpréter.

– Quelle légende ?

– J'étais petite quand j'ai quitté l'oblast, je ne me souviens plus trop, et puis Salinitiovosk, c'est pas Kaliningrad.

Tout en réfléchissant à la meilleure façon d'entrer en confidence avec cette jeune femme, Lara Mendès mordit dans sa tartine et se resservit une tasse de café.

– Racontez-moi votre vie en France. Elle vous plaît ?

– Je mène la vie d'une fille de mon âge. Je vais au lycée, j'étudie, j'ai des amies.

– Qui viennent ici ?

– Non, jamais !

Aleksandra Denejkina chercha un instant ce qu'elle allait dire en tapotant le plateau du bout des doigts.

– Elles ont besoin de calme, expliqua-t-elle en désignant la porte donnant sur le couloir. Il faut les protéger. Manya…

– Vous avez raison, évidemment, glissa Lara Mendès en imaginant la tête que feraient les camarades de classe d'Aleksandra face à celle que Bérénice surnommait Freaks.

– Parfois, des filles comme Manya, il y en a deux ou trois en même temps. C'est dur pour tout le monde.

– C’est pour ça que votre père s’est installé à l’écart des gens… Mais pourquoi en France ?

– Ma grande sœur, Lyuba, était comme elles, murmura Aleksandra en baissant les yeux.

– Elle a été enlevée ?

– Elle avait 16 ans. Mon père a voulu nous protéger, en quittant Salinitiovosk.

– Vous risquiez d’être enlevée, vous aussi ?

– Ça, et des représailles si Lyuba… n’obéissait pas, ajouta la jeune fille dans un souffle.

Lara Mendès saisit la main d’Aleksandra.

– Ça a dû être si difficile !

– Demian s’est occupé de tout. C’est lui qui nous a trouvé cet endroit, les passeports. Donné l’argent pour l’école.

– Votre père et lui se connaissent depuis longtemps ?

– Je vous l’ai dit, j’étais une enfant. Je ne faisais pas attention à tout.

– C’est naturel, l’excusa Lara Mendès en réfléchissant. Et cette légende, ce Kalinine, vous croyez…

Un téléphone sonna dans la poche d’Aleksandra qui décrocha précipitamment.

– Oui, pardon, j’arrive tout de suite, répondit la jeune femme en se levant. Je dois y aller, expliqua-t-elle, visiblement mal à l’aise. Je viendrai récupérer le plateau plus tard.

– Attendez, vous me prêtez votre portable ? J’ai un petit frère, Valentin, il doit s’inquiéter de ne pas avoir de nouvelles.

Lara Mendès avait parlé sans réfléchir, et elle attendait, suspendue aux lèvres d’Aleksandra.

– Je vous en prie, insista-t-elle. Ou alors, appelez-le de ma part. Dites-lui que je vais bien.

La jeune Russe secoua la tête.

– Ce n’est pas gentil de vous servir de moi, regretta-t-elle, avant de se glisser hors de la chambre comme si elle avait le diable aux trousses.

90

Yanna Jezequel éprouvait des douleurs dans tout le corps. Sa mâchoire lui faisait un mal de chien, et elle n'osait ouvrir la bouche pour constater les dégâts.

Des coups, elle en avait reçu quelques-uns, elle en avait donné aussi. Pourtant, ceux qu'elle venait de subir avaient été si violents qu'ils semblaient s'abattre encore sur elle, à chaque battement de cœur.

Outre l'idée de frotter son corps jusqu'au sang, si nécessaire, pour effacer les traces du viol, la jeune femme était obsédée par une question.

Hervé Marin songerait-il à se débarrasser du téléphone de JP ?

Après le départ de son sauveur, Yanna avait tenté de se lever, mais ses jambes ne la portaient plus.

L'attente s'étirait, apportant avec elle l'inquiétude. Personne ne devait la trouver ici. Personne ne devait savoir pour JP. Si Yanna Jezequel n'était pas en train de se faire tabasser au zonzon aujourd'hui, c'était bien grâce à Sookie.

Fallait le buter, chérie, tu vois ?

La chaleur étouffante et l'angoisse l'éprouvèrent tant que la jeune femme s'assoupit quelques secondes, aussitôt réveillée par la violence de ses rêves, le cœur affolé, la douleur amplifiée.

Hervé Marin déboula dans la chambre deux heures plus tard, en déplaçant avec lui une forte odeur de transpiration. Il se tenait debout devant elle avec l'air heureux d'un gosse couvert de terre de la tête aux pieds. Elle le trouva presque beau, avec son air bas malgré un front haut, ses deux dernières dents de travers, et ses fossettes quand il riait sous sa moustache.

– A y est, JP mange les radis par la racine.

La jeune femme entrouvrit les lèvres pour parler. Ce fut douloureux.

– On dit les pissenlits.

– Quoi ?

– Bouffer les pissenlits par la racine.

– Non, j'aime pas les pissenlits.

– Laisse tomber. Qu'est-ce que t'as fait de son téléphone ?

– Avec lui.

– Merde…

– Mais non, t'es pas folle ! fanfaronna-t-il les yeux brillants de malice. Je regarde la télé.

Il jeta le téléphone de JP sur le lit, devant Yanna qui put constater en un coup d'œil que la batterie avait été enlevée.

– T'en a fait quoi ?

– Poubelle.

Yanna Jezequel comprit alors que dans sa malchance, elle ne pouvait être mieux tombée.

– T'as chaud, ajouta-t-il. Tu veux une limonade ?

– Tu m'aides d'abord ? J'ai besoin de me laver.

– Ah oui, répondit Hervé en montrant une porte. Bah, c'est par là.

– Je peux pas y aller toute seule.

Comme son hôte demeurait à danser d'un pied sur l'autre au milieu de la chambre, la jeune femme fit glisser le drap jusqu'à ses pieds.

– T'avais vraiment jamais vu une fille à poil ! grinça-t-elle. Ben c'est fait.

La mine contrite d'Hervé Marin et sa rapidité à détourner les yeux confirmèrent ses doutes.

– Hervé, insista-t-elle doucement. JP m'a salie, c'est important pour moi, tu comprends ? T'as quoi, une douche ou une baignoire ?

– Une baignoire.

– Alors, lave-toi les mains et fais couler un bain. S'il te plaît. T'as des antalgiques ?

Au regard en coin de son interlocuteur, Yanna Jezequel précisa sa pensée.

– De l'UPSA. Ou genre Doliprane ?

– Y'en a ! affirma-t-il en se précipitant dans la salle de bains, empressé de se rendre utile.

Hervé Marin réapparut un tiroir de commode dans les bras, avec cet air contrarié qui creusait de longues rides sur son front.

– Tiens, prends ce que t'as envie, proposa-t-il en déposant le tiroir sur le lit. C'est pas pour les filles, mais le Doliprane c'est pour tout le monde.

L'intérieur était rempli de boîtes de médicaments parmi lesquelles Yanna Jezequel dénicha des analgésiques puissants, dont quelques comprimés de morphine, et des anti-inflammatoires.

Dans le fatras du tiroir, il y avait, entre autres choses, des suppositoires anti-toux, des antidiurétiques, de la crème à base de cortisone, de la Biafine, du Mercurochrome et des lingettes désinfectantes. Certains de ces produits étaient périmés, mais dans sa situation, Yanna Jezequel estima qu'elle était vernie.

Sous les boîtes, elle trouva un miroir à deux faces qu'elle posa sur la table de chevet. Il faudrait bien qu'elle s'examine et soigne ses plaies, quand elle serait en mesure de tendre les bras et de replier les jambes.

Son hôte ne pouvait pas tout.

91

Quand **Hervé Marin** souleva Yanna pour l'emporter dans la salle de bains, il vit la tache de sang mêlée de sperme qui maculait le drap, et resta pétrifié quelques secondes.

– Dépêche, souffla-t-elle, ça fait mal…

Il se crispa, comme s'il venait de s'apercevoir qu'il portait une fille nue, la dévisagea, vit les larmes qui perlaient à ses paupières, et la serra maladroitement contre lui, ce qui arracha à Yanna un nouveau cri de douleur.

– Pardon, s'excusa-t-il.

Guernica leva une oreille, puis l'autre, et s'excita à leur passage – Hervé dut l'enjamber pour rallier la salle de bains – manquant les déséquilibrer.

– Fais pas ta vilaine ! la réprimanda-t-il, en claquant la porte au museau du doberman. T'es plus la seule fille de la maison !

Les aboiements joyeux de Guernica les accompagnèrent depuis l'autre pièce, tandis qu'Hervé immergeait lentement Yanna pour qu'elle ne se brûle pas.

Quand elle fut couverte d'eau jusqu'aux seins, Hervé Marin se redressa dans l'idée de lui trouver une savonnette parfumée au lieu de son vieux morceau de savon de Marseille. Il ne trouva qu'une bouteille d'eau de Cologne qui avait appartenu à sa mère, dont il déversa une partie dans la baignoire.

– Y'a pas de mousse, regretta-t-il. J'vais t'en chercher.

Yanna Jezequel demeura recroquevillée sans répondre. Ses mains tremblaient alors que l'eau était chaude, et Hervé n'osa pas lui demander pourquoi.

Il récupéra le liquide vaisselle dans le capharnaüm de la cuisine et une bouteille d'eau de Javel.

– Ça mousse et ça désinfecte, affirma-t-il en posant les bidons sur le côté de la baignoire. Appelle-moi si tu veux. En attendant, je vais ranger.

Cette activité l'occupa une heure durant.

Au bout de ce temps, Hervé Marin avait changé les draps, roulé le linge sale en boule, rempli trois sacs-poubelles de cent litres chacun de choses inutiles, comme une quantité invraisemblable de boîtes de corn-flakes vides, ou de brindilles, de feuilles ramassées dans les bois, parce qu'elles avaient une forme rigolote ou lui paraissaient tout simplement jolies. Puis il se consacra à la vaisselle qui débordait de l'évier, pesta contre Guernica qui ne terminait jamais ses gamelles, et râla de ne plus avoir de liquide vaisselle. Il utilisa du Mir à la place.

C'était la première fois de sa vie qu'Hervé recevait quelqu'un chez lui. Ce soir, alors que d'ordinaire la nouveauté l'inquiétait, il se sentit investi d'une mission capitale. Yanna était un oisillon tombé du nid qu'il faudrait nourrir et choyer, sans quoi il finirait par mourir.

Quand il eut débarrassé la cuisine et nettoyé le frigo, Hervé alla frapper à la porte de la salle de bains. N'obtenant pas de réponse, il ouvrit, vaguement inquiet, constata que Yanna ne s'était pas noyée, attrapa une sortie de bain et la déploya au-dessus de la jeune femme.

– Je regarde pas, dit-il en tournant les yeux vers le miroir mural.

Son reflet couvert de terre lui fit penser à Jean-Paul Dardelin, qui, lui aussi, avait de la terre partout. Cela lui déplut. Son front se plissa.

– Tu vas être ridée si tu restes dans l'eau.

– Je peux pas me lever, expliqua Yanna Jezequel en claquant des dents. J'ai appelé. T'as pas entendu.

– Ah.

– Rince-moi, s'il te plaît.

Hervé Marin retira la bonde. L'eau, qui avait pris une teinte ocre, s'évacua rapidement. Délicatement, il passa la douchette sur le corps de Yanna, puis quand elle fut bien rincée, glissa ses bras sous les aisselles de la jeune femme et la souleva, en prenant toujours soin de regarder ailleurs.

Puis il l'emmaillota dans la grande serviette et l'emporta sur le lit.

De nouveau, la jeune femme se recroquevilla, et des sanglots la secouèrent.

– Faut pas pleurer, murmura Hervé Marin, désemparé.

Les mots libérèrent les larmes.

De sa grosse main aux ongles rongés, il caressa la tête de Yanna jusqu'à ce que les sanglots cessent, puis il sécha ses bras, son dos et ses jambes, et l'aida à enfiler sa propre robe de chambre, une merveille molletonnée que lui avait offerte sa mère pour ses 40 ans.

– Tu veux que je te raconte une histoire ?

Yanna opina et ferma les yeux.

Assis sur une fesse au bord du matelas, Hervé Marin lui raconta comment, dans les bois autour de Saint-Junien, le lendemain de certaines nuits de pleine lune, les cèpes et les trompettes-de-la-mort doublaient de volume.

À la fin, il s'assura qu'elle était endormie, et alors seulement, il quitta la chambre.

92

– Mais qu'est-ce qui ne va pas chez vous ?

La voix d'**Arnault de Battz** résonna entre les murs des locaux de W3. Ses manières d'homme civilisé, sa bonhomie ordinaire, ses taquineries habituelles, tout ça s'était volatilisé devant les mines contrites de Corentin Ruedler et Valentin Mendès. Seul Marcus Maratier affichait un sourire amusé en frottant la plante de ses pieds sur son tapis en fibre de coco.

– Valentin, toi, je peux comprendre ! Tu es une tête brûlée, aussi raisonnable qu'une paire de couilles. Mais vous, Corentin ? Comment avez-vous pu vous laisser entraîner dans une gabegie pareille ?

– Une chose en a amené une autre, tenta le journaliste.

– Et ça, vous en dites quoi de ça !

Arnault de Battz brandissait plusieurs journaux lyonnais reçus le matin même. Des articles tous plus virulents les uns que les autres assassinaient W3 et ses méthodes de voyous. « **Les ripoux du Web** », « **W3 = No limit !** », « **Un ex du *Nouvel Obs* en garde à vue** », « **W3 et les pieds nickelés** ».

– Il n'y a aucune trace administrative, c'est de la diffamation ! se défendit mollement Corentin Ruedler.

– Ah ! Parce que vous comptez attaquer la rédaction de ces canards ?

Arnault de Battz traversa le bureau et sortit sur la terrasse.

– J'ai besoin d'air, dit-il.

– Ce qui est fait est fait, philosopha Marcus Maratier.

– Ce n'est pas toi qui as les avocats de la terre entière sur le dos !

– N'empêche, ou tu les vires ou tu fais une force de leur faiblesse.

Arnault de Battz se retourna et lança un regard ahuri à Marcus Maratier. Il ferma un instant les yeux, puis lança :

– Vous dites qu'il y avait des armes de guerre dans ce box, des faux passeports, de l'argent en pagaille. C'est bien beau tout ça, mais ce n'est pas avec vos bonnes gueules que nous allons progresser.

– Reviens à l'intérieur, le tança Marcus Maratier, l'air inquiet.

– Oh ! Toi et tes délires paranoïaques !

– C'est vrai, on doit être prudent, ajouta Corentin. Je vous l'ai dit, notre enquête dérange en haut lieu.

Le poing d'Arnault de Battz s'abattit sur la table où quelques jours plus tôt, tous fêtaient l'inauguration des nouveaux locaux de W3.

– Merde ! grimaça-t-il en frottant sa main endolorie. Ah, vous allez me faire tourner chèvre ! Depuis quand un ministre va me dire ce que je dois publier ?

– Arnault, dedans, répéta calmement Marcus Maratier. Les lettres de menaces se multiplient depuis qu'on est sur l'affaire Berki.

– Arrête, je te dis ! Ça n'a rien à voir ! Personne ne sait qu'on bosse là-dessus. Ils ont juste prêché le faux pour impressionner Corentin et le petit.

Marcus haussa les épaules.

– T'as qu'à croire…

– C'était mon idée, intervint Valentin Mendès, resté silencieux jusqu'à présent.

– Toi, tu laisses parler les grandes personnes, vitupéra Arnault de Battz en revenant dans l'*open space*. Et je vais te concocter un programme de stagiaire. Finies les virées nocturnes ! À la photocopieuse, le bel Apollon. En attendant, ferme les fenêtres !

Valentin Mendès bougonna intérieurement, mais verrouilla les baies vitrées sans dire un mot.

– Pourquoi Lila Berki possédait-elle un arsenal privé et des faux papiers ? relança Corentin Ruedler, à la rescousse de Valentin qui les observait en faisant la gueule. On peut penser ce qu'on veut de la police française, mais ce ne sont pas ses méthodes.

– La DGSI, argua Marcus Maratier, c'est ce qui me vient spontanément à l'esprit.

– Tu vois des espions partout.

– Parce que c'est la vérité. Nous vivons sous la surveillance d'un État de flics.

– La source nous indique qu'on exécute des policiers, voilà ce qu'on nous a dit, s'énerva Arnault de Battz. Des policiers, pas des espions.

– Admettons.

– Et Lila Berki était bel et bien OPJ, ajouta Corentin Ruedler. Pas espionne. D'après son coéquipier, c'est peu probable.

– Anyway, soupira Arnault de Battz en s'asseyant lourdement dans un fauteuil, où est le commandant Lieras ? Nous aurions bien besoin de ses lumières. Du neuf ?

– Rien du tout, grinça Marcus Maratier. Jo Lieras n'a pas envie d'être retrouvé, c'est un fait et il a bien raison, poursuivit-il. Il sauve son cul. Regardez, j'ai isolé trois nouvelles morts suspectes : le premier flic concerné s'appelle Yvan Néré. Vous vous souvenez de ce commissaire marseillais tombé pour intelligence avec le milieu il y a quelques mois ? Eh bien, il a trouvé la mort en maison d'arrêt, assassiné par on ne sait qui. Ça remonte à une huitaine et ça n'a pas fait la une. Les deux autres, c'est des suicides chelous : Boubacar N'Diap, un OPJ de Lille qui s'est tiré une balle dans la tête avec son arme de service. Le troisième, Simon Angeletti, un gars de Bordeaux, idem. Une balle dans la tête.

– OK, mais des suicides de flics, c'est courant, malheureusement.

– Pour se flinguer, il faut une bonne raison. Or, ces deux hommes avaient entre 35 et 40 ans, aucune métastase annoncée, ils aimaient leur métier, étaient célibataires, ce qui est une cause de vie épanouissante, sportifs, amateurs de jolies filles. J'ai vu leur portrait et je peux te garantir qu'ils t'auraient beaucoup plu, ajouta Marcus à l'adresse d'Arnault de Battz. Pas de coming out en vue, pas de maladie dégueulasse, pas de décès, pas de prêt bancaire sur le dos. Conclusion : ils n'avaient aucune raison de se flinguer.

– Évidemment, s'ils étaient hétéros, ça en faisait des types épanouis, grimaça Arnault de Battz. Mon pauvre Marcus…

– Tu as tort, je me fous royalement de ce que les gens font avec leur derrière, tant que c'est pas sous mes yeux.

Arnault de Battz s'éventa avec un des journaux lyonnais qu'il n'avait pas lâché.

– La misère sexuelle est la pire chose qui puisse arriver à un homme. Marcus, creuse un peu plus sur ces policiers. Vois s'ils n'auraient pas, eux aussi, un box rempli d'armes.

– À mon humble avis, glissa Valentin, si c'est le cas, avec nos conneries, ils sont déjà vides…

– C'est clair ! tonitrua Marcus Maratier. Par contre, j'ai du neuf sur la source. D'après le labo, notre mystérieux contact est une femme !

– Ça divise le nombre des suspects par deux ! se plaignit Arnault de Battz en se relevant. Nous avons fait un grand pas.

– Arnault, je peux vous voir en privé ? lui demanda Corentin Ruedler.

– Dans ce cas, allons nous isoler dans mes quartiers. Apollon, tu es convoqué juste après. Corentin ? Je suis à vous.

Les deux hommes se dirigèrent vers le bureau d'Arnault de Battz.

– J'ai sérieusement déconné, confessa Corentin Ruedler en refermant la porte derrière lui.

– Je ne serai pas le premier à vous jeter la pierre. J'ai mon compte pour une vie entière. Tenez, j'ai enfin eu le temps de relire votre contrat. Il n'y a plus qu'à signer.

– Je ne suis pas certain de vouloir le faire.

– Si c'est de votre démission dont vous voulez me parler, c'est non !

– Eh bien justement, j'ai pas mal réfléchi…

– Non, répéta Arnault de Battz, quelle partie du mot ne comprenez-vous pas ? NON, j'ai besoin de vous. W3 n'existe qu'à travers ses individualités. Et pour reprendre les paroles de Marcus, nous allons nous servir de vos faiblesses comme d'une force.

– Arnault, je suis désolé, mais ma décision est déjà prise. À la limite, s'il n'y avait pas Marcus, je resterais au bureau. Mais il est là, et fait parfaitement son job. Quant au petit Mendès, il est doué, et mérite mieux que la photocopieuse. C'est un gosse courageux. Laissez-lui une chance.

– Vous êtes sérieux ?

– Le terrain n'est pas fait pour moi. Je serai toujours là pour W3, si vous avez besoin d'un papier. Mais *Le Monde* m'a fait une proposition en or, que je ne veux pas refuser.

Arnault de Battz prit ses airs de diva outragée.

– Elle tombe du ciel, cette proposition ?

– Je n'ai jamais arrêté de chercher.

– Tout de même, *Le Monde* ? Vous êtes sûr ?

Corentin Ruedler esquissa un sourire et laissa une enveloppe cachetée sur le bureau du producteur, puis il quitta la pièce.

– Il est sûr, marmonna Arnault entre ses dents en déposant l'enveloppe sur le tas déjà conséquent qui encombrait son bureau. Valentin, mon tout beau ? héla-t-il en direction de la porte. Ramène tes fesses par ici !

Le jeune homme apparut dans la seconde.

– Mets ton cul sur la chaise.

Tel un grand ado obéissant, Valentin Mendès s'exécuta.

– Il y a plusieurs points à l'ordre du jour, commença le producteur en joignant ses mains sous son menton. Premièrement, tu vas arrêter de penser avec ce que tu considères comme la plus précieuse partie de ton anatomie. Dorénavant, avant de cambrioler un bien privé, tu te demanderas s'il n'existerait pas une alternative moins rocambolesque. Deuxio, tes horaires de bureau sont à partir de – il regarda sa montre, une Omega 1920 que lui avait dénichée Egon pour leurs dix ans – maintenant 11 h 23, de 9 heures à 19 heures, avec une heure d'interruption pour ta collation de midi. Pendant ces heures, tu es à la disposition de l'équipe, enfin, celle de Marcus vu la tête de l'équipe. Tu lui serviras de jambes. Et tertio, acheva Arnault de Battz en jetant le journal devant Valentin : assumer ses conneries, c'est important. Écris-moi un droit de réponse, ou une riposte bien sentie, à ces torchons que nous ferons paraître dans le prochain bulletin. Et tâche de te faire tout petit à présent.

– Moi, écrire un papier ? Et Corentin ?

– *Exit* Corentin !

– Sans déc !

– Oui, l'aventure W3 retombe comme un soufflé. Marcus et toi avez intérêt à assurer. Je n'ai pas les moyens de remplacer Lara et Corentin, et je ne suis pas certain d'avoir envie de bosser avec un inconnu qui nous plantera un couteau dans le dos à la première occase. On est trois en attendant le retour de Léon, il faut faire avec. Maintenant, dis-moi, où en es-tu avec Egon ? Nullepart, évidemment. Anyway, il y a une pile de courrier à trier sur mon bureau ! Allez, ouste !

Trop heureux de s'en tirer à si bon compte, Valentin Mendès saisit la pile d'enveloppes, et déguerpit.

Quand la porte de son bureau se referma sur le jeune homme, Arnault de Battz s'empara de son téléphone. Depuis plusieurs jours, il tentait de joindre le directeur des programmes de France Télévisions pour lui proposer une nouvelle émission. Même dans les chaînes de la TNT, on ne le prenait plus en ligne, signe que sa carrière de producteur touchait à sa fin.

Pourtant, Arnault de Battz ne s'avouait pas vaincu. C'est sur Internet que l'avenir de l'audiovisuel se ferait. Avec W3.

93

En début de soirée, **le docteur Mariani** trouva enfin le temps de s'isoler pour ouvrir le courrier qui lui était adressé par « Bettie Henriot » de la part de Sookie. Il contenait des lettres de Valie Castel écrites quelques semaines avant sa mort.

Le médecin les parcourut une première fois, les posa quelques instants devant lui, le corps renversé dans son fauteuil, les yeux tournés vers le plafond grisé de poussières.

Puis il les relut, feuilleta les documents annexes, des copies d'actes de propriété délivrés par la municipalité de Saint-Junien à Jean-Paul Dardelin, visés par Valie Castel, qui travaillait alors pour la communauté de communes du Haut Pays.

– Nom de Zeus ! laissa-t-il échapper entre ses dents.

Les lettres révélaient que Valie, de douze ans la cadette de son mari, avait connu une liaison adultère avec Dardelin. Elle n'avait jamais avoué sa faute à Léon, mais à sa fille dans ces lettres. Sookie ne les avait découvertes que bien plus tard, probablement le jour où elle s'en était prise à JP.

Romane Mariani ouvrit la fenêtre de son bureau et revint s'asseoir. Cette fois, il avait besoin de fumer, pour réfléchir, se concentrer. Au diable les règles de vie en communauté qui interdisaient la tabagie dans les locaux professionnels.

Manifestement, Valie Castel ne disposait d'aucune preuve du chantage que Dardelin aurait exercé sur elle. Elle écrivait que son amant avait réalisé des vidéos de leurs ébats et qu'il se proposait de les communiquer à Léon, voire à tout le village, si elle ne défendait pas ses demandes de permis de construire et de transformations de terrains agricoles auprès des maires concernés et de la communauté de communes.

Valie Castel avait voulu épargner Léon. Elle regrettait. Oh oui ! Comme elle regrettait son égarement ! Mais elle avait mis le doigt dans l'engrenage d'un mécanisme infernal où sexe, soumission, argent et pouvoir se côtoyaient intimement.

Les propriétés de Jean-Paul Dardelin – fils d'une famille de paysans implantés dans les Vosges depuis des générations – étaient au nombre de seize. Il y en avait pour une fortune. En passant de terrain agricole à terrain à bâtir, le prix du mètre carré avait été multiplié par plusieurs centaines.

Ces lettres, ces documents administratifs et la preuve de la présence de Dardelin et de son acolyte près du gouffre, où Valie agonisait pendant la battue, permettraient certainement de rouvrir l'enquête et de confondre les coupables.

Romane Mariani rangea les documents dans son coffre et verrouilla la porte de son bureau. Il monta quatre à quatre l'escalier qui menait à la chambre de Sookie, ralentit le rythme quand il passa dans le champ des caméras de surveillance et frappa quelques coups au vantail avant d'entrer.

Sookie Castel se tenait en culotte et en chemise devant la fenêtre, et elle regardait en direction du petit bois bordant le parc de Ravenel.

– Vous avez lu, doc ? dit-elle sans se retourner.

– J'ai lu.

Le médecin s'avança dans la chambre. Quand il fut à quelques centimètres de sa patiente, il ferma les yeux et respira son odeur. Une érection brutale le fit chanceler.

Ils restèrent un long moment ainsi, tous les deux immobiles.

– Je crois que je vous aime bien, murmura Sookie. Et vous ?

– Oui.

– Oui, quoi ?

– Je vous aime bien, mademoiselle Castel.

– C'est tout ?

– C'est tout de l'admettre.

Un sourire heureux sur les lèvres, Sookie se retourna, attrapa les mains de son psychiatre pour les porter à ses lèvres.

– Alors, qu'est-ce que tu attends ? demanda-t-elle en embrassant ses paumes. J'en crève.

Romane Mariani scruta le visage de sa patiente et songea que serrer cette femme contre lui l'obséderait jusqu'à sa mort s'il ne cédait pas à ses avances. Ce serait si facile d'assouvir ce fantasme, là, tout de suite.

– Moi aussi, j'en crève, répondit-il finalement en embrassant les doigts de Sookie à son tour. Mais pas question que tu restes en cage à cause de moi.

Jour 9 – vendredi 30 août

94

De retour dans sa cellule, après sa première promenade, **Léon Castel** sentit son moral remonter d'un cran. Bien sûr, il avait eu l'autorisation de déambuler une heure sous le soleil et, grâce à son voisin, il n'avait pas le ventre vide. Mais ce qui le rendait vraiment positif, c'était l'idée qu'il ne quitterait pas cet endroit sans y laisser une trace de son passage.

Il observa attentivement les graffitis de ses prédécesseurs et hésitait sur sa contribution.

Être ou ne pas être ? Non, trop convenu. Réfléchis, Duchnoc ! Mais je te donne une contrainte. Où serait le plaisir sinon ? Interdits les mots bite, flics, morts aux cons, liberté, juge et maton.

Satisfait par son défi, Léon sourit, seul face au mur, et fut ému en s'apercevant que c'était la première fois depuis longtemps. Puis il se concentra, émit plusieurs propositions qu'il rejeta.

C'est que c'est pas simple d'écrire pour la postérité des cancrelats ! Give Peace a Chance… et puis quoi encore ?

Il tenta de s'inspirer de ce que d'autres avaient jugé utile de graver. Exception faite des innombrables « Nique ta mère », « Fuck la police », « J'encule les flics » et autres mots doux, rares étaient ceux qui sortaient du lot. Il y en avait plusieurs qui faisaient allusion aux qualités sexuelles du détenu, ou à des femmes, dont quelques stars du X comme la fameuse Serena.

« Il faudrait quelque chose d'utile, songea Léon Castel en se grattant la barbe. Un conseil, ça les emmerdera. Et puis, que veux-tu que je conseille à des délinquants, si ce n'est d'arrêter leurs conneries ? »

– Léon ?

– Sauvé par le gong, dit-il en se hissant vers la fenêtre. Salut, l'inconnu. Tu m'as pas dit ton nom !

– Je t'ai pas demandé le tien.

Léon Castel sourit de nouveau.

– C'est vrai, mais on t'a renseigné. Merci pour le chocolat.

– T'as tout bouffé, je parie.

– Oui.

– Dis donc, je viens de regarder tes conneries sur You Tube. T'as pas la langue dans ta poche !

Léon Castel demeura un instant interdit, puis il demanda :

– T'as regardé You Tube, mais où ?

– Bah, ici.

– Ne me dis pas que t'as un ordinateur !

La voix répéta les mots de Léon en le singeant.

– Non, ducon, un téléphone !

– Merde alors ! Comment c'est possible ?

– Putain, mais t'es un vrai triquard ! T'as toujours pas compris le fonctionnement du zonzon, toi. Le business ne s'arrête jamais.

– Si tu le dis...

– Tu sais, guignol, je vais pas traîner dans le coin. Si t'as besoin d'un coup de main, va falloir te décider fissa. Ici, je peux avoir ce que je veux. Si t'as besoin d'un truc.

– Moi aussi, je pourrais avoir un téléphone ? s'extasia Léon.

– Carrément !

– Et un type qui distribue la bouffe sans menacer de m'enculer ?

– Sûr !

– Mais t'es qui ?

– Je m'appelle Enzo Rossi.

Léon Castel déglutit avec difficulté. L'annonce de son voisin de cellule n'aurait pas été plus surprenante si celui-ci avait prétendu être Jacques Mesrine.

– Arrête tes conneries…

– Tu veux toujours un téléphone ?

– Oui.

– Et t'as pas l'impression de pactiser avec le diable ?

Ancien braqueur connu du grand public, Enzo Rossi appartenait à une bande initialement composée de Corses qui avait écumé la Riviera pendant deux ans, puis la vallée du Rhône.

Ils avaient attaqué des banques, des comptoirs d'or, des joailleries. Leur plus haut fait d'arme remontait à six ans, quand ils avaient détourné un camion sortant de l'imprimerie de la Banque de France. Puis avec l'argent, ils avaient élargi leur secteur d'activité et acheté des dizaines de filles qu'ils faisaient travailler dans toute l'Europe. Enzo Rossi était un des plus grands proxénètes en activité.

– J'en sais rien, murmura Léon, j'ai encore pas rencontré le diable.

– Alors attrape le yoyo, s'esclaffa Enzo Rossi. Tu pourras pas le chauffer, mais même froid, c'est pas dégueu.

Comme l'avant-veille, Léon Castel glissa son bras par la fenêtre et rattrapa la navette, remplie cette fois de deux plaquettes de chocolat, de PQ et d'une boîte de salé aux lentilles.

– Merci, Enzo.

– J'aime bien les emmerdeurs comme toi, répondit celui-ci. À plus, guignol, j'ai du taf.

Léon Castel redescendit de la fenêtre et s'assit sur la banquette, sa boîte de conserve serrée entre les mains. Enzo Rossi avait raison, il venait de faire un pacte avec le diable.

Trois tablettes de chocolat aux noisettes, 7 euros, une boîte de salé aux lentilles, 2,50 euros, un paquet de papier WC triple épaisseur, 4 euros, et plus tard un téléphone et une carte SIM – parce qu'il était certain de les avoir – 50 euros.

Le tarif d'une passe sur les boulevards.

95

Muni d'un sac rempli d'une dizaine de kilos de lettres et de petits colis, **Arnault de Battz** pestait. Contre lui-même, pour ne pas avoir délégué cette tâche à Valentin, dont la musculature aurait pour une fois servi à quelque chose d'utile, contre Valentin en personne, habilement réquisitionné par Marcus Maratier pour une course de dernière minute, contre le soleil qui s'entêtait à surchauffer les rues de la capitale, contre Léon Castel et ses âneries, contre Lara Mendès, partie se ressourcer on ne savait trop où, contre Corentin Ruedler enfin, et ses atermoiements de midinette.

– Crotte ! pesta Arnault de Battz en déposant son sac dans le coffre de sa voiture. On ne m'y reprendra plus !

Le courrier de W3 et de la Guilde des emmerdeurs arrivait dans le bureau de poste le plus près de chez lui, à Neuilly. C'était une idée de Léon, persuadé qu'il fallait toujours brouiller les pistes quoi qu'on fasse. Depuis que les lettres de menaces contre W3 se multipliaient, Arnault devait avouer qu'il ne trouvait plus cette idée aussi stupide que ça.

Le moteur de l'Audi ronronna doucement. La climatisation s'enclencha automatiquement et la température se fit agréable dans l'habitacle. Arnault de Battz s'engagea dans la circulation fluide. À cette heure, il gagnerait le 11e arrondissement en quarante-cinq minutes.

Son exaspération diminua en même temps que ses pensées se tournaient vers le commandant Lieras dont il avait appris par un coup de fil du juge Craven, le matin même, qu'il était recherché pour le meurtre de sa femme, et l'enlèvement de sa belle-fille. L'information avait été gardée secrète pour ne pas entraver le cours de l'enquête criminelle. À présent, un avis de recherche circulait sur toutes les ondes.

Bien entendu, Arnault n'y croyait pas une seconde. Jamais Jo Lieras n'aurait tiré sur Mathilde Bonnet. Il les avait vus ensemble, lors de l'inhumation des restes de Charlène. Le commandant Lieras était un homme capable d'affronter toutes les tempêtes, un pilier contre lequel les tragédies se brisaient.

Mais où pouvait-il se trouver à cette heure ? Quelle barbarie s'était abattue sur cette famille déjà tellement éprouvée ? Et la petite Bérénice ? Cette jeune fille commençait bien mal sa vie. Elle avait perdu sa sœur aînée. À présent, c'était au tour de sa mère de disparaître dans des conditions autant obscures qu'abominables. Avait-elle un père ?

La nouvelle de la traque qui s'organisait pour retrouver Jo Lieras révoltait Arnault de Battz. Tout comme son incapacité à lui venir en aide le frustrait. Hier, il était producteur d'émissions de télévision et de documentaires, aujourd'hui, il dirigeait un site d'information à l'avenir incertain. Pourquoi un policier dans la tourmente se tournerait-il vers lui ?

Justement parce que tu diriges un média libre, grand bêta !

Mais Jo Lieras ne donnait pas suite aux messages téléphoniques. Silence radio. Et Marcus Maratier avait laissé entendre que si le policier les ignorait, c'était parce que lui au moins savait à quel point les conversations peuvent être surveillées.

Miracle du jour, Arnault de Battz trouva un stationnement à moins de cent mètres de l'immeuble abritant les locaux de W3.

Il quitta la fraîcheur de sa voiture et affronta la chaleur de Paris, son sac en bandoulière, décidant qu'il enverrait Valentin acheter un cabas à roulettes à la première occasion.

Il trouva le jeune homme occupé à épingler le portrait des personnes présentes à l'enterrement de Lila Berki sur un premier grand panneau de liège à côté de celui des flics dont la mort paraissait suspecte.

– Bonjour les stakhanovistes, salua Arnault de Battz en posant son sac à ses pieds. Marcus n'est pas là ? s'étonna-t-il en ne voyant pas le reporter à son bureau.

– Aux chiottes ! rigola Valentin.

Arnault de Battz frémit en notant que l'adolescent avait ajouté le portrait de Mathilde Bonnet aux côtés de celui de Jo Lieras sous lequel il avait écrit « en fuite ».

– Milan Delaunay a téléphoné, annonça Valentin. La patronne du bar où Lila est morte a retrouvé un portable qu'elle a caché aux flics. Elle les déteste. Par contre, elle est certaine que c'était celui de Lila, alors elle l'a filé à la prof de danse qui le lui a remis à son tour.

Le producteur eut une moue d'incompréhension.

– Il est en train de péter un plomb, le pauvre. Tiens, voilà ce qu'ils ont pu tirer du portable, annonça Valentin en lui tendant une photocopie. Lila Berki a reçu deux SMS. Pas d'appel émis ni reçu. Juste deux SMS.

– « GR compromis » et « RDV Pl. 12 », lut Arnault, les sourcils froncés. Ça veut dire quoi ?

– Sais pas ! Reste à trouver qui est ce GR. Et Pl. 12, je suppose que c'est un numéro de planque, son box peut-être ?

– Ou un autre endroit où elle devait se rendre pour éviter d'être la prochaine cible. On sait d'où viennent les messages ?

– Un numéro étranger. Intraçable, évidemment, même par un beau gosse comme moi !

– Autre chose ?

– Carrément, annonça Valentin Mendès. Marcus et moi, on a fouillé sur le Net, les dépêches AFP et la presse régionale, et on a dégoté une affaire intéressante ! Magali Chow, poursuivit-il en désignant la photo d'une femme, épinglée sur le tableau, OPJ à Strasbourg, chouette nana de 35 ans, policier engagée, responsable et décorée. A sauté dans le Rhin en plein hiver pour sortir une mamie de sa voiture en train de couler. Et en fuite depuis quand ? Hein ?

Arnault de Battz haussa les sourcils.

– Le jour de la mort de Mathilde Bonnet et de Lila Berki... marmonna le producteur. Et de l'inauguration de W3. Espérons que cette coïncidence ne soit pas de mauvais augure.

– Exactement ! Accusée de corruption, traînée dans la boue du jour au lendemain. Disparue sans laisser de trace. On a contacté ses parents, ses amis, ils sont effondrés. Personne ne comprend ce qui s'est passé.

– Et pourquoi ce cas nous intéresse-t-il ?

Valentin Mendès regarda le producteur l'air triomphant.

– Une fuite dans la presse locale a révélé qu'elle possédait un stock d'armes et de faux passeports dans une boîte postale, avant que l'info soit démentie par le procureur ! Comme quoi... mes méthodes d'investigation ne sont pas si pourries !

– Surveille un peu ton langage, Apollon, n'est pas journaliste qui veut ! Au fait, j'ai lu ton papier, ajouta Arnault de Battz en s'adoucissant. Y'a deux trois petites choses à revoir, mais c'est pas mal. Tu liras mes corrections, et tu le mettras en ligne pour qu'il sorte demain. Autre chose ?

Valentin Mendès cacha sa jubilation. Il avait bossé une partie de la nuit pour pondre ces quelques lignes, et il prenait les compliments d'Arnault comme du miel. Il acheva son compte rendu par la lecture d'un mail qu'Eva Trevethan leur avait adressé.

La jeune femme tenait à prévenir W3 que François Puvenelle, l'homme qui l'avait violée, avait disparu de la circulation et qu'elle respirait enfin plus librement.

– Ça veut dire quoi, disparu de la circulation ? Je vais demander à maître Sorbier de vérifier s'il a bien déménagé ou s'il s'est juste calmé quelques jours.

– Eva finit son mail en remerciant Léon, précisa Valentin. Je cite : « Son action a fait bouger les choses figées par une justice insensible à la détresse des victimes ! »

– Bien, lâcha Arnault de Battz à contrecœur. Tu peux t'occuper du courrier ?

– Quoi ! râla Valentin en regardant le sac postal. En plus du reste ?

Les mails de soutien pour la cause de Léon Castel affluaient, une pétition sur Internet comptait plusieurs dizaines de milliers de signatures. En revanche, dès qu'il s'agissait de W3, les gens semblaient bouder les mails et revenir aux vieilles méthodes. Que ce soient les soutiens ou les ennemis.

– Les grandes oreilles ne lisent pas les lettres, juste les mails, expliqua Marcus Maratier qui sortait des toilettes, complètement débraillé. Moi, si j'étais terroriste, je n'échangerais que par la poste.

Le producteur soupira en constatant que sous prétexte qu'il prenait quatre douches par jour, Marcus passait rarement par la case lavage des mains en sortant des WC.

Pour le moment, Arnault de Battz ignorait si l'enquête qui occupait W3 déboucherait sur du concret – et en l'état il en doutait vraiment – ou si on se payait leur tête depuis des jours.

Une OPJ modèle s'était volatilisée, Lila Berki était morte, le commissaire Néré avait été assassiné en prison, Boubacar N'Diap et Simon Angeletti s'étaient bizarrement donné la mort, la famille de Lieras avait été attaquée, mais la probabilité que ces cadavres n'aient rien en commun était beaucoup plus grande que son contraire. Il n'était de pire enquêteur que celui qui cherchait des liens de causalité dans une succession d'évènements.

Leur méthode était trop empirique, mais pour le moment, personne n'envisageait un autre moyen de travailler.

Arnault de Battz partit s'enfermer dans son bureau, le cœur lourd. Finalement, W3 l'occupait, et c'était bien. Egon lui manquait comme jamais.

Il n'eut pas le temps de s'appesantir sur le futur de sa relation amoureuse.

Après avoir frappé, Marcus Maratier entra dans le bureau sans y avoir été invité et s'installa face au producteur.

– En fait, expliqua l'ex-grand reporter, j'ai une nouvelle théorie au sujet du commandant Lieras. Mais je ne sais pas trop quoi en faire parce que ça colle pas avec le parcours des autres flics. Et je préfère pas en parler devant le gamin, il admire trop ce type.

Arnault détacha son regard des mains de Marcus, et tendit l'oreille.

– Je t'écoute.

– Lieras était forcément la cible, et sa femme, un dommage collatéral. C'est pour ça qu'il n'a pas refait surface. Il se planque, et protège la gamine. Par contre, pourquoi il fait partie des flics qu'on canarde ? Qu'est-ce qui les relie ? J'en sais rien, mais notre ami Corentin nous a laissé une piste avant de se tirer comme un voleur. Je l'ai trouvée dans le courrier que le gamin n'a pas encore eu le temps de traiter.

Marcus Maratier farfouilla dans ses poches d'où il extirpa une enveloppe.

– Ah oui ? Ça ? Je croyais que c'était sa démission.

– Pas vraiment.

Le producteur sortit une feuille A4 de l'enveloppe.

« Un avocat exécuté en plein Paris »

Il s'agissait de la photocopie d'un des nombreux articles relatant la mort de l'avocat Éric Moreau, éventré et pendu à la façade de son immeuble dix ans plus tôt.

Ce meurtre avait mis fin à un vaste trafic impliquant des personnalités de tous bords, affaire qu'avait révélée W3 et qui avait lancé le site. Et qui lui valait encore aujourd'hui de recevoir de nombreuses lettres d'encouragement, d'insultes ou de menaces.

– Qu'est-ce que ça veut dire ?

– Corentin pensait qu'il y avait un lien entre l'affaire Moreau et Jo Lieras.

– Il ne l'a jamais apprécié.

– Ouais, mais pourtant, il a eu le nez creux.

– Raconte !

– Il m'a fallu passer des coups de fil un peu partout, me prendre des portes dans la gueule, mais j'ai fini par découvrir ce qu'il soupçonnait : ton pote le flic, il était sur place ce jour-là.

– Et ?

– Pourquoi il ne vous en a jamais parlé ?

– Bon point.

– Et s'il en savait plus qu'il l'a dit ?

96

Tout petit déjà, **Valentin Mendès** écoutait aux portes.

Entouré uniquement de femmes qui cherchaient son bien-être, il avait dû trouver des moyens pour apprendre ce qu'on lui cachait.

Aujourd'hui, alors qu'il tentait d'intégrer le monde des adultes, on lui faisait le même coup tordu. Dans l'adversité, Valentin considérait que tous les moyens étaient bons.

Ou je suis un journaliste de W3 ou un larbin, mais il faut choisir !

Occupé devant la photocopieuse à la réalisation d'un double des lettres de menaces destinées à être archivées, Valentin Mendès ne perdit pas une miette de la conversation entre Marcus Maratier et Arnault de Battz concernant Jo Lieras.

« Et s'il en savait plus qu'il l'a dit ? »

Ces mots prononcés par Marcus Maratier extirpèrent Valentin de l'hébétude provoquée par la lampe de la photocopieuse.

Une tempête se déclencha aussitôt sous son crâne. On aurait pu lui prouver sans l'ombre d'un doute que Jo Lieras était un assassin de la pire espèce, Valentin s'en serait fichu. Le policier avait sorti Lara du bunker, lui avait envoyé de l'aide quand elle en avait eu besoin, c'était un type fiable.

Mais s'il n'avait rien à cacher, pourquoi il n'en a jamais parlé ? Il savait qu'on bossait là-dessus.

Les doutes émis par Marcus après ceux de Corentin éveillèrent un écho dans la tempête. Surtout que Valentin Mendès possédait un moyen très sûr de vérifier si Jo Lieras avait un lien secret avec Moreau.

Et il n'allait pas se priver de s'en servir.

97

Au fond de lui, alors qu'il marchait vers la place de l'église de Saint-Junien, **Hervé Marin** songea que tuer un homme, c'était quelque chose de mal, et qu'il fallait qu'il soit puni pour ça, même si l'homme qui reposait sous les plants de tomates de Léon Castel était vilain lui aussi.

« On doit laisser les vilains là où ils sont ! » avait l'habitude de dire sa mère en l'enfermant dans les clapiers, quand il était trop agité.

Qui allait le punir, maintenant que sa mère n'était plus là ?

Préoccupé, Hervé Marin traversa la place du village en direction de l'arrêt de bus pour Remiremont.

Il n'aimait pas prendre le bus, ça lui rappelait de mauvaises choses comme aller voir sa mère au cimetière ou Sookie Castel à Ravenel, mais pour acheter des petits pots et de la purée pour Yanna et ces trucs pour le sang qui s'écoulait d'elle, le Super U, c'était plus discret que l'épicier ambulant.

Et puis là-bas, les bonbons étaient moins chers.

Depuis que Léon avait quitté Saint-Junien, Hervé Marin se ravitaillait en biscuits et confiserie à la camionnette. Pour ce qui était des achats courants, conserves, produits ménagers et autres, il faisait le plein tous les 5 du mois avec monsieur Robert Verdier, son tuteur. Bien qu'il n'appréciait pas la compagnie de ce dernier, Hervé adorait déambuler dans les allées du supermarché avec son caddie et sa liste qu'il pointait scrupuleusement.

Cette idée plaisante en fit surgir une autre, plus angoissante : son tuteur devait le visiter sous peu, mais il avait complètement oublié quand.

Et s'il trouvait Yanna dans son lit ?

Et s'il trouvait JP sous les tomates de Léon ?

Le regard rivé sur ses chaussures encore couvertes de terre, Hervé Marin manqua repartir sur-le-champ, tellement ces pensées le paniquaient. Mais l'impérieuse nécessité d'empêcher le sang de couler sur le matelas resta fixée dans son esprit.

Alors, il attendit le bus en dansant d'un pied sur l'autre.

Pourtant, lorsque le bus arriva et que le chauffeur l'invita à monter à bord, Hervé Marin tourna les talons et reprit le chemin de sa maisonnette.

Il était si perturbé qu'entre-temps, il avait oublié pourquoi il devait aller à Remiremont.

98

– Hey, guignol ?

La voix d'Enzo Rossi sortit **Léon Castel** de sa sieste, la troisième de la journée. Il maugréa dans la torpeur moite de sa cellule. Dehors, un soleil de plomb écrasait l'Ile-de-France.

Putain de réchauffement climatique !

– Oh ! Guignol ! Ramène ta fraise.

Léon se leva à contrecœur.

– Re salut, Enzo, dit-il en grimpant contre la fenêtre. T'étais passé où ?

– Ce putain de juge m'a interrogé pendant des heures. T'es pas bien bavard.

– J'ai l'impression que les autres m'ont oublié. Toujours pas de blé, pas d'avocat. Rien.

– T'as pas l'impression que les matons t'ont aussi un peu oublié ?

– T'as raison, admit Léon après un silence. Ils me laissent dormir. Et ils m'envoient plus l'autre taré de Gueule d'Ange pour la bouffe.

– Tu vois, parfois on croit qu'on n'est pas seul et on est seul, et parfois, c'est le contraire. Tu me suis ?

– Je crois.

– Tu vois !

– C'est toi ?

– Peu importe qui c'est, mon ami. L'essentiel est qu'on veille sur toi.

– Tu deviens philosophe ?

– Dis-moi, poursuivit le Corse sans relever. Comment un gentil comme toi en est arrivé là ?

La tête posée entre deux barreaux, Léon Castel leva les yeux au ciel.

– T'as du temps ? Parce que c'est pas une histoire courte.

– T'es vieux, c'est normal.

Léon Castel avala le compliment. C'est vrai qu'il n'était plus tout jeune. Ses cuisses le faisaient souffrir dans la position du « parleur à la fenêtre ». Mais de là à dire qu'il était vieux ! On verrait ça dans dix ou vingt ans.

Pendant une heure, en observant de courtes pauses pour relâcher la tension de son corps, Léon Castel raconta comment, jeune retraité d'une entreprise d'informatique, il avait embrassé la carrière d'emmerdeur public, puis de libérateur d'une jeune journaliste et enfin d'incarnation du site d'infos W3, avant de se faire virer pour avoir dénoncé un violeur.

Il parla de sa fille Sookie, une tête de mule devenue flic pour l'emmerder, une fille formidable qui passait un sale quart d'heure à l'HP depuis qu'elle avait bastonné un ancien petit copain. Il raconta sa vie avec sa femme Valie, le désespoir à la mort accidentelle de cette dernière. Il parla du vieux fusil de chasse, héritage de son père, qui rouillait dans la cave de la maison de Saint-Junien, et de son doigt qui avait failli écraser la gâchette un jour, tant il pensait que le désespoir était sans fin.

– T'as eu une vie de pacha ! commenta Enzo Rossi. Quand il y a des drames, c'est qu'il y a eu de l'amour. Tu peux pas te plaindre. Tiens, attrape !

La technique était à présent bien rôdée. Léon tendit son bras à travers les barreaux et en ramena le sac-navette. Il l'ouvrit et découvrit un téléphone portable.

– T'as deux heures d'appel, j'ai mis le code de ta date de naissance : 1936.

– Enfoiré !

– Allez, fais-toi plaisir !

99

« Comment va ma fille ? Comment va Sookie ? Vous lui avez encore fait des électrochocs ? Quand est-ce que vous la sortez de là ? »

Les questions avaient fusé, sans ambages, aussitôt que le docteur Mariani avait décroché. C'est à peine si **Léon Castel** avait pris le temps de se présenter.

– En avez-vous terminé ? s'était contenté de demander le psychiatre.

Comme Léon avait répondu par l'affirmative, celui-ci avait raconté le parcours de Sookie vers sa renaissance. Oui, elle allait mieux de jour en jour et la possibilité qu'elle soit jugée irresponsable de ses actes et libérée se profilait. Et oui, Sookie savait que son père était incarcéré à Fleury-Mérogis.

– Est-ce que je peux lui parler ?

– Si elle l'accepte.

Le psychiatre avait noté le numéro de Léon Castel et raccroché.

Depuis, il attendait.

Dieu qu'elles lui semblèrent longues ces quinze minutes à contempler les murs de sa cellule, la prose des détenus, l'écran du téléphone, où son regard revenait sans cesse pour surveiller la qualité du signal.

Quand l'appareil vibra dans sa main, le cœur de Léon bondit. Des larmes lui montaient déjà aux yeux quand il décrocha.

– Allo, dit-il tout bas, de peur qu'on l'écoute derrière la porte. C'est toi, Sook, c'est toi ma chérie ?

– Léon, qu'est-ce que tu fiches en taule ?

La voix de Sookie traînait un peu, mais elle était claire, ses mots parfaitement articulés.

– Parle-moi de toi. Comment te sens-tu ?

– Pourquoi t'as pas appelé avant ?

– Je suis à l'isolement, expliqua-t-il en plaisantant, ils ont dû croire qu'il y aurait des révoltes s'ils me laissaient passer des coups de fil.

– Et t'as chopé un téléphone en cellule ?

– Le yoyo, tu connais ?

Sookie éclata de rire.

– Alors, qu'est-ce que t'as encore fichu ?

La boule dans la gorge de Léon Castel enfla d'un coup, à tel point que la parole devint difficile.

– Le con, comme d'habitude.

– Arrête de plaisanter.

– D'accord, ma fille, murmura Léon. On en parlera.

– Merci.

– Tu vois le juge demain ?

– Oui.

– Tu sais ce que tu vas faire après ?

– Non, et toi ?

– Sale gosse.

– Tu sors bientôt ?

– Dès que la paperasse sera signée.

La boule disparut peu à peu de la gorge de Léon Castel. À la place, un sentiment de légèreté gagnait sa poitrine, un sentiment comme il n'en avait plus connu depuis longtemps.

– Je t'aime, ma Sook.

– Moi aussi, papa. Tu me manques.

– Tu me manques aussi.

Longtemps après avoir raccroché, Léon profita du bonheur simple d'avoir une fille comme Sookie.

Cinglée, elle l'était, définitivement. Et cette folie qui la tenait debout ne pouvait être défaite par les molécules concoctées par les laboratoires pharmaceutiques ou la science empirique des psychiatres. Sookie était une folle singulière dont Léon Castel se targuait d'être le seul humain suffisamment barge lui aussi pour en appréhender la profondeur.

Les Castel sont timbrés par filiation depuis des générations. Et ça se transmet pas par les gènes, mon con !

Pour une fois, sa cellule ne lui sembla ni trop étroite ni trop isolante. Il leva le téléphone au-dessus de sa tête et le contempla dans le halo de lumière du plafonnier.

– M'ont toujours fait chier, ces bidules ! grogna-t-il en souriant à l'idée de son prochain appel.

100

GSM d'Hervé Marin
30 août.
Appel entrant. Non identifié.
Début de communication. 13.45.56

« Allo, c'est qui ?
– Salut Hervé ! C'est ton vieux pote Léon !
– J'ai pas le temps, là.
– Comment ça, t'as pas le temps ?
– J'ai pas le temps, c'est tout.
– Tu sais d'où je t'appelle, gros malin ?
– Et toi, tu sais d'où j'appelle ?
– Dis donc, tu m'as l'air encore plus frais que d'habitude ! T'as un problème ? T'es où, là ?
– Dans la cage à lapins.
– Ça, je le sais, vieux. C'est toi qui as voulu habiter là.
– J'ai été vilain.
– Qu'est-ce que tu racontes ?
– J'ai pas le droit de te dire.
– Tu veux que j'appelle quelqu'un ?

– Non, faut pas. Elle veut pas.
– Qui veut pas ? C'est quoi ces histoires ?
– …
– Hervé ? T'es avec qui, là ?
– Tu crois que JP, il aime manger les radis par la racine ?
– Tu te fous de ma gueule ?
– …
– Pourquoi tu me demandes ça ?
– …
– Hervé ? C'est quoi cette histoire de JP ? Il te cause des ennuis ?
– J'ai pas dit ça.
– Sinon, tu me préviens, OK ?
– Oui. S'il m'embête encore, je te dirai. Léon ?
– Quoi ?
– C'est quoi des serviettes hygiéniques ?
– Des serviettes hygiéniques ? T'en as besoin pour la chienne, c'est ça ?
– …
– Hervé ?
– C'est pas pour la chienne.
– Alors c'est pour qui ? Hervé ? Hervé ?

Fin de communication. 30 août. 13.47.02

101

Confortablement installé sur la splendide terrasse de l'appartement d'Egon Zeller, son casque audio sur les oreilles, et un pack de Corona à portée de main, **Valentin Mendès** observait la microcarte SD nichée dans sa paume. Dans cet objet minuscule se trouvaient des centaines d'heures de conversations enregistrées dans le bureau d'Éric Moreau en 2002.

Lors de son enquête pour retrouver Lara, le jeune homme avait volé ces enregistrements et un carnet crypté à un ancien garde du corps de l'avocat qui les avait lui-même dérobés à l'avocat le jour de sa mort.

Valentin et Arnault de Battz les avait écoutés en partie, suffisamment pour que le producteur, horrifié par ce qu'il avait entendu, décide de les remettre à un policier de confiance, le commandant Lambert.

À l'époque, tous avaient gobé ses bobards quand Valentin avait juré avoir détruit les fichiers. Mais il aurait fallu être complètement idiot pour se débarrasser d'une telle bombe. Le jeune homme avait dissimulé des copies des enregistrements là où personne n'irait les chercher : dans le bac à produits ménagers, sous l'évier de la maison d'ami d'Arnault.

Un fier sourire adoucit ses traits. Puis son visage s'assombrit à nouveau. Le commandant Lambert avait été sauvagement égorgé pour avoir possédé ces mêmes fichiers.

Valentin Mendès glissa la microcarte SD dans son lecteur MP3, ouvrit un fichier au hasard.

« Je ne prendrai plus d'appel cet après-midi, disait la voix d'Éric Moreau. J'ai trop de dossiers à terminer. »

Toi, tu vas aller te faire sucer.

Le jeune homme écouta quelques minutes d'enregistrement pour s'assurer que les fichiers n'avaient pas souffert tout en observant le manège d'un chat, tapi derrière les pots de fleurs.

Un rouquin aux longues moustaches frétillait de l'arrière-train, sa patte avant plaquée sur le corps d'un moineau qu'il dévora jusqu'à la dernière plume.

Putain, c'est la jungle...

Valentin Mendès fit défiler son répertoire téléphonique en soupirant.

– Pas envie, maugréa-t-il en composant malgré tout le numéro d'Egon Zeller. Mais si j'appelle pas, il me vire de chez lui, et Arnault me tue.

Quand il avait constaté que son hôte avait déserté la maison d'amis pour s'installer à Montmartre, le producteur n'avait pas moufté, à la surprise de Valentin qui s'attendait à une comédie grand format.

« Tu veux être indépendant, c'est bien. Maintenant, oblige-le à rentrer à Paris, et on est quittes ! »

Arnault avait merdé en ne s'opposant pas à la révélation publique de l'homosexualité d'Egon, ce qui avait provoqué leur rupture, le comédien n'ayant pas supporté la trahison. Mais en dehors des femmes de la génération de mémé Carmela, qui en avait quelque chose à foutre, de la sexualité d'Egon Zeller ?

Si ça se trouve, Alain Delon aussi, il est gay.

– Tu dois avoir un don de clairvoyance, s'enthousiasma le comédien lorsqu'il entendit la voix de Valentin, je pensais justement à toi ! Comment tu vas, mon grand ?

– Je voulais te prévenir que je m'installe chez toi, Arnault me soûle.

Il y eut un silence à l'autre bout de la ligne.

– Ton école ?

– On en parlera un autre jour.

– Valentin ?

– De toute façon, si tu veux pas, je me débrouillerai. Y'a des squats un peu partout à Paris. Des trucs d'artistes, tu vois ?

Un nouveau silence au bout de la ligne. Plus long, cette fois. Valentin sentit une goutte de sueur couler dans son dos.

– J'suis malheureux, Egon. Lara est partie je sais pas où, Solange me snobe, Arnault me prend pour un esclave…

Le comédien manipulait les silences à la perfection.

– Alors, je peux rester ? osa finalement Valentin.

– Tu peux.

– Waouh ! J't'adore !

– Pas de fêtes, pas de filles, pas de potes, pas d'alcool…

– Pourquoi ?

– C'est la condition.

– OK. Tu peux te pavaner tranquille à L.A., je gère.

Egon Zeller laissa échapper un petit rire.

– *Take care*, sale gosse, dit-il avant de raccrocher.

« Il prend conscience de la situation dans les 24 heures, se réjouit Valentin, et il rapplique dans la semaine. Ça me laisse le temps d'écouter les enregistrements et de voir si, oui ou non, Jo Lieras connaissait Moreau. »

Avant de reprendre les écoutes, le jeune homme finit sa bière et tenta sa chance, vers Solange Durieux cette fois.

L'appel bascula en messagerie. Valentin n'avait pas envie de parler dans le vide, aussi ne laissa-t-il pas de message. Il voulait entendre sa voix, savoir ce qu'elle faisait, avec qui, quand elle reviendrait à Paris, si elle reviendrait.

Depuis leur dernier échange de SMS, lorsqu'il était encore à Lyon, il n'était pas parvenu à la joindre.

C'est nul.

Il décapsula une autre bière et en avala la moitié d'un trait. Puis il recomposa le numéro de Solange.

Au bip, il inspira profondément et se lança.

« Tu me soûles à pas répondre, t'es pétée de trouille parce que t'es amoureuse, je le sais. Putain, mais rapplique, tu me manques. »

Merde !

Valentin Mendès appuya sur la touche rappel, écouta l'annonce d'accueil et raccrocha avant de parler. Il composa le numéro de Lara dans la foulée.

Messagerie.

« Crevette, t'es où ? C'est zarb' de disparaître comme ça. Donne de tes nouvelles et arrête de faire la gueule. J'aurais bien besoin de toi, j'me sens tout petit et tout seul ! »

Jour 10 – samedi 31 août

102

W3
Droit de réponse
Bulletin du samedi 31 août

À nos confrères qui nous traînent dans la boue
À nos confrères qui jugent

Museler : mettre une muselière à – museler un chien. Fig. : empêcher de s'exprimer ; bâillonner – museler l'opposition, la presse.

Chez W3 nous avons un mot d'ordre :
« Ne céder ni à la menace ni à l'intimidation ».
Et une quête :
« La vérité à tout prix ».
Cette quête a déjà exigé de nombreux sacrifices à nos collaborateurs,
et en réclamera encore.
D'ici-là, nous laisserons vos maîtres serrer vos muselières avec l'espoir que certains d'entre vous s'échappent de la meute et, pourquoi pas, nous rejoignent.

103

Le visage de **Yanna Jezequel** changeait progressivement de couleur, mais la douleur ne cédait pas. Le rouge virait au bleu, le bleu noircissait ses joues, ses arcades sourcilières, sa bouche. Même son cou portait des traces.

La jeune femme reposa le miroir, et se redressa dans le lit avec une grimace.

– Hervé ?

Pour traiter les blessures du viol, elle utilisait les moyens du bord : Mercurochrome, Biafine et antibiotiques périmés, en priant que JP n'ait pas traîné une saloperie genre hépatite B ou pire, mais la cicatrisation tardait, l'obligeant à se retenir d'aller à la selle, et lui occasionnant de vives douleurs à l'abdomen.

– Hervé ? Tu dors ?

Et puis, il y avait la peur qui remontait le soir pour investir brutalement sa poitrine. Dans ces moments-là, Yanna pensait à son violeur en train de pourrir sous les plants de tomates, et elle ne pouvait s'empêcher de l'imaginer revenant d'entre les morts pour achever son travail.

Alors, pour dormir, elle avalait un comprimé de morphine. Parfois un deuxième, ce qui lui occasionnait quelques hallucinations. La veille, elle avait clairement vu Guernica se balader au plafond.

Le silence pesant de la maisonnette finit par angoisser Yanna.

La dernière fois qu'elle l'avait vu, Hervé sortait pour faire des courses au supermarché, et comme elle s'était shootée, elle ne l'avait pas entendu rentrer.

La jeune femme sortit prudemment du lit, et s'aperçut qu'en dehors de la robe de chambre de la mère d'Hervé, elle n'avait rien à se mettre sur le dos. Ses affaires étaient restées dans la chambre de Léon. Elle devrait les récupérer au plus vite.

– Hervé ?

Putain, mais t'es passé où, toi ?

Les sourcils froncés, elle fit quelques pas chancelants, ouvrit l'armoire, fouilla dans le tas de linge et jeta son dévolu sur un tee-shirt et un short avec ceinture réglable. Son hôte faisait au bas mot vingt tailles de plus qu'elle.

Une fois couverte tant bien que mal, Yanna se traîna jusqu'au seuil de la maisonnette, en s'appuyant sur les murs. Allongée devant la porte, Guernica remua la queue à son passage.

– Ben t'es là, ma belle ? Il est où, ton papa ?

La présence du chien dans la maison vide inquiéta Yanna Jezequel.

Depuis la mort de JP, Hervé semblait plus perturbé que d'habitude. Ses tics s'étaient accentués, et il faisait des cauchemars. Même s'il n'en parlait jamais, Yanna savait qu'il y pensait sans cesse.

La jeune femme savait également qu'il n'était pas allé se rendre, sinon, les gendarmes seraient déjà en train de retourner le jardin de Léon.

Alors quoi ?

Yanna Jezequel enfila les bottes en caoutchouc d'Hervé, et fit quelques pas dans le jardin en l'appelant à voix basse. Elle le retrouva quelques minutes plus tard, accroupi dans un des clapiers de l'appentis où il s'était enfermé depuis la veille.

104

En voyant le visage de son psychiatre s'encadrer dans la vitre blindée, **Sookie Castel** s'illumina d'un sourire qui s'éteignit quand elle découvrit celui qui l'accompagnait.

La boîte goupil – François Hollande en plus maigre, mais étonnamment proche pour ce qui concernait la forme du visage, les yeux tombants, les poireaux sur les joues – s'ouvrit en même temps que la porte de sa cellule. Dans cette boîte, Sookie avait créé une sous-catégorie où elle rangeait les regards fourbes. Ceux qui jaillirent cette fois appartenaient au meilleur ami de JP.

– Bonjour, mademoiselle Castel, dit le docteur Mariani avec un ton de chef de service. Vous nous excusez un instant. Je vous présente le brigadier gendarme Rémy Lagrange.

Dardelin a cafté, ma fille, t'es dans la merde !

Tétanisée, Sookie tenta de masquer son trouble avec un bref signe de tête indifférent, et reporta son attention sur l'infirmier qui apportait deux chaises supplémentaires. Trop regarder Rémy Lagrange pouvait provoquer un déferlement de boîtes qu'il n'était pas question d'ouvrir à moins de vouloir passer le reste de sa vie à l'HP.

– Le gendarme Lagrange tenait à vous poser quelques

questions avant l'audience de cet après-midi, expliqua le docteur Mariani, vous permettez ?

Sans attendre la réponse de Sookie, le psychiatre enchaîna.

– Je serai à vos côtés, ne vous inquiétez pas.

Pendant que Rémy Lagrange ouvrait la fenêtre et tentait de faire bouger un à un chaque barreau, le docteur Mariani pria Sookie de prendre place sur une chaise et s'installa près d'elle. Ils attendirent que le gendarme ait achevé ses vérifications et s'asseye face à eux.

– Qu'est-ce qui se passe ? demanda enfin Sookie d'une petite voix. Pourquoi vous vérifiez les barreaux ?

– Attendez qu'on vous interroge, mademoiselle Castel, rétorqua le gendarme d'un ton qu'il voulait avenant, mais où pointait une forme d'agacement.

Il ouvrit son carnet de notes et saisit un crayon de papier.

– Qu'est-ce qu'il y a au-dessus ? demanda-t-il en pointant son index vers le haut.

Sookie Castel se fit violence pour ne pas tourner son regard vers le carré par lequel elle s'était échappée.

– Un faux plafond, à trois mètres du sol environ, expliqua le psychiatre. Une couche de laine de verre, un plancher et les combles.

– Est-ce qu'il y a un accès vers le grenier ?

– Bien sûr, à l'autre bout du couloir. Mais la porte est condamnée et l'escalier défoncé depuis des années. Pas moyen d'y accéder par là. Et quand bien même, vous aurez remarqué la hauteur du bâtiment.

Le gendarme Lagrange renifla, fit encore un tour de la chambre du regard et fixa son attention sur Sookie Castel.

– Vous êtes sortie d'ici depuis jeudi ?

La jeune femme lança un regard faussement paniqué en direction de son psychiatre qui lui adressa un sourire rassurant.

– Qu'est-ce qui se passe ?

– Le gendarme Lagrange est là par pure formalité, expliqua le docteur Mariani. Il vient constater que vous étiez bien là où vous êtes censée être.

– Pourquoi ?

– On n'arrive pas à joindre monsieur Dardelin, dit Rémy Lagrange en fixant Sookie.

La boîte connard-j'espère-que-tu-t'es-flingué s'ouvrit, et la jeune femme y rangea Dardelin, vaguement contrariée de devoir le ressortir de ses archives.

– J'ai rien fait, murmura-t-elle.

– J'ai pas dit ça, mademoiselle Castel, marmonna le gendarme après avoir essuyé un coup d'œil furieux du docteur Mariani. On ferme les pistes une à une, vous devriez le savoir !

– Mmmh...

– Alors ?

– Si je suis sortie ?

– C'est ça.

Nouveau regard de Sookie vers son psychiatre.

– Sortie d'où ? De ma chambre ?

– Par exemple.

– Tous les jours, mais je sais plus quand. Pour prendre les médicaments, parler au docteur...

Tripoter mon psy au fond d'une grotte...

– Mademoiselle Castel est autorisée à aller et venir dans l'enceinte de ce bâtiment uniquement entre 8 h 30 et 18 h 30, intervint le docteur Mariani. Au-delà de ces horaires, la porte de sa cell... pardon, de sa chambre, est verrouillée. Et elle ne sort jamais dans le parc sans être accompagnée. Tout est inscrit dans le registre.

– JP m'a pardonné, monsieur, expliqua Sookie Castel. Il a dû vous le dire.

Le gendarme Rémy Lagrange haussa les épaules.

– Il n'est jamais venu par ici ?

– Pas une seule fois, affirma le docteur Mariani. Je peux vous assurer que nous avons été très vigilants à ce propos.

– Pourquoi vous le cherchez ? ne put s'empêcher de demander Sookie. On s'inquiète pas des gens qui disparaissent, d'habitude.

– Monsieur Dardelin a visiblement quelques problèmes avec la justice.

Bientôt ton tour, connard.

– Ah ! Je savais pas, sourit tristement Sookie. J'ai pas le droit de regarder les informations à la télé.

Le gendarme Lagrange scruta le visage de la jeune femme et celui de son psychiatre. Puis il fit mine de s'adoucir.

– J'espère que vous allez vous en tirer. On n'aime pas voir des collègues dans cet état.

Une énorme boîte faux-cul engloba la boîte goupil-François Hollande qui contenait déjà le gendarme.

– Ne vous inquiétez pas, renchérit le docteur Mariani avec un sourire si fugace que seule Sookie le remarqua, ici, on prend bien soin des agents surmenés.

– Mouais. Vous me montrez le registre des visites, et les bandes de vidéosurveillance ? Mademoiselle Castel…

Le gendarme se redressa avec raideur, salua Sookie d'un bref coup de tête et suivit le docteur Mariani vers la sortie. Sur le seuil, il se retourna avec un sourire carnassier, et articula silencieusement : « Je sais que c'est toi, sale pute. »

Impassible, la jeune femme regarda la porte se refermer sur lui, elle entendit le psychiatre préciser qu'avec les deux caméras de surveillance installées dans le couloir, elle n'avait aucune possibilité de sortir sans être vue, puis la porte se referma, la renvoyant au silence.

105

Chaque jour depuis sa rencontre avec son voisin de cellule, **Léon Castel** apprenait un peu plus cette grande loi qui régit le système carcéral : une sympathie avec un caïd peut vous transformer un jour morne en une fête incroyable. En l'occurrence, il s'agissait d'une bouteille d'orange pressée, d'un expresso et de deux croissants accompagnant la presse du jour, plateau qui lui avait été déposé par un détenu bien plus agréable que Gueule d'Ange.

Il découvrit avec un plaisir certain le droit de réponse de W3.

Déjà que les journaleux ne nous aimaient pas. Maintenant, ils vont savoir pourquoi.

Jamais jusqu'alors, Léon n'avait su apprécier la valeur d'un moment de lecture ou la liberté de la presse. Depuis son incarcération, il réapprenait à se satisfaire de choses qu'il avait toujours considérées comme allant de soi. Échanger avec un inconnu, lire le journal, manger à sa faim. Il ne lui manquait plus qu'un vrai sommeil réparateur. Plus personne ne cognait la nuit contre sa porte, Gueule d'Ange était parti emmerder quelqu'un d'autre, il ne restait plus que Léon pour empêcher Léon de dormir. Contre ses angoisses, il ne pouvait compter que sur lui-même.

Son sommeil restait entrecoupé de réveils en sursaut, provoqués par les bruits de la taule et ses propres terreurs.

Il continua sa revue de presse, commentant comme à son habitude les nouvelles, quand ses yeux s'arrêtèrent sur un article dans *Le Parisien* du jour.

« Agression sauvage à Fleury-Mérogis »

Il n'y avait ni photo ni nom mentionné, mais Léon Castel soupçonna aussitôt que l'homme dont on avait scarifié le ventre et le pénis dans un local de la blanchisserie était Gueule d'Ange.

Il en eut un haut-le-cœur. L'article précisait que les agresseurs s'étaient servis d'une arme de confection artisanale retrouvée sur place.

L'enquête se dirigeait vers un règlement de comptes, la victime étant connue pour avoir commis plusieurs agressions sexuelles.

Le papier tomba des mains de Léon Castel. Ses doigts tremblaient et il réprima une envie de hurler.

Qu'allait-il dire à son voisin de cellule ? Fallait-il qu'il remercie Enzo Rossi pour son idée de la justice ?

Tu me fais marrer avec ta justice ! Ça n'existe pas. C'est une fourberie des républicains pour nous la mettre bien profond !

Léon Castel repoussa le plateau au bout de la couchette.

Au fond de lui, il n'était pas dupe de ses propres cris d'orfraie. Ce n'était pas le sort réservé à Gueule d'Ange qui lui procurait ce tourment. Non, c'était l'idée qu'il participait dorénavant au grand brassage de merde et de sauvagerie.

106

Mémé Carmela avait l'habitude de dire : « À ton âge, on doit dormir tout son soûl, manger à sa faim, et s'amuser. »

Pour ce qui était de dormir, **Valentin Mendès** ne chômait pas. L'audition des enregistrements Moreau l'avait tenu éveillé jusqu'à 5 heures du matin. Aussi, en ce samedi, dernier du mois d'août, s'était-il accordé une grasse matinée.

Il était 13 heures quand il émergea sur la terrasse, la tignasse ébouriffée et les yeux gonflés. La clarté du jour exacerbée par la blancheur des façades l'aiderait peut-être à chasser les derniers lambeaux de ses cauchemars.

Pourtant, en décidant d'écouter les enregistrements, Valentin savait à quoi s'en tenir. Il y était question de tractations entre l'avocat, des clients amateurs de pédopornographie, et des fournisseurs de gamines enlevées à leur famille et destinées à la prostitution forcée.

La première fois, avec Arnault de Battz, le jeune homme en avait eu la nausée. Cette fois, c'était pire, car depuis, Lara était sortie du bunker avec une fillette prénommée Milena, l'incarnation même de ce qui se tramait dans les bureaux de Moreau, dix ans plus tôt.

Et continuait à se tramer ailleurs.

Dans ses conseils, Mémé Carmela insistait sur le « manger à sa faim ». Là encore, Valentin dévorait plus que sa part pour calmer les angoisses qui le taraudaient, et combler sa solitude.

Il restait la troisième et dernière partie : s'amuser.

C'est là que ça devenait compliqué.

Comment se distraire après avoir entendu des heures d'enregistrements où des types achetaient et vendaient des fillettes ? Comment rire en sachant qu'il écoutait la dernière copie intégrale, celle qui avait valu au commandant Lambert d'être égorgé ?

Ce n'est que des semaines après la mort du policier que ces mêmes enregistrements, expurgés d'un certain nombre de passages par l'assassin lui-même, avaient été adressés à W3 via Léon Castel avec, en sus, les carnets de Moreau décryptés, également censurés.

Six noms avaient été noircis.

Se pouvait-il qu'il y ait celui de Jo Lieras ?

En écoutant l'intégrale des enregistrements, Valentin Mendès savait qu'il avait une chance de le découvrir.

Alors, malgré l'horreur, il s'était accroché.

Et il avait bien fait.

Valentin avait entendu Éric Moreau s'agacer après une descente dans un de ses bordels clandestins d'Aubervilliers, et exiger le nom du flic qui s'était permis de récupérer une de ses filles. D'après la colère de l'avocat, s'il y avait bien une pute qu'il ne fallait pas qu'on lui prenne, c'était celle-ci.

Lyubov Denejkina

Premier nom censuré.

Les interlocuteurs d'Éric Moreau s'étaient renseignés rapidement, car dans un enregistrement daté du lendemain, deux d'entre eux se trouvaient dans le bureau de l'avocat pour lui rendre des comptes.

Le problème, c'est qu'une partie de l'échange se déroulait en russe. Valentin avait alors demandé de l'aide à Gismo – un pote de fac qui avait l'avantage, d'une part, de lui être redevable de la rédaction à l'œil d'une dizaine de DM de maths, physique et science de l'ingénieur, et d'autre part, de fréquenter une jeune Moscovite rencontrée sur Internet – pour qu'il lui transcrive l'intégralité de l'échange et le lui envoie par mail.

Ce qui ne l'avait pas empêché d'entendre le nom du flic qui avait fait des misères à Éric Moreau en organisant une descente dans un de ses bordels.

Joseph Lieras

Deuxième nom censuré.

Bien sûr que Jo connaissait Moreau, mais pas pour les raisons que Marcus pensait avoir découvertes ! Le commandant Lieras traquait les proxénètes depuis des années. Normal qu'il ait été sur la piste de l'avocat.

Valentin Mendès jubilait.

Son bain de soleil achevé, le jeune homme décida de se remplir le ventre avec les courses de la veille – lait, chocolat instantané et Pépito à gogo – puis il reprit les écoutes, un œil rivé sur sa boîte mail.

107

Lara Mendès passa une bonne partie de la journée à prendre des notes sur le fonctionnement de *La Valbonne,* et ses occupants qu'elle tentait de dénombrer.

Elle avait déjà repéré vingt-deux adolescentes et une fillette, Tissia – les plus âgées prenaient soin des plus jeunes – et douze hommes en plus de Jo, Demian, Volodia et Innokenty.

Les gardiens de *La Valbonne* avaient, semble-t-il, des rôles bien définis, probablement en fonction de leur place dans la hiérarchie. Certains entraient et sortaient de la propriété et géraient l'approvisionnement en armes, comme Volodia, d'autres étaient assignés à la surveillance des bâtiments et des pensionnaires, Innokenty était entièrement dédié au bien-être des jeunes filles. Les chefs quant à eux, Jo Lieras et Demian Obolanski en tête, n'apparaissaient que rarement, la plupart du temps la nuit, et ne se mélangeaient jamais aux autres.

Aux trois petits coups frappés, la jeune femme interrompit son travail, glissa le carnet dans le tiroir de la table de nuit, et alla tenir la porte à Aleksandra, chargée d'un plateau où un goulasch embaumait les épices et les légumes.

– Tout vient du jardin. Vous allez vous régaler.

– Vous avez réfléchi à ce que je vous ai demandé hier ?

– Ça me met mal à l'aise, grimaça Aleksandra en retournant vers la porte.

– Attendez, insista Lara Mendès. Ça ne prendra qu'une minute. Imaginez-vous à la place de mon frère. Il m'a déjà crue morte. Je ne peux pas lui faire le coup une deuxième fois. Sans parler de ma grand-mère…

– Je suis désolée. Mais c'est impossible.

– Cessez de l'importuner, dit la voix de Jo Lieras. Sacha ne peut rien pour vous, ici.

La jeune Russe s'effaça pour laisser le policier entrer dans la chambre. Celui-ci referma la porte derrière lui et resta debout contre le vantail.

– Ne l'obligez pas à prendre des risques.

– Ce ne serait pas le cas si je pouvais passer ce fichu coup de fil.

– Vous devrez patienter jusqu'à notre départ.

– Béré et moi ne sommes pas des colis qu'on expédie ! Vous vous rendez compte de ce que cette enfant a déjà subi ? Vous vous rappelez qu'il y a deux jours, elle a essayé de piquer un flingue à vos amis les cow-boys ? Qu'est-ce qu'elle allait en faire, d'après vous ?

Malgré l'agressivité de Lara, le policier conserva une attitude bienveillante. Mais la jeune femme remarqua qu'une légère sueur mouillait son front et que ses paupières étaient bordées de rouge.

– Je vous ai sortie de l'enfer, et vous voulez y retourner…

– Ben voyons !

– Il n'y aura plus de problème quand on vous aura mise à l'abri.

– À l'abri de quoi ? ironisa Lara. Du fameux Kalinine ? Mais il est où votre gros méchant ? C'est Volodia qui se balade avec du sang sur ses pompes ! Celui-là me paraît bien plus redoutable que l'autre.

Le dos appuyé contre la porte, Jo Lieras croisa les bras sur sa poitrine en soupirant.

– Ah, c'est vrai ! poursuivit Lara avec un brin de cynisme. Votre Kalinine prostitue des fillettes, éventre et pend ses ennemis, et propose les exécutions capitales à la carte ! Vous voulez que je vous livre le fond de ma pensée ? C'est une invention de vos amis russes pour couvrir je ne sais quelles exactions ! J'ai réfléchi à notre discussion de l'autre jour. Pourquoi ce Kalinine m'aurait offert la tête de Bruno sur un plateau ? Ça ne colle pas, votre histoire, ou alors vous ne m'avez pas tout dit. Vous vous servez de ce nom pour m'effrayer ! Dites-moi plutôt la vérité ! Qu'est-ce que vous fichez dans les sous-sols avec vos plans, vos tas de flingues et vos airs d'assassin ?

– Lara, murmura Jo Lieras, beaucoup plus grave, vous n'avez vraiment aucune idée de ce qui se joue.

– Alors, éclairez-moi !

– J'aimerais.

– Kalinine, c'est pas un homme, n'est-ce pas ? Mais un groupe d'hommes : vous, Volodia, Demian, et tous les autres ? Qu'est-ce que vous mijotez ?

– Assez de questions, murmura Jo Lieras, la main sur la poignée de la porte. Et s'il vous plaît, cessez d'importuner Sacha. Je refuse qu'elle fasse prendre des risques stupides à tout le monde ici, à cause de vous. Si vous avez un message pour vos proches, donnez-le-moi. Je vous ai dit que je le ferai passer dès que possible.

Pour la première fois depuis qu'elle le connaissait, Lara vit le policier devenir glacial.

– Mais bon sang, en profita-t-elle, désireuse de le pousser dans ses retranchements. C'est vous qui m'avez conduite ici ! Si c'était pas pour me donner des réponses, alors, pourquoi ?

– Ce n'était pas ma décision, Lara.

La jeune femme regarda le policier comme s'il était devenu fou.

– Mais je ne suis pas venue toute seule ! Vous m'avez dit que…

Bien sûr, crevette, c'est pas lui, c'est l'autre.

– Demian Obolanski, lâcha-t-elle après quelques secondes de réflexion. Il se sent responsable de moi depuis qu'il m'a sortie du bunker. Et pour m'empêcher de fouiner, il me séquestre, et vous, mon soi-disant ami, vous ne bougez pas le petit doigt. Est-ce que je peux au moins savoir où vous comptez m'envoyer ? ajouta-t-elle devant le mutisme du policier.

– Dans le nord de l'Europe.

– Où ça, c'est un peu vague !

– En Russie.

Lara Mendès laissa échapper un petit rire.

– Ne me dites pas que nous allons dans l'oblast de Kaliningrad ?

– Vous êtes une sacrée chieuse.

– Charmant ! Quand est prévu le départ ?

– Fin de semaine.

– Pourquoi pas maintenant ? Ah ! C'est vrai, vous préparez un casse avant de partir ! Ou un attentat ?

– Vous continuez avec vos questions !

– C'est une déformation professionnelle.

– Alors empêchez-vous ! C'est possible ?

Lara Mendès plissa les yeux tout en scrutant le visage de son interlocuteur, et songea qu'il était difficile de le faire sortir de ses gonds. Cet homme si chaleureux, si prévenant, était un incroyable animal à sang-froid.

– Jamais.

– Alors, vous resterez consignée dans votre chambre jusqu'à votre départ, acheva Jo Lieras en ouvrant la porte de la chambre. Et vous m'en voyez le premier désolé.

– Vous me le présenterez ?

Le policier suspendit son geste et se tourna vers Lara.

– Pardon ?

– Ilya Kalinine, vous me le présenterez quand on sera là-bas ?

– Mangez, répondit-il après un silence, le goulasch, c'est moins bon quand c'est froid.

108

Pour éviter de croiser du monde, il valait mieux aller chez Mortembert pendant la messe.

Le problème, c'est qu'**Hervé Marin** avait oublié ce détail.

Il arriva en nage à la camionnette de l'épicier ambulant, au moment précis où les cloches annonçaient la fin de l'office religieux.

– Nom di diou ! s'apostropha-t-il en fouillant dans ses poches. J'ai pas pris la liste.

– Ça a l'air important aujourd'hui ! Qu'est-ce que tu veux ?

– De la Mousline, des œufs et des petits pots, mais pas des Nestlé.

– Et on peut savoir pourquoi pas des Nestlé ?

– Parce que Nestlé, c'est des enculés.

Il tenait cet avis très personnel de Léon Castel en personne. Et Léon, dans l'esprit simple d'Hervé Marin, était encore plus sûr que les Saintes Écritures pour un croyant.

– Mousline, c'est Nestlé, je crois.

– Alors, de la purée pas Mousline.

L'épicier fit pivoter son embonpoint vers son stock et remplit un sac avec les provisions demandées.

– Tu t'es fait arracher les dents ou quoi ?

Vexé, Hervé ferma la bouche et attendit que l'épicier termine sa commande, lèvres pincées et regard en coin.

Les portes de l'église s'ouvrirent sur les habitants du pays de Saint-Junien avec, en tête, Ange Lebœuf, maire et candidat à sa cinquième réélection. Hervé appuya sa bedaine contre la vitrine réfrigérée de la camionnette.

– Y faut aussi des trucs pour les règles.

– Des quoi ?

Cette fois, Hervé colla une main contre sa bouche.

– Des serviettes.

– C'est pour ton chien ?

– Mais t'es pas fou !

– Arrête tes manières, s'amusa Roger Mortembert en farfouillant dans ses placards, ces trucs-là, c'est pas honteux. Voilà, j'ai des Nana et… et c'est tout ce que j'ai. Flux normal à intense. Tiens, ajouta l'épicier en lui tendant un sac en plastique rempli. Je t'ai mis du lait avec. Pour la purée. Mais ça nous fait 54 euros.

– Mais qu'avons-nous là ! s'exclama Ange Lebœuf en abattant une main sur l'épaule d'Hervé. Tu fais les courses pour une dame à ce que je vois !

Ce dernier envisageait d'un très mauvais œil l'attroupement qui se formait autour de lui. Et il détestait le maire qu'il rangeait dans le même sac que JP et son pote le gendarme qui l'avaient molesté à plusieurs reprises.

Qu'il soit stressé ou pas, Hervé Marin ne parvenait pas à dissocier les conversations dans un groupe.

Il entendit, sans comprendre, Ange Lebœuf hypothéquer sur l'identité de la personne qui lui demandait d'acheter des bambinettes, deux vieilles femmes heureuses d'avoir un curé aussi bel homme, une voix masculine lancer la possibilité que la folle furieuse quitte l'HP, ce à quoi il fut répondu que c'était impossible sauf cas spécial. On discuta de ce cas spécial, et de la soudaine disparition de JP Dardelin, l'enfant chéri du pays.

Les spéculations allèrent bon train, de l'enlèvement par des extraterrestres à la fugue fiscale, il faut dire que le temps des impôts arrivait et que des rumeurs couraient sur un contrôle qui aurait pu inquiéter JP. Sans compter qu'il avait pu tomber dans un trou, poussé par les pouvoirs de sorcellerie de la Négresse.

Complètement désemparé, Hervé Marin se boucha les oreilles pour échapper à ce tourbillon d'hostilité, et s'éloigna en trottinant de la camionnette après avoir réglé la note.

– Eh, s'écria l'épicier. Tu voudrais pas des radis, des fois ?

– Tu peux te les garder dans ton cul, explosa Hervé Marin, le visage rubicond. C'est pas bon !

Sur quoi il quitta la place de l'église, sans même s'apercevoir qu'il avait réussi l'exploit de faire taire toutes les langues.

109

Au cours des cent jours qu'avait duré la détention de **Sookie Castel** à Ravenel, le docteur Mariani était parvenu à lui éviter beaucoup de désagréments, mais ce jour-là, la procédure administrative imposait que son transfert soit assuré par des gendarmes.

C'est donc menottée qu'elle fut extraite de sa chambre, puis amenée jusqu'à un fourgon et conduite vers le palais de justice de Nancy.

Pendant le trajet, Sookie tourna les yeux vers la vitre la plus proche et laissa son imagination vagabonder au-dessus de la cime des arbres, puis des lignes électriques. Seul un gendarme se trouvait dans son champ de vision, un grand rougeaud qu'elle intégra dans la boîte Crouton, du surnom d'un pion de son lycée, un ancien militaire aux mains comme des battoirs qui avait Sookie à la bonne, sans doute à cause de ses origines haïtiennes.

Lorsque le fourgon quitta l'autoroute pour gagner le centre-ville, Sookie Castel se commuta en mode j'imprime pas, une option qu'elle utilisait rarement, et qui consistait à regarder à un mètre devant elle pour éviter que ses boîtes s'ouvrent par dizaines et intègrent des inconnus.

Pendant tout le voyage, Sookie demeura impassible même si elle ne pouvait s'empêcher de se demander ce qu'il était advenu de JP. Le docteur Mariani lui avait confirmé qu'il avait remis les preuves l'incriminant à la justice. Le gendarme Lagrange devrait être prochainement convoqué pour s'expliquer sur les circonstances de la mort de Valie Castel. Mais la disparition de JP Dardelin restait mystérieuse.

À l'arrivée, Sookie Castel descendit sans broncher du fourgon, reliée à Crouton par une chaîne.

Les couloirs et les escaliers se succédèrent.

Toujours en mode j'imprime pas, elle compta les marches et ses pas, 102 marches et 671 pas, quand Crouton lui intima de s'asseoir sur un banc adossé à un mur qui avait un jour été blanc. Sookie s'exécuta. Le gendarme s'installa à côté d'elle, en face d'une porte où figurait le nom du juge, Brehm, et le numéro de la salle, 27.

Des bruits de voix attirèrent son attention. Ses paupières se baissèrent automatiquement, et sa tête se posa contre le mur.

– Vous permettez que je lui dise un mot ?

– Non, monsieur, répondit Crouton. Vous ne pouvez pas.

Des connexions se firent dans l'esprit de Sookie, et la boîte Ernest Borgnine s'ouvrit. Cette voix était celle du juge Rodolphe Craven, un type très sympathique qui l'avait aidée dans l'affaire des « pendus de la Malhornière », affaire qui avait entraîné sa mise à pied, et son retour à Saint-Junien.

Qu'est-ce que Craven fiche ici ?

Sookie Castel releva les paupières. La boîte renfermant Rodolphe Craven s'adjoignit d'une sous-boîte a-pris-un-coup-de-vieux-ou-une-grosse-baisse-de-moral, elle ne sut trancher.

Le magistrat lui adressa un clin d'œil, puis il passa son chemin et s'arrêta à quelques mètres.

Tu n'es pas seule, Sook. C'est Léon qui a dû t'envoyer de l'aide du fin fond de Fleury.

La porte du bureau 27 s'ouvrit. Sookie déconnecta le mode j'imprime pas pour reprendre l'archivage habituel. Celui qui lui permettait de tenir debout.

Une jeune greffière – boîte Karen Cheryl avec une coupe à la mode des années 1980 –, héla le nom de la prévenue.

Crouton bondit sur ses pieds. Apparemment, il avait hâte d'en finir. Il entraîna Sookie, et Rodolphe Craven à sa suite.

La pièce ressemblait aux bureaux de juges que la jeune femme avait fréquentés durant sa carrière de flic. Vingt mètres carrés encombrés par une quantité invraisemblable de dossiers, une table, un ordinateur – non, deux, celui de la greffière était occulté par une pile de documents – , quatre, six ou huit chaises, ça dépendait de la zone du droit dont s'occupait le juge – en l'occurrence, il y en avait six.

La greffière alla s'asseoir à son poste tandis que Crouton installait Sookie à côté du docteur Mariani, déjà sur place. Quant à Rodolphe Craven, il demeura en retrait.

Aux premières paroles que prononça le juge Brehm – un homme d'une cinquantaine d'années au physique anodin qui ouvrit la boîte Philippe Douceau, du nom d'un camarade d'école où se trouvaient, entre autres, l'humoriste Laspalès –, Sookie Castel sut que tout était déjà décidé.

Le docteur Mariani avait parlé au magistrat, exposé l'analyse psychiatrique de sa patiente, rendu ses conclusions, Rodolphe Craven avait lui aussi apporté sa contribution. Il n'y avait plus grand-chose à ajouter.

– Mademoiselle Castel, poursuivit le juge Brehm. (Sookie se sentit brutalement envahie par une douceur cotonneuse.) Le docteur Mariani ici présent m'a fait part des circonstances qui vous ont menées à agresser monsieur Jean-Paul Dardelin.

Les yeux de Sookie se posèrent sur les feuilles étalées sur le bureau devant elle. Elle reconnut l'écriture de sa mère, s'agaça des doigts boudinés de Brehm qui passaient dessus.

– Circonstances qui nous éclairent sur le pourquoi, ajouta-t-il.

– Si seulement j'avais pu ne jamais les lire, murmura-t-elle.

– J'imagine, consentit le magistrat. J'ai ici le courrier du ministère de l'Intérieur par lequel je vous apprends votre radiation des effectifs de la police nationale.

– Je n'y serais pas retournée, confia-t-elle un ton plus bas.

Le juge Brehm observa un instant le visage de la prévenue, puis il reprit :

– Compte tenu de vos états de service, compte tenu du fait que monsieur Dardelin a retiré sa plainte quelques semaines après les évènements qui nous occupent, compte tenu de l'expertise du docteur Mariani qui fait état d'une brusque et momentanée perte de contact avec la réalité suivie d'une période de réadaptation, et compte tenu du soutien du juge Craven ici présent qui vous garantit un emploi civil, je me vois dans la capacité de prononcer votre relaxe.

Quoi, c'est tout ? Pas de sermon, pas de période probatoire ?

– Relaxe que j'accompagne d'une obligation de soins, dont je laisse les modalités au docteur Mariani. Vous serez tenue de les suivre, sans quoi vous vous exposeriez à des sanctions pénales. Voyez-vous quelque chose à ajouter ?

Un instant, Sookie Castel imagina exprimer un regret, mais elle jugea plus prudent de se taire. La comédie n'avait jamais été son fort, un manque qui lui avait souvent fait défaut dans ses rapports aux autres.

– Non, monsieur le juge.

– Alors tout est dit. Gendarme !

Crouton s'empressa de retirer les menottes des poignets de Sookie, dont les perceptions s'engourdissaient à nouveau. Elle demeura hébétée, les yeux fixés sur ses mains.

– Venez, lui glissa le psychiatre. Rentrons préparer vos affaires.

Mais, doc ? Comment je vais faire sans toi ?

Le champ visuel de Sookie se rétrécit brutalement. Ses oreilles se mirent à bourdonner.

– Je vous souhaite de trouver votre voie, mademoiselle Castel, souhaita le juge Brehm. Rodolphe, tu m'as promis un déjeuner, je t'attends.

La jeune femme s'appuya sur le dossier de sa chaise pour se lever. Ses jambes refusèrent de lui obéir. Elle eut le temps d'entendre Rodolphe Craven répondre à l'invitation de son confrère, puis elle perdit connaissance.

110

– Enzo ?

– Oui !

– Je voulais te dire…

– Quoi ? Merci ou merde ?

– Plutôt merci.

– Joue pas la gonzesse. On a été gentils, t'as vu, on lui en a laissé un bout.

– …

– S'il recommence, on lui arrache le service trois pièces, il est prévenu. Faut toujours laisser une chance au mec. Ouais, faut être grand seigneur, dans la vie.

– …

– Qu'est-ce qu'il y a, guignol, t'as perdu ta langue ?

– Je peux te poser une question ?

– T'as pas l'air d'avoir besoin de permission pour poser des questions !

– C'est perso.

– Essaie toujours !

– T'as quoi, dans les 40 ans ?

– Pourquoi, tu veux m'offrir des fleurs ?

– Non, je voudrais comprendre. T'as l'air presque normal…

– C'est quoi « normal » ?

– Pas comme tous ces branleurs.

– J'ai pigé.

– Tu as l'air intelligent.

– Putain, c'est une déclaration !

– Comment t'en es arrivé là ?

– Je suis corse.

– C'est pas une maladie.

– Sur mon île, si ! Si tu y avais mis les pieds, tu saurais qu'on n'est pas des gros bosseurs.

– Je suis allé en Haïti une fois, faut croire que vivre entouré d'eau, ça ramollit le ciboulot.

– La plupart de mes potes d'enfance se sont fait la malle sur le continent. Y'en a qui ont réussi, mais je peux te dire que tous regrettent mon île, et en parlent à longueur de journée.

– Toi, non, si j'ai bien compris.

– Moi, je voulais de la caillasse.

– Tout dépend de la quantité. Tu en voulais beaucoup ?

– Plus que ça, guignol.

– Et alors ?

– Quelques amis étaient restés. On a réfléchi. Et on a mis au point notre petit business.

– Tes marchandises, c'est des femmes.

– Ne juge pas. Tu sais, quand elles sont heureuses et bien traitées, elles peuvent rapporter chacune un paquet par an.

– C'est dégueulasse.

– T'es jamais allé voir une pute ?

– Jamais.

– Alors, t'as raté un truc. Je te garantis que les filles, elles sucent pas comme bobonne. *(Silence.)* Fais pas la gueule, chacun son job. Dis-moi, qu'est-ce que tu vas faire, en sortant ? Ton site, là, ils t'ont viré non ?

– Ils ne veulent juste plus avoir ma gueule en tête de gondole. Mais il va y avoir du taf. Ils bossent sur une enquête compliquée.

– Tu peux m'en parler ?

– Je ne sais pas grand-chose.

– J'ai lu dans la presse que tes amis s'étaient fait remarquer autour de la mort d'une fliquette.

– J'en sais rien. Pourquoi tu demandes ça ?

– Il se pourrait que j'aie des infos.

– Il se pourrait ? Ou t'as des infos.

– Je te rappelle que le milieu lyonnais, je connais.

– Pourquoi tu me donnerais des infos ?

– Et pourquoi pas ? Je t'aime bien.

– Je sais pas… Je leur dirai quand je serai dehors.

– Me dis pas que tu vas pas te servir de ton téléphone !

– Ah oui…

– Mon pauvre guignol ! Il est vraiment temps que tu dégages du zonzon ou tu vas finir chez les barges ! D'ailleurs, t'aurais pu le dire que ta fille sortait de l'HP aujourd'hui !

– Qu'est-ce que tu racontes ? Comment tu pourrais le savoir ?

– Je te l'ai déjà dit, mon ami, *business is business*. Dehors, dedans, pour moi, c'est pareil !

111

----- Message d'origine -----
From : gismo@gmail.com
Sent : Saturday, August 30, 6 : 54 PM
To : val@w3.com
Subject : demande de renseignements

Salut le Parisien,

Ma copine m'a dit que t'étais un vrai tordu et que la prochaine fois, tu te démerderais pour tes traductions à la con (le mot précis était en russe, mais je crois que ça voulait dire « à la con »). Elle a refusé de tout retranscrire, elle a dit que ça la faisait dégueuler, alors je te donne juste les renseignements que tu demandais.

Ton flic, c'est bien le commandant Joseph Lieras de la Brigade de répression du proxénétisme. Il a fait la descente dans un des bordels de Moreau pour une seule raison : récupérer la fille pour le compte d'un type qui s'appelle Ilya Kalinine.

Voilà, tu sais tout. J'ai balancé le reste, comme tu m'as dit. Faudra quand même que tu me racontes. Ça serait bien que tu reviennes sur Bordeaux. La rentrée est dans trois jours. Ça craint. G

112

Sookie Castel observait le parc de Ravenel par la fenêtre de sa chambre. À côté d'elle, un sac de voyage que lui avait offert Mariani contenait ses affaires.

Un calme, rare en ces lieux, baignait le bâtiment. À cette heure, la plupart des patients s'égayaient dans les jardins ou participaient à des ateliers thérapeutiques. Sookie imagina la silhouette d'Hervé Marin et celle de Guernica en train de gambader au nez et à la barbe des infirmiers.

L'idée lui arracha un sourire.

Deux coups discrets frappés contre la porte la sortirent de sa contemplation.

– Je suis prête, dit-elle en se tournant.

Le psychiatre laissa la porte ouverte et avança de quelques pas dans la pièce.

– Rodolphe Craven a dû rentrer sur Paris. Vous vous verrez sans doute là-bas.

À l'évocation du magistrat, la boîte Ernest Borgnine s'ouvrit et se referma dans la foulée. D'autres, reliées à celle-ci, grincèrent dans l'esprit de Sookie Castel. Celle des Raspail, celle des pendus et de leur sourire effrayant, celle plus amusante où était classé Hervé, et celle de Dustin Hoffman – Léon Castel.

Garder ces boîtes closes lui demanda un gros effort.

– C'est mieux comme ça, répondit Sookie. Nous serons seuls jusqu'au bout.

Planté au milieu de la chambre, Romane Mariani tripotait son briquet dans la poche de sa blouse. Sookie nota l'air malheureux sur ses traits. Probablement le même que le sien.

– Merci pour le sac, ajouta-t-elle. Je n'avais qu'une poche plastique pour emporter mes affaires.

– Vous vous sentez mieux ?

– Je n'aurais jamais imaginé rechigner à quitter cet endroit. C'est à vous que je le dois.

– Vous allez me manquer, Sookie.

– Doc, murmura la jeune femme en s'approchant de lui. Il y a plein d'asiles de fous à Paris, vous trouverez bien un job là-bas.

Pour accompagner ses paroles, elle déposa sa main dans celle de son médecin, qui la porta à ses lèvres.

– À Paris, poursuivit-elle, tout le monde se fiche de qui baise qui, c'est pas comme ici.

– C'est certainement vrai.

– Je vous dirai des choses que je n'ai jamais dites à personne. Et ça vous fichera la trouille.

– Sûrement, sourit le docteur Mariani.

– C'est mort, nous deux, c'est ça ?

– Allez, venez, je vous dépose.

Il ramassa le sac de la jeune femme et se dirigea vers la porte.

– Attendez, doc.

Romane Mariani se retourna pour regarder Sookie. Celle-ci fronça les sourcils et enfonça ses mains dans les poches de son jean, les yeux rivés sur ses chaussures.

– Merci, souffla-t-elle en regardant son psychiatre, la gorge serrée. Pour tout.

113

Préoccupé par la présence de Yanna dans sa maisonnette, et par celle de JP sous les tomates de Léon, **Hervé Marin** ne s'aventurait plus dans les bois autour de Saint-Junien. Il détestait savoir la jeune femme seule avec « le vilain », imaginait le pire, comme ce qui était arrivé à sa mère, des années plus tôt, foudroyée par une attaque cérébrale.

« Ça pardonne pas », avait expliqué le toubib, et Hervé ne savait toujours pas pourquoi. Mais de ce drame qui avait fait de lui un orphelin sous tutelle – bien qu'il ait un frère aîné à Épinal – il avait tiré un enseignement : les gens ne vous préviennent pas quand ils vont mourir.

Au retour de sa balade, en plus de ces sinistres pensées, Hervé Marin nourrissait un flot d'interrogations. Pourquoi Yanna se trouvait-elle à Saint-Junien alors que Léon n'y était pas ? Jusqu'à quand allait-elle rester ?

Cette dernière question le taraudait plus que les autres, car la présence de la jeune femme générait des dépenses imprévues, et il allait devoir réclamer de l'argent à son tuteur.

En passant devant la maison de Léon, il remarqua, par la brèche dans le mur du jardin, qu'une voiture se garait sur la place du combi. Il reconnut aussitôt les silhouettes du docteur Mariani et de Sookie Castel.

– Viens, Mouchou, chuchota-t-il en rasant le mur. Fais pas de bruit.

Hervé Marin se précipita chez lui et alla trouver Yanna Jezequel dans sa chambre.

– C'est pas le Pérou, dit-il, exprimant la première phrase qui lui passait par la tête. T'es dans le potage ?

La veille encore, Yanna Jezequel avait utilisé une dose de morphine.

– Assieds-toi.

La jeune femme tapota sa paume sur le matelas et finit par persuader son hôte, qui posa son derrière à côté d'elle.

– Qu'est-ce qu'il y a ?

– Y'a Sookie ! annonça Hervé. Ils ont dû la laisser venir pour laver la maison, ou un truc comme ça.

Yanna Jezequel se redressa péniblement.

– Qu'est-ce que tu racontes ?

– Les peintures sur les murs, va bien falloir qu'elle les enlève.

Les lèvres gonflées de la jeune femme s'étirèrent sur un sourire douloureux. Ses yeux brillaient de larmes contenues.

– Sookie est libre ? On a réussi !

– Je vais aller la féliciter, alors, reprit Hervé Marin dont les joues rosissaient, en plus y'a le docteur qu'est là. Il pourra te donner des médicaments.

Yanna Jezequel attrapa la main d'Hervé.

– Personne ne doit savoir que je suis ici, lui expliqua-t-elle calmement, et encore moins le docteur.

– Mais, pourquoi ? Il est gentil !

– Tu ne voudrais pas gâcher ça en racontant nos secrets ?

Hervé Marin détourna le regard, et redressa le menton en plissant le front.

– Si on me voit, ajouta Yanna, il saura que j'ai été attaquée, on va me demander par qui, et ça va être mauvais pour toi, pour moi. Et pour Sookie.

– Pourquoi ?
– C'est compliqué.
– J'aime pas quand tu dis ça.
– Désolée.
– Je suis pas fou.
– Je sais, Hervé. Écoute, j'ai menti au docteur pour que Sookie soit libérée, tu comprends ? Alors, s'il me voit ici, il va la renvoyer à l'hôpital ! Ce n'est pas ce que tu veux ?
– Non, mais je peux lui dire bonjour comme ça.
– Ne sors pas maintenant, Hervé. S'il te plaît.
– Mouchou a besoin de se promener.
– Écoute. Si tu veux, on ira voir Sookie plus tard, ensemble. On pourrait même habiter à côté de chez elle. T'es pas obligé de vivre à Saint-Junien. Ici, les gens sont méchants avec toi.

Le visage d'Hervé Marin fut parcouru de tics. Il se leva d'un bond.

– Mais t'es pas folle ! Qui c'est qui va surveiller JP si je suis pas là ?

Là-dessus, il alla se poster sur le trottoir devant sa maisonnette. Du bout de la semelle, il poussa une pierre jusqu'à la rigole d'évacuation des eaux de pluie, où il la fit ensuite rouler. Hervé entendit une portière claquer, un moteur démarrer. Il regarda passer le docteur Mariani tout seul, dans sa voiture.

Quand Saint-Junien retomba dans le silence, il décida que finalement, Yanna avait raison. Rien ne le retenait ici.

114

Maître Cécile Sorbier jouait avec son stylo. Elle avait ouvert son attaché-case devant elle, préparé son dictaphone et attendait l'arrivée d'Enzo Rossi depuis une dizaine de minutes.

L'avocate connaissait le prévenu de réputation. En vingt ans de carrière, jamais elle n'avait défendu un proxénète, même au début, en qualité d'avocat commis d'office.

Son métier, Cécile Sorbier essayait de le faire dans la dignité, et préférait s'occuper plutôt des victimes que des criminels. Mais elle n'avait pas eu besoin d'accéder au dossier d'Enzo Rossi pour en savoir plus sur l'individu. Il était de notoriété publique que cet homme disposait d'un réseau de call-girls qu'il faisait travailler de Marseille à Berlin. Il possédait en outre des clubs en France et en Italie.

Quand la porte s'ouvrit, Cécile Sorbier se raidit. Elle devait ces moments désagréables à Arnault de Battz, un ami de longue date, un client aussi, qui lui avait demandé de rencontrer cet individu en urgence.

Visiblement, Enzo Rossi avait des confidences à faire aux journalistes de W3. Et maître Sorbier n'était pas insensible aux combats du site Internet, même si elle avait une préférence pour Léon

Castel et sa Guilde des emmerdeurs, bien plus efficace et utile à son sens.

Bien entendu, elle ne l'avait pas avoué à son client, mais elle ne se priverait pas de le faire quand elle l'aurait sorti de ce mauvais pas. En attendant, elle rendait service à Arnault, celui qui payait la facture.

Son combat pour Léon Castel était loin d'être terminé. Elle avait dû lui annoncer le matin même qu'un formulaire de son dossier s'était perdu dans le bureau du JLD, reportant sa libération de quarante-huit heures.

Tout ce qu'elle avait pu faire pour lui, c'était lui glisser une enveloppe renfermant un millier d'euros en billets de cinquante qui lui permettraient certainement d'éviter la fouille à nu.

Quand Enzo Rossi entra dans la salle du parloir, tel un coq dans une basse-cour, le poitrail bombé et le regard hautain, elle eut l'intuition qu'elle risquait de regretter ce rendez-vous.

La porte se referma sur le surveillant, abandonnant l'avocate avec le proxénète.

– Asseyez-vous, proposa maître Sorbier d'une voix qu'elle voulait égale.

– On m'avait pas dit que t'étais une belle fille, apprécia Enzo Rossi en s'installant en face de l'avocate. C'est bien, ça.

Maître Sorbier ignora le tutoiement. Dans ces milieux, la chose était courante. D'un geste, elle enclencha le dictaphone.

– Je note qu'il est 19 heures et que je suis en présence d'Enzo Rossi pour une conversation privée.

– Privée, murmura le proxénète en passant sa langue sur ses lèvres. Comme vous y allez.

Le passage au vouvoiement était, quant à lui, bien plus rare.

Cécile Sorbier croisa soigneusement les jambes sous la table et inspira profondément.

– Nous nous rencontrons, car vous avez déclaré avoir des informations au sujet de Lila Berki. Informations que vous souhaitez communiquer au site d'info W3, c'est bien ça ?

– Je vous fais peur ?

– Peur ? se défendit maître Sorbier en lançant un regard de défiance, ce n'est pas le mot que je choisirais.

Enzo Rossi eut un sourire de prédateur.

– T'as les mains moites, murmura-t-il. T'as croisé les jambes. Je dirais que oui, tu as peur.

Les pensées de l'avocate se tournèrent vers Arnault de Battz. Quand elle sortirait, elle aurait deux mots à lui dire, et lui, plus d'un service à rattraper.

– Et tu fais bien d'avoir peur…

– OK, lâcha maître Sorbier en reculant sa chaise. Cette conversation s'achève maintenant !

– Allez, quoi ! tempéra Enzo Rossi en écartant les mains en signe de paix. Si on ne peut plus plaisanter !

– Votre humour n'est pas à mon goût.

– Vous savez, on se marre pas tous les jours dans cette turne. Veuillez accepter mes excuses, maître.

– Accordées, murmura l'avocate en rapprochant sa chaise. Alors, venons-en à ce qui m'amène ici.

Enzo Rossi se pencha au-dessus de la table et baissa le ton.

– Passez-moi du papier et un crayon. On n'est jamais certain de ne pas être écoutés, ici.

L'avocate obtempéra à contrecœur. Elle poussa un bloc sur la table, accompagné d'un stylo en métal argenté gravé à son nom. Un souvenir de son ancien associé, un type sympa qui la sautait de temps en temps sur son bureau.

Cécile Sorbier eut un léger sourire à l'évocation du souvenir. Et une seconde d'inattention.

– Dis-leur de chercher du côté Berkoff ! murmura Enzo en s'accrochant au bras de l'avocate. René Berkoff. Et discrétos, hein ?

Puis il se redressa et planta violemment le stylo dans la main de la malheureuse, qui hurla de douleur avant de s'évanouir.

115

Un peu après 21 heures, **Lara Mendès** observait un portrait de Demian Obolanski qu'elle venait d'achever, et songeait qu'avec tout le talent du monde, elle ne parviendrait pas à reproduire ce truc si particulier qui le caractérisait. Lara peaufinait un point d'interrogation géant sous son dessin quand trois petits coups résonnèrent à la porte.

Plus déterminée que jamais à joindre Valentin avant son départ de *La Valbonne*, la jeune femme se hâta. Elle avait reconnu la discrétion d'Aleksandra Denejkina.

La jeune femme lui apportait une tisane et des petits gâteaux secs.

– J'ai pensé que ça vous aiderait à dormir, expliqua cette dernière.

– Merci, apprécia Lara. C'est très gentil à vous. Vous avez pu parler à Bérénice ? Comment va-t-elle ?

– Elle est avec Jo en ce moment.

– Elle n'est pas seule, c'est déjà ça.

– Elle pleure beaucoup.

– J'aimerais y arriver. Si vous saviez ce que ça représente, pour moi, d'être enfermée.

– Il suffisait d'obéir, Lara. Nous, nous ne posons jamais de questions.

– Vraiment ?

– Oui, expliqua Aleksandra en désignant le portrait, je ne lui ai jamais rien demandé. Pour nous, Demian est spécial, ajouta-t-elle en passant ses doigts sur le visage de papier. Jamais je n'oserais me mêler de ses affaires.

– Je ne suis pas vous.

– En tout cas, c'est réussi.

– Il a beau être spécial, comme vous dites, il n'a pas le droit de me retenir ici, et vous le savez. Passez-moi votre téléphone, personne ne le saura, je vous le jure.

– Vous me rappelez Lyuba, sourit la jeune Russe. Elle était si belle, si libre ! À 15 ans, elle savait déjà ce qu'elle voulait : épouser son amoureux, faire plein d'enfants avec lui. Notre père ne voulait pas évidemment, il lui disait : « T'es trop jeune, tu as le temps de choisir ! » mais elle refusait d'écouter et le harcelait tous les jours. Elle avait même réussi à obtenir un « peut-être on verra quand tu seras en âge ! » Et moi, elle m'entraînait à faire les pires bêtises pour atteindre son but. Et je la suivais.

– Je suis une aînée, sourit Lara. J'ai fait pareil avec mon petit frère. J'étais limite tyrannique !

– En tout cas, vous avez l'air aussi courageuse qu'elle. Et obstinée.

– Vous aussi, vous êtes obstinée, Sacha.

– De toute façon, même si je le voulais, vous ne pourriez pas vous servir du téléphone, il n'est pas connecté.

– Je ne comprends pas, je l'ai déjà entendu sonner.

– C'était mon père, sur le réseau interne.

Lara Mendès se laissa choir sur son lit en soupirant.

– Cette situation est intolérable.

– Je suis désolée.

– Vous n'y pouvez rien. Ça me rend dingue… Je peux écrire une lettre, au moins, et vous la posterez ?

– Rien ne sort de *La Valbonne*… murmura Aleksandra. Désolée.

– Mais c'est pas vrai, gémit Lara en cachant son visage dans ses mains. Pauvre mioche, pauvre mémé, elle va sûrement faire une nouvelle attaque…

Puis elle attendit.

Au bout d'une minute, la jeune Russe se mordit les lèvres.

– Vous me promettez que vous n'en aurez pas pour longtemps ?

– Vraiment ? se réjouit Lara. Vous allez me laisser téléphoner ?

– Chut…

Tout doucement, Aleksandra ouvrit la porte et jeta un regard à l'extérieur.

– Les hommes mangent en décalage des filles, chuchota-t-elle. Le garde remontera dans un quart d'heure, c'est largement suffisant.

Les deux jeunes femmes se faufilèrent dans le couloir, puis descendirent au rez-de-chaussée, passèrent dans le dos des quelques pensionnaires affalées devant la télévision, et gagnèrent le bureau d'Innokenty.

Aleksandra Denejkina ouvrit le placard, se hissa sur la pointe des pieds et éteignit un boîtier électronique.

– Vous avez cinq minutes, dit-elle à Lara. Pas une de plus.

116

GSM de Valentin Mendès
31 août.
Appel entrant. Anonyme
Début de communication. 21.13.45

« Salut, crevette, t'es une sorcière ou quoi ? J'essayais de t'appeler pour la millième fois, au moins.

– Salut, mioche.

– T'es où ?

– Je travaille sur un truc.

– Ben, c'est ouf ! T'aurais pu prévenir mémé !

– Et toi, toujours chez Arnault ?

– Nan, je squatte chez Egon.

– Qu'est-ce qu'il y a ? T'as l'air tout bizarre... Solange ?

– De toute façon, c'est mort. J'ai pas de news.

– Alors ?

– Ben, chez W3, c'est pas la fête du slip. Corentin s'est tiré, et Arnault m'a collé à la photocopieuse.

– Il a sûrement ses raisons.

– Mouais... J'ai fait un peu trop de zèle pour l'enquête.

– Ne dis rien, je veux pas le savoir.

– J'ai quand même écrit mon premier papier ! J'te raconte ?

– Écoute Val, je n'ai pas beaucoup de temps. Tu peux faire des recherches pour moi ? Tu te souviens, le type qui bossait avec Jo, Demian Obolanski ?

– C'est drôle que tu parles de lui !

– Pourquoi ?

– On bosse sur une histoire de flics assassinés.

– Quels flics ?

– Des flics un peu partout en France. Suicide, accidents.

– On sait pourquoi ?

– Pas vraiment…

– Quel rapport avec Obolanski ?

– Aucun, mais on vient d'apprendre que la famille de Jo a été attaquée. La presse raconte qu'il a tué sa femme.

– T'y crois pas quand même !

– Ben non. Mais Jo nous a menti.

– À propos de quoi ?

– C'était le premier flic sur les lieux de la mort de Moreau, et devine ?

– Accouche, merde ! J'ai pas la nuit.

– J'ai découvert qu'il le connaissait.

– Comment ?

– Les enregistrements, je les avais gardés.

– Mais, t'es pas un peu malade ! Pourquoi t'as fait ça ?

– Parce que personne me prend jamais au sérieux.

– Val, c'est pas vrai !

– Arrête de me faire la leçon. C'est trop tard.

– Tu dois t'en débarrasser ! Je te rappelle que Lambert est mort à cause d'eux !

– Je les ai tous écoutés.

– Non…

– Tu veux pas savoir ce que j'ai découvert ?

– …

– Y'a pas mal de conversations en russe. J'ai dû les faire traduire.
– Val !
– T'inquiète.
– Tu parles.
– Écoute crevette, y'a dix ans, Jo a sorti une fille d'un bordel pour un Russe. Moreau était furax parce que les flics ont fermé un de ses établissements. Eh ben ce Russe, c'est Kalinine.
– Tu te fous de moi ?
– J'ai l'air ?
– Tu veux dire que c'est un mec ?
– Qu'est-ce que tu veux que ce soit ?
– Oublie. La fille, elle s'appelait comment ?
– Lyubov…
– Lyubov Denejkina ? Ne me dis pas que c'est elle ?
– Comment tu sais ça ? Mais t'es où, en vrai ?
– Sur les traces de Kalinine, justement.
– La vache, crevette… C'est de la bombe !
– Bon, tu me trouves qui c'est, ce Dem…
– Crevette ?
– …
– Merde ! Putain de réseau. Lara, tu m'entends ? Allo ? Allo ? »

Fin de communication. 31 août. 21.15.03

117

– Lara, tu m'entends ? Allo ? Allo ?

Valentin Mendès regarda l'écran de son téléphone.

De toute évidence, le problème ne venait pas de lui.

Son casque audio rivé sur les oreilles, le jeune homme poursuivit sans y penser sa descente des hauteurs de Montmartre en direction de Pigalle où il avait prévu de boire un verre.

Des rires et de la musique provenaient d'un appartement au-dessus de lui. Une jeune femme à vélo lui lança un regard insistant. En une autre occasion, Valentin en aurait été flatté, mais là, il n'avait qu'une obsession, les derniers mots de Lara.

La crevette n'avait pas traîné pour se lancer dans une nouvelle enquête. Valentin connaissait sa sœur, et c'est pour cette raison qu'il ne s'était pas inquiété outre mesure de son silence. Lara était une survivante. Mais courir après Kalinine, c'était…

Du délire ! Putain, crevette, tu déconnes là.

Sans compter que lui-même se baladait dans Paris avec son PC, et les enregistrements d'Éric Moreau pour lesquels un policier avait été égorgé.

L'idée le glaça de la tête aux pieds.

Mal à l'aise, Valentin Mendès remonta la ruelle, détala dans la première rue, et descendit vers le boulevard de Rochechouart où il sauta dans un taxi en direction des locaux de W3.

118

La porte du bureau d'Innokenty s'ouvrit sur Demian Obolanski au moment où **Lara Mendès** recomposait le numéro de téléphone de Valentin. Le policier arracha brutalement la prise du mur.

– Oh ! s'agaça vivement Lara. Ça va pas, non ?

– Toi, à l'office ! dit-il sèchement à l'attention d'Aleksandra Denejkina. Quant à vous – il attrapa le poignet de Lara Mendès – puisqu'il vous faut du concret !

Le Russe entraîna Lara hors du bâtiment. Elle traversa la cour en trébuchant devant des filles indifférentes, et se retrouva bientôt dans les sous-sols, face à la porte d'un cachot. Quand Obolanski déverrouilla la porte, une odeur de ménagerie prit la jeune femme à la gorge, tandis qu'un gémissement sinistre naissait juste devant elle.

Il la poussa à l'intérieur et referma la porte dans leur dos, les plongeant dans l'obscurité.

Lara hurla de terreur.

– Non, pas ça, supplia-t-elle.

– Quel genre de personne se débine quand on se propose de répondre à ses questions ?

Debout derrière elle, Demian Obolanski l'attira brusquement à lui, et l'entoura d'un bras, sa main gauche refermée sur son épaule opposée. De l'autre main, il tira une cordelette au-dessus d'eux.

– Vous voulez savoir qui je suis ? Alors, regardez.

La lumière du plafonnier fit émerger un homme de l'obscurité. En le voyant, Lara eut un gémissement et tenta vainement de se dégager de l'étreinte du policier.

Le prisonnier était nu, couvert de saleté et de sang, enchaîné au mur par les chevilles et les poignets, et il basculait son buste d'avant en arrière en psalmodiant tout bas : « Eva, Eva, Eva... »

– Qui est-ce ? balbutia Lara. Que lui avez-vous fait ?

– Peu importe, cet homme va mourir, et sa mort va condamner votre ami Léon à cinq ans ferme, au moins.

– Mais pourquoi ?

– W3 est une arme redoutable abandonnée à des amateurs.

– Je ne comprends pas...

– Peu importe. Votre frère détient des enregistrements qui ne lui appartiennent pas. Tant qu'ils ne me seront pas restitués, Léon restera en prison. Et vous, ajouta-t-il avec une affabilité qui la glaça, vous resterez avec moi.

– Valentin n'y est pour rien, protesta-t-elle. C'est un gamin.

– Imaginez-le à la place de ce monsieur, et vous saurez vous tenir tranquille.

À cet instant précis, la jeune femme comprit qui était réellement l'homme dont les doigts enserraient son bras, l'immobilisant contre lui.

Et il n'avait rien d'une légende.

Une chape de plomb s'abattit sur ses épaules, et elle eut l'impression que son corps entier se rigidifiait, mais elle refusa de céder à la panique.

– Bravo, crevette, siffla-t-elle entre ses dents. Droit dans la gueule de Kalinine. Quelle ironie !

Celui-ci relâcha son étreinte, et Lara Mendès put alors lui faire face.

Les gémissements du prisonnier et les taches de sang sur le sol s'évanouirent subitement. Dans un état second, la jeune femme détailla le visage de celui qui lui avait sauvé la vie, et dont elle découvrait qu'il était aussi capable d'éventrer un homme et de le pendre à la façade d'un immeuble.

– Votre curiosité est-elle satisfaite ? dit-il après un moment.

– Valentin ? Que va-t-il lui arriver maintenant que je sais ?

– Nous avons un deal. Respectez-le, je le respecterai.

Le Russe déverrouilla la porte, et d'un geste de la tête, ordonna à Lara de sortir du cachot. Celle-ci fit quelques pas avant de s'arrêter sur le seuil.

C'est alors qu'elle prit conscience que deal ou pas, il n'y avait plus de retour en arrière possible. Maintenant qu'elle savait, il ne la laisserait jamais repartir. Ses jambes tremblèrent, elle dut s'appuyer au chambranle.

– Pourquoi Bruno Dessay ? murmura-t-elle alors.

Demian Obolanski sortit le couteau du fourreau qu'il portait le long de la cuisse avant de se diriger vers son prisonnier. Celui-ci avait cessé de gémir, et le fixait, pétrifié.

Avec un soin particulier, le policier testa le fil de sa lame, puis il dévisagea Lara Mendès comme s'il venait tout juste de se souvenir de sa présence.

– Disons que je vous ai donné l'opportunité de choisir, lâcha-t-il avec un regard qui acheva de la terroriser. Je ne fais justice qu'aux miens.

119

Aubervilliers, dix ans plus tôt

L'hôtel clandestin où le commandant Joseph Lieras avait retrouvé Lyubov Denejkina avait rouvert à cinquante mètres, moins d'une semaine après la descente de police.

Dans la journée, l'immeuble affichait complet. Une vingtaine de gamines tout juste débarquées des rives de la mer Baltique y étaient tenues enfermées sous la garde d'une maquerelle d'une cinquantaine d'années, et d'une dizaine d'hommes armés.

Chargé d'un sac en toile de jute aux armes de la marine soviétique, Demian Obolanski avait prévu d'opérer un jour de marché. Les vendeurs ambulants installés à deux pas de l'immeuble attiraient une foule dense et bigarrée, parfaite pour se fondre dans la masse. De plus, le dimanche était le jour idéal pour causer un maximum de dégâts dans les rangs adverses. La moisson des passes du samedi soir serait conséquente, et les hommes plus nombreux pour la surveiller.

En longeant le trottoir, il repéra la silhouette de Volodia Pavelevitch – avachi à côté d'une coupelle taillée dans un fond de bouteille en plastique, il était prêt à se glisser dans ses pas – et le dépassa sans lui jeter un regard.

Distants de quatre mètres environ, les deux hommes traversèrent le marché, louvoyant agilement entre les gens et leur caddie, les vieillards, les badauds et les gamins, jusqu'à la berline de marque allemande stationnée devant l'hôtel clandestin. Adossé au capot, le chauffeur bricolait son téléphone.

Sans ralentir, Demian Obolanski dégaina un browning avec silencieux, et visa entre les yeux. Le chauffeur s'écroula, et dans le mouvement, Volodia Pavelevitch poussa le corps sous la voiture.

Ils poursuivirent leur chemin vers l'immeuble où des éclats de voix leur parvenaient depuis les fenêtres, et s'engouffrèrent dans la cage d'escalier en enfilant des gants. Ils montèrent silencieusement les marches. Demian Obolanski sortit un long couteau, Volodia Pavelevitch dégaina deux pistolets munis, eux aussi, de silencieux.

Ils jaillirent sur le palier, Demian Obolanski égorgea le vigile tandis que son complice poussait la porte d'un coup d'épaule. Ils pénétrèrent ensemble dans l'appartement d'où provenaient les éclats de voix.

Les armes crachèrent et trois hommes s'effondrèrent.

L'entrée comportait deux autres accès. Demian Obolanski tira une rafale dans le bois du panneau le plus proche. Il y eut des hurlements. Puis il recula et tira à travers la seconde porte. De nouveaux cris retentirent.

D'un geste, il signifia à Volodia Pavelevitch qu'il montait au deuxième.

Le jeune homme fonça dans l'escalier, évita de justesse des tirs. Puis il riposta, se rua sur le palier, enjamba un corps, enfonça la porte d'un violent coup de pied, et jeta son sac dans le couloir.

Deux secondes plus tard, il se trouva face à un colosse blond armé d'une kalachnikov. La lame du couteau s'enfonça dans la gorge du type qui s'effondra, la main crispée sur son arme. Huit balles se perdirent dans le mur.

À l'intérieur de l'appartement, Demian Obolanski trouva les filles. La plupart étaient stones et dormaient sur des matelas crasseux, d'autres se cachaient maladroitement derrière des pans de draps jaunasses. Il débusqua la mère maquerelle, armée d'un couteau, derrière une porte, et la projeta contre le mur d'un mouvement de coude. Puis il la traîna dans un réduit où il l'enferma, le temps de sécuriser le dernier étage.

Quand il eut tué les gardes jusqu'au dernier, le jeune homme récupéra son sac et la femme qui s'égosillait en russe, puis il rejoignit Volodia Pavelevitch en la tirant par les cheveux dans les escaliers.

Son compagnon d'armes était dans la chambre du fond. Le convoyeur était étendu à plat ventre sur le lit, son pantalon baissé sur les chevilles. Une balle s'était logée à l'arrière de sa tête. Sur une table, il y avait des liasses de billets de banque, des bouteilles d'alcool et une trieuse automatique.

Demian Obolanski ne lâcha la mère maquerelle que lorsqu'elle fut ligotée sur une chaise, et calmée par quelques coups de poing bien sentis.

– *Ty mozhesh' poyti tuda*, dit-il alors à son complice. *Nazovi posol'stvo. Oni poshlyut taksi chtoby ikh vozmeshchat'.*[1]

Tandis que Volodia Pavelevitch remontait à l'étage pour s'occuper des filles, Demian Obolanski se planta devant la mère maquerelle qui le fixait d'un air mauvais.

– *Ty sobirayesh'sya umeret' Kalinin*, lui cracha-t-elle à la figure. *On posadit tvoyu golovu na odnom, kolis' i predlozhi eto tvoyey materi.*[2]

– *Ne segodnya*[3], répondit-il en se saisissant de son couteau, indifférent au crachat qui coulait sur sa joue.

Sans quitter la femme des yeux, le jeune homme attrapa sa mâchoire d'une main pour la forcer à relever la tête et l'égorgea.

1. « Tu peux y aller. Appelle l'ambassade. Ils enverront des taxis pour les récupérer. »
2. « Tu vas mourir, Kalinine. Il plantera ta tête sur une pique et l'offrira à ta mère. »
3. « Pas aujourd'hui. »

Jour 11 – dimanche 1er septembre

120

Habituellement, la peur était un sentiment étranger à Valentin Mendès.

La nature l'avait doté d'un corps robuste, si bien qu'on ne venait pas le chercher.

C'est dire s'il s'en voulait d'avoir flippé dans les rues de Pigalle. Quand il arriva dans l'*open space* des locaux de W3 où Marcus Maratier, débraillé comme à son habitude, était occupé à trier le courrier, il se traita de tous les noms.

– Putain, lâcha le jeune homme en posant son sac à dos sur une chaise. Je suis content de te voir. T'as pas idée.

L'ex-grand reporter posa son index sur ses lèvres. Puis il attrapa un bloc-notes sur lequel il écrivit : « *Micros.* »

– Qu'est-ce que tu fous encore debout à cette heure ? demanda Valentin, les yeux ronds.

– Ton boulot. Y'avait encore un sac plein de merdes.

Le jeune homme prit le bloc-notes et le stylo des mains de Marcus Maratier, et écrivit à son tour.

« *Tu déconnes ?* »

Marcus entraîna Valentin vers son bureau où il exhiba un micro miniaturisé relié à une batterie et une carte électronique, le tout dissimulé dans un stylo. Puis il écrivit sur le bloc-notes :

« Les espions nous écoutent. »

« T'as trouvé ça comment ? »

« En marchant dessus ! »

« T'as prévenu Arnault ? »

« Demain. Il dort à cette heure. T'iras récupérer le matos pour vérifier. Suis sûr qu'il y en a d'autres. Peuvent être n'importe où. »

Les paroles de Marcus Maratier convainquirent Valentin Mendès qu'il serait mieux ici, dans les locaux de W3, que seul dans l'appartement de Montmartre. Même s'il y avait des micros, il s'en fichait. D'abord, il y avait un poste de police à deux pas, et pour écouter Moreau, il n'avait pas besoin de parler.

– Ça t'embête si je crèche ici cette nuit ? demanda-t-il. Je dormirai sur le canapé de la terrasse.

– Fais ta vie.

– Y'a des bières ?

– T'es allé en courses ? Non. Alors, y'a pas de bières.

Il était près de 2 heures du matin quand Valentin s'enroula dans une couverture pour continuer l'audition des enregistrements. Il commença en remontant toujours plus loin dans le passé. De temps en temps, il consultait ses notes prises sur un calepin en moleskine emprunté à Egon Zeller.

Lyubov Denejkina

Joseph Lieras

Ilya Kalinine

Qui était Lyubov Denejkina ? Jo Lieras était-il un flic infiltré ?

Valentin Mendès trouva cette idée excitante, car la plus probable. Sinon, pourquoi quelqu'un se serait-il donné autant de mal pour effacer ses liens avec Kalinine ?

Depuis qu'il avait découvert trois des six noms censurés, les enregistrements ne donnaient plus rien. Il était sur le point de capituler quand il tomba sur un fichier où l'avocat s'entretenait avec un homme dont la voix lui parut bizarrement familière.

Leur conversation traitait de Maya, la « fille brusquée » par Bruno Dessay – en réalité massacrée par ce dernier lors d'une orgie où il était sous cocaïne.

Bruno Dessay

Quatrième nom censuré.

– Celui qui t'a viré des carnets voulait s'occuper de toi personnellement, lâcha Valentin, en oubliant la présence probable de micros. Finalement, c'est le Mali qui t'a eu. À moins qu'ils t'aient pécho là-bas ?

L'inconnu à la voix familière avait été recommandé par une relation d'Éric Moreau pour gérer le problème. Malheureusement, le début de l'entretien, et donc le moment où les gens usent en général de leurs identités, était inaudible.

Valentin Mendès chercha à comprendre pourquoi cet enregistrement apparaissait à cet endroit du classement, vu que les frasques de Bruno Dessay étaient ultérieures à la période étudiée.

Le jeune homme farfouilla dans les fichiers sur son ordinateur portable, isola le dernier enregistrement et comprit qu'il y avait une anomalie d'encodage. Il chercha les fichiers comportant le même type d'erreur, en trouva trois autres, qu'il regroupa et écouta aussitôt.

Plusieurs personnalités du barreau de Paris avaient été sollicitées pour permettre à Bruno Dessay de sauver sa réputation, dont une en particulier se chargerait de faire disparaître certains éléments de la salle des scellés du Palais de Justice.

« Ne vaut-il pas mieux laisser tranquille une famille comme il faut, plutôt que de rendre justice à une pute que personne ne réclamera ? Franchement, moi, je m'en lave les mains ! »

Et cette voix, celle d'un juge d'instruction qui disait des horreurs dans le bureau de Moreau, dix ans plus tôt, Valentin ne la connaissait que trop bien.

Rodolphe Craven

Cinquième nom censuré.

121

GSM de Valentin Mendès
1er septembre.
Appel entrant. Solange Durieux
Début de communication. 00.11.21

« Comment t'as su ?

– Quoi ?

– Que j'avais besoin de te parler ?

– T'as toujours besoin de me parler.

– Non, pas comme ça. J'viens de découvrir un truc grave, et je sais pas quoi en faire. J'aurais jamais dû le découvrir en fait.

– Tu ne dois pas garder ça pour toi. Parles-en à Arnault.

– Il est tard, tu sais. Les vieux dorment à cette heure.

– Tu veux rire ?

– Si seulement…

– Je t'envoie Kipling ?

– Je préfère qu'il veille sur toi. L.A., c'est plein de types glauques.

– Tu me promets d'en parler à Arnault ?

– T'as peur pour moi ?

– T’es trop grand pour qu’on s’inquiète pour toi.
– Menteuse.
– Oui.
– Je suis heureux.
– Tu lui diras tout ?
– Oui.
– Tu m’as manqué.
– Ça ne se voyait pas trop.
– J’ai participé à une retraite en territoire indien, au Canada. Personne n’avait droit au téléphone.
– Ah, t’as vu le Grand-Œil ?
– Ne te moque pas… ça m’a fait du bien.
– T’as pensé à moi dans ton tipi ?
– Je crois que je vais arrêter.
– Arrêter quoi ?
– Mes projets, j’abandonne mes projets.
– Lequel ? Moi ou le travail ?
– J’ai un projet te concernant ?
– Moi, oui.
– Je sais.
– Ça veut dire ?
– Je rentre en France.
– Vrai ?
– Justement, tu n’aimeras peut-être pas ce que j’ai à te dire.
– Ça m’étonnerait. Attends, merde, j’ai un double appel. Un numéro bizarre, je crois que c’est la crevette. Faut que je réponde.
– Vas-y.
– T’es sûre ?
– Sûre.
– Solange ?
– Bye, bye, love. »

Fin de communication. 1er septembre. 00.12.56

GSM de Valentin Mendès
1er septembre.
Appel entrant. Non identifié
Début de communication. 00.12.57

« Allo, c'est toi ?
– Oui, mioche.
– Solange m'a appelé love !
– Quoi ?
– Qu'est-ce que t'as, crevette ? T'as une drôle de voix.
– T'es où ?
– Au bureau.
– T'as ton ordi ?
– Tu m'as déjà vu sortir sans ?
– Alors, tu dois détruire les enregistrements. Immédiatement.
– T'es malade ? Tu sais ce que ça représente ? J'ai les noms censurés, Lara ! Je les ai presque tous !
(*Des bruits*)
– Ces fichiers n'ont rien à faire entre vos mains.
– Vous êtes qui, vous ? Lara ? Lara ?
– Vous savez qui je suis.
– Crevette ? Putain t'es où ? C'est quoi ce délire ?
– Si vous ne détruisez pas ces enregistrements, votre sœur va mourir.
– Lara ? C'est vrai ? Lara ! Lara !
(*Des bruits*)
– Val ? S'il te plaît, t'as entendu ? Fais ce qu'il veut.
– Lara ? C'est vraiment lui ?
– Obéis, je t'en supplie.
– Qu'est-ce qui prouve qu'il ne va pas te tuer ?
– (*Un ton plus bas*) Je suis avec Jo, il me protège. (*Plus haut*) Fais-le, et je resterai en vie. S'il te plaît, détruis tout ce qui concerne ces enregistrements. Ne garde rien.
– OK, je le ferai.
– Non, maintenant, Val. Fais-le maintenant.

– OK, OK. Attends, je chope mon ordi.
(Silence)
– Ça y est, je l'ai.
– Détruis le disque dur.
– Ça va pas non ? Y'a toute ma vie là-dessus !
– Val ! Putain, c'est pas le moment de faire le con !
– Tu me fous la trouille, crevette.
– Tu peux avoir la trouille.
– OK ! Je le fais. Mais faut que je le démonte.
(*Des bruits*)
– Je crois pas que je suis en train de faire ça à mon ordi...
(*Silence*)
– Val ?
– Attends, ça prend du temps, ces trucs-là... Putain.
(*Silence*)
– Val ?
– Ça y est. Je l'ai crashé.
– Merci, mioche.
– Putain...
– Écoute, tu dois oublier ce que t'as entendu, jeter ce que t'as écrit. Tu n'as jamais eu ces trucs entre les mains, c'est clair ? Val ? Val ? Tu m'entends ?
– Oui.
– Tu jures ? Tu dis rien à personne ?
– Je jure.
– Personne ! Je dis bien personne !
– Oui, j't'ai dit.
– Je te rappelle dès que je peux. Je t'aime, mioche.
– Putain, moi aussi je t'aime, crevette. Allo ? Allo ? Allo ! »

Fin de communication. 1er septembre. 00.16.34

122

Assise sur son lit, seule dans sa chambre, **Lara Mendès** fixa le téléphone qu'elle tenait entre ses mains.

Les lumières de *La Valbonne* s'éteignirent brusquement.

Lara.

La porte s'entrouvrit sur Jo Lieras qui se glissa rapidement vers elle, l'index posé sur sa bouche en signe de silence.

– Vous avez pu lui parler ? dit-il à son oreille. Il a marché ?

– Votre homme a été parfait dans le rôle du méchant, lâcha-t-elle amèrement. Val était terrorisé.

– Bien.

– Qu'est-ce que vous fichez avec Kalinine, Jo ? Je ne comprends pas.

Le policier posa une main qu'il voulait rassurante sur le bras de Lara.

– Plus tard. Nous sommes attaqués.

Lara frémit.

– Attaqués ? Mais par qui ?

– Écoutez-moi bien, Lara. J'ai besoin de vous pour veiller sur Bérénice et les plus jeunes. OK ?

Lara Mendès hocha la tête.

– Enfilez des affaires confortables, lui conseilla le policier. N'emportez que le strict nécessaire. Ensuite, vous vous regrouperez avec les autres dans le couloir. On s'occupe de votre évacuation. Croyez-le ou non, ajouta-t-il avec une fêlure dans la voix, pour chacun des hommes de *La Valbonne*, les femmes d'ici sont ce qu'il y a de plus précieux.

La silhouette de Jo Lieras disparut dans le couloir.

Déstabilisée par l'émotion du policier, Lara Mendès passa un pull à tâtons, et enfila ses baskets. Ses doigts tremblaient tant qu'elle peina à nouer ses lacets.

Elle ramassa son carnet, son téléphone et une veste, fourra le tout dans son sac à main, et rejoignit les jeunes filles qui attendaient dans l'obscurité, serrées les unes contre les autres, dans un silence pesant.

Lara Mendès chercha Bérénice Bonnet du regard et la trouva accrochée au cou de Jo Lieras. L'adolescente gardait les yeux mi-clos. Sa tête dodelinait.

– Elle est encore shootée au Rivotril, murmura le policier à l'adresse de Lara. Manya va vous aider. Je reste en arrière, ajouta-t-il en dégainant son arme.

La jeune femme acquiesça d'un signe de tête et prit Bérénice par le bras, aidée de Manya qui la soutint de l'autre côté.

– Allez, on y va.

La file des pensionnaires commença à descendre derrière deux gardiens de *La Valbonne*. Lara Mendès, Manya, Bérénice Bonnet et Jo Lieras fermaient la marche.

Ils atteignirent ainsi la cour, qu'ils traversèrent en hâte. Dans la nuit silencieuse, les gravillons semblaient crisser sous les semelles deux fois plus qu'en plein jour.

Avant de s'engouffrer par la porte mystère, Lara Mendès entendit un bourdonnement suivi d'un crépitement feutré, puis la cage d'escalier aux odeurs de moisissures la happa.

Lara et Manya soutinrent Bérénice tant bien que mal dans les escaliers, puis le long d'un couloir. Elles passèrent à côté de la pièce où Lara avait rencontré Ilya Kalinine.

Celle-ci était vide. Il ne restait ni prisonnier ni chaîne.

La jeune femme s'empêcha d'imaginer ce que le Russe avait pu faire subir à ce pauvre homme avec son couteau, poursuivit sa marche le long du couloir, et s'arrêta, comme le faisaient les autres. Elle entendit qu'on déverrouillait une serrure, sentit une odeur puissante d'humus, proche de celle d'une champignonnière, et manqua défaillir avant que le mouvement recommence.

Manya retint Bérénice, que Lara venait de lâcher.

– Je sais que c'est difficile, lui dit Jo Lieras en venant à sa rescousse. Vous allez devoir tenir le choc.

Le policier était pâle, et ses mains tremblaient.

– Et vous, ça ira ? s'inquiéta Lara Mendès en reprenant Bérénice contre elle. Vous avez l'air mal.

– Ça ira.

– Vous ne venez pas ?

– Nous allons vous couvrir, assura-t-il en posant un baiser sur le front de Bérénice. Ne vous inquiétez pas, nous nous retrouverons, ajouta-t-il avant de tourner les talons.

Déboussolée, Lara Mendès essaya de voir où on comptait les emmener, mais elle ne distingua qu'un couloir étroit et la file des pensionnaires. Elle reconnut la voix d'Innokenty et fut rassérénée.

La file s'ébranla à nouveau. Lara sentit que Bérénice revenait parmi les vivants et en fut soulagée.

– Faut qu'on assure ce coup-ci, glissa-t-elle à son oreille.

– Putain... on fait quoi ? demanda Bérénice, la bouche pâteuse.

– Tu voulais quitter *La Valbonne*, eh bien ça y est. Allez, bouge !

– Putain ! Fait chier !

– Bouge et ferme-la ! Tu peux faire ça ?

L'adolescente écarquilla les yeux et regarda autour d'elle.

– Ça pue, dit-elle en reniflant.

Lara Mendès, toujours assistée de Manya, poussa Bérénice devant elle. Un peu plus loin, les jeunes femmes franchirent une porte épaisse d'aspect très ancien. Innokenty Denejkina les attendait, la petite Tissia accrochée à son cou, la poupée Barbie de Lara contre elle.

Il attrapa le sac de Lara Mendès.

– Pas pratique. Prenez ça.

Il lui tendit un sac à dos, de type militaire, dans lequel il glissa celui de Lara et de Bérénice.

– Je vais rester avec vous, proposa-t-il en refermant la porte derrière eux.

– Qu'est-ce qui se passe ? marmonna Bérénice. Où on va ?

– Plus tard les questions, petite mademoiselle. Maintenant il faut courir.

123

Concentré sur les écrans de vidéosurveillance de la salle des opérations, **Demian Obolanski** étudiait les alentours de *La Valbonne*. La caméra infrarouge avait déjà détecté six véhicules tout-terrain, et de nombreux hommes en armes.

À côté de lui, un ordinateur affichait un plan de la propriété et des environs.

– On ne sait toujours pas qui c'est ? demanda Jo Lieras en déboulant dans la pièce.

Obolanski secoua la tête.

– On trouve pas ce genre de matos sous les sabots d'un cheval, ajouta le policier en désignant une des silhouettes armée d'un lance-roquette.

Sur un autre écran, une alarme silencieuse se mit à clignoter à l'endroit des cuisines. Jo Lieras s'installa à la place que Demian Obolanski venait de libérer, commuta un moniteur sur la caméra la plus proche de cet endroit. Puis il ajusta une oreillette micro.

– Volodia, c'est pour toi. Deux colis, précisa-t-il en voyant les silhouettes entrer dans le champ de la caméra. Derrière une fenêtre du rez-de-chaussée. Oui, les renforts arrivent, ajouta-t-il en levant le pouce en direction de Demian Obolanski.

Celui-ci remplit ses poches de chargeurs de pistolet avant de quitter la salle. Une dizaine de secondes plus tard, il émergeait des sous-sols de *La Valbonne.*

Il embrassa d'un regard ses hommes postés derrière les fenêtres et sur les toits, puis rejoignit Volodia Pavelevitch au pied des grands murs de la propriété. Tapis dans l'obscurité, les deux hommes reconnurent le son du diamant sur du verre.

– Ça bouge au nord, premier étage, dit la voix du policier dans leurs oreillettes. Et le convoi est parti.

Demian Obolanski échangea des signes avec Volodia Pavelevitch, puis il pénétra dans la cuisine, son pistolet mitrailleur brandi devant lui, tandis que son complice prenait les assaillants à revers.

En quelques enjambées, ils furent sur les intrus. Le premier n'eut pas le temps de réagir. Il mourut avant d'avoir touché le sol. Quant au deuxième, à cheval sur le rebord de la fenêtre, il bascula en arrière, blessé par un habile lancer de couteau.

Les deux hommes le récupérèrent dans la cour et le traînèrent jusque dans la salle de télévision où ils le ligotèrent avant de se poster aux baies vitrées.

Soudain, la voix de Jo Lieras résonna dans les oreillettes : « Missile. »

Volodia Pavelevitch lança un regard sceptique à Demian Obolanski qui lui fit signe de se baisser.

Un sifflement strident enfla, puis le portail vola en éclats. Des bruits de moteur grondèrent dans l'obscurité. Trois secondes plus tard, deux véhicules de type militaire s'engouffraient dans la cour, brisant ce qui restait des vantaux.

Les vitres de la salle de télévision explosèrent sous les impacts, des silhouettes se dispersèrent dans la cour et s'écroulèrent aussitôt sous le tir nourri des gardiens de *La Valbonne.*

Lorsque le calme fut revenu, Demian Obolanski compta neuf

victimes, dont le prisonnier, atteint par une balle perdue, et un blessé dans ses rangs.

Il fit signe à ses hommes de se replier aux sous-sols. Ce n'est que lorsqu'il récupéra le dernier d'entre eux qu'il bloqua la porte avec une barre en métal, et descendit à son tour.

124

Lara Mendès courait depuis plusieurs minutes le long d'un tunnel humide, bas de plafond, les pieds enfoncés dans la boue, avec pour seul objectif de ne pas perdre de vue les pensionnaires qui la précédaient.

Elle haletait, le visage couvert d'une fine pellicule de sueur et sa main glissait dans celle de Bérénice, qui la suivait en gémissant de peur.

Le tunnel, à peine éclairé par le halo des lampes torches, tourna légèrement sur la droite tout en montant le long d'une déclivité, puis la sortie apparut, accompagnée d'un air frais qui glaça sa peau.

Une à une, les pensionnaires de *La Valbonne* franchirent un sas taillé à même la roche, et débouchèrent sous un ciel encombré d'énormes cumulus. Un peu en contrebas, partiellement occultés par un épaulement rocheux, se profilaient les contours de la ferme fortifiée.

Une lune à moitié pleine projetait une lumière grise sur la campagne.

Lara Mendès sortit sa veste du sac à dos et la posa sur les épaules de Bérénice, qu'elle serra contre elle.

– Je ne te lâcherai pas, murmura-t-elle à l'adolescente. Sois courageuse.

L'écho du vallon leur renvoya des bruits de moteurs puissants, puis une explosion déchira la nuit, suivie par des rafales d'armes automatiques.

Au loin, un éclair zébra le ciel.

Haletante, Bérénice s'accrocha à la main de Lara avec l'énergie du désespoir.

– Où est maman ? sanglota-t-elle. Je veux rentrer.

L'index sur les lèvres, Innokenty Denejkina désigna le chemin aux pensionnaires, les engageant à suivre un sentier qui partait dans la direction opposée à *La Valbonne.*

– Il faut courir ! ordonna-t-il à voix basse. Courir jusqu'aux arbres.

D'abord à découvert sur un à-plat de quelques centaines de mètres, la file des fugitifs composée d'une vingtaine d'adolescentes ou de très jeunes femmes, d'une fillette et de trois hommes s'étira dans une course inégale, et disparut peu à peu sous une frondaison touffue.

125

La seconde vague d'assaut tarda tant que **Demian Obolanski** pensa avoir méjugé ses adversaires.

Devant la facilité avec laquelle ses hommes avaient anéanti la première, l'idée qu'il avait eu affaire à des amateurs l'effleura, puis s'évanouit quand les images infrarouges révélèrent que les assaillants installaient des mortiers pointés sur *La Valbonne*.

Dans la salle des opérations, ses hommes attendaient. Aucun ne manifestait le moindre signe de nervosité.

Toujours installé devant les moniteurs de surveillance, Jo Lieras indiqua à son équipier le trajet de deux véhicules ennemis. Les pick-up, qui emportaient chacun trois hommes en plus du chauffeur, empruntaient un chemin forestier qui les ramenait à la route départementale.

– Là !

Le policier affichait un air inquiet.

Différentes caméras montrèrent les véhicules sur la route, puis sur le chemin privé de *La Valbonne*. À cent mètres du portail détruit, un des pick-up contourna la propriété, tandis que le second s'engageait sur une route qui grimpait dans les collines.

Précisément sur le versant opposé à celui où Innokenty et les pensionnaires avaient pris la fuite.

– Ils vont faire un carnage, murmura Demian Obolanski d'une voix blanche.

Il fut interrompu par un grondement. Les hommes se regardèrent.

Une série d'explosions retentit au-dessus de leurs têtes, occasionnant une pluie de gravats. Une deuxième survint une dizaine de secondes plus tard.

Cette fois, plusieurs moellons se détachèrent de la voûte et s'écrasèrent sur le mobilier, manquant de peu Jo Lieras.

Des écrans s'éteignirent. Sur les deux derniers encore en fonction, des silhouettes rouge et jaune pénétrèrent à l'intérieur de l'enceinte de *La Valbonne*.

Volodia Pavelevitch s'empara aussitôt de la souris de l'ordinateur, ouvrit une succession de dossiers, puis sélectionna une icône en forme de crâne.

Jo Lieras et Demian Obolanski échangèrent un regard.

Volodia Pavelevitch appuya sur le bouton de la souris.

Un compte à rebours s'enclencha.

00.03.00

00.02.59

00.02.58

Demian Obolanski posa une main chaleureuse sur l'épaule de son équipier.

– Tiens bon, lui murmura-t-il. On ne change rien, ajouta-t-il à l'attention de ses hommes. Je vous rejoindrai comme prévu.

00.02.49

Le Russe récupéra plusieurs chargeurs pour son pistolet mitrailleur, puis quitta la salle des opérations par le tunnel d'évacuation tandis que ses hommes empruntaient une autre issue, sécurisée par une porte blindée qu'ils verrouillèrent derrière eux.

126

00.02.32

Courir n'effrayait pas **Lara Mendès.** Mais courir dans la nuit sur un sentier boueux et parcouru de racines, en soutenant Bérénice, relevait de l'exploit.

L'adolescente était tombée à deux reprises, se blessant aux genoux et à la cheville. Aidée de Manya, elle avait pu la relever, puis la pousser à progresser tant bien que mal. Mais à présent, vingt minutes après avoir quitté *La Valbonne*, Bérénice était à bout de force.

La pluie tombait de plus en plus drue, rendant le sol glissant et la visibilité mauvaise. Le tonnerre grondait sur les hauteurs. Dans la lumière crue des éclairs, Lara Mendès vit que les eaux du torrent en contrebas du sentier, enflaient à vue d'œil.

– Il faut faire une pause ! souffla-t-elle à Innokenty Denejkina qui fermait la marche accompagné d'Aleksandra, la petite Tissia dans ses bras. Je sais que nous vous ralentissons, mais on ne peut pas lui demander l'impossible. Bérénice a besoin qu'on immobilise sa cheville.

Le vieux Russe héla l'homme de tête, qui arrêta le groupe, puis il posa Tissia par terre et glissa la main de l'enfant dans celle d'une pensionnaire.

– Sacha, ordonna-t-il à sa fille, va avec Manya et Lara. Les autres, continuez sans ralentir. On vous rejoindra plus tard.

Pendant que les pensionnaires s'éloignaient dans la nuit, Aleksandra et Lara soutinrent Bérénice, qui clopinait sur son pied droit en pleurant, tandis que Manya portait les sacs.

Elles avancèrent ainsi sur une centaine de mètres, selon les indications d'Innokenty. Le vieil homme connaissait les bois comme sa poche, et comptait conduire les filles dans une grotte toute proche.

Soudain, une déflagration retentit d'un versant à l'autre.

Déstabilisée, Aleksandra glissa sur les pierres humides, emportant Lara et Bérénice dans sa chute. Les trois jeunes femmes roulèrent ensemble sur le tapis de feuilles détrempé et dévalèrent la pente sur une vingtaine de mètres.

À l'arrivée, Bérénice hurla de douleur.

Lara Mendès rampa aussitôt vers elle et plaqua sa main sur sa bouche.

– Chut, t'es malade ou quoi ? Sacha ?

N'obtenant pas de réponse, Lara réitéra son appel.

– Béré, tu ne bouges pas, c'est clair ?

Les mains de la jeune femme fouillèrent le sol et finirent par rencontrer la chevelure d'Aleksandra, et la chaleur poisseuse du sang.

– Oh non ! souffla Lara. C'est pas vrai !

– Quoi ? geignit la voix de Bérénice. Où elle est ?

– Ferme-la ! Et fais-toi toute petite !

Lara Mendès s'allongea contre Aleksandra à la recherche de son pouls. Elle sentit l'air vibrer à quelques centimètres de sa tête, puis une nouvelle déflagration retentit. Cette fois, elle en devina l'origine, de l'autre côté du vallon, en hauteur, quelque part sur la pente.

– Sacha ?

00.01.21

Une dizaine de nouveaux coups de feu claquèrent. Des rafales leur répondirent. Lara Mendès refoula les larmes qui montaient à ses paupières, et la panique qui envahissait son cœur. Elle se colla contre la jeune Russe, posa sa tête sur sa poitrine, puis chercha ses lèvres pour lui venir en aide.

Elle s'arrêta net quand elle comprit qu'une balle avait traversé la gorge d'Aleksandra et que du sang s'écoulait par sa bouche. Un cri monta en elle, un cri qu'elle tenta de repousser de toutes ses forces, mais qui la traversa comme une gifle.

Innokenty lui signifia de se taire, puis il l'aida à se relever et la guida derrière des rochers qui marquaient l'entrée d'une grotte.

– Pas bouger ! chuchota-t-il avant de disparaître.

– Aleksandra, murmura Lara Mendès avec un sanglot. Manya ?

La main d'Innokenty Denejkina se posa fermement sur l'épaule de Lara, la forçant à rester à l'abri des rochers.

De nouvelles rafales d'armes automatiques claquèrent, toutes proches cette fois. Puis des silhouettes jaillirent de la nuit.

Lara reconnut deux des hommes qui les escortaient depuis leur départ de *La Valbonne*, puis Manya qui pleurait, ses mains ensanglantées serrées autour des sacs, Tissia qui agrippait sa poupée, et la main d'une jeune femme hagarde, et d'autres pensionnaires dont certaines blessées, parvenaient à peine à marcher.

– Qu'est-ce qui se passe ? s'écria Lara en essayant de se défaire de la poigne du vieil homme. Mais qu'est-ce qui se passe ?

00.00.01

Une formidable explosion roula depuis l'aval. L'écho fut renvoyé plusieurs fois d'un versant à l'autre. Une lueur lointaine illumina les nuages. Puis le bruit de l'averse martelant les feuilles reprit sa place.

127

Quand *La Valbonne* explosa dans son dos, libérant en une fraction de seconde l'énergie dévastatrice de quatre cents kilos de Semtex, **Demian Obolanski** réalisa qu'une partie de son plan de contre-offensive se réalisait comme prévu.

Mais il s'en moquait.

Sa lunette à intensification de lumière sur les yeux, les oreilles aux aguets, il avait choisi de traquer les assaillants embusqués dans les hauteurs, convaincu que les hommes chargés d'escorter les femmes pourraient s'opposer à une attaque directe, mais pas à des snipers équipés de visée à infrarouge.

La voix d'Innokenty Denejkina dans son oreillette matérialisa ses craintes. Son vieil ami avait dû s'arrêter pour soigner une blessée. Lui et quelques femmes s'étaient abrités dans une grotte. Il avait besoin d'aide.

Un petit groupe d'hommes les cernait, et il était seul pour défendre l'abri, les autres gardiens étant chargés de veiller sur le reste du groupe.

L'échange n'était pas achevé que Demian Obolanski fit demi-tour, et courut en direction de la forêt.

128

00.00.00

La trotteuse phosphorescente de la montre de **Jo Lieras** acheva sa troisième rotation. Il ressentit une forte vibration sous ses pieds, puis le son d'une explosion ébranla la salle où il s'était retranché avec Volodia Pavelevitch et ses hommes.

Dans son dos, la porte blindée se bomba et une poussière noirâtre jaillit par ses interstices, rendant l'air irrespirable. Jo Lieras plaqua sa manche sur son nez. Il n'était pas question de produire le moindre son.

Quelques secondes plus tard, il distingua un carré de pâle lueur, sentit que la poussière filait vers l'extérieur, et que la salle se vidait de ses hommes. Le policier quitta l'abri souterrain à son tour et retrouva l'air libre au beau milieu d'un bosquet touffu.

Il rampa jusqu'à la lisière où l'attendait Volodia Pavelevitch.

À cent mètres de là, il ne restait plus rien de la splendide ferme fortifiée de *La Valbonne*. De grandes flammes rouges illuminaient la campagne, jetant sur les derniers survivants une lueur de fin du monde.

Mon ami, tu adorerais voir ça.

Le Semtex pour tuer, un mélange voisin du Napalm stocké près d'une citerne de gaz naturel pour éclairer la campagne, et leur permettre d'achever les derniers adversaires.

Ceux-ci se trouvaient à portée de voix du policier ; près d'une demi-douzaine de véhicules stationnés de l'autre côté du bosquet. D'autres se dirigeaient vers les vestiges de *La Valbonne*, probablement à la recherche de blessés. Il devait en subsister d'autres encore, à l'opposé de la propriété, et peut-être quelques-uns à l'entrée du domaine, surveillant le carrefour de la départementale et de la voie privée.

C'est ainsi que Jo Lieras aurait cerné *La Valbonne*, s'il avait eu à mettre en place un dispositif visant à ne laisser s'échapper personne. Mais il n'aurait imaginé ni les tunnels d'exfiltration ni les explosifs.

Il fallait réfléchir différemment si l'on désirait s'attaquer à Ilya Kalinine.

Pendant que trois de ses tireurs dépliaient les trépieds de leurs fusils à longue portée, cinq autres rampèrent sous la végétation basse. Ils approchèrent ainsi au plus près des véhicules. Une radio crachait des ordres en utilisant des codes utilisés dans l'armée.

Les hommes quittèrent la protection du bosquet. Leurs armes munies de silencieux crachèrent de courtes flammes dans la nuit. Des silhouettes s'affalèrent.

Le policier s'avança furtivement vers le 4×4 le plus proche. À l'intérieur se trouvait un type aux cheveux blonds coupés très court, doté de cils incroyablement longs. Son profil éclairé par un écran d'ordinateur portable était presque féminin.

La main de Jo Lieras saisit la poignée de la portière, qu'il ouvrit d'un coup sec.

– Hey !

La crosse du pistolet frappa juste sous le nez. L'homme s'affaissa sur son ordinateur. Après l'avoir entièrement fouillé et désarmé, le policier poussa sa victime sur le fauteuil passager et s'installa au volant.

Une minute plus tard, quatre véhicules s'ébranlaient en contournant le bosquet, récupérant au passage les tireurs embusqués, et s'éloignaient de *La Valbonne* à travers champs.

129

Dehors, la pluie avait redoublé d'intensité.

Installée dans un coin de la grotte, Lara Mendès et Bérénice Bonnet pansaient le front d'une jeune fille blessée.

Lara avait proposé à l'adolescente de lui venir en aide après avoir bandé sa cheville. En se rendant utiles, elles oubliaient la peur qui les assaillait à chaque mouvement extérieur.

Des tirs en rafale furent échangés pendant plusieurs minutes.

« Demian est arrivé, les avait rassurées Innokenty, aux premiers coups de feu. Personne ne va vous faire de mal. »

Le sang d'Aleksandra avait séché sur ses joues et tiraillait la peau de Lara.

Lorsqu'elle eut achevé ses soins, elle passa un pull trop grand pour elle, et frotta son visage et ses mains avec de l'alcool, dont elle but une goulée avant de passer la bouteille à Manya, assise à côté d'elle, Tissia entre ses bras.

Les tirs cessèrent, et la silhouette de Demian Obolanski s'encadra dans l'entrée. Lara frissonna de peur, mais fut incapable de détourner les yeux. Elle le regarda enclencher la sécurité sur son pistolet mitrailleur, retirer son intensificateur de lumière et son gilet pare-balle avant de glisser son arme dans sa ceinture, à côté de ce long couteau qui ne le quittait jamais. Il semblait avoir fait ces gestes toute sa vie.

– Combien ? demanda-t-il à Innokenty.

Le vieil homme s'était avancé pour l'accueillir et le débarrasser de son matériel.

– Quatre, peut-être plus. Toutes ne sont pas arrivées.

– Tissia ? murmura Demian d'une voix vibrante.

– Elle est avec Manya, tout va bien.

Le Russe fouilla la pénombre du regard jusqu'à ce qu'il trouve la fillette et reporta son attention sur le vieil homme.

– Sacha ?

– *Uyekhavshaya chtoby prisoyedinyat'sya k Lyuba.* [1]

Le vieil homme buta sur ses derniers mots.

– *Prisoyedinyat'sya k Lyuba ?*[2] répéta Demian Obolanski d'une voix blanche.

Un silence irréel s'abattit dans la grotte, autour des deux hommes.

Lara Mendès eut l'impression qu'à la lueur des lampes torches, la silhouette d'Innokenty Denejkina s'enfonçait dans le sol tandis que celle de Demian Obolanski s'étirait sur les murs jusqu'au plafond.

– Où est-elle ? finit-il par demander.

– Je te montrerai, plus tard.

– Sacha est un peu plus bas, murmura timidement Lara Mendès à l'adresse du policier. J'ai essayé de la ramener mais…

– Vous.

La jeune femme n'eut pas le temps d'achever sa phrase. Le Russe fondit sur elle et referma ses doigts autour de son cou pour la contraindre à se lever. Instinctivement, Lara agrippa son bras et enfonça ses ongles dans sa peau.

– Lâchez-moi !

1. « Partie rejoindre Lyuba. »
2. « Rejoindre Lyuba ? »

– Vous les avez conduits ici, articula-t-il avec une haine brutale. Vous êtes responsable de ce carnage !

Lara Mendès combattit Demian Obolanski avec rage, elle s'accrocha à lui, tentant de défaire l'étau de cette main qui l'étranglait, ses jambes pédalèrent dans le vide, puis ses talons le frappèrent de toutes ses forces.

Les oreilles bourdonnantes, elle ouvrit la bouche pour chercher de l'air et respira l'haleine de son agresseur, l'odeur de la sueur qui montait de son torse et celle, plus forte, de ses aisselles.

Son champ visuel se rétrécit, atténuant peu à peu ses perceptions, les yeux de Kalinine rivés sur elle devinrent flous, elle entendit Manya hurler, puis d'autres filles, Innokenty quelque part sur sa droite parler de Lyuba et de Sacha, dire qu'elles n'auraient pas voulu ça, elle distingua l'éclair de la lame du couteau de Kalinine, le sentit vibrer en direction du vieil homme, la voix de Kalinine, répondre qu'elles étaient mortes, et qu'on ne pouvait plus les trahir, les doigts de Kalinine augmenter leur pression, son couteau s'insinuer sous ses vêtements, et piquer sa peau à l'endroit du cœur, les hurlements de Bérénice, au sujet de Jo Lieras qui l'avait aidé et qui lui faisait confiance pour les protéger.

Ces derniers mots, hurlés avec l'énergie du désespoir.

Puis ses pensées à elle, pour mémé Carmela et Valentin qu'elle abandonnait encore, des lueurs rouges devant ses yeux, et un voile noir sur ses paupières juste après que son corps, finalement libéré par la main de Kalinine, retombe dans la poussière.

130

À peine avait-il lâché Lara que **Demian Obolanski** sortit de la grotte, dévala la pente boisée, longea le sentier sur une centaine de mètres jusqu'à une retenue du torrent. Là, au terme d'une périlleuse désescalade des berges pierreuses, il se jeta dans l'eau glaciale où il s'immergea totalement.

Peu à peu, ses muscles s'endolorirent. Le froid lui donnait l'impression que son crâne allait éclater et que ses membres étaient en feu.

Le Russe accueillit la douleur physique pour oublier l'autre douleur, celle qu'il ne comprenait pas, celle qui avait failli l'emmener sur des chemins honnis.

Lentement, il parvint à dompter la colère, et pendant les dernières secondes de l'apnée, se concentra sur son objectif.

Il visualisa le parcours qu'il aurait à accomplir jusqu'aux tireurs embusqués sur le versant opposé, les obstacles et les particularités du terrain à éviter ou sur lesquels il pourrait s'appuyer.

Bientôt, la température de son épiderme avoisinerait les 10 °C, celle de ses vêtements s'accorderait à la température de l'eau et il resterait invisible pour les capteurs de chaleur des fusils à longue portée pendant deux ou trois minutes.

C'était plus qu'il n'en fallait pour franchir le torrent, traverser le vallon et gravir la pente jusqu'à la route des cols.

Quand il fut prêt, il émergea de l'eau glacée et remplit ses poumons avec un cri rauque. La souffrance était telle qu'il songea fugitivement combien il serait bon de se laisser emporter par le courant.

Ses doutes le stimulèrent aussi sûrement que le coup de poing d'un ennemi. Il s'agrippa aux rochers, se hissa jusqu'à la terre boueuse et s'élança à travers bois. Sa course silencieuse et le vacarme de l'averse sur les feuilles lui permirent d'arriver à quelques mètres de ses cibles.

Dans l'obscurité de la forêt, il devina la présence d'un pick-up au son de la pluie sur la carrosserie. En s'approchant, il repéra un type au volant qui tirait sur une cigarette électronique parfumée à la cerise, un fusil mitrailleur posé sur ses genoux.

Quant aux autres, ils discutaient en français, se gaussant de leurs bons résultats au tir. À leur voix, Demian Obolanski en compta trois. Le sniper, allongé sur le talus, œil rivé derrière sa lunette, et un autre homme assis à côté de lui. Il repéra le troisième appuyé contre un arbre à quelques mètres des autres, occupé à scruter le versant opposé à travers ses jumelles.

Après une dizaine de secondes d'observation, le Russe fondit sur le pick-up, ouvrit la portière et planta son couteau en travers de la gorge du conducteur. Il saisit son fusil mitrailleur et le déposa dans la benne du 4×4.

Puis il s'approcha furtivement de l'homme aux jumelles, lui brisa les vertèbres, et conclut son sinistre parcours en abattant les tireurs d'une balle en pleine tête. Il fouilla les corps, récupéra les radios, et leurs armes qu'il chargea sur son épaule avant de retourner au véhicule.

Il rangea le fusil longue portée et les pistolets mitrailleurs dans le coffre, les recouvrit d'une bâche, avant de récupérer son couteau planté dans le cou du chauffeur qu'il tira hors du pick-up et poussa dans le fossé.

Enfin, il démarra le véhicule et s'appuya contre le dossier du siège en fermant les yeux. Quand il les rouvrit, Demian Obolanski croisa son propre regard dans le rétroviseur. Il se fixa un court instant, puis enclencha la première vitesse, et appuya sur l'accélérateur.

Quelques instants plus tard, il s'engageait à toute allure dans une direction opposée à celle de la grotte où s'étaient réfugiées les pensionnaires de *La Valbonne*.

131

Les mains cramponnées sur le volant, **Jo Lieras** se concentrait sur les reflets qu'accrochait la carrosserie du véhicule devant lui.

Le sous-bois où le convoi circulait à vitesse réduite était sec d'un été sans pluie, si bien que malgré l'orage, les ornières servaient de guide aux roues.

D'une main, le policier épongea son front ruisselant de sueur. Cette satanée fièvre ne le quittait plus depuis que la balle qui avait fauché Mathilde s'était fichée dans son corps.

Tu chialeras plus tard, vieux, quand tout le monde sera en sécurité.

Au fond du vallon, le convoi s'immobilisa. Les hommes de tête déverrouillèrent une grille qui interdisait l'accès à un ancien tunnel ferroviaire. Ils allumèrent leurs phares et passèrent sous la colline.

Après trois cents mètres, le convoi stoppa à nouveau. On coupa les moteurs et les hommes transitèrent vers d'autres voitures stationnées là, en prévision d'un jour comme celui-ci.

– On aurait dû faire passer les femmes par là, déplora Volodia Pavelevitch.

– L'autre chemin était plus sûr, opposa le policier. On ne pouvait pas imaginer ce qui est arrivé. Tiens, ajouta-t-il en déposant une poignée de balles de calibre 7.62 dans la paume de Volodia. Donne ça à Demian. Dis-lui que je les ai trouvées sur le prisonnier.

Ce dernier fut balancé sans ménagement dans le coffre d'une voiture. Un homme se chargea de le ligoter. Puis tous s'installèrent au volant. Jo Lieras choisit un break.

Même en prenant chacun une voiture, ils en laissèrent quatre derrière eux, qu'ils incendièrent avant de quitter les lieux.

Les hommes empruntèrent l'ancienne voie ferrée et bifurquèrent sur un chemin raviné qui les déposa sur une petite route de campagne qui filait en direction de la côte.

À partir de ce point, le convoi se disloqua, perdant des éléments à chaque croisement. Il fallut moins d'un quart d'heure à Jo Lieras pour circuler seul sur une route, qui lui permit de rallier une voie de plus grande importance quelques kilomètres plus loin.

Le plan imposait cet éparpillement, où chacun avait un objectif précis. Jo Lieras prit la direction du nord, s'assurant régulièrement que personne ne le suivait.

Le temps passant, la tension redescendit, laissant place à la fatigue et au chagrin. Ses yeux humides et brûlants de fièvre supportaient mal la lumière des phares arrivant en sens inverse. Ce samedi soir, dernier du mois d'août, l'Europe rentrait de vacances. Par sécurité, il se rabattit sur la voie de droite et cala sa trajectoire sur celle d'un camion frigorifique.

Jo Lieras descendit sa vitre, puis alluma la radio. Les ondes diffusaient *Bridge Over Troubled Water*, de Simon et Garfunkel. Il fredonna les paroles, et laissa les larmes inonder ses joues.

Le jour se levait, et les kilomètres défilaient, hypnotiques.

Le policier regarda sans les voir les feux stop de la file de véhicules qui le précédaient s'allumer par vagues. Les warnings du 38 tonnes devant lui clignotèrent, et sa remorque chassa.

Les mains cramponnées sur le volant, Joseph Lieras enregistra instinctivement la plaque minéralogique du camion, puis il ferma les yeux.

132

Ne pas se joindre à la meute.

Sookie Castel attendit que le wagon se vide pour récupérer son sac et descendre sur le quai n° 26 de la gare de l'Est.

La foule des voyageurs lui tournait le dos. Seuls les employés des sociétés de nettoyage marchaient dans sa direction.

Elle chaussa ses lunettes de soleil et s'avança dans le hall où les gens se dispersaient. En arrivant près des butoirs, elle releva les yeux. En dehors de quelques voyageurs patientant sur des bancs, il n'y avait personne.

Bien sûr, Sookie Castel avait l'adresse de W3, mais elle ignorait comment s'y rendre, et demander son chemin signifiait ouvrir des boîtes, établir un contact avec un être humain, risquer une plaisanterie sur les provinciales en goguette, une invitation à boire un verre. Les hommes se montraient rarement originaux. Non, le mieux était encore d'aborder une femme. Elle visa un trinôme d'îlotiers et fonça sur une trentenaire d'un mètre soixante, une jolie brunette à queue de cheval qui intégra la boîte Anne Sinclair, en raison de ses étincelants yeux bleus.

À pied, mode de transport qu'elle préféra au métro, Sookie Castel avait deux façons de se rendre dans le quartier du Père

Lachaise : par le boulevard Magenta, bruyant, populeux, ou par le canal Saint-Martin, moins fréquenté, mais plus mal famé. Les deux chemins rejoignaient l'avenue de la République après quelques bifurcations.

C'est simple, tu te bats ou tu meurs.

La jeune femme traversa le parvis et franchit les grilles d'enceinte. Là commençait la ville, avec ses bars, ses fast-foods, sa circulation invraisemblable, bruyante, et sa population cosmopolite. Avant de traverser l'artère qui passait devant la gare de l'Est, Sookie Castel respira à fond, puis elle se lança dans la cohue. Quelques instants encore, elle garda son regard fixé deux mètres devant ses pieds.

Mauviette ! Tu veux retourner à l'HP ?

L'idée fit surgir l'image de Romane Mariani, son odeur, le son de sa voix, et le regret de ces heures d'attente dans la maison de Léon, où elle avait espéré qu'il la rejoindrait la nuit venue.

Boîte gentleman héroïque sexy trop héroïque.

– Allez, fillette ! s'exclama-t-elle dans l'indifférence générale. Mode combat !

Le regard de Sookie Castel se releva à hauteur des visages. Elle retira ses lunettes de soleil et affronta la foule. Des boîtes s'ouvrirent les unes après les autres.

Elle analysa, tria et archiva.

Et constata avec bonheur que le mécanisme fonctionnait parfaitement.

Quand elle arriva devant l'immeuble de la rue des Bluets, après une demi-heure de marche, et une halte dans une boulangerie pour acheter des viennoiseries, Sookie buta contre un type chevelu recroquevillé contre la porte.

L'une de ses mains s'agrippait à la poignée en cuivre tandis que l'autre tremblotait contre sa veste. À première vue, on aurait dit un tas de tissu abandonné.

– Ça va ? s'inquiéta Sookie Castel. Vous m'avez pas l'air très frais. Hé, ho ! insista-t-elle après quelques secondes. Faut vous pousser, je peux pas entrer !

Quand l'homme releva la tête, la boîte naufragé de la vie s'ouvrit, sous-catégorie Jésus de Nazareth, avec un drôle de nez rond qui l'apparentait à un des sept nains dans le *Blanche-Neige* de Walt Disney.

Jésus de Walt Disney. Il lui manque une pioche et six frangins.

– J'ai pas les numéros. J'habite au dernier.

– Ben dis donc ! À quatre pattes, ça va prendre du temps.

Un instant, Sookie Castel pensa qu'elle s'en tirerait en composant le code. Mais elle eut beau ouvrir, le malheureux ne bougeait pas. Alors, elle passa une main sous son bras et le tira vers elle.

– Qu'est-ce qui vous arrive ? C'est 1664, comme la bière. C'est facile à retenir, non ?

Dans la lumière du hall, Sookie Castel observa son naufragé du trottoir, et fronça les sourcils. Une nouvelle boîte s'ouvrit avec un nom, cette fois : Marcus Maratier. Son visage s'était affiché sur le générique de fin des journaux de France Télévisions alors qu'il était en captivité. Aujourd'hui, il travaillait pour W3, et c'est auprès de lui que Sookie devait récupérer les clés de l'appartement de Léon.

– Venez, dit-elle d'autorité en le prenant par le bras. On va au même endroit.

– Non, pas l'ascenseur !

– Ah !

Marcus Maratier reprit de la contenance, mais ses jambes flageolaient.

– Vous voulez quand même pas qu'on monte à pied !

– S'il vous plaît.

Après dix minutes d'ascension, Marcus et Sookie parvinrent enfin sur le palier. L'homme s'appuya contre le mur et inspira profondément.

– Ça ira ?

– Oui, merci.

Sur la porte, une plaque sobrement gravée W3 avait été vissée.

– Dites-moi, si vous êtes flippé à ce point, qu'est-ce que vous foutiez dehors ?

– J'avais plus rien à béqueter.

– Pourquoi vous ne vous faites pas livrer ?

Le regard de Marcus Maratier offrit une expression malheureuse qui piqua l'empathie de la jeune femme. Elle lui tendit sa main.

– Sookie Castel, se présenta-t-elle. J'ai apporté les croissants.

133

– Je vous ai pris pour un frapadingue, tout à l'heure, confia **Sookie Castel** lorsqu'ils furent attablés devant un café et une montagne de viennoiseries. Faut dire que le look Robinson, ça n'aide pas.

– Moi, j'ai cru que vous étiez la femme de ménage, rétorqua Marcus Maratier, la bouche pleine.

– Raciste !

– Flic !

– Ex, rectifia Sookie. La maison s'est débarrassée de moi.

– Ça en fait toujours une de moins.

– Sauf que, c'est vous qui allez m'avoir sur le dos toute la journée. Et je ne suis pas un cadeau.

– Léon m'a déjà prévenu !

– Je vois que ma réputation est faite ! Merci papa ! Alors, reprit Sookie après une bouchée de croissant. Vous bossez sur quoi ?

Marcus Maratier fixa la jeune femme, posa son index sur ses lèvres puis attrapa un bloc-notes et un stylo où il écrivit quelques mots.

« *Micros.* »

– On cherche la big affaire, répondit l'ex-grand reporter, mais c'est plutôt la bide affaire.

« Qui ? »

« Sais pas. DGSI *? »*

« OK. Surtout, ne pas changer habitudes. Ils sauront tout de suite, sinon. »

La porte d'entrée claqua, des bruits de clé qu'on jette dans une coupelle, et Arnault de Battz arriva sur la terrasse comme s'il entrait en scène.

– Ainsi, voici la fameuse Sookie ! Mais vous êtes bien trop belle pour être la fille du péquenot vosgien !

En voyant le producteur, Sookie Castel ouvrit la boîte Roger Moore, dans son dernier rôle de James Bond, celui de trop.

– Comment dois-je le prendre ? demanda-t-elle tout en affinant son profil en brun couleur Garnier, et gay jusqu'au bout des ongles.

– Comme une déclaration d'amour impossible ! Bienvenue chez W3. Il reste du café ?

Le producteur s'installa sur le canapé, face à Sookie qui le regarda remplir sa tasse et tourner la cuiller, avec une envie grandissante d'éclater de rire. De son côté, Marcus Maratier écrivit sur son bloc-notes avant de lui tendre un papier, *« Sookie sait pour micros »*.

Arnault de Battz leva les yeux au ciel après l'avoir lu.

« Bienvenue chez les paranos ! »

– Des nouvelles de maître Sorbier ? s'enquit l'ex-grand reporter.

– Elle est hors de danger.

Arnault de Battz s'adressa à Sookie Castel.

– Un cinglé s'est jeté sur notre avocate et lui a perforé l'artère radiale avec un stylo.

« C'est un indic de Léon. »

– On sait pourquoi il a fait ça ?

– Non.

« Il avait forcément une bonne raison. Qui est-ce ? »

« Son voisin de cellule. Enzo Rossi. »

« Le proxénète ? »

La boîte Pablo Picasso avec cheveux s'ouvrit, et Sookie y

retrouva le Corse, aux côtés d'un de ses anciens collègues de la police. Qu'Enzo Rossi et son père copinent ne la rassurait guère. Mais qu'en plus, le proxénète se serve de W3 n'était pas loin de l'inquiéter.

« Et c'est quoi, l'info ? »

« René Berkoff. »

– Vous permettez ? s'excusa Marcus Maratier en attrapant le papier avec le nom, et emportant avec lui son café et un pain aux raisins. La grosse commission.

Les sourcils du producteur se cabrèrent.

– Il est assez nature.

– Je le trouve sympa.

– En tout cas, votre aide sera plus que la bienvenue !

– Vous savez, exposa Sookie Castel, les enquêtes de ce genre, ça prend du temps. On peut passer des jours sans rien trouver. C'est un job très frustrant, bien loin de l'image que s'en font les gens en regardant des débilités à la télévision.

– Notre équipe est moribonde, et pas très au point, il faut le dire. Au fait, avec toute cette histoire, je ne vous ai pas demandé : vous avez fait bon voyage ? Vous logerez chez votre père, n'est-ce pas ?

Plus personne n'utilise ce mot depuis le dernier film de Gabin !

– J'ai les clés dans mon bureau, ajouta le producteur. Les voulez-vous tout de suite ? Je vous appelle un taxi, le 18e à cette heure, ce n'est pas la porte à côté.

Monsieur Battz est trognon !

– Non, surtout pas ! répondit Sookie Castel aimablement. Je n'ai pas l'intention d'abandonner Marcus à la tâche le premier jour.

– Mais laissez donc. Prenez le temps d'arriver, de vous reposer, on est dimanche.

– Ça fait des mois que je me repose, figurez-vous !

Sookie reprit le bloc-notes.

– Alors, faites comme chez vous, jeune dame !

« C'est tout ce qu'il a dit, Rossi ? »

« C'est tout. »

« Pourquoi aider W3 ? »

« Par amitié pour Léon, d'après ce que j'ai compris. »

« Bizarre d'avoir agressé l'avocate. »

La jeune femme s'aventura dans l'*open space*, le bloc-notes à la main. Elle longea les bureaux couverts de piles de courrier en attente, de colis, d'objets hétéroclites, tria le tout avec aisance, repéra sans mal le poste de travail dédié à Léon, et à sa Guilde des emmerdeurs, et les sacs postaux en souffrance, puis elle s'approcha lentement du panneau mural recouvert de photographies et de noms.

« Des attaques contre des flics ? »

Elle n'attendit pas la réponse de Marcus Maratier qui avait interrompu ses recherches pour l'observer.

Des boîtes s'ouvrirent, les portraits furent triés, classés, associés à leur nom, voire à une date ou à un lieu. Flics assassinés, flics suicidés, flics disparus furent les plus difficiles à créer.

Sookie Castel s'attarda sur l'article relatant la mort d'Éric Moreau, les photos de Jo Lieras et de Mathilde Bonnet, Lila Berki, puis celles de tous les autres. Ses lèvres bougeaient légèrement tandis qu'elle classait chacun des visages rencontrés.

– On ne m'enlèvera pas de l'idée qu'un super-flic chez W3, dit Marcus Maratier, subjugué, c'est une idée brillante.

– Vous me draguez ? demanda malicieusement la jeune femme sans quitter le mur d'images des yeux.

– Il faut reconnaître qu'avec le temps, sa technique s'émousse, déclara Arnault de Battz en posant son derrière sur le coin du bureau. Alors ? Tu entreprends ou tu bosses ?

– Je piétine ! se plaignit Marcus en écrivant sur un tableau Velleda. Je suis tout seul, je te rappelle. Le gamin est en goguette, tu bavasses, Sookie Castel rêvasse devant les photos…

« René Berkoff, ancien de la DCRI, accident de voiture. L'épave envoyée à la casse par erreur, jamais expertisée. La famille a porté plainte. »

« Les voilà, tes espions ! écrivit Arnault de Battz. *Tu dois être content. »*

Un portrait glissa de l'imprimante laser en dégageant une fumée légère.

L'ex-grand reporter le punaisa sur l'un des panneaux, juste en dessous de celui de Lila Berki, et à côté de celui d'Yvan Néré, le commissaire assassiné en prison. En dessous, il écrivit l'identité de l'homme, et la date de son décès, qui remontait à une quinzaine de jours.

Quand le regard de Sookie s'arrêta sur le portrait de René Berkoff, elle eut le sentiment que le sol se dérobait sous ses pieds.

La boîte Nuremberg tenta de s'imposer à elle.

Putain, pas ça !

Ce n'était pas la plus dangereuse des boîtes de Sookie. Mais celle de Nuremberg, avec ses trois cadavres, leur sourire, la peau de leurs visages étirée autour des dents, cette boîte avait failli lui faire perdre les pédales. Quand elle était à l'HP, elle l'obsédait tant qu'elle dessinait des pendus sur les murs avec sa propre merde.

Repos, soldat, calme-toi.

Sookie Castel repoussa la boîte Nuremberg et ouvrit celle de la Malhornière, le moulin où elle avait trouvé les pendus[1]. La sous-boîte bureau s'ouvrit sur une photographie qu'elle avait vue sur un mur de cette maison.

Ce cliché, encadré en bonne place au milieu des photos de famille, montrait trois hommes : Olivier Raspail, *vivant* – boîte Jean Marais –, un autre type à côté – boîte Dario Moreno cheveux non gominés, *il est là, maintenant je sais, il s'appelle René Berkoff, il est mort assassiné lui aussi* – et un troisième homme front ridé et crâne dégarni, qui bousculait le personnage Wallace dans *Wallace et Gromit*, en étroite relation avec la boîte Horst Tappert – encore inconnu au bataillon.

Puis la boîte Nuremberg s'ouvrit, écrasant toutes les autres.

1. Voir volume 1, *Le Sourire des pendus.*

– Mais non ! murmura Sookie Castel. C'est pas vrai !

– Que vous arrive-t-il ? s'inquiéta Arnault de Battz.

La jeune femme écrivit sur le tableau. Ses doigts tremblaient.

« Berkoff connaissait Raspail de Nuremberg. »

Le producteur eut un geste d'incompréhension en lançant un regard inquiet à Marcus Maratier.

Sookie Castel se tourna vers eux puis revint vers le tableau où elle écrivit à toute vitesse.

– Je n'y arrive pas, dit-elle pour donner le change. Les médocs m'ont bousillé les neurones. Je serai bonne qu'à classer le courrier.

« Donnez-moi tout ce que vous avez sur Moreau, et les éléments de l'affaire du bunker. Trouvez-moi ça vite, sinon, dans deux jours, je finis à l'HP, et pour de bon, cette fois. »

134

L'acier de la bêche mordait la terre. Pelletée après pelletée, la forme d'une tombe modelait le sol. **Demian Obolanski** en avait déjà réalisé trois. Il achevait la dernière, où le corps d'Aleksandra reposerait en attendant son rapatriement vers la Russie.

Tout en éreintant son corps, il fouillait l'espace et le temps à la recherche de l'identité de ses adversaires. Jamais personne ne s'en était pris à lui avec autant de moyens.

L'ombre de Kalinine avait grandi partout en Europe au cours des dix dernières années. Il avait contribué à créer sa légende en marquant suffisamment le cadavre de ses ennemis pour qu'on le considère avec crainte, sinon respect. La nébuleuse des mafias d'Europe de l'Est était immense, il connaissait ses ramifications dans l'espace de Schengen et au-delà, au Maghreb, au Proche et Moyen-Orient, et il était certain d'une chose : il n'avait pas affaire à ce genre d'ennemi-là.

Des agresseurs entraînés, des snipers parlant français, équipés, appliquant une tactique de type militaire. Plutôt les services secrets.

La bêche arracha une dernière motte de terre.

Demian Obolanski se retourna vers les corps enroulés dans de grands pans de bâche agricole, seule protection efficace contre les mouches qui pullulaient à proximité des troupeaux.

La dépouille d'Aleksandra Denejkina était la plus proche.

Sacha, drôle et réservée – tout l'inverse de sa sœur aînée – douée au piano, qui envisageait sa rentrée prochaine en terminale avec bonheur. Il songea avec amertume que sa vie et celle des siens semblait enracinée dans la violence.

Les choses auraient-elles été différentes si, au lieu de se battre il y a dix ans, il s'était résigné à l'enlèvement de Lyuba, et à sa déportation dans les réseaux de prostitution ?

À quelques mètres des tombes, un buisson de laurier embaumait l'air. Les feuilles des branches basses avaient été dévorées par des chèvres. Juste derrière, une clôture en fil de fer barbelé fermait un enclos de deux hectares. Au-delà, une végétation principalement composée de chênes nains cernait le paysage.

Sacha aurait été heureuse, ici.

Demian Obolanski ferma les yeux. Les mains serrées autour du manche de la bêche, il tenta de faire ressurgir des souvenirs lointains, quand il avait fui les bouges de Salinitiovosk pour s'installer dans une des bases abandonnées de l'aéronavale de l'oblast. Sa mémoire se focalisa sur la cabane qu'il nommait alors sa *datcha*, pointa l'arbre, sa forme, ses feuilles, son odeur. Oui, c'était un laurier, la même variété que celui dont il respirait le parfum aujourd'hui.

Un infime bruit de pas le ramena à la réalité. Il vit aussitôt, à la mine de Volodia, qu'un nouveau drame se profilait.

– Jo s'est tué sur la route, annonça ce dernier.

Les mains toujours crispées autour du manche de la bêche, Demian Obolanski leva brièvement les yeux vers un ciel qu'il savait vide. De gigantesques cumulonimbus approchaient par l'ouest, charriés par un vent humide.

– Aide-moi, se contenta-t-il de murmurer en se penchant vers les corps. Il va pleuvoir.

Les deux hommes déposèrent les cadavres au fond des fosses

puis, tandis que le policier recouvrait les corps, Volodia Pavelevitch bricola des croix avec des branches du laurier, qu'il déposa au-dessus de chaque monticule de terre.

Ils reprirent la route au moment où les premières grosses gouttes de pluie s'écrasaient sur la terre poussiéreuse.

Quelques kilomètres plus loin, ils se garèrent devant une grange qu'ils traversèrent, et s'engouffrèrent dans la partie du corps de ferme où les hommes se reposaient.

Tous avaient roulé la majeure partie de la nuit pour atteindre cette bergerie du Poitou en s'assurant qu'ils ne conduisaient pas leurs ennemis dans leur planque. Les corps étaient fourbus, les esprits aussi.

Dans la cuisine, Demian Obolanski sortit une bouteille de vodka du congélateur et attrapa des verres à liqueur dans un buffet.

– *Za vashe zdorovie !* proposa-t-il en levant son verre en direction de Volodia.

– *Za vashe zdorovie !*

– *Mertvyye !*[1]

– *Ostavshiyesya v zhivykh !*[2]

Ils vidèrent leurs verres cul sec et les claquèrent sur le plateau du buffet.

– Les munitions du FR-F1 étaient empoisonnées, murmura Demian Obolanski en posant devant lui une des balles de 7.62 que lui avait remises Volodia plus tôt. Il n'avait aucune chance.

– Pourquoi tu n'as rien dit ?

– C'était son choix.

– Alors, à Jo.

Tandis que son complice remplissait les verres, et levait le sien en mémoire du policier, Demian Obolanski songea qu'il n'avait pas seulement perdu un frère d'armes, et un ami. Privé de Jo

1. « Aux morts ! »
2. « Aux survivants ! »

Lieras, il était amputé d'une partie de ce qu'il était devenu grâce, ou à cause, de lui.

Sonné, il avala son verre cul sec, et un autre, sous le regard de Volodia.

– J'ai parlé à Innokenty, l'informa ce dernier. Les femmes sont en lieu sûr.

– Au moins, on n'aura pas tout perdu.

– Il voulait que tu saches que la journaliste n'est pas responsable. Ça n'a rien à voir avec son coup de fil.

Demian Obolanski releva la tête et fixa son interlocuteur sans comprendre.

– Europol est intervenu en Allemagne, en Belgique et en Pologne. C'est une opération conjointe menée comme une attaque terroriste. Quelqu'un a lâché les chefs de groupe.

Cette fois seulement, il intégra les propos de Volodia Pavelevitch. Ce n'était pas seulement son organisation qui était visée à travers *La Valbonne* mais l'ensemble du dispositif. Et ça changeait tout.

– Qu'est-ce qu'on fait avec le prisonnier ? ajouta Volodia, devant le silence de Demian Obolanski. On attend ? J'ai déjà envoyé ses empreintes. On saura vite s'il est de la maison.

Le policier hocha la tête, les yeux rivés sur ses mains, posées à plat de part et d'autre de son verre. De son côté, Volodia Pavelevitch avala le sien.

– Le vieux m'a dit ce qui s'est passé, lâcha-t-il après une hésitation.

Demian Obolanski fixa son ami.

– Qu'est-ce qui s'est passé ?

– Tu as failli la tuer.

– Je ne l'ai pas tuée.

– Il s'en est fallu de peu, apparemment.

– Et alors ?

– Et alors, tu devrais te demander pourquoi c'est parti en vrille.

– Tu as fini ?

– Non, je n'ai pas fini. Tu sais qu'elle est dangereuse pour toi. *Eto ne Luyba, ya znayu, vy znayete*[1], termina Volodia Pavelevitch sans se démonter. N'empêche qu'il serait temps d'admettre qu'elle te fait perdre les pédales.

1. « Elle n'est pas Lyuba, je le sais, tu le sais »

135

Paris, dix ans plus tôt.

Lyubov Denejkina ouvrit les yeux sur la silhouette du jeune homme, debout au pied de son lit.

Le visage tourné vers la fenêtre, il était plongé dans l'observation des milliers de véhicules qui avançaient au pas sur le boulevard périphérique, une dizaine de mètres en contrebas.

L'adolescente tenta de se redresser, mais son corps la faisait tant souffrir qu'elle resta dans la position de son réveil et plissa les yeux pour le distinguer plus nettement.

Surtout, ne pas lui montrer la douleur, ne pas lui causer de peine. Mais Lyubov avait si mal qu'elle ne savait même plus ce que ça faisait de ne pas avoir mal. Elle imaginait ça comme flotter sur un nuage, ne pas sentir son ventre, son sexe, ses os, ses muscles, sa tête, chaque centimètre carré de sa peau et même son sang chargé d'impuretés.

Jamais ses proches ne devaient découvrir ce qu'on lui avait fait subir, jamais l'imaginer, même. Lyubov n'avait qu'une crainte, qu'ils se sentent responsables, et qu'ils soient malheureux à cause d'elle. Elle aurait préféré qu'ils ne la retrouvent jamais. De toute façon, elle n'aurait pas tenu bien plus longtemps, et fini dans une benne à ordure. Ils auraient espéré toute leur vie, mais ils n'auraient jamais su.

– Ilya, murmura-t-elle d'une voix cassée. Ilyusha[1]...

Le jeune homme se retourna et s'approcha de son chevet. À travers ses larmes, Lyubov reconnut le visage aimé même s'il avait beaucoup changé.

Une barbe blonde couvrait ses joues creusées par la faim, et des cernes soulignaient ses beaux yeux clairs.

Il resta debout devant elle, incapable de faire un geste.

– Tu peux me prendre contre toi, tu sais ?

Lyubov Denejkina ouvrit ses bras avec une grimace douloureuse qu'elle tenta de transformer en sourire. Le jeune homme hésita, puis il s'assit sur le matelas, ôta ses chaussures avant de s'allonger en prenant garde de ne pas couder le tube de la perfusion. L'adolescente posa sa joue sur son épaule.

Puis elle se blottit contre lui, et pleura longuement.

Tout ce temps, elle écouta la voix d'Ilya lui raconter le printemps à *La Milusin*, lui promettre qu'ils y retourneraient bientôt et qu'ils n'en partiraient plus, qu'ils construiraient leur *datcha* à côté de la statue de Diane, là où ils aimaient s'allonger, planteraient des lauriers roses, et rapporteraient des mûres, des cerises et des fraises sauvages de leurs escapades dans les collines.

Quand elle s'apaisa, il se tut, et Lyubov se détacha de lui. Elle tremblait encore.

– Mes parents ? demanda-t-elle.

– Ils seront là bientôt.

– Et Sacha ?

– On ne lui a rien dit.

L'adolescente ferma les yeux. Une larme roula sur sa joue.

– Je ne veux pas qu'ils me voient comme ça.

– Lyuba... Innokenty attend depuis si longtemps.

1. Diminutif d'Ilya.

– Nous nous retrouverons quand je sortirai. S'il te plaît, supplia Lyubov d'une voix épuisée. Appelle-les.

– Tu es certaine ?

– Ilyusha, ils vont avoir si mal… S'il te plaît.

– D'accord, je les appelle.

– Maintenant ?

– Maintenant.

– Merci.

Le jeune homme posa un baiser sur le front de Lyubov, et se dirigea vers la sortie. Avant de quitter la chambre, il lui envoya à nouveau un baiser du bout des doigts.

– *Ya tebya lyublyu, Ilyusha*[1], chuchota-t-elle dans le silence de la chambre. Allez, va.

La porte se referma sur le sourire d'Ilya Kalinine tandis que l'adolescente arrachait sa perfusion, et se glissait péniblement hors du lit.

Après quelques pas chancelants, Lyubov Denejkina grimpa sur le fauteuil, ouvrit la fenêtre, et laissa le vent de février glacer son visage avant de se jeter dans le vide.

1. « Je t'aime, Ilyusha »

136

Par la vitre embuée du minibus, **Lara Mendès** regardait filer le paysage. La frontière était loin derrière à présent. Elle n'avait pas demandé où Innokenty les conduisait.

Personne n'avait rien demandé.

Tout contre elle, Bérénice Bonnet dormait, la tête posée sur son épaule. Si l'adolescente avait beaucoup pleuré, Lara n'avait pas versé une larme. Ses sanglots étaient restés coincés dans sa poitrine, comme si son cou martyrisé par Kalinine ne pouvait plus les libérer.

Depuis cet instant où elle avait cru mourir, la jeune femme était sous le choc.

Il fallait laisser passer le temps, permettre à l'esprit de classer l'effroi en souvenirs, pour les revisiter un jour, quand ils sembleraient plus acceptables, et les comprendre, si on lui parlait enfin.

Mais personne ne parlait. Pas même Innokenty Denejkina. Elle ne voyait de cet homme que son dos, massif, immobile. Il donnait une impression de vigilance permanente, tendue sur cette autoroute espagnole qui charriait les vacanciers en direction du Nord. Lara Mendès était incapable de comprendre comment il tenait le coup.

Se souvenir.

Les dommages liés à l'attaque de *La Valbonne* étaient irréparables. En plus d'Aleksandra, deux jeunes filles avaient péri au cours de la fusillade, plus un homme qui les accompagnait.

Et comment oublier les mots de Kalinine ? Se pouvait-il qu'en contournant l'interdiction de téléphoner, elle ait provoqué ce désastre ?

Après le signal, tous étaient repartis dans la nuit, abandonnant les cadavres, secourant les blessés tant bien que mal. Cette fois, Lara ne soutenait plus Bérénice, c'est l'adolescente qui l'avait aidée tout au long du parcours, malgré sa cheville blessée.

Leur marche avait duré un peu plus d'une heure, jusqu'à ce qu'une grange apparaisse au détour du chemin, abritant deux voitures et un véhicule plus semblable à un utilitaire de pompes funèbres qu'à un minibus. Il y avait aussi deux motos, que des hommes avaient enfourchées pour ouvrir la route.

Dans la grange qui leur avait servi de refuge pendant des heures, il avait fallu se taire, attendre.

Au lever du jour, les pensionnaires de *La Valbonne* s'étaient réparties dans les véhicules. Et tous avaient quitté la France par les petites routes qui sillonnent les hauteurs du Pays basque.

Direction Madrid. Puis une clinique, où les blessées de la nuit avaient été accueillies. À la mi-journée, Innokenty Denejkina avait fait une halte. Personne n'avait faim, mais tout le monde avait mangé dans les véhicules. On se dégourdirait les jambes un autre jour.

Deux cents kilomètres après Madrid, changement d'itinéraire, plein ouest par des routes secondaires. Lara s'était endormie, la gorge toujours nouée sur une douleur sourde.

À son réveil, l'horloge de bord indiquait 16 h 35. Assise sur le siège passager, à côté d'Innokenty, Manya chantait un air à la mode.

La vitre embuée barbouillait un paysage rocailleux.

Lara Mendès remit son pull. Elle tremblait.

Moins d'un quart d'heure après, la jeune femme vit une drôle de forme se profiler sur le bord de la route, puis reconnut un avion de chasse dressé sur un piédestal monumental, un poste de garde-barrière. Derrière un grillage, il y avait des baraquements alignés, gris, posés sur une aire de bitume.

À l'entrée, Innokenty Denejkina échangea quelques mots avec le soldat. La barrière se leva et le minibus pénétra dans l'espace militaire. Passé une grande butte recouverte d'herbes desséchées, Lara découvrit l'alignement de pistes, qu'Innokenty traversa en direction de hangars gigantesques.

Le minibus sa gara dans l'un d'entre eux, où stationnait un avion de fret.

Innokenty Denejkina eut un bref échange en russe avec Manya, qui s'occupait de la petite Tissia, puis il s'adressa à Lara Mendès :

– On embarque.

La jeune femme réveilla Bérénice et suivit les autres pensionnaires à l'extérieur du véhicule. La chaleur qui régnait dans le bâtiment était suffocante, et l'air chargé de vapeurs de kérosène donnait la nausée.

Pendant que les femmes s'installaient à l'arrière du cockpit dans un espace réservé aux passagers, Innokenty Denejkina déchargea le minibus et passa un appel téléphonique.

Le chagrin qui marquait les traits du vieil homme s'accentua un peu plus. Il raccrocha vite, mais demeura immobile. Lara quitta sa place pour le rejoindre.

– Laissez-moi vous aider, dit-elle en lui proposant son bras.

– Qu'avons-nous fait de mal ?

La lèvre inférieure d'Innokenty tremblait. Son regard se perdit un bref instant vers la cime des monts qui barraient la plaine à l'ouest.

– Venez, petite mademoiselle, ajouta-t-il dans un souffle. Il faut pas rester là, venez.

Il entraîna Lara, gravit à sa suite l'échelle rétractable, et referma la porte de l'appareil. Puis il passa dans le cockpit pendant que la jeune femme reprenait sa place.

Les moteurs vrombirent, et l'avion sortit du hangar.

Deux minutes plus tard, les roues quittaient le sol.

Lara Mendès regarda la terre s'éloigner. À ses côtés, Bérénice faisait la même chose.

Dès que l'avion se stabilisa sur une trajectoire plein nord, Innokenty Denejkina sortit du cockpit.

– Viens, Bérénice, ordonna-t-il à l'adolescente, qui le suivit sans discuter.

Innokenty l'entraîna vers une rangée de sièges inoccupés où il la fit se rasseoir avant de s'accroupir devant elle.

Lara Mendès observa les visages du vieil homme et de l'adolescente. Seul Innokenty parlait, Bérénice hochait la tête. Enfin, il sortit une enveloppe cachetée de sa veste, qu'il déposa dans sa main.

Bérénice Bonnet la regarda longtemps avant de la glisser dans sa poche. Elle se leva en chancelant et reprit sa place aux côtés de Lara.

– Mon père est mort, murmura-t-elle.

Puis elle s'enfonça dans son siège, et ferma les yeux.

137

Installée au bureau de son père, **Sookie Castel** ingurgita des heures durant les informations qui avaient conduit W3 à révéler les dessous du meurtre de l'avocat Éric Moreau.

Rien ne la dissipa, pas même l'arrivée de Rodolphe Craven, convié pour le déjeuner dominical. Elle ne prit pour ainsi dire aucune note, mais manifesta son ressenti par des expressions que Marcus Maratier, qui l'observait, jugea admirables.

Alternativement, Sookie frappa du poing sur la table, eut les larmes aux yeux, piailla d'excitation. De temps à autre, elle écrivit des *« je le savais ! »*, ou des *« bandes d'enfoirés ! »*, qui, à chaque fois, laissèrent penser aux autres qu'elle en avait terminé et leur en apprendrait enfin plus que : « René Berkoff connaissait Raspail de Nuremberg ! »

Arnault de Battz se demanda si la fille de Léon avait recouvré la raison, si toutefois elle l'avait jamais possédée en totalité, mais il s'abstint de tout commentaire. Il fut aidé en cela par la courte expérience que Rodolphe Craven avait de Sookie Castel.

« Un esprit brillant, avait dit le juge, et analytique comme nous aimerions tous en posséder un ! »

« Va pour l'esprit brillant, marmonna Arnault de Battz pour lui-même, mais enfin, qu'est-ce que c'est que cette histoire de Nuremberg, ça ne veut rien dire ! »

Pendant ce temps, Marcus Maratier se pencha sur la personnalité de René Berkoff, et finit par dénicher que cet ancien directeur de la DCRI avait servi sous le commandement d'Olivier Raspail, du temps où ces deux-là appartenaient aux effectifs de l'armée. Il fit passer la note à Sookie Castel, qui l'intégra aussitôt à l'organigramme qu'elle établissait mentalement.

Il allait être 13 heures quand la jeune femme releva enfin la tête. Elle se précipita à l'imprimante, et récupéra un document qu'elle photocopia en plusieurs exemplaires avant de les glisser dans la poche de son jean.

– Arnault, c'est bon ! s'écria Marcus. On a fini !

Le producteur sortit presque aussitôt de son bureau, accompagné de Rodolphe Craven.

– Vous avez vite repris du poil de la bête, déclara-t-il tout sourire.

– À défaut d'être la belle, le taquina Sookie, ce qui fit s'esclaffer Marcus Maratier.

– Anyway, déclara Arnault de Battz avec ses grands airs. Belle ou bête, on va déjeuner ? Sookie ?

– Vous pourriez attendre le gamin, râla Marcus. Il ne devrait pas tarder.

Un bruit de clés dans la serrure dissipa l'opposition naissante.

Valentin Mendès jaillit du couloir, les bras chargés d'un grand sac. Dans l'esprit de Sookie s'ouvrit la boîte Superman, sous-catégorie Henry Cavill, compartiment Stéphane Watelet, du nom d'un éditeur parisien un peu people – visage harmonieux, musculature racée, regard franc. Un beau mec.

– T'en as mis du temps !

Marcus Maratier gloussa en passant devant Sookie pour débarrasser Valentin de son sac, qu'il posa sur son bureau, puis récupéra son feutre et un paquet de feuilles blanches.

« Détecteur de champs magnétiques. J'en ai pour deux minutes. »

– Sookie, Valentin, les présenta Arnault de Battz. Valentin, Sookie.

– Enchantée, sourit-elle en tendant une main franche à Valentin.

– De même, répondit-il poliment avant de rejoindre Marcus.

Sookie Castel nota que le jeune homme n'avait visiblement pas l'intention de s'attarder en compagnie du juge Craven, et se demanda brièvement pourquoi, avant de se tourner vers le magistrat.

– Vous avez des nouvelles de mon père ? lui demanda-t-elle.

Pendant que Rodolphe Craven expliquait que la paperasse étant prête, Léon serait présenté le lendemain au JLD en prévision d'une levée d'écrou, Marcus mit son appareil sous tension et le promena un peu partout, sur et sous les bureaux, contre les murs, autour des plantes vertes.

À certains endroits, il faisait un signe à Valentin qui collait des post-it. Ils vérifièrent la terrasse, puis Marcus revint à son poste de travail et démonta un faux bout d'écorce sous les yeux ébahis de ses partenaires.

Comme Rodolphe Craven s'interrompait au beau milieu d'une phrase, Marcus Maratier enchaîna en lui faisant les gros yeux.

– Léon arrêtera peut-être de faire le con après ça ! Excusez-moi, Sookie, mais votre père est un grand ado. À propos, t'es allé chercher son combi à la fourrière ?

Stimulé, Arnault de Battz répondit avec emphase, visiblement amusé de jouer la comédie devant les micros.

– Oui, je me suis chargé de récupérer la camionnette de forain de monsieur Léon Castel ! Sookie, vous pourrez vous en accommoder si d'aventure vous envisagez l'utilité d'un véhicule !

Celle-ci répondit qu'elle acceptait volontiers, et prétexta qu'elle ne resterait pas pour déjeuner, elle voulait s'installer dans l'appartement de son père, et se reposer un peu.

– Chère Sookie, déclara le producteur en lui faisant un clin d'œil complice, puisque vous le désirez, nous ferons sans vous. Rodolphe, on se retrouve au resto à la demie !

Marcus Maratier en profita pour écrire un nouveau message.

« *RDV au Père Lachaise dans une heure, près du monument dédié aux victimes de l'holocauste. Valentin, vérifie les ordinateurs.* »

« *Tu sors ?* » s'inquiéta Arnault de Battz.

« *Pas trop le choix. Valentin sera avec moi.* »

Tous s'activèrent. Pendant que Marcus Maratier poursuivait sa fouille des bureaux, Sookie Castel partit avec Arnault de Battz « pour récupérer le combi de Léon ».

De son côté, Rodolphe Craven qui s'impatientait, déclara qu'il descendait au bistrot du coin. Valentin Mendès cessa aussitôt son audit de l'ordinateur de Marcus.

– Monsieur le juge, demanda le jeune homme, vous m'offrez l'apéro ?

– Allons, mon garçon, appelle-moi Rodolphe, ça sera plus naturel.

– Non, j'aime bien « monsieur le juge », c'est classe.

138

– Non, Mouchou, pas la figure ! Tu pues de la bouche !

D'un revers du bras, **Hervé Marin** repoussa le doberman jusqu'au bout du canapé-lit. Aussitôt, la chienne revint à la charge, posa ses pattes avant sur son torse et aboya.

– Mais t'es pas un peu folle ? Tu vas réveiller Yanna. Où t'as entendu une bête ? C'est quoi la bête ?

La curiosité piquée par ses propres suppositions, Hervé Marin ouvrit la porte.

Un coup d'œil dans le jardinet le renseigna aussitôt : Robert Verdier, son tuteur légal, sortait de sa voiture qu'il venait de garer le long du mur de la maison de Léon.

Dans une minute, il serait là.

– Ouah ! couina Hervé Marin en se précipitant dans la chambre. Cache-toi ! Y'a monsieur Glandu qu'arrive !

Avec ce sobriquet, Hervé Marin répétait les mots de Léon Castel, même s'il n'avait jamais compris qui était ce monsieur Glandu.

– Rien à foutre de ton Glandu, grogna Yanna Jezequel. C'est dimanche, merde !

Hervé tira le drap, révélant la nudité de la jeune femme.

– C'est mon tuteur, expliqua-t-il en détournant le regard. Il vient quand y veut, c'est lui qui l'a dit.

– T'as qu'à lui expliquer que je suis Berthe, ta cousine.

– T'as dit qu'il fallait pas qu'on sache que t'es là !

– C'est bon ! abdiqua Yanna Jezequel en partant s'enfermer dans les toilettes, enroulée dans le drap. Explique-lui que les chiottes sont bouchées, au cas où.

Des coups secouèrent le vantail. Guernica aboyait derrière la porte.

– Je peux entrer, Hervé ?

Celui-ci passa la tête par l'entrebâillement.

– C'est dimanche, et les chiottes sont bouchées, dit-il avec un sourire de gosse. Faut venir un autre jour.

– Mais c'est que ça mord ces bêtes-là ! râla Robert Verdier en poussant la porte, forçant Hervé à le laisser entrer. Alors, tu ne réponds plus au téléphone ? Je t'ai laissé deux messages la semaine dernière.

– Ah, ça doit pas bien marcher.

– Ben ça alors, je n'ai jamais vu ta maison aussi bien rangée !

Le nouveau venu observa Hervé, qui se balançait devant lui, l'air inquiet.

– Est-ce que tout va bien ? ajouta-t-il.

– Vous partez quand ?

– Je viens d'arriver !

– Pourquoi vous venez le dimanche ? Le dimanche, c'est repos !

– Ça ne te dérange pas d'habitude ! Tu ne sais même pas que c'est dimanche !

– Là, je sais.

– Je te l'ai dit mille fois, Hervé. Ma mère habite à côté, ça m'évite de revenir lundi.

– Oui, ben j'ai *pus* de sous.

– C'est pour ça que je suis là, justement. On m'a dit que tu hébergeais quelqu'un, Hervé ?

– C'est pas vrai.

– Parce que l'argent pour les courses, c'est pour toi. Pas pour un autre, tu me suis ? C'est quoi tous ces paquets de purée, alors ? Et ces petits pots ?

– J'ai *pus* de dents, t'as pas vu ?

Hervé Marin exposa son plus joli sourire.

– Je sais que tu mens.

– Je mens pas !

– Des gens t'ont vu, à la camionnette, hier. Ils m'ont raconté, tu comprends ?

– J'achète ce que je veux pour Mouchou.

– Écoute, le menaça calmement Robert Verdier, ce n'est pas compliqué. Ou tu me dis ce qui se passe ici, ou je ne te donne pas l'argent pour les courses.

– T'as pas le droit !

– J'ai tous les droits, penses-y. Je repasserai dans la semaine. T'as encore de quoi faire dans le frigo.

Le responsable légal d'Hervé Marin quitta la maisonnette, Guernica sur les talons.

– Tu peux sortir, gémit Hervé Marin. Il est parti, Glandu. Mais va y avoir du vilain.

La porte s'ouvrit sur Yanna Jezequel, toujours emmitouflée dans le drap.

– Fallait pas qu'il me voie la gueule en vrac. Je voudrais pas qu'il pense que c'est toi qui m'as fait ça.

– On partirait quand, si on voulait *pus* vivre ici ?

– Dès que j'y verrai clair pour conduire, expliqua Yanna en montrant ses paupières enflées, dans deux ou trois jours.

– C'est où qu'on irait si on partait ?

– Je sais pas, tu connais la Bretagne ? C'est là qu'elle habitait, Sookie.

– Y'a des choux-fleurs.

– Entre autres. Mais oublie. J'ai pas que des potes là-bas. On pourrait aller chez Léon, plutôt.

– Il habite à côté, Léon.

– Pas que ! T'as déjà grimpé en haut de la tour Eiffel ?

139

À l'heure dite, **Arnault de Battz** et Sookie Castel rejoignirent Valentin Mendès au pied du monument érigé à la mémoire des victimes de l'holocauste dans le cimetière du Père Lachaise. Ils durent attendre Marcus Maratier qui arriva tout transpirant, le souffle court et les pupilles dilatées, avec un quart d'heure de retard.

– Putain, c'est dur, s'excusa-t-il en adressant un regard inquiet à l'attention de Sookie Castel. Valentin, tu fais chier !

– Merde ! s'excusa le jeune homme. J'étais avec le juge, je t'ai zappé !

– Carrément !

– Nous apprécions ton effort à sa juste valeur, l'encouragea Arnault de Battz.

– Effort mon cul ! J'ai l'impression qu'une meute de lévriers me bouffe la peau des couilles.

– Charmant ! plaisanta Sookie.

– Le juge Craven vous demande de l'excuser, expliqua précipitamment Valentin Mendès. Une affaire urgente.

– Un problème ? s'inquiéta Sookie.

– Il m'a rien dit de plus.

– Bon, dit Arnault de Battz, on fera sans lui. Marcus, commence par nous expliquer cette histoire de micros. C'est invraisemblable, tout de même ! Comment a-t-on pu les installer, tu es toujours là !

– Il y en a partout ! Dans des stylos, sous les bureaux, dans les téléphones fixes !

– OK, mais qui a fait ça ? Et quand ?

– Qui ? La DGSI, c'est ce que je me tue à te dire ! Quand ? J'ai ma petite idée ! Il y a quelques jours, j'ai eu un malaise, un drôle de truc à vrai dire.

Les yeux de Marcus Maratier sautaient de visage en visage, traquaient ensuite les promeneurs dans les allées du cimetière, avant de revenir scruter ses interlocuteurs avec un air inquiétant.

– Je suis tombé dans les pommes, confia-t-il.

– Tu aurais dû m'en parler, se navra Arnault de Battz.

– J'ai pas perdu ma mère pour que tu viennes me faire chier ! siffla l'ex-grand reporter avec un sourire en coin.

– En clair, vous avez été gazé, glissa Sookie Castel, qui de son côté, se concentrait sur le visage de Marcus pour éviter d'avoir à classer les gens qui passaient dans son dos.

– C'est ça, putain de nazis ! J'aurais dû vérifier au lieu d'écouter le scepticisme de monsieur de Battz. Parce que ça veut dire qu'en dehors des coups de fil que vous passez des chiottes, ils savent tout !

– Calme-toi, tempéra le producteur.

– Et si on achetait des portables sans abonnement, et qu'on en changeait toutes les semaines ? proposa Valentin Mendès. C'est ce que font les dealers dans la série *The Wire*, et ça fonctionne à donf !

– Oui, reprit Marcus Maratier, mais j'ai encore mieux. Deux postes de radio amateur ! Plus personne n'écoute ça de nos jours. Sauf bibi, je m'en servais encore avant de me terrer ici.

Sookie éclata de rire.

– Ouais ! Chacun dans une cave et on se cause !

– Et on arrête de se servir des ordis ! Moi à leur place, je les aurais vérolés !

– Anyway, conclut Arnault de Battz. Demain, j'appelle une entreprise de nettoyage, on vire tout, et je fais poser des alarmes. Ils nous ont eus une fois, pas deux. Maintenant, à vous, Sookie.

La jeune femme sortit un paquet de feuilles de sa poche et passa à Marcus, Arnault et Valentin des rapports provenant d'un laboratoire de Vannes.

– Regardez attentivement ce document, demanda-t-elle. Vous y verrez que le pansement analysé porte la marque d'une morsure d'enfant.

– De quoi s'agit-il ?

– Ce pansement, je l'ai sorti de la poubelle des Raspail à *La Malhornière*.

Le visage d'Arnault de Battz se crispa à vue d'œil. Ce qu'il redoutait était en train de se produire : Sookie s'obsédait sur l'affaire qui lui avait valu sa mise à pied de la police.

– Je vois exactement de quoi vous avez peur, lui adressa-t-elle en particulier, mais vous allez comprendre. Quelques heures avant sa mort, un des Raspail a été mordu au sang. Or, le rapport du légiste ne l'a jamais mentionné. Ça, c'est le premier point.

Sookie Castel raconta ensuite comment, ce fameux jour où elle avait découvert les pendus, elle avait eu l'intime conviction qu'il s'agissait d'un triple meurtre.

– Tous les ordinateurs de la maison avaient disparu, argumenta-t-elle pour justifier sa « perquisition » de la propriété sans attendre ses collègues de la PJ. Et dans le bureau du père Raspail, il y avait une photo de lui avec deux hommes. L'un d'eux était René Berkoff. Le même Berkoff que nous a donné Rossi via la pauvre avocate !

Arnault de Battz se demanda comment Sookie Castel faisait pour mémoriser un visage aperçu une fois sur une photographie.

– D'un côté, confirma Sookie, René Berkoff connaissait Olivier Raspail. Et j'ai lu dans les notes de Léon que Mathilde

Bonnet était traiteur, et qu'elle avait livré la Malhornière plusieurs fois. Vous me suivez ?

Elle obtint trois confirmations muettes et poursuivit :

– Vous cherchez des explications à des morts de flics. Vous avez Néré, N'Diap, Angeletti, Berki, Berkoff, Lieras à travers le meurtre de sa femme et Magali Chow, l'OPJ disparue.

– N'oubliez pas Demian Obolanski, précisa Valentin. Le coéquipier de Lieras. Volatilisé lui aussi. Et impossible de trouver une seule info sur lui. C'est comme s'il avait été effacé des fichiers.

– En dehors des deux derniers, aucun lien entre eux jusque-là, poursuivit Sookie Castel après avoir adressé un sourire complice à Valentin, sauf qu'aujourd'hui, je vous apporte un point commun à plusieurs de nos victimes : Olivier Raspail, colonel de l'armée de Terre. Non seulement il connaissait Berkoff mais également Mathilde Bonnet et probablement Jo Lieras. Moi, je suis convaincue que c'est le premier de la liste, et qu'il faut recommencer l'enquête à partir de là.

Elle désigna Arnault de Battz.

– N'allez pas vous imaginer que je m'obsède sur cette histoire de bunker ou de pendus. Non, pas une seconde. Je pense que ça n'a aucun lien.

– Pourtant, l'interrompit une nouvelle fois Valentin, Ribaud, le mec qui a enlevé Lara, il me semble que c'est lui qui s'est accusé d'avoir pendu les Raspail.

– Exact, admit Sookie Castel. Quand j'étais flic à Vannes, j'ai eu affaire à ce type. C'était un trafiquant minable de films pornos, mais il n'avait ni l'envergure ni les couilles d'exécuter les Raspail de cette façon.

– Brillant ! déclara Arnault de Battz, visiblement soulagé. Cependant, si votre théorie est avérée, nous avons une enquête à entrées multiples. Vous avez une priorité ?

– Berkoff et Raspail, voyez s'ils ont des liens avec les autres.

– Si je comprends bien, réussit à glisser Marcus Maratier, vous ne serez pas des nôtres.

Arnault de Battz le regarda avec des yeux ronds.

Poussinet en pince pour la belle inconnue !

– Je récupère Léon à sa sortie du zonzon demain, s'amusa Sookie Castel. Et on file remuer la merde en Bretagne. Un peu d'air du large lui fera le plus grand bien ! Et je serais curieuse de l'entendre me parler de son nouveau copain, Enzo Rossi.

140

Poste 2_W3.
1er septembre.
Appel entrant. Inconnu
Début de communication. 17.15.32

« Allo ?
– Sookie, t'es bien arrivée ?
– Oui, tu vois !
– Ils te plaisent ?
– C'est des malades !
– Et encore, tu nous as pas vus ensemble, Arnault et moi…
– J'imagine.
– T'as récupéré les clés ?
– Oui, papa.
– Tu prends mon lit, je dormirai sur le canapé. Y'a des draps…
– Je trouverai.
– Je sors demain.
– Je serai là.
– Tu viens me chercher ?

– Évidemment ! Après, on se prend deux-trois jours de vacances !

– Mais, j'ai du courrier en retard à la guilde, Sookie. Et j'ai l'impression qu'ils rament à faire tourner la boutique sans moi.

– Tu ne vas pas pinailler pour quelques jours avec ta fille chérie ! De toute façon, faut qu'on parle.

– Qu'on parle ?

– Maman, tout ça…

– Tu as raison.

– T'es pas heureux ?

– Si.

– C'est bientôt fini. Tiens le coup.

– Tu m'as manqué.

– Alors, on se voit demain, papa.

– À demain, ma Sook.

– À demain. »

Fin de communication. 1er septembre. 17.16.02

141

Le sergent **Thierry Delmas** et un brigadier patrouillaient dans les rues de la zone industrielle de Pessac quand ils virent un homme s'agiter sur le trottoir. À son accoutrement, ils surent qu'ils avaient affaire à un marginal, peut-être un SDF, ou un toxico.

Le brigadier descendit sa vitre et figea l'homme dans le rayon de sa lampe.

Bien qu'il fût à peine 18 heures, le ciel était noir, il pleuvait à verse et le malheureux tentait de se protéger sous un carton ramolli.

– Un problème, monsieur ?

Le type ouvrit une bouche édentée, gargouilla un mot incompréhensible et invita d'un geste le policier à le suivre.

Le sergent Thierry Delmas enclencha les warnings et descendit sur la chaussée tandis que l'homme trottinait vers un bâtiment abritant une entreprise de ferraillage. De son côté, le brigadier prévint le central, nota l'heure et quitta le véhicule à son tour.

La pluie avait transformé le parking en une vaste mare, où des carcasses de voitures rouillaient au milieu d'un fatras d'objets. Les policiers prirent pied sur un quai de déchargement jonché de vêtements et de vestiges de feux de camp.

– Vous n'avez pas le droit de rester là, annonça le sergent Thierry Delmas au SDF qui haussa les épaules avant de s'engouffrer dans le bâtiment par une rampe partiellement écroulée, et de s'arrêter à quelques mètres de l'entrée.

Les policiers lui emboîtèrent le pas en se couvrant la bouche et le nez de leur main gantée. L'odeur de l'urine et des excréments qui les submergea quand ils pénétrèrent dans l'entrepôt était écœurante.

Dans le rayon des lampes, une forme humaine recroquevillée sur le sol apparut. Son portefeuille et ses papiers d'identité traînaient à côté.

– Putain de merde !

– J'appelle le central, murmura le brigadier.

Il saisit le passeport et l'ouvrit, tandis que le faisceau de la lampe du sergent Delmas éclairait le front du mort où quatre lettres était gravées au couteau : « PORC ».

– Alors ?

– François Puvenelle, ça te dit pas quelque chose ?

Jour 12 – lundi 2 septembre

142

Perdu dans une foule compacte, **Valentin Mendès** jouait des coudes. Il tenait une ardoise Velleda, où il avait écrit « Valentin est ici ». Quand les voyageurs du vol en provenance de Los Angeles commencèrent à arriver, il l'agita au-dessus de sa tête.

Méconnaissable sous une casquette, le visage dissimulé derrière des lunettes de soleil, Egon Zeller fut parmi les premiers à apparaître. Ce qui le changeait le plus, c'était sa barbe qui lui donnait un air de vieux baroudeur.

– Salut, mon grand, dit-il en étreignant tendrement Valentin. C'est bon de te voir !

– Carrément.

– T'as l'air en forme !

– Ça va, éluda Valentin Mendès.

Ma sœur est je ne sais où avec un mafieux, la caution morale de W3 est un traître, et je ne peux rien dire à personne, mais à part ça, mouais, ça va.

– T'as que ça comme bagage ? ajouta-t-il en s'emparant du sac que le comédien portait en bandoulière.

– Tu vois…

– Alors allons-y, j'ai réservé une voiture.

– Minute, l'interrompit Egon. On attend mademoiselle Durieux.

– Merde ! blêmit le jeune homme. T'aurais pu me prévenir.

– C'est un hasard, figure-toi.

– Voilà mon adorable chevalier servant ! glissa malicieusement Solange en apparaissant. Bonjour, mon trésor !

La jeune femme était vêtue d'une courte robe blanche, assortie à une paire de Nike orange fluo, et Valentin sentit qu'il rougissait rien qu'en songeant combien elle était belle.

À tomber par terre.

– Voyons ce que tu as écrit là, poursuivit la jeune femme en lui prenant la pancarte des mains. Valentin est ici. Et maintenant, Solange est là. Tout est parfait ! On y va ?

– Aide la dame à pousser son caddie, proposa Egon Zeller. Je peux m'occuper de mon baise-en-ville. En route !

Dans la voiture de maître qu'il avait réservée, Valentin s'aperçut que ses mains tremblaient. Pour cacher son trouble, il croisa les bras sur sa poitrine.

– Je suis contente de te voir, dit Solange Durieux au jeune homme. Par contre, toi, on dirait pas.

– Moi aussi. C'est juste que…

– T'aimes pas les surprises ?

Elle fouilla dans son sac à main.

– Bon, je vous laisse discuter entre hommes, ajouta-t-elle, je dois avoir des tonnes de messages.

Dérouté par l'attitude de Solange, Valentin se détendit quand il sentit la main d'Egon se glisser sous son bras. Puis vint le jeu des questions, auxquelles il répondit sans se faire prier. L'arrêt de ses études à l'Institut polytechnique ? Non, ce n'était pas nécessairement définitif, mais il avait besoin de faire un break. Léon ? Le pauvre morflait à la place de W3, mais il tenait bon. Arnault ? Là, le sujet était plus sensible. Le producteur menaçait de le renvoyer à Bordeaux s'il ne trouvait pas un moyen pour les rapprocher.

– Il a dit ça, vraiment ? s'amusa Egon Zeller. Je ne l'imaginais pas aussi désespéré.

Valentin Mendès lança un coup d'œil éloquent à son interlocuteur, un coup d'œil qui voulait dire : mais bien sûr, je te crois…

– Bon d'accord, j'exagère, poursuivit le comédien. Bref, si j'avais ton âge, je partirais faire le tour du monde, histoire de savoir qui je suis et ce que je veux vraiment.

– À ce propos, demanda Valentin Mendès. Pour Arnault, t'as décidé quoi ?

– Ça, mon coco, ça me regarde.

La main d'Egon Zeller ébouriffa la tignasse du jeune homme.

– Et toi, tes amours ? Il n'y a que ça qui compte à ton âge.

Valentin Mendès jeta un bref regard vers Solange, toujours occupée sur son téléphone.

– Anne, ma sœur Anne, tenta le jeune homme en penchant la tête dans sa direction.

– C'est qui cette Anne ? demanda-t-elle sans relever les yeux.

Solange Durieux descendit du véhicule devant l'hôtel Hyatt de la porte Maillot, où elle avait retenu une suite. Elle déposa un baiser appuyé sur la joue de Valentin, suivi d'un « je te call, tchao baby ! » auquel il ne sut que répondre.

Puis la berline récupéra les boulevards extérieurs pour gagner Montmartre.

Valentin Mendès accompagna Egon Zeller jusqu'à son appartement, expliquant qu'on l'attendait chez W3.

– Non, prends un petit-déjeuner avec moi, insista le comédien. Les Américains savent tout faire, sauf les croissants !

Ils descendirent l'avenue Junot pour s'installer au bistrot Le Cep de Vigne, tout au fond de la salle.

– Tu ne prends pas de croissant ?

– Prétexte. J'avais envie de passer du temps avec toi.

– Mémé, si elle te voyait, elle dirait que tu ressembles à une guêpe autour d'un pot de confiture.

La fatigue qui marquait les traits d'Egon Zeller s'accentua.

– Quoi ? s'inquiéta Valentin Mendès. T'as un cancer ou un truc dans le genre ?

– Solange se marie dans un mois.

Le jeune homme accueillit la nouvelle comme il aurait encaissé un uppercut. Dans son regard, il y eut une absence, qui dura une poignée de secondes.

– Elle m'en aurait parlé.

– Certaines femmes ont la lâcheté de certains hommes.

– Pas elle…

– Ça fait un an que le type lui fait la cour. C'est lui qui l'a persuadée d'arrêter.

– Un type pété de blé, j'imagine.

– Pire que ça, un Texan, né sur une montagne d'argent accumulé par des générations de Texans.

– Oh, putain ! s'exclama Valentin Mendès en frottant son visage à pleines mains comme s'il cherchait à se réveiller d'un mauvais rêve. Tu vas aussi me dire que c'est un vieux !

– Pas vraiment, opposa Egon Zeller avec un léger froncement de sourcils. Il a mon âge !

– Bon.

Valentin jeta un regard vers sa montre et se leva.

– Où vas-tu ?

– Bosser. On voit que tu ne connais pas Marcus, toi.

– Dis-lui que tu prends un jour de congé, ou je l'appelle, moi.

– T'inquiète, je vais pas me jeter sous le métro.

– Je suis déjà passé par des moments comme ça, c'est dur.

Valentin Mendès employa un ton plus léger. Il réussit même à se forcer à sourire.

– Arrête, on n'était même pas ensemble. Et puis, je suis pas sûr que j'aurais pu oublier tous les mecs qui l'ont niquée !

Le jeune homme embrassa Egon Zeller sur les deux joues, puis traversa la salle du café. Dehors, il tourna à droite et dévala les marches à toutes jambes. Ce n'est qu'une fois au pied de l'escalier qu'il éclata en sanglots à s'en mordre les poings.

143

– Putain, Enzo, mais t'étais passé où ?

– Au mitard, guignol. Mon parloir avec ta baveuse s'est pas terminé dans l'allégresse, si tu vois ce que je veux dire.

– Pas vraiment.

– Ils t'ont pas raconté, tes potes ?

– Mais quoi, bordel ?

– Je lui ai planté son stylo dans la main, elle a morflé.

– T'as fait quoi ?

– Ce que je t'ai dit.

– Mais t'es cinglé !

– T'inquiète, je lui ai passé l'info pour tes gugusses. Ils vont pouvoir avancer.

– Pourquoi tu l'as plantée ? Tu me fous dans une de ces merdes !

– Tu comprendras bientôt. Disons qu'elle va me permettre de faire un petit tour chez le juge, tu vois ?

– Tu t'es servi de moi.

– Un peu, guignol, mais c'est le business, qu'est-ce que tu veux ! En tout cas, tu vas me manquer.

– Tu t'en vas ?

– On peut dire ça.

– Tu…

– Chut… Dis pas de gros mots. Va falloir que t'apprennes les lois du zonzon, guignol, parce que je ne serai bientôt plus là pour surveiller ton derrière.

– M'en fous, je sors tout à l'heure. La paperasse est prête.

– Non, guignol, tu sors pas.

– Arrête, ça me fait pas marrer.

– Je te dis que tu sors pas. M'est avis que tu vas même passer dans les communs. Faudra faire gaffe à ton derche !

– Putain, Enzo…

– François Puvenelle est mort, guignol ! Apparemment, y'en a qui n'ont pas envie de te voir dehors.

144

Installer son vieux poste de radio amateur dans la cave de W3, raccorder l'antenne sur la prise de terre – opération qui rendait risquée l'utilisation du poste –, attendre la livraison d'un parafoudre pour éviter les châtaignes en provenance des appareils électriques des résidents, établir un camp retranché dans cette cave pour qu'elle offre le confort minimum.

Tout cela était fait. Il n'y avait plus qu'à mettre ces appareils sous tension.

Voilà, c'est cool !

Marcus Maratier imagina les yeux ronds de Valentin Mendès quand il découvrirait son matériel.

« Ta technologie à toi, elle marche ou elle marche pas, mais t'es pas branlé de bidouiller avec ! »

Voilà ce qu'il lui dirait.

Probablement se verrait-il renvoyé à son archaïsme technologique et à la question que ne manquerait pas de poser cet impatient de 18 ans : « Qu'est-ce que t'as de plus avec tout ton bordel que je peux pas faire avec mon iPhone ? »

« Le monde, jeune homme ! répondrait-il. Voilà ce que j'ai. Tous ceux qui veulent encore communiquer d'un continent à l'autre sans passer par les grandes oreilles. Tu comprends, ça date de la guerre froide ce matos. Plus personne n'en a rien à foutre, et ça va être tant pis pour leur gueule ! »

Le problème, c'est que Valentin Mendès n'arrivait pas, qu'il commençait à avoir un retard conséquent et, qu'avec son absence, l'estomac de Marcus Maratier criait de plus en plus famine. Pour s'occuper, il scanna plusieurs bandes de fréquence et écouta des gens parler à l'autre bout du monde.

145

D'un pas décidé, **Arnault de Battz** traversa le Café de la Paix en direction de la grande salle sous verrière. Que Stanislas Labrousse, le directeur général délégué aux programmes de France Télévisions, lui téléphone en personne pour lui proposer un petit-déjeuner au pied levé, voilà qui avait de quoi le mettre enfin de bonne humeur.

Entre la découverte des écoutes chez W3 la veille, et le coup de fil du cabinet d'avocats de ce matin, Arnault était au bord de la crise de nerfs. Un des associés de maître Cécile Sorbier, qui se remettait doucement de l'agression à la campagne, l'avait informé des circonstances de la découverte du corps de François Puvenelle du côté de Bordeaux, et des conséquences dramatiques que cette nouvelle allait avoir sur la décision du juge des libertés et de la détention qui devait, en toute logique, autoriser la lever d'écrou ce matin même.

Cette fois, Léon Castel ne serait plus accusé d'outrage ou de rébellion, mais d'incitation au meurtre, et risquait une peine allant jusqu'à dix ans de prison.

Arnault de Battz avait aussitôt réagi en appelant le cabinet du célèbre Pierre Durand-Borelli, l'avocat des causes perdues.

Celui-ci avait heureusement accepté de se pencher sur le « cas Léon Castel ».

Légèrement en avance, le producteur commanda une orange pressée et un double expresso. Puis il s'occupa en parcourant la presse sur sa tablette. Comme d'habitude, il chercha dans les nouvelles people si l'on parlait d'Egon Zeller. Pas cette fois. Son ex semblait s'être assagi.

Il passa alors aux faits divers, parcourut l'article sur la mort de François Puvenelle – remarqua que, pour une fois, la presse restait sur la réserve – et un papier laconique, parlant d'une ferme du XIVe siècle, – une ancienne base de l'ETA, utilisée par des trafiquants – rayée de la carte à coups d'explosifs et de roquettes dans la nuit de samedi à dimanche.

Il n'eut le temps ni d'achever sa lecture ni de s'étonner qu'un tel déferlement de violence ne fasse pas les gros titres, que son rendez-vous arriva.

– Arnault, il y a une éternité, n'est-ce pas ? Quand était-ce ? À Cannes, je ne me trompe pas ?

– Au Midem, il y a deux ans, répondit très chaleureusement Arnault de Battz. Comment vas-tu, Stanislas ?

L'homme eut un mouvement désinvolte.

– Beaucoup de boulot.

– Rien ne change sous le soleil.

Les deux hommes échangèrent quelques banalités, puis Arnault de Battz proposa à son interlocuteur d'entrer dans le vif du sujet, prétextant d'autres rendez-vous à suivre – *Marcus Maratier, ça c'est un rendez-vous !*

– Arnault, ça fait un bail qu'on se connaît. Il y a deux ans, j'avais parlé de t'offrir une belle émission, et le temps a passé... Eh bien, ça y est, l'occasion se présente ! Je te veux pour la grille de rentrée sur France 2. La case du vendredi s'est libérée, deuxième partie de soirée, gros budget, un public à conquérir, qu'en dis-tu ?

Arnault de Battz lâcha un sourire ravi. La distribution des productions relevait de savants calculs politiques. On confiait souvent aux mêmes la majeure partie des cases importantes – il n'avait jamais réussi à en décrocher une – et Stanislas Labrousse avait les cartes en main. Le pouvoir.

– À quelle date veux-tu un concept ?

– On est prêts à te lire quand tu veux, dit Stanislas Labrousse, tout sourire. D'ici une quinzaine de jours, ça te semble envisageable ? Il faudrait être sur la rampe pour janvier.

– Je suis déjà dessus.

– Parfait. Tu vois l'équipe cette semaine, et c'est parti ! Je suis très heureux de bosser avec toi. Il y a cependant un dernier point que j'aimerais soulever.

– Oui ?

– W3.

– Évidemment, W3.

– France Télé ne veut pas avoir de lien avec le site.

– Je suis tout à fait d'accord, s'amusa Arnault de Battz avec l'air très sérieux. Mais tu sais, c'est une équipe de bras cassés, et avec Léon en prison, Corentin Ruedler parti, on ne fait plus grand-chose.

– Tout de même, et je dois dire que je soutiens votre démarche courageuse, mais la chaîne ne peut se le permettre.

– Tu veux dire que j'ai l'émission si je bazarde W3 ?

– Ça n'a rien de personnel.

– Je le sais, bien sûr. Mais tout de même…

Vas-y, balance-moi la grosse artillerie, qu'on se marre un peu.

– 400 000 par émission, ça te va ?

Le visage d'Arnault de Battz se figea dans un sourire angélique.

– Autant ? Et j'aurai carte blanche ?

– Carte blanche.

– Tu n'es pas sérieux.

– Je ne l'ai jamais été davantage, Arnault. Nous te voulons vraiment pour cette case. Tu vas faire un carton.

– Je le sais, Honey, murmura le producteur en sortant une coupure de 50 euros de son portefeuille. Je vais faire un carton monstre, ajouta-t-il avec un ton mielleux, et toi, et France Télé, vous pouvez aller vous faire foutre.

Il jeta négligemment le billet sur la table basse et tourna les talons.

– *¡ No pasarán !* murmura-t-il en retraversant le hall, un large sourire aux lèvres. Mort aux cons !

Dehors, la place de l'Opéra était le terrain de jeu d'un invraisemblable embouteillage. Arnault de Battz traversa l'avenue de la Paix et se dirigea vers la place Vendôme. Son téléphone vibra dans sa poche.

Numéro inconnu. C'est pas ce merdeux qui me rappelle, quand même !

– Allo ? cria-t-il pour couvrir le bruit des klaxons.

– Salut, Battz.

En entendant la voix d'Egon Zeller, Arnault se sentit faiblir, et des dizaines de répliques lui passèrent en tête. Il en lâcha une au hasard.

– Je viens d'envoyer balader le directeur des programmes de France Télé et, va comprendre, ça me met de belle humeur.

– Sans doute parce que ça fait de toi un homme libre.

– Tu es rentré ?

– J'aimerais qu'on se voie. Cet après-midi, chez toi ? 17 heures ?

146

Une dernière porte s'ouvrit, et **Léon Castel** avança d'un pas.

« Apparemment, y'en a qui ont pas envie de te voir dehors ! » avait dit Enzo Rossi.

Eh bien là, mon con, t'es dehors-dedans.

Le ciel légèrement voilé diffusait une lumière aveuglante quand, la main tendue au-dessus de ses yeux, il découvrit la cour de Fleury-Mérogis et sa population innombrable, faune d'une jungle où il allait, à coup sûr, endosser le rôle de la gazelle.

Aussitôt, Léon Castel chercha un endroit sûr, pas trop loin d'une des issues et proche des surveillants qu'il repéra dans la cabine vitrée d'un mirador. Ils faisaient régner l'ordre du haut de leur perchoir, à coup de gueulantes lancées dans les haut-parleurs.

La cour de la prison se composait d'une piste d'athlétisme posée au milieu d'un hectare de pelouse défraîchie avec, au centre, un terrain de jeu. La piste servait de chemin de promenade à des dizaines de détenus, et le terrain en concentrait une trentaine sur une partie de football. Leurs courses et brusques arrêts soulevaient une poussière grisâtre dans un flot ininterrompu de cris, d'appels et d'injures.

En dehors d'un préau plongé dans la pénombre où certains

allaient et venaient, la cour était quadrillée par des caméras fixées sur les parois des bâtiments.

Fais gaffe à ton cul. Tu vas partout, sauf dans ce trou.

Adossé à un mur, Léon Castel peinait à retrouver son calme. Plus il songeait que tous ces types qui le regardaient de travers pouvaient sentir sa peur aussi sûrement qu'une meute de clébards, plus il avait peur.

Dis-toi que c'est comme la rentrée scolaire. T'es le petit nouveau.

Ça va pas durer.

C'est ce qu'il avait pensé à l'annonce de la nouvelle de la mort de François Puvenelle, avant de comprendre ce qui l'attendait vraiment. Que ce violeur soit mort, il s'en foutait, qu'il y ait eu un type assez retord pour le buter la veille du jour où il devait sortir de taule, tout ça n'avait aucune importance.

Le principal, c'était de se fourrer dans le crâne qu'il allait être coincé à Fleury-Mérogis pour un moment, le temps que l'enquête démêle son implication dans cet assassinat et que le super-avocat embauché par Arnault de Battz fasse son boulot d'empêcheur de tourner en rond de la justice.

Au moins un qui va les faire chier autant que moi !

Quelque part en haut lieu, on avait décidé qu'il était temps pour lui de goûter aux joies de la collectivité.

Les hommes sont comme les pommes, entassés ils pourrissent.

Un instant, Léon Castel chercha la paternité de cette phrase, pensa à Montesquieu, puis il ne pensa plus à rien. Celui qu'il appelait Gueule d'Ange fonçait droit sur lui en affichant un sourire sadique.

La peur lui coupa les jambes.

Léon Castel chercha les surveillants des yeux, comprit qu'ils l'ignoraient, alors il recula pour gagner le pied du mirador, en évitant les solitaires à la gueule patibulaire, ou les groupes de détenus, pour s'apercevoir finalement que par mouvements subtils, tous le repoussaient vers le seul endroit où il ne voulait pas aller.

Le préau.

Quand Léon Castel fut rabattu loin des caméras de surveillance, comme un vulgaire gibier par des chiens, les détenus s'écartèrent, laissant le champ libre à Gueule d'Ange.

– Aidez-moi, putain ! hurla Léon avec l'énergie du désespoir.

Il évita de justesse la charge du forcené, qui fit aussitôt volte-face et le fixa en sautillant sur place, une arme artisanale à la main.

Attaque, Castel, où tu vas y passer !

Sans réfléchir, il tordit l'avant-bras de Gueule d'ange, et s'y accrocha, le désarmant. Celui-ci s'agrippa brutalement à son cou. Léon riposta à coups de poing et de pied. Bientôt, il suffoqua. Sa main droite jaillit alors vers l'entrejambe de son adversaire qu'elle écrasa de toutes ses forces.

Gueule d'Ange hurla de douleur et lâcha prise, Léon recula sur les fesses en tentant de reprendre son souffle.

– Tu crois que tes potes vont m'empêcher de t'enculer ? éructa le forcené en se jetant à nouveau sur lui.

Le cerveau shooté à l'adrénaline, Léon Castel vit rouge. Littéralement.

– Essaie ! hurla-t-il en lui décochant un violent coup de talon au visage.

La lèvre supérieure du détenu éclata sous l'impact. Il toucha le sang qui dégoulinait sur son menton, puis regarda ses doigts poisseux.

– Y'a pas de Corse, là, ricana-t-il avec un rire glaçant. Et moi, j'vais te la mettre bien profond !

Le regard de Léon Castel fouilla rapidement le sol du préau à la recherche de la lame. Il la repéra dans la main d'un grand type au crâne rasé et à la musculature impressionnante.

– Crève-le, lui dit ce dernier en lançant l'arme à Léon, qui l'attrapa, la serra des deux mains, et fit bravement face à son adversaire.

Le cœur battant, Léon se campa sur ses jambes, et envoya ses poings armés vers l'avant. La lame s'enfonça jusqu'à la garde dans le ventre de Gueule d'Ange, qui s'écroula.

Des remous secouèrent la foule des curieux, certains lâchèrent des cris enragés, puis une sirène retentit. Dans les haut-parleurs, une voix ordonna aux détenus de se disperser et de rentrer en cellule.

Sonné, Léon Castel regardait la lame enfoncée dans le ventre de Gueule d'Ange, le sang qui s'écoulait sous lui. Il sentit à peine qu'on le bousculait. Puis il vit le grand baraqué récupérer l'arme et l'essuyer avec son tee-shirt.

– Tes mains, lui ordonna-t-il avec un accent d'Europe de l'Est. Dans les poches.

Il poussa Léon en direction de la sortie, et les deux hommes se noyèrent dans le flot des détenus qui retournaient en cellule.

147

Sookie Castel ouvrit le hayon arrière du combi VW garé devant l'immeuble de la rue des Bluets. Elle poussa les réserves d'eau et de conserves pour faire de la place à l'énorme sac que Valentin Mendès l'aida à soulever.

Elle aurait voyagé plus léger si Marcus ne lui avait pas imposé sa fichue radio amateur, qui ressemblait à une CB des années 1980 et pesait le poids d'un âne mort. Léon en avait une, évidemment. Léon Castel avait essayé toutes les technologies à leur apparition. Et le sous-sol de la maison de Saint-Junien était encombré d'une collection de magnétoscopes VHS, Bétamax, V2000.

– J'espère que ton père est moins excentrique que le mien, émit-elle en regardant le matériel de camping, soigneusement rangé dans des roofs.

– Je le trouve plutôt cool, Léon, répondit Valentin après une hésitation. Tu dois avoir les boules avec ce qui se passe.

– Il fait chier, oui ! râla-t-elle. Mais il a toujours assumé ses conneries. À propos de connerie, ajouta-t-elle avec un sourire entendu. Pas de truc genre cambriole pendant mon absence, OK ?

– OK.

– Bien, conclut Sookie Castel en refermant le coffre. On s'appelle dès qu'on a du neuf.

Elle adressa un signe à Valentin Mendès qui la regardait s'installer au volant, les bras ballants, et démarra. En quittant la place de stationnement, elle jeta un dernier coup d'œil dans le rétroviseur, et s'aperçut que le jeune homme pleurait.

Mais, Superman n'est pas censé faire ça !

Sookie Castel enclencha aussitôt la marche arrière et recula jusqu'à lui. Puis elle se pencha pour ouvrir la portière de son côté.

– Si tu es capable de rester où je te dirai et de pas me parler quand j'en ai pas envie, lui proposa-t-elle chaleureusement, alors, grimpe. J'ai l'impression qu'une virée en Bretagne te fera du bien.

148

La porte par laquelle **Léon Castel** avait gagné la cour de promenade s'ouvrit. Les deux cents à trois cents détenus s'y faufilèrent en file indienne, puis gagnèrent leurs cellules par d'interminables couloirs. Les hommes étaient très agités, et la sirène continuait de hurler dans les haut-parleurs.

Comme un automate, Léon se laissa guider par le baraqué jusqu'à la cellule qui lui avait été affectée à son arrivée. Incapable de bouger, il dut se rattraper aux montants du lit en béton.

– Laver les mains ! lui ordonna le type en désignant la couchette du dessus. Et dormir !

Puis il s'installa sur celle du dessous et ouvrit un livre.

Autour d'eux, des centaines de détenus frappaient des objets contre les murs et les portes. Le vacarme hypnotisait Léon, la retombée de l'adrénaline l'immobilisait. Il mit un temps fou à faire trois pas vers le lavabo où il frotta ses mains, le cœur au bord des lèvres, puis il gagna son perchoir où il s'allongea sur le flanc, les genoux repliés vers sa poitrine.

Tandis que le calme revenait progressivement dans le bloc D4, Léon Castel refusait de songer aux conséquences de ses actes. Il garda son regard fixé sur l'image d'une femme aux avantages indéniables qui, d'une main idéalement positionnée, invitait le curieux à s'intéresser à son entrejambe.

Sa réflexion vint plus tard, quand la boule qui nouait son estomac se dissipa.

Tu ne tiendras jamais le coup, vieux.

Sans s'en rendre compte, Léon Castel imprimait à son corps un mouvement de bercement.

Putain ! T'as pas eu le choix. C'était lui ou toi.

Pris d'une nausée subite, il se redressa et s'appuya contre le mur.

T'es vivant.

Pour étouffer ses pensées, il se força à détailler sa nouvelle cellule tout en listant les pays du monde dans l'ordre alphabétique. Cette occupation lui fit du bien. Il sentit ses abdominaux se décontracter progressivement, le calme revenir dans son esprit.

La cellule 452 ressemblait à celle que Léon Castel avait occupée au cours de la dizaine de jours écoulés, au détail près qu'elle était conçue pour deux.

La décoration manifestait un goût très masculin à tendance adolescente. Les murs étaient couverts de posters de jeux vidéo, de photos pornos et d'avions de chasse. Sous un plan en béton encombré d'un fatras de conserves, de flacons d'essence à briquet, de couverts et de vaisselle en train de sécher, d'une console PlayStation avec deux manettes, était glissé un frigo. Au-dessus, un téléviseur écran plat couvrait une partie du mur, face aux lits. Près de la porte, à hauteur de visage, une icône orthodoxe brillait dans la lumière du jour. Les WC étaient séparés du reste de la cellule par une couverture posée sur un fil à linge tendu en travers de la pièce. Pour le moment, cette « cloison » était poussée contre le mur.

J'ai même pas une photo de Valie à punaiser, ils m'ont tout pris.

Le regret de Léon Castel se dissipa vite. L'image de sa femme n'avait rien à faire dans cette prison. À la place, il imagina une photo de son combi VW. Il ignorait quel sort la voirie de Paris lui avait réservé, et s'étonna de s'en moquer.

La prison t'aura apporté quelque chose, mon con. Avant, t'étais prisonnier des choses. Maintenant, t'es prisonnier tout court.

Grâce à l'écran du téléviseur, Léon devinait le reflet de son compagnon de cellule qui prenait des notes sur un calepin tout en lisant.

La vibration d'un téléphone l'extirpa de ses pensées. La voix de son codétenu s'éleva dans la cellule, claire, agréable. Il ne parla qu'en russe et raccrocha rapidement en riant. Puis il se replongea dans sa lecture pendant près d'une heure.

– *Davaï, davaï !* dit-il enfin en s'étirant.

Il se leva et s'accouda sur la banquette où Léon était installé, si bien que ce dernier s'assit en tailleur pour ne pas rester nez à nez avec le colosse.

– Je m'appelle Léon.

– Je sais, j'ai demandé être dans même cellule que toi. Moi, Nikita.

– Pourquoi ?

Le visage de son interlocuteur se fendit d'un sourire.

– Tu peux pas sortir tout seul sans faire bêtise ! dit-il en se baissant vers le réfrigérateur, où il prit une bouteille en plastique.

Il récupéra deux verres de cantine sur le plan de travail, y versa le liquide transparent jusqu'à mi-hauteur, puis en tendit un à Léon.

– *Na zdorov'ye !*

– Nasdarovié.

Le liquide glissa dans sa gorge. Il s'agissait d'une vodka parfumée, que Léon Castel apprécia en connaisseur.

– Pas t'inquiéter, poursuivit Nikita avec un joli sourire, nous chrétiens, l'autre parlera pas, on s'en occupe.

– Pourquoi tu fais ça ?

– Nous avoir ami commun, ajouta-t-il en remplissant de nouveau les verres. Kalinine veut toi vivant. Tu comprends ?

149

Le fichier des empreintes avait craché un nom : Patrice Demarescau. Né en Serbie, il était arrivé en France à 10 ans, et entré dans l'armée à 18 pour se sortir d'une enfance de délinquant qui lui collait aux basques. Direction la Légion étrangère. Nouvelle vie, nouvelle famille, pardon accordé, passé effacé.

Le rapport que **Demian Obolanski** tenait entre ses mains le renseignait sur les origines de son prisonnier. Celui-ci avait toujours des proches dans la banlieue de Grenoble. Une sœur arrivée en France bien après lui et mariée à un pharmacien.

Un coup de fil, et Antonina se retrouverait ligotée devant son frère, prête à être sacrifiée sur l'autel des aveux. Mais était-ce la bonne manière de procéder ? Toute la question résidait dans l'angle d'attaque de l'individu.

D'un pas décidé, le Russe traversa la grange et descendit par une échelle métallique dans l'ancienne citerne enterrée de la bergerie. Dès qu'il posa le pied sur le fond, le policier entendit le souffle de Patrice Demarescau s'accélérer.

Il souleva la lampe de chantier qui traînait au sol et l'accrocha à une chaîne suspendue au plafond. La lumière projeta des ombres mouvantes sur les parois en pierres scellées.

Demian Obolanski s'accroupit devant l'homme attaché à un tuyau en fonte et retira le sac en toile de jute qui couvrait sa tête. Privé de lumière et de la capacité de bouger depuis une vingtaine d'heures, le prisonnier grimaça en ouvrant les yeux.

– J'ai soif.

Le légionnaire humecta ses lèvres craquelées, puis il fixa Demian Obolanski, dont le visage passait de l'ombre à la lumière en fonction du balancement de la lampe de chantier.

– Tu boiras plus tard, soldat Demarescau.

– Qui es-tu ?

– Et toi ? Tu vas me faire croire que c'est dans la Légion qu'on t'a appris à tuer des femmes ?

Le prisonnier opina.

– J'obéis aux ordres.

– Quels ordres ?

Patrice Demarescau ferma les yeux et détourna la tête au moment où Obolanski approchait ses lèvres de son oreille.

– C'est aussi dans la Légion qu'on t'a appris à tuer des flics ? Tu as un code d'honneur, ajouta-t-il, moi, j'ai perdu les miens. Il me semble qu'on est dans une impasse.

– J'ai rien à dire, brava le légionnaire.

Le policier sonda froidement le visage de son interlocuteur.

– Tu n'as rien à dire alors que tu ignores ce que je veux savoir, dit-il avant de se relever. Curieuse vision des choses.

150

Rarement **Arnault de Battz** avait attendu un rendez-vous avec une telle boule au ventre. Rentré du bureau depuis plus d'une heure, il ne tenait plus en place. Se sentant manquer d'air, il ouvrit en grand les fenêtres côté jardin, puis se releva et les referma, décrétant pour une raison qui lui échappait qu'on ne reçoit pas dans les courants d'air.

Il avait pensé à préparer une bouteille de Billecart-Salmon dans un seau à glace à côté d'un carton de déménagement qu'il aurait remonté de la cave.

Tu reviens ou tu pars ?

Mais il avait abandonné cette idée de mise en scène qui aurait pu se retourner contre lui, et avait gambergé sur les mots d'Egon Zeller.

« J'aimerais qu'on se voie. Cet après midi, chez toi ? 17 heures ? »

Que faire de cette proposition ? Egon avait employé un conditionnel. Il aimerait. Qu'est-ce que cela signifiait ? Qu'il n'en était pas certain ? Ou qu'il ne voulait rien imposer ? Était-ce délicat de sa part ou la manifestation d'un doute ?

« Chez toi, 17 heures. »

Ça, c'était un bon point, indéniablement. Egon aurait désiré mettre un terme à leur relation, ils se seraient vus dans un lieu neutre, devant témoins. Mais d'un autre côté, Egon Zeller n'était pas du genre à rechercher des scènes publiques. Il incarnait même l'inverse de cette attitude, nourrissait un penchant naturel pour la délicatesse et la discrétion. Donc le rendez-vous « à la maison » pouvait aussi bien augurer l'annonce d'un drame.

16 h 55.

Arnault de Battz se sentit au bord de la panique. Il approcha du placard aux alcools. Quelque chose de fort lui ferait du bien.

Tu vas sentir la vieille poule alcoolique !

Aussi passa-t-il dans la cuisine, où il s'aspergea le visage d'eau froide.

Dehors, une portière de voiture claqua. Le rythme cardiaque d'Arnault de Battz s'envola vers les sommets.

Il a les clés. S'il sonne, c'est qu'il ne se considère plus chez lui. S'il sonne, je ne vais pas ouvrir !

– Arrête, vieille moule ! s'apostropha-t-il.

Arnault de Battz traversa son salon, le jardin et ouvrit la porte piéton, se retrouvant nez à nez avec Egon. Il chercha la présence d'une clé dans la main d'Egon, n'en vit pas, hypothéqua qu'il ne l'avait peut-être pas encore sortie.

Mon Dieu, avec la barbe, il est encore plus beau ! Je ressemble à quoi, moi ? Il voudra peut-être la chambre d'amis. Les draps ? Quand est-ce que j'ai changé les draps ?

– Salut, Battz.

– Zeller, rétorqua Arnault sur le même mode. Entre, tu connais le chemin.

L'instant d'après, les deux hommes s'installaient dans les canapés, face à face. Du champagne ? Non, Egon n'en voulait pas. Il tenait à garder les idées claires. Un rafraîchissement ? Il fait si chaud pour un début septembre…

– Non, merci, calme-toi, je suis venu pour que nous discutions de…

– Laisse-moi commencer, s'il te plaît, le coupa Arnault de Battz. Ton départ m'a changé. Profondément. Tu sais ce que je veux dire. Nous sommes tellement liés l'un à l'autre…

– Je ne suis pas venu te parler de nous.

Les mots du comédien sidérèrent le producteur.

– Je te crois quand tu dis que tu as changé, poursuivit-il. Là, il ne s'agit pas de nous. Mais de moi et des possibilités qu'il me reste.

– Je ne te suis pas.

– Je représente vraiment quelque chose pour beaucoup de gens. Mais ce n'est qu'une image, c'est… futile. Alors, je me suis demandé ce que je pourrais faire de cette responsabilité vis-à-vis des autres. Tu sais, je cours après un bon scénario comme un jeune comédien. Ou trop vieux, ou pas assez. Et puis, récemment, la donne a changé. Je suis devenu ou trop gay pour les uns, ou pas assez pour les autres. Ça corse le problème, tu en conviendras.

– Justement, argua Arnault de Battz, impatient de trouver une accroche pour en revenir à son sujet.

– Laisse-moi terminer. Je n'ai plus envie de ça. J'ai plus d'argent qu'il n'en faut pour vivre cent ans, alors j'ai pris une décision.

Arnault de Battz resta suspendu aux lèvres d'Egon Zeller. Il n'osait imaginer ce que le comédien allait lui annoncer.

– Et pour l'entériner, j'ai besoin de toi.

– Tout ce que tu voudras.

– D'abord, je veux faire partie de la vie de Valentin. Ce gamin a besoin d'un père, et j'ai envie d'un fils. Ensuite, je veux être l'image publique de W3. Je vous ai vus vous dépatouiller de loin, et c'est une catastrophe. On a tous trop donné à ce projet pour que ça parte en sucette à la première occasion.

– Voilà ! se réjouit Arnault de Battz. Je l'avais bien dit, W3 n'est pas l'endroit pour la Guilde des…

– Justement, l'interrompit Egon Zeller, avec ce sourire en coin qui le rendait irrésistible. Ma dernière requête est que tu poursuives les actions de la Guilde des emmerdeurs.

Quand le comédien cessa de parler, Arnault de Battz resta muet.

– C’est tout, dit Egon Zeller, sans se départir de son sourire.

– La guilde ? Mais enfin, pourquoi ?

– On ne peut pas abandonner les gens qui se tournent vers l’association. Mets donc ta rancœur contre Léon de côté. Le pauvre paie suffisamment cher ses excentricités ! Et tu verras que les deux sites peuvent cohabiter. Il suffit de bien les identifier. À chacun son image, son porte-parole, son domaine d’activités.

– Oui, bien sûr, souffla Arnault de Battz. Tu as raison. Mais tu es sûr de toi ? Si tu deviens le visage de W3, ce ne sont plus de mauvais scénarios que ton agent te proposera, ce sera rien du tout.

– Je ne changerai pas d’avis. J’ai besoin de cet engagement-là. Besoin de me sentir utile. Alors ? Tu acceptes ?

– Oui, évidemment ! Et puis, pour Apollon, pas question de l’adopter, mais il a besoin de nous… je veux dire de toi. Mais…

– Mais ?

– Et nous ? réussit à murmurer Arnault de Battz. Qu’est-ce qu’on devient ?

– Nous ? On s’aime, alors ça finira par s’arranger.

151

Une lumière idéale baignait le jardinet d'**Hervé Marin.** En chevalier servant, celui-ci avait accroché une siesta à la branche la plus solide du prunier. Yanna Jezequel s'y balançait doucement, un mètre au-dessus du sol, Guernica couchée en dessous.

– Est-ce qu'on peut visiter la tour Eiffel avec un chien ?

– Je ne sais pas.

– Et une chienne ?

– Te bile pas, va. Tu le fais que si tu en as vraiment envie, OK ?

Rarement au cours de sa vie, Hervé Marin s'était trouvé en position de faire des choix. En général, les autres tranchaient à sa place. Cette infantilisation systématique avait commencé avec sa mère, avant de se poursuivre via ses instituteurs, ses frères, les instructeurs du centre de formation pour jeunes adultes handicapés où on avait voulu lui inculquer les principes de la chaudronnerie industrielle, différents responsables légaux, pour finir avec Robert Verdier, sans doute pas le pire de ses tuteurs, mais le plus rigide.

– Je me bile pas, c'est Mouchou qu'a vomi l'autre fois.

– On peut dire que t'es un cas, toi !

– Des fois, tu parles comme Léon. Pourtant, t'es pas vieille.

– Mais dis donc, mon salaud, il n'est pas vieux, Léon !

Hervé Marin se mit à rire de bon cœur, puis s'assombrit brusquement.

– Pourquoi il t'a fait du mal, le JP ?

– Parce que Sookie n'a pas voulu lui en faire, rétorqua Yanna Jezequel.

– Je comprends rien, avoua Hervé. Sookie, elle lui a collé sa raclée, au JP. Et pis, ils l'ont mise à Ravenel.

– Moi non plus, je ne comprends pas tout. Et c'est pas plus mal.

Des bruits de moteur les alertèrent. Puis deux portières claquèrent. Hervé Marin rejoignit son chien qui avait filé vers le portillon.

– Oh, punaise ! C'est Glandu qu'a dû oublier quelque chose. Cache-toi...

En se retournant, il découvrit la siesta vide. Il rentra aussitôt chez lui et verrouilla la porte.

– Hé ! Ho ! Hervé, tu es là ? cria la voix de Robert Verdier par-dessus les aboiements de Guernica. Hervé ?

Collé contre le vantail, ce dernier grimaça, fermement décidé à faire croire qu'il n'était pas chez lui.

Une autre voix se mêla à la première.

– Monsieur Marin, c'est la gendarmerie ! Ouvre-nous ou j'embarque ton chien à la fourrière !

– Vous avez pas le droit de la prendre !

– Rappelle ton clébard ! ordonna Rémy Lagrange. Et enferme-le pendant qu'on cause.

Malheureux, Hervé Marin attrapa Guernica par son collier pour l'entraîner dehors, et l'attacher dans l'appentis qui servait de fourre-tout.

– T'inquiète, je m'en occupe, murmura la voix de Yanna Jezequel dans la pénombre.

Hervé Marin découvrit la jeune femme cachée derrière un tas de bois.

– Débrouille-toi pour que le gendarme me trouve ici. T'as compris ? Pas monsieur Glandu, l'autre.

– Pourquoi ?

– T'inquiète, je vais lui régler son compte, à ce connard.

152

Rémy Lagrange regarda celui qu'il appelait le débile de Saint-Junien ressortir de l'appentis, en refermer la porte branlante, et se diriger vers lui pour ouvrir le portillon.

– J'aime mieux ça, apprécia le gendarme. Fais-nous entrer.

– Bah… oui.

– Dis donc, monsieur Verdier avait raison, j'ai jamais vu ton bordel dans cet état !

– Je range souvent, glapit Hervé Marin. Mais ça reste pas.

Pendant que le tuteur fouillait la chambre, les toilettes et la salle de bains, le gendarme examina le salon.

– C'était bouché. Et pis j'avais pas tiré la chasse.

C'est ça, le débile. Prends-moi pour un con.

Rémy Lagrange fureta dans la pièce. Il ouvrit les placards, s'intéressa de près au contenu du frigo puis à celui de la poubelle.

– Alors, c'est vrai ce qu'on raconte ? émit-il sur un ton de surprise feinte. Tu t'es mis aux petits pots. Et aux bambinettes !

Il ramassa une fourchette dans l'évier, et fouilla la poubelle d'où il retira une serviette hygiénique imbibée de sang.

– Mais c'est vrai, en plus !

– C'est pas interdit d'avoir une fiancée !

– Ainsi, vous hébergez bien quelqu'un, le coinça Robert Verdier.

– Il doit s'agir d'une marginale qui profite de ses bontés ! objecta Rémy Lagrange avec dédain. Tu l'as ramassée où ? Dans les bois ?

– Je l'ai pas ramassée.

– Dis donc, Hervé, reprit le gendarme, y'a le père Morlot qui m'a dit qu'il avait cru voir JP dans le jardin de Léon, l'autre jour. Ça te dit quelque chose ?

– Mais ça va pas, non ?

– Fais pas le mariole, mon gars. Ou je te ramène à Ravenel. Je veux la vérité.

– Hervé ? Tu dois répondre.

Hervé Marin croisa les bras sur sa bedaine, et pinça les lèvres.

– Suis-moi ! ordonna le gendarme en le poussant dans l'entrée.

Les trois hommes sortirent de la maisonnette et s'avancèrent dans le jardin, en direction du terrain de Léon Castel, jusqu'au mur écroulé, à quelques mètres des plants de tomates.

– Il paraît qu'il sortait de chez Léon et courait par là, expliqua le gendarme au tuteur. Après un gosse, ou un truc dans le genre. Mais comme le vieux est belou, je préfère vérifier. Depuis que le JP a disparu, il n'y a pas un jour sans qu'on m'appelle au poste pour me dire qu'on l'a repéré dans le coin.

– Hervé, demanda monsieur Verdier. Tu as remarqué quelque chose ?

Celui-ci secoua la tête avec conviction.

– C'est pas chez moi, chez Léon. J'ai rien vu et j'y vais pas.

– Genre un gosse, précisa le gendarme. Ou la Nég… ou Sookie Castel ?

– Non.

– T'es sûr ?

– Et ta fiancée, elle a rien vu non plus ?

– J'ai pas de fiancée.

– Pourtant, ce serait bien que je lui parle, tu comprends ?

Hervé Marin opina du chef. Bizarrement, il semblait vouloir s'empêcher de regarder en direction des tomates.

Le gendarme qui avait remarqué son manège s'éloigna vers le potager, et examina les plants de tomates, tout en jetant de fréquents coups d'œil vers Hervé.

– Tu viens en chiper, c'est ça hein ? T'inquiète, je te collerai pas de PV !

Il vérifia les volets des fenêtres donnant sur la terrasse, puis il s'approcha de l'appentis.

– Y'a rien là ! s'écria Hervé Marin, subitement affolé. Faut pas y aller ! C'est pas chez nous !

– Laisse faire le gendarme, le rassura le tuteur. Tu ne dois pas mentir comme ça. Viens, ajouta-t-il en entraînant Hervé malgré lui. On va régler l'histoire des sous du mois à l'intérieur.

Quand les deux hommes furent rentrés dans la maisonnette, Rémy Lagrange posa la main sur sa matraque, et déverrouilla la porte de l'appentis. Détachée par Yanna, Guernica en profita aussitôt pour se faufiler dehors.

Le gendarme fit un pas en avant, sa lampe torche braquée devant lui.

– Approche, chéri, chuchota une voix féminine dans la pénombre.

– Qui est là ?

– La fiancée du débile. Il paraît que tu veux me voir.

Intrigué, et vaguement irrité, Rémy Lagrange s'avança jusqu'au tas de bois et se trouva nez à nez avec une jeune femme menue enveloppée dans une robe de chambre de grand-mère. Malgré la pénombre, le gendarme put constater que son visage disparaissait derrière deux yeux au beurre noir et une pommette gonflée.

– On vous a pas déjà vue dans le coin, vous ?

– T'as qu'à croire, flic ! lui cracha insolemment Yanna avant d'éclater de rire.

– Allez, sortez de là !

– L'IGGN a peut-être cru tes sornettes, chantonna-t-elle sans bouger un cil, mais moi je connais la vérité.

– Qu'est-ce que vous racontez ? Sortez de là immédiatement ! Et montrez-moi vos papiers !

– Tu vas arrêter ton cirque ou je te balance !

– Vous allez me suivre, mademoiselle, dit-il en attrapant Yanna par le bras. On va régler ça dehors.

– Les magouilles avec Dardelin, poursuivit-elle, impassible, les terrains achetés au rabais grâce à ton copinage avec le maire, les PV qui disparaissent, et le meurtre de Valie Castel.

– T'es qui, bordel ?

Le gendarme relâcha son étreinte, et braqua le faisceau de sa lampe torche sur Yanna Jezequel qui se protégea les yeux des mains.

– Approche pas, ou je crie, menaça-t-elle. Tu ne voudrais quand même pas que je raconte notre petit secret ?

– T'es qui ? répéta le gendarme, sonné.

– Ton pote JP m'a bien baisée après une victoire au poker, murmura la jeune femme. Et ce con a oublié son téléphone chez moi, tu vois le topo ? C'est fou ce qu'on trouve dans ces petits bijoux. Des SMS, des photos, des endroits visités, des conversations enregistrées… Tout. Avec ça, j'ai de quoi vous envoyer en taule pour le reste de vos jours. Lui, il l'a compris, et il s'est fait la malle tout de suite. Après m'avoir cassé la gueule, comme tu peux le voir. Mais c'était trop tard. J'avais déjà mis son jouet à l'abri. C'est pas un vrai pote, le JP, hein ? Il s'est barré sans te prévenir, le salaud.

– Je te crois pas, murmura le gendarme d'une voix blanche.

– Vous êtes si arrogants, si certains de votre impunité, si stupides !

– Il n'aurait jamais fait ça.

– Tu veux quoi ? s'esclaffa Yanna Jezequel. Que je te repasse votre conversation à l'hôpital, après que Sookie lui a cassé la gueule à cause de Valie ? Ou vos messages à la con, pendant un conseil municipal, quand il se vantait d'avoir baisé la terre entière ? T'es mort, Lagrange, vous êtes cuits tous les deux. Allez, dégage vite fait avant que je me mette à hurler. Et trouve-toi une bonne planque parce qu'un type comme toi, ça ne passe pas deux heures au zonzon sans se faire enculer.

Le gendarme posa sa main sur son holster, les yeux rivés sur la jeune femme qui se tenait devant lui, et recula lentement.

– Au fait, ajouta Yanna Jezequel dans un murmure. J'ai oublié de te dire : t'as le bonjour de la Négresse !

153

– T'attends que je revienne. Et si ça demande la nuit, t'attends la nuit. Si t'as faim ou soif, tu fouilles. OK ?

– Bien, chef ! répondit **Valentin Mendès** avec une grimace, j'attendrai gentiment comme la dame a demandé !

Sur la route, Sookie Castel et lui avaient assez peu échangé. La jeune femme n'avait posé aucune question sur ses larmes, Valentin s'était abstenu de parler de l'internement en hôpital psychiatrique. Ils avaient joui l'un comme l'autre du silence sur l'autoroute et d'un beau ciel de fin du jour.

Il faisait nuit quand Sookie avait garé le combi sur le parking des urgences du CHU de Rennes.

– Je peux savoir comment tu vas faire parler le légiste sans carte de flic ?

– Pour dégoter des infos, expliqua Sookie, tu t'attaques au plus faible. Sur cette autopsie, en plus du médecin légiste, il y avait deux internes. Respectivement troisième et quatrième année. A priori, il serait logique de viser le plus jeune. Mais à mon sens, c'est l'autre le maillon faible.

– Pourquoi ?

– Ce jeune homme a perdu son père à 9 ans, il a forcément développé le sens de l'injustice.

Sookie Castel donnait cette impression que rien ne lui résistait, et qu'à moins d'accepter d'être rangé dans la catégorie des abrutis, il valait mieux donner le meilleur de soi devant elle. Valentin la regarda s'éloigner sur le parking, et s'engouffrer dans l'entrée des urgences. Puis il fouilla dans les roofs du combi. La Grimbergen conditionnée en boîte de 33 centilitres, était fraîche et comptait cinq petites sœurs comme elle.

Léon, t'es un dieu !

Tout en dégustant sa bière, Valentin Mendès surveillait alternativement l'entrée des urgences et l'écran de son iPhone. Pas de message de Solange, pas de SMS, même pas un mail. Rien.

Une deuxième canette subit le même sort que la première.

Il songea qu'il était peut-être temps de reprendre ses études à l'Institut polytechnique de Bordeaux, et faire ce qu'on attendait de lui.

T'es en train de te définir par rapport aux autres. Qu'est-ce que t'aimes et qu'on ne t'a pas mis dans le crâne depuis ta naissance ?

À minuit moins le quart, Valentin Mendès constata que tout ce qu'il appréciait était soit le fruit d'un conditionnement, soit une inclinaison naturelle qui le dirigeait vers l'unique but de son existence : se reproduire.

Conclusion, t'es comme un clébard qui a perdu son nonosse !

L'apparition de Sookie dans le sas des urgences sauva le jeune homme de ses propres démons. Il l'observa tandis qu'elle approchait, la jugea féline, mais se jura de ne jamais le lui dire. Une flamme couvait dans les yeux de Sookie Castel, Valentin l'avait vue aussi bien que n'importe qui, mais à la différence de bien des gens, cette folie ne l'effrayait pas.

Pourquoi est-ce qu'elle me fait pas bander comme Solange ? À quoi ça tient ? Elle est canon, pourtant !

– De la Grim ? T'as trouvé ça dans le stock de Léon ?

– Bah, t'as vu un bistrot dans le coin ?

– Je le pensais accro à la Heineken, allez, bouge tes fesses de là.

Valentin Mendès glissa sur le siège passager tandis que Sookie s'installait au volant.

– Ça a donné quoi avec ton interne ?

– J'aurais fait un bon flic, déclara-t-elle en démarrant.

Le combi VW quitta le parking du CHU et se dirigea vers la rocade.

– Notre interne n'aime pas qu'on le prenne pour un con ou qu'on lui demande de bosser pour rien. J'imagine qu'il a dû gamberger sec sur son serment d'Hippocrate. En tout cas, il flippe. Il m'a demandé de ne jamais révéler ce qu'il m'a avoué. Sauf que bibi l'a enregistré !

– Et ça dit quoi ?

– Tout simplement qu'au beau milieu de l'autopsie d'Olivier Raspail, le procureur a téléphoné pour dicter les conclusions au légiste. Exit la morsure et les traces de piqûres sur les cadavres. Évidemment, les prélèvements ont été perdus.

– C'est vraiment possible, le coup du procureur ?

– Ouais, dit Sookie en souriant, on cherche à manipuler cette histoire pour que des petits fouineurs comme nous ne viennent pas farfouiller.

– C'est quoi la suite ?

– Une visite à l'associée de Mathilde Bonnet. Figure-toi qu'à l'époque, j'ai même pas eu le temps de l'interroger avant de me faire lourder de la police. Pourtant, s'il y en a une qui fréquentait nos pendus et qui connaissait bien la maison, c'était elle.

– Tu crois qu'elle peut relier les flics entre eux ?

– Elle a déjà les Raspail et le commandant Lieras dans son carnet d'adresses, ça fait deux.

– Plus Obolanski. Les proches de Mathilde Bonnet devaient connaître l'équipier de Lieras, non ? C'est marrant, t'arrêtes pas de le zapper, celui-là ! Ça fait trois, donc !

– Exact ! le félicita Sookie en glissant la main dans le vide-poche pour fouiller le contenu à tâtons. Maintenant, passons aux fondamentaux, c'est plus vraiment l'heure de bosser. Un cognac, ça te dit ?

Elle exhiba un cigare conditionné dans un tube en aluminium.

– Mon père a quand même ses bons côtés.

Le combi VW se gara devant une auberge où Sookie Castel avait réservé deux chambres. En usant de son charme, elle fit rouvrir le bar, obtint une bouteille de cognac, deux verres, un paquet de chips et la permission de consommer le tout dans le jardin, à la condition de ne pas déranger la clientèle.

– Tu me fais penser à un Terminator, lança Valentin Mendès quand ils furent installés sur la terrasse.

– Pourquoi ?

– Ta façon de regarder les gens. On dirait que tu les scannes.

– Justement, sourit Sookie Castel. Raconte-moi.

– Quoi donc ?

– Ce qui s'est passé avec le juge. Un rapport avec tes larmes ?

Assis dans l'obscurité, le jeune homme se sentait bien avec Sookie, et le fait qu'elle ne puisse pas le voir l'incitait aux confidences.

Mais comment lui avouer qu'il avait découvert la trahison de Rodolphe Craven grâce à des enregistrements dont il avait juré de ne jamais révéler l'existence ? Comment lui dire que du haut de ses 18 ans, il avait contraint un juge d'instruction à quitter W3 en menaçant de révéler son rôle dans l'affaire Moreau ? Comment lui expliquer que Kalinine avait menacé Lara, et que le moindre faux pas de sa part pouvait être fatal à sa sœur ?

– Il n'est pas assez sexy pour me faire pleurer, lâcha-t-il au bout d'un moment.

– Alors, poursuivit Sookie Castel. Raconte-moi pourquoi cette idiote en a préféré un autre.

Valentin Mendès lui confia sa rencontre avec Solange, les échanges qu'ils avaient eus, ce qu'il avait espéré, cru comprendre, et enfin la vérité.

– Je crois que cette dame répond à une logique économique, émit Sookie Castel sur un ton légèrement sarcastique. Son business touche à sa fin. À 30 ans, dans ce métier, t'es une vieille, t'as intérêt à te caser.

– Je lui ai pas mis un canon sur la tempe ! Elle était pas obligée de me laisser espérer !

– T'avais pas non plus besoin d'un canon sur la tempe pour fantasmer…

– Pas faux.

– Et tu supportais vraiment l'idée que ses films tournent en boucle sur le Net ? Toi ?

Sans répondre, Valentin Mendès versa du cognac dans les verres et vida la moitié du sien.

– C'est important d'accepter le passé de sa partenaire, ajouta Sookie Castel, encore plus dans ce cas précis. Sinon, tu vas dans le mur.

– C'est fait, râla Valentin. Arnault n'arrête pas de me dire de penser avec autre chose que mes couilles.

– C'est pas tout à fait ce que je dis, moi, lâcha naturellement Sookie Castel en exhalant la fumée de son cigare. L'amour est une histoire d'hormones, c'est vrai. D'ailleurs, on confond souvent l'amour et le désir. Tu sais, j'étais avec un type bien, avant d'être internée à l'HP. D'ailleurs, il habite pas très loin d'ici.

– Il s'est passé quoi ?

– Rien, ça s'est arrêté comme ça.

– C'est con.

– C'est con. Tu l'as appelée, ta Solange ?

– Non.

– Alors fais-le.

– Pourquoi ?

– Pour lui prouver que t'es moins lâche qu'elle.

– D'accord, coach ! plaisanta Valentin Mendès. Je te ferai mon rapport après le coup de fil ! Dis, je peux te demander un truc ?

– Ouais.

– Comment tu fais pour savoir si c'est de l'amour ou du désir ? Ou les deux ?

– J'en sais rien. L'expérience, sans doute !

– T'as été amoureuse souvent ?

– Non.

– C'était quand, la dernière fois ? Ton Breton ?

– Pas vraiment.

– Alors quand ?

– J'ai pas été tout à fait honnête, murmura Sookie. Avec Erwan, ça ne s'est pas arrêté comme ça. C'était pas une question d'amour ou de désir.

– Non… Il t'a larguée parce que t'étais chez les fous ?

– Disons que c'est plutôt moi qui ai stoppé l'histoire.

– T'es tombée amoureuse à l'HP ?

Sookie Castel lâcha un sourire nostalgique qui n'échappa pas à Valentin.

– Ton psy ? Arrête, c'est tellement cliché !

– Mieux qu'une actrice porno ?

– Carrément. Alors, c'est le docteur Maboul ton amoureux, c'est ça ? Et comment tu sais si c'est de l'amour ou du désir, hein ? T'as toujours pas répondu à la question, en fin de compte !

– Je t'en pose moi, des questions, petit con ? Allez, file au lit, demain, on a du pain sur la planche !

154

Patrice Demarescau fut sorti de la citerne où il était enfermé depuis plus de vingt-quatre heures, et conduit dans la cuisine d'une bergerie où l'attendait l'homme qui lui avait rendu visite plus tôt.

Celui-ci était attablé devant une bouteille d'eau et deux verres.

Le légionnaire fut libéré de ses entraves et invité à s'asseoir face à son geôlier. D'un coup d'œil, il repéra les hommes armés qui gardaient les issues. On l'avait détaché, certes, mais il estimait d'expérience qu'il n'avait aucune chance de s'en tirer. Tout ce qu'il pouvait faire, c'était gagner du temps en espérant que le restant de l'équipe vienne le récupérer.

– Tu peux y aller les yeux fermés, lui précisa l'homme assis face à lui, en désignant la bouteille d'eau. Je n'emploie jamais le poison, ajouta-t-il en faisant rouler une balle de 7.62 sur la table.

Patrice Demarescau comprit aussitôt à quoi faisait allusion son interlocuteur. Lui et ses hommes avaient utilisé des balles chimiques sur des cibles qu'on leur avait spécifiquement ordonné de ne pas manquer.

Le légionnaire se servit un verre d'eau et l'avala d'une traite.

– Qui es-tu ? demanda-t-il en détaillant son vis-à-vis.

Avec ce corps d'athlète et ce visage harmonieux éclairé par des yeux bleus, l'homme en imposait naturellement. Même si rien ne le laissait supposer, Patrice Demarescau était convaincu qu'il avait face à lui sa cible principale, celle que ses chefs cherchaient à tout prix à identifier et à éliminer.

Un doute le saisit quand son interlocuteur fit glisser sur la table un rectangle plastifié de la taille d'une carte de crédit, avec puce électronique et bande tricolore.

– Tu veux me faire croire que c'est toi ? ironisa-t-il en saisissant l'insigne de police qu'il détailla soigneusement.

Du premier coup d'œil, il vit qu'elle était authentique. Restait à vérifier que le policier en question était bien en service.

C'est alors que l'homme assis en face de lui posa un téléphone sur la table.

– Renseigne-toi.

Il se fout de ma gueule, c'est pas possible.

– Ça ne t'intéresse pas de vérifier ?

Intrigué, Patrice Demarescau saisit le téléphone et l'examina sous toutes les coutures. Il s'agissait d'un appareil à carte prépayée.

L'esprit du légionnaire fonctionnait à toute vitesse. Il avait une feuille de route, des ordres, des cibles à abattre, des terroristes ou des mafieux, et parfois parmi eux, il y avait des femmes. Mais jamais il n'avait été question d'assassiner des flics.

Alors, pourquoi ce type essayait-il de lui faire croire le contraire ?

Patrice Demarescau resta pensif un instant, puis il composa le numéro 112. Son vis-à-vis l'observait sans ciller.

– Bonjour, dit-il d'une voix neutre, j'ai été contrôlé par un policier, et je voudrais vérifier son identité. J'attends, merci.

Quelques minutes plus tard, il avait l'information. La carte était authentique, il y avait bien un commandant Demian Obolanski à l'OCRTEH, et visiblement, il était assis face à lui.

Soudain, il n'eut plus du tout envie de le tutoyer.

– Vous avez dit que j'ignorais ce que vous voulez savoir, lança Patrice Demarescau en reposant le téléphone sur la table.

Alors je vous le demande, commandant. Que voulez-vous savoir ?

– Si tu es resté un soldat, ou si tu es devenu un assassin.

– Quelle importance ? J'obéis aux ordres.

– Maintenant, tu sais.

– Peut-être, mais je ne vous dirai rien.

Le policier lâcha un bref sourire qui glaça le légionnaire.

– Il ne s'agit pas de ce que tu me diras, mais de ce que tu ne diras pas quand tu appelleras ton chef.

– Je ne vais pas l'appeler.

– Tu n'as pas le choix.

– Si, j'ai le choix.

– Tu dois aller au rapport, soldat. Il y a près de quarante-huit heures que tu es parti en mission. Si tu ne te manifestes pas, tu seras considéré comme perdu. Et si tu tardes trop, tu signes ton arrêt de mort.

Patrice Demarescau sentit un filet de sueur glisser le long de sa colonne vertébrale.

– Si ton chef apprend que tu es vivant après avoir passé quarante-huit heures en ma compagnie, poursuivit Demian Obolanski, il pensera que tu as parlé. Ou que tu connais la vérité sur l'identité de tes cibles. Et dans les deux cas, tu es mort.

– Alors, vous avez raison, c'est l'impasse.

– Pas si tu décides d'agir en soldat.

– Ce qui signifie ?

– Appelle ton commandant, maintenant. Dis-lui que tu nous as tracés jusqu'ici. Donne-lui la planque. Évidemment, quand ils arriveront, il sera trop tard. Mais quand tu rentreras au bercail, tu seras décoré. Et libre de choisir ton camp.

Jour 13 – mardi 3 septembre

155

L'avion cargo les avait transportées du sud de l'Espagne à Hambourg en six heures, avec au milieu une courte escale, quelque part en Europe.

Depuis l'atterrissage, les rescapées de *La Valbonne* attendaient dans un hôtel de la zone aéroportuaire. Huit chambres du dernier étage leur étaient réservées. Elles n'avaient ni le droit de sortir ni celui de téléphoner. Le mieux était encore qu'elles restent cloîtrées, leur avait-on dit, et prennent leur mal en patience.

En un peu plus de vingt-quatre heures, Lara Mendès avait vu Innokenty deux fois seulement. Elle n'avait pas posé de questions, elle n'avait pas protesté ou cherché à téléphoner, encore moins tenté de s'enfuir.

Son cou portait encore les marques laissées par les doigts de Kalinine. Le vieil homme n'avait pas eu à la menacer pour qu'elle se tienne tranquille.

– Qu'est-ce qu'on va faire ?

La question émanait de Bérénice Bonnet, assise sur le bord du matelas face à la fenêtre, et Lara, allongée à l'autre bout du lit, était bien en peine d'y répondre.

Avachie sur le canapé en face d'elles, Manya tenait Tissia dans ses bras. Depuis la nuit de *La Valbonne* – ainsi les pensionnaires parlaient-elles de ces évènements-là – la fillette ne la quittait plus. Et Manya refusait de rester loin des deux Françaises.

Sur la table basse s'entassaient des paquets de chips, de cacahuètes, et une quinzaine de boîtes de jus de fruits et de bière, ainsi que des mignonnettes d'alcool fort, toutes vides, vestiges du dernier repas.

– On va vivre au jour le jour, suggéra Lara Mendès. Quand l'avenir est incertain, je pense que c'est le moins flippant.

– Putain, ça craint ici, critiqua Bérénice Bonnet en soulevant le rideau pour constater une centième fois que la fenêtre donnait sur un parking. Ils auraient pu réserver un hôtel avec resto plutôt que ce taudis. Je rêve de m'enfiler un hamburger-frites.

– T'as pas faim, la taquina Lara, tu t'emmerdes.

– Je m'emmerde et j'ai faim.

– Nous aussi, on a faim ! s'exclama Manya. Tissia a le ventre qui chante tout le temps !

Tout en fredonnant un air connu, l'adolescente chatouilla la fillette qui se contorsionna dans ses bras avec des éclats de rire.

– Quand je pense que je vais me faire chier au fin fond de la Russie avec des tarés à la kalache', maugréa Bérénice Bonnet. Alors que j'aurais pu devenir agent de sportif, gagner plein de thunes et vivre aux States !

– Pourquoi tu parles au passé ?

– Comment tu veux que je parle ? s'agaça l'adolescente en allumant le poste de télévision.

– Il y a beaucoup de sportifs en Russie.

– T'as qu'à croire ! Putain, on dirait trop que t'es contente d'être là !

– Je n'ai pas vraiment le choix.

– Pfft, c'est pas vrai. Toi, tu fais ce que tu veux ! rétorqua Bérénice. Moi, j'ai plus de famille, et je dépends de gens que je connais pas ! Oh, et puis merde, j'ai trop la dalle, ajouta-t-elle en avalant les miettes d'un paquet vide de gâteaux secs.

Des images de clip musical s'affichèrent sur l'écran. On y

voyait de belles jeunes femmes peu habillées se trémousser devant des rappeurs.

– S'il te plaît, Béré, change de chaîne.

– Tu me soûles avec tes traumatismes à la con, répliqua l'adolescente en jetant la télécommande devant Lara avant d'aller dans la salle de bains.

On entendit l'eau couler.

Lara et Manya échangèrent un regard navré. Aucune ne fit de commentaire. La jeune femme saisit la télécommande, zappa sur quelques chaînes et s'arrêta sur les informations.

À l'image, le présentateur expliquait que deux gangs rivaux s'étaient affrontés dans le sud-ouest de la France. On avait relevé plusieurs cadavres, récupéré des armes de guerre. Mais nulle part il n'était question de jeunes innocentes abattues comme au ball-trap.

En temps ordinaire, Lara aurait contacté un ami journaliste pour le lancer sur la piste de ces cadavres, vérifier leur existence, leur nombre, leur identité, la morgue vers laquelle ils avaient été dirigés, le nom des médecins légistes.

Mais il y avait les consignes. Pour une fois, et ce n'était pas la peur qui guidait ses actes, Lara Mendès serait obéissante. De sa vie elle n'avait eu à ce point conscience de la notion de responsabilité. Elle, Bérénice, et toutes les pensionnaires de *La Valbonne* partageaient un sort commun. Il n'était plus question de faire prendre le moindre risque à quiconque.

T'as assez déconné, crevette. Va falloir assumer, maintenant.

– Moi, dit Manya fièrement, quand elle coupa la télévision alors que le journaliste parlait de Jo Lieras comme d'un ripoux. Plus tard, je travaillerai pour Demian.

– Comment ça, tu travailleras pour Demian ? demanda Lara Mendès avec un frisson.

Une légère rougeur colora le visage de Manya.

– Tu sais quel genre de travail il va te proposer, au moins ? la relança-t-elle. Ou tu crois le savoir ?

– Pourquoi tu énerves toi ?

– On dit tu t'énerves, pas « tu énerves toi ».

– On va toutes travailler pour Demian. C'est comme ça.

Lara Mendès détesta cette réponse.

Se pouvait-il que Manya et les autres filles connaissent la vérité sur Kalinine, et qu'elles s'offrent à lui de bonne grâce ?

– Tu as le temps de te décider, dit-elle plus abruptement qu'elle l'aurait voulu. Peut-être que tu auras envie de retourner à l'école ?

– Tu vois mon visage ? lâcha Manya en haussant les épaules. J'aurai jamais vie normale. Demian, il m'aidera.

Le regard de Lara fut brusquement attiré par une tache sombre sur le sol devant la salle de bains.

– Merde, marmonna-t-elle.

Elle se leva d'un bond pour frapper à la porte.

– Béré ? Tout va bien ?

Ses pas firent un bruit de succion sur la moquette gorgée d'eau.

– Bérénice ? s'inquiéta Lara. Qu'est-ce que tu fous, ça déborde ici !

N'obtenant pas de réponse, Lara tenta d'ouvrir la porte.

– Merde, Béré ! On a dit qu'on ne s'enfermait pas. Béré ? Béré !

De rage impuissante, Lara Mendès s'acharna sur la poignée, et ne réussit qu'à faire trembler la porte sur ses gonds.

– Putain ! Bérénice, ouvre, t'es pas drôle ! Merde !

Lara Mendès sortit précipitamment dans le couloir où un des hommes d'Innokenty faisait les cent pas. Le ton affolé de la jeune femme et les explications de Manya lui permirent de réagir au plus vite. D'un coup d'épaule, il fit sauter la porte de la salle de bains.

Lara Mendès entra juste après cet homme pour constater que la pièce était vide, et que la charnière qui maintenait la fenêtre ouverte à l'espagnolette avait été démontée.

– Merde ! pesta-t-elle en fermant les robinets du lavabo que l'adolescente avait laissés grands ouverts.

Elle se hissa à la fenêtre et constata qu'elle donnait sur un toit en terrasse.

– J'y vais, dit-elle à l'attention du Russe qui opina du chef avec un sourire poli. Manya, tu restes avec la petite.

Menue, Lara Mendès se glissa sans problème par l'étroite ouverture. Malgré l'obscurité, elle ne mit qu'une poignée de secondes à isoler la silhouette de Bérénice Bonnet qui se découpait dans les lueurs bleutées de l'enseigne de l'hôtel. L'adolescente était assise au bord du vide, sur un muret qui ceignait le bâtiment.

– Toi aussi, tu aimes avoir le vertige, constata Lara Mendès en prenant place à côté d'elle.

Cette dernière ne la regarda pas. Elle tremblait légèrement, et tenait entre ses doigts l'enveloppe que lui avait confiée Innokenty au moment où il lui avait annoncé la mort de Jo.

– Tu ne m'as pas répondu tout à l'heure, murmura Bérénice après un moment. Qu'est-ce qu'on va faire ? Tu dois bien avoir un avis, t'as toujours un avis sur tout.

Lara Mendès comprit que ce n'était pas le moment de décevoir l'adolescente avec des réponses évasives ou convenues.

– Tu me parles de quoi exactement, Béré ? Tu ne veux pas savoir ce qu'on va devenir mais bien ce qu'on va faire, c'est ça ?

– C'est ce que j'ai dit.

– Ce qu'on va faire pour quoi ?

– Pour choper ceux qui ont tué mes parents.

Lara Mendès observa les feux des voitures qui circulaient huit étages en contrebas. Depuis cette position, la vie ne tenait qu'à un fil.

– J'ai lu ta lettre au président, poursuivit Bérénice. T'as promis de combattre les salauds pour protéger les enfants.

– J'ai écrit ça, c'est vrai.

– Alors, tu vas faire ce que t'as écrit ?

– C'est plutôt dans mon caractère, mais…

– Tu te sens coupable pour l'autre soir, hein ?

– J'essaie d'éviter, mais c'est compliqué.

– Tu crois vraiment que c'est arrivé parce que t'as téléphoné ?

– C'est ce qu'il a dit.

Lara inspira profondément et passa ses doigts sur les traces bleues qui marquaient son cou.

– Tu sais, ajouta-t-elle avec un mince sourire, tu m'as sauvé les fesses.

– Il n'avait pas le droit !

– C'est vrai.

– Il est taré, hein ?

– Je ne sais pas trop, murmura Lara, les yeux perdus sur les lumières de la ville. J'ai beau tourner le truc dans tous les sens, je n'arrive pas à croire qu'il me veuille vraiment du mal.

– T'appelles ça comment ? s'exclama Bérénice en pointant le cou de Lara. Un accident ? T'es en plein dans le trip femme battue ou quoi ?

– Waouh, t'es dure là, Béré !

– C'est pas contre toi… C'est juste que…

– Il a pété les plombs après l'attaque de *La Valbonne*, l'interrompit Lara. Je crois que je peux le comprendre.

– Tu vois ! T'es prête à l'excuser !

– C'est pas la question, Béré.

– C'est quoi la question, alors ?

– Ton père ne lui aurait jamais confié nos vies s'il n'avait pas eu confiance en lui.

– T'es complètement ouf !

– Peut-être…

– Tu crois qu'il va zigouiller les assassins de mes parents ? demanda Bérénice après un silence.

– Pourquoi tu demandes ça ?

L'adolescente fixa Lara Mendès, puis l'enveloppe qu'elle tenait serrée entre ses doigts.

– Je veux qu'ils paient. Je les veux tous, jusqu'au dernier.

– Sincèrement, dit Lara Mendès en entourant d'un bras affectueux les épaules de l'adolescente, j'espère que tu passeras à autre chose.

156

« T'es pas obligé, je t'ai déjà dit. Seulement après, tu pourras plus changer t'avis, tu piges ? »

Ce qu'Hervé Marin comprenait parfaitement, c'est qu'il n'avait plus envie de vivre seul. Au village, si la plupart le toléraient, nombreux étaient ceux qui se moquaient de lui ou, pire, lui manifestaient de l'hostilité.

Quand Léon Castel avait décidé de s'installer à Paris, ça lui avait fait un choc, mais il restait Sookie à Ravenel, et Hervé s'était évertué à prendre soin d'elle – il avait d'ailleurs dénoncé les cochonneries d'un infirmier au docteur Mariani. Après Sookie, il avait pris soin de Mouchou et ensuite, de Yanna. Mais cette dernière ne comptait visiblement pas s'établir à Saint-Junien.

– Et puis, poursuivit-elle, si ce taré de gendarme déconne, ça sera bon pour personne. On risque de retrouver son pote sous les tomates et on sera tous dans une merde sans nom. Tu me suis toujours ?

– Bah, oui.

– Moi, faut que je disparaisse. Alors, tu viens ou tu restes ?

– Je viens.

– T'es sûr ? Va pas me faire ramona sur la route parce que je te préviens, je ferai pas demi-tour.

– Je viens ! s'exclama Hervé en bombant le torse. Mouchou aussi !

– Bon, je vais récupérer la voiture, toi tu fais ta valise.

Avant de sortir, Yanna Jezequel s'assura que personne ne passait dans la ruelle, puis elle se glissa dans la nuit, tandis qu'Hervé Marin demeurait interdit au milieu du salon, avec une seule question à l'esprit :

Qu'est-ce qu'on met dans sa valise quand on part pour toujours ?

L'idée que Yanna déciderait de partir sans lui, s'il n'était pas prêt à temps, l'expédia vers le placard de sa chambre.

Dans un grand sac de voyage, Hervé Marin fourra des slips, des tee-shirts, un jean et des chaussettes. Parce qu'en ce début septembre il faisait encore chaud, il négligea les pulls, les bonnets et les gants. Sur sa table de nuit, il attrapa son réveil qui affichait 4 heures du matin, un catalogue de vente par correspondance qu'il dépoussiéra et plaça par-dessus ses vêtements. Il déposa ensuite sa brosse à dents, son peigne, une photo de sa mère dans son cadre, son coupe-ongle et une ampoule à baïonnette dans son blister, parce qu'on ne sait jamais quand ces choses-là vous lâchent. Essoufflé, Hervé repassa dans le salon. Il y avait tant d'objets ! Comment se décider ? Il aurait volontiers emporté le tout.

– Cool ! T'as déjà fini, se réjouit Yanna en agitant ses clés de voiture sous le nez d'Hervé. Alors c'est parti. Adieu les ploucs, à nous la capitale !

157

Dans un monde idéal où elle aurait composé sa vie, et se serait attribuée défauts et qualités, **Sookie Castel** aurait voulu être normale. Son procédé d'archivage mental relevait de l'épreuve quotidienne. Du restaurant de l'auberge où elle était attablée, elle analysait, triait, classait chaque nouvelle apparition.

Un père de famille aux sourcils fournis fit s'ouvrir la boîte premier secrétaire du parti communiste, qui se referma immédiatement au profit de celle de Michel Heudebert, une relation de travail de Léon, où attendait sagement le comédien Michael Lonsdale. L'homme relativement bedonnant s'installa à côté d'un impétrant à la boîte Roger Gickel, et sa femme alla rejoindre la boîte Dorothée, pour l'équilibre si particulier de ce nez immense sur cette ossature tout en longueur – avec un frémissement de la boîte Anne Bancroft tant le visage de cette dame affichait un incommensurable ennui.

Dans l'esprit de Sookie, le décor fut remplacé par une chambre d'hôtel où cette femme attendait sur le lit, comme madame Robinson dans le film, *Le Lauréat*. Une jambe allongée, une autre repliée, des bas de couleur chair, un soutien-gorge en dentelle, une cigarette à la main, et un homme étendu à côté d'elle qui ressemblait plus à Jean Dujardin qu'à Michael Lonsdale.

Sookie Castel serra les cuisses, repoussa l'image de Romane Mariani, et reprit contact avec le réel. L'arrivée de Superman alias Valentin Mendès la recentra sur sa préoccupation du moment.

Le jeune homme s'installa en face d'elle.

– Merci pour hier, dit-il en attrapant un croissant.

– Merci de quoi ?

– De parler cash. Ça fait du bien. T'as eu Marcus ?

– Monsieur Parano m'a envoyé ça par SMS. Il ne prend plus aucun appel.

Sookie Castel montra l'écran de son téléphone à Valentin Mendès, dont le visage s'éclaira d'un sourire de gosse.

– Je déteste qu'on me force la main, râla-t-elle.

– Je suis sûr qu'il attend devant son matos à la cave, s'amusa-t-il. Tu vas pas lui refuser ce plaisir !

– Ce monde est un putain d'hôpital psychiatrique géant !

Sookie Castel but son café d'une traite, puis se leva.

– Termine ton petit-déj. Moi, je vais jouer à Marcus fait de la résistance.

La jeune femme gagna le parking de l'auberge et marcha d'un pas tranquille jusqu'à la voiture de location. Elle récupéra l'antenne dans le coffre, posa sa base magnétique sur le toit de la voiture et raccorda le fil à la radio. Puis elle mit l'appareil sous tension, entra la fréquence et ajusta le casque audio sur sa tête.

– Les Français parlent aux Français, dit-elle en se pinçant le nez avec un sourire.

– Ici Londres, répondit aussitôt la voix à peine déformée de Marcus Maratier. Votre petite virée donne des résultats ?

– Disons qu'on nage en pleine série HBO, plaisanta Sookie.

– Du style ?

– Du style « le héros en blanc obligé de maquiller ses poupées de cire pour que les vilains ne se fâchent pas ».

– Bien reçu.

– Tu m'étonnes ! J'ai failli ne pas me comprendre moi-même !

– C'est parce que t'es pas habituée. Moi, j'ai pas mal discuté avec des activistes américains. Fallait voir les conneries qu'on s'envoyait sur les ondes.

– Et vous, ça avance ?

– Ouais, et pas que du bonheur, répondit Marcus Maratier d'une voix plus sombre. On a appris la mort d'un ami ce matin. Je t'en dis pas plus, attrape un journal, c'est dans tous les canards.

La mort de l'ami en question figurait dans la page faits divers du journal *Sud-Ouest* : **« Un ripoux en fuite se tue en voiture. »**

158

Assis derrière le volant d'un véhicule du groupe d'intervention, **Patrice Demarescau** attendait son chef en fumant une cigarette.

Pour la première fois, ce militaire, habitué à obéir, doutait.

Les hommes qui passaient la bergerie au peigne fin, le légionnaire les connaissait tous. Avec certains, il partageait des souvenirs d'une force, voire d'une férocité incroyable. L'adrénaline, l'appréhension des combats, la peur au ventre au moment du feu, le mourant qu'on accompagne jusqu'au pied de l'abîme, son cadavre qu'on ne laissera pas aux mains de l'ennemi nourrissaient le sentiment d'appartenir à un grand corps.

Sauf que cette fois, après l'attaque de *La Valbonne*, ceux qui étaient tombés avaient non seulement été abandonnés sur place, mais aussi reniés.

Du temps de la Légion étrangère, jamais cela ne serait arrivé.

Patrice Demarescau faisait confiance à ces hommes, tout comme ces hommes lui faisaient confiance. C'était une situation ronde, sans aspérités, parfaite.

Avec d'autres, il avait quitté la Légion, travaillé dans le privé où ses compétences se monnayaient à très bon prix. Quelques mois plus tôt, un appel du colonel Adrien Barbier, son ancien chef de corps, avait pratiquement réuni sa section originelle.

Il s'était cru le plus heureux des hommes.

Jusqu'à ce jour où il avait rencontré Demian Obolanski.

Le policier avait tenu parole. Après qu'il avait accepté cet étrange marché consistant à duper sa hiérarchie, Patrice Demarescau avait été invité à téléphoner aux siens, et à appeler des renforts.

Les hommes d'Obolanski avaient quitté la planque en quelques minutes, laissant le champ libre aux services secrets. Et Demarescau perplexe.

– Sphinx à groupe Alpha, cracha la radio, sphinx à groupe Alpha, scarabée en approche.

D'une pichenette, Patrice Demarescau expédia son mégot vers un tas de pierres. Il sortit du véhicule et s'éloigna sur le chemin caillouteux qui serpentait sur des kilomètres de maquis avant de rejoindre une route essentiellement empruntée par des véhicules agricoles.

Il eut une nouvelle pensée pour Demian Obolanski. Lui et ses hommes étaient de vrais pros, et surtout, ils tenaient parole. Un seul doute subsistait dans l'esprit du légionnaire : à quel camp il appartenait maintenant.

Lui, Patrice Demarescau.

Une dizaine de minutes plus tard, il quitta le sous-bois et déboucha sur un terrain très aride. Au loin, il apercevait des dizaines d'éoliennes perchées sur un plateau. Il décida d'attendre son chef sur place. Scarabée ne pourrait venir que par cette piste.

Le légionnaire s'assit sur un rocher et alluma une autre cigarette. Fumer calmait cette boule engendrée dans ses entrailles par les paroles du policier.

« On vous a appris à tuer des femmes ? On vous a appris à tuer des flics ? »

Un bruit de moteur approcha. Le véhicule apparut au bas de la pente, disparut à la vue de Patrice Demarescau plusieurs fois, puis s'immobilisa juste devant lui.

Le légionnaire se leva et salua le colonel Barbier. La procédure voulait qu'il débriefe, ce qu'il allait faire.

Point par point, Patrice Demarescau expliqua comment l'opération de neutralisation des occupants de *La Valbonne* avait tourné à la bérézina, il appuya sur les meurtres de femmes auxquels il avait indirectement participé, puis raconta un mensonge soigneusement préparé.

La filature, depuis le Pays basque jusqu'au pied de ces collines du haut Poitou, l'infiltration à pied, de nuit, à travers le maquis, le dysfonctionnement de son matériel de communication, qui expliquait pourquoi il avait mis autant de temps à prévenir sa hiérarchie. Puis le départ des cibles, brusquement, comme s'ils avaient eu le diable aux fesses.

– Mon colonel, dit alors Patrice Demarescau, ces types étaient organisés, précis, ça pourrait être des gens de chez nous.

Adrien Barbier scruta le visage de son lieutenant.

– On n'élimine pas des gens de chez nous, Demarescau, mais des ennemis.

– On a identifié des corps ?

– Il n'y en avait aucun.

– Et les femmes ?

– Aucun corps, je vous dis, s'agaça Adrien Barbier. L'opération a été menée conjointement à la nôtre ailleurs en Europe. La puissance financière de ces organisations criminelles leur permet d'acheter jusqu'aux meilleurs d'entre nous, n'en doutez pas.

– Je n'en doute pas, mon colonel.

– N'oubliez pas que nous suivons les ordres, dit Adrien Barbier en détournant le regard. Vous n'avez plus de questions ?

– Non, mon colonel.

– Alors ne traînons pas. J'ai un autre travail pour vous.

159

D'une voix lasse, **Léon Castel** salua son interlocuteur et posa le téléphone sur le plan en béton. Il récupéra sa tasse de café avant de grimper sur sa couchette. Son moral jouait au yoyo depuis la veille, et l'annonce de la mort de Jo Lieras l'avait anéanti.

La demande de parloir d'Arnault de Battz avait été refusée au prétexte qu'il fallait s'inscrire pour qu'une enquête soit diligentée. Le producteur s'était inscrit, avait constitué le dossier qui s'était perdu dans les méandres de l'administration pénitentiaire. Résultat, il fallait tout recommencer, et le premier parloir ne pourrait avoir lieu avant une semaine. Le pire, c'est que Léon avait été plus philosophe qu'Arnault, pourtant habituellement le plus raisonnable des deux.

Nikita a beau dire qu'il ne parlera pas, je suis là pour dix ans si Gueule d'Ange finit par ouvrir sa gueule. Alors, une semaine de plus ou de moins.

Le producteur avait profité de ce coup de fil pour lui transmettre le soutien de l'ensemble de l'équipe, mais curieusement, il avait botté en touche à chaque fois que Léon avait tenté d'obtenir des informations sur l'enquête en cours, et celui-ci avait très vite compris qu'Arnault lui racontait des bobards.

Pourquoi ? À cause des conneries d'Enzo Rossi, c'est sûr !

De son côté, Léon Castel n'avait ni parlé de la prison ni révélé le nom de son bienfaiteur entre ces murs. Comment avouer qu'il était protégé par les hommes de Kalinine ?

Ah ! Il était bien loin le temps où Léon Castel rêvait de dénoncer pêle-mêle tous les délinquants et criminels, quelles que soient leurs fautes ! Son discours intransigeant n'avait pas survécu à l'épreuve de la réalité.

Un claquement sec le sortit de ses pensées. La porte s'ouvrit sur Nikita, et se referma aussitôt dès qu'il fut entré.

– Beaucoup d'admiratrices ! C'est bon pour toi, ça.

Nikita éleva un sac postal au-dessus de ses épaules, et le jeta sur la couchette de Léon, qui le regarda sans comprendre.

– Eux pas le droit de garder ça ! Tu es célèbre, tu dois savoir, c'est bon pour toi.

Les mains de Léon Castel plongèrent à l'intérieur du sac. Des dizaines d'enveloppes ouvertes glissèrent sur le matelas.

– Qui ? Mais qui ?...

Les lettres provenaient d'anonymes, d'internautes habitués de la Guilde des emmerdeurs, de familles de victimes de viol. Au total, il y avait plus de mille lettres de soutien, Léon en connaîtrait le nombre exact plus tard.

Pour le moment, il décida de ne pas bouder son bonheur. Car même en ne faisant que survoler les premières lignes, il vit à quel point des gens lui étaient reconnaissants de son combat.

160

La maison de Maud Sellier, l'associée de Mathilde Bonnet, se trouvait au bout d'un lotissement sorti de terre quelques années plus tôt. Rond-point, réverbères, trottoirs et asphalte, tout y était flambant neuf. Au-delà, il y avait un terrain vague strié d'empreintes de pelleteuses où la végétation peinait à reprendre ses droits.

– On attend quoi ?

– T'es en formation, jeune Padawan, répondit **Sookie Castel.** Quand tu prépares une descente, tu commences par déterminer s'il y a du monde.

– En même temps, persifla le jeune homme, c'est pas sorcier. T'as vérifié sur le Net ?

Le regard rempli de morgue que Sookie Castel adressa à Valentin Mendès lui cloua le bec.

– Elle est en repos.

– On n'est pas plus avancés.

– Regarde qui arrive !

Une femme descendait la rue en VTT. Elle devait avoir dans les 40-45 ans, d'allure sportive. Elle scruta la rue avant de ralentir et mettre pied à terre. Garée à près de deux cents mètres de là, la voiture de location ne se remarquait pas, et les silhouettes immobiles de Valentin et Sookie se distinguaient à peine.

– Pourquoi faire autant de mystère ?

Les yeux rivés sur son objectif, Sookie Castel ne répondit pas, détaillant la silhouette de cette femme – dont la photo du profil Facebook lui avait valu d'entrer dans la boîte Barbra Streisand – pendant qu'elle sortait ses clés, se retournait deux fois avant de les introduire dans la serrure, puis rentrait chez elle très rapidement.

– C'est pas du mystère, mais de la prudence, lâcha-t-elle en sortant de la voiture. Toi, tu fais le tour de la maison, au cas où. Je te dirai quand rappliquer.

– Y'a que des champs derrière, ronchonna le jeune homme. Qu'est-ce que tu veux que j'y trouve ?

– Fais ce que je te dis. C'était une des conditions, tu te souviens ?

Valentin Mendès s'éloigna en bougonnant tandis que Sookie Castel sonnait à la porte. Il n'y eut aucune réaction. La jeune femme sonna à nouveau, longuement, avec la certitude qu'on l'observait à travers le judas optique.

– Madame Sellier, appela-t-elle en tapant sur le vantail. Je travaille pour W3 !

Elle insista, jusqu'à ce qu'elle aperçoive Valentin Mendès revenant dans sa direction.

– Petit con !

Sookie Castel s'élança vers lui, le dépassa et contourna la maison en direction des jardins, prolongés par des bois de ce côté de la rue. Elle eut tout juste le temps d'apercevoir une silhouette sur un VTT disparaissant sous les arbres.

Furieuse, elle revint sur ses pas et s'introduisit dans la maison par une porte-fenêtre restée ouverte sur l'arrière. C'était la première fois de sa vie qu'elle agissait ainsi sans arme ou plaque de police.

– Je t'avais dit quoi ? morigéna-t-elle Valentin en lui ouvrant la porte d'entrée.

– Désolé, répondit le jeune homme la tête basse. Je pouvais pas savoir.

– Entre, et ne touche à rien.

Sookie Castel referma derrière lui et resta immobile, les yeux clos, les mains posées sous sa poitrine.

– Viens, dit-elle après quelques secondes, on a sûrement peu de temps.

– Qu'est-ce qu'on cherche ?

– J'en sais rien.

La jeune femme commença par inspecter le salon. Sur la table basse, des romans de Sophie Chauveau, le dernier Pérez-Reverte et une pile de *Valeurs actuelles* et du magazine *Le Point*, ainsi que quelques exemplaires de *Gala*, des étagères couvertes de bibelots représentant tous des éléphants, et sur un panneau magnétique, une dizaine de photos où elle reconnut Mathilde Bonnet, Jo Lieras et Bérénice, mais aussi Charlène.

Autant de boîtes s'ouvrirent. La dernière était associée à celle de Nuremberg, via une passerelle vers les victimes du bunker. Et ce simple fait conforta Sookie dans l'idée qu'elle devrait outrepasser la loi pour parvenir à ses fins. Aussi poursuivit-elle son investigation des lieux.

Elle achevait la fouille d'un bahut contenant des archives de la comptabilité de la société fondée par Mathilde Bonnet et Maud Sellier – où elle découvrit les factures adressées à Sabrina Raspail pour de nombreuses réceptions à *La Malhornière*, quand le téléphone sonna.

Un répondeur se déclencha.

– Décrochez, je sais que vous êtes chez moi ! dit une voix de femme que le stress rendait rauque et tremblante.

Sookie Castel n'hésita pas.

– Pourquoi vous enfuir comme ça ?

– Qu'est-ce que vous voulez ?

– Parler de Mathilde Bonnet.

Il y eut un blanc. Sookie Castel pouvait entendre la respiration haletante de son interlocutrice.

Un mouvement à la limite de son champ de vision lui fit tourner la tête. Elle vit alors Valentin Mendès, qui agitait une feuille de papier froissé. Elle s'en empara et parcourut rapidement les lignes dactylographiées.

« *Madame Mendès, Messieurs Castel et de Battz.* ~~*J'espère que vous me croirez Merci*~~ *Je vous prie de prendre mon courrier au sérieux,* ~~*je ne sais pas*~~ *j'ignore vers qui me tourner, et* ~~*je*~~ *crains courir un grand danger en vous informant. Mais je ne peux me résoudre* ~~*à me taire*~~ *garder le silence. Sachez qu'on assassine des* ~~*flics gens*~~ *policiers dans l'indifférence générale. Je sais* ~~*suppose*~~ *qu'il reste de nombreuses cibles à atteindre. Votre ami, Joseph Lieras, est l'une d'entre elles. Peut-être aurez-vous assez de liberté et de pouvoir pour les sauver* ~~*ces*~~ *malheureux avant qu'il soit trop tard. Merci de votre attention. X Votre dévoué Informateur Anonyme, et qui tient à le rester.* »

– Si vous tenez à rester anonyme, madame la source, reprit Sookie Castel en félicitant Valentin d'un pouce levé, répondez à mes questions, et je vous ficherai la paix.

Le silence se poursuivit.

– Nous n'avons aucun intérêt à révéler votre identité, ajouta-t-elle. Ce serait la fin du site, personne ne nous confierait plus aucune info.

– Je n'ai aucune preuve.

– Les preuves, c'est notre affaire.

161

Le bistrot face à l'église s'appelait Sur la Route de Nantes. Une dizaine de tables étaient disposées sous des marronniers, et quelques personnes y déjeunaient.

Sookie Castel entra dans l'établissement d'un pas décidé. Derrière le comptoir, un homme d'une cinquantaine d'années essuyait des verres. À l'implantation de ses cheveux, elle devina qu'il recourait à la chirurgie plastique.

Quand ses yeux se furent habitués à la pénombre, Sookie nota qu'il avait également fait retoucher ses lèvres, son nez et ses pommettes. Sous son tee-shirt près du corps, d'impressionnants muscles roulaient au rythme de ses gestes. Il toisa Sookie Castel, plissa les yeux. La boîte Julien Lepers s'ouvrit pour accueillir cet homme artificiel aux côtés de Tom Jones.

– Il y a un jardin d'agrément au fond, lui dit-il, vous y serez très bien.

Derrière une porte vitrée, Sookie découvrit une terrasse fleurie occupée par trois tables. Assise à l'une d'entre elles, Maud Sellier affichait un visage fermé.

– Que voulez-vous ? J'ai déjà parlé à tant de flics.

– Je ne travaille plus dans la police, dit-elle, Julien Lepers et ses muscles sur les talons. Seulement pour W3.

– L'affaire Raspail vous a coûté cher.

– Peu importe, éluda Sookie. Aujourd'hui, je suis là pour comprendre ce qui est arrivé à vos amis.

Maud Sellier fit un geste accompagné d'un sourire au patron du bistrot.

– Si tu as besoin, indiqua ce dernier. Je suis à côté.

La porte claqua. Le silence revint sur la terrasse.

– Jo et Mathilde formaient un couple magnifique, expliqua Maud Sellier d'une voix triste. Comme on n'en croise pas souvent. Jamais il ne lui aurait fait de mal, pas plus qu'à Bérénice. C'est honteux, ce qu'ils ont dit sur lui.

– Vous avez choisi W3 pour rétablir la vérité, non ? demanda Sookie en s'installant face à elle.

– J'espère seulement que vous arriverez à temps pour les autres, s'il en reste à sauver.

– Racontez-moi. Quel est le lien entre vous, Lieras, Mathilde et ces flics qu'on assassine ?

– J'en ai rencontrés certains à *La Malhornière*, dit Maud Sellier en baissant la voix. Nous étions le traiteur préféré de madame Raspail. Sabrina nous appelait à chaque fois que son mari donnait des réceptions. Lui, c'était un grand flic. Il nous avait soumises à un contrat de confidentialité nous interdisant de parler à quiconque des gens que nous croisions sur place. Mathilde et moi avions bossé pour plusieurs célébrités, il y avait aussi ce genre de clause. Les clients nous connaissaient pour notre discrétion.

Du bout de l'index, Maud Sellier recueillit une larme au coin de son œil.

– Quand avez-vous compris qu'il se passait quelque chose d'anormal ?

– D'abord, il y a eu la mort des Raspail, évidemment, vous connaissez l'histoire. Ça a fait un tel bazar dans la région ! On n'avait jamais vu ça, se pendre en famille. Et puis les journalistes et les flics nous ont trouvées, Mathilde et moi, et c'était invivable, ici. On a dû fermer la boutique quelques jours, le temps que ça se calme. J'ai appris la mort de René Berkoff deux mois plus tard dans la presse, par hasard. Un accident de voiture, je n'y ai pas vraiment prêté attention, je me suis juste souvenue qu'il venait à *La Malhornière*, c'est tout. C'est après la mort du commissaire Néré que ça m'a frappée. Trois personnes que j'avais vues ensemble au même endroit étaient mortes.

– Qui d'autre venait au moulin ?

– Jo, évidemment, et une femme, mais la presse n'en a pas parlé.

– Elle serait vivante ?

– Peut-être.

– Vous pourriez la décrire ?

– 30 ou 35 ans, des origines asiatiques, c'est tout ce que je peux vous dire.

Magali Chow ? Notre OPJ disparue ?

– À ces réceptions, poursuivit Sookie Castel, il n'y avait que des flics ?

– Certains venaient plus souvent que d'autres, comme Jo, par exemple.

– Vous avez vu son équipier, Demian Obolanski ?

– Jamais. Par contre, je me souviens d'une fois où il y avait un député européen, un Allemand.

– Vous connaissez son nom ?

– Non. Mais il était intimement lié à la famille Raspail. D'ailleurs, il est peut-être à *La Malhornière* en ce moment même. La mère de Sabrina Raspail a mis le mobilier de la propriété en vente. J'imagine qu'elle s'en occupe personnellement. C'était son compagnon.

– Ces renseignements vont m'être précieux. Vraiment, merci.

– J'espère que vous retrouverez Béré, soupira Maud Sellier. C'est une gentille fille, elle et sa sœur nous accompagnaient parfois, les gamines adoraient faire le service.

La boîte Charlène Bonnet à la Malhornière frémit dans l'esprit de Sookie Castel et se colla contre la boîte Nuremberg.

– Je sais que Jo Lieras était responsable d'enquête sur l'affaire de la disparition de Charlène, dit-elle après un temps de réflexion. Mathilde en a-t-elle parlé avec vous ?

– Jamais. L'enquête, les recherches, tout ça, c'était un sujet tabou. Elle voulait protéger Bérénice.

– Vous souvenez-vous d'autre chose ?

– Oui, confirma Maud Sellier. Vous allez sûrement penser que je me trompe, mais je suis sûre d'avoir vu un autre gars avec Jo, une fois. Même si ça paraît dingue d'imaginer qu'ils se fréquentaient.

– Dites toujours !

– Il a agressé une avocate à Fleury-Mérogis récemment. C'est un braqueur, je crois. Enzo Rossi ?

162

Le fourgon pénitentiaire escorté par deux motards remontait la rue Saint-Jacques, dans le 5e arrondissement de Paris. Dans la cabine arrière, **Enzo Rossi** partageait un banc avec deux gendarmes et, face à lui, un prévenu reniflait.

Un instant, le proxénète chercha sur le visage de son vis-à-vis à quoi il devait d'être assis sur ce banc, songea qu'il n'avait pas vraiment la tête d'un méchant, et regretta pour lui qu'il fasse partie du voyage. Puis il se lassa, et reporta son attention sur la file de voitures qui suivaient la camionnette.

La justice, Enzo Rossi s'en moquait éperdument. Il venait d'écoper de vingt ans de réclusion criminelle pour proxénétisme aggravé, intelligence avec une organisation criminelle, abus de biens sociaux, détournement de fonds et association de malfaiteurs.

Alors, ce petit passage devant le tribunal correctionnel pour agression sur un avocat ne l'avait pas impressionné. À la question posée par les juges : « Pourquoi avez-vous agressé maître Cécile Sorbier ? » Enzo Rossi n'avait pu s'empêcher de répondre en toute franchise : « Pour faire un tour dehors. »

– Vise-moi ça un peu ! s'esclaffa-t-il. Je me la ferais bien, celle-là !

Il parlait d'une femme qui roulait en décapotable juste derrière le fourgon. La trentaine, brune aux cheveux frisés, elle arborait une poitrine voluptueuse.

– Eh, mec, s'adressa-t-il au prévenu assis face à lui, mate la brunette, ça te consolera.

– Fous-lui la paix, Rossi, gronda l'un des gendarmes.

Le fourgon s'immobilisa à un feu, si bien que la jeune femme disparut en dessous de la ligne de visibilité de Rossi.

– Je peux me lever pour voir ?

– Reste tranquille. T'es pas là pour te rincer l'œil.

– Allez, quoi ! Juste pour le fun.

– Reste assis, je te dis !

Le fourgon redémarra et la décapotable réapparut.

– C'est quand même ce qu'il y a de plus beau au monde, une nana !

Enzo Rossi riait de sa plaisanterie quand il vit un camion foncer droit sur le fourgon. Sans réfléchir, il se jeta au sol, où il se roula en boule en protégeant sa tête avec ses bras.

– Hey ! eut tout juste le temps de dire le gendarme. Qu'est-ce que tu…

Le choc, effroyable, projeta les autres occupants contre les parois.

Le fourgon bascula sur le côté, glissa sur la chaussée du boulevard de Port-Royal dans un bruit de métal froissé et une gerbe d'étincelles, et s'immobilisa vingt mètres plus loin.

Groggy, Enzo Rossi peina à se redresser. À côté de lui, le prévenu gisait inconscient, la tête ensanglantée. L'un des gendarmes était lui aussi sonné, mais il remuait. Quant au deuxième, il était mort sur le coup. Enzo Rossi en profita pour gagner le fond de la cabine à quatre pattes.

Une explosion souffla les portes arrière.

Deux silhouettes cagoulées s'engouffrèrent par la brèche ouverte, attrapèrent Enzo Rossi par les bras et le tirèrent à l'extérieur. Il y eut une série de détonations étouffées.

Les oreilles du proxénète bourdonnaient, ses perceptions étaient amoindries par le choc, mais il comprit que les motards de l'escorte tiraient dans leur direction. Le temps qu'il soit entraîné vers un véhicule, l'un d'eux tomba sous le feu d'une grenade, tandis que l'autre se protégeait derrière sa moto couchée au sol.

Enzo Rossi fut jeté à l'arrière d'un puissant 4×4 qui démarra sur les chapeaux de roues. Devant eux, une voiture de police leur ouvrait la route à travers la circulation, sirène hurlante. Derrière, un troisième véhicule fermait la marche.

Le convoi gagna la place Denfert-Rochereau, puis roula à une vitesse folle en direction de la porte d'Orléans.

Les bras sur la tête, Enzo Rossi demeura couché sur la banquette. Il ne se redressa que lorsqu'il aperçut les lumières orangées des souterrains d'accès à l'autoroute A6 à travers le pare-brise arrière.

– T'es blessé ? lui demanda Volodia Pavelevitch en arrachant sa cagoule.

– Non, juste sur le cul ! souffla Enzo Rossi en pointant son index sur sa tempe. Putain, les gars, vous n'y êtes pas allés de main morte !

– Attrape ! ajouta le conducteur en lançant une flasque.

Le convoi se dispersa à trois sorties différentes. Le 4×4 qui emportait Enzo Rossi se faufila dans une zone industrielle, s'engouffra dans un bâtiment désaffecté et s'arrêta à dix mètres d'une berline.

Les trois hommes en descendirent.

– C'est quoi la suite ? demanda Enzo Rossi. Il est où, Jo ?

– Tombé à *La Valbonne*.

Sa kalachnikov à la main, Demian Obolanski ôta sa cagoule et s'appuya sur le capot du 4×4.

– Merde, c'est pas vrai ! soupira Enzo Rossi subitement plus grave. Qu'est-ce qui s'est passé ?

– Plus tard, lui suggéra Volodia Pavelevitch. Faut y aller.

– Pigé.

Un air sincèrement navré sur les traits, le proxénète fit quelques pas en direction du Russe qui n'avait pas bougé, mais resta à deux mètres de distance.

– Kalinine, le salua-t-il avec respect. Merci de m'avoir tiré de là.

163

Paris, dix ans plus tôt

La sonnerie du téléphone déchira le silence. Un instant désorienté, Jo Lieras se redressa sur son oreiller, tâtonna pour allumer la lampe de chevet et s'empara du téléphone.

– T'as intérêt à avoir une bonne raison, grommela-t-il en décrochant.

– Salut, commandant, c'est Compere, du 10e.

– Je suis de repos, le coupa Jo Lieras. Et il est 4 heures du mat'.

Son interlocuteur s'excusa, puis il expliqua l'objet de son appel. Au cours de la nuit, il avait appréhendé un individu éméché dans un bar du 11e, individu qu'il avait placé en cellule de dégrisement et qui réclamait le commandant Lieras depuis qu'il avait recouvré ses esprits.

– Il s'appelle comment ton gugusse ?

– Enzo Rossi. Il a déjà fait l'objet d'une condamnation pour proxénétisme. Tribunal de Nice. Il est recherché pour non-respect de conditionnelle.

– Et il me veut quoi, le Niçois ?

– Il paraît que tu demandes après une pute.

Tout à fait réveillé par l'appel, Jo Lieras s'habilla en hâte. Une demi-heure plus tard, après avoir consulté le casier d'Enzo Rossi, il se faisait ouvrir la cellule de dégrisement.

– Où est-elle ?

– Y'a des conditions.

– Dans le genre ?

– Dans le genre : tu dis à ton pote le flicard qu'il m'a jamais vu, et je te raconte où tu peux trouver la fille.

Tout en concentrant son attention sur la surface noire d'un café réchauffé, Jo Lieras observa un moment de silence. Ce Rossi pouvait parfaitement le baratiner, tout comme il pouvait également détenir des informations sur Lyubov Denejkina. Pour la retrouver, Lieras avait activé ses réseaux, ce qui impliquait que des dizaines de personnes savaient qu'un flic cherchait activement une prostituée en particulier. Se faire rouler dans la farine ne séduisait pas particulièrement Jo Lieras, mais il en avait vu d'autres.

– Bon, lâcha-t-il en soupirant. On y va ?

Du commissariat de Louis-Blanc, ils gagnèrent un quartier malfamé d'Aubervilliers. Le commandant Lieras gara sa voiture à une centaine de mètres d'un immeuble délabré donnant sur le canal de Saint-Denis.

Un type montait la garde devant la porte. Les volets étaient tous fermés. Habitué aux longues planques, Jo Lieras disposa des panneaux de carton sur le pare-brise et les fenêtres latérales. De petits trous lui permettaient de voir à l'extérieur.

– T'es pas obligé de rester, dit-il à Enzo Rossi.

– On a un deal. Je partirai quand t'auras la fille, et que tu m'auras arrangé le coup de la conditionnelle.

Jo Lieras sourit.

– J'ai dit que je le ferai.

– T'as qu'à croire. Parole de flic te nique, tu connais pas l'expression ?

– T'es méfiant, dis donc.

– Non, je suis corse.

– Alors, si t'es corse.

Ce furent leurs derniers mots avant longtemps. Jo Lieras s'emmitoufla dans un pull troué aux coudes tandis qu'Enzo Rossi fermait les yeux, et s'installait pour piquer un roupillon. Quand il se réveilla vers 10 heures, le policer n'avait toujours pas fermé l'œil.

– Du mouvement ? demanda-t-il en s'étirant bruyamment.

– Non.

– Tu comptes poireauter encore longtemps ?

– Rien n'est écrit d'avance.

– T'es un prophète, le flic ! Moi, je te dis que si t'y vas pas, t'es pas près de la voir. Les Russes sont les pires. Cette fille, c'est qui ?

– C'est pas tes oignons.

Quand midi arriva, deux hommes quittèrent l'immeuble. C'était le premier mouvement observé par Jo Lieras depuis qu'il était arrivé, en dehors de la relève du type en faction à l'entrée.

– Tu devrais appeler tes potes. Ces types sont du genre kalachnikov, si tu vois ce que je veux dire.

– Je me débrouillerai.

– Eh ! Qu'est-ce que je deviens, moi, s'ils te fument ? Donne-moi un flingue, je te couvre.

– Ferme-la, ordonna-t-il à Enzo Rossi.

D'un geste vif, le policier menotta le Corse au volant, et s'extirpa de la voiture.

– Putain, tu fais quoi, là ?

– Tu restes sagement ici !

Le commandant Jo Lieras contourna rapidement l'immeuble, s'approcha subrepticement du vigile, et posa le canon de son revolver sur sa tempe.

La porte s'ouvrit sur une cour étroite et sombre.

Sur un côté, il y avait un ancien atelier encombré de ferrailles. Jo Lieras y fit entrer l'homme et l'assomma d'un coup de crosse.

Le policier s'engouffra alors dans la cage d'escalier qui occupait l'autre partie de la cour. L'endroit puait l'urine. De la musique étouffée et des rires d'hommes provenaient des étages supérieurs.

Son arme braquée devant lui, Jo Lieras évita d'expérience le premier. Les filles devaient dormir au-dessus de leurs geôliers. Sur le palier du deuxième niveau, le policier trouva deux portes.

Derrière l'une d'elles, une vingtaine de jeunes femmes dormaient, certaines enlacées comme des sœurs. Plus loin, vautrées sur un canapé éventré, une demi-douzaine de filles venaient de s'injecter de l'héroïne.

À leurs regards, Jo Lieras sut qu'elles étaient loin.

Prêt à tirer en cas de problème, il traversa chaque pièce, scruta chaque visage, mais il n'y rencontra pas celui de Lyubov Denejkina.

Le policier décida alors de visiter le second appartement. Dans le salon, une télévision braillait une chanson russe. Les grognements d'un homme en plein coït lui parvinrent. Il avança dans la direction estimée, et trouva enfin Lyubov Denejkina.

Avachie sur la table, la tête pendant au bord du plateau, l'adolescente subissait les assauts d'un énorme type blond. Ses yeux ouverts n'exprimaient rien.

– Police ! Couche-toi par terre !

En découvrant Jo Lieras, l'homme brailla dans sa langue maternelle.

– À terre ! hurla le policier en désignant le sol avec son arme.

Le type remonta son pantalon tout en continuant de vociférer. Puis il leva les mains en l'air. Comme il refusait de s'allonger, Jo Lieras désigna le fond de la pièce.

– Contre le mur, là !

La manœuvre n'eut pas davantage de succès. Nullement impressionné par le policier, l'homme attrapa le couteau posé sur la table et avança vers Jo.

Le policier réitéra ses ordres avant de tirer dans le genou de son assaillant. L'homme s'écroula en hurlant de douleur.

– Tu vois que tu comprends, ducon ? s'écria Jo Lieras, tremblant de colère contenue. T'es couché, là !

L'adrénaline galvanisa le policier. Il attrapa une couverture dont il couvrit le corps de Lyubov, et il chargea la frêle jeune fille dans ses bras.

Il réussit à atteindre le rez-de-chaussée sans encombre, et était sur le point d'ouvrir la porte quand il entendit une déflagration dans son dos.

Une douleur fulgurante déchira son épaule, et une seconde brûla sa cuisse. Il vacilla, mais parvint au prix d'une farouche volonté à se glisser dehors avant que son agresseur ne le rejoigne. Après deux pas chancelants dans la rue, les bras serrés autour du corps inerte de Lyubov, Jo Lieras comprit qu'il était piégé.

Les deux hommes sortis quelques minutes plus tôt revenaient chargés de cartons de pizzas, et se trouvaient à moins de cent mètres. Dès qu'ils le virent, ils s'élancèrent vers lui en poussant des cris, et en dégainant leurs armes.

Soudain, un rugissement de moteur grandit, et une voiture déboula à toute allure sur le trottoir. Au volant, Enzo Rossi freina en catastrophe devant l'entrée de l'immeuble, à quelques centimètres des pieds de Jo Lieras.

– Traîne pas, frangin ! hurla-t-il. Ou ça va te faire tout drôle !

Le policier poussa le corps de Lyubov Denejkina sur la banquette arrière, et s'y précipita à son tour.

– On va où ? demanda Enzo Rossi en démarrant sur les chapeaux de roues, les mains croisées sur le volant à cause des menottes.

– Bichat ! lui hurla le policier en lui tendant les clés des bracelets. Grouille !

D'une main, Jo Lieras maintint la tête de la jeune fille sur ses genoux, de l'autre, il ouvrit sa chemise. La balle avait traversé, Jo avait eu de la chance. La plaie saignait très peu. En revanche, au niveau de la cuisse, une artère semblait avoir été touchée.

Il lâcha Lyubov pour appuyer son poing sur la blessure, puis il extirpa son téléphone de sa poche et composa un numéro.

– Oui, dit-il d'une voix blanche. Je l'ai retrouvée. Elle est vivante.

164

Emmitouflées à la proue du navire, **Lara Mendès** et Bérénice Bonnet observaient le disque du soleil derrière une épaisse grisaille. Autour d'elles, les eaux de la mer Baltique étaient calmes. Les vibrations des moteurs transmises par la tôle les berçaient doucement.

Loin derrière, le port de Rostock avait disparu depuis longtemps.

Le ferry qui assurait la liaison quotidienne vers Helsinki battait pavillon allemand. Il pouvait embarquer une centaine de passagers, et pourtant, sur cette traversée, il n'y avait qu'elles, les pensionnaires de *La Valbonne*, les survivantes.

Des rangées de fauteuils en plastique orange donnaient à la cabine principale un air un peu vieillot de salle d'attente d'aéroport. Innokenty Denejkina avait acheté plusieurs bouteilles de soda, distribué des gobelets et des sandwichs, tenté de réconforter les unes et les autres. Lara songea que cet homme pouvait capturer sa propre souffrance et la repousser à plus tard.

– On rentre à la maison, avait-il dit en levant son verre.

À Lara Mendès, à qui il avait offert une mignonnette, il n'avait pas parlé de maison.

– Aux morts, avait-il trinqué.

Le visage d'Innokenty Denejkina avait laissé entrevoir cette douleur qu'il masquait le reste du temps. Puis ils avaient vidé leur verre cul-sec, et Lara s'était éloignée vers la proue du navire pour rejoindre Bérénice.

Depuis Hambourg, elle avait compris ce qui la rapprochait de l'adolescente. Elle retrouvait en elle à la fois cette enfant brisée par la disparition de ses parents, et la jeune femme rongée par le désir de vengeance. Lara connaissait parfaitement ces sentiments dévastateurs, elle savait à quel point Bérénice aurait besoin d'un soutien inconditionnel.

– Mes parents avaient un bateau dans le port d'Antibes, dit-elle. Pendant les vacances, on faisait des balades le long de la côte, mais jamais en pleine mer. Mon père avait peur de la Méditerranée, il disait qu'elle était aussi mauvaise qu'une vieille femme !

– Charlène avait le mal de mer, maugréa Bérénice, alors on évitait.

– Elle était comment ?

– J'ai pas envie d'en parler.

– Tu n'en parles jamais, Béré. Ni de ta sœur, ni de ta maman.

– Et alors ? s'agaça l'adolescente, elles sont mortes toutes les deux ! Tu veux quoi, que je me roule par terre en pleurant ? Ou que je te raconte nos petits Noël en famille ?

– Se souvenir, ça fait du bien.

– Eh ben, pas à moi… Regarde !

À l'Est, où les côtes polonaises apparurent comme une fine bande ocre, Manya lançait de grands gestes appuyée contre le bastingage. À ses côtés, la petite Tissia sautillait de joie.

Lara découvrit alors qu'un navire militaire les dépassait. Sur le pont avant, deux hommes se tenaient aux manettes d'une mitrailleuse lourde. Le cœur de la jeune femme accéléra quand elle crut reconnaître Demian Obolanski.

Le ferry répondit à la sirène du navire bleu marine, par trois coups de corne de brume, puis le commandant de bord mit les moteurs au point mort. Le torpilleur les dépassa et accomplit un demi-cercle pour s'immobiliser à trente mètres, leur dévoilant son nom peint en lettres blanches : Люба Вера[1].

Les filles, sorties de la cabine, applaudissaient avec des cris de joie.

– Oh, la vache ! s'écria Bérénice en s'accrochant au bras de Lara pour se pencher au-dessus du bastingage. C'est ouf !

– T'as raison, c'est ouf ! répondit-elle, les yeux fixés sur l'annexe qui fonçait vers eux en rebondissant sur les vagues.

Demian Obolanski n'était pas à bord.

Lara Mendès ne sut comment interpréter ce sentiment qui comprimait sa poitrine. Peut-être était-ce l'ambiance euphorique qui électrisait les pensionnaires de *La Valbonne*, l'idée qu'elle était en train de prendre part à quelque chose de spécial, ou encore la certitude qu'elle n'était pas près de rentrer chez elle.

1. Luba-Vera.

165

Traverser la forêt de Paimpont rappelait de nombreux souvenirs à **Sookie Castel**. C'est à quelques centaines de mètres de là qu'elle avait découvert les pendus de la Malhornière. Juste parce qu'elle voulait rapporter un chien errant à ses propriétaires.

Sans son obsession pour requalifier en assassinat ce que ses collègues considéraient comme un suicide collectif, ce qui lui avait valu une mise à pied, jamais Sookie ne serait retournée à Saint-Junien. Elle n'aurait pas découvert les lettres de sa mère, ne serait pas allée bastonner Jean-Paul Dardelin, n'aurait pas abouti à l'hôpital psychiatrique de Ravenel. Et serait probablement encore avec le bel Erwan, au lieu de fantasmer sur une relation impossible avec son psychiatre.

Avec des si, je travaillerais dans des champs de canne en Haïti !

À ses côtés, Valentin Mendès étudiait la carte des environs et s'extasiait sur le nom des lieux dits.

– Trop cool ! C'est les mêmes que dans le film de Boorman !

– Les Amerloques ne peuvent pas toujours avoir tort !

– On t'a déjà dit que tu parlais comme ton père ?

– Tant que tu ne me dis pas que je lui ressemble, ça me va.

Sur le bas-côté, une pancarte indiquait « la Malhornière, vente publique, entrée libre ». Sookie Castel décéléra et quitta la départementale 71 pour s'engager sur une voie privée.

Le temps de rallier Paimpont, la jeune femme avait demandé à Marcus de chercher quel rapport Enzo Rossi pouvait entretenir avec des policiers comme Jo Lieras et Olivier Raspail.

C'était peut-être un de leurs indics, avait suggéré Marcus Maratier.

L'ex-grand reporter avait également établi un CV complet de l'Allemand dont avait parlé Maud Sellier. Ce député européen répondant au nom de Rainer Hoheisel avait déjà effectué quatre mandats successifs et comptait se représenter à la prochaine élection. En revanche, il n'apparaissait pas dans l'affaire des pendus. Si Hoheisel et la mère de Sabrina Raspail fricotaient, alors ils le faisaient discrètement.

En tant que parlementaire européen, Rainer Hoheisel s'était illustré pour son combat en faveur d'une unification des lois relatives à l'esclavage humain. Son idée, toujours d'après Marcus Maratier, c'était d'opposer partout en Europe la même réponse en matière de prostitution, notamment en permettant aux polices concernées d'unir leurs forces pour lutter efficacement contre le crime organisé.

– C'est un type bien alors ! s'était exclamée Sookie.

La voie privée longea un ruisseau, puis l'enjamba au moyen d'un pont fait d'un tablier en rondins, et le paysage s'éclaircit à l'approche d'une vaste clairière. Sookie Castel se gara au bout d'un parking privé où une dizaine de voitures se trouvaient déjà.

– On fait juste un tour et on voit si ça mord, prévint Sookie.

Devant la porte d'entrée, il y avait une table où l'on pouvait compulser un catalogue de la vente, ce que fit aussitôt Valentin Mendès.

De son côté, Sookie Castel entra dans le moulin, et traversa les pièces pour se rendre directement dans le salon. Là, elle se planta à l'endroit où elle avait découvert les pendus.

La boîte Nuremberg frémit, alors elle l'entoura mentalement d'un large ruban de scotch vert.

Tout va bien se passer...

Lorsque la boîte fut stabilisée, elle scruta les environs. Chaque meuble, chaque bibelot portait une étiquette fournissant deux indications : un numéro et un prix. Il y en avait pour tous les goûts et toutes les bourses.

Au hasard des pièces, Sookie Castel croisa des visiteurs, les rangea dans leur boîte machinalement. Valentin Mendès la suivait à distance.

L'ancien bureau du colonel Raspail avait été entièrement vidé.

À l'étage, elle visita la suite parentale. Le lit était proposé à 800 euros, un petit secrétaire à 350, la table ouvragée où Sabrina Raspail se maquillait à 600.

Le lit avait déjà trouvé acquéreur, la table ouvragée aussi. Il restait le petit secrétaire, un piano d'étude, un coffre, trois tapis.

Sookie Castel détesta ce marchandage, lui trouva des relents macabres.

Revenue au rez-de-chaussée, elle sortit sur la terrasse. Sur des planches montées sur des tréteaux s'empilaient des caisses en bois remplies d'objets hétéroclites, comme dans une brocante. Elle essaya de ne pas s'y intéresser, mais le mélange des couleurs l'irrita. Alors elle s'approcha, tendit la main pour soulever une suspension en métal doré. Dessous, elle reconnut l'une des écuelles émaillées de Guernica.

Ce serait drôle si je l'offrais à Hervé ! Ça coûte quoi cette saleté ? … 2 euros. Bah dis donc, ils bradent.

– Sookie, l'interpella doucement Valentin Mendès alors qu'elle se dirigeait vers la caisse située dans l'entrée, il est là ton député.

Sauvée par Superman !

Rainer Hoheisel se trouvait dans le salon, en grande conversation avec une femme chic d'une soixantaine d'années, dont la couche de fond de teint la fit entrer directement dans la boîte Geneviève de Fontenay. Quant au député, il compléta la boîte de la photo où figuraient ensemble René Berkoff et Olivier Raspail avec ses yeux grossis par d'épais verres de correction : Wallace de *Wallace et Gromit*-Horst Tappert.

– On va le voir ? demanda Valentin Mendès.

– J'attends qu'il soit seul ! Toi, t'achètes ça, s'amusa Sookie en lui mettant d'autorité la gamelle de Guernica entre les mains. Et demande un bel emballage, c'est pour un cadeau ! Allez file !

Alors que Valentin s'éloignait vers la caisse, la jeune femme entra dans le salon et s'approcha du député, en faisant mine d'observer les meubles en vente. Dès qu'il aperçut Sookie, celui-ci prit congé de son interlocutrice et fondit sur elle, un sourire gourmand sur ses lèvres.

– Mademoiselle Castel ! s'exclama-t-il avec un fort accent allemand. Vous avez eu mon courrier !

Il me connaît ? Bien sûr qu'il me connaît. Ici, tout le monde a entendu parler de moi.

Intriguée par le comportement du député, Sookie lui rendit son énergique poignée de main.

– Bonjour, monsieur le député. En quoi puis-je vous aider ?

– Oh, c'est très simple, expliqua-t-il d'un ton léger. Je voulais vous prier de nous rendre Guernica, la chienne de ma belle-fille ! On m'a dit que vous vous en étiez chargée au moment de l'affaire.

– Guernica ? répéta Sookie Castel, déconcertée.

– Oui, acquiesça Rainer Hoheisel. C'est bien vous qui l'avez prise en charge, n'est-ce pas ?

– Oui. Mais pourquoi voulez-vous la récupérer maintenant ?

– Elle nous manque, si vous saviez !

Pourquoi tu balances son écuelle si tu tiens tant à ce clébard ?

– Je l'avais rapportée d'Allemagne pour l'offrir à Sabrina, poursuivit le député avec un air faussement désolé. Et, dans les circonstances que vous connaissez, disons que nous aimerions nous en occuper nous-mêmes.

« Foutaises », songea Sookie qui se souvenait parfaitement des informations figurant sur le carnet de santé de la chienne. « C'est Raspail qui l'a achetée à un éleveur breton. »

– Vous vous y prenez un peu trop tard, j'en ai bien peur !

– Vous l'avez confiée à quelqu'un d'autre ? Peu importe, je paierai le prix !

– Pour tout vous avouer, mentit Sookie avec aplomb, elle s'est sauvée au moment de mon internement.

– C'est fâcheux ! s'agaça Rainer Hoheisel. Très fâcheux ! Où est-elle ?

– Aucune idée ! Guernica était tatouée, et identifiée comme appartenant à la famille Raspail. Alors, si on ne vous l'a pas signalée… Cette pauvre bête est probablement tombée dans un gouffre, ajouta cyniquement Sookie. Les forêts vosgiennes sont pleines de trous.

– Bien sûr, bien sûr. Tout de même, c'est fâcheux, répéta le député, visiblement secoué. Tenez, voici ma carte. Si vous entendez parler de la chienne, appelez-moi.

166

Toute sa vie, **Lara Mendès** se souviendrait de cette succession d'instants qui avaient ponctué son voyage et son arrivée dans l'oblast de Kaliningrad.

Le transbordement de la navette vers le torpilleur, l'accueil de l'équipage du *Luba-Vera* – principalement du capitaine, un certain Youri, qui avait emporté la petite Tissia dans ses bras pour la déposer derrière le pupitre de commandes. Puis, dans un vacarme assourdissant, les milliers de chevaux des moteurs avaient arraché le navire de trente mille tonnes aux eaux de la Baltique. Plein est, à vingt-cinq nœuds de moyenne, direction l'oblast de Kaliningrad.

L'arrivée s'était faite de nuit, dans une partie démilitarisée de la base de Salinitiovosk. Sur le quai, un vieux bus couvert d'inscriptions publicitaires et de représentations de bijoux en ambre les attendait.

Le voyage à travers une ville de béton, une première halte dans une cité ouvrière, où les pensionnaires de *La Valbonne* descendirent avec Innokenty.

Pour les Françaises, la route allait se poursuivre.

Puis, les hauteurs de Salinitiovosk, que Lara Mendès et Bérénice Bonnet découvrirent enfin dans son ensemble sur des kilomètres. Au loin, le noir insondable de la Baltique tranchait sur un front de mer sillonné par les phares des voitures.

L'arrêt final, devant l'enceinte d'une propriété, unique construction d'une colline dominant la baie.

Derrière le mur sécurisé par une grille monumentale et des caméras de surveillance les attendait une splendide maison de style colonial – probablement issue du délire mégalomane d'un richissime Prussien et de l'imagination débridée d'un architecte anglais – et bâtie dans une pierre blanche que Lara n'avait vue nulle part ailleurs en ville.

Un double escalier leur permit d'accéder à une des terrasses en demi-cercle où une septuagénaire aux cheveux d'un blanc neigeux était attablée.

– Soyez les bienvenues à *La Milusin*, s'exclama-t-elle avec chaleur, en venant à leur rencontre. Vous permettez ? ajouta-t-elle en étreignant Bérénice Bonnet. Ma chère enfant, je partage votre chagrin. Votre maman était une personne éclatante. Mathilde et Jo nous manqueront à jamais.

Si souvent impertinente, Bérénice garda les lèvres closes et retint ses larmes avec difficulté. Puis la femme se tourna vers Lara Mendès.

– Quelle tristesse de vous rencontrer dans des moments si sombres ! dit-elle en lui tendant une main chaleureuse. Je m'appelle Vera Obolanski, ajouta-t-elle en entraînant ses invitées vers l'intérieur de la maison. Venez, je vais vous conduire à vos appartements.

167

– Repose-toi, Superman, on se voit demain, lâcha **Sookie Castel** avec un soupir. Là, j'en ai ma claque. Et faites gaffe avec vos drones, Marcus et toi. C'est pas le moment de vous faire choper.

Elle regarda le jeune homme disparaître dans l'immeuble de W3, puis démarra en direction du 18e arrondissement.

Qu'est-ce qu'il a de si spécial, ce clébard, pour que Wallace me monte un bobard pareil ?

Pour répondre à cette question, Sookie devait récupérer Guernica. Et visiblement, ce ne serait pas chose facile. Non seulement Hervé Marin ne répondait pas au téléphone, mais en plus, des langues bien pendues de Saint-Junien l'avait informée qu'il s'était volatilisé en compagnie d'une fiancée.

Une boîte vierge s'ouvrit, et Sookie y glissa une silhouette féminine. Elle aurait été bien en peine d'imaginer à quoi pouvait ressembler l'hypothétique fiancée d'Hervé Marin. Puis la boîte prit des couleurs avec l'arrivée de Ginette, l'héroïne du film *Les Visiteurs.*

T'es mesquine, Sook ! Pourquoi la nana d'Hervé devrait avoir l'air idiot ?

Dix minutes après être passée sous le métro aérien à la station Barbès-Rochechouart, Sookie Castel se gara sur une place de livraison à deux pas de l'appartement de son père. Il était près de 23 heures quand elle dissimula la radio sous le siège passager, et s'étira sur le trottoir.

Bien avant d'être arrivée sur le palier, elle entendit le son de la télévision. Elle déverrouilla la porte, le cœur serré. Se pouvait-il que son père soit rentré, et qu'il ne l'ait pas mise au courant ?

– Ben, qu'est-ce que tu fous là ? s'exclama-t-elle en découvrant la silhouette de Yanna Jezequel affalée sur le canapé. Léon est sorti ?

– Non, chérie. J'avais juste besoin d'un endroit où crécher tranquille.

La boîte Jodie Foster tête de Piaf s'associa au compartiment des autopsies et à celle des femmes battues en dépôt de plainte quand Sookie découvrit le visage boursouflé de son amie.

Elle bazarda son sac dans l'entrée et traversa le salon du petit appartement pour s'accroupir devant Yanna.

– Mais qu'est-ce qui s'est passé ? marmonna-t-elle. Laisse-moi regarder… Putain, c'est pas beau à voir.

– C'est rien. Laisse tomber.

Les sourcils froncés, Sookie Castel s'installa à côté de son amie et ouvrit ses bras. Yanna posa aussitôt sa tête sur son épaule et se blottit contre elle.

– Raconte, tête de Piaf. Y'a un rapport avec Lagrange et Dardelin ?

– Quoi, Lagrange et Dardelin ?

– Le gendarme est venu me soûler à l'HP en me racontant que Dardelin avait disparu. Et comme par hasard, c'était le lendemain de notre virée secrète.

– Ben quoi, t'es vengée, ma vieille. Tu pourrais dire merci !

– Qu'est-ce que tu veux dire ? demanda Sookie en se redressant. Regarde-moi, ajouta-t-elle en soulevant délicatement le menton de Yanna. Qu'est-ce qui s'est passé ?

– Y'a pas grand-chose à raconter. Je leur ai balancé leurs quatre vérités à ces deux-là !

– Quelles vérités ? insista Sookie en passant ses doigts dans les cheveux de son amie. Regarde dans quel état tu es. Dis-moi tout, tête de Piaf. Il me semble que ça me concerne, non ?

La main de Sookie Castel se posa sur celle de Yanna Jezequel, qui attrapa ses longs doigts et les serra.

– J'ai chopé le téléphone de JP, expliqua-t-elle en évitant son regard. Y'avait tout ce qu'il fallait dedans, et encore plus pour lui baiser la tronche. Alors je l'ai expédié aux bœuf-carottes, et voilà.

– Comment t'as eu ce téléphone ?

– On s'en fout.

– Non, on s'en fout pas.

– Merde, Sookie, ces tarés ne te feront plus de mal, c'est l'essentiel, non ?

– Pas quand je te retrouve chez mon père, complètement en vrac. Alors, t'es allée fouiner chez JP, et il t'a surprise et t'a cognée, c'est ça ?

Les deux jeunes femmes restèrent un long moment enlacées, silencieuses.

– Ouais, c'est ça, lâcha subitement Yanna, son nez enfoui dans les longs cheveux noirs de Sookie.

– Pourquoi ?

– Quand il a compris que je balancerais toutes les infos, précisa-t-elle en levant les yeux vers son amie. Je ne regrette rien, tu comprends ? Et puis, je m'en remettrai, je suis une vraie teigne !

– Ça, je le sais !

Yanna Jezequel saisit le visage de Sookie Castel entre ses mains.

– On les a eus, frangine, dit-elle en lui déposant un baiser sur le front. Je ne donne pas deux jours à ces tarés pour s'entretuer.

168

Enlacées sur le canapé, **Sookie Castel** et Yanna Jezequel n'avaient pas bougé depuis un moment quand la porte de l'appartement s'ouvrit. La tête d'Hervé Marin passa par l'entrebâillement, suivie par celle de Guernica.

– T'as pas fait les pâtes pendant que Mouchou faisait pipi ?

– Putain, vous êtes des génies ! s'exclama Sookie en embrassant Yanna sur les joues. Je vous adore !

– Je pensais pas que ça te ferait autant plaisir de le voir !

Sookie Castel laissa échapper un petit rire.

– Quand vous êtes là, ça me rappelle l'HP ! Manque plus que Léon !

Alertée par le ton enjoué de sa maîtresse d'un temps, Guernica rappliqua dare-dare dans le salon, et fit la fête à Sookie.

– C'est moi qu'a conduit sur l'autoroute ! fanfaronna Hervé, d'un air important. Ça faisait plein de kilomètres !

– T'as le permis, toi ? s'inquiéta faussement Sookie en lui claquant une bise sur la joue.

– Ben non, mais la voiture, elle a que deux pédales.

– T'as de la chance d'être encore vivante, tête de Piaf.

– Tu m'étonnes…

Sookie Castel s'éloigna pour fouiller dans son sac. Elle revint avec un paquet qu'elle tendit à Hervé Marin.

– Cadeau ! lui dit-elle. Pour le toutou !

L'homme rougit, bafouilla un vague merci, et poussa des cris de joie en découvrant la gamelle au nom de Guernica, qu'il remplit aussitôt d'eau fraîche.

– Bon, maintenant, les filles ! Faudrait cuire les pâtes ! Mouchou et moi, on a faim ! Il est minuit quand même !

– Hervé, tu vas t'occuper de ça, lui ordonna gentiment Sookie. Chérie, ajouta-t-elle en se tournant vers Yanna, allume la loupiote, tu veux ? Faut que je vérifie un truc avec le chien.

La jeune femme s'exécuta pendant que Sookie Castel faisait s'asseoir le doberman et dégrafait son collier, dont elle ausculta soigneusement le cuir, puis le bijou.

Comme elle ne trouvait rien, ses doigts s'agacèrent.

De son côté, fier d'être mis à contribution, Hervé Marin s'empara d'un pot de crème fraîche et d'une barquette de lardons parmi un stock invraisemblable de pots de crème et de barquettes de lardons entassés dans le frigo.

– Il a fait les courses, expliqua Yanna devant l'air stupéfait de Sookie. Je lui ai juste dit que les carbonara, c'était bon et facile à cuisiner. Dis-moi, qu'est-ce qu'il a de spécial, ce clébard ?

– Passe-moi un couteau.

– Mais t'es pas folle ! protesta Hervé Marin qui ne perdait pas une miette du manège de Sookie.

– Donne !

Le temps d'obtenir ce qu'elle demandait, Sookie Castel scruta l'intérieur des oreilles de Guernica, puis son dos, pinça la peau épaisse. Ses mains palpèrent chaque centimètre carré du doberman qui se laissait faire, langue pendante et oreilles baissées.

– Elle est pas contente ! grommela Hervé Marin en revenant de la cuisine.

Sookie lâcha la chienne qui posa la tête sur ses genoux, et s'empara du couteau. Puis elle s'appliqua à démonter le bijou fantaisie qui ornait le collier. Le sertissage céda et les différents éléments s'éparpillèrent. La jeune femme les ramassa et les examina un à un.

– Chier !

Toujours agenouillée, elle entreprit de découdre le collier en cuir, puis tenta de le découper dans le sens de la longueur.

– Merde ! Y'a pas un cutter ?

– Nan, y'a pas ! opposa Hervé Marin avec un air inquiet.

– Chérie, si tu nous disais ce que tu cherches ? émit Yanna Jezequel, un sourire goguenard sur les lèvres. On pourrait peut-être t'aider !

– Je suis sûre que Rainer veut pas récupérer mémère pour lui faire des câlins !

Yanna et Hervé échangèrent un regard d'incompréhension. De son côté, la jeune femme lâcha le couteau et retourna son attention sur Guernica. Griffes, pattes, poitrail, cou, gueule, oreilles, corps, mamelles, l'animal passa au scanner du regard de Sookie Castel.

Robe noire, couleur feu des joues, de l'intérieur des oreilles, du poitrail et du bas des pattes. Les pattes. Arrière. Avant. Le regard de Sookie nota une différence de répartition des couleurs. Sur la droite, le pelage noir descendait plus que sur la gauche, ce qui était courant, évidemment. Mais chez Guernica, à cet endroit précis, il y avait comme un mélange des couleurs, une bavure, alors que sur le reste du corps de l'animal, la délimitation entre les poils noirs et feu était plus nette.

Sookie Castel attrapa la patte et frotta les poils à contresens.

– Hervé, tu me trouves un rasoir ? demanda-t-elle, les yeux à quelques centimètres de la patte.

– On va pas raser Mouchou quand même !

Dans le quart d'heure suivant, la patte avant droite de Guernica fut dépossédée de ses poils, révélant un épiderme rosé où quatre numéros de téléphone étaient tatoués selon la nomenclature internationale.

169

Les pieds hors de l'eau, appuyés contre le mur en faïence bleue, et la nuque posée sur une serviette roulée, **Lara Mendès** profitait de la chaleur bienfaisante d'un bain et de la vue sur le parc de *La Milusin.*

La nuit, les jardins étaient habilement éclairés, et les baies vitrées s'ouvraient sur un spectacle magnifique dont le clou était un arbre centenaire autour duquel s'accordait l'ensemble des plantations.

En excellente hôtesse, Vera Obolanski les avait accompagnées, elle et Bérénice, dans leurs suites respectives où les attendaient un plateau-repas, une corbeille de fruits et des boissons fraîches.

Chacune des chambres comprenait un lit double, un espace repas et détente, et était équipée d'une salle de bains privée avec nécessaire de toilette ainsi qu'un jeu de serviettes de bain, un peignoir et une paire de chaussons – celle de Lara, ouverte à la façon d'un loft, permettait de bénéficier de la triple exposition de la pièce, depuis la baignoire.

Pour quelqu'un qui disait ne pas recevoir souvent, Vera Obolanski avait le savoir-vivre des grandes maîtresses de maison. Elle avait passé un moment avec Lara et Bérénice pour s'enquérir des conditions de leur voyage, de leurs éventuels besoins, et leur préciser qu'elles pourraient prendre le petit-déjeuner sur la terrasse ou dans leur suite, à leur convenance.

Très courtoise et bienveillante, Vera Obolanski avait conquis l'adolescente en un clin d'œil, d'autant plus vite qu'elle avait pensé à mettre à sa disposition une collection de livres et de CD. Plus prudente, Lara était restée sur sa réserve, se contentant d'observer et de répondre poliment à ses questions.

Vers minuit, la maîtresse de maison avait pris congé de l'adolescente, Bérénice ayant exprimé le souhait de se coucher, puis elle avait raccompagné Lara jusqu'à sa chambre.

– Je suis navrée pour ce qui vous est arrivé, lui avait-elle dit. J'espère que vous vous plairez, ici.

Puis, elle l'avait informée que Demian désirait lui parler à 14 heures, le lendemain, sur la grande terrasse donnant sur le parc.

– Ne vous inquiétez pas pour Bérénice, précisa-t-elle, je me chargerai de lui trouver des occupations. Cette jeune personne a besoin de se changer les idées.

– 14 heures, sur la terrasse, ironisa Lara, surprise par l'aspect plutôt formel du rendez-vous. C'est une convocation ?

– Mon fils a toujours beaucoup à faire, expliqua Vera Obolanski. Ne vous méprenez pas, Lara. Si l'horaire ne vous convient pas, vous pourrez repousser le rendez-vous à un autre jour.

– Non, ça ira, lâcha-t-elle du bout des lèvres. Je vous remercie, madame.

– Oh ! Je vous en prie, s'était exclamée son hôtesse, appelez-moi Vera ! Vous me donnez un coup de vieux, avec votre madame !

Après ce court entretien, Lara Mendès avait la certitude que Vera Obolanski était une personne « comme il faut », une Française partageant sa vie entre Biarritz et l'oblast de Kaliningrad, cultivée, intelligente et généreuse.

Un drôle de personnage, aussi. Probablement une histoire peu commune l'avait-elle conduite ici, sur les hauteurs de Salinitiovosk, dans cette magnifique demeure.

Quand le bain commença à refroidir, Lara Mendès se rinça et s'enveloppa dans un peignoir pour aller sur la terrasse. Au passage, elle enfila des chaussons douillets et croqua dans un fruit, hésitant à se servir un verre d'alcool. Finalement, elle opta pour de l'eau gazeuse.

À l'extérieur, l'air embaumait, la vue était splendide, et pour la première fois depuis longtemps, elle put apprécier le calme d'un endroit, cette sérénité qu'elle allait parfois chercher en haut du viaduc, à côté de chez mémé Carmela.

L'endroit même où Demian Obolanski l'avait rejointe quelques jours plus tôt, pensant qu'elle voulait se jeter dans le vide.

Mais Lara Mendès n'avait jamais envisagé de mourir.

Elle frissonna en songeant que cet instant qu'elle considérait comme fondateur l'avait conduite en Russie, au cœur même du domaine d'Ilya Kalinine, et jusque dans sa maison.

Jour 14 – mercredi 4 septembre

170

Coincé au milieu d'une file de poids lourds, **Demian Obolanski** serrait entre ses doigts deux passeports russes et un italien. Le camion le précédant fut dérouté vers le scanner qui équipait le poste de douane depuis peu.

L'Europe renforçait ses contrôles aux frontières.

Le Russe enclencha une vitesse et avança jusqu'à la guérite. Il tendit les passeports, fit un salut au militaire qui récupéra le billet de 100 euros glissé dans chaque pièce d'identité.

L'homme souleva la barrière, puis rendit les passeports. La voiture conduite par Kalinine traversa le no man's land à vitesse réduite et franchit le poste russe au pas.

Une demi-heure plus tard, Demian Obolanski quitta l'artère principale de Salinitiovosk et se dirigea vers le cœur historique de la ville en suivant des routes étroites et défoncées, construites à l'intérieur des remparts datant de l'occupation prussienne.

Puis il se gara sur un trottoir, au plus près de la Grand-Place.

Le corps ankylosé par la route, le Russe s'extirpa de la voiture avec un gémissement. Il avait conduit pendant plus de dix-sept heures, et quasiment pas dit un mot.

En le reconnaissant, le policier venu le faire déguerpir le salua, puis demeura près de la berline pour la surveiller.

– Vous êtes des princes ici ! siffla Enzo Rossi en sortant de la voiture à son tour.

– Et des chiens ailleurs, lâcha cyniquement Volodia Pavelevitch.

Les deux hommes suivirent Demian Obolanski jusqu'à un café où il négligea la terrasse occupée par la jeunesse dorée de Salinitiovosk, et leur fit signe de s'installer au comptoir tandis qu'il s'éloignait vers l'arrière-salle.

– Tu vas devoir t'habituer ! plaisanta Volodia devant la mine renfrognée d'Enzo Rossi quand on lui apporta le menu.

– Je m'y ferai jamais.

– Tu devrais, t'es pas près de nous quitter.

– Vous êtes tarés, les mecs, marmonna le Corse en haussant les épaules. Bon, c'est quoi le programme ?

– Et si tu commençais par me dire ce que t'as raconté à l'avocate ?

– Je lui ai juste balancé le nom d'un mort, répondit Enzo Rossi en jetant un regard inquiet en direction de Demian Obolanski qui l'observait depuis le fond de la salle, le téléphone à l'oreille.

– Lequel ?

– Berkoff.

– À quoi bon ? Un transfert chez le juge suffisait !

– Disons que j'ai pris le guignol en pitié. Surtout quand j'ai su que vous alliez balancer Puvenelle pour le garder au zonzon. De toute façon, ces débiles n'iront pas loin avec ça et au moins, il ne passera pas pour un con.

171

– Eh bien ! On peut dire qu'on doit une fière chandelle à monsieur Rossi ! commença **Sookie Castel** en débarrassant le bureau de Léon pour y faire grimper la chienne. Sans Berkoff, pas de Raspail, et sans Raspail pas de Hoheisel, et sans Hoheisel, pas de toutou ! Approchez !

En arrivant dans les locaux de W3, Guernica au bout d'une laisse, Sookie Castel avait fait sensation. Tous avaient aussitôt craqué pour cette femelle doberman pataude, à l'air aussi doux qu'un agneau, et Egon Zeller – boîte Egon Zeller que Sookie modifia aussitôt en gommant les artifices Photoshop des pages de magazine – en tête.

Les uns après les autres, Marcus, Egon, Arnault et enfin Valentin, qui achevait de mâcher un pain au chocolat, s'assemblèrent autour du bureau.

– Vous êtes certain qu'il n'y a plus de micros ?

– Sûr ! affirma Marcus Maratier.

– L'audit par la société de protection rapprochée nous a coûté un bras ! se plaignit Arnault de Battz, ce qui fit lever les yeux au plafond à Egon.

– Là, indiqua Sookie Castel en montrant la patte de la chienne.

Valentin fut le plus rapide.

– Des numéros de téléphone !

– Disons qu'il ne faut pas être devin pour déduire de quoi il s'agit, lâcha Marcus Maratier quand, après avoir chaussé ses lunettes, il repéra les chiffres alignés. Une sorte de pense-bête, c'est le cas de le dire !

– How funny ! gloussa Arnault de Battz. Vous les avez testés ?

– Évidemment ! J'ai préféré le faire à l'extérieur, avec un nouveau portable.

– Toujours pas confiance ? glissa Marcus Maratier. Vous avez raison, ils sont partout.

– Alors ?

– Alors rien. Les quatre numéros renvoient directement à une messagerie sans annonce d'accueil. Juste un bip. J'ai laissé les coordonnées du site. Et pour éviter qu'un cinglé ampute notre toutou pour voler les numéros, j'emmène mémère chez un tatoueur ce matin ! Valentin, tu m'accompagnes ?

– Yep !

Deux coups de sonnette les interrompirent dans leur élan.

– J'oubliais, s'indigna Arnault de Battz, c'est Eva Trevethan, cette femme que Léon a défendu contre… Anyway, elle vient s'occuper de la Guilde des emmerdeurs. La pauvre, elle a des semaines de courrier et de mails à éplucher, une horreur !

En disant cela, Arnault jeta un regard en coin en direction d'Egon Zeller.

– Battz, il n'y a pas de petites affaires…

Deux minutes plus tard, le producteur accueillait Eva Trevethan alors que Valentin dévalait les escaliers quatre à quatre, Guernica sur les talons.

Restée plus par curiosité que par politesse, Sookie Castel rangea la nouvelle arrivante dans la boîte des mélancoliques où étaient entrées un nombre important de femmes, dont Lana Del Rey, se délecta des simagrées d'Eva devant le célèbre comédien, puis elle salua le reste de l'équipe et rejoignit Valentin Mendès sur le trottoir.

– J'ai appelé Solange, lui annonça-t-il tout de go. On a rancard à son hôtel.

– Qu'est-ce que tu vas lui dire ?

Le jeune homme eut un air embarrassé.

– J'attends de la voir venir. Du coup, je me mets pas trop la pression.

– Faudra être fort, mon Padawan, le prévint Sookie Castel affectueusement. Certaines nanas sont vraiment tordues.

172

Avant de quitter Paris, il y avait une dernière chose que **Rodolphe Craven** pouvait entreprendre.

Son rôle éphémère de caution morale s'était achevé après sa rude confrontation avec le jeune Mendès, aux abords du Père Lachaise le dimanche précédent, mais il n'aurait su dire, alors que son taxi arrivait place Vendôme, s'il en était réellement affecté.

Il y avait longtemps qu'il se sentait fatigué. N'était-ce pas le moment idéal pour prendre de longues vacances ? Un endroit où l'on n'avait rien de mieux à faire que de jouir de l'instant, au chaud, avec un petit rhum.

Pour entrer à la chancellerie, Rodolphe Craven montra patte blanche, comme il était de coutume. Il avait rendez-vous au Service central de prévention de la corruption avec un homme qu'il n'avait pas vu depuis dix ans, et qu'il n'envisageait pas de revoir.

Léon Castel méritait bien un effort de sa part. Un dernier effort.

« J'ai besoin de vous parler, c'est important. »

La communication avait été courte. Les deux hommes n'avaient jamais été amis, seule une relation hiérarchique les réunissait.

Dans sa carrière de juge d'instruction, Rodolphe Craven avait croisé pas mal de monde. Michel Hicks était la personne la plus influente qu'il connaissait.

Au deuxième étage, le magistrat trouva des bureaux ouatés, des couloirs interminables, des portes hautes derrière lesquelles se cachaient des antichambres. Et puis le numéro de porte qu'on lui avait indiqué, équipée d'une plaque en plastique transparent, lettres bleu marine.

Michel Hicks, directeur général.

Rodolphe Craven détestait cet endroit où grenouillaient les animaux politiques, mais il n'avait plus rien à gagner ou à perdre. Le soir même, il serait dans sa maison de Châteaubriant en train de préparer ses affaires. Entre l'ascenseur et la porte du directeur général, il trancha pour Cuba. Quitter les Français pour un temps ne lui ferait pas de mal.

Après la porte, Rodolphe Craven tomba comme il s'y attendait sur un secrétariat. On ne le fit pas attendre – monsieur le directeur avait un emploi du temps millimétré – et dans la minute, il fut introduit.

Michel Hicks était plongé dans la lecture d'un dossier. Il leva une main.

– Une toute petite minute.

Le magistrat accepta cette manifestation d'autorité avec bonhomie. Combien de prévenus l'avaient regardé agir de la sorte ?

– Asseyez-vous, reprit Michel Hicks.

Rodolphe Craven s'installa dans un fauteuil confortable.

– Mon cher, je vous ai trouvé un créneau au pied levé. Nous avons une demi-heure. Ensuite, je dois filer au ministère. Un café ?

– Non, merci. Quelle carrière fulgurante ! flatta Rodolphe Craven en montrant d'un geste le bureau. La chancellerie, c'est ce que vous visiez depuis le début.

– C'est ici que les choses se passent, nous le savons tous, se gargarisa Michel Hicks. J'ai vu que vous partiez en préretraite. Auriez-vous changé d'avis ?

– Qu'on m'arrache la langue si je prétendais une chose pareille ! Je quitte la maison sans regret.

Le visage de Michel Hicks s'éclaira d'un sourire.

– Dites-moi ce que je peux faire pour vous, Rodolphe.

– Libérer Léon Castel, répondit sans fioriture le juge Craven.

Michel Hicks se laissa aller dans son fauteuil.

– C'est la raison de votre visite ?

– Il n'y en a pas d'autre.

– Votre super-avocat, Acquitator ? C'est un bulldozer, celui-là !

– Trop long.

– J'aurais pu vous éviter le déplacement, Rodolphe. Je ne peux intervenir dans une décision rendue par un juge. Ce n'est pas à vous que je vais l'apprendre.

– Officiellement, je suis d'accord.

– J'ai eu vent de votre contribution en tant que caution morale de W3, un hasard malheureux, j'imagine.

– Il y a beaucoup de hasards malheureux ces derniers temps, contra Rodolphe Craven, comme le meurtre de François Puvenelle au moment où Léon Castel allait être libéré. Il arrange bien du monde, vous l'admettrez.

– Cette affaire génère du gâchis, mais pour autant, je ne peux répondre favorablement à votre requête. Je suis désolé.

– On me fait chanter, Michel.

– Mais c'est au 36 qu'il faut aller, mon cher. Qu'ont-ils sur vous ?

– Pas sur moi, sur nous.

– Je ne vous suis pas.

– C'est pourtant très simple, exposa Rodolphe Craven, qui s'attendait à ce que son interlocuteur fasse la sourde oreille. Il y a dix ans, j'ai servi les intérêts de l'État comme vous me l'avez demandé. Or, les enregistrements d'Éric Moreau ont refait surface.

– Je sais tout cela, s'agaça Michel Hicks, la cascade de merde n'a pas fini d'éclabousser du beau monde. Mais je ne vois pas où vous apparaissez !

– Ce que W3 a mis en ligne en juillet dernier a été censuré.

– Voulez-vous dire que W3 est votre maître chanteur ?

– Peu importe, éluda Rodolphe Craven. Là n'est pas la question.

– Allons bon ! ironisa Michel Hicks.

– On reconnaît parfaitement ma voix sur les enregistrements originaux, poursuivit Rodolphe Craven. Et je peux vous garantir que s'ils parvenaient entre les mains d'un juge, je ne serais pas le seul à tomber.

– Vous me menacez ?

– Mieux, je vous garantis que vous tomberez avec moi. Et vous savez qu'en cas de scandale, vous servirez de fusible. Exactement comme moi.

Rodolphe Craven se leva et se dirigea vers la sortie.

– Oh, précisa-t-il en se retournant, pas la peine de m'envoyer vos sbires. S'il devait m'arriver malheur, un dossier dans lequel j'explique toute cette misérable affaire serait envoyé à qui de droit. Libérez Léon Castel : c'est ce que vous avez de mieux à faire, Michel, croyez-moi. Qu'est-ce que c'est pour vous ? Un coup de fil au juge chargé de son dossier. Un coup de tampon manquant sur la procédure administrative et hop, l'avocat saute sur le vice de forme. Soyez beau joueur, Michel. Et encore toutes mes félicitations pour votre poste à la Direction de lutte contre la corruption !

173

La ville de Salinitiovosk avait changé au cours de la décennie écoulée. Le phénomène s'était même accéléré ces dernières années.

Dans les quartiers à la mode, principalement autour du port marchand et de la grand place, le béton de l'époque soviétique avait été remplacé, recouvert ou peint. **Demian Obolanski** s'en fit la réflexion alors qu'il traversait le centre-ville à pied.

Juste au-delà des remparts, il y avait un quartier composé de maisons individuelles sur deux ou trois niveaux, des vestiges de la cité du XIXe siècle, épargnés par l'ère soviétique.

Jo Lieras et Mathilde Bonnet projetaient de s'y installer quand Bérénice aurait suffisamment grandi pour voler de ses propres ailes, et avaient sollicité son aide pour obtenir la double nationalité.

« Vous aurez votre passeport, leur avait-il répondu. La Russie aime les amoureux. »

Ses propres mots résonnaient encore tandis qu'il longeait ces maisons qui faisaient rêver ses amis. À présent, Jo Lieras était étendu dans le compartiment réfrigéré d'une morgue, et la dépouille carbonisée de Mathilde Bonnet reposait dans un cimetière du côté de Nantes.

Il restait Bérénice, qu'il faudrait aider à refaire surface, à aimer son nouveau pays. Une chance, la gamine était douée en langues, elle n'aurait aucun mal à apprendre le russe. Mais s'adapterait-elle à la vie que Jo avait choisie pour elle, s'il venait à disparaître ?

Et puis, il y avait Lara Mendès à *La Milusin*. Jamais il n'aurait imaginé redouter cette confrontation.

Demian Obolanski poursuivit son chemin pendant près d'une heure, vida son esprit en se focalisant sur la marche, le rythme de ses pas, sa respiration qui s'y adaptait.

Quand il arriva dans la cité ouvrière, il allait être midi.

L'entrée de l'immeuble était gardée par trois hommes de Volodia Pavelevitch, des gamins d'à peine plus de 20 ans qu'il n'avait jamais vus. Il échangea avec eux un bref regard, puis grimpa dans les étages. Au quatrième niveau où il se rendait, flottait une délicieuse odeur de légumes et de pâtisserie. Il sonna à la dernière porte.

Des pas accoururent presque aussitôt et s'incarnèrent dans le visage défiguré de Manya. L'adolescente éclata de joie en découvrant son visiteur. Elle le tira à l'intérieur d'un appartement jusque dans la grande cuisine où se précipitèrent la plupart des pensionnaires de *La Valbonne*.

– C'est Demian ! chantonna Manya. Demian est arrivé !

– Où est ma fille ? demanda-t-il lorsqu'il les eut toutes saluées.

– Elle est un peu malade, le renseigna la jeune Russe. Mais je m'en occupe. Viens !

Amusé par son comportement, Demian laissa Manya l'accompagner jusque dans une des chambres où Tissia était alitée.

Ses cheveux étaient collés sur son front en sueur, et ses yeux rougis.

– *Privet miss*[1], murmura Demian Obolanski en s'asseyant sur le lit. *Vy prostudilis' na lodke ?*[2]

1. « Bonjour, mademoiselle »
2. « Tu as attrapé froid sur le bateau ? »

La fillette eut un sourire ravi, et se colla contre le buste de son protecteur, qui l'enlaça et s'adossa contre le mur.

– Tu es assez en forme pour aller à Moscou demain ? poursuivit-il, toujours en russe.

La fillette dit oui de la tête.

– Voyons ça.

Demian Obolanski posa sa paume sur le front de Tissia et fit une légère grimace.

– Mmmh… dit-il. Ça devrait aller.

– Mais ! s'exclama Manya. Je veux venir aussi !

– Je choisis qui va travailler pour moi, répondit Demian Obolanski en la fixant. Tu crois que tu peux travailler pour moi ?

Le visage de l'adolescente se crispa.

– Je suis courageuse. Beaucoup d'hommes aiment ça.

– Tu crois que j'ai besoin de toi pour t'occuper des hommes ?

– Je suis prête.

– Non, Manya. Tu n'es pas prête.

– Tu me rejettes à cause de mon visage, geignit la jeune fille. Les hommes s'en fichent quand je relève ma jupe.

– Je t'interdis de relever ta jupe devant des hommes tant que tu habiteras avec moi.

Les yeux affolés de Manya exprimèrent une incompréhension totale. Puis des larmes roulèrent sur ses joues. De son côté, Tissia s'accrocha encore plus fort au cou de Demian Obolanski.

– J'habiterai avec toi ? demanda l'adolescente en rougissant.

– C'est ce que je viens de dire.

– Alors je suis heureuse. Je serai une bonne épouse, tu verras.

– Ne te méprends pas, répondit-il avec un sourire attendri. Tu seras la sœur de Tissia. Et quand tu auras 20 ans, tu vivras ta vie où bon te semblera.

174

La compagnie de Nikita n'était pas désagréable, **Léon Castel** devait l'admettre. Le Russe passait son temps à lire, à envoyer des SMS, quand il ne téléphonait pas.

De son côté, il s'employait à répondre à son courrier. Le Russe lui avait fourni une ramette de papier à en-tête de l'administration pénitentiaire, des enveloppes, une boîte de stylos. Pour les timbres, on verrait plus tard.

Au début, Léon Castel avait écrit des réponses personnalisées, mais il s'était aperçu que la tâche était insurmontable. À raison de cinq minutes par lettre et une moyenne de huit heures d'écriture quotidienne, il faudrait quatorze jours de travail.

Sauf que le sac de la veille représentait uniquement les lettres reçues lors de sa première semaine d'incarcération.

Le matin même, il y avait eu une nouvelle livraison. Le soutien ne faiblissait pas. Dans ces lettres, on parlait de pétitions, de rassemblements, on menaçait même de grève du vote. Si les autorités n'y prenaient pas garde, il y aurait bientôt un phénomène Léon Castel.

Voilà ce qu'on lui racontait. On le mettait aussi en garde contre l'essoufflement des mouvements populaires sur lequel comptaient les autorités.

« Comme on va faire la grève du vote chez nous, devant la télé, ça risque pas de s'essouffler ! » écrivait un type du Nord.

Tout de même, Léon Castel voulait répondre à chacun. Alors, il s'était décidé pour un message très simple : « Bons baisers de Fleury-Mérogis, avec toute ma reconnaissance. Léon »

C'était rapide, efficace. Sa main écrivait machinalement, ce qui permettait à son esprit de s'envoler. Ses pensées tournaient autour de l'agression de Gueule d'Ange, de son ressenti, car au fond de lui, Léon ne parvenait pas à éprouver un seul remords.

– Qui de vous deux est le plus tordu ? murmura-t-il en parcourant une nouvelle lettre. Ben ça alors !

C'est la question que posait un étudiant en condamnant l'action de dénonciation de François Puvenelle. « Personne ne se substitue à la justice, écrivait-il, personne ne devrait se prendre pour Dieu. »

– Et Dieu, justement, il en pense quoi, de tout ça ? râla Léon en froissant la lettre. Trou du cul !

Il y eut du mouvement sur la couchette inférieure. Léon entendit le claquement d'un livre qu'on referme, puis il vit la grande silhouette de Nikita se déplier dans le reflet de l'écran de télévision.

– Dieu te parle, dit le Russe en se levant pour s'accouder sur le rebord de la couchette supérieure. C'est bien.

– Dans ce pays, tu passes pour un réac si t'as des questionnements religieux, rétorqua Léon Castel en se lassant lui-même de ses propres ritournelles.

– Dieu, c'est important dans mon pays. Ton pays à toi, est bon pays pour meurtriers. Chez nous, pas pareil.

– Qu'est-ce que tu veux dire ? Gueule d'Ange est mort ?

– Non, l'autre !

– Quel autre ?

– François Puvenelle.

– Ben quoi ?

– Qui l'a tué ? Toi avec mégaphone ou homme avec couteau ?

Les sourcils froncés, Nikita se rassit en grommelant des mots dans sa langue natale, laissant Léon Castel atterré.

– On dit que Staline grand criminel, ajouta le Russe depuis sa couchette, mais personne l'a vu tuer. Toi, tout le monde t'a vu dans télévision !

175

Arrivée avec un quart d'heure d'avance, **Lara Mendès** contemplait la grande bibliothèque de *La Milusin*. Cette pièce aux murs couverts jusqu'au plafond de rayonnages, accessibles pour certains par une échelle roulante, ressemblait à celles que l'on ne voit que dans les films. Il fallait des décennies pour réunir une telle collection, à moins de tout acquérir en une fois, comme les nouveaux riches. Mais Vera Obolanski n'appartenait pas à cette catégorie de possédants, Lara en était convaincue. Elle avait l'éducation et la classe des vieilles familles de Russes blancs.

Il était précisément 14 heures quand, par les fenêtres ouvertes, la jeune femme entendit une voiture se garer et des portières claquer. Elle reconnut la voix chantante de Manya, celle de Vera, entendit des rires de fillette, probablement ceux de Tissia, puis des bruits de pas, cette fois provenant de l'intérieur.

Désireuse de se donner une contenance, elle retira un vieil exemplaire de *La Guerre des Gaules* du rayonnage pour le feuilleter. Les paumes moites et les doigts crispés sur le livre, elle prit une inspiration avant de se retourner pour accueillir son hôte.

Entièrement vêtu de noir comme à l'accoutumée, Demian Obolanski l'observait depuis le seuil. En le détaillant à son tour,

Lara Mendès se fit la réflexion qu'il était élégant, se demanda s'il portait toujours son couteau sur lui, et se traita d'écervelée, préférant attribuer ses pensées aux deux verres de vodka qu'elle avait bus cul sec avant de venir.

La matinée lui avait semblé interminable, et plus l'heure approchait, plus Lara s'était raidie. Elle n'avait pas revu Kalinine depuis l'attaque de *La Valbonne*, et elle ignorait quelle attitude adopter.

– Ne me faites plus jamais le coup de la convocation, lâcha-t-elle abruptement. Je ne suis pas une de vos filles.

Demian Obolanski se mit à rire.

– Un café nous attend dehors. Voulez-vous m'y accompagner ?

Lara Mendès sentit son ventre se nouer quand il s'approcha pour l'inviter à sortir. Elle se laissa conduire sur la terrasse où des tasses en porcelaine les attendaient sur une table nappée de coton blanc. Après avoir posé le livre qu'elle avait emprunté, elle attaqua, bille en tête.

– On joue à quoi ? À *La Petite Maison dans la prairie* ?

– Je pencherais plutôt pour *Orgueil et Préjugés*, rétorqua Demian Obolanski, du tac au tac.

Lara fixa son interlocuteur, stupéfaite.

– Qu'est-ce que je fiche ici, exactement ? finit-elle par dire après quelques secondes.

– J'ai pensé que *La Milusin* vous serait plus agréable qu'un hôtel en ville.

– Ce n'est pas ce que je vous ai demandé !

– Votre impulsivité, votre curiosité, votre imprudence, votre propension à la désobéissance et votre esprit de rébellion. Dois-je poursuivre ?

Sans cet appel passé à son frère depuis *La Valbonne*, trois adolescentes et un homme seraient encore en vie. Mais comment Lara aurait-elle pu imaginer la puissance des ennemis de Kalinine, et sa capacité de riposte ?

Elle tourna autour des mots, trouva son interlocuteur injuste et manipulateur, puis lâcha presque malgré elle :

– Vous êtes un monstre !

– Me juger ne vous dédouanera pas.

– C'est vous et vous seul qui générez ce déferlement de violence, riposta Lara Mendès. Partout où vous passez, des gens meurent. Moi, je ne suis qu'une…

– Victime ? En êtes-vous certaine ?

La jeune femme détourna le regard.

Sa fierté lui dictait de ne pas se justifier. Et sa fierté était l'un des derniers piliers qui la tenait encore debout.

– Qu'est-ce que vous avez prévu ? se contenta-t-elle de demander avec le plus de détachement possible.

– Je comptais en discuter avec vous, justement.

– Je veux partir d'ici.

– Vous savez que c'est impossible.

– Au secours ! dit Lara avec cynisme. Le grand Kalinine a étripé un porc à ma demande ! Franchement, je ne vois vraiment pas quel danger je représente pour un homme comme vous.

Si Lara Mendès gardait un air frondeur, ses genoux s'entrechoquaient sous la table.

– Que savez-vous de moi ?

– Pas grand-chose. Et alors ?

– Alors comment en arrivez-vous à cette conclusion ?

– Il me semble que de nous deux, lâcha la jeune femme en pointant les marques sur son cou d'une main mal assurée, ce n'est pas moi qui ai l'avantage.

– Cet argument n'est pas valable.

– Et pourquoi ?

– Je ne peux pas revenir en arrière.

– C'est votre façon de vous excuser ?

– C'est la réalité.

– Vous ne m'abuserez pas avec votre belle éducation et vos sourires charmeurs ! Vous croyez que je peux oublier qui vous êtes ?
« Sans compter vos mains autour de mon cou, et votre putain de couteau sur ma poitrine ! Vous croyez vraiment que je peux oublier ?

Épuisée par des jours de frustration et de peur, Lara Mendès acheva sa phrase en criant. Dans les arbres tout proches, les oiseaux s'étaient tus.

– Vous avez terminé ? demanda Demian Obolanski en fronçant légèrement les sourcils. Pouvons-nous discuter sans que vous me sautiez à la figure ?

Les bras croisés sur sa poitrine, la jeune femme se remit à trembler.

– Vous allez me garder ici, c'est ça ?

– Vous lâcher dans la nature avec ce que vous savez serait imprudent de ma part.

– Alors il faudra me tuer, murmura Lara en se levant brusquement. Parce que je ne me laisserai jamais mettre en cage. Et certainement pas par vous, Obolanski, Kalinine, ou qui que vous soyez !

La jeune femme saisit le livre contre elle, et tourna les talons en direction de la bibliothèque pour cacher ses larmes.

– On m'appelle Kalinine depuis que je suis môme, lui lança le Russe. Ça remonte à l'époque où je rêvais d'acheter cette propriété et de régner sur Salinitiovosk, ajouta-t-il alors que Lara s'était arrêtée. Ilya est mon prénom de naissance, et Demian, celui que ma mère a choisi pour moi. Lara, poursuivit-il en se levant pour l'enjoindre à se rasseoir, pourquoi n'envisageriez-vous pas votre séjour ici autrement ? J'aimerais que vous choisissiez de rester, plutôt que d'y être contrainte.

Déstabilisée, Lara Mendès rougit.

– Foutaises, murmura-t-elle en essuyant ses joues. Pourquoi voudriez-vous que je reste de mon plein gré avec un assassin ?

– Je n'ai l'intention ni de vous blesser ni de vous tuer, croyez-moi, précisa Demian Obolanski. Jo était mon ami. Et Jo tenait à vous.

La fêlure que perçut Lara dans la voix du Russe la troubla. Elle revint lentement sur ses pas.

– Vous le prendrez, ce café ?

– Oui.

– Noir, sans sucre, c'est ça ?

– C'est ça, souffla-t-elle en se rasseyant. Merci.

Pendant que Demian Obolanski remplissait les tasses en porcelaine, les oiseaux reprirent leurs chants, et Lara Mendès, un semblant de confiance.

– Que faisait un homme tel que lui avec un homme tel que vous ?

– Nous avons été équipiers pendant près de dix ans, répondit-il en trempant ses lèvres dans le café.

– Vous êtes flic ? s'étonna Lara, incrédule. Je croyais que c'était une fausse identité pour couvrir vos voyages en France.

– Jo avait besoin d'un homme comme moi.

– Je ne comprends pas, avoua Lara. Vous avez assassiné Moreau à l'époque de votre rencontre, je crois.

– Je suis passé par des chemins peu conventionnels.

– Quel est le lien entre cet avocat, Jo, et vous ?

– Vaste question…

– Mais encore ?

– Si vous décidez de rester, je vous raconterai.

– Si vous voulez que je reste, rétorqua Lara avec insolence, il faudra tout me raconter.

– Presque tout, nuança le policier avec un léger sourire.

Ils burent leur café en silence.

– Comment avez-vous pu mener ces deux vies de front sans jamais être inquiété ? demanda Lara à brûle-pourpoint.

Demian Obolanski entrouvrit la bouche, demeura interdit une fraction de seconde, et lâcha un long soupir.

– Je n'ai jamais eu deux vies.

– Vous vous fichez de moi ?

– J'aimerais.

– Expliquez-vous, alors ! Comment combat-on la prostitution en mettant des filles sur le trottoir ?

– Primo, commença le Russe avec un soupir, refuser de voir le commerce du sexe comme un élément vital pour les économies est une erreur. Deuxio, imaginer qu'il est possible d'éradiquer le fléau en le pénalisant à tous les échelons est une illusion. Et tertio, croire un seul instant que l'humain est capable de renoncer à ce type de sexualité, c'est de l'angélisme.

– Donc, vous n'avez rien trouvé de mieux que de faire le maquereau !

Face à elle, Demian Obolanski observa une seconde de silence, puis il poursuivit, les bras croisés sur son torse, et une légère réticence dans la voix.

– Lara, des centaines de filles sont passées par mon réseau. Elles vivent maintenant à Londres, à Melbourne ou ailleurs. Ces femmes sont libres. Et surtout, elles ont participé à leur propre émancipation.

– Vous plaisantez ?

– Voyons-nous demain dans la matinée, dit-il sèchement, et vous me ferez part de votre décision.

– Quelle décision ?

– Vous me direz si vous comptez rester parmi nous, ou si vous préférez rentrer en France. Après tout, ajouta-t-il en se levant, vous n'êtes peut-être pas aussi dangereuse pour moi que je l'imaginais.

Demian Obolanski acheva de boire son café et reposa sa tasse. Puis il inclina la tête vers Lara Mendès en désignant le livre qu'elle avait choisi.

– Si vous me permettez un conseil littéraire, ne perdez pas votre temps avec Jules César. Il n'a ni le talent ni l'esprit de Marc Aurèle.

176

Avec son bermuda, ses cheveux longs coiffés d'une casquette du Bayern et son sac en bandoulière, **Patrice Demarescau** avait tout du touriste allemand.

Il prit un café au bar de l'hôtel Lutetia, parcourut un exemplaire de *Der Spiegel* tout en examinant les environs. Quand sa cible se présenta à l'accueil pour régler sa note, il sortit de l'hôtel, traversa le boulevard et remonta la rue de Sèvres sur quelques mètres, jusqu'au parking public où il s'engouffra.

Tout en prenant soin d'éviter le champ des caméras de surveillance, le légionnaire gagna le deuxième sous-sol, et demeura caché dans l'ombre d'un pilier.

À peine un quart d'heure plus tard, la cabine d'ascenseur s'ouvrit sur la silhouette bedonnante du juge Rodolphe Craven.

Un dernier coup d'œil pour s'assurer que personne ne venait, et Patrice Demarescau marcha d'un pas rapide vers sa cible.

Il atteignit le juge au moment où celui-ci ouvrait le coffre de sa voiture. La main du légionnaire jaillit vers la gorge de Craven, les contacteurs du Taser s'enfoncèrent dans le gras, et le magistrat s'affaissa lourdement.

Dans le mouvement, Patrice Demarescau fit basculer son corps dans le coffre, puis l'entrava et le bâillonna avec un scotch résistant. Enfin, il claqua le hayon, ramassa les clés de contact et s'installa au volant.

177

À 20 h 02, c'est plein de bonnes résolutions que **Valentin Mendès** frappa à la chambre de Solange Durieux. Quand celle-ci ouvrit la porte, les résolutions du jeune homme tremblèrent sur leurs bases.

Solange sentait bon, ses cheveux retombaient admirablement sur ses épaules, et ses seins pointaient sous un peignoir en dentelle et satin.

– Je ne suis pas tout à fait prête, dit-elle sur un ton enjoué, laisse-moi deux minutes et je suis à toi.

En entrant dans la chambre, Valentin ne put s'empêcher de repenser à cette fois où il était resté sur le lit, à imaginer des scènes torrides tandis qu'elle achevait de se préparer dans la salle de bains.

Acte deux.

Le jeune homme contourna le king-size et alla se camper devant une des fenêtres, qui donnait sur la banlieue. Cette fois serait différente. Solange lui annoncerait d'un air désolé qu'elle se mariait en grande pompe au Texas, elle serait navrée de lui avoir laissé croire des choses, elle le supplierait de ne pas lui en vouloir.

– Prends-toi un verre ! proposa-t-elle depuis la salle de bains. Ce que tu veux !

De son côté, Valentin Mendès avait prévu de ne pas s'éterniser et de jouer au type blasé. Il s'en irait en lui souhaitant d'être heureuse et ne la reverrait jamais parce qu'il l'aimait sincèrement, et en bavait des ronds de chapeaux. Peut-être confondait-il désir et amour, mais il s'en moquait. Ses sentiments étaient bien réels.

– Tu me sers la même chose ? dit encore Solange Durieux. Oh, et tu veux bien venir ? J'ai besoin d'un coup de main.

– Avec ou sans verre ?

– Viens comme t'es…

Valentin Mendès trouva Solange Durieux devant le miroir qui surplombait un double lavabo. Elle plaquait le devant d'un bustier en cuir sur ses seins. Apparemment, elle ne parvenait pas à resserrer les lacets dans le dos.

– J'étais vraiment claquée, expliqua-t-elle, il fallait que je me repose avant de te voir. Tu m'aides ?

Les pans du bustier béaient, si bien que Valentin voyait le dos de Solange, la cambrure de ses reins, la couleur caramel de sa peau.

– L'autre jour au téléphone, bafouilla-t-il, t'as dit que t'avais des trucs pas cool à m'annoncer.

– Relax ! Tu veux vraiment qu'on en cause alors que je suis à moitié à poil ?

Valentin s'approcha de Solange. Ses mains captèrent la chaleur de son corps. C'était doux. Un parfum enivrant montait de sa peau. Il attrapa les lacets et les resserra pendant que les yeux de la jeune femme le fixaient intensément à travers le miroir. La tension soudaine du tissu renforça l'arrondi de ses seins.

– Tu aimes ?

– Qu'est-ce que tu fais, là ?

– Pose tes mains sur mes épaules.

Les résolutions s'effondrèrent, et les doigts de Valentin Mendès effleurèrent les épaules dénudées de Solange qui se plaqua contre lui et le poussa jusqu'au mur tout proche.

– Je suis belle avec toi, tu ne trouves pas ?

Elle sourit à Valentin dans le miroir, puis glissa une main dans son dos. Ses doigts se refermèrent sur le renflement de la braguette du jeune homme, incapable de résister, ses yeux rivés dans ceux de Solange. Elle était belle à en devenir fou. Et bientôt mariée.

– Je ne sais pas si…

– Tu n'aimes pas ?

Solange Durieux eut un regard d'une candeur adorable, regard qu'elle fit langoureux en se retournant pour s'accrocher au cou de Valentin.

– Chut, bébé, laisse-toi faire, ajouta-t-elle en se hissant sur la pointe des pieds pour lui ôter son tee-shirt. C'est mon cadeau…

Leurs lèvres entrèrent en contact, leurs bouches s'ouvrirent et leurs langues se mêlèrent. Le baiser dura longtemps. Ils en ressortirent le souffle rauque, et le cœur battant la chamade.

Solange Durieux posa un index sur les lèvres de Valentin Mendès, puis elle s'agenouilla devant lui, dégrafa sa ceinture, et fit descendre son jean sur ses chevilles. La main de la jeune femme caressa habilement le sexe raide, puis elle le prit dans sa bouche.

Paralysé par un plaisir grandissant, Valentin regardait alternativement le visage de Solange, les œillades qu'elle lui lançait, les mouvements de ses lèvres qui allaient et venaient autour de sa verge, et son reflet dans le lavabo, la forme parfaite de ses fesses, le mouvement saccadé de son buste.

Il croisa aussi son propre regard, se souvint des mots de Sookie, et n'aima pas ce qu'il vit.

– Arrête !

Mais Solange n'arrêtait pas. On aurait même dit qu'elle accélérait la cadence.

– S'il te plaît, arrête ! gémit Valentin Mendès en plongeant ses doigts dans sa chevelure. Arrête.

Comme rien n'y faisait, il força brutalement la jeune femme à le lâcher, et s'enferma dans les toilettes. Là, il se masturba vite, fort, et jouit aussitôt. Quand il ressortit de la cabine, il avait les joues rouges et les yeux brillants de larmes.

– Qu'est-ce qui t'arrive, bébé ? lui demanda Solange Durieux en s'approchant de lui.

– C'était quoi, ça ? Tu vas te marier et t'as pas les couilles de le dire ?

– Je t'en aurais parlé.

– Quand, après ? Tu t'es dit, le gamin a droit à son cadeau d'anniversaire ! Une pipe et on est quittes !

– Ne sois pas vulgaire, tenta Solange Durieux en croisant les bras sur ses seins. Je vais me marier, pas jurer fidélité !

– Et c'est moi qui suis vulgaire ? lâcha Valentin, décontenancé. Mais… mais… je te kiffais vraiment ! T'y as pensé, à ça ?

Le jeune homme se sentit tout à coup stupide, nu, fragile. Il avait de plus en plus de difficultés à retenir ses larmes. Alors il traversa la chambre, ouvrit la porte et quitta l'hôtel en trombe.

178

Les narines du juge **Rodolphe Craven** palpitaient, ses lèvres tremblaient.

Il était ligoté sur une chaise, et une cagoule couvrait sa tête.

– Je sais que vous êtes là, osa-t-il d'une voix chevrotante. C'est vous, n'est-ce pas ?

Pendant un bon moment, le magistrat se tut. Il remuait la tête de droite et de gauche, par à-coups rapides. Puis il craqua de nouveau :

– Qu'est-ce que vous voulez ?

Des bruits de talons approchèrent. Un homme attrapa une chaise contre un mur et la plaça face à celle où était assis le juge.

– Vous ne pourrez pas toujours tout contrôler, vous comprenez ?

Il y eut un long silence, puis un second homme entra dans la salle, passa derrière Rodolphe Craven et lui retira son bandeau.

C'est alors que le magistrat reconnut le colonel Adrien Barbier – l'homme de l'ombre du chef de cabinet du ministre de l'Intérieur – et découvrit que son lieutenant était le type aux longs cils qui l'avait agressé dans sa maison deux mois plus tôt.

Il comprit également qu'il n'avait aucune chance de s'en sortir.

– Juge Craven, lui dit Barbier en prenant place sur la chaise face à lui.

– Pourriture ! cracha le magistrat. Toujours aux basses besognes ?

– À qui pensiez-vous vous adresser, tout à l'heure ?

– Va te faire foutre !

Sur un geste de son colonel, Patrice Demarescau récupéra le bandeau, et s'en servit pour entraver la bouche de Craven.

– À qui pensiez-vous parler ? répéta Adrien Barbier tandis que le juge gigotait sur sa chaise. Kalinine ? Nous savons que vous l'avez rencontré. Nous voulons savoir pourquoi ?

Il avança son buste vers le magistrat et posa ses coudes sur ses cuisses.

– Rodolphe, je vous garantis que votre collaboration déterminera votre confort futur. Alors je répète ma question : quand avez-vous rencontré Kalinine ? Qu'est-ce qu'il voulait ?

Le juge Craven planta son regard dans celui de son interlocuteur. Il pensa à Léon Castel, son vieux complice, se remémora leurs tribulations en Bretagne, sur les traces de Lara Mendès, et songea qu'il ne pourrait pas l'emmener déjeuner au « Pied de cochon » à sa sortie de prison. Il s'était promis d'offrir à son ami un tournedos Rossini accompagné d'un bon bordeaux. Et un fondant au chocolat ou des profiteroles en dessert. Et un vieux cognac. Avec un bon cigare.

Car Léon allait être libéré, il le savait, Michel Hicks ferait le nécessaire. Comme il savait que sa présence ici n'avait rien à voir avec sa visite à la Chancellerie. C'était forcément une initiative du colonel Barbier. Cet homme était dingue, et le ministre trop faible pour ouvrir les yeux sur ses exactions.

Seul le résultat comptait.

– Est-ce pour surveiller les agissements de W3 qu'il vous a contacté ? Est-ce pour ça qu'il vous a contacté ? Répondez !

Le colonel acheva sa phrase en arrachant le bâillon du visage de Rodolphe Craven.

– Va te faire foutre. Tu ne m'auras pas.

Adrien Barbier fit signe à son lieutenant qui plaça un enregistreur numérique près de l'oreille de Rodolphe Craven, et mit l'appareil en mode lecture. Il y eut d'abord des bruits de rue, puis on entendit clairement la voix de Valentin Mendès :

« Il n'y a pas d'erreur possible, monsieur le juge. Ce que vous disiez dans le bureau de cette raclure de Moreau il y a dix ans était parfaitement clair : Vaut pas mieux laisser tranquille une famille comme il faut plutôt que de rendre justice à une pute que personne ne réclamera ? Et un truc du genre : Je m'en lave les mains ? Alors, ça ne vous rappelle toujours rien ? Vous voulez savoir ce que je pense des gens comme vous ? Ça me fout la gerbe !

(Silence)

« Ça suffit maintenant ! Espèce de petit trou du cul... lâche-moi !

(Des bruits)

« C'est très simple, vous ne mettez plus jamais les pieds chez W3. Parce que je vous casserai la gueule avant de vous balancer ! C'est fini le rôle de la caution morale à la con. Tire-toi de là, t'es qu'une grosse merde ! »

– Cet échange vous rafraîchit-il la mémoire ? demanda Adrien Barbier. Ça a été pris dans la rue des Bluets le jour où vous avez trouvé les micros. Le gamin vous a pris à part et vous a demandé de dégager sans le dire à ses petits copains. Ça serait du plus mauvais effet dans la presse, vous ne croyez pas ? La caution morale de W3 était complice de Moreau ! Si vous ne voulez pas que je broie vos amis, répondez ! Que voulait Kalinine ? Pourquoi vous a-t-il ordonné de surveiller W3 ? Que craint-il qu'on découvre ?

179

Lara Mendès passa le reste de l'après-midi enfermée dans sa chambre à *La Milusin*, allongée sur son lit, le livre des *Pensées* de Marc Aurèle posé à côté d'elle.

Après le départ de Demian Obolanski, elle était restée longtemps sur la terrasse, les yeux dans le vague, incapable d'analyser ses sentiments en dehors de l'incrédulité.

Puis elle avait retraversé la bibliothèque, où elle avait machinalement rangé le livre de Jules César pour prendre celui que lui avait conseillé son hôte. Enfin, elle avait passé le reste de la journée à lire, obsédée par une question : se pouvait-il vraiment qu'il accepte de la laisser rentrer en France avec ce qu'elle savait ?

– Qu'est-ce que tu vas décider, crevette ? murmura-t-elle, désemparée. Si tu restes, t'auras les réponses que tu cherches depuis un bail. D'un autre côté, ce serait sûrement plus prudent de mettre des milliers de kilomètres entre ce type et toi…

Mais Lara Mendès ne parvenait pas à envisager son départ sans trouver dix bonnes raisons de rester. Outre sa curiosité et son intérêt pour l'affaire Moreau, les réseaux de prostitution et l'ambivalence de Kalinine, sans compter sa fascination grandissante pour le personnage, elle devait admettre que la seule justification valable à son séjour en Russie était sa présence aux côtés de Bérénice, qu'elle ne pouvait abandonner à des inconnus.

Justification qui vola en éclats en fin de soirée, quand l'adolescente s'engouffra dans sa chambre, chargée de paquets et de sacs de vêtements. Ses cheveux avaient repris leur couleur initiale et bougeaient agréablement autour de son visage, allégés par une nouvelle coupe.

– C'est ouf ! s'exclama-t-elle en se laissant tomber sur le canapé. Vera m'a conduite à l'ambassade ! Je pars à Moscou demain !

– Tu pars ?

– Y'a un super-lycée français là-bas, expliqua Bérénice, et ils ont accepté mon dossier. Je commence dans une semaine ! En tout cas, je vais pouvoir continuer mes études, et faire ce que je voulais. En plus, t'avais raison, y'a plein de sportifs en Russie, c'est cool !

– Ouais… murmura Lara, abasourdie. Je ne sais pas trop quoi te dire.

– Bah, dis que t'es contente pour moi ! s'exclama l'adolescente en se coulant dans ses bras. Ça sera chouette d'être avec des vrais gens de mon âge, tu vois ?

– J'en suis certaine, affirma Lara en tentant de masquer son émotion. Ce sera bien mieux que de tourner en rond à ruminer.

– De toute façon, c'est ce que maman et Jo avaient prévu pour moi. J'aurai même une belle maison ici, au bord de la mer, à mes 20 ans !

– Vraiment ?

– Ouais !

Bérénice Bonnet se cala dans le fond du canapé pour faire face à Lara.

– Et toi, qu'est-ce que tu vas faire ? Il paraît que tu vas retourner en France ?

– Qui a dit ça ?

– Ben, Demian !

– Tu l'as vu quand ? murmura Lara, médusée.

– Il nous a accompagnées à l'ambassade. Après, il m'a payé

une glace au bord de la mer, et on a parlé de papa et maman. En fait, il est cool… Enfin, presque. Il m'a secoué les prunes à cause de la clope et du Rivotril. Va falloir que je me tienne à carreau si je veux de l'argent de poche. Par contre, il s'est excusé de s'être donné en spectacle devant moi. Tu sais, dans la grotte ! Je te raconte pas comment j'ai halluciné ! Tiens, il voulait aussi que je te fasse lire la lettre de mon père avant de partir. J'étais pas trop pour, mais il a insisté.

Bérénice Bonnet poussa un profond soupir, et tendit à Lara l'enveloppe qu'elle trimbalait partout avec elle.

– Tu n'es pas obligée, tu sais, répliqua Lara. C'est pas parce qu'il…

– Je sais, l'interrompit l'adolescente. Lis. Tu comprendras pourquoi j'hésitais.

Lara Mendès saisit la lettre que lui tendait Bérénice et la fit glisser hors de l'enveloppe.

– Tu peux le faire à voix haute ? ajouta l'adolescente. S'il te plaît.

– Tu ne préfères pas la lire toi-même ?

– Nan, ça me fait chialer.

Bérénice Bonnet se cala confortablement entre deux coussins.

– Vas-y.

– « *La Valbonne*, le 25 août, commença Lara d'une voix claire. Béré, ma chérie – entre parenthèses, je sais que tu détestes quand je t'appelle comme ça, mais tant pis, moi j'aime bien. (Bérénice tira la langue en regardant le plafond.) C'est bizarre d'écrire ça, mais si tu lis ces lignes, c'est que je ne suis plus là.

« Je voulais que tu saches que ta mère et moi, nous nous sommes aimés comme des âmes sœurs. C'est important parce que nous t'avons toujours souhaité de vivre un jour une relation comme la nôtre. Parfois, il suffit de savoir que ça existe pour ne pas se l'interdire.

« Tu vas vivre, Béré, et tu n'es pas seule au monde comme tu le penses. Il y a autour de toi des gens à qui j'ai confié souvent ma vie sans hésiter. Tu pourras t'en remettre à eux, à Innokenty et à

Vera, que tu vas rencontrer bientôt. Mais entre tous, celui qui ne faillira jamais – entre parenthèses, malgré tout le mal que tu penses de lui, c'est Demian. Tu apprendras à le connaître et, à ses côtés, tu ne manqueras de rien, jamais. »

– Continue, s'il te plaît...

– « Tu deviendras une femme, ma chérie, poursuivit Lara Mendès avec une voix moins assurée qu'au début. Comme j'aurais aimé connaître cette femme ! Avec ta mère, nous en parlions souvent, nous imaginions à quoi vous ressembleriez, une fois adulte, toi et ton sacré caractère ! (Lara et Bérénice se regardèrent en souriant.)

« Tous les trois, nous n'avons pas eu la chance de connaître une vie ensemble, le bonheur simple d'une famille normale. Et c'est mon seul regret. Bien sûr, je t'écris aussi pour te dire au revoir, te rappeler tout l'amour que j'ai pour toi.

« C'est vrai que tu n'es pas ma chair, Béré, mais tu es ma fille.

« Avant d'achever cette lettre, reprit Lara avec un geste affectueux pour Bérénice, je veux te confier une chose que tu soupçonnais peut-être, que ta mère et moi nous étions interdits de te révéler pour des raisons que tu comprendras un jour, mais que nous nous étions mutuellement promis de t'avouer avant de disparaître. »

Les sourcils froncés, Lara Mendès marqua une courte pause avant de reprendre la lecture.

– « Quand Charlène a été enlevée, j'ai été désigné sur l'affaire, et c'est ainsi que j'ai rencontré Mathilde, tu le sais. Au premier regard, nous nous sommes aimés, et nous l'avons cherchée ensemble, sans relâche. Nous l'avons cherchée partout.

« J'ai trouvé les assassins par hasard. Comme souvent dans ce genre d'affaire, ils étaient juste sous mon nez.

« Mathilde et moi partagions tout, c'est pourquoi j'ai décidé qu'elle méritait de connaître la vérité. Essaie de comprendre, il y avait trois possibilités : pardonner, venger, remettre les coupables entre les mains de la justice. Mathilde a refusé de pardonner. Ces gens avaient fait trop de mal, mais surtout, ils étaient en mesure d'en faire bien plus encore. De mon côté, je refusais de les remettre entre les mains de la justice car je savais, pour bien les connaître, que ceux-là bénéficieraient de soutiens puissants.

« Mathilde était la plus belle et courageuse personne que j'aie jamais rencontrée. Et je ne regrette pas de lui avoir permis de se prononcer sur le sort des coupables. Je l'ai soutenue jusqu'au bout, je lui ai laissé le temps de la réflexion. Elle n'a jamais changé d'avis. »

L'adolescente ferma les yeux.

– « Bérénice, je veux que tu saches que nous avons vengé Charlène, et que nous avons regardé mourir ses assassins en face. Ta mère et moi, main dans la main. Le mal par le mal. Parce que nous pensions qu'il n'y avait pas de meilleure solution.

« Mais en supprimant les monstres, nous avons tué les seules personnes qui connaissaient l'existence du bunker, et nous avons failli condamner Lara et Milena à une mort atroce. La mort d'innocents est un poids si lourd à porter qu'il est indicible.

« Un jour, si tu le veux, Demian te racontera. Lui seul, aujourd'hui, sait tout de cette tragédie.

« Maintenant, tu vas me faire le plaisir de vivre, d'être heureuse, parce que c'est ce que Mathilde espérait de tout son cœur de mère.

« N'oublie rien, mais transforme tes blessures en force, nourris-toi des gens formidables qui t'entoureront au long des années à venir. Vis pour nous.

« Et transmets à ton tour ce que tu auras retenu.

« Je t'aime. Jo »

Lara Mendès acheva de lire la lettre. Puis les larmes jaillirent, libératrices et silencieuses. Après un moment, la jeune femme essuya ses joues du revers de sa manche, et replia soigneusement la feuille avant de la rendre à Bérénice.

– Merci, murmura-t-elle. Au moins, ça donne un sens à tout ce que j'ai vécu.

Jour 15 – jeudi 5 septembre

180

Quand sa tête dodelinait, s'affaissait sur son menton ou que ses yeux demeuraient clos plus de deux secondes, la main de **Patrice Demarescau** s'abattait sur la joue de Rodolphe Craven.

Vers 2 heures du matin, le juge manifesta les premiers signes de fatigue.

À 4 heures, le colonel Barbier obtint des sanglots et des suppliques.

À 5 heures, l'absence de sommeil additionnée d'une injection de produit *ad hoc* eut raison de l'endurance du pauvre homme, qui s'effondra littéralement, conscient mais incapable de résister à l'interrogatoire de ses tortionnaires.

– Plusieurs occurrences nous intéressent particulièrement, lui expliqua Adrien Barbier dès qu'il fut assis en face de lui. Comprenez-vous ce que je dis, monsieur Craven ?

Le juge fit oui de la tête.

Agissant sur un simple regard de son chef, Patrice Demarescau retira le bâillon.

– Avez-vous déjà rencontré Kalinine ?

– Oui.

– Bien… Où était-ce ?

– J'avais un bandeau.
– Quand était-ce ?
– Bruno Dessay, marmonna le juge. J'y étais.
– Vous avez été témoin de l'exécution, c'est ce que vous êtes en train de me dire ?
Rodolphe Craven hocha la tête. Des larmes roulaient sur ses joues.
– Ici, en France ?
– Banlieue.
– Pourquoi y étiez-vous ?
– Kalinine voulait me passer un message.
Les mains du juge se mirent à trembler. Il leva lentement ses paumes devant ses yeux et les fixa avec une horreur incrédule.
– Quel message ?
– Justice.
– Pour qui, Dessay ?
– Non, pour moi, souffla Rodolphe Craven avec de nouvelles larmes.
– Vous avez vu Kalinine ?
– Il avait une cagoule.
– Vous a-t-il demandé d'espionner W3 ?
– Oui.
– Pourquoi ?
– Je sais pas. J'ai soif.
– Plus tard. Était-ce en rapport avec les enregistrements de Moreau ?
– Il en a pas parlé.
– Avec votre enquête sur la mort de certains flics, alors ?
– Non.
Debout derrière le juge, Patrice Demarescau observait attentivement les réactions d'Adrien Barbier.
– Un groupe de flics ? Le groupe R ?
– Non.
– Comment en êtes-vous si sûr ?
– Elle n'avait pas commencé. L'enquête.

– Comment a-t-elle débuté ?
– Lettre anonyme. Je sais plus, après.
– Qu'est-ce qu'elle disait, cette lettre ?
– Des flics... Morts. Bizarrement.
Adrien Barbier commença à s'agacer.
– Kalinine vous a parlé de l'affaire des pendus ? De Raspail ?
– Jamais.
– Connaissez-vous Demian Obolanski ?
Le juge Craven fit oui de la tête.
– Pourriez-vous affirmer qu'il n'est pas Kalinine ?
– J'ai soif, s'il vous plaît.
– Plus tard. Répondez.
– Sais pas.
– Où l'avez-vous vu pour la première fois ?
– Avec Jo, son équipier.
À ces mots, Patrice Demarescau pâlit subitement.
– Quand ?
– Libération de Lara, marmonna Rodolphe Craven d'une voix de plus en plus pâteuse. Jamais revu.
– Si ! insista le colonel Barbier, inconscient du trouble de son lieutenant qui ne le quittait plus des yeux. Avec une cagoule sur la tête.
– Pas reconnu.
– Savez-vous que Lara Mendès est soupçonnée de complicité dans le meurtre de Bruno Dessay ?
– Elle est innocente, articula Rodolphe Craven.
– Innocente ?
– Vous allez tous mourir...
– Pourquoi ?
– Kalinine vous baisera.
Adrien Barbier gifla violemment le juge Craven, qui ferma les yeux et laissa échapper un gémissement.
– Pouvez-vous affirmer que Lara Mendès n'est pas impliquée dans le meurtre de Bruno Dessay ?
– J'ai soif.

Sans attendre l'aval de son chef, Patrice Demarescau fit boire le juge Craven. Celui-ci lui lança l'étrange regard de la victime reconnaissante à son bourreau.

– Pouvez-vous affirmer que Lara Mendès n'est pas impliquée dans la mort de Bruno Dessay ? réattaqua Adrien Barbier.

– Non.

– Pourquoi ?

– Il a murmuré son nom, lâcha Craven avec de nouvelles larmes.

– Quel nom ?

– Lara.

– Bien ! Nous approchons du but ! Obolanski est Kalinine ! Il assassine Éric Moreau il y a dix ans. Nous n'avons pas la preuve, mais c'est logique : Lieras retrouve la petite amie d'Obolanski dans les réseaux Moreau, et Moreau meurt étripé. Beaucoup plus récemment, Dessay fait séquestrer Lara Mendès et commandite son meurtre, deux mois plus tard, il est éventré. Drôle de coïncidence. Pourquoi Kalinine a tué Dessay ?

– J'ai déjà dit.

– Quel rapport avec Lara ? Il la connaît ?

– Sais pas.

– Pourquoi voulait-il la venger ?

– Sais pas.

– Elle l'a déjà rencontré ? Quand elle enquêtait sur l'affaire Moreau ?

– Sais pas.

– Où est-elle ?

Le juge Craven réussit à tenir sa tête droite un instant.

– Partie.

– Où ça ?

– Sais pas.

– Elle est avec lui, demanda Adrien Barbier, n'est-ce pas ?

– Sais pas.

– Elle est avec lui. Il a tué Dessay pour elle. On la retrouve, on le trouve.

Le menton de Rodolphe Craven s'affaissa sur sa poitrine. Dans son dos, Patrice Demarescau lui flanqua une gifle. Le juge releva la tête avec difficulté.

– La boucle est bouclée, ragea Adrien Barbier. Il ne nous dira pas où est Mendès parce qu'il l'ignore. J'en ai terminé.

– On en fait quoi ? demanda Patrice Demarescau.

– Comme d'habitude, ordonna le colonel en tournant les talons. Et proprement, je ne veux plus de bavure.

Patrice Demarescau dénoua les liens qui entravaient le juge, le saisit sous les aisselles, et le traîna jusqu'au coffre de sa voiture, où il l'enferma.

Puis, le légionnaire enfila des gants et s'appuya sur le capot de la Mercedes de Craven pour fumer une cigarette, histoire de retarder le départ.

181

Pour leur deuxième entretien, **Demian Obolanski** avait souhaité que Lara Mendès le rejoigne au fond du parc de la propriété, sous le kiosque d'où l'on avait un point de vue idéal sur la ville, les ports, la lagune et, plus loin, la mer Baltique.

Cet endroit rassemblait ses racines et sa terre. À 12 ans, Ilya avait juré de devenir le seigneur de Salinitiovosk. Sa jumelle, Tania, rêvait d'habiter *La Milusin*, et parlait toujours des enfants que son frère aurait, jamais des siens, comme si elle avait eu la préscience qu'elle n'appartiendrait pas à ce monde-là. Aujourd'hui, Tania reposait dans le caveau familial de la famille Obolanski, derrière le grand chêne.

Ignorante des drames qui s'étaient joués à cet endroit vingt ans plus tôt, Lara Mendès découvrait à la une de plusieurs journaux français qu'elle était recherchée par les autorités pour être entendue comme témoin dans l'assassinat de Bruno Dessay.

– C'est ce qu'ils disent avant de passer à l'étape mise en examen, commenta-t-elle à haute voix.

Elle releva la tête et lança :

– Après tout, je l'ai bien cherché, non ?

– Ne vous laissez pas manipuler, lui conseilla Demian

Obolanski. Les flics ne savent rien, en revanche, l'Intérieur attaque sur tous les fronts. Il est question de me neutraliser.

Assis face à elle, de l'autre côté d'une table en fer forgé, le Russe l'observait tandis qu'elle parcourait l'article annonçant la découverte du cadavre de François Puvenelle, le violeur dénoncé par Léon Castel.

Un court instant, Lara Mendès s'interrompit dans sa lecture pour regarder son hôte, puis elle retourna son attention sur la tablette. Quelques pages plus tard, elle tomba sur l'annonce de la mort de Rodolphe Craven, un entrefilet.

Pour la plupart, un juge s'était suicidé. Des gens se suicidaient tous les jours, et que ce magistrat en préretraite ait été un court moment la caution morale de W3 n'émouvait pas grand monde. Mais qu'il ait choisi de mettre fin à ses jours dans l'étang où, plusieurs décennies plus tôt, Robert Boulin avait été retrouvé, troubla Lara Mendès.

La jeune femme compulsa rapidement les articles du *Monde*, de *L'Obs*, du *Figaro*. Tous racontaient la même fable, et le rapport de police établissait le portrait d'un homme au bout du rouleau, épuisé par une maladie des carotides qui menaçait à tout moment de le laisser paralysé.

Lara Mendès releva une nouvelle fois les yeux de la tablette et scruta le visage de Demian Obolanski.

– Puvenelle, c'est le type des sous-sols de *La Valbonne* ?

– Oui.

– Pour que Léon soit libéré, il vous suffira de balancer un meurtrier qui jurera ne jamais avoir entendu parler de lui.

– C'est l'idée, acquiesça Demian Obolanski.

– C'est tordu.

– Pas autant que vous qui l'avez deviné.

– Et Rodolphe Craven ? C'est vous aussi ?

– Lara, ne me tenez pas pour responsable de la mort de tous.

– Ça ne cessera donc jamais ? Pourquoi le juge à présent ?

– Il y a dix ans, Jo et moi avons été chargés de combattre le même ennemi, répondit Demian Obolanski. Ceux qui nous ont réunis à l'époque veulent nous supprimer.

– Quel rapport avec Rodolphe Craven ?

– Il y a tant de choses que vous ignorez à son sujet.

– Ne soyez pas condescendant.

– Vous jugez comme une adolescente.

– C'est vous qui m'avez compromise dans la mort de Bruno Dessay ? poursuivit Lara en ignorant délibérément la provocation.

– Pourquoi l'aurais-je fait ?

– Pour me dissuader de rentrer en France…

– Je ne veux pas de vous à mes côtés contrainte et forcée.

– Qu'est-ce que vous racontez ?

Demian Obolanski allait répondre quand la vibration d'un téléphone l'interrompit.

– Excusez-moi, dit-il après avoir vérifié l'origine de l'appel. Oui ? répondit-il sans quitter Lara Mendès des yeux.

Celle-ci s'enfonça dans sa chaise en croisant les bras sur sa poitrine, et soutint le regard du policier.

– Le juge, c'est moi.

Celui-ci reconnut aussitôt la voix de Patrice Demarescau.

– Pourquoi cette mise en scène ?

– Message à ceux qui m'ont trahi.

– Vous êtes en sécurité ?

– Pour le moment, oui.

– Nous allons vous récupérer.

Il y eut un silence, puis Patrice Demarescau déclara :

– Il y a autre chose : le juge avait déposé un dossier chez un avocat. Je l'ai intercepté. Il a également intercédé en faveur de Léon Castel.

– Confiez le tout à W3.

– Je vous le déconseille.

– Alors, contactez-les en leur expliquant qui vous êtes, et envoyez-moi les documents par mail. Je vous transmets une adresse.

Demian Obolanski laissa échapper un sourire en voyant Lara, qui ne perdait pas une miette de sa conversation, se dresser sur sa chaise.

– Très bien, acquiesça Patrice Demarescau. Il me faudra quelques heures, ils sont sous étroite surveillance.

– Ils avancent ?

– Trop vite au goût de certains.

– Appelez-moi quand ce sera fait.

– Je vous retrouve où ?

– En Allemagne. Rapprochez-vous d'un port de la Baltique.

Quand Demian Obolanski raccrocha, il n'avait pas quitté Lara Mendès des yeux.

– Qui est-ce ? demanda-t-elle.

– Un transfuge.

– Comment savez-vous s'il est fiable ?

– Je l'ignore. Le temps nous le dira.

– Qu'est-ce qu'il sait au sujet de Rodolphe Craven ? Vous parliez de ça, non ?

– Il a été assassiné par ceux qui ont tué Jo, Mathilde et attaqué *La Valbonne*.

– Pourquoi ?

– Je l'ignore.

– Pauvre homme… Pourquoi aider W3 ? ajouta-t-elle après un instant. Je ne comprends pas où est votre intérêt.

– Je vous l'ai dit, Lara. Le site est une arme puissante depuis les révélations sur l'affaire Moreau…

– Que vous nous avez fournies !

– Peu importe ! Vous avez lâché les chiens, et c'est ce qui compte.

Les sourcils de Lara Mendès se cabrèrent, et sa bouche se tordit légèrement.

– Si j'ai bien compris, W3 est votre instrument, et Léon vous permet d'influencer l'équipe !

– Je ne peux rien laisser au hasard, admit Demian Obolanski.

Lara Mendès se leva brusquement et s'approcha du policier.

– Faites libérer Léon Castel, dit-elle, et je vous aiderai à convaincre les autres de collaborer si nécessaire. C'est un homme bien, il ne mérite pas d'être votre marionnette. La prison plus la mort de Craven, il risque de ne pas s'en remettre. Ils étaient amis.

– Léon sera libre dans quelques jours.

– Merci.

– Je n'y suis pour rien.

– Alors qui ?

– Rodolphe Craven a couvert de nombreuses personnes, des gens qui occupent des postes influents aujourd'hui.

– Au moins, murmura-t-elle, ça vous évitera de sacrifier un innocent.

– Quel cynisme !

Lara Mendès s'éloigna vers la balustrade du kiosque et s'y appuya pour admirer la mer Baltique éclaboussée de soleil.

– Je ne pars pas, dit-elle brusquement, sans le regarder.

– Les services secrets n'ont rien contre vous, affirma-t-il en la rejoignant. Personne ne pourra jamais vous impliquer dans la mort de Bruno Dessay.

– Je le sais.

– Vous risquez quelques heures d'interrogatoire, ce qui sera désagréable, c'est vrai, mais je vous enverrai un excellent avocat.

– Je n'en doute pas.

– Alors pourquoi ce revirement ?

– Ce n'est pas un revirement. À la minute où j'ai embarqué sur le *Luba-Vera* avec les filles, j'ai su que je resterais.

– Pourquoi n'avez-vous rien dit ?

– Je vais écrire leur histoire.

– Seulement si elles sont d'accord.

– Manya me l'a demandé. Je voudrais aussi connaître la vôtre.

– Pourquoi n'avez-vous rien dit ? répéta-t-il en cherchant son regard.

– Choisir de vivre chez Kalinine n'est pas une décision qu'on prend tous les jours, lâcha Lara Mendès après quelques instants de réflexion.

Les yeux de Demian Obolanski quittèrent le visage de la jeune femme pour se perdre sur l'horizon.

– Vous n'êtes pas responsable de ce qui est arrivé à *La Valbonne*, murmura-t-il. Nous avons été attaqués partout en Europe.

– Je serai votre ombre.
– Vous m'avez entendu ?
– Et vous ?
– Vous voulez être mon ombre.
– Ça vous amusait de me culpabiliser ?
– Je vous l'ai déjà dit, je ne peux pas revenir en arrière.

Lara Mendès leva la tête vers Demian Obolanski. Elle avait les yeux brillants et le regard dur.

– Je sais qu'il se joue quelque chose d'important, ici, et je veux en être. Mais je refuse de vivre dans la peur, ajouta-t-elle crânement. Je veux circuler et vous parler librement, sans me retrouver avec vos grandes mains autour du cou, ou votre couteau sur la gorge. Je veux tout savoir, comprendre qui vous êtes et comment vous avez bâti votre empire, je veux connaître Obolanski et Kalinine. Je veux vous accompagner partout où vous irez, je veux que vous me montriez la façade de votre organisation mais aussi l'envers du décor. Ah, et une dernière chose, je veux prendre des nouvelles de ma grand-mère, de mon frère et de mes amis quand bon me semblera. Par exemple, maintenant.

Tandis que la jeune femme le fixait intensément dans l'attente d'une réponse, Demian Obolanski songea combien il était déraisonnable de lui ouvrir les portes de son organisation. Et insensé de la garder en vie avec ce qu'elle savait.

– Alors ? demanda-t-elle impatiemment. Ça vous paraît envisageable ?

– Oui, Lara, répondit-il en lui tendant son téléphone portable. À quelques détails près, ça me paraît envisageable.

182

La Milusin, vingt-cinq ans plus tôt

Ce matin-là, Innokenty, le jardinier de *La Milusin*, n'était pas dans son état normal, Vera Obolanski le sut dès son arrivée. La chose, racontait-il, s'était brusquement réveillée et l'avait agressé. Et les chiens avaient déguerpi les oreilles basses.

– Quelle chose ?

La maîtresse des lieux se laissa entraîner au fond du parc.

Sous le grand chêne, des feuilles obstruaient un creux entre les racines.

– Il les a remises ! s'exclama Innokenty. Il vient de le faire, ce n'était pas comme ça tout à l'heure.

Le jardinier saisit une branche morte et dégagea les feuilles, dévoilant le visage d'une jeune fille au teint gris. Vera Obolanski s'agenouilla devant le cadavre, choquée. Puis elle vit que des yeux la fixaient. Une frêle silhouette bougea dans l'ombre, avant de détaler à toutes jambes.

À cet instant, la femme comprit qu'il s'agissait d'un enfant. Ce qui allait la marquer pour le restant de ses jours se concentrait dans ce qu'elle avait lu dans son regard.

Toute la journée, Vera Obolanski s'affaira à d'autres tâches, et ordonna à Innokenty d'interdire cette partie du parc à ses fillettes.

La nuit venue, elle s'installa dans un fauteuil sous le chêne, et attendit.

Elle devina le garçon à la limite du halo de la lampe à pétrole, sans même l'avoir entendu. Il s'approcha d'un pas, puis s'arrêta.

Ses bras maigres, qu'il tenait raides le long de son corps, s'agitèrent de tremblements.

– Je m'appelle Vera, dit-elle avec douceur. Et j'ignore qui est cette jeune personne, mais vous ne pouvez la laisser ainsi. Dans le caveau, j'ai fait placer un cercueil pour elle. Si tel était son désir, alors elle peut reposer ici.

Vera Obolanski se leva pour déposer la lampe sur la plus haute marche du caveau, puis elle regagna la maison.

Au petit matin, elle découvrit le corps de la jeune fille dans le cercueil, un bouquet de fleurs sauvages entre les mains. Innokenty voulut refermer le couvercle, mais elle l'en dissuada et lui demanda d'abandonner un marteau et des clous dans le caveau.

Dans la nuit, des coups résonnèrent depuis le parc.

Les jours suivants, le garçon revint.

Chaque soir, Vera Obolanski laissa de la nourriture au pied du chêne. Et chaque jour, elle observa l'enfant, d'abord à distance, puis de plus en plus proche. C'est ainsi que la propriétaire de *La Milusin* rencontra Kalinine, car c'est sous ce nom qu'il se présenta.

183

Valentin Mendès avait besoin de réfléchir.

Et pas uniquement à la façon dont son rendez-vous avec Solange s'était passé. Le monde lui faisait penser à une vaste cour de récréation où il était question de choisir un camp, de jouer des mécaniques pour impressionner, et de mentir pour cacher sa vraie nature.

Alors qu'il traînait ses guêtres dans les passages couverts du 9e arrondissement, le jeune homme fut tenté de monter dans le premier train pour Bordeaux. En reprenant ses études à l'Institut polytechnique, il serait ingénieur dans quatre ans, aurait un boulot bien payé, et il pourrait se trouver une gonzesse de son âge.

Surtout, ne pas finir puceau à 30 ans.

Mais aller à l'école, pour quoi faire ? En quelques jours, avec son jeu « Ugly Strike », il avait gagné plus d'argent qu'en deux mois de job d'été, ou qu'en un an de « troc de DM ». Aux dires de ses amis du campus, Valentin Mendès était un génie qui ferait mieux de se barrer dans la Silicon Valley, plutôt que de marcher dans les pas de sa sœur, et de jouer au journaliste en herbe.

Lara. Dans quelle galère s'était-elle encore fourrée à courir après Kalinine ?

Comme si ça t'avait pas suffi, la première fois, crevette.

Alors que Valentin songeait qu'il n'avait pas eu de ses nouvelles depuis 4 jours, son téléphone vibra pour annoncer un email.

« Salut, mioche. Envoie un numéro de tel safe sur cet email. ASAP. »

C'était laconique, surprenant de la part de Lara, mais elle avait l'habitude de l'appeler « mioche », alors il envoya sans hésiter son numéro de téléphone, qui sonna dans la minute.

« Dis-moi que c'est toi, crevette.

– C'est moi.

– T'es où ? Tu m'as foutu une sacrée trouille, l'autre soir.

– En sécurité, t'inquiète.

– T'es sûre ?

– Si je te le dis.

– C'était vraiment Kalinine ?

– Mais non... juste un de ses hommes. Personne ne l'a jamais vu.

– Bah, comment tu sais que c'était pas lui, alors ?

– Je le sais, c'est tout.

– T'avances ?

– C'est difficile.

– Tu rentres quand ?

– Je ne rentre pas.

– Pourquoi ?

– Tu lis pas la presse ? Ils m'emmerdent au sujet de la mort de Bruno.

– C'est quoi ce délire ? Mémé va faire une crise cardiaque !

– Je viens de l'appeler. Elle m'a promis de boycotter les infos, et de ne pas sortir en attendant que ça se calme. Les voisins, tout ça...

– Bande de chiens.

– Ils veulent discréditer W3. Tu dois faire gaffe, tu comprends ?

Au ton qu'utilisa Lara, Valentin Mendès comprit que sa sœur ne plaisantait pas.

– Ça va mieux, toi ? ajouta-t-elle.

– Si on oublie que l'autre fois, tu m'as fait crasher mon disque dur, yep.

– J'avais pas le choix. Craven est mort, Val. Ça rigole pas.

Valentin Mendès s'arrêta au beau milieu du trottoir et fut bousculé par les gens qui trottinaient vers la bouche de métro toute proche.

– Quoi ?

– Mais t'es au courant de rien ?

– Tu fais chier avec tes remarques à la con. J'ai appris que Solange se mariait avec un gros friqué. Alors j'ai pleuré, picolé et pas mis le nez dehors, t'es contente ?

– Oh non… Je suis désolée, mioche. C'est pas ce que j'espérais pour toi, tu sais ? Je voulais juste…

– Laisse tomber. T'avais raison, même si ça m'arrache la gueule de l'avouer. Dis-moi plutôt ce qui s'est passé pour Craven !

– On raconte qu'il s'est suicidé, mais on a retrouvé son corps dans le même étang que Robert Boulin. Ça te dit quelque chose ?

Valentin Mendès se souvenait parfaitement de cette affaire. Deux ans plus tôt, son professeur de philosophie avait projeté à la classe un téléfilm de Pierre Aknine sur la mort du ministre. Il était question de réfléchir sur les concepts de vérité, de réalité et de manipulation. Cette prise de position en faveur du meurtre d'État avait créé un mini-scandale parmi les parents d'élèves.

– Pourquoi on l'aurait assassiné ? demanda Valentin Mendès, qui ne se sentait pas du tout à l'aise. Qui ?

– C'est pour ça que je t'appelle. Vous êtes forcément sur une piste qui dérange. T'as rien dit sur les enregistrements ? À personne ?

– Personne.

– Ni sur les noms censurés ?

– Non, crevette ! Je suis pas complètement taré.

– Alors c'est pas ça. Vous bossez sur quoi, là ?

– Il se passe pas mal de choses, ici. Mais en gros, le résultat, c'est des numéros de téléphone tatoués sur la patte de Guernica ! Un truc de ouf !

– Guernica…

– La chienne des Raspail. C'est une longue histoire.

– Raspail ? Les pendus ?

– Ouais ! Sookie pense que…

– Sookie Castel est sortie de l'HP ?

– Mieux, elle bosse avec nous ! Elle a pris ta place, fallait pas te barrer !

– Arrête tes conneries ! Tu crois que je fais quoi, là ? Que je me tourne les pouces ? Raconte.

– Jalouse… Bon, Sookie, elle est top, tu vas l'adorer. C'est un ordinateur ambulant, j'aimerais pas être dans sa tête, tu vois ! Mais elle a découvert qu'Olivier Raspail connaissait la plupart des flics assassinés ! Et ce con avait fait tatouer des numéros de téléphone ultrasecrets sur son chien !

– Ça donne quoi ?

– On attend.

– C'est quoi, la théorie de Sookie ?

– Que tout est lié, et que l'affaire des pendus est le point de départ.

– Le point de départ de quoi ?

– La mort du colonel Raspail a provoqué un truc, on sait pas encore quoi, qui a entrainé la mort de tous les autres flics.

– Vous avez une piste sur les assassins des pendus ? Ce serait les mêmes que ceux qui ont tué Jo, Mathilde, Craven et les autres ?

– Attends, crevette, tu vas trop vite, là ! On n'en sait rien pour l'instant.

– Écoute, mioche, et je rigole pas. Tu préviens les autres pour le juge Craven. Surtout, tu précises bien que vous êtes toujours surveillés, et tu jures que tu vas être prudent.

– Comment tu sais tout ça ?

– Peu importe, je le sais, c'est tout. Tu seras prudent ?

– Sûr !

– Tu jures ?

– Ça va, c'est juré.

– C'est pas la peine que je te demande d'abandonner toute cette merde et de retourner en prépa ?

– C’est pas la peine que je te demande de te barrer vite fait de là où t’es ?

– Val…

– Alors ne me demande pas de retourner à l’école !

– OK. Prends soin de toi, mioche.

– Toi aussi.

– Je t’aime, Val.

– *Me too*, crevette. »

184

Le sourire de **Lara Mendès** disparut quand elle se tourna vers Demian Obolanski pour lui rendre le téléphone.

– Sookie Castel travaille pour W3, annonça-t-elle abruptement. Elle s'est relancée sur la mort des Raspail et ne lâchera pas tant qu'elle n'aura pas découvert la vérité. Vous y étiez, n'est-ce pas ?

Impassible, le policier dévisagea la jeune femme, puis il l'invita à l'accompagner en direction de la maison.

– Lara, si nous devons cohabiter, il faudra respecter certaines règles.

– Vraiment ?

– Vraiment ! Je déciderai des sujets que nous aborderons ensemble.

– Vous m'en demandez beaucoup ! Cette histoire me concerne, et pas qu'un peu !

– Cette condition-là est non négociable.

Ils traversèrent le parc jusqu'au pied des escaliers, chacun plongé dans ses pensées, puis montèrent les marches côte à côte et s'arrêtèrent sur la terrasse.

– Pour ce qui est de votre séjour ici, ajouta-t-il, vous aurez votre propre téléphone sécurisé, un accès libre à *La Milusin*, et dans certaines parties de l'oblast où vous ne risquez rien. Le reste du temps, vous serez accompagnée par un de mes hommes, et ce jusqu'à ce que vous soyez en mesure d'assurer vous-même votre sécurité. Cela vous convient-il ?

– Absolument, confirma Lara Mendès, étonnée de s'en tirer à si bon compte. Et pour les rencontres avec les filles ?

– Je vous présenterai la personne qui s'occupe d'elles à la cité ouvrière. Elle s'appelle Ana.

– Vous travaillez avec une femme ?

Le Russe sembla s'amuser de la question.

– Qu'est-ce qui vous étonne ?

– Eh bien, hésita Lara Mendès, il me semblait qu'elles travaillaient plutôt pour vous, pas avec vous.

– Plusieurs d'entre elles sont d'anciennes prostituées, c'est vrai. Comme la responsable de la cité ouvrière, et celle des maisons closes, mais ce n'est pas le cas de Véta, la directrice de l'usine d'ambre.

– De quel milieu est-elle, alors ?

Un sourire fugace passa dans les yeux de Demian Obolanski.

– Véta est une très vieille connaissance…

Consciente qu'il était prématuré d'embarquer le Russe sur le terrain de la vie personnelle, la jeune femme ne relança pas, malgré sa curiosité.

– Que faites-vous des gamines ? Tissia, Manya et les pensionnaires de *La Valbonne* ? Pourquoi ne les rendez-vous pas à leur famille ?

– La majorité d'entre elles ont été vendues aux réseaux par leurs propres parents. Si elles rentrent, elles seront vendues une seconde fois.

Incapable de ne pas songer à Milena, Lara sentit poindre la colère contre ces gens qui bradaient leurs fillettes contre quelques roubles.

– Je veux parler à ces salauds, murmura-t-elle entre ses dents. Vous croyez que c'est possible ?

– Apprenez à observer avec l'œil du reporter de guerre, lui suggéra Demian Obolanski, pas avec celui de la chroniqueuse mondaine. Sinon, vous ne tiendrez pas le choc.

Lara Mendès accusa le coup, et poursuivit le fil de son questionnement.

– Que deviennent-elles entre vos mains ?

– Elles reçoivent une éducation jusqu'à leur majorité, puis celles qui le désirent intègrent le réseau. Les autres sont libres de partir après s'être engagées à payer leur dette à l'organisation.

– C'est-à-dire ?

– Elles ont été nourries, logées et éduquées, pour certaines, pendant des années. Rien n'est gratuit. Au lieu de nous quitter avec une assurance-vie et un nouveau passeport comme celles qui acceptent de travailler pour moi, elles reçoivent de quoi subsister quelques mois. Après quoi, elles se débrouillent pour reverser à l'organisation ce qu'elles lui ont coûté. Mais la plupart intègrent les maisons closes ou les usines d'ambre. Il y a aussi des sociétés à l'étranger, principalement en Europe, pour les plus douées d'entre elles.

La jeune femme croisa ses bras sur sa poitrine.

– Donc, si je vous suis bien, Tissia est plus chanceuse que les autres parce que vous l'avez choisie pour être votre fille ?

– Si vous considérez comme chanceuse une fillette de 10 ans qui a vu sa jumelle violée et assassinée sous ses yeux, répliqua froidement le Russe, alors oui. Je l'ai récupérée dans la cabine du capitaine d'un porte-conteneurs, alors qu'elle allait y passer à son tour.

– Pardon, murmura Lara Mendès en rougissant, je suis maladroite. En réalité, concéda-t-elle après un silence, je ne sais pas comment me comporter avec vous.

– Cessez donc de me juger, pour commencer.

– Alors, expliquez-moi !

– Vous êtes obstinée…

– Vous me devez la vérité au sujet de la mort des Raspail, vous ne croyez pas ?

– Je ne vous dois rien.

– Vous avez raison, rétorqua-t-elle d'une voix vibrante, c'est moi qui vous dois trois semaines de séquestration.

Demian Obolanski s'adossa à la balustrade.

– Les Raspail ne se contentaient pas de couvrir les exactions d'un des leurs, ils participaient aux orgies. Très vite, Jo et moi avons eu la preuve de leur implication dans le viol et le meurtre de Charlène.

– Vous les connaissiez ?

– Olivier Raspail avait chargé Jo d'enquêter sur la disparition de Charlène, soi-disant pour aider une amie de sa femme. C'est ce qui l'a perdu.

– Son intérêt pour l'enquête ?

– Ses mensonges… La rencontre de Mathilde et Jo a été un coup de foudre, poursuivit Demian Obolanski avec un sourire nostalgique. Très vite, ils se sont tout dit. Le talent d'enquêteur de Jo a fait le reste.

– Qu'est-ce qui s'est passé, ensuite ?

– Nous les avons interrogés, et confondus. Olivier Raspail a vite compris que nous étions déterminés.

– Ils savaient forcément que Milena et moi étions enfermées dans le bunker ! Pourquoi n'ont-ils pas tenté de négocier ?

– Ils ont essayé, Lara. Ils ont marchandé le corps de Charlène contre leur vie. Mais à aucun moment, ils n'ont parlé de vous, ou de Milena.

– Comment est-ce possible ?

– Parce qu'ils l'ignoraient ! Le fils Raspail permettait à Stephan Ribaud de tourner des vidéos dans le bunker. Celui-ci s'est évidemment gardé de lui dire qu'il vous y séquestrait pour le compte de Bruno Dessay.

– Vous arrive-t-il de vous sentir coupable ? Ou d'avoir des regrets ?

Le visage du policier se ferma.

– J'évite de m'embarrasser de ce genre de sentiments.

– Vous devriez peut-être, lâcha Lara avec amertume.

– Pourquoi ? Ils sont délétères.

– Vos regrets me permettraient de tourner la page sur l'épisode de la grotte. Et d'éviter de me chercher sans cesse des excuses pour justifier ma présence à vos côtés.

– Vous avez envie de rester, alors assumez.
– Vous êtes glacial.
– Et vous, incapable de gérer vos émotions.
– Au moins, j'ai des sentiments !
– Lara, je ne cherche pas le pardon. Si vous êtes incapable de passer à autre chose, alors rentrez chez vous.

Lara Mendès fit quelques pas sur la terrasse, les bras toujours croisés sur sa poitrine. Malgré le vent tiède, elle tremblait.

– Je suis paumée, avoua-t-elle. Je sais que vous me protégerez si je reste, et en même temps, je me dis que c'est complètement inconscient de ma part. Ce que vous êtes capable de faire me terrorise. Je hais ce que vous représentez, pourtant… j'ai de l'intérêt pour ce que vous entreprenez. En réalité, mes sentiments pour vous sont un paradoxe permanent ! J'aimerais comprendre qui vous êtes, termina-t-elle d'une voix mal assurée, mais je ne suis pas certaine d'être capable d'affronter la réalité.

– Avant de chercher à comprendre qui je suis, proposa Demian Obolanski en déposant sa veste sur les épaules de la jeune femme qui s'emmitoufla dedans, souvenez-vous de qui vous êtes.

– Qu'est-ce que vous voulez dire ?

– Lara, vous avez survécu trois semaines sous terre, parmi des cadavres d'enfants, vous avez poignardé votre violeur, et manqué me tuer pour protéger Milena, alors que vous étiez à bout de forces ! Ce n'est pas moi qui vous fais peur.

– C'est quoi, selon vous ?

– Vous êtes terrifiée à l'idée d'admettre qu'il n'y a qu'une raison à votre présence ici. Vous n'êtes pas là pour m'étudier ou pour écrire ma biographie, mais pour vous battre à mes côtés.

Lara Mendès leva les yeux vers le Russe et le dévisagea.

– Vous semblez si sûr de vous… Comment pouvez-vous affirmer que je ne vais pas vous trahir ?

– Je n'en sais rien, rétorqua-t-il. Disons que je l'espère.

185

Chargée d'un colis postal, **Sookie Castel** déboula quelques minutes après Valentin Mendès dans les bureaux de W3. Celui-ci observait Marcus Maratier, occupé à installer un poste de travail à Eva Trevethan, tout en la draguant ouvertement. À son air sinistre, Sookie comprit qu'un autre jour, le gamin se serait régalé du jeu sans finesse du vieux célibataire, mais que là, il n'avait pas le cœur à rire. Il avait probablement appris, lui aussi, les étranges circonstances de la mort du juge Craven.

– Ça va ? lui demanda-t-elle en passant une main affectueuse dans son dos. Tu tiens le coup ?

– Ouais, t'inquiète.

– Le garçon du café d'en bas a reçu ce paquet, expliqua-t-elle en le posant sur le bureau de Marcus. Dedans, il a trouvé un billet de 50 euros et ce mot : « Portez ce colis chez W3, ils vous remettront la même somme. » Tu crois que je peux faire des notes de frais ?

– Touche pas malheureuse ! s'exclama Marcus Maratier. C'est des méthodes d'espion ! Ça va exploser !

– Marcus ! râla Sookie. Arrête la parano, tu veux !

Les cris de l'ex-grand reporter firent surgir Egon et Arnault du bureau de ce dernier où ils s'étaient enfermés.

– Soyez prudente, conseilla Arnault de Battz, l'index posé sur les lèvres.

– Quoi ? articula Sookie.

Le producteur écrivit quelques mots sur un bloc-notes.

« Lara Mendès. Toujours active. Pense qu'on est encore surveillés. »

Sookie Castel déchira l'emballage du paquet en haussant les yeux au plafond.

Dans le colis, il y avait un téléphone, avec un code de démarrage qu'elle composa aussitôt. Un message s'afficha au bout de quelques secondes.

« GR compromis »

– C'est quoi ?

– Un cadeau !

« Un signal pour l'expéditeur qu'on a connecté l'appareil ! » écrivit Sookie.

– On sait au moins d'où ça vient ? demanda Marcus Maratier en détaillant l'emballage.

« J'ai appelé les 4 numéros de téléphone tatoués sur Guernica ! Ça vient forcément de l'un d'eux ! »

– Peut-être bien que c'est un message secret ! plaisanta Sookie Castel. Alors, DGSI ? Extraterrestre ?

Une minute à peine après réception du SMS, le portable sonna.

– W3, dit Sookie Castel en baissant le ton.

– Qui êtes-vous ? demanda sèchement une voix féminine.

Ton sauveur.

– Sookie Castel, répondit-elle à la place. Je peux vous passer Arnault de Battz, il est à côté de moi.

– Comment avez-vous eu ce numéro ?

– Rencontrons-nous, et je vous répondrai.

– Stade de France, dans une heure, dit la voix avant de raccrocher.

186

En remontant l'avenue de la République à moto, **Patrice Demarescau** repéra les deux voitures stationnées aux endroits qu'il avait lui-même définis. Il décéléra, tourna à droite dans la rue Oberkampf et jeta un regard dans la rue, où se trouvait l'immeuble de W3.

Le visage caché derrière la visière de son casque, il reconnut l'un de ses hommes assis à la terrasse d'un café, un autre déguisé en balayeur de la Ville de Paris.

Tout en réfléchissant à sa marge de manœuvre, le légionnaire fit un tour du pâté d'immeuble, monta sur un trottoir rue Saint-Maur pour contourner un camion poubelle, et retourna sur l'avenue de la République. Il devait se décider vite ou on allait le repérer.

Peu de possibilités s'offraient à lui. Il y avait un binôme dans un appartement dont les fenêtres donnaient sur la terrasse de W3, à trois cents mètres à vol d'oiseau, indécelable. Donc il était impossible de passer par les toits, comme il l'avait fait le jour où il avait posé les micros. Impossible également de franchir la porte de l'immeuble en gardant son casque sur la tête.

Il restait la possibilité de se grimer en agent de La Poste, mais depuis des jours, ses hommes s'étaient familiarisés avec les facteurs du quartier. Il restait encore le livreur de pizza, ou un déguisement passe-partout.

Patrice Demarescau finit par décider qu'il valait mieux compter sur les mouvements de ses cibles et en intercepter une. L'essentiel était d'établir un contact. Ensuite, il disparaitrait.

Quand il repassa dans la rue des Bluets, Sookie Castel et Valentin Mendès débouchaient de l'immeuble. Le légionnaire prit sa décision en une fraction de seconde.

Depuis le temps qu'il travaillait sur cette affaire aux côtés du colonel Adrien Barbier, il connaissait tout le monde.

Pour rester discret, Patrice Demarescau poursuivit sa route sur la rue Oberkampf, puis s'arrêta et sortit son portable. Dans le rétro, il vérifia quelle voiture prenait Sookie Castel en filature, puis il rentra les codes GPS de son ancienne équipe.

187

Un peu avant 11 heures, **Sookie Castel** stationna sa voiture sur un parking de l'avenue de Nogent, à cent mètres du lac des Minimes au bois de Vincennes. Dans le rétroviseur central, elle surveillait le trafic sur l'avenue.

– Ça a ressemblé à quoi, cette soirée avec Solange ? demanda-t-elle à Valentin qui avait soigneusement évité le sujet.

Le jeune homme haussa les épaules et se renfrogna.

– Détends-toi, Superman. Notre rendez-vous avec madame mystère, alias Magali Chow, c'est pas pour tout de suite.

– Comment tu peux en être aussi sûre ?

– Quoi ?

– Que c'est elle ?

– C'est la seule dont on n'a pas encore trouvé le cadavre. Bon, tu me la racontes cette soirée, ou pas ?

– Y'a rien à dire.

– Dis-moi plutôt d'aller me faire voir !

– Mais, c'est pas vrai ! se plaignit Valentin Mendès. T'es pire que ma frangine !

– Je t'écoute.

– Avec Solange, c'est soldé.

– L'expression est laide, et en plus elle ne veut rien dire.

– La pétasse avait prévu un cadeau d'adieu, lâcha le jeune homme en évitant le regard de Sookie. Genre la pipe du siècle, tu vois ?

– Et t'as déballé le paquet, c'est ça ?

– On a commencé, et puis je l'ai plantée avant la fin.

– Quoi ? Mais t'es un héros ! Dans quel bois t'as été fabriqué ?

Sookie Castel posa une main sur la joue du jeune homme et l'obligea à la regarder.

– Tu es un mec bien, assura-t-elle, ne laisse jamais une fille te faire croire le contraire, tu m'entends !

Valentin Mendès fit un petit signe de tête mais ses yeux embués de larmes racontaient qu'il en avait gros sur le cœur.

– OK. T'as faim ?

– Toujours.

– Alors va nous chercher des sandwichs à la bicoque, là-bas. Prends en quatre, et de quoi boire aussi. J'ai l'impression que mademoiselle mystère va nous faire poireauter un moment.

Sookie Castel avait vu juste. Le téléphone sonna aux alentours de 15 heures.

– Si on est dans le même camp, râla-t-elle sur un ton peu amène, il va falloir nous ménager.

– Dans le 18e, rue André-Messager, vous trouverez un garagiste. Demandez Rachid, dites-lui que vous venez de la part de Messan.

La conversation s'arrêta là.

– Ça dit quoi ? demanda Valentin Mendès.

– Qu'on n'a plus d'eau. Tu nous prends aussi du Coca, bien glacé ?

Le jeune homme tendit sa main, paume ouverte vers le haut.

– Qu'est-ce que tu veux, Padawan ?

– Le Padawan veut les thunes du Jedi pour acheter ton Coca.

Sookie Castel regarda Valentin Mendès s'éloigner vers le lac, avec une tendresse toute maternelle.

Quand il fut à bonne distance, elle composa un SMS : « Désolée, Superman, tu vas m'en vouloir, mais j'ai pas le droit de te mettre en danger. »

Puis elle démarra, et s'engagea sur l'avenue de Nogent pour rejoindre le périphérique.

188

– Si je suis furax ? s'écria **Valentin Mendès.** Mais qu'est-ce que ça peut foutre, Sookie ? Hier, je plante une nana, aujourd'hui c'est une nana qui me plante. Un partout, balle au centre. Au fait, pour le drone, t'as qu'à lancer l'appli sur l'iPad. Ça a été fait pour les neuneus, tu devrais t'en sortir !

Revenu à l'endroit où la voiture de Sookie était garée quelques minutes plus tôt, le jeune homme raccrocha et regarda autour de lui. Il ne connaissait ni le bois de Vincennes, ni sa localisation dans Paris. Et à cause de ces foutues écoutes, il ne pouvait pas utiliser son merveilleux téléphone bourré d'applications lui indiquant les itinéraires en un clic. Il décida donc de demander son chemin dans une des gargotes où il avait acheté les sandwichs en fin de matinée.

C'est à ce moment-là que deux types l'interpelèrent. L'un d'eux portait les cheveux ramassés en catogan tandis que l'autre avait le crâne rasé.

– Valentin Mendès ? Veuillez nous suivre, ordonna le chevelu en exhibant une carte de policier.

Il posa une main ferme sur le bras de Valentin, ce qui eut pour effet d'électriser le jeune homme.

– Me touche pas, connard !

– C'est pas une invitation !

– Retire ta main, putain !

– Par ici, espèce de…

Le poing de Valentin Mendès s'abattit sur la mâchoire du flic. Il s'apprêtait à frapper de nouveau, quand le second le ceintura. Le premier le menotta avant de le pousser brutalement derrière une palissade où étaient entassées les poubelles. Il se dégageait de cet endroit exposé en plein soleil une abominable odeur.

– Je te préviens, menaça le policier sur lequel Valentin avait cogné. Si tu bouges encore le petit doigt, je te flingue comme un lapin. Et j'aurai douze témoins qui attesteront que t'étais armé.

Pour bien marquer son intention, il souleva un pan de sa veste, dévoilant son arme de service. Puis il fouilla Valentin et lui subtilisa son téléphone.

– Rendez-moi ça ! Il vous faut un mandat !

– T'as qu'à croire !

– Vous êtes pas des flics !

– Erreur, mec !

– Alors, qu'est-ce que vous me voulez ? Pourquoi vous m'embarquez pas ?

– Qu'est-ce que tu fabriques avec Castel depuis des heures, là ?

– Demande-lui, connard.

– T'inquiète, on va choper son petit cul de Négresse plus tard. Et ta frangine, elle crèche où ?

– Qu'est-ce que t'en as à foutre ? Démerde-toi, si t'es flic, tu la trouveras !

– Dis donc, tu te sers de cartes prépayées ? répliqua le policier au crâne rasé en examinant le portable. T'as des trucs à cacher ?

– Au fait, tu sais que ta frangine est soupçonnée d'avoir zigouillé son ex ? précisa le policier au catogan en posant sa main sur la crosse de son arme. Dessay, celui qui la baisait dans des partouzes.

En prononçant ces mots, il fit passer sa langue sur ses dents.

– Ça m'a l'air d'être une chaudasse, la belle Lara, ajouta-t-il. Les films de son petit cul sont cool !

Déterminé à ne pas tomber dans le piège qu'on lui tendait, Valentin Mendès serra les poings.

– Alors ? reprit le rasé. T'as bien dû lui causer, non ?

– Vous n'avez qu'à me mettre sur écoute, bande de débiles ! brava Valentin Mendès avec un geste obscène. Ou fouiller le téléphone que vous m'avez piqué, puisque vous êtes si malins !

Focalisé sur le policier rasé, il n'eut pas le temps de parer le coup de crosse que le chevelu lui envoya sur la tempe. Le jeune homme tangua un instant, puis tomba à genoux tant la douleur était violente. Son arcade éclatée inonda sa joue de sang. Il resta ainsi pendant que le rasé récupérait les menottes, puis quittait l'espace clos de palissades.

– Dis donc à tes petits camarades de W3 d'arrêter de fouiner chez les flics, ajouta le chevelu avant de disparaître à son tour. On n'est jamais à l'abri d'un accident, si tu vois ce que je veux dire !

189

Sookie Castel quitta précipitamment le périphérique par la porte d'Aubervilliers. Elle n'était pas sûre d'elle à cent pour cent, mais plusieurs véhicules semblaient la suivre. Alors elle donna un coup d'accélérateur pour éviter un feu rouge, se gara en double file, reprit sa route et s'arrêta plusieurs fois avant de remonter la rue Ordener pour filer vers le 18e arrondissement.

Le garagiste de la rue André-Messager occupait le rez-de-chaussée d'un parking aérien aux murs recouverts de peinture écaillée. Elle s'y engagea, se gara au premier niveau et récupéra le sac à dos de Valentin. Puis elle fila jusqu'au comptoir, où elle trouva le dénommé Rachid, qui entra aussitôt dans la boîte Omar Sharif.

– Je viens de la part de Messan, récita poliment Sookie Castel, les yeux aux aguets.

Elle vit une lueur s'allumer dans l'œil du dénommé Rachid, mais déduisit qu'il se contentait de mater son derrière dans un miroir situé derrière elle.

– Je viens de la part de Messan, pas me faire reluquer !

Le grognement de la jeune femme vexa le garagiste qui fouilla dans ses tiroirs, et jeta une clé sur le comptoir.

– Dernier niveau, place 624.

Sookie Castel se saisit de la clé et tourna aussitôt les talons.

– Pas besoin d'être désagréable, émit-il tandis que la jeune femme dressait son majeur face au miroir.

Le quatrième étage du parking était occupé par une vingtaine de véhicules. Elle appuya sur le bouton d'ouverture de la clé. À l'opposé du bâtiment, les phares d'une BMW grise aux vitres teintées clignotèrent. Elle traversa rapidement le parking tandis qu'un bruit de moteur grandissait dans son dos.

Un motard entra dans son champ de vision, traversa le parking en décélérant, et se gara juste à côté de la BMW au moment où Sookie l'atteignait.

Le casque une fois retiré révéla un visage glabre, une coupe militaire près du crâne, un regard incisif, des cils d'une longueur incroyable pour un homme de…

Sookie Castel hésita. Des boîtes remuèrent. Les yeux entraient clairement dans celle d'*Orange mécanique*, pour leur ressemblance avec ceux d'Alex, mais le visage appartenait à la boîte Gueules d'amour, sous-boîte Björn Andresen, l'adolescent de *Mort à Venise*, où se trouvait aussi un portrait de Stewart Copeland, le batteur du groupe Police, au tout début de la formation.

Finalement, dans les derniers mètres, la boîte Gueules d'amour l'emporta, et Sookie s'aperçut qu'il braquait un pistolet sur elle.

– Montez, lui intima-t-il en déposant son sac à dos sur la banquette arrière, et en s'y installant. Vous êtes filée par six voitures qui se relaient toutes les quarante-cinq secondes. Donc vous allez faire exactement ce que je vous dis.

Plutôt intriguée qu'effrayée par l'intrusion de cet homme, Sookie Castel se mit au volant – et profita de cet instant pour glisser son arme dans le vide-poche latéral – puis elle démarra, sortit du parking et s'engagea dans la rue Messager.

Dans son rétroviseur, elle constata que deux voitures quittaient leur stationnement à quelques secondes d'intervalle, et se glissaient dans la circulation.

– Quelle est votre destination ?

– J'attends un coup de fil.

Sookie Castel hésita à utiliser son arme, d'autant que son passager surprise paraissait plus absorbé par le manège des voitures suiveuses que par elle. Mais son instinct la retint.

– Patrice Demarescau, dit-il en se penchant vers elle après un moment. Demian Obolanski m'a demandé de vous contacter.

– Ben voyons ! rétorqua Sookie. Vous seriez bien le seul à savoir où il se planque, celui-là !

– Je l'ignore.

– Alors qu'est-ce que vous voulez ?

– Vous filer un coup de main, ensuite je disparais.

Sookie Castel en était à se demander ce que signifiait ce « je disparais », quand elle reçut un nouvel appel lui indiquant de se diriger vers l'A4 en direction de Strasbourg.

– On va voir les cigognes, dit-elle en raccrochant. Une idée pour semer ceux qui nous filent le train ?

– Prenez le périph par la porte de Clignancourt. Je gère.

T'as raison, gueule d'amour, gère !

Les sourcils légèrement froncés, Sookie Castel suivit les instructions de Patrice Demarescau en se félicitant d'avoir lâché Valentin. Deux coqs dans une seule voiture, c'eût été trop compliqué à gérer.

Une dizaine de minutes plus tard, elle s'engageait sur la bretelle d'accès encombrée du périphérique est. Quand elle arriva à l'endroit de convergence des voies, son passager lui ordonna de s'arrêter.

En se retournant, Sookie Castel découvrit le fusil à pompe entre les mains de Demarescau, et le sac rempli d'armes et de munitions ouvert sur la banquette arrière.

Le légionnaire enfila une cagoule et bondit sur la chaussée dans un concert de klaxons et d'insultes. Il dévala la voie en tirant une balle dans le moteur des deux voitures qui se disputaient l'accès à la voie unique. Puis il fit de même sur les deux suivantes. Plus loin, le concert de klaxons monta d'un cran, alors qu'à côté du tireur, les occupants des véhicules attaqués se terraient au fond de leurs sièges.

Quand il eut neutralisé les voies, il rejoignit la BMW d'un pas rapide, monta côté passager et boucla sa ceinture de sécurité.

Sur ses indications, Sookie Castel abandonna le périphérique porte de la Chapelle, puis s'engagea en direction de la Plaine Saint-Denis. Mille mètres plus loin, Patrice Demarescau la fit zigzaguer au milieu d'un dédale de hangars, puis rattraper la nationale 3, la quitter après quelques kilomètres à peine pour rejoindre la N4 par des routes secondaires.

– Vous sortez d'où ? demanda Sookie Castel quand la route fut enfin sûre.

– Une cellule de l'Intérieur. J'avais pour ordre de neutraliser des cibles mettant la sécurité de l'État en péril. Ça a commencé en douceur, après, ça a dégénéré.

– Quand ? Après le vrai-faux suicide des Raspail ?

Dans le rétroviseur central, elle vit le visage de Patrice Demarescau se décomposer.

– Non, c'est plutôt là que tout a commencé.

Intérieurement, Sookie Castel jubilait.

– Après le suicide du secrétaire d'État causé par les révélations de W3, poursuivit le légionnaire, on nous a demandé de resserrer la surveillance autour du site. Les écoutes, c'était nous.

– Un rapport avec l'enquête sur les flics assassinés ?

– Ces flics étaient les cibles dont je vous parle.

– Lila Berki, Jo Lieras, Berkoff, Néré et les autres ? Des menaces pour l'État ?

– Vous n'imaginez pas leur puissance de feu. Vous avez entendu parler de l'attaque dans le Sud-Ouest ? Eh bien, je n'avais jamais vu un truc pareil sur le territoire.

– Et vous dites que le commandant Lieras faisait partie de ce groupe ? Qui d'autre ? Obolanski ?

– Aucune idée.

– Je croyais que vous collaboriez.

– Je ne peux pas affirmer qu'il faisait partie du groupe R. Tout ce que je sais, c'est que Jo et lui étaient équipiers.

De nouveau, l'esprit de Sookie Castel fut mis à contribution.

Elle pensa immédiatement au portable de Lila Berki, et plus récemment, à ce message « GR compromis ».

– Le groupe R comme Raspail ? demanda-t-elle.

– Peut-être.

– C'est votre service qui l'a exécuté ?

La boîte Nuremberg frémit.

– Notre cellule a été montée juste après la triple pendaison. Alors je ne peux rien affirmer.

– Pourquoi je vous croirais ?

– Je n'ai pas l'habitude de raconter ma vie.

190

Des nuages bas flottaient au-dessus de Paris. Sur les quais de Seine, un embouteillage gigantesque bloquait des dizaines de milliers de personnes entre les ponts de l'Alma et de Bercy. Air info annonçait une qualité d'air correcte. En ce début d'après-midi, le niveau de toxicité de l'air, tandis qu'**Adrien Barbier** regagnait sa voiture stationnée derrière le Grand Palais, lui était parfaitement indifférent.

La situation se corsait. Il quittait à l'instant le ministre, quelques minutes difficiles où il s'était fait traiter d'incompétent par un civil, et avait reçu l'ordre d'éliminer les derniers témoins.

Incompétent ! L'était-il ? C'est la question qu'il se posait. Son premier lieutenant était passé à l'ennemi. Il en avait eu la confirmation par ses hommes, et cette trahison le rendait malade.

Nous sommes allés trop loin !

Dans un recoin de son esprit trainait la certitude que Patrice Demarescau avait agi en harmonie avec ses propres convictions. Ce n'était pas lui qui trahissait. Probablement était-ce là l'idée la plus insupportable.

Où est la grandeur de nos actes ? Les ordres que je reçois sont officieux, autant que ceux que je donne. Je demande à mes hommes d'agir a contrario de leur éthique.

Ces dernières semaines, le colonel Barbier avait eu de plus en plus de mal à se regarder dans le miroir. Ce jour, alors qu'il tenait son téléphone et hésitait encore à l'utiliser, cette désagréable sensation de dégoût de soi avait encore monté d'un cran.

Sur la chaussée, à quelques mètres, les automobilistes s'acharnaient sur leurs klaxons. Le niveau de décibels atteignait le seuil de douleur. Adrien Barbier hâta le pas. Il se serait bien défoulé sur ces abrutis dans leurs petites bagnoles, avec leurs petits klaxons, qui rentraient de leur petit boulot.

La défection de Patrice Demarescau impliquait que les personnes liées à W3 en savaient forcément déjà beaucoup trop.

Éliminer les derniers témoins !

Le vocabulaire utilisé par le ministre avait été beaucoup moins précis, évidemment. De nos jours, tout le monde se méfiait de ses paroles, on n'était jamais à l'abri d'une conversation enregistrée à votre insu, surtout avec des journalistes, ou un chef de cellule occulte chargée du sale boulot.

Quand il avait été question de neutraliser la menace dans les plus courts délais, Adrien Barbier avait exigé des précisions ; il n'aurait plus manqué qu'il comprenne de travers.

– Vous saurez apprécier les moyens les plus à même d'aboutir. Le dossier doit être proprement bouclé d'ici la fin de la semaine.

En claquant la portière de sa voiture, Adrien Barbier eut l'impression de se barricader. Le niveau sonore baissa notablement. Il se serait senti protégé si la certitude qu'il avait les mains liées ne l'avait étouffé.

Qui se souviendra de nos morts ?

Personne. À moins qu'un lien ne soit établi entre la cellule et le pouvoir, et alors là, ce serait le plus grand scandale depuis l'affaire du SAC. Mais cela n'arriverait pas.

En cas de malheur, la cellule n'existait pas.

En cas de malheur, ses hommes seraient abandonnés aussi lâchement que les faux époux Turange, même si personne n'était dupe.

En cas d'échec, le pouvoir étoufferait l'affaire, calmerait les excités, falsifierait les preuves, en inventerait d'autres plus convenables.

La raison d'État impliquait cela, et bien plus encore.

Lui-même serait livré à la vindicte populaire comme unique responsable. Mais ce que tous ignoraient, c'est qu'il avait largement de quoi assurer ses arrières. Contrairement à ce qui avait été annoncé dans la presse, le commandant Lieras avait survécu à l'accident de voiture. Dans le coma à l'arrivée des secours, il avait été transféré à l'hôpital militaire de Bordeaux où il avait reçu l'antidote au poison utilisé par Demarescau. Jamais Adrien Barbier n'avait envisagé qu'un des chefs du groupe R puisse devenir son assurance-vie. Mais il y avait bien des choses qu'il n'avait su appréhender.

Le colonel Barbier composa un numéro sur son portable.

À l'autre bout de la ligne, son deuxième lieutenant lui demanda de répéter l'ordre. Puis il énuméra le nom des cibles, et raccrocha.

191

Un message contenant de nouvelles coordonnées GPS dirigea **Sookie Castel** à travers la campagne meusienne jusqu'à l'entrée d'un aérodrome désaffecté. Elle immobilisa la BMW au milieu de la route pour observer les environs.

Il ne manquait plus qu'à lui coller une cible sur le front, et ce serait parfait.

La jeune femme redémarra et roula au pas sur trois cents à quatre cents mètres jusqu'à être stoppée par des fûts de ciment amoncelés devant le portail.

– Nous y voilà, murmura-t-elle.

Les signaux d'alerte de Sookie Castel passèrent au rouge. Sur ce terrain défavorable, elle ne pourrait gérer à la fois une traîtrise de Demarescau et un traquenard.

Elle attendit qu'il récupère son sac sur la banquette arrière pour saisir le revolver qu'elle avait glissé dans le vide-poche latéral. Puis elle sortit à son tour, et mit Patrice Demarescau en joue.

– Les mains, loin du corps, lui ordonna-t-elle sur un ton ferme. Voilà… Tout doucement.

– Appelez Obolanski, lui proposa Patrice Demarescau en obtempérant, ça prouvera que je vous dis vrai.

– Où est votre portable ? demanda-t-elle tout en fouillant dans le sac.

Elle attrapa une paire de menottes, qu'elle lança au légionnaire.

– Dans ma poche, là !

– Très bien, sortez-le lentement, vous connaissez la chanson aussi bien que moi. Attachez-vous à la barrière. Voilà. Maintenant faites-le glisser par terre.

Sookie Castel récupéra le téléphone. Il n'y avait qu'un numéro étranger, composé le matin même. Elle enfonça la touche appel.

Un homme décrocha à la deuxième sonnerie.

– Oui.

– Sookie Castel. J'ai en face de moi un homme qui se recommande de vous. Je veux son identité, et la preuve de la vôtre.

– Donnez-moi cinq minutes.

Puis il raccrocha.

– Votre pote nous rappelle, dit-elle. Ou peut-être pas ?

Tout en continuant de surveiller Patrice Demarescau d'un œil, Sookie Castel récupéra un pistolet automatique dans le sac et plusieurs chargeurs. Puis elle détailla le drone, et démarra l'application sur l'iPad.

Le téléphone sonna avant qu'elle ait eu le temps de tester l'appareil.

– Allo ?

– Bonjour, c'est Lara Mendès.

Prise au dépourvu, Sookie Castel laissa se refermer la boîte Natalie Portman.

D'où est-ce qu'elle sort, celle-là ?

– On se connaît ? demanda-t-elle, méfiante.

– L'été dernier, à Ravenel.

– Vous étiez seule ?

– Non, votre père et Yanna Jezequel m'accompagnaient. Vous avez fait comme si je n'existais pas, ajouta-t-elle après une courte hésitation.

– Où êtes-vous, Lara ?

– Je ne peux pas répondre à cette question.

– Ben voyons, maugréa Sookie Castel. Qui est l'homme qui a répondu au téléphone ?

– Demian Obolanski.

– Quel est le nom de l'homme qu'il m'a envoyé ?

– Patrice Demarescau.

– Il est fiable ?

– Impossible de vous l'assurer à 100 %.

Il y eut un silence, sans doute Lara Mendès communiquait-elle avec Demian Obolanski.

– Sookie, avez-vous retrouvé des survivants ?

– Probablement une femme. L'officier de police judiciaire Magali Chow. On aura besoin de renforts.

– Vous devrez vous débrouiller, répondit Lara, après quelques secondes.

– Merci de votre franchise. On va faire face.

Sookie Castel raccrocha, et jeta les clés des menottes à Patrice Demarescau.

– Sans rancune ?

– Il fonctionne, votre engin ?

– Je vous en prie, proposa-t-elle. La technologie, c'est pas mon truc.

L'AR.Drone s'éleva dans les airs quelques minutes plus tard, jusqu'à une cinquantaine de mètres d'altitude, et s'éloigna au-dessus de l'aérodrome.

Sookie Castel observa l'écran de la tablette et vit soudain un grand intérêt au gadget de Valentin et Marcus. Le terrain comportait une douzaine de baraquements partiellement endommagés, puis venaient les accès à la piste unique où la végétation proliférait. Plus loin, des bandes d'asphalte partaient vers des hangars dissimulés par des buttes de terre herbue.

Il n'y avait pas âme qui vive.

Patrice Demarescau guida l'engin au plus près des bâtiments. C'est alors qu'il repéra une silhouette perchée sur le toit du hangar, un fusil de sniper entre les mains.

– Arrêtez, s'agaça Sookie, elle va vous dégommer.

Le légionnaire ignora la remarque et tenta une approche par le revers.

L'image disparut tout à coup, puis le téléphone de Sookie sonna.

– Vous jouez à quoi ? demanda la voix féminine. Qui est le type avec vous ?

– Il est là pour m'aider à vous extraire.

Un silence sépara les deux femmes.

– OK. Amenez-vous.

192

Patrice Demarescau sur ses talons, **Sookie Castel** se laissa guider au téléphone, pénétra dans l'enceinte de l'aérodrome, longea les bâtiments et traversa la piste jusqu'à un des hangars aperçus sur l'écran de l'iPad.

Une femme d'une trentaine d'années les attendait à l'intérieur. L'inconnue fit s'ouvrir la boîte mademoiselle Rose, inaugurée lors de sa première partie de Cluedo avec ses parents.

Magali Chow, l'OPJ disparue depuis une quinzaine de jours, traquée par les autorités comme un criminel en cavale.

– Vos armes, à terre !

Sookie Castel se débarrassa de l'automatique pris dans le sac de Demarescau. Ce dernier fit de même.

– J'ai dit toutes vos armes.

– Tu ne veux pas aussi que je me foute à poil ? grinça Sookie Castel.

Son pistolet brandi devant elle, Magali Chow s'approcha, attrapa le flingue d'Arnault dans la ceinture du jean de Sookie, et le jeta avec les autres.

– Vos portables !

Les téléphones rejoignirent les armes sur le sol.

– Vous êtes qui, vous ? demanda Magali Chow en se tournant vers le légionnaire.

– Patrice Demarescau. Le commandant Obolanski m'envoie.

– Connais pas. Qu'est-ce qu'il fout là ? Vous êtes tarée ou quoi ?

Des mécanismes s'enclenchèrent dans l'esprit de Sookie Castel. Les numéros tatoués sur la patte du chien, les Raspail pendus, la mort de Jo Lieras, le saccage de *La Valbonne*, il fallait que tout ça ait un sens. Magali Chow ne pouvait pas ignorer qui était Demian Obolanski.

– Vous mentez pour le protéger, affirma-t-elle. Pourquoi ?

Un bruit de moteur résonna sur la piste, puis la BMW avec laquelle Sookie était arrivée pénétra à toute allure dans le hangar et se gara à quelques mètres dans un crissement de pneus.

Une femme en sortit rapidement. En passant devant Magali Chow, elle fit signe que tout allait bien, puis elle disparut dans le fond du hangar.

– OK, alors parlez-moi de la liste, ajouta Sookie Castel tout en refermant la boîte des filles parfaites – celle-ci avait les traits tirés – où elle venait de ranger la nouvelle venue.

Un instant, Magali Chow observa les visages de ses interlocuteurs, les yeux plissés, le front ridé.

Mademoiselle Rose est épuisée.

– Vous savez quoi ?

– Que des flics sont morts dans des circonstances troubles, expliqua Sookie. Meurtre, accident, suicide. Et que visiblement, c'est l'État qui les dézingue, ce qui n'est pas banal.

Sookie Castel ouvrit la boîte W3 et se retrouva mentalement devant le tableau de Marcus Maratier. Elle énuméra la liste des noms épinglés dans l'ordre chronologique des disparitions, sans en omettre aucun, pas même celui de Mathilde Bonnet. Puis elle mentionna Olivier Raspail.

– Suivez-moi, ordonna Magali Chow.

La policière les entraîna vers le fond du hangar, par la porte qu'avait empruntée l'autre femme quelques instants plus tôt. Ils la retrouvèrent dans un Algeco où traînait du mobilier de bureau des années 1980. Elle avait vidé le sac de Demarescau, et vérifiait chaque arme.

– C'est quoi, le deal ? demanda Magali Chow en se laissant tomber dans un fauteuil au cuir éculé.

– W3 révèle l'affaire, et on arrête les frais, proposa Sookie Castel. Mais pour ça, il nous faut votre témoignage.

– Témoigner ? répéta Magali Chow. Vous devriez demander à Ambre si elle veut témoigner ! La publicité, c'est mauvais pour ses affaires. Hein, ma belle ?

– Dans tes rêves !

– Vous voyez…

– Si j'ai bien compris ce qui est arrivé à vos collègues, glissa Sookie Castel, vous n'avez pas vraiment le choix.

– On a toujours le choix. Nous devions être récupérés, mais l'ensemble du réseau a été éliminé.

– Faux, s'interposa Patrice Demarescau. Le commandant Obolanski vous propose son assistance.

Les visages de Magali Chow et d'Ambre se tournèrent vers lui. Sookie Castel crut y déceler une légère hésitation.

C'est dingue, on dirait qu'Obolanski leur fout la trouille.

– Quelle sorte d'assistance ? finit par demander Ambre.

– Il nous récupère dans n'importe quel port de la Baltique, expliqua Patrice Demarescau.

– C'est nouveau ? intervint Sookie, les yeux rivés sur lui. C'était pas ça, le deal !

– À partir de là, on irait où ? s'enquit Ambre.

– Aucune idée, admit le légionnaire. Mais pour l'instant, c'est le seul qui a survécu à toute cette merde.

– Moi, ça me va. Tout sauf rester dans ce trou. Magali ?

– On ne s'emballe pas ! s'exclama Sookie Castel qui sentait la situation lui échapper. Nous, on a les services secrets au cul parce qu'on fait tout pour sauver les vôtres ! Alors, vous ne vous tirez pas sans me donner des infos !

– Désolée, opposa Magali Chow. Ça fait des jours qu'on crève ici, sans thunes, sans assistance et sans dormir. Pour W3, on verra plus tard. C'est franchement pas la priorité.

– Attendez ! insista Sookie qui sentait la moutarde lui monter au nez. Donnez-moi quelque chose, merde ! Rainer Hoheisel, vous connaissez ?

– C'était le beau-père de Raspail.

– Bien sûr ! s'agaça Sookie, persuadée que Magali Chow se moquait d'elle. C'est pour ça qu'il voulait absolument récupérer la chienne sur laquelle votre numéro de téléphone était tatoué !

– Sacré Raspail ! grinça la policière. Il l'emmenait partout, son clébard !

– À qui appartiennent les trois autres numéros ?

– Lieras, Berkoff, Néré.

– Pourquoi vos numéros étaient tatoués sur le chien ? À quoi ça rime ?

– Nous étions 4 chefs de groupe.

– Des groupes de quoi ?

– De flics infiltrés. Le colonel Raspail était le chef du groupe R.

– C'est quoi, ce groupe R ?

Magali Chow et Ambre échangèrent un regard blasé.

– On était chargés d'infiltrer des organisations criminelles de traite humaine, d'en choisir une, et de l'aider à éliminer ses concurrents pour contrôler le marché.

– Quoi ?

– Vous avez bien compris.

– Qui a mis sur pied un truc pareil ?

– Des parlementaires européens.

– Rainer Hoheisel ?

– Entre autres, oui.

– Quels autres ?

La porte de l'Algeco s'ouvrit d'un coup sur un homme à la silhouette imposante et au visage barbu en diable – boîte Bud Spencer. Il portait les restes du drone abattu par Magali Chow.

– Un convoi de gendarmes, moins de deux mille mètres ! Faut

dégager, tout de suite ! Votre putain de machin, là, il était piloté par quoi ? Le GSM ?

Penaude, Sookie Castel acquiesça d'un signe de tête.

– Alors, ne cherchez pas plus loin.

– On est au milieu de nulle part ici ! s'écria Magali Chow en aidant Ambre à ranger les armes dans le sac. Dans deux heures, ça grouillera d'agents exterminateurs. Tenez, Sookie, votre portable et votre flingue, vous risquez d'en avoir besoin. On se verra plus tard !

Tous sortirent précipitamment de l'Algeco, et retournèrent dans le hangar, où une Range Rover était garée à côté de la BMW.

– Bonne chance, lui glissa Patrice Demarescau avec un sourire narquois. Sans rancune !

Sookie Castel lui tendit sa main avec son majeur dressé bien haut, et s'installa au volant de la berline tandis que les quatre autres se répartissaient dans le 4×4, qui sortit du hangar en trombe.

193

Le moteur de la BMW hurla sans succès. Les roues, embourbées sur plus de la moitié de leur hauteur, patinaient en projetant des mottes de terre. **Sookie Castel** sortit de la voiture en hurlant de rage.

Mille mètres après avoir quitté l'enceinte de l'aérodrome, elle avait perdu le Range Rover de vue. Et encore mille mètres de plus, avant qu'elle ne s'enlise dans les ornières de ce chemin encaissé entre deux collines.

Elle était à peu près certaine que Magali Chow avait prévu qu'elle serait très vite immobilisée, et servirait de gibier.

– Salope ! ragea-t-elle en envoyant un coup de pied dans le bas de caisse. Putain de fliquette de merde !

Rapidement, Sookie Castel prit une décision. Elle ne pourrait pas cacher cette voiture, les gendarmes la trouveraient au plus tard d'ici deux heures, le temps qu'ils investissent la base aérienne, découvrent l'accès au chemin forestier.

Les empreintes de pneus dans les herbes de l'aérodrome sont évidentes !

Elle révisa sa prévision à la baisse. Ils tomberaient sur la BMW au plus tard dans une heure.

D'ici là, elle devrait être loin.

Alors, elle essuya soigneusement le volant, le frein à main, le levier de changement de vitesse, tous les boutons du tableau de bord, et finit par les portières. Puis elle récupéra le sac de Valentin, qui ne contenait plus qu'une bouteille de soda et l'emballage du drone. Il ne fallait rien laisser derrière elle.

Sookie Castel fit alors le point sur l'endroit. Pas question de rebrousser chemin. La piste suivait une colline. L'emprunter serait le réflexe de la plupart des gens. Par la forêt, l'ascension serait plus difficile.

Moitié à quatre pattes, moitié en courant, Sookie Castel gravit la pente. La terre recouverte des feuilles d'un automne passé glissait. À certains endroits elle dut s'y prendre à plusieurs reprises et parvint au sommet ruisselante de sueur. Elle laissa le soleil dans son dos et s'éloigna à petites foulées perpendiculairement au chemin qu'elle venait de quitter.

Bientôt, elle redescendit la colline sur son versant opposé, traversa une route et s'introduisit dans une nouvelle portion de forêt. Elle en ressortit une heure plus tard, quand elle estima avoir suffisamment creusé l'écart entre les gendarmes et elle.

Alors seulement, Sookie Castel s'accorda une pause.

Sa course à travers bois avait occupé son esprit. À présent, elle prenait la mesure de son échec.

Au fond de son esprit, la boîte blanc-bec s'entrouvrit. Sookie fit un effort pour la maintenir fermée. Elle connaissait bien les petits enfoirés qui y étaient tapis. Elle les avait séquestrés là des années plus tôt, quand la petite noiraude débarquée d'Haïti avait essuyé la méchanceté de ses camarades de classe.

L'endroit où elle se trouvait n'aidait guère la jeune femme dans son effort pour conserver son sang-froid. Ce bois, cette prairie à ses pieds, ce clocher qui pointait à mille mètres, tout la ramenait à Saint-Junien.

Xavier fut le premier à sortir du bois et à venir vers elle. Puis le suivirent Laurent et Benoît, Jean-Paul et Marcel, tous avaient des visages ricanant, des peaux blafardes à force d'être blanches. Du haut de leurs dix ans, ils l'entourèrent et entamèrent une ronde.

« Banania ! criaient-ils joyeusement. Banania est revenue. »

– Barrez-vous ! hurla Sookie Castel.

« Si tu veux, mon père, il va te prendre comme femme de ménage, qu'est-ce t'en dis, Blanche Neige ? Tu nettoieras mes chiottes ».

Les yeux embués de larmes, Sookie Castel envoya ses poings battre l'air.

« Fais voir ton cul, Sookie, il paraît que les Négresses, elles ont un gros derrière. C'est pour s'enfiler des concombres ? Y'a des concombres en Afrique ? »

– Je suis pas africaine, bande de pédés !

« Si, t'es africaine. Sookie l'Africaine ! Sookie l'Africaine ! »

La jeune femme s'assit par terre et colla ses mains sur ses oreilles.

– Vous n'existez plus, je suis grande maintenant, je peux...

Le visage baissé pour ne pas voir les gamins qui continuaient de tourner autour d'elle, Sookie sortit son téléphone et composa le numéro de Romane Mariani. L'appel bascula sur la messagerie : « Docteur Mariani, je suis absent. Laissez-moi un message, et je reviens vers vous. »

Sookie écouta la voix de son psychiatre, raccrocha et rappela aussitôt. Elle répéta son geste plusieurs fois avant de se décider à parler.

« C'est moi, la noiraude, doc. Je suis pas sûre que ce soit une bonne idée mais... j'ai besoin de vous entendre. Ça sert à rien d'essayer de leur expliquer. Ils sont bons qu'à bouffer du foin. Cons comme des blancs-becs qu'ont jamais manqué de rien. J'ai besoin de vous, doc. Venez vite ! »

La boîte gentleman héroïque trop héroïque s'ouvrit. Sookie inspira profondément plusieurs fois, et recomposa le numéro de Romane Mariani.

« Laissez tomber, j'ai pas besoin de vous comme un doc. Je suis pas malheureuse à cause des blancs-becs, c'est que loin de vous, je vais mal, je suis raide dingue amoureuse, et si je dois vous revoir, c'est parce que j'ai besoin de vous comme un homme. Pitié, ne me faites plus jamais le coup du psy. Jamais. OK ? Je vais bien. »

Sookie Castel releva la tête, soulagée par son aveu.

Les enfants avaient disparu.

Pour ne pas tenter son esprit avec les boîtes de son enfance,

Sookie Castel contacta Valentin. Elle lui raconta sa rencontre avec Magali Chow et Patrice Demarescau, lui proposa de lancer des recherches sur ce dernier, puis demanda à Marcus de localiser le député Rainer Hoheisel.

Cinq minutes plus tard, l'ex-grand reporter la rappelait.

– S'il fait son boulot, ton Boche est en séance à Strasbourg. Il crèche à deux pas du parlement, je t'envoie ça par SMS.

Strasbourg !

Ce n'était pas si loin. Mais il fallait trouver un moyen de locomotion. Alors Sookie Castel se releva et marcha vers le clocher.

À l'entrée du village, elle trouva un arrêt de bus. La ville la plus proche était Bar-le-Duc. La jeune femme occupa l'heure et demie qui la séparait du départ à élaborer une stratégie pour obliger Rainer Hoheisel aux confidences. Sookie se faisait fort de ne pas rentrer à Paris sans lui avoir fait cracher le morceau.

En montant dans le bus, elle ouvrit la boîte Louis Armstrong pour y ranger le chauffeur, un Noir aux joues dodues et aux yeux globuleux. Elle s'efforça de ne pas croiser le regard des autres voyageurs, et s'installa derrière le poste de conduite.

Son portable sonna alors que le bus entrait dans les faubourgs de Bar-le-Duc.

– Marcus, chuchota-t-elle, je ne peux pas trop parler.

– Alors, écoute-moi. Tu vas rentrer dare-dare. Une dépêche AFP annonce qu'une fusillade a eu lieu au Parlement européen. Le quartier est bouclé. Une chasse à l'homme est en cours. On parle d'une attaque terroriste. Tous les médias s'affolent. Mais nous, on sait que c'est pas le cas, parce que comme par hasard, la seule victime du tueur, c'est Rainer Hoheisel.

Sookie Castel n'écouta pas la suite et se cramponna à la barre en métal.

Pas question que la boîte aux petits cons se rouvre.

Elle se concentra sur le métal froid, ses reflets couleur mercure, les ondulations des mouvements inversés sur ses contours. Elle tint bon, jusqu'à ce que le bus stoppe devant la gare SNCF. Puis elle descendit et vomit dans le caniveau.

194

Le départ de Bérénice Bonnet pour le lycée français de Moscou était une bonne chose, Lara Mendès n'en doutait pas.

Les adieux avaient été joyeux, et la jeune femme se réjouissait de l'imaginer prête à entrer avec insouciance dans sa nouvelle vie. Jo et Mathilde n'auraient pas voulu qu'elle les pleure pendant des mois.

Pourtant, maintenant que la voiture emportant l'adolescente avait disparu, la jeune femme commençait à douter. Car avec Bérénice, c'était aussi Vera Obolanski, Tissia et Manya qui s'en étaient allées.

Et lorsqu'un type armé verrouilla les grilles de *La Milusin*, Lara Mendès prit conscience qu'elle allait se retrouver en tête à tête avec Ilya Kalinine.

La jeune femme gagna la terrasse principale d'où elle pouvait admirer l'arc de la courbure terrestre, ébloui pour l'heure par le soleil couchant. Elle s'abima dans la contemplation de cette explosion de couleurs jusqu'à ce que le serein la décide à rentrer.

C'est en franchissant le seuil qu'elle prit la pleine mesure de la beauté de cette demeure insensée, et surtout de sa solitude.

Le rez-de-chaussée se composait des cent mètres carrés de

marbre de l'entrée qui ne servaient qu'à accueillir le visiteur. Et probablement à l'époustoufler, avec ses deux escaliers aux rambardes ouvragées. Sous les marches partait un couloir qui desservait les parties communes où Lara avait repéré deux bureaux, et des locaux d'entretien.

Au pied de chaque escalier, une double porte permettait d'accéder aux ailes de la demeure. Celle de droite abritait une salle de bal au parquet marqueté et aux plafonds peints et sculptés – une merveille occupée par de nombreux canapés et fauteuils organisés comme des petits salons – et celle de gauche, une table monumentale pouvant réunir une cinquantaine de convives.

Lara et Bérénice y avaient déjeuné en compagnie de Vera Obolanski. Celle-ci leur avait parlé des fastueuses réceptions qui s'étaient tenues ici dans le passé. La grande bibliothèque avait reçu des chefs d'États, et communiquait avec cette salle à manger par une double porte en bois sculpté.

Un rez-de-chaussée semi-enterré, recelait les cuisines et les chambres froides, mais Lara n'avait pas envie de traîner de ce côté.

Il restait les deux étages, et les combles.

La jeune femme grimpa l'escalier de droite, longea le couloir qui desservait sa chambre et celle de Bérénice, et poursuivit son exploration jusqu'à tomber sur un nouvel escalier. En descendant, il devait aboutir après la salle de bal. Elle préféra visiter les étages, et déboucha sur un niveau complètement différent du reste de la maison. Il semblait inhabité.

Des draps blancs recouvraient la plupart des meubles, donnant l'illusion d'un temps arrêté. Lara aima aussitôt cet endroit, et s'imagina qu'en y restant, le monde l'oublierait peut-être. Elle apprécia aussi la hauteur sous plafond, beaucoup moins impressionnante qu'au premier étage et au rez-de-chaussée.

Lara Mendès traversa plusieurs pièces qui communiquaient les unes avec les autres par des ouvertures pratiquées au centre des cloisons et dépourvues de porte. À mesure qu'elle progressait à travers cette enfilade, elle sentit les battements de son cœur s'accélérer.

Une lampe allumée dans la dernière pièce lui indiqua qu'elle n'était pas seule. Elle ralentit son pas, le fit plus léger quand elle franchit le seuil.

Cette salle de taille modeste voyait ses parois occupées par des tableaux disparates et des bibliothèques. Sur un bureau en bois, un ordinateur prenait la poussière, seule marque moderne de l'étage. Sur la tour de l'ordinateur, une diode clignotait.

De l'autre côté, au pied d'un œil-de-bœuf qui donnait sur la mer Baltique, il y avait un fauteuil dont elle ne voyait que le haut dossier, et une table basse supportant un verre en cristal et une bouteille de vodka.

Un portrait où figurait une jeune fille était accroché face au fauteuil. Son regard espiègle contrastait avec le sérieux de sa pose et la candeur de son visage encadré par de longues nattes brunes. Sur cette peinture, le modèle arborait encore les rondeurs de l'enfance, et ne devait pas avoir plus de 12 ou 13 ans.

Lentement, Lara Mendès contourna le fauteuil en marchant à pas feutrés et découvrit Demian Obolanski. D'abord son bras et sa main gauche, abandonnés sur l'accoudoir, puis ses cuisses sur lesquelles l'autre main avait lâché un livre, son torse qui se soulevait régulièrement, et enfin sa tête, restée droite, bien qu'il se soit assoupi.

Lara s'approcha à le toucher, fascinée par l'expression enfantine qui apaisait les traits de cet homme dans le sommeil et effleura sa main. Demian Obolanski ouvrit aussitôt les yeux.

– Qui est-ce ? demanda-t-elle en désignant le tableau.

– Tania, ma jumelle. Elle est morte à 12 ans.

Lara Mendès dévisagea longuement Demian Obolanski, puis elle releva les yeux vers le portrait, se rappela de la frimousse de Milena, de son chagrin face à son impuissance à la sauver, et comprit qu'elle avait bien plus en commun avec Kalinine que la mort de Bruno Dessay.

195

Salinitiovosk, vingt-cinq ans plus tôt.

Trois gamins crasseux d'une dizaine d'années – les jumeaux, Ilya et Tania, et leur camarade Volodia – traversèrent la place du 17-Octobre et laissèrent le centre ville dans leur dos.

Peu à peu, le béton des bâtiments administratifs disparut au profit d'un quartier agréable. Le long d'une rue, ils gravirent une éminence qui dominait une partie de la ville et s'arrêtèrent devant les grilles d'un parc.

La Milusin.

Les allées disparaissaient sous la végétation, le lierre envahissait la façade de la somptueuse demeure abandonnée, et couvrait les volets. À quelques kilomètres de là, on pouvait percevoir la ligne grise de la mer Baltique sur fond de nuages de la même couleur. Même les sols détrempés et partiellement gelés s'harmonisaient dans ce gris uniforme.

C'est peut-être ce qui séduisit Ilya et Tania, cet aspect vieillot, l'idée que l'endroit hébergeait des esprits d'avant le communisme, qu'on pouvait s'y installer sans que quiconque s'en rende compte. Mais peut-être était-ce autre chose, comme un lointain souvenir.

Les mains d'Ilya s'accrochèrent aux grilles rouillées.

L'enfant s'imagina tailler le lierre, rouvrir les volets, couper quelques arbres et gratter la rouille sur le portail. Qu'un endroit pareil fut à l'abandon le déroutait. En croisant le regard de sa sœur, il sut qu'ils partageaient la même idée.

– Ça me plaît, pouffa Tania. Je serai une princesse !

– Un jour, affirma Ilya, tout ça sera à nous.

– Ouais, ricana la voix de Volodia dans leur dos. Quand tu t'appelleras Kalinine, et que tu seras le tsar de Kaliningrad !

196

– Bienvenue à bord du *Tilda*, déclara Demian Obolanski en s'effaçant pour permettre à **Lara Mendès** de monter sur la passerelle d'un yacht, un *Mangusta130* battant pavillon suédois.

Demian avait coupé court à leur bref échange dans le salon du deuxième étage en proposant à Lara de l'accompagner en mer. Celle-ci avait accepté sans poser de question. Elle s'était retirée dans sa chambre pour prendre une douche et préparer quelques affaires, puis elle avait retrouvé Demian Obolanski dans la cour de *La Milusin*.

Il l'avait invitée à prendre place à bord d'une vieille Lada et avait conduit jusqu'au port où le capitaine du yacht les attendait. Puis il l'avait laissée dans le carré du bateau où officiait une barmaid, avant de se rendre dans le poste de pilotage.

Lara Mendès, confortablement installée, dégustait un cocktail à base de rhum, en songeant avec cynisme que côtoyer Kalinine n'avait pas que de mauvais côtés.

« Il est à vous ? » lui avait-elle demandé en parlant de l'impressionnant yacht de 40 mètres.

Sa réponse : « à un ami », avait fait resurgir un dialogue du film Donnie Brasco. Un ami « à nous » ou un ami de la famille ? Dans la bouche du personnage interprété par Al Pacino, la distinction semblait capitale.

Pendant que le yacht manœuvrait pour quitter le port de Salinitiovosk, Lara Mendès réfléchit à l'importance des mots. Puis elle abdiqua, persuadée qu'à une telle distance de Little Italy, les us et coutumes des mafieux divergeaient forcément.

Lorsque le navire fut sorti des eaux territoriales russes, Demian Obolanski la rejoignit dans le salon.

– Patrice Demarescau et Magali Chow ont accepté de parler. J'aimerais que vous recueilliez leur témoignage. Évidemment, il n'est pas question que vous me mentionniez dans vos documents.

– Même si c'est nécessaire ?

– Vous me laisserez juge, Lara. Voici de quoi rattraper votre retard, ajouta-t-il en lui tendant un téléphone. Il est à vous.

– Merci.

– Une cabine a été préparée à votre attention. Je vous y retrouverai un peu plus tard.

Demian Obolanski salua la jeune femme d'un léger mouvement de tête et tourna les talons.

À la suite de la barmaid, Lara Mendès descendit vers les cabines, et découvrit la sienne. Sur une table basse, un ordinateur portable affichait une fenêtre.

– Monsieur m'a prié de vous remettre ceci, dit la barmaid en tendant une enveloppe à Lara Mendès, qui l'ouvrit dès que la femme eut quitté la cabine. Sur une feuille figuraient quelques mots écrits de la main de Kalinine.

« ***Ce sont les aveux de Rodolphe Craven, vous devriez en prendre connaissance.*** »

Les aveux de Rodolphe Craven ?

Abasourdie, Lara Mendès découvrit un second papier où était notée une série de codes. Elle s'installa devant l'ordinateur, et déverrouilla le fichier vidéo.

Apparut alors la silhouette épaisse du juge. Un sourire contrit éclairait tristement son visage bonhomme.

« Mes bons amis, les hasards n'en sont jamais ! Ma fonction

de magistrat m'a appris ça, à défaut d'avoir fait de moi un honnête homme.

« Avec vous, j'ai été sincère dans l'amitié. J'ai caché le reste, d'abord parce que les raisons n'étaient pas très glorieuses, ensuite parce que je n'avais pas le choix.

« Les causes d'aujourd'hui sont les conséquences des causes d'hier. La vie prend toujours ce chemin. C'est regrettable, mais c'est ainsi. Il faudrait avoir l'omniscience d'un dieu pour tout comprendre.

« Il y a dix ans, j'ai reçu de ma hiérarchie, par l'intermédiaire de Michel Hicks qui occupe aujourd'hui un poste élevé à la Chancellerie, la consigne d'égarer certaines pièces d'un dossier malmenant la réputation de Bruno Dessay.

« Je l'ai fait pour un tas de raisons dont plus aucune aujourd'hui ne me semble valable. Pour le bien commun, comme on dit, pour ma carrière surtout, mais aussi parce que pesait dans la balance la réputation d'une famille influente. Le sang avait été versé par cet homme. Une prostituée y avait laissé la vie. Je me souviens des mots de Michel Hicks. Il disait : "Que vaut la mort d'une pute de l'Est contre la tranquillité du monde politico-financier ?" Je résume, bien sûr. Michel Hicks a utilisé des circonvolutions dignes d'un tribun. Mais le sens est là.

« Moi-même, à cette occasion, j'ai dit des choses que je regrette.

« Un service en vaut un autre. Et un service aussi énorme ne pouvait que me profiter. Ça a été le cas. Ma carrière a suivi une ascension plus rapide que celle de la plupart de mes pairs. Pour un résultat moins probant que prévu d'ailleurs ! Mais la faute m'incombe. J'ai perdu la niaque en route. Plus d'envie. Placard, préretraite. À la pêche, Craven !

« La création de W3 a été un cadeau somptueux pour moi.

« Ah ! Si nous avions pu nous y mettre plus tôt ! Vous allez continuer, sans moi, mais avec Léon, Valentin, Marcus, et maintenant Sookie. Arnault, vous disposez là d'une équipe extraordinaire !

« Je dois avouer également que je vous ai espionnés quelque temps. J'aurais pu tout vous dire et nous n'en serions peut-être pas là. Mais la conséquence aurait aussi pu être terrible pour tous, alors qu'elle ne le sera que pour moi.

« Bruno Dessay n'est pas mort au Mali, loin s'en faut. Il a été assassiné le 27 juillet dernier ici, en France, par cet homme qui se fait appeler Ilya Kalinine. Il l'a éventré sous mes yeux, pour que j'aie du sang sur les mains, au sens littéral de l'expression. Parce que je le méritais selon lui.

« Peut-être avait-il raison…

« Il y a dix ans, j'avais dit au sujet de la jeune fille tuée par Bruno Dessay, quelque chose comme « c'est une pute, je m'en lave les mains ». Si vous saviez comme ces mots me font honte aujourd'hui ! Le pire, c'est qu'en couvrant son crime, j'ai été artisan du calvaire de Lara, dix ans plus tard.

« Ce Kalinine a un sens aigu de la symbolique et de la mise en scène, mais il a aussi un je-ne-sais-quoi d'honneur. Pour moi, il est clair qu'il a exécuté Dessay pour la venger.

« Qu'est-ce que cela signifie ? Je l'ignore.

« Ai-je la preuve de ce que j'avance ? Non.

« Mais je l'ai clairement entendu dire son prénom au moment précis où il frappait avec son couteau.

« Il faudra vous en remettre à ma parole, et à l'amitié qui nous liait. Cette fois, je ne triche plus. Tout ce que je peux affirmer, c'est qu'il était intéressé par le travail de W3. Je lui ai donné peu d'informations, je n'en avais guère.

« Qu'en a-t-il fait ? Aucune idée.

« Voilà, mes amis.

« Puisque vous m'écoutez, soit j'ai appelé mon avocat depuis Cuba pour qu'il vous transmette ce document, soit il m'est arrivé malheur. Je pioche pour la première proposition. Elle me permettrait de profiter de la mer des Caraïbes, et de nous retrouver autour d'un bon repas. On papotera et ce sera formidable. Si vous me pardonnez ma trahison. Mais entre amis, il faut savoir pardonner, non ? »

Le juge Craven entrouvrit la bouche, puis se ravisa. Il tendit alors la main vers la caméra et l'image se figea.

Une poignée de secondes, Lara Mendès scruta le visage immobile, sidérée par ce qu'elle venait d'entendre. Puis en refermant la fenêtre virtuelle, elle remarqua un dossier de photos sur le bureau.

– Ne les regardez pas, lui conseilla Demian Obolanski dans son dos. Ce sont les clichés de sa mise à mort.

– Demarescau, c'est ça ?

– C'est ça...

En se tournant vers son interlocuteur, Lara Mendès lui trouva l'air tourmenté.

– Il va y avoir du grain, poursuivit-il. Je voulais vous prévenir.

– Merci, répondit Lara Mendès.

– Dînerez-vous ?

– Je n'ai pas très faim.

– Je comprends, dit-il en sortant de la cabine.

Quand la porte se fut refermée sur Kalinine, Lara Mendès s'empara de son carnet et d'un stylo, transcrivit les grandes lignes du témoignage du juge Craven, et composa le numéro de téléphone de Valentin.

La jeune femme avait besoin d'entendre la voix de son frère. Et puis, il était urgent que W3 reçoive les photos du meurtre de Rodolphe Craven, tout comme il était vital qu'elle conseille à l'équipe de se mette en sécurité. Le passage de Patrice Demarescau à l'ennemi risquait d'avoir de graves conséquences.

Le temps que la communication s'établisse, Lara Mendès décida qu'en revanche, elle ne leur adresserait pas la vidéo.

D'abord, ces aveux n'avaient qu'un intérêt limité pour l'enquête – ce n'était pas Michel Hicks qui avait donné l'ordre d'assassiner le juge – et puis, ils la liaient indubitablement à Kalinine autour de l'assassinat de Bruno Dessay.

« Je ne fais justice qu'aux miens », lui avait-il dit à *La Valbonne*.

Au moins, après ce témoignage, ça avait le mérite d'être clair.

Jour 16 – vendredi 6 septembre

197

En ressentant la décélération du yacht, **Lara Mendès** retint son verre d'eau, et leva les yeux.

Déjà ?

Elle rangea ses notes et enfila un pull pour gagner la plage arrière.

Le sillage du Mangusta 130 se perdait dans les vagues de la Baltique. Sur son mât, le drapeau suédois ondulait dans le vent, à côté de ceux de la Communauté européenne, et de la Russie.

Les côtes allemandes approchaient dans la grisaille.

Elle songea à Valentin, Arnault, Sookie Castel et Marcus Maratier, qui auraient payé cher pour être à sa place. Une place qui leur revenait de droit. Puis, ses pensées allèrent à Léon, et à ce qu'il ressentirait en apprenant la mort de son ami, puis à la mémoire de Rodolphe Craven. Lara Mendès se refusait le droit de lui jeter la pierre. Les gens agissaient parfois pour des raisons obscures, et puis, qui était-elle pour le juger ?

Frigorifiée, la jeune femme redescendit dans sa cabine transformée en salle d'interview par ses soins, grâce au matériel qu'on lui avait fourni.

La caméra attendait sur son pied et le système d'éclairage serait suffisant. Elle avait aussi testé les micros. Tant que les moteurs tourneraient à faible régime, ça irait. *Faudra bien que ça aille*, sourit Lara en imaginant les critiques de son frère quand il recevrait les fichiers. « C'est pas du taf, ça, crevette, c'est pas broadcast ! »

Elle se déshabilla, et se glissa sous la douche pour se réchauffer.

198

Le yacht accosta en face du port plaisancier de Travemünde, le long d'un ponton installé perpendiculairement à la promenade aux environs de 16 heures. Il y avait un monde fou sur les quais et aux terrasses des auberges, si bien que l'embarquement de quatre personnes passa inaperçu.

Le *Tilda* quitta aussitôt son attache et fit demi-tour. Puis il se cala dans le sillage d'un paquebot qui assurait la liaison Lubeck-Helsinki, en direction du large.

Les nouveaux passagers furent dépossédés de leurs armes et moyens de communication sur ordre de **Demian Obolanski.**

Magali Chow et ses équipiers furent conduits dans leur cabine où on les pria de rester jusqu'à nouvel ordre. Quant au légionnaire Demarescau, il fut escorté jusqu'à la plage arrière où le Russe l'attendait.

Le yacht filait à présent les vingt-cinq nœuds, et achevait de dépasser un cargo porte-conteneurs.

– Je n'oublierai pas ce que vous avez fait pour moi, dit Patrice Demarescau en s'installant face à Demian Obolanski.

– Vous êtes un soldat. J'ai une guerre à mener. Nous n'avions pas besoin de nous entretuer.

– Où nous conduisez-vous ?

– En territoire neutre. Vous pourrez y décider de votre avenir.

Patrice Demarescau se tourna vers les côtes dont la fine bande de terre se confondait de plus en plus avec le ciel.

– Tout ça, évoqua-t-il en désignant la mer autour de lui, ce yacht, ces hommes… Ce ne sont pas les moyens d'un flic ordinaire.

– Je ne vous ai jamais dit que j'étais un flic ordinaire.

– C'était vous, ma cible principale, n'est ce pas ? Ilya Kalinine.

– Et vous, l'homme qui a descendu mon frère d'armes, lâcha froidement Demian Obolanski.

Les mains de Patrice Demarescau se crispèrent sur les coussins de la banquette.

– C'est tout ce que vous avez à dire ? explosa la voix vibrante de colère de Lara Mendès qui venait de jaillir sur la plage arrière par la porte du carré.

– Je vous présente Lara Mendès. Lara, Patrice Demarescau.

– Madame Mendès, salua le légionnaire en se levant brièvement.

Un silence glacial s'abattit sur le pont.

Demian Obolanski attrapa la main de Lara, et l'obligea à s'asseoir à côté de lui. Elle s'enfonça dans la banquette sans un mot, les yeux rivés sur le légionnaire.

– C'est vraiment tout ce que vous avez à nous dire ? répéta-t-elle.

– C'est vrai, concéda Patrice Demarescau après un moment. J'avais reçu l'ordre d'abattre cet homme. Les choses ont dérapé.

D'une pression sur les doigts de Lara, le Russe lui commanda de ne pas réagir.

Leur silence commun encouragea Patrice Demarescau à se dévoiler.

– J'ai compris qu'il était votre coéquipier, en rentrant sur Paris, avoua-t-il. C'est pour me racheter de ce crime que j'ai trahi les miens, ajouta-t-il un ton plus bas.

– Vous mentez, répliqua sèchement Demian Obolanski.

Les yeux du Russe quittèrent le visage de son interlocuteur, et se fixèrent sur l'horizon. Il songea à Jo, à sa personnalité, droite, parfois à la limite de la psychorigidité, et se demanda ce qu'il aurait fait à sa place.

On n'exécute pas les prisonniers en temps de guerre.

Ses yeux accrochèrent ceux de Lara Mendès dont il tenait toujours la main, et il vit que la colère ne l'avait pas quittée.

– Croyez-moi, soldat, murmura Demian Obolanski. Vous ne savez pas où vous avez mis les pieds.

– Vous avez été franc avec moi, se défendit Patrice Demarescau. C'est à mon tour de l'être.

– Alors, remplissez votre part du contrat, rétorqua-t-il en se tournant vers lui. Et donnez-nous les assassins.

199

Assis dans un fauteuil, Patrice Demarescau ne paraissait pas à son aise. Il gardait les bras croisés sur son torse, et son regard évitait celui de **Lara Mendès**.

Un homme armé était chargé de protéger la jeune femme.

– Vous êtes prêt ?

– Je n'ai jamais fait ça, lâcha Patrice Demarescau. Trahir mon camp.

– Moi non plus, répliqua-t-elle.

« Ayez le regard d'un reporter de guerre, Lara, lui avait dit Kalinine, sinon vous ne tiendrez pas le choc. »

La jeune femme inspira profondément. Puis elle s'approcha du micro et déclara :

– Lara Mendès, nous sommes le vendredi 6 septembre, il est 17 h 23 et je suis en présence de Patrice Demarescau. Monsieur Demarescau, je vais vous demander de vous présenter sommairement.

– Je m'appelle Patrice Demarescau, je suis né le 13 novembre 1975, à Šabac, en Serbie. J'ai été sous contrat dans la Légion étrangère pendant douze ans, j'en suis sorti avec le grade de sergent-chef. Ensuite, j'ai été responsable de la sécurité pour un groupe industriel. Jusqu'à ce que mon ancien chef de corps me contacte, il y a quatre mois environ.

– Vous témoignez librement et sans contrainte ?

– Affirmatif.

– Alors commençons : À combien se montait votre solde dans la Légion étrangère ?

– Environ 2 000 euros.

– Votre salaire comme responsable de la sécurité ?

– 5 000.

– Et dans la cellule ?

– Guère plus.

– Alors pourquoi quitter le privé ?

– Il s'agissait d'intégrer une équipe spéciale avec d'anciens camarades de la Légion.

– Quel genre d'équipe ?

– Le genre dont personne n'entend jamais parler.

– Comment s'appelle l'homme qui vous a recruté ?

Patrice Demarescau hésita.

– Nous avons besoin de son nom pour valider les informations que vous nous livrez, précisa Lara Mendès. Cet homme aura un droit de réponse si nous le citons.

– Colonel Adrien Barbier, lâcha Patrice Demarescau.

– De qui reçoit-il ses ordres ?

– Du ministère de l'Intérieur.

– Vous voulez dire du ministre lui-même ?

– Je ne peux pas l'affirmer.

– Quelle était la mission de cette cellule spéciale ?

– Protection, défense, élimination.

Lara Mendès sentit son cœur se serrer.

– Vous pouvez préciser ?

– Nous étions, entre autres, chargés de mettre en place une surveillance des biens et des personnes en cas de menace directe envers l'État.

– De quelle menace parlez-vous ?

– Les collaborateurs du site d'information W3, et leurs proches.

– Pour quelle raison étaient-ils menaçants ?

– Je ne suis pas dans le secret des dieux. J'obéis aux ordres. On me dit : pose des micros dans les locaux de la rue des Bluets, j'installe des micros rue des Bluets. C'est comme ça que ça fonctionne.

– Je comprends, glissa sèchement Lara Mendès. Vos écoutes ont-elles toutes un lien avec W3 ?

– On peut dire ça, oui.

– Quand ont-elles commencé ?

– Après la mort du colonel Raspail. Nous sommes intervenus entre la découverte des cadavres par Sookie Castel, et la perquisition officielle.

– Précisez ?

– On a fait disparaître le matériel informatique, certains dossiers aussi.

– Vous voulez dire que vous êtes intervenus sur une scène de crime avant la police ?

– Oui.

– Êtes-vous responsables de la mort des Raspail ? demanda Lara Mendès.

– Non.

– Connaissez-vous les coupables ?

– Il s'agit d'un homme, Stephan Ribaud, je crois. Il a été tué depuis.

– Savez-vous pourquoi ils ont été assassinés ?

– Pas précisément. Mais ça n'a rien à voir avec notre affaire. C'est plutôt ce qui l'a déclenchée, je vous l'ai dit.

– Qu'est devenu ce matériel informatique que vous avez récupéré ?

– Aucune idée, mon chef saurait.

– Que contenait-il ?

– Je l'ignore, j'obéis aux ordres, je vous l'ai déjà dit.

– Vous m'avez exposé des missions de protection, de défense mais aussi d'élimination. Expliquez-moi.

– Nous avions une liste de cibles à neutraliser le plus rapidement possible.

– Quels étaient les noms de la liste ?

– Yvan Néré et Joseph Lieras.

– René Berkoff ? Magali Chow ?

– Ces noms ne figuraient pas sur mon ordre de mission. Connaissant le colonel Barbier, il a dû doubler les effectifs, créer une seconde cellule pour augmenter les chances de succès, et éviter les bavures.

– Possédez-vous des informations sur cette autre cellule ?

– Non.

– Comment avez-vous procédé de votre côté ?

– Nous nous sommes réparti les tâches. Un de mes hommes a fait assassiner Néré à la centrale de Cadillac, où il était incarcéré. Moi, j'étais chargé de Lieras. Et ça s'est mal passé, ajouta Patrice Demarescau en soupirant. Sa femme a été tuée sur le coup.

– Vous affirmez que le commandant de police Joseph Lieras a été assassiné sur ordre du ministère de l'Intérieur ?

– Oui.

Lara Mendès digéra la réponse du légionnaire.

– Quand était-ce ?

– Le 22 août dernier.

– Il me semblait qu'il s'était tué en voiture le 1er septembre ?

– Les munitions utilisées étaient empoisonnées, il n'avait aucune chance de survivre à ses blessures.

– Que s'est-il passé ensuite ?

– J'ai reçu l'ordre d'effacer les traces. Mes hommes ont incendié la maison. L'autopsie du cadavre de sa femme a été pratiquée par un médecin complice.

Lara Mendès eut une pensée pour Bérénice. C'est de sa maman qu'il était question, pas d'un colis, comme en parlait Patrice Demarescau, un colis gênant qu'il avait été chargé de détruire. Heureusement, Bérénice ne saurait jamais.

– Ensuite, poursuivit le légionnaire, nous avons reçu une seconde liste et j'ai pris un vol pour Lyon.

– Qui figurait sur cette nouvelle liste ?

– Lila Berki et Medhi Arar. Des seconds couteaux… Je suppose qu'il y en avait d'autres…

– Il y en avait d'autres, en effet. Nous avons recensé plus d'une dizaine de morts suspectes dont certaines sont encore en cours d'identification. De votre côté, vous m'apprenez que notre liste n'est pas exhaustive puisque Medhi Arar n'y figure pas.

Le regard que l'ancien légionnaire jeta sur Lara Mendès brilla davantage.

– Pourquoi avez-vous décidé de parler ? ajouta-t-elle. Vous ne pouviez ignorer que vos cibles étaient des policiers ?

Patrice Demarescau s'enfonça dans le fauteuil. Il joignit ses mains, qu'il serra à en faire blanchir les articulations.

– Il n'est pas dans nos usages de vérifier les ordres.

– Dans la nuit de samedi à dimanche dernier, vous avez attaqué une propriété dans le pays Basque et vous avez tué des adolescentes.

– Les ordres étaient clairs. On nettoie.

– C'est ce qu'on vous a dit ?

– Oui.

– C'est une pratique courante ?

– Non ! Je vous assure que non !

– Que s'est-il passé, ensuite ?

– J'ai été capturé.

– Savez-vous par qui ?

– Oui, mais je ne veux pas le mentionner.

– Pourquoi ?

– Il m'a laissé la vie sauve.

Patrice Demarescau lança un regard éloquent à Lara Mendès.

– Je me suis retrouvé face à un homme qui m'a donné la preuve qu'on ne m'avait pas tout dit, poursuivit-il. Il ne s'agissait pas d'abattre des criminels infiltrés dans la police ou des hommes menaçant la sécurité de l'État, mais des policiers en mission, des hommes que l'État lui-même avait placés là des années plus tôt. J'en ai eu la confirmation, en rentrant au bercail. Quand le colonel Barbier m'a chargé d'une nouvelle mission.

– Laquelle ?

– Enlever Rodolphe Craven pour l'interroger.

– Pourquoi ?

– Je n'ai pas assisté à l'interrogatoire. Mais le colonel m'a ordonné de l'éliminer, ce que j'ai fait.

– Dans ce cas, pouvez-vous nous expliquer pourquoi vous avez abandonné le cadavre du juge Craven dans l'étang de Rambouillet, à l'endroit même où on a retrouvé le ministre Robert Boulin en 1979 ?

– C'était, à mon sens, la meilleure façon de dénoncer un crime d'État.

200

Retranscription de l'interview de Magali Chow.
W3 – vendredi 6 septembre

« Lara Mendès, nous sommes le vendredi 6 septembre, il est 19 h 40 et je me trouve en présence de Magali Chow. Mademoiselle Chow, je vais vous demander de vous présenter sommairement.

– Je m'appelle Magali Chow, je suis officier de police judiciaire à Strasbourg, j'ai 36 ans.

– Vous avez décidé de témoigner spontanément et vous ne parlez sous aucune contrainte.

– En effet.

– Le site d'information W3 a été alerté par une source anonyme qu'un certain nombre de policiers étaient en danger de mort. Faites-vous partie de cette liste ?

– Il faut que je remonte aux origines de notre groupe pour que vous compreniez de quoi il retourne. Tout a commencé il y a une dizaine d'années. Vous connaissez peut-être le travail de Rainer Hoheisel, ce député européen qui vient d'être assassiné ?

– Il a tenté d’unifier le droit en matière de lutte contre l’esclavage humain.

– Précisément. Face au manque de résultats, Hoheisel a proposé à d’autres politiques de constituer un groupe d’étude des réseaux criminels liés à la prostitution. Le premier groupe a été constitué en France. Ils l’ont appelé le groupe R, car il était chapeauté par le colonel Raspail, dont vous avez entendu parler. La mission initiale du groupe R était d’infiltrer les mafias du sexe pour les étudier de l’intérieur. Ensuite, il s’agissait de choisir une filière, et de l’aider à éliminer la concurrence pour mieux la contrôler. Le colonel a nommé quatre chefs de groupe pour la France : le commandant Joseph Lieras, le directeur René Berkoff, le commissaire Yvan Néré et moi-même. Des groupes ont rapidement été créés en Allemagne et en Belgique pour nous soutenir, et plus tard dans d’autres pays d’Europe. Mais je n’avais pas de rapports avec ceux-ci.

– Comment fonctionnait le groupe R ?

– Comme un réseau de résistance. Chaque chef de groupe a coopté dans des milieux très différents. Il n’y avait pas que des policiers, il y avait aussi des avocats, des proxénètes, des dealers. Je ne vous donnerai jamais les noms des membres de mon groupe encore vivants. Sachez seulement que Lila Berki en faisait partie. Chacun choisissait une équipe. L’équipe A ne connaissait pas les membres de l’équipe B, et ainsi de suite. Au début, nous étions assez peu nombreux, à la fin, je dirais une cinquantaine. Sans compter nos indics, notamment dans les tribunaux, quand il était question de faire disparaître des pièces à conviction dans des affaires nous touchant de trop près.

– Cinquante personnes infiltrées dans les mafias sur le territoire européen, c’est bien ça ?

– Oui.

– Savez-vous qui cherche à vous éliminer ?

– Je ne vois qu’une possibilité, le pouvoir en place.

– Pourquoi ne pas se contenter de démanteler le réseau ?

– Nous sommes nombreux à posséder des informations sensibles. Imaginez votre affaire Moreau puissance dix…

– Savez-vous comment ce pouvoir a eu connaissance de vos identités ?

– Les seules personnes qui connaissaient le nom des chefs de groupe étaient les parlementaires à l'origine du projet. Sans doute l'un d'eux a-t-il voulu sauver ses fesses.

– Qui sont-ils ?

– Je n'ai eu affaire qu'à Rainer Hoheisel, le député allemand, parce qu'il fréquentait les Raspail et avait nommé lui-même le colonel à la tête du groupe R.

– Comment ce projet a-t-il été financé ?

– Nous avons été dotés via un fonds européen de recherche, de l'argent public. Beaucoup d'argent. Il nous a fallu pénétrer le commerce de la drogue pour commencer, et être crédibles.

– Combien d'argent ?

– Je dirais entre 15 et 25 millions d'euros pour le lancement.

– Vous parlez du lancement. Ça signifie que ça n'a plus été le cas ensuite ?

– Nous avons brassé énormément de cash avec la drogue. Le groupe R vivait là-dessus, et sur ses prises de guerre.

– Cette entreprise a servi à quoi ?

– Deux à trois fois par an, nous nous réunissions chez Raspail pour rassembler les données et les faire remonter jusqu'aux parlementaires. Après tout, l'idée de départ, c'était de connaître l'ennemi de l'intérieur pour mieux l'abattre.

– Qu'est-ce que ça a donné ?

– Pas le résultat escompté. L'une des recrues a pris l'ascendant sur son chef de groupe et s'est spécialisé dans le commerce du sexe. Dix ans plus tard, l'homme maîtrisait le trafic nord-européen. Il a eu le génie ou le culot, appelez ça comme vous voudrez, de prendre le contrôle de l'oblast de Kaliningrad. C'est une position ultra-stratégique ! Le seul accès russe à la mer Baltique, sans contraintes territoriales, donc à toute l'Europe de l'Ouest !

– Qui est-il, mademoiselle Chow ?

– Son existence est un secret de polichinelle qui embarrasse le gouvernement français mais pas seulement. Les Européens et les Russes le gardent à l'œil. Il s'agit de Kalinine.

– Vous voulez dire que sans l'intervention de ces parlementaires, il y a dix ans, et la création du groupe R, Kalinine n'existerait pas ?

– Vous savez, c'est l'histoire qui fait les hommes, et pas l'inverse. Malheureusement, Hoheisel et ses comparses n'avaient aucune chance d'être entendus par les États de l'Union. L'argent de la drogue et de la prostitution profite bien trop à l'économie européenne. Certains pays l'intègrent dans les budgets qu'ils présentent à la commission. Ça les fait passer pour de bons élèves !

– Que reste-t-il du groupe R ?

– Il a été dissous à la mort du colonel Raspail.

– Sa mort a-t-elle quelque chose à voir avec l'élimination du groupe R ?

– Rien du tout. Il a été tué par un type que fréquentait son psychopathe de fils.

– Pensez-vous qu'il y a encore beaucoup de membres du groupe en danger ?

– Écoutez, je suis le dernier chef de groupe en vie. Lieras, Berkoff et Néré ont été assassinés. Des membres de leur équipe aussi. Les autres sont en cavale. J'espère qu'ils passeront à travers les mailles du filet. Je leur souhaite bonne chance.

– Pourquoi avez-vous pris la décision de témoigner ?

– Comment croyez-vous qu'après dix ans de services rendus à la nation, je vis cette trahison ? Il faut jeter un pavé dans la merde pour éclabousser du monde, c'est la seule solution.

– Vous pensez vraiment que le groupe R est demeuré secret, que personne n'a eu vent de son existence ?

– Je suppose que la mort de Raspail a été le déclencheur de tout ce bordel. En tout cas, visiblement, il n'était pas question que cette histoire de groupe mafieux financé par l'argent du contribuable sorte un jour. Je mettrais même ma main à couper que la majorité actuelle s'est accordée avec ses prédécesseurs pour que personne ne soit compromis. Il y a bien trop de choses en jeu. Et je ne vous parle pas des vingt millions qu'on a pris à l'Europe… »

201

À réception des fichiers envoyés par Lara Mendès aux alentours de 22 heures, les collaborateurs de W3 revinrent au bureau les uns après les autres.

Arnault de Battz fit demi-tour à sa sortie du tunnel sous les Halles, de leur côté Egon Zeller et Valentin Mendès quittèrent la terrasse du café Charbon, situé à deux pas de l'immeuble de la rue des Bluets.

Le téléphone de Sookie Castel, qui était rentrée chez Léon pour se reposer – personne n'était dupe, elle en avait gros sur la patate – sonnait dans le vide.

– Avec ce que nous a envoyé Lara Mendès, déclara Marcus Maratier, heureusement qu'il y a les gros bras devant la porte !

Après le coup de fil de la journaliste les informant de la menace qui pesait sur W3, Arnault de Battz avait contacté une société de protection rapprochée. Depuis, deux malabars surveillaient les abords de l'immeuble et un autre gardait l'entrée des bureaux.

– Quand je pense que la vilaine fille nous a raconté qu'elle partait se mettre au vert ! s'exclama Arnault de Battz. Quelle cachottière !

– C'est ma frangine ! s'extasia Valentin Mendès avec fierté.

Ils visionnèrent les interviews de Patrice Demarescau et de Magali Chow. Ces témoignages et les documents accumulés lors de l'enquête portaient l'excitation à son comble.

– L'autopsie des Raspail a été bidonnée, rappela gravement Arnault de Battz, celle de Mathilde Bonnet aussi, sans compter celle de ce pauvre Rodolphe. René Berkoff et Jo Lieras sont soi-disant morts dans un accident de la route, Lila Berki au cours d'un braquage, le commissaire Néré a été assassiné en prison par un déséquilibré ! Et les autres, suicidés ! À chaque fois, les conclusions de l'enquête sont manipulées.

– OK, très bien ! lâcha Valentin Mendès. Et alors ?

– Et alors, nous devons être très prudents.

Les réserves d'Arnault de Battz jetèrent un froid, et les forces en présence s'en trouvèrent modifiées. Marcus Maratier et Valentin Mendès formèrent le camp des partisans de la mise en ligne immédiate tandis qu'Egon Zeller se rangeait à l'avis du producteur.

Le comédien fit rouler un fauteuil de bureau à côté de celui d'Arnault et s'installa dedans.

– Ce que veut dire Battz, précisa-t-il à Valentin et à Marcus, c'est : ne devrions-nous pas attendre que les autorités s'enfoncent davantage dans leurs mensonges avant de mettre en ligne ?

– Entre autres ! renchérit Arnault de Battz, notre responsabilité est immense. Voyez-vous, mes chers petits, il serait malvenu que les témoignages que nous venons de visionner soient biaisés.

– Comment ça ? questionna Valentin Mendès.

– Tentative de manipulation, ça te dit quelque chose ?

– J'ai confiance en Lara, opposa le jeune homme. Si elle nous dit que ces gens sont fiables, c'est qu'ils le sont.

– Et si elle était manipulée, elle aussi ? s'interposa Egon Zeller. Avec qui est-elle ? Où est-elle ? Comment a-t-elle réussi où Sookie a échoué ? On ne sait rien.

– Tu ne vas pas t'y mettre ? se lamenta Valentin en regardant le comédien.

– Le petit a raison ! gronda Marcus Maratier. Nous savons qu'au nom de la raison d'État, certains n'hésitent pas à commettre des saloperies. Et en notre nom à tous, par-dessus le marché ! Je dis qu'il est de notre devoir de les arrêter. D'autant plus qu'il reste peut-être du monde à sauver.

Arnault de Battz massa ses tempes tout en regardant Egon Zeller d'un air éreinté.

– Ils vont me faire tourner chèvre, lui confia-t-il. (Puis il revint vers ses détracteurs.) Valentin, Lara ne t'a pas dit comment elle a fait pour interroger ces gens ?

– Euh… non.

– Ni où elle est ? Ou avec qui, exactement ?

– Elle ne s'est pas étendue sur le sujet, éluda le jeune homme. Mais ça peut se comprendre, un bon journaliste protège ses sources.

– Bah, voyons ! C'est bizarre tout de même.

– Tu ne vas pas la soupçonner de… de quoi d'ailleurs ?

– On ne joue pas là, mon tout beau ! Une chose est certaine, nous n'avons pas le couteau sous la gorge, alors je ne vois aucune raison de nous précipiter. D'abord nous validons les infos, nous les soumettons aux avocats et alors seulement, nous balançons. Pour le moment, ajouta le producteur, aucun d'entre nous n'a été inquiété, et je veux que les choses restent en l'état.

– T'as qu'à croire ! ricana Valentin Mendès. Mon arcade, c'était des flics.

– Comment ça, des flics ? Tu m'as dit que tu t'étais…

– Ils ressemblaient à quoi tes flics ? le coupa Marcus Maratier.

– À deux gros cons ! Je peux pas t'en dire plus. Ils m'ont chopé, m'ont posé leurs questions de tarés, et ils se sont cassés.

– Des questions sur quoi ?

– Sur notre enquête et sur Lara. Ils voulaient savoir où est la crevette, et si j'avais eu de ses nouvelles. Et ils m'ont bien fait comprendre qu'on avait intérêt d'arrêter de remuer la merde.

– Mais pourquoi tu n'as rien dit ? s'inquiéta Egon Zeller.

– Je voulais éviter qu'Arnault m'enferme pour me protéger.

– Tu es inconscient ! s'emporta le producteur. W3 est menacé, et toi tu ne penses qu'à ton petit confort !

– Vas-y mollo, Battz, tempéra le comédien. Maintenant, la question est réglée. On sait qu'ils s'en prennent aux nôtres. Ça signifie que plus personne ne sort sans escorte, c'est clair ?

– Ne vous inquiétez pas pour moi, grimaça Marcus Maratier.

– Valentin ! ordonna Egon Zeller en décrochant son téléphone. Tu ne bouges pas sans un de nos amis de l'agence de sécurité. Je vais commander des renforts. Mieux vaut être parano que mort.

Valentin Mendès acquiesça d'un signe de tête, les yeux rivés sur la moquette.

– Alors, on fait quoi ? questionna Egon Zeller.

– Ce que je disais, argua Arnault de Battz. On marche sur des œufs avant de lancer le scoop !

– Mais vous êtes complètement à côté de la plaque ! s'énerva Marcus Maratier. Je vous le dis depuis le début, on ne plaisante pas avec ces salopards ! Souvenez-vous de Boulin, de Bérégovoy, de François de Grossouvre. Même les ministres se font dessouder ! Alors, des baltringues dans notre genre, ça va pas les gêner outre mesure !

La peur est mauvaise conseillère !

– Egon, moi je vous dis qu'il y a le feu au lac, et qu'on ne sera pas en sécurité tant qu'on n'aura pas mis la bombe en ligne. Qu'est-ce que vous croyez ? Qu'ils vont attendre bien sagement qu'on les dégomme ?

Les doigts d'Arnault de Battz pianotèrent sur le dossier du fauteuil d'Egon Zeller.

– T'en penses quoi ? lui demanda-t-il.

– Si Léon était là, il nous dirait : on vote ! s'interposa Valentin Mendès. Moi, j'avoue que mon cœur balance. J'ai confiance en Lara, mais je peux vous dire que si elle était là, elle nous dirait qu'on ne met rien en ligne avant d'être sûrs !

– Oui, mais le fait est qu'ils ne sont pas là, s'irrita Arnault de Battz. Bon, on prépare tout comme s'il y avait le feu, et on avisera plus tard. Marcus, tu te colles à l'habillage du site, au teasing, et au montage des vidéos. Valentin, je veux que l'acharnement des autorités sur Léon fasse partie des dossiers périphériques. Il faudrait aussi rassembler les éléments biographiques sur Berkoff, Néré, Berki, Jo, Rodolphe, Mathilde Bonnet… (Il compta sur ses doigts et eut l'air dépité quand il fallut changer de main. Puis il poursuivit.) Des éléments biographiques sur les victimes identifiées, et les autres. Quant à nous deux, ajouta-t-il en se tournant vers Egon Zeller, on écrit ton texte, et on enregistre demain à la maison. Le studio utilisé par Léon n'a pas bougé.

– Cool ! se rejouit Marcus Maratier.

– J'ai dit : on prépare comme s'il y avait le feu et on avisera plus tard, nuança Arnault de Battz. Comme ça, en cas de nécessité absolue, nous serons prêts. Mais rien ne sort d'ici. Ah, avec toutes ces histoires j'oubliais ! Léon est libéré demain !

– Mais c'est formidable ! lança Egon Zeller.

– Notre super avocat hors de prix a décelé un vice de forme dans la procédure administrative. Anyway ! J'ai pensé que nous pourrions lui organiser une petite fête. Valentin, tu préviens Sookie, Eva, Corentin et maître Cécile Sorbier. J'aimerais qu'ils soient des nôtres. Champagne-party vers 19 heures. Oh mon Dieu ! Il faut faire rentrer du Billecart-Salmon en urgence ! Allez, tous en piste !

Arnault de Battz fila vers son bureau, suivi par Egon Zeller.

– T'as déjà fait du montage ? demanda Marcus Maratier à Valentin Mendès. Je te dis ça parce que j'ai rendez-vous avec une Canadienne dans une demi-heure.

– T'as pété un plomb ou quoi ? Elle vient ici ?

– Pas si fort ! Non, à la cave. Enfin, je veux dire à la radio. On est en contact depuis deux jours et ça matche à fond.

202

Face à la porte de la chambre 61, **Sookie Castel** apprécia l'instant en relisant le SMS qu'elle avait reçu dix minutes plus tôt, le temps d'arriver dans cet hôtel de la rue du Ruisseau, situé à deux pas de chez Léon.

« Je suis là. »

Le couloir était silencieux.

Au rez-de-chaussée, le réceptionniste boîte Philippe Métifé – du nom d'un camarade de lycée – dans laquelle se trouvait Thierry Lhermitte, devait s'être replongé dans ses mots croisés.

La moquette exhalait une odeur de détergent parfumé au pin. Quelque part sur sa droite, une ampoule grésillait.

Ces instants inaugurèrent une sous-boîte, accolée à celle de la grotte où Sookie et son psychiatre avaient échangé un court instant d'intimité.

Sa main frappa à la porte, qui s'ouvrit aussitôt sur Romane Mariani.

En le découvrant pieds nus, en jean et chemise ouverte, la jeune femme resta pétrifiée dans le couloir. Il la prit par la main et l'attira dans la chambre en refermant derrière elle.

Ils restèrent à quelques centimètres l'un de l'autre, immobiles à se dévisager sans oser se toucher.

Ce fut lui qui reprit l'initiative. Romane Mariani attira Sookie à lui pour un long baiser avant de déboutonner son chemisier et de le glisser sur ses épaules. Puis il la caressa du bout des doigts, et passa ses index sous les bretelles de son soutien-gorge qu'il dégrafa, et laissa tomber par terre.

La jeune femme s'enhardit à son tour. Elle ôta la chemise de Mariani, et le poussa en direction du matelas où il se laissa tomber avec un sourire heureux.

Peu à peu, leurs mains se frôlèrent, leurs gestes prirent de l'assurance et ils partagèrent cette première fois comme s'ils se connaissaient depuis toujours.

Jour 17 – samedi 7 septembre

203

Il n'y avait rien à écrire qui puisse faire tomber les murs de Fleury.

Pourtant, **Léon Castel** avait réfléchi, beaucoup réfléchi. Et c'est ce qu'il faisait encore. Juste à la limite de son champ de vision, l'horloge électronique d'une radio affichait 4 h 47.

Léon tenait une fourchette en acier, dont il avait aiguisé le manche, au cas où l'inspiration lui serait revenue.

À cette heure très matinale, il comprit pourquoi les détenus n'écrivaient que des âneries, des insultes ou des fanfaronnades sur les murs des cellules : c'était tout simplement parce qu'il n'y avait rien d'autre à écrire. Aucun conseil à donner, aucune menace à proférer. Ceux à qui ces graffitis seraient adressés ne viendraient jamais les lire.

Dans quelques heures, Léon Castel serait libre. Il n'en ressentait pas de plaisir particulier.

En prison, il avait connu la peur. Et il savait que le pire de l'humain qu'il avait projeté sur les autres venait au fond simplement de lui-même.

Il n'y avait pas de quoi se réjouir.

En sortant, il emporterait cet être sombre qu'il avait ignoré toute sa vie. Un être enfin révélé.

Léon avait planté Gueule d'Ange.

Léon avait assassiné Puvenelle par procuration.

Léon n'était plus Léon. Et dans ce lieu insensé fait de béton et d'angoisse, il n'y avait plus qu'une source de certitude : Nikita.

Nikita avait dit : « Gueule d'Ange parlera pas. » Il n'avait pas parlé.

Nikita avait dit : « Léon, tu sors demain. »

Et « Acquittator » avait expliqué que le formulaire machin-bidule-chouette concernant sa seconde mise sous écrou n'avait pas été adressé à l'administration pénitentiaire dans les délais légaux.

Léon Castel était revenu en cellule, soulagé de bénéficier d'un vice de procédure, alors qu'il s'était battu contre ces aberrations administratives pendant des années.

La veille, Léon et Nikita avaient fait la fête. Comme d'habitude avec le Russe, il avait été question de vodka, ce qui lui valait un bon mal de tête qui l'empêchait de dormir.

T'as qu'à croire ! Tu dors pas parce que tu n'as plus rien à dire.

Toute sa vie, Léon Castel avait joué au pitre. Doux avec les siens, provocateur avec la plupart, il n'avait su s'exprimer que par le verbe.

Qu'allait-il devenir à présent que le plaisir des mots s'en était allé ?

Il lâcha sa fourchette et descendit de sa couchette pour pisser. À côté de lui, Nikita ronflait comme une forge.

Je n'ai qu'à fréquenter des types comme lui. Les taiseux, c'est reposant.

204

Lara Mendès n'avait jamais rechigné à se lever à l'aube, au contraire. Elle aimait profiter du lever du soleil, et de la sensation d'avoir une longue journée devant elle.

Mais quitter la cabine douillette du yacht à 5 heures du matin pour sortir sur le pont qui tanguait au gré d'une longue houle, affronter un vent froid chargé d'embruns, le tout dans l'obscurité, ce n'était pas ce que la jeune femme préférait.

Il lui fallut un moment pour s'apercevoir qu'il n'y avait pas de port, pas de terre en vue, juste un large ponton flottant au pied d'un cargo.

Dans la nuit, la tôle sombre de la coque luisait à peine, malgré les nombreux spots éclairant l'escalier enchâssé dans une structure métallique.

Visiblement plus habitué au roulis, Demian Obolanski aida la jeune femme à débarquer du yacht.

– Où allons-nous ?

– Au paradis, lui glissa-t-il en la soutenant.

Le *Frontline Paradise* appartenait à Alexeï Zubarev, surnommé Aliocha – « un ami de longue date » – qui l'avait acheté pour une bouchée de pain à un armateur suédois. Il l'avait retapé et entièrement rééquipé.

Le navire de transport devenu hôtel flottant, avec casino, piscine, restaurants, boîtes de nuit et bordel intégré, mouillait dans les eaux internationales à proximité des hauts-fonds, et à distance des couloirs empruntés par les lignes commerciales.

À cent kilomètres à la ronde, on touchait l'Allemagne, le Danemark, la Pologne, la Suède, l'Estonie, la Finlande, la Lettonie, la Russie et la Lituanie. Aliocha Zubarev gérait un business formidable qui ne risquait pas de s'arrêter de sitôt.

C'est cet univers que découvrit Lara Mendès en embarquant sur le pont du cargo, pont qui avait été ouvert sur un tiers de sa longueur, et surmonté d'une verrière.

En dessous, on pouvait apercevoir les miroitements de l'eau bleue et les feuillages de palmiers dattiers. Le reste du pont disparaissait sous un plancher en tek. Des dizaines de tables y étaient installées, séparées les unes des autres par des paravents.

À cette heure matinale, l'endroit était désert.

Lara Mendès se demanda où les gens pouvaient être, puis elle ressentit les vibrations qui se propageaient sous ses pieds. Elle aima aussitôt l'idée qu'on puisse danser au milieu de la mer.

Demian Obolanski la conduisit vers le château arrière, puis à l'intérieur, dans une salle de restaurant où un homme de forte corpulence vint à leur rencontre. Il portait un smoking, et chacun de ses doigts étincelait d'une bagouse ostentatoire.

Il enlaça chaleureusement Demian Obolanski qui répondit à son étreinte et l'embrassa à la manière russe. Lara Mendès n'eut besoin d'aucune présentation pour comprendre qu'il s'agissait d'Alexeï Zubarev – l'ami de longue date – tout comme cet homme n'attendit pas qu'on lui présente Lara.

– Jolie mademoiselle ! dit-il, en lui faisant un baisemain. Bienvenue, *welcome*, bonjour, Lara !

Tandis qu'elle se laissait entraîner par Aliocha, impatient de lui vanter son domaine, Lara Mendès s'étonna d'être séduite à l'idée de visiter ce bordel flottant.

205

Quand la porte de sa cellule s'ouvrit, un peu avant 10 heures, **Léon Castel** effaça de son visage le sourire bonhomme qui illuminait ses traits.

Ne provoque jamais les cons, sauf si t'es en supériorité numérique.

– Castel, c'est la quille ! s'exclama le surveillant sans se donner la peine d'entrer.

Léon se leva. Il avait plié les draps et la couverture et remisé le tout à l'extrémité de la couchette.

Avant de sortir, il enlaça son codétenu.

– Oublie pas Nikita ! lui rappela ce dernier. Amitié importante pour nous !

– Amitié importante pour Léon aussi ! dit-il en imitant l'accent du Russe.

Après une nouvelle accolade à Nikita, Léon récupéra le sac contenant son courrier et gagna le couloir. En suivant le maton jusqu'à la zone de sortie où ils aboutirent à un comptoir, Léon tenta de chasser ses angoisses. Ses mains tremblaient légèrement.

Un employé de l'administration pénitentiaire lui fit signer un registre, puis lui présenta une enveloppe qu'il décacheta et vida sur le comptoir.

– Tes effets personnels.

Une demi-douzaine de préservatifs accompagnés de tickets de métro, d'un trousseau de clés, d'un portefeuille abîmé et d'une poignée de monnaie s'immobilisèrent sur la surface usée.

– C'est pas à moi, commenta Léon Castel.

Le surveillant râla, ouvrit le portefeuille, en extirpa une carte d'identité.

– Font chier, soupira-t-il en découvrant la photo d'un jeune homme d'origine africaine.

Il disparut dans une pièce, laissant Léon Castel sous la surveillance d'un maton coincé dans une pièce vitrée. Deux ou trois minutes s'écoulèrent ainsi.

Léon regarda alternativement le comptoir, ses pieds, puis le type, tandis que ce dernier s'occupait en lisant le journal.

Le surveillant revint, muni cette fois d'un sac à dos.

– Vérifie.

Toucher son sac procura un incroyable soulagement à Léon Castel. L'ouvrir encore plus. Ses affaires étaient là. Barres chocolatées, lampe de poche, portefeuille, téléphone et les clés de son appartement parisien. Il restait encore une dizaine de tracts.

– Tout y est, déclara-t-il.

Un claquement de serrure électronique le fit sursauter.

Cette fois, le ciel lui apparut sans grillage, sans filet anti-évasion, sans surveillant ou mur lézardé. On lui avait indiqué l'endroit où il pourrait monter dans un bus à destination de Paris.

Léon Castel repéra aussitôt son combi sur le parking visiteurs. En avançant, il crut reconnaître la silhouette d'Hervé Marin.

Tu délires, Castel !

Son incrédulité se volatilisa quand il vit la silhouette lancer de grands gestes dans sa direction, puis un doberman sautiller avec elle.

Bah, merde !

Il accéléra le pas avec le visage d'un gosse qui va chercher ses cadeaux de Noël.

– Bah merde, alors ! lança-t-il en lâchant son sac par terre pour embrasser Hervé. Mais comment t'es venu jusqu'ici ?

– Avec ton bus, banane !

– Où est Sookie ? reprit Léon Castel en essayant de voir qui se trouvait derrière le volant.

– Elle est amoureuse ! répondit Hervé Marin. Elle peut pas venir !

Léon Castel repoussa doucement son ami et le regarda comme s'il le découvrait.

– Dis donc, il y a toujours du monde là-haut ! dit-il en pointant son index sur le crâne dégarni de son interlocuteur.

– Bah quoi ? C'est Yanna qu'a dit ça !

– Yanna ?

La bedaine rebondie d'Hervé Marin fut secouée par un petit rire.

– Viens, Mouchou ! On va derrière !

Léon Castel confia son sac postal à Hervé Marin. Puis il s'installa sur le siège passager.

– Salut, Jezequel ! dit-il en claquant la portière.

– Salut, Castel !

– Je ne te pose pas de questions sur ta gueule cassée, tu me poses pas de question sur la taule, deal ?

– Deal ! acquiesça Yanna Jezequel en démarrant.

– Ça fait mal, autour de l'œil ?

– Tu t'es fait enculer sous la douche ?

Ils rirent de bon cœur, et se turent jusqu'à ce qu'ils soient lancés sur l'autoroute. Léon songea qu'il était verni. Yanna et Hervé ne jugeaient pas. Personne n'aurait pu mieux l'accueillir à sa sortie.

– Vous créchez tous chez moi ?

– C'est momentané, expliqua Yanna. Je savais pas trop où aller.

– T'es pas guérie ! gronda Hervé à l'arrière, les mains posées sur les dossiers des sièges avant. Tu bouges pas tant que t'es pas guérie.

– Tu es dans la merde, ma fille ! commenta Léon avec un sourire ravi.

– Évite de m'appeler comme ça, papounet, c'est pas bon pour la libido. Ou alors, c'est que t'es détraqué.

– C'est quoi le programme ?

– On rentre, proposa Yanna Jezequel, et on fait disparaître ton odeur de zonzon.

– Alléchant ! Et après, on s'envoie en l'air ?

206

Vêtu d'un complet trois pièces anthracite, **Egon Zeller** se tenait immobile face à la caméra, les pieds sur les repères dessinés sur le fond vert. Il attendait le top d'Arnault de Battz, unique officiant au son et à l'image.

La main du producteur se leva et décompta 5, 4, 3, 2, 1.

Les pensées du comédien se focalisèrent sur Jo Lieras, Mathilde Bonnet et Rodolphe Craven, puis revinrent sur le texte qu'il avait appris par cœur dans la matinée.

Il posa sa voix, grave, habitée d'accents longuement expérimentés sur les plateaux de tournage et les scènes de théâtre.

« Bonsoir à toutes et à tous, je suis Egon Zeller.

« Ce soir, ce n'est pas le comédien qui vous parle. Ce soir, c'est le citoyen qui s'adresse à la nation. Il y a quelques semaines, à ma place, Léon Castel s'adressait à vous pour défendre la république en danger. Il avait raison.

« Léon m'a passé la main. C'est donc à moi que revient la triste charge d'annoncer les conclusions de la dernière enquête de W3.

« Il y a quelque temps, une source anonyme nous informait

que certains policiers étaient assassinés dans l'indifférence générale.

« Personnellement, je n'y ai pas cru.

« Mais il y a eu la soudaine cavale du commandant Joseph Lieras, accusé d'avoir assassiné sa femme, l'accident de voiture de René Berkoff, ancien directeur des renseignements intérieurs, la mort louche du commissaire Néré en prison, la disparition du capitaine Magali Chow, le meurtre du brigadier Lila Berki devant sa fillette, et les mystérieux suicides des OPJ Simon Angeletti et Boubacar N'Diap.

« Face à la multiplication de ces affaires suspectes, W3 a enquêté et découvert l'inenvisageable : l'État assassine ses flics.

« Et quand l'État tue ses flics, c'est notre doigt qui appuie sur la gâchette.

« Alors oui, la république est en danger. Que vous soyez de droite ou de gauche n'est pas la question, ni même que vous soyez d'extrême droite ou d'extrême gauche.

« Aujourd'hui, vous allez ouvrir la porte au plus grand scandale qui frappera jamais la France.

« Aujourd'hui, parce que personne ne musellera W3, vous allez comprendre comment, il y a dix ans, sur l'impulsion d'une poignée de parlementaires européens, des groupes de policiers ont infiltré des mafias, et ont échappé à tout contrôle.

« Et ce sont ces mêmes policiers qui se sont retrouvés sur cette liste d'hommes à abattre, parce que le choix a été fait d'étouffer le scandale.

« À la place d'un débat, on assassine.

« W3 dédie cette enquête à :

« Madame le brigadier-chef Lila Berki, morte par la France,

« Madame Mathilde Bonnet, morte par la France,

« Monsieur le commandant Joseph Lieras, mort par la France,

« Monsieur le directeur René Berkoff, mort par la France,

« Monsieur le commissaire Yvan Néré, mort par la France,

« Monsieur le brigadier Simon Angeletti, mort par la France,

« Monsieur le sergent Boubacar N'Diap, mort par la France,

« Et à leur familles.

« Leurs noms vous parlent certainement. Les uns ont reçu la légion d'honneur à titre posthume, d'autres ont été traînés dans la boue, d'autres, enfin, sont morts dans l'indifférence générale.

« Quand vous aurez pris connaissance de la vérité, ne jetez pas votre carte d'électeur. Rappelez-vous que le pouvoir est entre les mains du peuple et qu'on n'assassine pas en son nom.

« Aujourd'hui, c'est maintenant, c'est W3 ! »

– Magnifique ! s'exclama Arnault de Battz après quelques secondes de silence. J'en ai des frissons.

– Je crois que c'était pas mal, admit Egon Zeller. Peut-être on devrait quand même…

– Pas mal ? Tu te sous-estimes, mais ce n'est pas une nouvelle. Prends un verre là-haut, j'enreg…

– J'ai quelque chose à te dire, Battz l'interrompit le comédien sur le ton grave qu'il avait utilisé pour la présentation du site.

Arnault se décomposa.

– Grâce à toi, ou à cause de toi, poursuivit Egon Zeller sans sourire, le monde entier raconte que je suis pédé. Ce qu'ils ignorent, c'est que je ne suis pas pédé. Je suis amoureux de toi, ajouta le comédien avec émotion. Alors, veux-tu m'épouser ?

207

Son nouveau quartier plaisait à **Léon Castel**. Il y régnait une ambiance de village, avec un paquet de vieux parisiens, une population cosmopolite et une ribambelle de commerces.

Il s'attabla dans la salle d'un bistrot nommé « Chez Jean-Louis », commanda un grand crème et le journal, encore ému des instants de tendresse qu'il avait partagés avec Yanna.

La jeune femme avait envoyé Hervé Marin promener Guernica avec de l'argent pour acheter une crêpe au Nutella place du Tertre, en lui recommandant de ne pas rentrer avant une heure, au moins.

Il leur en avait laissé deux.

Léon Castel se souvint avec bonheur du sourire entendu, accroché aux lèvres d'Hervé, quand il était sorti avec le chien.

Sacré couillon de la lune !

– Merci, dit-il à la patronne qui venait de déposer un café devant lui.

Son cœur enfla à l'évocation de Yanna. Elle était entrée dans sa vie comme une furie quelques mois plus tôt, pour en ressortir aussi rapidement. Il en avait gardé un sentiment d'abandon, d'inachevé, mais aussi une joie profonde et un espoir. Avec elle,

Léon Castel avait retrouvé le bonheur d'aimer charnellement, ce qu'il pensait à jamais hors de sa portée. Elle avait 25 ans, lui 58. Tout restait possible, à condition de ne pas renoncer.

Comme une putain de chanson de Fugain !

Un instant comme celui-là, il en avait rêvé des dizaines de fois à Fleury-Mérogis.

Il sucra son café, le remua, le regard dans le vague et l'esprit tourné vers les petits plaisirs de l'existence. Après quelques minutes, il s'aperçut qu'il souriait béatement et que la patronne du bistrot l'observait.

– Je fête ma sortie de prison !

– Ça n'a pas dû être drôle.

– J'ai morflé.

– C'est vous le monsieur de W9, c'est ça ?

– W3 ! rectifia Léon Castel. On n'a pas le même genre de programmes.

– C'était comment, là-bas ? On raconte qu'en prison, il faut se méfier de tout le monde, même quand on va à la douche !

Léon Castel se rappela le document d'un journaliste américain, consacré à l'abattage industriel des animaux de boucherie. Il en ressortait que certains employés se livraient à des actes de barbarie sur les animaux. Léon avait crié au scandale. Aujourd'hui, il comprenait mieux ce type d'excès. Si on ne peut exiger d'un homme qu'il tue à longueur de journée sans devenir fou, peut-on demander à des matons de rester exemplaires ?

– Non, répondit-il après un instant, le coup des douches, c'est une légende.

Comme la patronne accueillait des clients, Léon Castel chaussa ses lunettes, feuilleta le *Parisien* à la recherche d'un article sur lui, but une gorgée de café – qu'il jugea excellent – et finit par accepter l'idée qu'aucun journaliste n'avait jugé utile de faire état de sa libération.

À 17 heures, Léon quitta le café.

Le vague à l'âme, il rallia le boulevard Barbès, descendit

jusqu'à la gare de l'Est et poussa en flânant vers le canal Saint Martin.

Là, il prit un verre de cognac à la mémoire de son vieil ami Craven, puis alla, en son souvenir, regarder les boulistes se lancer des noms d'oiseaux dans le square Jules-Ferry.

208

Planté devant les tables surmontées d'une banderole affichant les lettres colorées *¡No pasáran!*, **Arnault de Battz** fronçait les sourcils.

– Merde, grinça la voix de Marcus Maratier derrière lui. OK, Lara nous avait prévenus, mais quand même. Ça fait froid dans le dos. Surtout quand on a connu le bonhomme.

Arnault de Battz venait de lui dévoiler les clichés de Rodolphe Craven. On y voyait le juge gisant dans l'eau saumâtre d'un étang de la forêt de Rambouillet, les mains liées dans le dos par des bracelets en plastique.

– C'est horrible tu veux dire ! ajouta le producteur en le rejoignant.

– T'en fais quoi de tes états d'âme maintenant ? Un magistrat a été éliminé par le pouvoir, et toi, tu hésites encore ?

– Franchement, je ne suis toujours pas certain que ce soit le bon moment, soupira Arnault. Nous manquons de preuves.

Marcus Maratier manqua s'étouffer.

– Qu'est-ce qu'il te faut ? Les aveux signés du ministre ?

Face à la brusquerie de son interlocuteur, Arnault de Battz prit un air de diva offensée.

– Tu mélanges tout !

– Quand on a mis le doigt dans l'engrenage, enchaîna l'ex-grand reporter, on ne peut plus le retirer. Ou alors il faut amputer le membre avant qu'il soit trop tard. D'abord le juge Craven, ensuite tu veux sacrifier qui, chez W3 ? Parce que, il faut que je te prévienne, quand on est aussi peu nombreux, ça risque de se voir.

Arnault de Battz grimaça sans répondre.

– Tu peux me tirer la langue si ça te chante, mais c'est à toi d'argumenter, puisque tu veux jouer au censeur. Alors ?

Ils débattaient encore du sujet quand Valentin Mendès arriva dans les locaux, accompagné d'Eva Trevethan.

– Du nord de l'Écosse ! C'est ce qu'il y a de mieux, d'après monsieur Nicolas, précisa-t-il en déposant deux bouteilles de scotch sur le bureau de Marcus. Ça t'a coûté une blinde, Arnault, mais tu vas pouvoir déstresser.

– Bonjour tout le monde ! claironna Eva à l'assemblée.

Pendant que le producteur exposait la situation à Eva Trevethan, Valentin annonça qu'un coursier attendait au rez-de-chaussée avec un colis destiné à Léon Castel. Les malabars avaient vérifié le paquet, rien à signaler, il pouvait monter.

– Et l'ascenseur ?

– Trop gros, répondit Valentin Mendès. Ça m'a pas l'air très lourd, mais c'est volumineux. Quelqu'un m'aide ?

Egon Zeller surgit du bureau d'Arnault et se porta volontaire.

– Tu as dit à Eva que tu la sacrifiais sur l'autel de la prudence ? demanda Marcus Maratier à Arnault de Battz, tout en adressant un clin d'œil à la jeune femme.

– C'est intelligent ! maugréa le producteur en disparaissant dans son bureau.

Il en ressortit au moment où Valentin et Egon remontaient chargés d'un grand colis et le posaient au milieu de l'*open space*.

– Putain, le con ! s'exclama le jeune homme. Il lui a demandé un autographe. Tu y crois ? Il le laisse monter ce truc sur sept étages mais avant, il lui demande un autographe !

– Vous avez accepté ? demanda Eva Trevethan.

– Non, j'ai fait mon Battz, rétorqua le comédien en effectuant des moulinets avec sa main. J'ai dit que depuis mon *coming out*, ma cote avait chuté au ras des pâquerettes.

Valentin Mendès éclata de rire, aussitôt imité par Eva.

– J'ai raté quelque chose ? questionna Arnault avec un air choqué.

Prudemment, Marcus Maratier s'approcha avec son détecteur.

– Ils ont déjà vérifié, dit Valentin avec impatience. On ouvre ?

– C'est clean, apprécia le reporter après avoir sondé le paquet. On ouvre.

Le colis contenait une reproduction grandeur nature de Dark Vador en latex. Dans sa main droite, il tenait un sabre laser, dans la gauche, une enveloppe que Valentin ouvrit.

« Léon, garde la force, on est tous avec toi ! » lut-il à haute voix. C'est signé de… Cerbère.

Il retourna la carte, puis l'enveloppe.

– C'est qui celui-là ?

– Un fan de Léon, expliqua Eva Trevethan. Il est très actif sur le forum de la guilde. C'est un type un peu bizarre, je dirais, mais pas méchant.

– Regarde, s'extasia Valentin Mendès, y a des boutons dans le dos. Ça doit être des programmes à la con, avec des leds et des bruitages du film !

La porte s'ouvrit au même instant sur Sookie Castel. Elle avait l'air radieux.

– Je l'ai toujours détesté celui-là, critiqua-t-elle en découvrant Dark Vador. Jamais compris comment Lucas s'était débrouillé pour faire un héros d'un type sorti du sanatorium.

– Les femmes ne sont pas fichues de comprendre les westerns galactiques, opposa Marcus Maratier. Un classique.

– J'ai eu un petit ami qui était fan ! C'est primaire.

– N'intellectualisez pas tout, Sookie.

La jeune femme s'approcha de l'ex-grand reporter jusqu'à le toucher.

– Marcus, dit-elle d'une voix profonde. Je suis ton père…

– Pfft, lâcha Marcus en tournant les talons pour s'installer à son poste de travail.

– Au fait ! ajouta la jeune femme en se tournant vers Arnault de Battz. Ce soir, je peux venir accompagnée ?

– Avec qui vous voulez, tant qu'il est courtois, acquiesça le producteur avec un sourire. Sookie, vous m'accordez quelques instants ?

209

– Lara m'a adressé ces photos. C'est très choquant.

Choquant, c'était le mot, d'autant plus que **Sookie Castel** appréciait beaucoup le juge Craven. Elle referma la boîte Ernest Borgnine et l'archiva.

– Léon ne doit pas voir ça !

– Je sais, répondit Arnault de Battz, mais ces preuves sont accablantes et certains parmi nous sont partisans d'une mise en ligne immédiate. Le but étant de couper l'herbe sous le pied des assassins, et peut-être, je dis bien peut-être, de sauver la vie des survivants du groupe R. Qu'en pensez-vous ?

Le visage de Sookie se figea.

– Vous plaisantez, j'espère.

– Eh bien, je ne suis pas exactement un adepte de la précipitation. Mais ces photos démontrent que nous sommes tous en danger.

– Ces photos prouvent quoi, Arnault ? Que Rodolphe Craven a été assassiné. Mais donnent-elles l'identité des assassins ? Non ! Prouvent-elles que l'État est impliqué ? Non.

– Bien sûr, mais elles prouvent que l'enquête de police a trop rapidement conclu à un suicide. Les faits ont été manipulés, c'est évident !

– Ne confondez pas conclusion d'enquête et titres de presse !

– Vous croyez qu'on devrait remettre ces clichés aux autorités ?

– Absolument !

– Oui, mais si les autorités nous manipulent…

– Tous les juges ne sont pas des vendus ! protesta Sookie. Vous devriez en parler à vos avocats, ils sauront qui contacter. Et ça nous évitera d'être accusés d'obstruction à la justice.

– Mais en les publiant, nous les mettons à la disposition de la justice tout en nous assurant qu'elles ne vont pas disparaître !

– Arnault, si vous décidez ça, W3 va dans le mur. La mort de Craven n'est qu'un pan de cette affaire. Vous pouvez choisir de dénoncer ce crime, mais vous ne pouvez pas publier ces photos sans un minimum d'explications, or il ne faut surtout pas balancer ce qu'on a au sujet du groupe R !

– Pourquoi, Sookie ? Je ne comprends pas.

– Pour le moment, cette histoire de groupe R, ce n'est qu'une allégation. Ne tombons pas dans le piège de l'information permanente ! Il nous faut des preuves étayées, poursuivit-elle avec passion. Si on balance des faits sans les argumenter, les témoins et les preuves matérielles disparaîtront, l'info ne sera pas relayée par les organes de presse, et le site discrédité !

Sookie Castel balaya une vague de boîtes affaires non résolues et se concentra sur le visage d'Arnault de Battz.

– Vous le savez aussi bien que moi, une enquête d'investigation, ça prend des mois, voire des années, pas quinze jours ! Même s'ils sont spectaculaires, les témoignages de Magali Chow et de Patrice Demarescau ne sont que des pistes ! Ce n'est pas parce que ces personnes prétendent quelque chose que ces choses sont véridiques !

– Ce n'est pas ce que semble penser Lara !

– Vous ne pensez pas plutôt qu'elle vous les a envoyés pour

que vous fassiez les vérifications de votre côté ? Peut-être que là où elle est, elle a les mains liées ?

– Peut-être, marmonna Arnault de Battz en soupirant.

– Arnault, insista Sookie Castel. Livrer l'affaire en l'état, ce n'est pas professionnel, et en plus, W3 se fera dévorer tout cru ! D'ailleurs, peut-être qu'ils n'attendent que ça, et que ces photos sont là pour vous faire paniquer ! Vous ne trouvez pas ça bizarre, vous, que le meurtrier vous adresse les clichés ?

À chacun des arguments de Sookie Castel, Arnault de Battz avait hoché la tête.

– Qu'est-ce que vous suggérez ? finit-il par demander.

– On attend, lâcha la jeune femme. Mais on n'attend pas sans rien faire. On envoie les photos de Craven à vos avocats qui feront le nécessaire. Pour le reste, nous devons reprendre chaque cas l'un après l'autre, interroger les témoins, les familles, rencontrer les avocats, consulter les rapports de police, ou d'experts, fouiller dans le passé des victimes. C'est un travail de fourmi, je le sais mais vous ne pouvez pas vous contenter de dire : on a tué Lila Berki ou Jo Lieras parce qu'un homme l'affirme ! Pour chaque mort, il nous faut des preuves, pour chaque ordre donné, des conversations enregistrées ou des documents écrits et certifiés. Regardez, nous sommes convaincus que tout commence avec la mort du colonel Raspail, pourtant nous ne savons toujours pas qui l'a tué et pourquoi ?

– C'est vrai, acquiesça le producteur. Vous avez raison.

– Revenons vers Lara pour interroger nous-mêmes les témoins, si c'est possible, proposa Sookie Castel. Je suis prête à la rejoindre, où qu'elle soit, pour lui donner un coup de main. Et puis, Demarescau n'est pas une oie blanche, et la fliquette non plus. Ils ont obligatoirement réuni un dossier à charge, au cas où ils auraient été lâchés par leur hiérarchie. Ce qu'ils nous ont donné, c'est du pipi de chat. Et pour finir, Arnault, il y a une piste que vous avez complètement négligée et que je vous propose d'examiner de près. C'est celle de l'argent du groupe R. Magali Chow affirme qu'au départ, le groupe a été financé par une dotation européenne destinée à la recherche. Vingt millions d'euros, ça laisse des traces administratives. Suivre l'argent, c'est plutôt par là qu'il faut commencer !

210

Un peu après 19 heures, un message de Yanna qui s'impatientait dans les locaux de W3, fit s'activer **Léon Castel**. Il quitta le square Jules-Ferry et descendit l'avenue de la République.

Son vague à l'âme avait disparu, il se réjouissait.

Dans quelques minutes, il allait retrouver tous ceux qu'il aimait.

Sookie, bien entendu – et son amoureux de psychiatre amateur d'électrochocs, ce qui inquiétait un peu Léon tout de même ; Arnault de Battz et Egon Zeller – d'après Valentin, les tourtereaux avaient une sacrée nouvelle à leur annoncer ; ce diable de Marcus Maratier ; sa belle et douce Yanna ; Hervé le dingue, affublé de l'incontournable Guernica ; le jeune Valentin Mendès et Eva Trevethan qui s'occupait à présent de la Guilde des emmerdeurs, ce qui l'avait réjoui.

Un sourire heureux aux lèvres, Léon traversa la rue Oberkampf, puis la rue Saint-Maur.

Voilà, il y était, la prochaine à droite.

En entrant dans la rue des Bluets, Léon Castel nota la présence d'un taxi stationné en pleine chaussée devant l'immeuble de W3. À cinquante mètres de distance, il reconnut la silhouette élégante de maître Cécile Sorbier. L'avocate, chargée d'un paquet-cadeau, se dirigea vers l'immeuble d'un pas rapide.

Le portail était grand ouvert, deux vigiles surveillaient la rue. Derrière le taxi, les coups de klaxons retentissaient déjà.

Léon Castel ralentit le pas. Il adorait observer les Parisiens dans ce qu'il appelait « les situations barbares du quotidien » : certains étaient prêts à s'étriper pour une place de parking, une incivilité ou un mot de travers.

Là, le chauffeur se contenta de prendre son temps, sans un geste obscène, sans un « y'en a qui bossent ! » dont ses confrères étaient friands. Comme de nouvelles voitures arrivaient et se mêlaient au concert de klaxons, le taxi redémarra et mit son clignotant pour s'engager dans la circulation.

Léon Castel reprit sa marche, en espérant que ses complices ne lui feraient pas le coup des ballons de baudruche, avec sifflets et cotillons.

Soudain, le toit de l'immeuble de W3 fut pulvérisé par une boule de feu, qui sembla rétrécir puis enfler brutalement, suivie d'un vacarme assourdissant.

L'explosion fit vibrer les façades de la rue des Bluets, et son onde de choc souffla les fenêtres à cinquante mètres à la ronde, libérant une pluie de verre.

Instinctivement, Léon Castel se jeta à genoux et couvrit sa tête avec ses bras.

Un énorme nuage gris s'engouffra dans la rue et avala d'un coup les voitures et les gens. Des morceaux de béton et une multitude de débris s'abattirent de toute part, écrasant les carrosseries et les piétons dans un crépitement terrifiant, mêlé aux hurlements de terreur.

Le taxi de maître Sorbier fut écrasé par un pan de mur carbonisé.

Recroquevillé sur le trottoir, dans un brouillard de poussière qui l'empêchait de voir à deux mètres et qui collait dans sa bouche, les mains plaquées sur les oreilles, Léon était incapable d'identifier les objets qui tombaient autour de lui dans un déluge de flammèches.

Puis, au milieu des fragments informes et carbonisés, il reconnut ici, un accoudoir de fauteuil, là, le cadavre disloqué d'un animal, et plus loin, un couvercle de Cocotte Minute, un écran d'ordinateur brisé, ce qui ressemblait à un bras humain, les restes d'une plante verte, une lampe au milieu de milliers de feuilles noircies qui virevoltaient tout autour.

Devant lui, dans la couche de cendres qui recouvrait peu à peu le trottoir, il distingua un éclat rougi de sang. Dans un état second, il ramassa le morceau de métal et découvrit qu'il s'agissait d'un porte-clés à l'effigie de W3, songea que c'était peut-être son cadeau de retour, et le serra dans sa main tremblante.

Puis, il leva lentement les yeux vers le haut de l'immeuble où s'enroulait une épaisse fumée. Accrochée à la façade éventrée, une banderole colorée où on pouvait encore lire « *¡ No pas…* » achevait de brûler en claquant dans l'air.

Là-haut, il y avait tous ceux qu'il aimait.

Avec un hurlement de détresse, Léon Castel se releva, s'écroula à quatre pattes, les jambes coupées par le chagrin, puis il se releva encore, tituba, avança de quelques pas et se rua vers l'entrée de l'immeuble, où il s'engouffra.

211

Paris, vingt minutes plus tôt
GSM de Léon Castel.
7 septembre.
Appel entrant. Poste 1_W3
Début de communication. 19.02.57

« Léon, c'est moi ! Qu'est-ce que tu fiches, papounet ? (*Un éclat de rire*) T'es encore tout chose ? Amène-toi ! Tout le monde t'attend, là ! On avait dit 7 heures ! Quoi ? Attends, y'a Sookie… Allo, papa ? T'es pas pressé de me revoir, dis donc ! Ça fait plaisir ! Dépêche, je voudrais te présenter mon amoureux, tu vas l'adorer ! (*Des rires*) Quoi, c'est ton tour ? Oui, je te le passe ! Tiens ! (*Des bruits*) Léon où t'es ? Y'a Guernica qui s'embistouille, et moi aussi ! On voudrait manger des fours au fromage, y'en a plein ! (*Silence, des bruits*) Môssieur Castel joue au Parisien en goguette pendant qu'on crève de soif ! Bougez donc votre derrière, vos amis s'impatientent ! (*Silence*) Mon Léon, c'est Eva. Viens vite, j'ai plein de bises à te faire pour te remercier ! (*Un ton plus bas*) Dis donc, mon roi de la guilde, tu nous a déniché une sacrée tigresse ! Je t'attends, dépêche ! Hey, m'arrachez pas le… ! Oh ! Léon, c'est moi ! Y'a un super-cadeau moche avec plein de loupiotes, on veut l'essayer ! Et je voudrais te montrer ma radio amateur, tu vas halluciner ! Sookie m'a dit que t'en avais une. On va pouvoir… Léon ! Léon ! Mais taisez-vous, je m'entends plus ! (*Des frottements*) Léon ! Léon ! Léon ! On a soif ! Bon, chéri, t'as compris ? Tu rappliques dare-dare ! Ici, c'est plein de gens qui t'aiment et qui… Messagerie pleine. BIP »

Fin de communication. 19.03.32

212

À 20 heures, le pont-terrasse du *Frontline Paradise* bruissait d'une ambiance de night-club à ciel ouvert. Plusieurs navettes en provenance de Suède étaient arrivées une demi-heure plus tôt. D'autres étaient attendues d'Allemagne et de Lituanie. Entre trois cents et quatre cents personnes allaient passer les prochaines 24 heures à faire chauffer les terminaux de paiement.

Après les semaines éprouvantes qu'elle avait traversées, Lara Mendès se réjouissait de déguster un cocktail en agréable compagnie, à la table d'Alexeï Zubarev. Le roi de la fête savait divertir jusqu'au plus taciturne de ses invités.

Pendant que la jeune femme riait aux éclats des anecdotes du pacha – ainsi Alexeï se faisait-il surnommer, même s'il n'avait jamais commandé un navire – Demian Obolanski, silencieux, semblait se satisfaire de la bonne humeur ambiante.

Dans son champ de vision, trois tables derrière, Patrice Demarescau et Magali Chow, dînaient en tête à tête. Ces deux-là avaient apparemment beaucoup de choses à se raconter.

– Vous avez l'air heureux, lui dit Lara Mendès, alors qu'Alexeï Zubarev venait de quitter la table pour saluer ses invités, comme il est de coutume pour un commandant de bord.

– C'est un endroit où je me sens en paix.

– Je ne savais pas qu'un tel endroit existait ! Alors, za vashe zdorovie ! trinqua-t-elle en levant son verre.

– Za vashe zdorovie !

– J'ai répété avec Aliocha ! s'esclaffa-t-elle, les yeux brillants d'avoir un peu trop bu. Il a dit : « Ton accent est horrible, mademoiselle ! »

Un silence sépara les deux interlocuteurs.

– C'est parce que vous aimez cet endroit que vous m'avez conduite ici ?

– Pas seulement.

– Alors, pourquoi ?

– Venez, proposa-t-il en se levant.

– On va où ?

– J'ai un cadeau pour vous.

– Un cadeau ?

La jeune femme saisit sa coupe de champagne et suivit le Russe qui lui prit la main pour l'entraîner jusqu'à la verrière surplombant la piscine.

– Vous voyez cet homme, là ? lui demanda-t-il en désignant un quinquagénaire aux cheveux blancs qui batifolait dans l'eau avec trois jeunes femmes.

– C'est lui mon cadeau ? Mais il est moche ! plaisanta-t-elle. Je n'en veux pas ! Bon, qui est-ce ? ajouta-t-elle plus sérieusement. Sa tête ne me dit rien.

– Il s'appelle Zenon Lesmian, c'est un député polonais.

– Connais pas.

– C'est un des créateurs du groupe R.

Subitement plus grave, Lara Mendès posa son verre sur une table, et se tourna vers Demian Obolanski.

– Qu'est-ce qu'il fabrique ici ?

– Disons que ce monsieur est en résidence surveillée, lui répondit-il. Il prend du bon temps aux frais d'Aliocha.

– Depuis quand ?

Demian Obolanski ignora le téléphone qui vibrait dans sa poche.

– Il a paniqué après la mort de Raspail, et m'a demandé asile. Je le soupçonne d'avoir balancé le groupe R à son vieil ami, le secrétaire général de l'Élysée…

Abasourdie, Lara Mendès s'appuya contre la balustrade.

– Vous rigolez ?

Le Russe se contenta de sourire en la voyant le fixer avec des yeux ronds.

– Vous rigolez, répéta Lara.

– Je vous le présenterai, si vous voulez.

– Vous ne m'avez toujours pas dit pourquoi vous faites tout ça pour moi ?

– Vous faites mine de ne pas le comprendre, Lara.

– Votre sens de l'honneur, vos regrets secrets ou votre culpabilité qui n'existe pas. Dois-je poursuivre ? le taquina-t-elle.

Le portable de Demian Obolanski vibra une nouvelle fois avec insistance.

– Sauvé par le gong !

– Excusez-moi, dit-il en consultant rapidement ses messages.

Ce qui s'afficha sur l'écran de son téléphone lui fit l'effet d'une douche glaciale.

– Je dois y aller, annonça-t-il d'une voix blanche. Je vous retrouve plus tard.

– Attendez !

La jeune femme s'approcha du Russe, et se haussa sur la pointe des pieds pour l'embrasser.

– Merci pour le cadeau, Demian, lui dit-elle avec un sourire charmant.

Pris de court, il la fixa un instant, puis tourna les talons en direction de la salle des télécoms, où il s'enferma. Sans attendre, il se connecta sur Internet, et entra l'adresse d'une chaîne française d'info en continu.

Les images du direct s'affichèrent après quelques secondes de chargement.

On y voyait la rue des Bluets, encombrée de véhicules d'urgence, fermée par un cordon de policiers. Au loin, on distinguait l'immeuble éventré et des monceaux de gravats où une cinquantaine de pompiers, dont certains aidés de chiens, s'activaient.

« … Léon Castel vient à peine d'être sorti des décombres. D'après les témoignages, il se serait précipité au secours de ses amis. Je vais voir si je peux m'approcher… »

Il y eut un gros plan de Léon, le visage noirci et barbouillé de larmes, emmitouflé dans une couverture de survie.

« Putains de charognards, gémit-il avec un sanglot en détournant le regard. Putains de charognards… »

Le plan revint sur la jeune journaliste, qui enchaîna :

« Comme vous le voyez, Léon Castel est en état de choc. Si vous arrivez sur notre chaîne, nous vous rappelons les faits : à 19 heures 23, une explosion a soufflé les trois derniers étages de l'immeuble qui abritait les locaux du site d'info W3.

« Les enquêteurs privilégient la thèse d'une poche de gaz qui se serait accumulée dans un appartement vacant du cinquième étage. Il faudra attendre les conclusions de l'enquête. Quoi qu'il en soit, le bilan risque d'être lourd. Nous parlons ce soir d'une vingtaine de victimes ensevelies sous les décombres.

« Le nom d'Egon Zeller a été mentionné par le capitaine des pompiers, mais nous n'avons à l'heure où je vous parle aucune certitude. Je peux en tout cas vous dire qu'il règne ici une atmosphère de guerre d'autant plus que, selon les secours, l'immeuble menace de s'effondrer à tout moment… »

Persuadé qu'il n'en apprendrait pas plus avant des heures, le Russe éteignit les écrans et sortit de la salle de télécoms.

Il longea lentement la coursive et s'accrocha à la rambarde pour contempler le visage radieux de Lara Mendès, assise en contrebas.

Bientôt, elle n'aurait plus envie de sourire, et cette idée lui fut intolérable.

Alors, Demian Obolanski décida qu'il allait lui offrir quelques jours de répit, et hâta le pas en direction de la terrasse.

Cet ouvrage a été composé par IGS-CP
à L'Isle-d'Espagnac (16)

Impression réalisée par

CPI
BRODARD & TAUPIN

La Flèche

en janvier 2015

Imprimé en France
Dépôt légal : janvier 2015
N° d'impression : 3008897